Les
Compagnons De Jéhu

Alexandre Dumas

Les
Compagnons De Jéhu

Alexandre Dumas

双雄记

[法] 大仲马 —— 著　　王振孙 —— 译

上海译文出版社

Contents

目 次

*

大仲马和他的《双雄记》

|译本序| ——王聿蔚 I

*

告读者 1

楔子 | 阿维尼翁城 1

第一章 | 大餐桌 28

第二章 | 一句意大利谚语 47

第三章 | 英国人 65

第四章 | 决斗 77

第五章 | 罗朗 94

第六章 | 摩冈 124

第七章 | 赛荣修道院 140

第八章 | 督政府公款的用途 147

第九章 | 罗密欧和朱利叶 157

第十章 | 罗朗一家 163

第十一章 | 黑色喷泉府 171

第十二章 | 外省的乐趣 186

第十三章 | 公野猪 203

第十四章 | 危险的差使 218

— 1 —

Contents

第十五章　｜　坚强的灵魂　231

第十六章　｜　鬼魂　242

第十七章　｜　搜查　253

第十八章　｜　审判　262

第十九章　｜　胜利街上的小房子　276

第二十章　｜　波拿巴将军的来宾　291

第二十一章　｜　督政府的总结　302

第二十二章　｜　法令的设计　323

第二十三章　｜　ALEA JACTA EST　335

第二十四章　｜　雾月十八　357

第二十五章　｜　重要的转达　372

第二十六章　｜　受害者的舞会　396

第二十七章　｜　熊皮　412

第二十八章　｜　家事　422

第二十九章　｜　从日内瓦来的公共马车　432

第三十章　｜　富歇公民的报告　448

第三十一章　｜　勒盖尔诺磨坊主的儿子　458

第三十二章　｜　白和蓝　473

第三十三章　｜　同等报复的刑罚　480

第三十四章　｜　乔治·卡杜达尔的外交　505

第三十五章　｜　提亲　528

Contents

第三十六章　｜　雕刻和绘画　538

第三十七章　｜　大使　559

第三十八章　｜　两个信号　578

第三十九章　｜　赛泽利阿山洞　594

第四十章　｜　扑空　615

第四十一章　｜　驿站客店　625

第四十二章　｜　尚贝里的邮车　646

第四十三章　｜　格伦维尔勋爵的复信　657

第四十四章　｜　乔迁　673

第四十五章　｜　跟踪者　687

第四十六章　｜　灵感　700

第四十七章　｜　一次侦察　712

第四十八章　｜　摩冈的预感成为现实　722

第四十九章　｜　罗朗的报复　734

第五十章　｜　卡杜达尔在杜伊勒利宫　743

第五十一章　｜　后备军　753

第五十二章　｜　判决　774

第五十三章　｜　阿梅莉信守诺言　790

第五十四章　｜　忏悔　812

第五十五章　｜　不受伤害的人　821

第五十六章　｜　结局　836

大仲马和他的《双雄记》

译本序

在十九世纪的法国那皎若灿烂星汉的文学家、艺术家群里，有这样一位作家，他的作品比不上巴尔扎克那样博大精深，也不像梅里美那样犀利明快，他既没有雨果那样的磅礴气势，也缺乏司汤达那样的批判锋芒，可是，他的作品数量之多，也许要超过上述四位作家的总和，可以说在法国到处都有人在津津有味地阅读他的作品。他的名字不仅风靡整个法兰西，而且传遍了全世界。——他，就是被别林斯基称为"天才的小说家"的亚历山大·仲马，而在中国的读者中间，他还有一个更为流行的名字：大仲马。

大仲马（1802—1870）的祖父是一位名叫德·拉·帕埃德里侯爵的贵族，他同一位黑色皮肤的女奴结合，生下儿子取名亚历山大，受洗的时候用的是母亲的姓氏仲马。亚历山大长大成人即将入伍时，侯爵不许儿子使用自己的贵族姓氏去当兵，这使他极为不满，痛切地感到人间的不平。一七八九年法国资产阶级革命爆发，他站到了共和革命军的一边，因膂力过人，能攻善战，仅在短短的三年中便被共和政府擢升为将军。后来他因对拿破仑的独裁专制表示不满，终于遭到了这位铁腕人物的疏远和排斥。大仲马本人从他的父亲那里继承到的不仅仅是黝黑的肤色，而且还有反对封建专制的传统和共和主义思想。他自幼便经受了种族偏见的苦况，童年的生活又贫困不堪，再加上在复辟王朝时期又被人视为波拿巴分子而备受冷落歧视，这一切都在他的心灵里留下了难以弥补的创伤，使他养成了渴求自由正义的叛逆性格和路见不平、拔刀相助的侠义心肠。据说他父亲去世的时候，大仲马只有四岁，却居然操起一杆枪，吵吵嚷嚷说要上天去"干掉打死爸爸的上帝"。他对于腐败不堪的复辟王朝充满着厌恶和痛恨的感情，他的母亲曾劝他恢复祖父的侯爵头衔，他坚决予以拒绝，还曾经冒杀身之险，偷偷地溜进监狱给前帝国的两位将军送去枪支和金钱。他亲身参加了七月革命和二月革命，为推翻复辟王朝和七月王朝尽到了自己的力量。后因反对拿破仑三世恢复帝制而为当局所不容，不得不流亡国外。一八六〇年，他还到意大利投身于民族英雄加里波领导的、为争取意大利的独立和统一的战争。一八七〇年普法战争期间，大仲马辗转返回祖国，不久便在亲爱的儿子身边去世。综其一生来看，坚持共和思想，反对君主专制，是他一贯信守不渝的准则。

作为文学家，大仲马是一位才华横溢的多面手，是法国浪漫主义文坛上的一员骁将。他不仅是一位杰出的小说家，同时也是一位杰出的戏剧家，他还是记者、散文家、翻译家。正如他那力大如神的父亲在战场上所向披靡一样，他在文学创作方面也显示出巨人般的才能，完成了他人难以企及的大力神式的丰厚著述。在从事文学创作的四十多年间，他挥笔不停日夜写作，写悲剧，也写喜剧；写长篇小说，也写短篇小说。与此同时，他的足迹遍及名山大川，为后人留下了为数众多的散文、游记和回忆录。在中国，人们往往喜欢用"著作等身"这句话来形容一位作家勤于动笔，著述可观，然而若把这句成语用在大仲马身上的话，却不免使人感到它的含义还缺乏足够的分量。大仲马一生共创作了八十九部戏剧作品，一八二九年问世的五幕散文体历史剧《亨利第三与他的宫廷》是其中的佼佼者，这是第一个突破了古典主义的清规戒律而获得演出的浪漫剧，它比雨果的《爱尔那尼》的上演还要早一年，因此，这一成功可以说为浪漫主义戏剧在法国的胜利开了先声。然而，大仲马最突出的成就还是在他的历史小说创作方面，他那卷帙繁浩的小说从纵的方面形象地再现了法兰西数百年间风云激荡的历史画卷。他一生究竟写了多少部小说，也许没有任何人能够说出一个准确的数字，人们只看到巴黎的大小报刊登满了他的作品，各大书商的店铺里堆放着他的小说，甚至还有人说印刷机吱嘎吱嘎昼夜不停地转动，也赶不上他那没完没了的创作。法国的一位批评家对此既表示赞赏，又感到讶异，他说："谁也没有读过仲马（指大仲马，下同）的全部作品，要把它们读完，就像要把它们写完一样，同样是不可能的。"①了解到这一点，我们也就不难明白为什么另一位浪漫派作家拉马丁对于大仲马会有这样的评价："我对您的看法就是一个巨大的惊叹号。"②

应当指出的是，人们感到惊奇、表示赞叹的，不仅仅是大仲马作品的数量之多，还有他那编写故事的出色才能和变化多端的写作手法。我

① 莫洛亚：《三仲马》，第 231 页（天津人民出版社）。
② 《法国文学史》第四卷，第 134 页（Editions Sociales）。

们相信，像这样一种又惊又喜的心情，中国的广大读者肯定也会有切身的感受。当我们阅读诸如《基度山伯爵》、《三个火枪手》等小说的时候，那起伏跌宕的故事情节、惊心动魄的戏剧性场面难道未曾紧紧地扣住我们的心弦，使我们一读再读，欲罢不能吗？现在，呈现在读者面前的这本《双雄记》同样是大仲马的一部出色的作品，它在展现历史事件时所表现出的深度，在故事安排、人物塑造方面所表现出的艺术匠心，都丝毫不低于——某些方面还要高于——作者的其他作品。

《双雄记》是大仲马一八五七年发表的一部历史小说，它描写了在法国资产阶级革命后的执政府时期，以路易十八为首的保王党人和以拿破仑为首的资产阶级政权所展开的一场尖锐复杂的斗争，这场斗争的焦点是复辟和反复辟。小说《双雄记》的法文版的原名叫做《耶户一帮子》，乍听起来，这是一个含义十分隐晦的书名，其实只要看一看作者的解释便会豁然开朗：

> 耶户是一个由以利沙（以利沙是一位犹太先知，继以利亚之后继续行神迹奇事）授命的以色列国王，为了要他消灭亚哈一家（亚哈是一位以色列王）。以利沙代表路易十八；耶户就是卡杜达尔；亚哈一家指的是革命（指一七八九年的法国资产阶级革命）。所以那些抢劫驿车，用政府的钱财来维持旺代战争的拦路贼就叫做耶户一帮子。

这里所谓的"旺代战争"，就是在法国资产阶级革命期间旺代地区的保王分子发动的武装叛乱。因此，简而言之，"耶户一帮子"指的就是在路易十八支持下的、以卡杜达尔为头目的那批在叛乱中打家劫舍、对抗革命的保王党人。大仲马在这部小说里以拿破仑发动雾月政变为其历史背景，以旺代叛乱的某些真人真事为基础，凭借着自己丰富的想象力编织出一个有声有色、夺人心魄的故事，描绘了一场你死我活的政治斗争。这场斗争的一方是以拿破仑为首的执政府，另一方是以卡杜达尔为首的"耶户一帮子"（路易十八为其后台和精神支柱）。这两个针锋相对的营垒中各有一名忠心耿耿、智勇双全的干将，他们是罗朗与摩冈。在作者的心目中，这两位年轻人都是各自阶级里的出类拔萃之士，都是顶天立地的大丈夫，小说所描述的，也就是罗朗和摩冈这两位"英雄"屡次交锋、斗智斗勇的全部过程。因此，为了使这部作品的名称更加醒目、更加明了，译者决定把它的中译本更名为《双雄记》。

从小说发表的年代来看，《双雄记》应当属于大仲马的晚期作品，它不仅在艺术上显得更加浑熟，而且在如何利用真实的历史事件来编写故事上更加突出、更加鲜明地表现出他在历史小说创作方面的独特风格。在我们看来，大仲马历史小说的独特风格似乎可以用这样两句话来概括，那就是"小说的历史化"和"历史的小说化"。

所谓"小说的历史化"，就是说包括《双雄记》在内的大仲马那些为数众多的历史小说，几乎可以构成一部法兰西的历史。当然，大仲马本人是否有用小说来编写一部法国史的宏伟抱负，我们不得而知，但是我们说他的历史小说用粗砺的笔调勾勒出了法兰西历史的风貌，应该不是过誉之辞。在他那数百部小说中，最为广大读者熟悉和喜爱的，有反映路易十三、路易十四宫廷生活和斗争的达尔大尼央三部曲：《三个火枪手》、《二十年后》、《布拉热洛纳子爵》；有描写那瓦尔亨利时代的三部曲：《玛戈王后》、《蒙梭罗夫人》、《四十五卫士》；有再现法国资产阶级革命前后的社会风貌和政治斗争的系列小说：《约瑟夫·巴尔萨摩》、《王后的项链》、《红屋骑士》、《昂日·皮都》、《萨尔尼伯爵夫人》等等。我们在阅读这些小说的时候，好像同那些虽然早已化为尘埃、当年却不可一世的人物在一起，再一次经历了法兰西几百年间的历史巨变。有些批评家指责大仲马的历史小说往往不符合历史的本来面目，这种说法虽然并不完全是无的放矢，但是不容忽视的是，许多人正是在读了大仲马的历史小说之后才多少了解到那些曾经决定过法兰西历史的转折方向或者在历史上产生过巨大影响的诸如武装暴乱、对外战争、宫廷政变、党派之争等重大历史事变的。不唯如此，通过大仲马的绘声绘色的描述，人们还得以认清那充满了阴谋诡计和敌视仇杀的宫中内幕，看到了那些衣冠楚楚的王公贵人、名媛淑女们的神秘隐私和风流轶事。大仲马从他的英雄史观出发，认为历史是由那些不同凡响的大人物们创造的，这些人物的个人品质和言行举止往往是导致政权更迭、历史变动，以及战争、暴乱等重大事件的决定性因素。这种"英雄造时势"的历史观当然是有它的局限性的，然而大仲马也正是出于这种原因，常常在他的小说里着力描写那些曾经在历史上显赫一时的风云人物，这些人物在他的笔下，一个个都是有血有肉、生动饱满的艺术形象，其中有法国历史上最有才干、也最为专横的两位统治者：即"太阳王"路易十四和"欧洲霸主"拿破仑皇帝，还有那帮曾经权倾一时炙手可热的朝中显贵，如黎塞留、马扎兰、科尔贝、富凯、富歇等等。在法国历史上，这些人物的确起到过一定的作用，产生过很大的影响，可以说他们的活动构成了法兰西历史的一个重要的方面，因此，熟悉了这些人物的各种活动，也就可以对他们所生活过的那些历史时期的基本状况有个大致的了解。从这个意义上来说，大仲马历史小说的认识作用是不容低估的。

在这方面，作者在《双雄记》中对于雾月政变的描写便是突出的一例。从法国当时的政治情势来看，拿破仑策划并发动的这场雾月政变可以说是历史发展的必然产物。当时，法国国内的阶级矛盾空前激化，保王势力极端猖獗，资产阶级革命后新建立的共和政权有被颠覆的危险，而腐败无能的督政府又根本无力驾驭这样一种困难而又微妙的局面，因此，手握兵权的铁腕人物拿破仑自然为资产阶级所看中，成了局势的中心人物。恩格斯对此曾经作过极为精辟的分析："恰巧拿破仑这个科西嘉岛人做了被战争弄得精疲力竭的法兰西共和国所需要的军事独裁者——这是个偶然现象。但是，假如不曾有拿破仑这个人，那么他的角色是会由另一个人来扮演的。"[①]这就意味着，雾月政变的发动者不管其本人当时抱着什么样的野心或企图，这次政变的本身却顺应了历史的潮流。正因为如此，旺代的叛乱分子是没有前途的，不管他们那位"杰出的代表人物"摩冈是怎样的智勇双全，对他的保王事业又是何等的赤胆忠心，而历史则已经作出了结论，他的一切努力只能是枉费心机。诚然，大仲马本人未必是站在这样一种历史的高度来认识这场政变、描写这场斗争的，他的目的也并不是要通过这一殊死的搏斗来揭示历史的规律，但是，我们在阅读这部小说的时候，却明显地感受到了时代脉搏的

---

① 《马克思恩格斯选集》第四卷，第507页。

跳动，看到了那非常岁月里激荡变幻的政治风云。

我们之所以产生这样的感受并非偶然，因为，如果说大仲马在处理历史题材时常常多少总有点为所欲为的话，那么他在《双雄记》里对于雾月政变的描绘却在相当程度上达到了历史的真实。大仲马对于这场政变前后的国内外局势、国内各派政治力量之间的对比关系、政变过程中各主要人物的态度和作用以及他们各自的性格特点等等情况可以说十分了解，而且非常熟悉，因此，他把这一重大的历史事件的前因后果及其详细经过不仅描述得准确、生动，而且极有层次。这使我们不由自主地联想起法国著名的历史学家米涅所撰写的《法国革命史》，只要读一读这本历史著述里对于雾月政变的论述，人们也许就会感到，大仲马在《双雄记》里对于这一重大事件的描绘，其态度显得格外严谨。自然，《双雄记》不是历史教科书，大仲马也不是在写编年史，他没有必要、事实上他也没有仅仅满足于把政变的始末叙述一番，他的做法是：以拿破仑为中心，全力描绘这位将军是如何巧妙地制定政变计划、如何大胆地实施计划，又如何取得全面的成功的。

米涅在他的《法国革命史》一书里曾经这样谈到雾月政变日子里的拿破仑："他（指拿破仑）表现得庄重、朴实、稳健、冷眼旁观，他已经有了一种善于处人的长处和一种不自觉的凌驾一切的作风。尽管他不急切，不浮露，却有一种信心很足的神态，人们可以在他身上看出某种阴险的用心。"[①]我们完全可以说，这一段话就是《双雄记》里拿破仑这一艺术形象的基调，大仲马不是用抽象的论述，而是用人物的动作和语

---

① 米涅：《法国革命史》，第 327 页（商务印书馆）。

言把这一"基调"生动、完全地表现出来了。在小说里，我们看到拿破仑对于当前的局势和自己的举足轻重的地位了若指掌，他胸有成竹，却又不动声色，他善于抓住有利的时机，做出准确的判断，然后以迅雷不及掩耳的速度开始行动，把对手逼进绝境，从而夺取压倒性的胜利。在《双雄记》里，拿破仑的几个对手，如巴拉斯、戈伊埃等人也并非平庸之辈，他们对于拿破仑的企图也并非木然无知，而且时时严加防范，只不过拿破仑事事棋高一着，在他的铁拳之下，他们统统显得不堪一击。大仲马是一位坚定的共和主义者，他对于雾月政变的成功显然是持肯定态度的，但另一方面，他又厌恶和抵制任何专制制度，因此，他在盛赞拿破仑这位凯旋英雄的同时丝毫也没有低估或掩饰这个人物身上的阴险狡诈、野心勃勃的一面。在《雾月十八》这一章里，我们可以读到拿破仑在政变成功后对其下属的一段演说——请注意，这段演说并非作者的向壁虚构："我离开时的法国是那么兴旺，他们把它变成了什么样子了？我离开时留下的是和平，我回来时见到的是挫折；我离开时留下的是从意大利带回来的千百万财富，我回来时看到的是欺诈、掠夺和贫困！"这种自负、狂妄的口气十足地表现出这位第一执政舍我其谁的傲慢心理，一个未来的大独裁者已经崭露头角了。因此，《双雄记》里的拿破仑，是"英雄"和"奸雄"兼而有之的，这是一个活生生的艺术形象，也基本上是历史上的拿破仑。《双雄记》不仅使我们熟悉了雾月政变这一时期的法国历史，也使我们了解了拿破仑，法国历史固然不是拿破仑一人创造，但谁又能够把这位将军和法兰西的历史截然分开呢？

　　大仲马不仅善于通过历史人物的活动来展现错综复杂的历史事件，而且非常重视人物活动背景的历史真实性。这里所说的"背景"，指的是历史事件所发生的那个地方的地理环境、风土人情以及当时的社会风貌。在《双雄记》的《告读者》一章里，作者就说过："要写一本故事情节发生在我没有看到过的地方的小说或者剧本，这对我来说是力不从心的。"因此他在每写一部小说之前，总要到那里进行考查了解，力图搜集到丰富的第一手资料。在这方面的实例多不胜举：为了写《克丽丝蒂娜》，他去过枫丹白露；为了写《亨利三世》，他前往布卢瓦；写作《三个火枪手》的时候，他特地赶到布洛涅和贝蒂纳；写作《基度山伯爵》的时候，他多次去卡塔兰和伊夫堡。除此以外，有些地方他因故无法前往，便阅读大量的游记、回忆录或其他有关资料，总之，用他的话来说，"花的时间却比我亲自去一次还要多。"

　　《双雄记》这部长达五十万言的小说就是从作者实地考察故事情节发生的现场开始的。"耶户一帮子"的传说是大仲马从自己的好友诺地埃那儿听来的一个故事，说是有四名强盗——人称"耶户一帮子"——被缉捕、审讯，最后被送上断头台。为了把该故事演绎成一部小说，作者不仅详细地研究了这一案件的始末，调阅了关于这一案件的卷宗档案，而且亲自到当年的监狱和处决犯人的刑场去察看一番，即使连该刑场自何年何月起废止不用这样一个细节也不肯放过。从艺术效果来看，大仲马强调历史背景真实性的这种做法大大地增加了他所描绘的那些人物的历史感，使读者在作品中的故事发生了数百年之后仍然有如临其境、如见其人的感觉，这就难怪许多读者要说他们从大仲马那里了解到的历史知识要比从一些历史学家的著作里学到的还要多。应当说，用小说这种文艺形式来描绘历史人物、再现历史事件的作家，在古今中外的文学史上是不乏其人的，然而像大仲马这样作品如此丰富、故事编写得如此生动、影响又如此深远的，却实不多觏。也正因为如此，莫洛亚的这一论断就应该引起我们的重视，而时至今日，许多批评家却往往忽略了这一点："人们在一八五〇年时说道，如果在某个荒无人烟的岛上还住着个鲁滨孙·克鲁佐的话，那么，他这个时候大概也在读着《三个火枪手》。还应该补充一点，整个世界和法国本身都是通过仲马的长篇小说来熟悉法国历史的。"①

在对于大仲马的"小说的历史化"这一独特的风格进行了简要的论述之后，我们应当着重指出，大仲马是以一位小说家的身份来状写历史的，因此，"历史的小说化"就形成了他文学创作中的另一个显著的、而且是更为重要的特色。

我们已经说过，大仲马的历史小说都是在真实的历史事件的基础之上创作出来的，但他在创作的过程中并不拘泥于历史事实的约束，而是着力于把这些真实的事件进行加工、改造，从而演绎成一部部充满了传奇色彩的、引人入胜的小说。他有一句名言："历史是什么？就是我用来挂小说的钉子。"可见，历史只是他创作的凭借，而他要做的，就是把它化为小说。他读过大量的名人传记、回忆录，对于形形色色的历史事件和历史人物的各种传闻掌故非常熟悉，于是，他便从其中借来他小说的人物和故事情节的基本骨架，然后尽情地发挥他那丰富而又奇妙的想象力，使用出色的写作技巧，把它们编写成曲折离奇的故事。有时候，真实的历史事件在他的作品中仅仅显现出一个轮廓，在整篇小说中起到一种烘托时代感的作用，大仲马让他一手创造出来的各色人物在这

---

① 莫洛亚：《三仲马》，第 231 页。

样的时代背景下进行活动。有时候，作者把真实的历史故事作为小说中的一股情节线索，把他虚构人物的所作所为当成另一股情节线索，这两条情节线索时而平行发展，时而交叉在一起，而大仲马特别善于把它们巧妙地糅合在一起，让真实的历史人物与想象出来的"历史人物"一起活动，使人真假莫辨，从而增加故事的传奇色彩和吸引力。

《双雄记》这部小说所使用的就是后一种写作方法，它的故事主要包含着两条线索：一是拿破仑发动雾月政变并力图平定旺代叛乱；二是罗朗与摩冈两雄相斗。在雾月政变前后登场的大多是真实的历史人物，应该一提的是，那位同拿破仑的执政府势不两立、死心塌地效命于路易十八的旺代叛军头目卡杜达尔在历史上也是实有其人的。就在第一条线索展开的同时，大仲马又以更多的篇幅来展现故事的第二条线索，把他笔下的两位英雄罗朗与摩冈的数次交往和反复较量描绘得有声有色，极有气势。作者把罗朗安排为拿破仑的亲信副官，而让摩冈成为卡杜达尔手下的第一员得力干将，这样做不仅把两条基本线索紧紧地扭合在一起，而且大大地增强了整部小说的时代感，同时也使罗朗与摩冈双雄之争带有鲜明的政治色彩。他们两人私交甚笃，摩冈还是罗朗妹妹阿梅莉的情人，但因各为其主，所以才誓不相让，正如摩冈本人所说："不为个人的事争吵，要为大家的事业。"因此，罗朗与摩冈的斗争，实质上就是以拿破仑为代表的资产阶级政权和阴谋复辟的保王党人之间的生死搏斗。罗朗与摩冈是作者虚构的人物，两雄之争当然也是作者的创造，但是在作者艺术匠心的安排下，真实的历史和虚构的故事自然而然地融为一体。大仲马本人对于他的这种写法是颇为欣赏的，在《双雄记》里他就做了这样的表白："我这样做的结果是使得我写的东西读起来真假难分，我笔下的人物有时会在我创造他们的场所落地生根，以致有些人后来真以为确有其人。"在我们看来，这段话倒是清清楚楚地告诉人们，大仲马就是用这种办法在历史的钉子上挂他的小说的。

大仲马是一位杰出的小说家，他有丰富的阅历，广博的见闻，而且随时随地都注意对人对事物的细密观察，他具有这样一种非凡的本领：可以把他接触到的任何人或任何事物全都活脱脱地表现出来。他充分掌握了小说创作的特点，善于抓住读者的心理，重视结构安排的灵活性和写作手法的多样化。我们知道，大仲马对于英国作家司各特是十分叹服的，他对司各特的历史小说曾经做过认真的研究，但是并不一味地模仿。司各特往往在作品开始时就对他的人物展开具体细致的描写，大仲马却不，他认为小说从第一行起就应该深深地打动读者，所以作者不必在开头部分进行冗长的叙述和描绘。因此，他只用寥寥几笔把他的人物略加描绘之后，便立即转向情节的开展和对话的铺陈，用紧张有力的行动和鲜明生动的语言来完成对于角色的塑造，使读者很快地沉醉在曲折迷人的故事情节中。由于他的作品常常在报纸上连载，所以许多章节都是在高潮待起的紧张时刻戛然而止，给人一种余兴未尽的感觉，更加急于了解故事的结局和人物的命运。像《双雄记》里约翰爵士夜探赛荣修道院、拿破仑与摩冈会见、罗朗追踪摩冈、罗朗与约翰爵士决斗等等章节都具有这样的艺术效果。

大仲马是一位多产作家，他的文笔泼辣恣肆，犹如滔滔江水。然而他写得太快太多了，有时甚至几部小说同时进行，于是自然便出现了一些缺陷或败笔，如故事情节发生混淆、重复，有时还会出现矛盾、漏洞，而且某些地方则不可免地醉心于猎奇或落进俗套，如《双雄记》里关于摩冈和阿梅莉的爱情描写虽然相当动人，但仍然没有摆脱"英雄美人"的窠臼。尽管这些缺陷往往被他那生动离奇的故事和奔放无羁的才情所掩盖，但不能不说是一种遗憾。有些批评家认为这是文学创作商业化的倾向在大仲马身上的反映，从而影响到这位作家在文学史上的地位。不是有过这样的批评吗："这种随便应世的市侩作风，妨碍了真正的发展进程，不能不令人感到惋惜。"[①]应该说，这话虽然说得过于严厉，但有一定的道理。

然而，在资本主义社会里谋生的文学家、艺术家，要想完全摆脱商业化的倾向是不可能的，即使雨果、巴尔扎克这样的大师也不例外，就连戈蒂埃这样的标榜"为艺术而艺术"的自鸣清高的文学家，有时不也是要迎合出版商的口味而修改自己的作品吗？大仲马自然难以免俗。那么，就法国文学史上的地位而言，大仲马同巴尔扎克、雨果之间的差距究竟在哪里呢？巴尔扎克在他的《人间喜剧》里对资本主义社会里的金钱关系以及由此而产生的种种丑恶现象予以无情的鞭挞，他的作品包含着一种巨大的批判力量。而在雨果的作品中我们常常听到作者为人间不平而发出的愤怒呐喊和正义的呼声，看到他对于自由和社会公正的理想的追求。总之，他们的作品时时闪现出思想的火花，放射出诗一般的光辉，而这些却往往是大仲马的小说里所缺少的。仅就《双雄记》这部小说来看，由于作者过于追求故事情节的惊险离奇，致使在作品的后半部中两雄相斗似乎与他们各自所代表的营垒之间的斗争脱了节。再者，作者对于罗朗与摩冈"惺惺惜惺惺"的侠义心肠作了过分的渲染，从而减

---

① 勃兰兑斯：《法国的浪漫派》，第 388 页（人民文学出版社）。

弱了罗朗这个人物的光彩，也在一定程度上削弱了这部作品的思想意义和认识价值。大仲马在文学史上之所以没有能够达到雨果和巴尔扎克等人那样的高度，根本的原因也许就在这里。

但是，我们认为不必因此而苛求于前人，如果说法国的浪漫主义文艺运动是一所百花盛开的大花园的话，那么，大仲马的作品则可以说是这所花园里的一朵艳丽的鲜花，它是那么生机勃勃，虽然已历尽百年，却依然香艳如故，至今仍然有如此众多的人在迷恋着它，这不恰恰说明了它那强大的生命力吗？因此我们应当、而且完全有必要在文学史上给大仲马以一席重要的地位。这里我们不妨再来看一看莫洛亚的一段评论吧，它也许会给我们某种启迪：

> 他(指大仲马)把历史和长篇小说引上了人民的舞台，把它们体现为令人难忘的形象，使它们成为广大群众的财产，在他的聚光灯的照耀下，历史和长篇小说获得了新的生命，成为各个时代和各个民族无比喜爱的对象。①

王聿蔚

一九八五年秋

---

① 莫洛亚：《三仲马》，第 237 页。

*

告读者

大约在一年以前，我的老朋友茹尔·西蒙①，《职责》一书的作者，来请我为他的《大众日报》写一部小说。

我把我正在构思的一部小说的主题告诉了他，他感到很满意。我们当场就签订了合同。

小说的情节发生在一七九一年到一七九三年之间，第一章的情节在瓦雷纳②开场，时间是逮捕国王的那一天晚上③。

不过，尽管《大众日报》催得很紧，我还是要求茹尔·西蒙给我半个月时间再动手写这部小说。

我要到瓦雷纳去走一遭；我从前没有去过瓦雷纳。

要写一本故事情节发生在我没有看到过的地方的小说或者剧本，这对我来说是力不从心的。

为了写《克丽丝蒂娜》，我去过枫丹白露；为了写《亨利三世》，我去过布卢瓦；为了写《三个火枪手》，我去过布洛涅和贝蒂纳；为了写《基度山伯爵》，我再去了一次卡塔兰和伊夫堡；为了写《伊萨阿克·拉克唐》，我重游了罗马④；当然，我还研究过耶路撒冷和科林思，虽然我没有去过那些地方，花的时间却比我亲自去一次还要多。

这样做的结果是使得我写的东西读起来真假难分，我笔下的人物有时会在我创造他们的场所落地生根，以致有些人后来真以为确有其人。

甚至有些人还看见过他们！

因此，亲爱的读者，我要私下里告诉您一件事情；不过，请决不要再说给别人听。我不想和那些要养家活口的老实人过不去，他们是以那种行当为生的；不过，如果您到马赛去，有人会指给您看林荫大道上的摩莱尔家的房子，卡塔兰居民区的梅瑟蒂丝的房子和伊夫岛上的邓蒂斯和法利亚坐过的黑牢⑤。

在我把《基度山伯爵》搬上历史剧院舞台上的时候，我写了一封信到马赛去，要人替我画一张伊夫堡的图寄给我。这张图是供舞台布景师用的。

我写信给他的那个画家把我要的那幅画寄给了我。而且，他做得比我敢于要求他的还要好。他在画下面写着：伊夫岛，画于邓蒂斯被扔下去的地方。

后来我又知道，有一个为人正直的伊夫堡的导游，专门出售法利亚长老亲手用鱼的软骨做的笔尖。

---

① 茹尔·西蒙（1814—1896）：法国哲学家、政治家。
② 瓦雷纳：法国默兹省一小镇，离凡尔登三十公里。
③ 一七九一年六月二十二日，路易十六准备逃亡国外，在瓦雷纳被捕。
④ 《克丽丝蒂娜》、《亨利三世》、《三个火枪手》、《基度山伯爵》和《伊萨阿克·拉克唐》都是大仲马的著作。
⑤ 摩莱尔、梅瑟蒂丝、邓蒂斯、法利亚，都是大仲马的小说《基度山伯爵》中的人物。

遗憾的是，邓蒂斯和法利亚长老不过是我想象中的人物，因此，邓蒂斯不可能从伊夫堡上被扔下海去，法利亚长老也不可能制作笔尖。

　　访问现场就是这么一回事。

　　因此我想在写我这部小说之前去一次瓦雷纳，这本书的第一章是在瓦雷纳开场的。

　　而且，从历史观点看，瓦雷纳也给我带来了很多烦恼；有关瓦雷纳的历史资料我看得越多，我对在那个地方逮捕国王越觉得不可理解。

　　因此，我邀请我的年轻朋友保尔·博卡热①和我一起到瓦雷纳去，我有把握他会接受的。向这位有才智的英俊青年提议作这样一次旅行，等于要他从椅子上一跃跳到火车上。

　　我们登上了去夏隆的火车。

　　到了夏隆，我们和一个车行老板讲好了价钱，以一天十法郎的代价，租了一匹马和一辆蹩脚马车。

　　我们的旅程一共是七天：从夏隆到瓦雷纳三天；从瓦雷纳回夏隆三天；还有一天在城里作我们的各种各样的实地调查。

　　我满意地——这种满意您很容易理解——认识到，没有一个历史学家能成为历史人物；而且，我更满意地认识到，在所有的历史学家中，梯也尔②是最没有历史价值的。

　　我早已猜到了，可是我还不能肯定。

　　唯一正确的，而且是绝对正确的，那就是《莱茵河游记》一书中的

---

① 保尔·博卡热（1822—？）：法国剧作家、小说家、大仲马的合作者。
② 梯也尔（1797—1877）：镇压一八七一年巴黎公社的刽子手，资产阶级历史学家。曾任第三共和国总统。

作者自己——维克多·雨果①。

诚然，维克多·雨果是诗人，他不是历史学家。

如果诗人愿意做历史学家，他们将成为多么出色的历史学家啊！

一天，拉马丁②问我，他写的《吉伦特党人的历史》获得巨大成功，应该归功于什么。

"归功于您站到了小说的高度。"我回答他说。

他沉思良久，我相信他最后同意了我的意见。

我在瓦雷纳逗留了一天，参观了创作我那部小说必须参观的所有的地方，我那部小说将取名为《阿尔贡的勒内》。

参观完毕我就回来了。

我儿子那时正在默伦附近的圣阿西兹乡下；那儿有一个为我留着的房间；我决定到那儿去写我的小说。

我不知道还有比亚历山大③和我两人的性格更对立的了，可是我们两人待在一起却相处得很好。我们远在两地时，肯定也曾度过一些美好的时光；可是我相信，这些美好的日子，绝不比我们在一起生活的时候更加愉快。

此外，在我安顿下来三四天以后，我就开始着手写我的《阿尔贡的勒内》，可是刚一拿起笔，几乎又马上放了下来。

写不下去。

我就讲一些故事来解闷。

----

① 维克多·雨果（1802—1885）：法国浪漫主义作家。
② 拉马丁（1790—1869）：法国浪漫主义诗人。
③ 指小仲马。

我偶然讲了一个过去诺地埃①讲给我听的故事，讲的是四个参加了耶户一帮子②的年轻人的故事，他们在布尔让布雷斯③被处决，情节悲壮，激动人心。

　　这四个年轻人中那个死得最痛苦，或者不如说那个使人最不忍心杀他的人，只有十九岁半。

　　亚历山大专心致志地听我讲这个故事。

　　我讲完以后，他说：

　　"你知不知道，"他对我说，"我要是换了你，我会怎么办？"

　　"怎么办？"

　　"我就把写不出来的《阿尔贡的勒内》搁在一边，写一本《耶户一帮子》来代替它。"

　　"可是你倒是想想看，我那一部小说在我脑子里已经搁了一两年了，几乎已经完成了。"

　　"既然它现在还没有完成，那么永远也不会完成了。"

　　"你也许讲得有理；可是我要损失六个月时间来重新进入角色。"

　　"算了！三天以后，你半部小说已经完成了。"

　　"那么，你助我一臂之力。"

　　"好，我要给你两个人物。"

　　"就这些吗？"

---

① 诺地埃（1780—1844）：法国浪漫主义作家。
② 耶户一帮子：见下文。
③ 布尔让布雷斯：法国东南部安省的省会。简称布尔。

"你的要求也太高了！其余的是你的事；我，我要写我的《金钱问题》①。"

"那么，你那两个人物是什么人？"

"一位英国绅士和一位法国军官。"

"我们先来看看这位英国人。"

"行！"

于是，亚历山大把塔莱勋爵向我描绘了一番。

"你那位英国绅士我觉得还可以，"我对他说，"现在，我们来看看你那位法国军官。"

"我的法国军官是一个神秘人物，他一心想自己找死，可是总达不到目的；以致每次他想让人杀死，他就建下一次奇功，于是就升了一级。"

"可是为什么他想找死呢？"

"因为他活得不耐烦了。"

"那么为什么他活得不耐烦了？"

"啊，那是这本书的秘密。"

"最后总得讲出来吧。"

"我要是你的话，我就不讲。"

"读者要问的。"

"你可以回答他们说，他们只能自己找；一定得留点儿事给读者干干。"

---

① 小仲马写的一个剧本。

"亲爱的朋友，那我要给读者来信压死了。"

"你别理他们。"

"好吧，可是，为了使我自己满意，至少得让我知道我书中的主角为什么想让人杀死。"

"啊，对你我可以讲。"

"说说看。"

"那么，假如阿伯拉尔①当了兵，而不做辩证法学者。"

"还有呢？"

"那么，假定一颗子弹……"

"说得好。"

"你知道，假定他不是隐藏到巴拉克莱修道院②里去，那么他会尽一切可能让自己被人杀死。"

"哼！"

"什么？"

"太生硬！"

"生硬，生硬什么？"

"要使读者接受，太生硬。"

"可是你用不到把这个告诉读者。"

"对。……是啊，我相信你是对的……等等。"

"我等着。"

---

① 阿伯拉尔（1079—1142）：中世纪法国经院哲学家、神学家，当时名噪一时。曾因秘密结婚而被阉割。
② 巴拉克莱修道院是阿伯拉尔所建。

"你有诺地埃的《革命回忆录》吗？"

"诺地埃的书我全有。"

"去替我把他的《革命回忆录》找来。我相信他写过一两页关于居荣、勒普雷特尔、阿米埃和伊凡尔的事情。"

"那么，别人会说你剽窃了诺地埃。"

"啊！他生前非常喜欢我，去世以后我向他要些什么，他一定会给我的。去替我把他的《革命回忆录》找来。"

亚历山大去把《革命回忆录》替我找来了。我打开书，翻阅了三四页，最后我找到了我要找的东西。

亲爱的读者，请看一点儿诺地埃的著作，您不会有什么损失的——下面就是他说的话：

"在我刚才提到的阿米埃一章里涉及的抢劫驿车的几个强盗叫做勒普雷特尔、伊凡尔、居荣和阿米埃。

"勒普雷特尔四十八岁，他是一个前龙骑兵队长，圣路易骑士，具有高贵的容貌，自负的神气和潇洒的风度。居荣和阿米埃的真名实姓从来也没有人知道过。他们是应该把他们的真姓名告诉那些殷勤备至的护照商人的。请想象一下，那是两个二十岁到三十岁之间的冒失鬼；由于某种共同的责任——也许是共同干了坏事，或者是由于某种比较微妙、比较高贵的利益——担心有损他们的姓氏，他们两人总是难分难舍。关于居荣和阿米埃两人的事情，凡是我所能回忆起来的，大家都会知道。阿米埃的脸色阴沉，也许是因为他可怕的外貌，才得了传记作家给他的坏名声。伊凡尔是里昂一个富商的儿子，他曾经贿赂负责押送他的班长六万法郎，要这个士官放他逃跑。他在这一帮人中间既是阿喀琉斯①，又是帕里斯②。他身材适中，四肢匀称，举止潇洒，动作迅速，反应灵敏。他的眼神里始终带着激情，嘴角上永远挂着微笑。他的相貌使人看了不会忘记，就像是一个难以表达的轻柔与刚强，温和与力量的混合物。他发表意见的时候，滔滔不绝，热情洋溢。他的谈吐说明他青年时代曾经受过良好教育，而且才智横溢。他的最使人感到震惊的是他轻松愉快、喜气洋洋的神情，这和他所处的地位形成了强烈的对比，使人看了心里难受。此外，大家一致认为他很善良、慷慨，有人情味，同情弱者；因为他喜欢打抱不平，果敢坚决，这从他的有点儿女人腔的面容上是一点儿也看不出来的；他以自己从来不缺钱用，以及没有一个敌人为荣。这是他对指责他犯了抢劫杀人罪的唯一的回答。他二十二岁。

"这四个人的任务是攻击一辆装载着四万法郎政府公款的驿车。这次行动是在大白天完成的，几乎是以彬彬有礼的方式进行的，旅客们和这件事没有利害关系，采取漠不关心的态度。这一天，有一个十岁的孩子，勇敢得出奇，他抢过车夫的手枪，向劫车者射击。因为根据习惯，平时武器只装火药不装子弹，因此没有人受伤。这时候马车里的人当然全都惊惶失措，害怕报复。这个孩子的母亲吓得突然瘫倒。这次新的混乱使强盗们的注意力完全集中在那位母亲的身上，也顾不到其他人了。有一个强盗急步向她走去，用最亲切的方式安慰她，祝贺她的儿子年纪这么小就这么勇敢，并把他们这几位先生平时备在身边给自己用的嗅盐和香料慷慨地奉献给她使用。她又恢复了正常，她的旅伴们注意到，在

————————————

① 阿喀琉斯：希腊神话中的英雄，全身除脚踵部分外任何武器伤害不了他的身体。
② 帕里斯：希腊神话中的特洛伊王子，容貌俊美，膂力过人。

这次感情冲动的时刻，那个强盗的面具掉了下来，可是他们并没有看到他的脸。

"这时候的警察局，依靠一种松懈的监视进行工作，但没有力量遏止强盗的行动，可是他们不缺少找到他们行踪的办法。通缉令一直传达到咖啡馆里，弹子房里的人全都明白出了大事；有人要掉脑袋。像这样的事不仅罪犯们非常关心，连老百姓也是十分注意的。果然，到了晚上，这些江洋大盗又来到了社交场合，像谈起晚上的娱乐消遣一样谈到了他们夜里所从事的勾当。于是，勒普雷特尔、伊凡尔、居荣和阿米埃便被带到邻省一个法庭前面。他们那次罪行没有任何受害者，除了国库以外；而国库和任何人无关，因为已经不再有人知道国库属于谁的了。除了那位漂亮夫人，也没有人能认出他们之中任何一个人，而那位漂亮夫人又绝对不会这样做。大家一致通过宣告他们无罪。

"可是舆论反应非常强烈，警务部不得不提出上诉。原判被撤销，可是当局十分犹豫，甚至有些害怕，唯恐惩罚了那些日后会被当作光辉业绩而到处宣扬的过火行动。几名被告被带到安省的布尔城法院，在这个城里有被告的一部分朋友、亲戚、支持者和同谋。当局以为，只要把那些牺牲者重新带给那个提出抗议的政党就能使他们满意；当局又以为，只要同时把这几个牺牲者置于绝对可靠的保护之下，也肯定不会得罪另一个政党。这些被告进入监狱真像是一次胜利。

"预审重新开始，起先的结果和上次完全一样。四个被告都有不在场的证明；这是伪证，可是表面上有一百个人签名的证明，即使要一万个证明人也能找到。在这样一个权威的证据面前，任何信心都会瓦解。宣告免诉看来已成定局，突然，检察长提出了一个也许是出于无意的，可是十分奸诈的问题，改变了这次诉讼的局面。

"'夫人'，他问那位曾经受到其中一个强盗非常热心关照的女人，'这几个被告之中，哪一位是曾经亲切地照顾过您的？'

"这种出人意料的讯问方式打乱了她的思路。也许她以为事实已经清楚了，要她当面指认；只不过是一种改变那个和她有关系的人的命运的方法。

"'是这位先生，'她指着勒普雷特尔说。

"这四个被告都是以不在现场的证据为自己辩护的，而且四个人是不可分割的，这一下子就全跌倒在刽子手的刀斧之下。他们站起来，微笑着向她致敬。

"'好哇！'伊凡尔在重新坐到他的小板凳上时放声大笑，说，'队长，这件事告诉您，以后对女人可要殷勤一些。'

"我听说，不多久之后，这位不幸的夫人因懊丧忧郁而离别了人世。

"照例有上诉；可是这一次却希望渺茫。拿破仑在一个月以后就要进行镇压的革命政党力量又重新抬头；反革命政党由于过去可憎的暴行受到指责。人们需要一些例子，并为此作出了安排，就像人们一般在困难时期所做的那样；因为有些政府就像人一样：最弱小的是最残酷的。再说，耶户一帮子也支离破碎了。这些凶暴的匪帮的英雄人物德博斯、阿斯蒂埃、巴里、勒科克、达布里、德尔博尔勃和斯托肯费尔特都已经死在断头台上，或者是死在断头台的旁边。对那些罪犯来说，已经不能再指望那些胆大包天的疯子，这些疯子已经累了，从此以后，他们甚至不能再保卫他们自己的生命，他们像皮亚尔一样，在快快活活地饱餐一顿以后，冷漠地结果了自己的生命，免得还要麻烦法庭或者让人进行报复。我们的强盗死路一条。

"他们的上诉被驳回了；可是首先接到通知的不是司法当局。牢房围墙脚下三声枪响把消息通知了犯人。负责法庭安全工作的督政府委员被这种内外勾结的迹象吓破了胆，召来了一些武装力量，我的伯父就是这支部队的长官。清晨九点钟，六十名骑兵排列在监狱院子的铁栅栏前面。

"为了走进这四个不幸的人的囚室，尽管狱卒已经采取了所有可能的措施——头天晚上已经把他们紧紧地绑住，又加上了沉重的镣铐——还是很快就被犯人们制服了。囚犯们已经卸去了身上的桎梏，全身武装，把他们的看守人员反锁在囚室里以后，毫无困难地走出了牢门；由于他们手上有了全监狱所有的钥匙，他们同样轻而易举地穿过了监狱的院子。在那些待在铁栅栏外面的小百姓看来，他们的外貌无疑是相当可怕的。为了能行动方便；也许为了装出一种无所畏惧的气概——这种气概比起和他们的姓名连在一起的勇敢坚强的声誉更有威力——；也许甚至是为了在身上流出鲜血时不太显眼——这些鲜血在白布上很快就会渗出来，泄露了这是一个受重伤的人在作最后挣扎；他们的身上都是赤裸裸的。他们胸前交叉着背带，红色宽阔的腰带上插满了武器，他们狂热的呼喊冲杀的声音，所有这一切都显得有点儿古怪。他们走到监狱院子里，看到展开在前面的一动不动的宪兵队，这是不可能冲破，不可能穿越的。他们站定了一会儿，似乎是相互商议了一下，勒普雷特尔，我已经说过了，他是他们之中年纪最大的，又是他们的首领，举手向宪兵队致敬，一面带着他所特有的那种高贵风度说：

Les Compagnons De Jehu

"'好样的，宪兵先生们！'

"随后，他在他的伙伴们前面经过，向他们作热烈的最后告别，接着朝自己头上放了一枪，自杀身死。居荣，阿米埃和伊凡尔装作要自卫的样子，他们两只手里的枪的枪管转向面前这支武装部队。不过他们根本没有开火；可是宪兵们把这种行动看作是一种公开的敌对行动，开枪了。居荣直挺挺地倒在勒普雷特尔的一动不动的尸体上死了。阿米埃的大腿在靠近腹股沟的地方被打断了。《当代人传记》中说他被处决了。我好几次听说他是在断头台下面断气的。只留下伊凡尔一个人了：他神色泰然，目光可怖，他两只灵活而有经验的手挥舞着他的两支手枪，以死亡威胁着所有的观众。我不知道如何来赞赏这个飘动着秀发的、绝望中的漂亮的年轻人——他以从来没有叫人流过血而闻名，眼下法庭要他以血来赎罪——他像一头被猎人追得走投无路的狼一样在三具尸体上跳来跳去，这种见所未见的可怕场面，使这群宪兵怒气稍许平息了一些时候。他发现了这种情况，作了妥协。

"'先生们，'他说，'要我死！我去！我甘心情愿地去死！可是，任何人都不要靠近我，如果有人走近我，我就向他开枪，除了这位先生以外，'他指着刽子手接着说，'这是一件我和他之间的事，这件事对我们双方来说只涉及一些程序问题。'

"这个让步是容易做到的，因为对那场可怕的悲剧，那儿没有人能再看得下去，都想看到它早些结束。他看到他们作出了这个让步，就把手中的枪咬一把在嘴里，再从腰带上抽出一支匕首，往自己胸口猛刺进去，只露出了刀柄。他还是站在那儿，显得对自己还能站着感到很惊奇。大家想向他冲过去。

"'太美了，先生们！'他重新又朝着那些准备包围他的人吼道，在他的鲜血从插着匕首的伤口大量喷出的时候，他又把两把枪抓在手中，'你们知道我们的协议：我要一个人死，要不我们一起死三个。我们一起走吧。'

"大家让他向前走去。他笔直地向断头台走去，一面在绞动插在他胸口里的刀。

"'是啊，'他说，'我的生命力一定很强！我死不了。想法子把这件事结束了吧。'

"他请几个刽子手帮忙。

"一会儿以后，他的脑袋掉了下来。也许是由于偶然，也许是由于生命力的某种特殊现象，这颗脑袋在掉下来时跳了一下，滚到了断头台的外面，在布尔至今会有人对您说，伊凡尔的脑袋还开口讲过话。"

我还没有看完，就决定把《阿尔贡的勒内》放在一边，准备着手写《耶户一帮子》。

第二天，我把旅行袋挟在胳膊下面走下楼来。

"你走了吗？"亚历山大问我。

"是的。"

"你去哪儿？"

"去布尔让布雷斯。"

"去干吗？"

"参观当地，访问那些看到过处决勒普雷特尔，阿米埃，居荣和伊凡尔的人，请他们谈谈当时的情况。"

大家知道，从巴黎到布尔有两条路可走：可以乘火车在马孔下车，随后乘从马孔到布尔的驿车；也可以乘火车到里昂下车，随后乘里昂直达布尔的火车。

我犹豫不决，不知走哪条路好，由于一个暂时和我坐在同一节车厢里的旅客，我终于下了决心。他是去布尔的，他对我说，他在那儿有很多关系；他走经里昂去布尔这条路，因此，里昂这条路是最好的。

我决定和他走同一条路。

火车到里昂我躺下睡觉，第二天上午十点钟，我到了布尔。

王国的第二首都①的一份报纸在那儿盯上了我，这份报纸上登了一篇对我冷嘲热讽的文章。

里昂自一八三三年起就对我耿耿于怀，我想，那是在二十四年以前，我曾经说过这个城市缺少文学气息。

唉！我在一八五七年对里昂的意见跟一八三三年完全一样，我不轻易改变自己的意见。

在法国还有像里昂一样的对我心怀不满的第二个城市：那是鲁昂。

鲁昂对我所有的剧本，包括《埃尔马恩伯爵》，都报以"嘘声"。

一天，一个那不勒斯②人向我夸口说他曾经嘘过罗西尼③和拉玛利勃朗④，《塞尔维亚的理发师》和黛丝德蒙娜⑤。

---

① 指里昂。
② 那不勒斯：意大利南部港市。
③ 罗西尼（1792—1868）：意大利作曲家，著有《塞尔维亚的理发师》。
④ 拉玛利勃朗（1808—1836）：西班牙籍法国女歌唱家。曾在伦敦演出《塞尔维亚的理发师》。
⑤ 莎士比亚名剧《奥瑟罗》中的女主角。

"大概是这么回事，"我回答他说，"因为罗西尼和拉玛利勃朗也夸口说他们曾经被那不勒斯人嘘过。"

因此我也夸口说曾经被鲁昂人嘘过。

一天，我身边正好有一个真正的鲁昂人，我下定决心要弄清楚为什么我在鲁昂被人嘘。有什么办法呢！我喜欢对最小的事情刨根究底，弄个水落石出。

鲁昂人回答我说：

"我们嘘您，因为我们恨您。"

为什么不恨呢？鲁昂还恨贞德①呢。当然，并不是为了同样原因。

我问这个鲁昂人，为什么他和他的同胞恨我：我从来没有讲过他们苹果酱的坏话；在巴尔贝先生任市长期间，我始终是尊敬他的，在他被文人协会委派参加伟大的高乃依②塑像落成典礼时，我是唯一想到在他开始演说以前行礼的人。

在这一切里面，没有任何值得鲁昂人憎恨的说得过去的理由。

因此，对"我们嘘您，是因为我们恨您"这个骄傲的答复，我低声下气地问道：

"那么为什么你们恨我呢，我的天主！"

"啊，这您很清楚，"鲁昂人回答说。

"我？"我说。

"是的，您。"

---

① 贞德（1412—1431）：百年战争末期抗击英国侵略军的法国女英雄。后被封建主出卖被捕，在鲁昂被由英军操纵的教会法庭判处火刑，壮烈牺牲。
② 高乃依（1606—1684）：法国古典主义剧作家。生于鲁昂。

"不管怎么样，您就当作我不知道吧。"

"您还记得市政府为了高乃依塑像的事请您参加的那次晚宴吗？"

"当然记得。是因为我没有回请而恨我吗？"

"不，不是这个原因。"

"那么是什么原因呢？"

"是这么回事，在那次晚宴上，有人对您说：'仲马先生，您完全应该用鲁昂城的历史做题材写一个剧本。'"

"对这个问题我是这样回答的：'没有再容易的事情了；只要你们一提出要求，我就到鲁昂来住上半个月。你们给我一个题材，我就可以在这半个月里面写一个剧本，作者的权益我可以送给穷人们。'"

"是这么回事，您是这么说的。"

"在这些话里面我看不出有什么得罪鲁昂人以招致他们嫌恶的地方。"

"是的，可是接下来又有人问：'这个剧本您用散文写吗？'对这个问题您回答说……您还记得您是怎样回答的吗？"

"说真的，我记不得了。"

"您那时回答说：'我要用诗句写，这样可以写得快一些。'"

"我很可能讲过这样的话。"

"是吧！"

"那又怎么样呢？"

"怎么样，这是对高乃依的侮辱①，仲马先生；所以鲁昂人恨您，而且还会恨您很久。"

---

① 高乃依以诗剧闻名。

原来如此!

可敬的鲁昂人啊! 我但愿你们永远别原谅我, 别为我鼓掌, 可别跟我这样恶作剧。

报纸上说, 仲马在里昂只待了一个晚上, 一定是因为一个极其缺乏文学气息的城市不配更久地留住他。

仲马先生从来也没有过这样的想法。他在里昂只待了一个晚上, 是因为他急于到布尔去; 因此, 仲马先生一到布尔就叫人把他带到省报报社去。

我知道那家报社是由一位杰出的考古学家领导的, 他是我的朋友波, 关于布罗①教堂的那本著作的出版者。

我求见米利埃先生。——米利埃先生马上出来迎接我。

我们握了握手, 把我此行的目的告诉了他。

"您的事交给我了," 他对我说, "我带您到我们这儿一个地方官那儿去, 他在写外省的历史。"

"可是您说的那个历史写到什么时候了? "

"写到一八二二年。"

"那么, 一切顺利。因为我要讲的历史是一七九九年的事情, 而我那些主人公是在一八〇〇年被处决的。他已经写过了那个时代, 会告诉我一些情况的。我们到您那位地方官那儿去吧。"

一路上, 米利埃先生告诉我说, 这位历史学家地方官同时又是一位杰出的美食家。

自从布里亚-萨瓦兰②以来, 地方官食不厌精已经成为习气。不幸

---

① 布罗: 布尔城东南一个区。
② 布里亚-萨瓦兰 (1755—1826): 法国作家、美食家, 做过地方官员。

Les Compagnons De Jehu

的是，很多人仅仅是些饕餮之徒，这根本就不是一回事。

我们被领进了地方官的办公室。

我见到了一个容光焕发、脸上带有嘲笑神情的人。

他带着历史学家关照诗人的那种保护人的神态欢迎我。

"那么，先生，"他问我，"您是到我们这个可怜的地方来找小说的题材的？"

"不，先生：我的题材早已找到了；我只是来寻找历史材料的。"

"是吗！我不相信写小说还要花这么大力气。"

"您错了，先生，至少对我来说是这样。我习惯于对我要探讨的历史题材作非常严肃认真的研究。"

"您至少可以派个人来。"

"如果我派人来，先生，他对我的题材毫无所知，因此很可能对一些极为重要的事情视而不见；而且，当地的实际情况对我有很大帮助，我不是亲眼目睹就难以描写。"

"那么，您准备亲自写的是一部小说吗？"

"啊，是的，先生。上一部小说我是叫我的跟班写的；因为那部小说取得了巨大的成功，这个家伙就漫天讨价要我大大增加他的工资，所以我非常遗憾，不能再留用他了。"

那位地方官咬咬嘴唇，停了一会儿他又说：

"您一定很愿意告诉我，先生，"他对我说，"在这项重大的工作里面，我在哪方面可以帮助您。"

"您可以指导我的研究工作，先生。您写过一部省史，那么发生在省会里的重大事件您总不会不知道。"

"是的，先生，我想，在这方面，我知道得是相当多的。"

"那么，先生，我们先来谈谈，您那个省曾经是耶户一帮子的活动中心。"

"先生，我曾经听说过耶稣一帮子的事情，"地方官回答说，他脸上又挂起了嘲讽的微笑。

"那么是些耶稣会修士罗，是不是？我问的不是这个，先生。"

"我讲的也不是这个；我讲的是那些从一七九七到一八〇〇年之间在大路上抢劫驿车的强盗。"

"那么，先生，请允许我对您说，我来布尔就是为了寻找有关他们的资料的，他们叫做耶户一帮子，而不是叫做耶稣一帮子。"

"可是'耶户一帮子'这个名称是怎么回事？我喜欢把一切都搞清楚。"

"我也是，先生；所以我才不想把拦路贼和传教士混为一谈。"

"是啊，这似乎有些不太正统。"

"可是这就是您刚才做的嘛，先生，如果我不纠正您的判断；我，是个诗人；而您，是位历史学家！"

"我等着听您的解释，先生，"地方官抿紧嘴唇说。

"解释很简单，用不了几句话：耶户是一个由以利沙[①]授命的以色列国王，为了要他消灭亚哈[②]一家。以利沙代表路易十八[③]；耶户就是

———————————

① 以利沙：犹太先知，继以利亚之后继续行神迹奇事。
② 亚哈：以色列王。
③ 路易十八（1755—1824）：法国复辟王朝国王（1814—1824）。

卡杜达尔①；亚哈一家指的是革命。所以那些抢劫驿车，用政府的钱财来维持旺代战争②的拦路贼就叫做耶户一帮子。"

"先生，我真幸运，在我这样的年纪还能学到一些东西。"

"啊！先生，一个人活到老学到老：活着的时候向人学习；死了以后，向天主学习。"

"可是，总之，"我的对话者做了一个表示不耐烦的手势，说，"我能不能知道我在哪方面对您有用？"

"是这么回事，先生。有四个这样的年轻人，耶户一帮子当中的主要人物，在布尔的巴斯底翁广场被处决了。"

"首先，先生，在布尔，巴斯底翁广场不是处决犯人的地方；一般都在集市场上处决犯人。"

"眼下，先生……最近十五年或者二十年以来，自从处死佩戴尔③以来，是在集市场上处决犯人的……可是从前，尤其在大革命时期，是在巴斯底翁处决犯人的。"

"这有可能。"

"是这么回事……这四个年轻人的名字叫做居荣，勒普雷特尔，阿米埃和伊凡尔。"

"我第一次听说这些名字。"

"可是他们是有点儿名气的，尤其在布尔。"

"先生，您能肯定这些人是在这儿被处决的吗？"

---

① 卡杜达尔（1771—1804）：法国保皇派密谋分子，曾参加旺代战争，朱安党的首领。
② 旺代战争：法国保皇分子发动的反对资产阶级革命的战争。
③ 佩戴尔（1804—1839）：公证人，因有重大杀妻嫌疑，在布尔被处决。

"我可以肯定。"

"这些资料您是从哪儿得到的？"

"向我提供资料的人的伯父是宪兵队队长，他参加了那次处决。"

"向您提供资料的人叫什么名字？"

"夏尔·诺地埃。"

"夏尔·诺地埃，是小说家，还是诗人？"

"如果是历史学家，我就不会寻根究底了。我最近去瓦雷纳旅行过一次，在那次旅行中我懂得了对历史学家必须尊重。可是，正巧他是一个诗人，一个小说家，所以我要寻根究底。"

"这随您的便，可是您想知道的事情我一无所知；而且我甚至敢于说，如果您来布尔，只是为了打听有关处决这几位先生的情况……他们叫什么来着？"

"居荣，勒普雷特尔，阿米埃和伊凡尔。"

"那您这次旅行就完全是白费力气。这个城市的档案我已经查阅二十年了，像您对我讲的这些事，我可从来也没有看见过。"

"城市档案和法院书记室的档案不是一回事；也许我可以在法院书记室的档案里找到些什么。"

"啊，先生，如果您想在法院书记室的档案里找到些什么，那您的本事可大极了！法院书记室档案是一堆垃圾，一堆真正的垃圾；这样的话，您就必须在这儿待上一个月，而且……而且……"

"我只准备在这儿待一天，先生；可是，在这一天里面，我要找到我找的东西，您允许我把我找到的资料告诉您吗？……"

"当然，先生，当然，先生，当然，那您真是帮了我的大忙了。"

"不比我刚才要请您帮我的忙大；我要把您不知道的一件事情告诉您，仅此而已。"

你们可以料到，在我从我那位地方官家里出来的时候，我的虚荣心受到了怎样的刺激；我无论如何要搞到有关耶户一帮子的材料。

我责怪米利埃，并把他逼得走投无路。

"听着，"他对我说，"我有一个做律师的姐夫。"

"啊，我就是需要这样的人！我们到您姐夫那儿去。"

"可是眼下他在法院里。"

"那么我们到法院去。"

"您去那儿会引起议论的，我预先告诉您。"

"那么，您一个人去；告诉他是怎么回事，叫他想办法去找。我呢，我要去市郊看看，这些地方是我以后工作的根据；如果您愿意，我们四点钟在巴斯底翁广场再见面。"

"再好没有。"

"我来的时候仿佛看到过有一座森林。"

"赛荣森林。"

"好极了！"

"您需要一座森林？"

"这是我必不可少的。"

"那么，请允许我……"

"什么？"

"把您带到我一个朋友勒杜克先生家里去，他是一位诗人，在他不做诗的时候，他是一位检查员。"

"什么检查员？"

"森林检查员。"

"森林里有没有什么废墟？"

"有一座修道院，不过修道院不在森林里，它离森林有一百来步远。"

"那么在森林里呢？"

"有一个叫做科勒里的像工场一样的地方，它是附属于修道院的，两者之间有一个地道相通。"

"好啊！——现在，如果您能够再奉献给我一个山洞，那您真是叫我心满意足啦！"

"我们有赛泽利阿山洞，不过这个山洞在拉雷苏斯河另一边。"

"这对我没有多大关系。如果山洞不到我这儿来，我可以像穆罕默德①一样，到山洞去。现在，我们先去勒杜克先生那儿吧。"

五分钟以后，我们到了勒杜克先生家里，他知道了我们为什么事去找他以后，就提出，他，还有马匹和车辆，都交由我来安排。

我全都接受了。有些人提出为别人效劳的方式会一下子使您感到毫无拘束。

我们首先参观了修道院。它似乎是为我特意建成的，简直没法使我再中意了。冷落的隐修院、荒芜的花园，居民都像是化外之人，谢天谢地，真是无巧不成书！

---

① 穆罕默德（约570—632）：伊斯兰教创立人。

我们从修道院到了科勒里，那是修道院的一个附属建筑。我还不知道我将把它怎么办；可是显而易见，这对我是有用的。

"现在，先生，"我对我的殷勤好客的向导说，"我需要一片美丽的稍许有些阴暗的景色，在大树下面，小河旁边。您知道在这儿有这样的地方吗？"

"您要这个地方干吗？"

"我要在那儿造一座宫殿。"

"什么宫殿？"

"当然是一座虚假的宫殿啰！我有一个家庭需要一个住的地方，一位模范母亲，一个整天闷闷不乐的女儿，一个淘气的兄弟，一个专门违禁打猎的园丁。"

"我们有一个叫做'黑色喷泉'的地方。"

"这个名字就很迷人。"

"可是没有宫殿。"

"那太好了，因为要是有的话，我也不得不把它毁掉。"

"我们去'黑色喷泉'吧。"

我们动身了；一刻钟以后，我们在守林人的房子前面下了车。

"走这条小路，"勒杜克先生对我说，"它通向您想去的地方。"

果然，这条路通向一个巨木参天的地方，树荫下有三四条泉水。

"这就是大家叫做'黑色喷泉'的地方。"勒杜克先生对我说。

"蒙特凡尔夫人，阿梅莉和小爱德华将来要住在这儿。现在请说说，我看到的对面几个村子叫什么名字？"

"这儿，最近的叫蒙塔涅村；那儿，山里面，叫赛泽利阿村。"

"那儿有个山洞吗？"

"有的。可是您怎么知道赛泽利阿村有一个山洞。"

"请再讲下去。请问其他几个村子叫什么名字啊？"

"圣茹斯特，特莱科纳斯，拉马斯，维尔勒韦尔絮尔。"

"很好。"

"您够了吗？"

"够了。"

我拿起我的笔记簿，画了一张当地的地图，就在靠近这些村子的位置上，记下了勒杜克先生刚才——说给我听的那些村子的名字。

"我记下了，"我对他说。

"我们去哪儿？"

"布罗教堂该在我们走的这条路上吧？"

"正是。"

"我们去参观布罗教堂。"

"在您的小说里也需要谈到它吗？"

"当然；您完全可以想象，我小说的情节发生在拥有一个十六世纪建筑学上的杰作的地方，我总不会不去利用这个杰作。"

"我们去布罗教堂吧。"

一刻钟以后，圣器室管理人把我们领进了那个安置着三座珍贵的大理石坟墓的花岗岩岩洞里面，那是玛格丽特·德·奥地利①，玛格丽特·

---

① 玛格丽特·德·奥地利 (1480—1530)：萨瓦大公美男子菲利浦的妻子。

德·波旁①和美男子菲利浦②三人的墓。

"怎么，"我问圣器室管理人，"在大革命时期③，所有这些东西没有被毁坏吗？"

"啊，先生，市政府想出了一个好主意。"

"什么好主意？"

"就是把教堂改成一个草料仓库。"

"是啊，于是干草救了大理石；您讲得对，我的朋友，这是一个好主意。"

"市政府的主意是不是也引出您一个主意？"勒杜克先生问我。

"对啊，如果我不用来搞些名堂出来，那我真是太不幸了。"

我把怀表掏了出来。

"三点钟了！我们去监狱吧；我四点钟在巴斯底翁广场和米利埃先生有约会。"

"等等……还有最后一件事。"

"什么事？"

"您看到了玛格丽特·德·奥地利的箴言吗？"

"没有看到；在哪儿有？"

"到处都有；首先在她的墓上就有。"

"Fortune, infortune, fort:une."④

───────────

① 玛格丽特·德·波旁：美男子菲利浦的母亲。
② 美男子菲利浦（1480—1504）：萨瓦大公。
③ 指法国资产阶级大革命。
④ 根据法文直译为"幸运，厄运，强者：一个"。

"就是这个。"

"那么，这个文字游戏是什么意思？"

"学者们是这样解释的：妇女薄命。"

"让我们来看看是怎么回事。"

"首先必须从它的来源假设这是一个拉丁文箴言。"

"我们就这么假设吧，很可能是这么回事。"

"那么：Fortuna infortunat…"

"噢！噢！infortunat。"

"当然啦……"

"这太像是一个生造的词语。"

"有什么办法呢！"

"我有一个解释。"

"先说说看！"

"可以这样解释：Fortuna, infortuna, forti una.①也就是命运好坏对强者来说是无所谓的。"

"也许正确的翻译就是这样的，您知道吗？"

"对啊！所谓不学无术就是这么回事，我亲爱的先生；您很有见识，一个有经验的人比一个有学问的人看问题更正确。——您没有别的事对我说了吗？"

"没有了。"

"那么，我们去监狱。"

---

① 拉丁文。

我们又登上马车，回到城里，一直到监狱门前才停车。我从车门伸出头去说：

　　"唷！"我说，"他们替我把它糟蹋了。"

　　"什么！他们替您把它糟蹋了？"

　　"当然，它已经不像我那些囚犯那个时代的模样了。我们可以和狱卒谈谈吗？"

　　"当然可以。"

　　"我们去和他谈。"

　　我们敲门。

　　一个四十来岁的人来替我们开门。

　　他认出了勒杜克先生。

　　"我亲爱的，"勒杜克先生对他说，"这是我一个朋友，一位学者……"

　　"啊！算了，"我打断他的话说，"别乱开玩笑。"

　　"我这位朋友说，"勒杜克先生继续说，"这座监狱已经不是上一世纪那一座了，是吗？"

　　"是这么回事，勒杜克先生，监狱曾经被毁掉过，后来又在一八一六年重建起来。"

　　"那么，里面的样子也和过去不一样了？"

　　"啊，不一样了，先生，完全变样了。"

　　"有没有旧监狱的平面图？"

　　"噢！建筑师马丁先生也许能替你们找一张来。"

　　"是律师马丁先生的亲戚吗？"

"是他的兄弟。"

"很好，我的朋友；平面图我会拿到的。"

"那么，我们不需要再待在这儿了？"勒杜克先生问。

"不必要了。"

"我可以回家了吗？"

"要离开您真是一件憾事，可是也没有办法。"

"您不需要我陪您去巴斯底翁广场吗？"

"它就在这儿附近。"

"今天晚上您干什么？"

"如果您愿意的话，我到您那儿去。"

"太好了！九点钟，等您来喝茶。"

"我一定去喝。"

我谢过了勒杜克先生，握过手以后就分别了。

我向利斯街——又称竞技场街，因为这条街通向曾经发生过一次战斗的广场——走去，随后沿着蒙比隆花园走到了巴斯底翁广场。

那是一个半圆形广场，今天已经变成了市场。在这个半圆形广场中间，矗立着达维·德·昂热尔①制作的比谢②青铜像。比谢穿着大礼服——为什么要作这样的现实主义夸张呢？——一只手放在一个十岁左右的全身赤裸的孩子的胸口上——为什么要作这样过分的想象呢？在比谢的脚下还横着一具尸体。这是用青铜表现的比谢的著作：生和死！……

---

① 达维·德·昂热尔（1788—1856）：法国雕塑家。
② 比谢（1771—1802）：法国解剖学家，生理学家。

Les Compagnons De Jéhu

我全神贯注地看着这座铸像，它集中地表现了达维·德·昂热尔的优缺点，突然我感到有人碰了一下我的肩膀。我回过头去：是米利埃先生。

他手里拿着一张纸。

"怎么样？"我问他。

"好啦，成功了！"

"这是什么？"

"执行记录。"

"谁的执行记录？"

"您那几位的。"

"居荣，勒普雷特尔和阿米埃的吗？……"

"还有伊凡尔的。"

"那么，给我吧。"

"拿去！"

我拿过来，念了起来。

死刑执行记录

被判处人　洛朗·居荣；艾蒂安·伊凡尔；弗朗索瓦·阿米埃；安托尼·勒普雷特尔。

共和八年热月①二十日判决；共和九年葡月②二十三日执行。

---

① 热月：法兰西共和历的第十一月，相当于公历七月十九或二十日至八月十七或十八日。
② 葡月：法兰西共和历的第一月，相当于公历九月二十一、二十二或二十三日至十月二十二或二十三日。

"今天,共和九年葡月二十三日,共和政府政法委员于夜间十一点钟,收到司法部长的一包有关判处洛朗·居荣、艾蒂安·伊凡尔、弗朗索瓦·阿米埃和安托尼·勒普雷特尔四人死刑的诉讼案卷和判决书。最高法院本月六日的判决书否决了撤销共和八年热月二十一日的申诉,并用公函于早上七八点钟通知,四个被判死刑的被告将于今天十一点钟处决。在十一点钟以前,这四个被告在监狱里用手枪打自己,用刺刀刺自己。据说勒普雷特尔和居荣已经死了;伊凡尔受了重伤,奄奄一息;阿米埃只差没有断气,不过还有知觉。所有这四个人,就这样,死也好,活也罢,都被弄到断头台被砍下了脑袋。十一点半,执达吏科兰他们受刑的记录交到市政府,把他们的名字记上死亡登记簿。

宪兵队长把他在监狱里看到的事情的记录交给了治安法官;我当时没有在场,我保证别人是对我这么说的。

布尔,共和九年葡月二十三日

狱卒　杜博斯特　签名"

啊！这样的话,诗人反对历史学家是有道理的！把发生在监狱里的事情的记录交给治安法官的是宪兵队长——他当时在现场——那是诺地埃的伯父。这份交给治安法官的记录,就是铭刻在这个年轻人脑袋里的故事,这个故事,过了四十年以后,原原本本地出现在这本名为《革命回忆录》的名著里面。

整个诉讼程序都写在狱卒的档案里面。马丁先生叫人替我抄了一份,包括讯问笔录,执行记录和判决书。

我口袋里装着诺地埃的《革命回忆录》。我手里拿着执行记录，这份记录证实了他所提到的事情。

　　"我们到我们的地方官那儿去吧，"我对米里埃先生说。

　　"我们到我们的地方官那儿去吧。"他也跟着说。

　　地方官不由得目瞪口呆，我使他信服了诗人和历史学家同样都懂得历史，如果他们不比历史学家懂得更多的话。

亚历山大·大仲马

阿维尼翁①城

我们不知道我们将要放在读者面前的楔子是不是很有用，可是我们忍不住要写下来，不是作为第一章，而是作为这本书的前言。

我们在生命的路上走得越远，我们对事物的奥秘了解得越深，我们越是会深信任何东西都不是突然而来的，也不是孤立的，大自然和社会是循序渐进的，而不是跳跃前进的；各种事件，就像今天在我们面前盛开的这些花朵一样，不论它们是欢乐的还是忧郁的，是芳香的还是恶臭的，是喜悦的还是沮丧的，它们的花苞却是在这以前成形的，有的则很早就开始生根，正如它们将来还会结果一样。

人在年轻的时候浑浑噩噩，得过且过：对昨天怀念留恋，对今天无忧无虑，对明天也很少关心。青年时期，那就是有着清新的晨曦和美丽的暮色的春天；即使有时候天空中刮起一阵暴风雨，霹雳一声，雷电交加，很快就雨过天晴、苍穹比刚才更加湛蓝，空气比刚才格外明净，大自然比刚才越发显得妩媚动人。

去考虑这场瞬息即逝、昙花一现般的暴风雨的原因有什么意思呢？在我们对这个气象谜语发表意见以前，暴风雨已经过去了。

可是，如果这种可怕的气象现象发生在夏末，威胁了我们的收获；发生在深秋，影响了我们的葡萄；那么情况就完全不同了：人们就要思索它们的来龙去脉，寻找预防它们的方法。

不过，作为一个思想家、一个历史学家、一个诗人，对那些革命，对那些毁灭整整一代人的流血的社会风暴，有一个比对淹掉一次秋收、或是葡萄遭受一场雹灾，也就是毁掉一年的指望完全不同的问题要考

---

① 阿维尼翁：今法国南部沃克吕兹省省会。在罗讷河畔，南距迪朗斯河和罗讷河汇合处四公里。

虑。毕竟这只不过是一年的指望，下一年还可以大大地得到补偿，除非碰到天主生气。

因此，在过去，也许由于遗忘，也许由于疏漏，也许由于无知——无知的人真幸福！有知的人真不幸！——在过去，我也许会把今天要讲给你们听的故事不先作一些说明，就这么讲下去了，我也许会不多作考虑地写下本书的第一幕，我也许会像经过另一个外省似的经过南方，我也许会像称呼另一个城市一样称呼阿维尼翁。可是今天却不一样了，我已经不再处在春天的狂风之中，而处在夏天的雷雨和秋天的风暴之中。今天，当我称呼阿维尼翁时，我就是在召唤一个亡灵；就像安东尼[①]在展开恺撒[②]的尸布时说，"这是卡斯卡[③]的匕首戳的窟窿，这是卡西乌[④]的攮子扎的窟窿，这是布鲁图[⑤]的剑刺的窟窿"；而在我看到教皇城市[⑥]血淋淋的裹尸布时，我会说："这是阿尔比居民的血；这是塞文山区人民的血；这是共和分子的血；这是保皇分子的血；这是莱斯居叶[⑦]的血；这是布鲁纳[⑧]元帅的血。"

于是我心中感到非常悲哀，我就开始写了；可是刚写了几行，我发

---

① 安东尼（前82—前30）：古罗马统帅。恺撒的部将。公元前四十三年，与屋大维、李必达结成三头政治，共同打败刺杀恺撒的元老派贵族。
② 恺撒（前100—前44）：古罗马统帅。后被布鲁图和卡西乌的元老派贵族阴谋刺杀。
③ 卡斯卡：刺杀恺撒的凶手之一。
④ 卡西乌：刺杀恺撒的凶手之一。
⑤ 布鲁图（前86—前42）：古罗马奴隶主贵族派政治家，刺杀恺撒的主谋者。
⑥ 教皇城市：指阿维尼翁。公元一三〇三年教皇卜尼法八世同法王腓力四世争权失败后死去。受法王支持的克雷芒五世即位，怕意大利反对，迁至阿维尼翁（当时属教皇国，今属法国），此后六任教皇均为法国人。此时的阿维尼翁即为教皇城市。
⑦ 莱斯居叶：下文中将提及此人。
⑧ 布鲁纳（1763—1815）：法国元帅，效忠拿破仑；后被阿维尼翁的保皇分子杀死。

现，在我的手中，小说家的羽毛笔不由自主地让位给了历史学家的雕刻刀。

那么，就让我们身兼二职吧：读者，请把前面的十页，十五页，二十页给了历史学家吧；其余的留给小说家。

因此让我们来讲几句关于阿维尼翁的话，我们奉献给大家的这本新书的第一幕就是在阿维尼翁开场的。

在读我们下面就要讲的故事以前，也许最好先看一看法国历史学家弗朗索瓦·努吉埃说的话。

"阿维尼翁，"他说，"它的古文化是高贵的，它的位置是舒适的，它的城垣是壮丽的，它的土地是肥沃的，它的居民是和蔼可亲的，它的宫殿是华丽的，它宽大的街道是漂亮的，它的大桥的结构是巧妙的，它的商业是发达的，它在全世界都是赫赫有名的。"

如果我们对这个城市的看法和弗朗索瓦·努吉埃不尽相同，但愿他的亡灵能宽恕我们。

熟悉阿维尼翁的人会告诉我们到底是历史学家的看法正确，还是小说家的看法有理。

首先，把阿维尼翁看作是一个与众不同的城市，也就是说是一个苦难重重的城市是正确的；给它带来政治仇恨的宗教纷争的时代可以上溯到十二世纪。文多山的山谷为逃出里昂的彼埃尔·韦尔多[①]和他的韦尔

---

① 彼埃尔·韦尔多（？—约1217）：中世纪基督教韦尔多派创始人。传原为里昂富商。一一七〇年变卖家产，周济穷人，并开始传教。主张改革教会，简化仪式。追随者被称为"里昂穷人"，或"韦尔多派教徒"。被罗马教皇路济乌三世开除教籍后离开里昂，转往法国南部及意大利等地山区牧民中活动，死于波希米亚（今捷克斯洛伐克境内）。

多派教徒提供了隐蔽所。这些新教徒的祖先，以阿尔比居民的名义，要图卢兹伯爵——莱蒙六世①拿出了在朗格多克②所拥有的七座宫堡，使罗马教廷蒙受了损失。

阿维尼翁在几个最高行政官的统治之下是一个强大的共和政体，它拒绝臣服于法国国王。一天早晨，路易八世③——他觉得，像从前西蒙·德·蒙福尔④那样以十字军⑤来对付阿维尼翁，要比过去菲利浦－奥古斯特⑥对付耶路撒冷⑦更为容易——我们说，一天早晨，路易八世来到了阿维尼翁的城门前，要求进城。他平举长矛，头戴盔帽；军旗招展，号角齐鸣。

城市居民不同意他进城；作为最后的让步，他们同意法国国王除去头盔，高举长矛，只展开国王的旗帜，以和平的方式进城。国王开始围城：这次围城历时三个月，在此期间，据编年史上载，阿维尼翁城市的居民和法国兵士箭来箭去，互有伤亡。

阿维尼翁最后投降了，路易八世把圣天使堡⑧的罗马执政主教带进了他的军队里；由执政主教提出的条件苛刻而专横，可称是真正的教士的条件。

阿维尼翁居民被勒令要毁去城墙，填平壕沟，拆除三百座箭楼，交

---

① 莱蒙六世（1156—1222）：又称图卢兹伯爵。
② 朗格多克：法国古地区名，介于阿基坦盆地和地中海中间。
③ 路易八世（1601—1643）：法国国王（1610—1643），又称正义者。
④ 西蒙·德·蒙福尔（1150—1218）：又称蒙福尔伯爵。
⑤ 十字军：中世纪天主教会以罗马教皇为首组成的反动军队，用以镇压各国人民反封建反天主教会的"异端"运动。
⑥ 菲利浦－奥古斯特（1165—1223）：法国国王（1180—1223）。
⑦ 耶路撒冷：巴勒斯坦中部。古犹太教、基督教和伊斯兰教都奉之为圣地。
⑧ 圣天使堡：罗马一大古堡，建成于一三九年。

出船只，烧毁他们的战争物资。此外，他们还要付出巨大的赔款，发誓弃绝韦多尔派的异端邪说，在巴勒斯坦维持三十个全副武装的军人给养，为他们提供装备，尽力使基督的坟墓免遭损毁。最后，为了监督这些条件的履行——与此有关的诏书，还可以在城市的档案里找到——还建立了一个苦修会，这个苦修会在经过六个多世纪以后，至今还存在着。

和这个被称为白衣苦修会①相对，又建立了黑衣苦修会②，它们的教义充满着图卢兹伯爵莱蒙的那种针锋相对的思想。

从这一天起，宗教仇恨变成了政治仇恨。

对阿维尼翁来说，作为异端的地盘是远远不够的，它还必须变成教会分立的舞台。

在谈到法兰西的罗马时，请允许我们把历史话题稍许扯开一些去；严格来说，对我们要讨论的问题来说，这也许是完全不必要的，因此也许我们还是一下子进入正题的好；可是我们希望大家能原谅我们。我们所以要写这些事情，特别是为了那些喜欢在一本小说里面有时候能读到一些在小说里没有的东西的人。

一二八五年，美男子菲利浦③登上了王位。

一二八五年，这个年代是一个伟大的历史性年代。罗马教廷在格列

---

① 白衣苦修会：天主教西多会的别称。因穿白衣而得名。
② 黑衣苦修会：天主教本笃会的别称。因穿黑衣而得名。
③ 美男子菲利浦（1268—1314）：此处指菲利浦四世。法国卡佩王朝国王（1285—1314）。在位时因向教会征税，与教皇卜尼法八世发生冲突。为了寻求资助，一三〇二年首次召开有市民代表参加的三级会议。卜尼法八世积愤而死，继承法籍教皇迁居阿维尼翁，成为法王的御用工具。

高利七世①时曾反对过德国皇帝。被亨利四世②在物质上战胜的教廷，在精神上战胜了他。教廷被一个普通的意大利萨宾贵族打了一记耳光，科洛那的铁手套把卜尼法的脸打红了。

可是真正打这记耳光的法国国王，在卜尼法八世③的继承人的时代，又会遇到什么事情呢？

这个继承人是贝诺瓦十一世④，此人出身低贱，可是他也许是个有才能的人，如果给他时间施展的话。

要和美男子菲利浦抗争，他太弱小了，他想出了一个使两百年以后一个有名的教会的创始人也感到羡慕的方法：他响亮地、高声地宽恕了科洛那。

宽恕科洛那，那就是宣布科洛那是有罪的，只有罪犯才需要得到宽恕。

如果科洛那是有罪的，那么法国国王至少是他的同谋。

要坚持这样一个论点是有点儿危险的，因此贝诺瓦十一世只做了八个月教皇。

一天，一个蒙面妇女，自称是佩特罗尼尔⑤圣母的杂务修女来到了

---

① 格列高利七世（1020—1085）：罗马教皇（1073—1085）。一〇七五年，他发布《教皇敕令》二十七条，宣称教皇权力高于一切，因之与神圣罗马帝国皇帝亨利四世发生冲突，一〇七六年他乘德意志政局不稳，宣布驱逐亨利出教。亨利地位稳固后，于一〇八三年进军意大利，占领罗马，另立教皇；一〇八四年新教皇为亨利举行加冕礼。格列高利出走，死于意大利萨莱诺城。

② 亨利四世（1050—1106）：神圣罗马帝国皇帝（1056—1106）。

③ 卜尼法八世（1235—1303）：罗马教皇（1294—1303）。为使教皇权力超越世俗君主，先后在英、法、西西里造成争端。一三〇二年禁止法王菲利浦四世向教会征税，失败，在阿那尼被菲利浦四世使者所辱，回罗马抑郁而死。

④ 贝诺瓦十一世（1240—1304）：教皇（1303—1304）。他在罗马混乱之际，逃亡到佩鲁贾，颁布敕谕谴责阿那尼事件中的科洛那等人，后立即死去（传说系中毒）。

⑤ 佩特罗尼尔：阿拉贡国王拉蒙·贝伦盖尔四世（1131—1162）的王后。

佩鲁贾①，在贝诺瓦十一世的餐桌上献上了一筐无花果。

在这筐无花果里，是不是也像在克娄巴特拉女王②的筐子里一样，藏着一条蝰蛇？事实是，第二天，教皇的宝座又空缺了。

这时候，美男子菲利浦想出了一个奇怪的念头，非常奇怪，以至起初这个念头像是一个幻想。

那就是把教廷搬出罗马，迁到法国，把它看管起来，为他制造钱币。

美男子菲利浦的统治就是黄金登基。

黄金是这个打过教皇耳光的国王的唯一的上帝。圣路易③把一个教士、可尊敬的絮热神父作为他的大臣；美男子菲利浦用两个银行家作为大臣：弗洛伦丁斯·皮西奥和穆西阿多。

亲爱的读者，您大概以为我们又要进行老一套的诅咒黄金的哲理谈话了吗？您想错了。

在十三世纪，黄金是一种进步。

直到那时为止，人们只知道土地。

金子，是变卖了的土地，活动的土地，也可以说是可交换的，可搬运的，可分割的，变小了的，精神化了的土地。

在土地还不能用金子作为代表时，人就像地界神忒耳弥诺斯一样，脚是根生在土地上的，过去土地带人，今天人带土地。

可是黄金，必须把它从它所在地方取出来；黄金根本不是埋在智利

---

① 佩鲁贾：意大利中部城市。
② 克娄巴特拉女王（前69—前30）：埃及女王（前51—前30）。相传以蝰蛇自杀身死。
③ 圣路易：即路易九世（1214—1270），法国卡佩王朝国王（1226—1270）。

Les Compagnons De Jehu

和墨西哥的矿里。

黄金在犹太人那里，在教堂里面。

要把黄金从这两个矿里取出来，光有一个国王还不够，还得有一个教皇。

所以美男子菲利浦，这位伟大的黄金攫取者，决定要有一个自己的教皇。

贝诺瓦十一世死了，在佩鲁贾要召开选举教皇的会议：在这次选举教皇会议上，法国的红衣主教占大多数。

美男子菲利浦的眼睛盯着波尔多的大主教贝尔特朗·特哥[①]。他约贝尔特朗·特哥在圣让当热利附近的一座森林里晤面。

贝尔特朗·特哥如约前往。

国王和大主教在那儿望了弥撒，在举扬圣体的时候，他们以被颂扬的天主为名，立誓保守秘密。

贝尔特朗·特哥还不知道是怎么一回事。

这台弥撒是这样做的：

"大主教，"美男子菲利浦对他说，"我有权力任命你做教皇。"

贝尔特朗·特哥一听到就忙不迭地跪倒在国王的脚下。

"那么我要干些什么事？"他问。

"满足我要向你要求的六个圣宠，"美男子菲利浦回答说。

"你吩咐，我服从，"未来的教皇说。

奴役的誓言许下了。

---

① 贝尔特朗·特哥（1264—1314）：即后来的克雷芒五世教皇（1305—1314）。

国王把贝尔特朗·特哥扶起来，吻了他的嘴，对他说：

"我向你要求以下六个圣宠：

"第一，你使我和教会重修旧好，让我在卜尼法八世这个事件上所犯的错误得到宽恕。

"第二，罗马教廷剥夺了我和我全家的教籍，你要还给我们。

"第三，你要向我的王国缴纳五年税款，帮助支付弗朗德尔战争的开销。

"第四，你要消除对卜尼法八世的怀念。

"第五，你要为雅可布和皮埃特罗·科洛那恢复名誉。

"至于第六个你要答应我的圣宠，我保留着，等到了适当的场合和时间我再对你说。"

贝尔特朗·特哥发誓遵守以上条件，包括他已经知道的和他还没有知道的。

国王不敢和以上几条一起说出来的最后一条是消灭圣殿骑士团①。

除了以 Corpus Domini② 宣誓同意以上条件以外，贝尔特朗·特哥还把他的兄弟和两个侄子交出，作为人质。

国王也宣誓保证他被选为教皇。

发生在黑糊糊的森林里十字路口的这一幕，不像是一个国王和一个教皇在订立条约，更象是一个巫师和一个魔鬼在呼神唤鬼。

---

① 圣殿骑士团：中世纪天主教的军事宗教修会。总部设在耶路撒冷犹太教圣殿，故名。一一二八年获教皇批准。该团成员由于抢掠和帝王贵族捐赠及教皇给予的特权而致富，成为欧洲早期的银行家，引起国王和其他修会不满，被斥为异端。一三一二年被教皇克雷芒五世解散。
② 拉丁文：圣体。

Les Compagnons De Jehu

因此，不久以后在里昂举行的国王加冕典礼——从此教会受控制——似乎很不受天主的喜欢。

就在国王的仪仗队经过时，一堵挤满观众的墙倒塌了，国王受了伤，布列塔尼公爵死于非命。

教皇摔倒在地，三重冕滚落在泥浆里。

贝尔特朗·特哥被选为教皇，命名为克雷芒五世[①]。

克雷芒五世实现了贝尔特朗·特哥答应的所有条件。

菲利浦四世被宣告无罪，他和他的全家又重领了圣体，科洛那肩上又披上了红袍，教会不得不为弗朗德尔战争和菲利浦·德·瓦洛瓦[②]反对希腊帝国十字军战争支付经费。对卜尼法八世的怀念即使没有消除，至少也已经冲淡了；圣殿骑士团的墙垣被毁，骑士在新桥的桥面上被烧死。

所有这些敕令——这已经不能再称作是教皇谕旨了，因为这些都是由世俗的权力在发号施令——所有这些敕令都是从阿维尼翁发出的。

美男子菲利浦是法国君主政体中最最富有的国王；他有一个取之不尽的金库，就是他的教皇。他已经买下了他的教皇，他可以利用他，压榨他，就像一架普通的压榨机下流出的是苹果汁和葡萄汁一样，从这个被压榨的教皇身上流出的是黄金。

---

① 克雷芒五世：一三〇三年罗马教皇卜尼法与法王菲利浦四世争权失败后死去，受法王支持的贝尔特朗·特哥继任教皇（1305—1314），称克雷芒五世，后为罗马贵族所迫，于一三〇九年迁到阿维尼翁。自克雷芒五世起的七任教皇均为法国人，并受法王控制。一三七八年后，阿维尼翁教皇和罗马教皇并存。一四一七年，康斯坦茨宗教会议宣布：嗣后阿维尼翁的教皇为非法。

② 菲利浦·德·瓦洛瓦（1294—1350）：法国国王（1328—1350）。菲利浦四世之侄。

教廷由于卜尼法八世被科洛那打了耳光，在克雷芒五世时放弃了它至尊的权力。

我们已经讲过血统国王和黄金教皇是怎么来的。

我们也知道他们是怎么去的。

雅克·德·摩莱[1]在他受火刑的柴堆上给了他们两人一年的期限，要他们到天主面前去受审。阿里斯托芬[2]说：

"To γερον σιδυλλεα[3]——垂死的老人就像预言家一样。"

克雷芒五世先走了；他梦见他的教皇宫火烧。

"从那时候起，"巴吕兹[4]说，"他就变得郁郁寡欢，后来没有活了多久。"

七个月以后轮到了菲利浦四世，有的人说他是在打猎的时候死的，被一头野猪撞倒了；但丁[5]也是这么说的。"这个在塞纳河边伪造钱币的人，"他说，"被野猪的獠牙一挑便死了。"

可是吉约姆·德·南齐斯[6]说这位伪币制造者国王的死因完全是另有天意：

"菲利浦四世染上了一种使医生们莫名其妙的疾病，死去了。大家深感奇怪的是，不论是他的脉搏，还是他的小便都不能揭示他患病的原

---

① 雅克·德·摩莱（1243—1314）：圣殿骑士团骑士。一三〇七年被菲利浦四世逮捕，一三一四年受火刑。
② 阿里斯托芬（约前446—前365）：古希腊早期喜剧代表作家。
③ 原文为希腊文。
④ 巴吕兹（1630—1718）：法国学者。著有《阿维尼翁教皇的生活》。
⑤ 但丁（1265—1321）：意大利诗人。他的著名长诗《神曲》包括《地狱》《炼狱》《天堂》三部。
⑥ 吉约姆·德·南齐斯（？—1300）：法国编年史作家。著有三本拉丁文的历史著作。

Les Compagnons De Jehu

因和说明他死期将临。"

被称作争吵者的路易十世①，这个胡思乱想，喜怒无常的国王接替了他父亲美男子菲利浦；让二十二世②接替了克雷芒五世。

阿维尼翁从此变成了真正的第二罗马，让二十二世和克雷芒六世使它极尽豪华，当时的风尚使它放荡逸乐。在它的被圣天使堡的罗梅纳斯③摧毁的城楼的废墟上，耶路撒冷的伟大的圣约翰，埃尔纳代·德·埃尔第，替它筑了一条围墙。它有一些生活放荡的教士，把修道院的受过祝福的围墙里面变成了奢侈淫乐之所；它有一些漂亮的姑娘，把三重冕上的钻石抢过去，替自己做手镯和项链；最后，它还能听到从沃克吕兹④传过来的彼特拉克⑤的软绵绵的悦耳的歌声。

就这样一直延续到查理五世⑥国王，他是一个聪明的虔诚的君主，他下定决心不让这种丑恶行为继续下去，派布西科元帅⑦去把伪教皇贝诺瓦十三世⑧逐出阿维尼翁。可是一看到法国的士兵，贝诺瓦十三世记起了他在做教皇以前是一个军官，名字叫彼埃尔·德·吕纳。他一连抵抗了五个月，亲自在宫堡的围墙上使用和他的教皇的雷霆之怒各有千秋的战争机器。最后他不得不逃之夭夭。在毁坏了一百幢房子，杀死了四千个阿维尼翁人以后，他从一个暗道出了城，一直逃到西班牙，那儿的

---

① 路易十世（1289—1316）：法国国王（1314—1316）。菲利浦四世的儿子。
② 让二十二世（1245—1334）：阿维尼翁第二任教皇（1316—1334）。
③ 罗梅纳斯（？—897）：教皇（897）。
④ 沃克吕兹：法国一省，阿维尼翁是它的省会。
⑤ 彼特拉克（1304—1374）：意大利诗人，欧洲文艺复兴时期人文主义先驱之一。
⑥ 查理五世（1338—1380）：法国国王（1364—1380）。
⑦ 布西科元帅（？—1367）：查理五世手下的大将。
⑧ 贝诺瓦十三世（1324—1423）：阿维尼翁伪教皇（1394—1423）。

亚拉冈①国王给了他一个藏身之地。在那儿，他每天早上，在两个和他在同一个主教团里的教士的协助下，在一个塔楼顶上为大家祝福——这些人也没有因此而身体好了一些；宣布把他的敌人逐出教会——这些人也没有因此而得病。最后，他感到死在眼前，生怕教会分裂的情况会随着他的死亡而结束，他指定他两个代理人为红衣主教，条件是，在他去世以后，这两个人中之一选举另一位为教皇。选举进行过以后，新教皇在另一位宣布他为教皇的红衣主教的支持之下继续了一段时间教会分裂的政策。末了，他们两人和罗马进行会谈，向罗马认罪，回到了天主教会之中，一个当上了塞维利亚②大主教，另一个取得了托莱多③大主教的职位。

从那时候起一直到一七九〇年，阿维尼翁就不再有教皇了，它受教皇的特使和副特使统治；在近七十年的时间以内，在阿维尼翁的城墙里面住过七任教皇；阿维尼翁有七所济贫院，七个苦修院，七个男修院，七个女修院，七个堂区和七个公墓。

那些了解阿维尼翁的人都知道，那个时代在这个城市里面有两个城市：教士的城市，也就是罗马的城市；商人的城市，也就是法国的城市。

教士的城市，包括教皇宫，一百来座教堂，无数的钟楼，始终准备着为火灾敲警钟，为死于非命的人敲丧钟。

---

① 亚拉冈王国：伊比利亚半岛东北部亚拉冈地区的封建国家。一四七九年与卡斯提尔王国合并，完成了西班牙王国的统一。
② 塞维利亚：西班牙城市。
③ 托莱多：西班牙城市。

商人的城市，包括流经的罗讷河，它的丝织工人和它的各种从北往南，从西向东，从里昂到马赛，从尼姆到都灵各条交通线的交叉点。

法国的城市，受苦的城市，巴望有一个国王，热切地希望得到自由；一感到自己处于奴役的地位，教士的天下，受着神职人员的统治，就不寒而栗。

神职人员——不是指那些虔诚、仁爱、严于克己、慈悲为怀，活着是为了减少世人的痛苦，创立社会，而又不陷入世俗的乐趣和情欲中去的神职人员；而是指那些被阴谋、野心和贪婪制造出来的神职人员，也就是与那些天主教神父相对立的世俗神父；他们无所事事，放荡、风流、纵欲，胆大包天，为所欲为，颐指气使，沾沾自喜地像侍从骑士那样吻贵妇人的手，让民间妇女吻他们的手，使她们有幸成为他们的情妇。

要不要给您一个这样的神父看看？那就以摩里神父为例吧。他骄傲得像一个公爵，无耻得像一个奴才，他是一个鞋匠的儿子，可是比一个名门子弟还要趾高气扬。

大家知道有这两类居民，一类代表异端，一类代表正统；一类是法国派，一类是罗马派；一类是绝对君主派，一类是进步的立宪派，这两派人对这个古老的教皇城市来说，决不是什么和平安全的因素。我们说，大家知道，在巴黎发生以攻占巴士底狱①作为标志的革命的时候，这两派还没有从路易十四②的宗教战争中冷静下来的人，是不会和平相

---

① 巴士底狱：十四到十八世纪巴黎的城堡和国家监狱。一七八九年七月十四日巴黎人民起义，攻占巴士底狱，开始了法国资产阶级革命。
② 路易十四（1638—1715）：法国国王（1643—1715）。在位时曾使法国封建制度达到顶点，晚年国库空虚，农民起义不断，法国封建制度日趋没落。

处的。

我们说过，阿维尼翁是教士的城市，我们还要说，它是仇恨的城市。要灌输仇恨，没有比修道院更好的地方了。在任何别的地方，孩子的心灵是纯洁的，没有什么坏的情欲，可是在那儿的孩子，却生下来就充满了父辈流传下来的仇恨。八百年以来，他们都在仇恨中生活，一代一代把他们这种魔鬼的遗产留传给他们的子孙。

所以，一听到法兰西发出的第一声自由的呼唤，法国的城市就满怀信心，充满喜悦地站立起来了。对这个城市来说，响亮地为它的处境提出异议的时刻终于来到了：一个年轻幼稚的王后①为了赎她自己的罪，把一个城市，一个省份，连同它五十来万人民一起让掉了。凭什么权利把这些人 in œternum② 卖给了所有的主子中最冷酷、最苛刻的罗马教皇？

整个法国到玛尔斯广场上去聚会，联盟组织像兄弟般地拥抱，这不就是法兰西吗？议员被任命了；这些议员到教皇特使的府邸里去，恭恭敬敬地请他动身。

限他在二十四小时内离开城市。

晚上，一些教皇分子在一个绞架上吊起一个别着一个三色标志的模拟像玩耍取乐。

人们可以引导罗讷河，人们可以疏通迪朗斯河，人们可以筑起堤坝来挡住汹涌的波涛，这些在融雪期间从文多山顶上冲下来的汹涌的雪水

---

① 指雅娜一世（1326—1382）：那不勒斯王后。她于一三四八年为了替自己赎罪，把阿维尼翁卖给了教皇克雷芒六世（1342—1352 在位）。
② 拉丁文：一直，永远。

波涛；可是这种顺着阿维尼翁街道的陡坡蹦蹦跳跳冲下来的可怕的、活的波涛，人的激流，一旦失去控制，奔腾而来时，连天主也别想去挡住它。

一看到佩戴着国旗颜色的模拟像挂在绳子上晃悠，法国的城市发出愤怒的叫声，骚乱起来了。四个被怀疑是做出这件无法无天的事件的教皇分子：两个侯爵、一个市民、一个工人，被从他们家里拖了出来，吊死在挂这个模拟像的吊架上。

那是一七九〇年六月十一日。

法国的城市全体市民写信给国民会议①要求归并法国，连同它一起的还有它的罗讷河，它的商业贸易，南方地区和普罗旺斯②的一半。

国民议会这时正值反动分子当权，它不愿意和教皇闹翻，它要照顾国王：它把这件事搁了起来。

从此，阿维尼翁的运动变成了一种叛乱行为，教皇可以用宫廷对付巴黎的办法对付阿维尼翁，就像在攻占巴士底狱以后，如果国民会议迟迟不颁布"人权宣言"③的时候一样。

教皇下令宣布在弗内森伯爵领地④所发生的一切为非法，要恢复贵族和神职人员的特权，重建残酷的宗教裁判所⑤。

教皇的圣谕到处张贴。

---

① 国民会议：一七八九年五月，法国大革命前夕，国王召集三级会议。第三等级代表反对特权等级（第一、二等级）专横，退出会议，自行召开国民会议，后改为制宪会议。
② 普罗旺斯：法国古省名。西起罗讷河，东至瓦尔河，南至地中海。
③ 一七八九年七月十四日，巴黎人民起义，攻占了巴士底狱。八月二十六日，颁布"人权宣言"。
④ 弗内森伯爵领地：法国南方古地区，包括阿普特，阿维尼翁等城市。
⑤ 宗教裁判所：中世纪天主教会勾结世俗封建政权设立的侦察和审判机构。

有一个人，孤身一人，在光天化日之下，众目睽睽之中，竟然敢径自向贴有圣谕的城墙走去，把圣谕从墙上揭了下来。

他的名字叫莱斯居叶。

他并不是一个小伙子，那么他不是年轻无知，血气方刚，一时冲动。不，他几乎已经是一个老头儿了，他甚至还不是当地出生的人。他是一个法国人，一个比卡弟①人，既有热情，又有头脑；他过去做过公证人，在阿维尼翁定居已有很久了。

这是一件罗马的阿维尼翁永远忘不了的罪恶；这真是一件滔天大罪，连圣母也要为之哭泣！

您可以看到，阿维尼翁，已经像意大利一样了。他们无论如何需要有奇迹；如果天主不显现奇迹，那么肯定有人会来创造奇迹。而且这个奇迹必须是圣母的奇迹。在意大利，在这块富有诗意的土地上，圣母就是一切。La Madonna②，所有人的脑子里，心扉里，讲话中都时时闪现着这两个字眼。

这个奇迹是在科尔德利埃教堂里出现的。

人群向这个教堂涌去。

圣母哭了，这已经很惊人了；可是同时还有一个流言在散布，使得人们激动到了极点。有一只巨大的关得紧紧的保险箱被运出了城：这只保险箱激起了阿维尼翁人的好奇心。箱子里究竟放的是什么东西呢？

两个小时以后，已经不再是一只保险箱的问题了，而是有人看到有十八只大箱子正向罗讷河运去。

---

① 比卡弟：法国古地区名。
② 西班牙语：圣母。

至于箱子里面装的东西，有一个挑夫说明了底细；那是当铺里的东西，是法国派被流放出阿维尼翁带走的东西。

当铺里的东西，也就是穷人的财富。

一个城市越是穷，它的当铺越是富。很少有当铺可以自吹和阿维尼翁的当铺一样有钱。

这已经不再是一个看法问题了，这是一种抢劫，而且是一种无耻的抢劫。各种政治观点的人都向科尔德利埃教堂跑去，呼唤着一定要市政府作出交待。

莱斯居叶是市政府的秘书。

他的名字被抛给了群众，不是为了撕去两张教皇的教谕——那个事件以后，有几个为他辩护的人——而是为了他签发给当铺看守员准予放行的命令。

派了四个人去把莱斯居叶抓到教堂里来。他们在路上遇到了他，他正要到市政府去。这四个人向他扑了过去，厉声吆喝着把他拖进了教堂。

到了教堂里面以后，莱斯居叶从那些血红的眼睛，挥动着的拳头和要杀死他的叫喊声中懂得了他不是来到了天主的家里，而是走进了被但丁所遗忘了的一个地狱的中心。

他唯一想到的是这种针对他的仇恨来自撕毁了教皇的圣谕；他登上了讲道台，想把它作为一个演讲台开始讲话，他的语气不但没有一点儿悔过的意味，而且还有一种准备继续干下去的意思。

"我的兄弟们，"他说，"我相信必须要进行革命，因此我完全有权这样做……"

那些狂热分子懂得，如果让莱斯居叶作解释，那么他就得救了。

他们决不希望他得救。他们向他扑过去，把他从讲台上拉了下来，把他推到那些气势汹汹、狂喊乱叫的人中间，这些人把他拖向祭台，一面发出那种像毒蛇的咝咝声，又像恶虎的咆哮声一样的凄厉的叫声，这种阿维尼翁人民所特有的阴森可怖的"兹胡""兹胡"的声音。

莱斯居叶知道这些凄厉的叫声表明他凶多吉少，他试着想躲到祭台下面去。

他没有能躲进去，而是倒在那儿了。

一个拿着一根棍子的床垫工人在他头上重重地敲了一下，棍子都断成了两截。

这时候人们向这个可怜的人涌去，心里怀着那种带有法国南方地区人民所特有的狂喜的残酷情绪。男人们一面唱着歌一面在他的肚子上跳舞；而妇女们呢，为了惩罚他讲的那些亵渎教皇的话，用她们的剪子乱剪他的嘴唇。

一声呼喊，更可以说是一声号叫从这群可怕的人群中传出，这个号叫声说：

"以上天的名义！以圣母的名义！以人类的名义！马上杀死我吧！"

大家听到了这声号叫，杀人犯们不约而同地散了开去，让这个血淋淋的，已被毁容的，遍体鳞伤的，奄奄一息的可怜虫向死亡慢慢走去。

就这样一直等了五个小时，在这五个小时里面，这个可怜的躯体横在祭台的台阶上抽搐着，四周是哄笑声，人群中发出的辱骂声和嘲弄声。

在阿维尼翁就是这么杀人的。

等一等，还有另外一种杀人的方法呢。

有一个法国派的人想到了去当铺里打听一下。

当铺里一切正常，连一副银餐具也没有运出去过。

那么，莱斯居叶刚才并不能算是一次抢劫的同谋犯，而是作为一个爱国者被残酷地杀害了。

这时候在阿维尼翁有一个主宰着下层人民的人。

所有这些可怕的南方的闹事分子的头头都是鼎鼎大名的，只要叫出他们的名字，任何人，即使是最没有文化的人，也知道他们。

这个人，就是茹尔丹。

他是一个夸夸其谈，谎话连篇的人，他使得那些底层人民相信了是他割下了巴士底狱典狱长的脑袋。

因此人们称他为砍头者茹尔丹。

这并不是他的名字，他的名字叫马蒂安·茹夫。他也不是普罗旺斯人，他是皮伊－昂韦莱人，他从前在皮伊－昂韦莱周围的崎岖的山岗上赶骡子，以后当了兵，但没有打过仗——战争也许会使他变得更加人道一些——后来在巴黎做小酒馆老板。

在阿维尼翁，他做染料生意。

他聚集了三百个人，抢占了各处城门，留一半人守在城门口，带了另外一半向科尔德利埃教堂走去，前面还推着两尊炮。

他把炮排在教堂门口，随随便便地就放了起来。

杀人犯像受惊的鸟群一样散开了，留下了几具尸体在教堂的台阶上。

茹尔丹和他的手下从尸体上跨过去，进入了神圣的地方。

教堂里只剩下了圣母和还在咽气的不幸的莱斯居叶。

茹尔丹和他的伙伴小心翼翼不让莱斯居叶断气。半死不活的莱斯居叶是再好不过的刺激剂。他们抬起了这个死在眼前的人的躯体，把这个血肉模糊的，还在哼哼的，只剩下最后一口气的人抬了出去。

所有的人看到这幕景象都吓得逃走了，他们躲进屋子，把门窗都关了起来。

一个小时以后，茹尔丹和他的三百个人就成了城市的主宰。

莱斯居叶死了，可是这无关紧要，已经用不到他的临终惨象了。

茹尔丹利用了他所引起的恐怖情绪，逮捕了，或者叫人逮捕了将近八十个人，他们是杀害或者据称是杀害莱斯居叶的人。

其中有三十个人也许甚至没有踏进过教堂的门；可是，当一个可以除掉敌人的机会出现的时候，就要好好利用，好机会并不是经常有的。

这八十个人挤在特罗伊拉斯塔里。

历史上把这个塔称为格拉西埃尔塔。

为什么要改成特罗伊拉斯塔呢？这个名字是邪恶的，对要发生在这个塔里的卑鄙的行为是合适的。

这儿成了宗教裁判所的刑场。

今天，人们还可以在沿着塔外的围墙上看到焚烧人肉时和柴薪的烟火一起沾上去的油烟；今天，人们还可以把那些精心保存下来的刑具指给您看：大铁锅，火炉，三脚架，地牢，一直到死者的枯骨，什么都不缺。

这八十名囚犯都是被关在这座由克雷芒五世建造的塔楼里的。

这八十名被抓来关在特罗伊拉斯塔里的囚犯，怎么处理他们呢？这倒是件麻烦事。

由谁来审判他们呢？

只有教皇的法庭是依法建立起来的。

是不是就像他们处死莱斯居叶一样处死他们？

我们已经讲过了，有三分之一人，也许有一半人，不但没有参加杀害莱斯居叶的事件，甚至没有踏进过教堂的大门。

要把他们杀掉！把这场屠杀算在报复行动的账上。

可是要杀这八十个人，一定要有相当一批刽子手。

一个由茹尔丹临时拼凑起来的法庭设在一个大厅里，这个法庭有一个名叫拉费尔的书记官；一个半意大利血统，半法国血统的庭长，他会用民间土语发表演说，名叫大胡子沃尔南·德·拉罗阿；还有三四个无赖；一个面包师，一个猪肉商；他们的名字因为地位低下而湮没了。

就是这些人在吼叫着：

"一定要把他们全都杀死，如果有一个逃走了，他将来就会做证人。"

可是我们已经说过了，缺少杀人的人。

院子里可供使唤的人不到二十个，全是阿维尼翁的小市民：一个假发匠，一个做女式皮鞋的，一个补鞋匠，一个泥瓦匠，一个细木工；所有这些人几乎没有什么武器，碰巧这一个有一柄军刀，另一个有一把枪刺，这一个有一根铁棍，那一个有一段在火中烤干的木头。

所有这些人由于淋了一场十月的细雨而冷静下来了。

很难叫他们再去杀人。

哼！对魔鬼来说不是没有什么困难的事情吗？

在发生这些事情的过程中，有一个小时似乎天主已经撒手不管了，于是，轮到魔鬼上场了。

魔鬼亲自来到了这个寒冷泥泞的院子里。

它蒙上了当地的一个叫做孟戴斯的药剂师的外表，体态和面貌。他支起一张桌子，桌子上放两只灯笼照明，在这张桌子上他放了几只杯子，水壶，水罐和瓶子。

这些形状奇怪的神秘的容器里面装的究竟是什么恶毒的饮料？没有人知道，可是它们的效果是众所周知的。

所有那些喝了这种魔鬼的液体的人突然感到心头火起，焦躁难忍，只想杀人和流血。

这时候，只要向他们指指囚室的门，他们就冲了进去。

屠杀进行了整整一个晚上：整个晚上都响着呼叫声，呻吟声，黑暗中可以听到垂死者的哀号。

所有的人都被杀死了，一个不留，男人和女人。花了不少时间：我们已经讲过了，杀人凶手都喝醉了，武器又不好。可是他们完成了他们要做的事情。

在这些杀人凶手当中，有一个孩子由于他毫无人性，杀人如麻而引人注目。

他是莱斯居叶的儿子。

他杀了又杀；他自称他一个人用他那孩子的手杀死了十个男人和四个女人。

"对！我可以随意杀人，"他说，"我不到十五岁，别人不会对我怎么样的。"

他们一面杀人，一面把死人和受伤者，尸体和垂死者扔在特罗伊拉斯塔里；他们从六十尺的高处摔下来；男人被先扔下来，女人被后扔下来；杀人犯奸污那些年轻漂亮的女尸是需要时间的。

一直到第二天早晨九点钟，在屠杀了十二个小时以后，还有一个人的声音在坟墓的深处呼喊：

"行个好吧！来把我杀死了吧，我还没有死！"

一个男人，锁匠勃罗菲埃俯身在洞口张望；别人都不敢这样做，

"谁在叫？"他们问。

"是拉米，"勃罗菲埃回答说。

他把头缩回来以后，别人问他：

"喂，你看到下面有什么？"

"一堆奇形怪状的烂糊酱，"他说，"乱七八糟地混在一起，男人和女人，教士和漂亮姑娘，真是要笑死人。"

"毫无疑问，人是一条丑恶的毛虫！……"[1]基度山伯爵曾经对维尔福先生说。

好吧，我们现在就要把我们这个故事中两个主要人物带进去的，就是这个还有血腥气的，惊魂未定的，由于最近的屠杀事件而还在动荡不安的城市。

---

① 大仲马小说《基度山伯爵》中的一句话。

· 第一章 ·

大餐桌

一七九九年十月九日，秋高气爽，正是收获季节。地处法国南方普罗旺斯两端的耶尔①和圣佩莱②的作物——前者的柑桔，后者的葡萄——正在成熟。一辆套有三匹驿马的敞篷四轮马车，在迪朗斯河上的连接卡瓦荣和夏托勒纳尔的桥上疾驰而过③，直向阿维尼翁驰去。八年以前，根据一七九一年五月二十五日的教皇圣谕，阿维尼翁这个古教皇城已经并给法国，这次合并后来又在一七九七年波拿巴④和庇护六世⑤于托朗蒂诺⑥签订的条约中得到确认。

马车进入埃克斯门后仍然以原来的速度向前行驶，一点儿也没有慢下来。它穿过了挡风遮阳而建造得曲折狭窄的街道，横越全城，一直驶到离乌尔门五十步左右的平等宫客店停了下来。这个客店从前和现在都叫作王宫客店，当时已开始慢慢地在恢复旧名称了。

这几句有关这个客店——驿车停在它门前，我们注视着的客店——的名称的、几乎是毫无意义的废话，相当清楚地说明了当时处在所谓督政府⑦的热月反动政府⑧统治之下的法国的现实情况。

　　在一七八九年七月十四日⑨到一七九四年热月九日的革命斗争以后；在十月五日和六日⑩，六月二十一日⑪，八月十日⑫，九月二日和三日⑬，五月三十一日⑭，热月九日和牧月一日⑮以后；在看到了国王⑯和

---

① 耶尔：在今瓦尔省，近地中海。

② 圣佩莱：在今阿尔代希省，近罗讷河。

③ 卡瓦荣在今沃克吕兹省，夏托勒纳尔在今罗讷河口省；迪朗斯河有一段为该两省省界。

④ 波拿巴：即拿破仑（1769—1821），法国资产阶级政治家和军事家，法国皇帝（1804—1814，1815）。一七九三年土伦战役中击溃保皇派获将军衔。一七九六年统兵进攻意大利，败奥地利，并侵入埃及。一七九九年发动雾月政变，组成执政府。一八〇四年称帝。一八一二年对俄战争失败。一八一四年欧洲反法联军攻陷巴黎，被放逐于厄尔巴岛。一八一五年重返巴黎，建立百日王朝。滑铁卢战役失败后，被流放于圣赫勒拿岛。一八二一年病死该岛。

⑤ 庇护六世（1717—1799）：罗马教皇（1775—1799）。

⑥ 托朗蒂诺：意大利地名，在马切拉塔省。因拿破仑和庇护六世曾在此签订把阿维尼翁让给法国的条约而闻名于世。

⑦ 督政府：法国热月政变后成立（1795—1799）的最高权力机构，由巴拉斯领导。

⑧ 热月反动政府：法国新历共和二年热月九日（1794年7月27日），丹东派，平原派联合吉伦特派残余分子发动政变，推翻雅各宾专政，建立热月党反动统治，并于一七九五年十月成立督政府。

⑨ 七月十四日：一七八九年七月十四日，巴黎人民举行起义，攻占巴士底狱，法国资产阶级革命开始。

⑩ 十月五日和六日：一七八九年十月五日和六日，巴黎妇女举行起义，迫使国王和制宪议会处于人民的监督之下。

⑪ 六月二十一日：一七九一年六月二十日，路易十六国王和王后从巴黎逃往国外，六月二十一日晚，在比利时边境被捕，押回巴黎。

⑫ 八月十日：一七九二年八月十日，巴黎人民第二次起义，逮捕国王。

⑬ 九月二日和三日：一七九二年九月二日和三日，由于当时被扣押在监狱中的贵族和奸细等闹事，愤怒的群众冲进监狱镇压了这些犯人。

⑭ 五月三十一日：一七九三年五月三十一日到六月二日，巴黎人民第三次起义，推翻吉伦特派统治，建立雅各宾派专政的革命政权。

⑮ 牧月一日：热月反革命政变后，巴黎人民于一七九五年五月二十日（牧月一日）又举行了一次起义，后失败，从此巴黎人民群众运动一蹶不振。

⑯ 指路易十六（1754—1793）：法国国王（1774—1793）。法国大革命中死于断头台。

审判国王的人、王后^①和控告王后的人，吉伦特派^②和科尔德利埃派^③，温和派和雅各宾派^④等所有的人一个个掉下脑袋以后，整个法国对流血事件都感到了厌倦。

因此，法国又重新回过头来，如果不是再需要王权，至少也希望有一个强大的政府，一个她可以信赖、可以依靠的政府，一个可以为她而行动、在行动时允许她休息的政府。

这个他们模模糊糊向往着的政府，目前就是软弱的、优柔寡断的督政府，它眼下由以下几个人组成：好色的巴拉斯^⑤，诡计多端的西哀士^⑥，正直的穆兰^⑦，平庸无能的罗歇·迪科^⑧和诚实的、但有点儿过分天真的戈依埃^⑨。

结果是这个督政府外表不太庄重，内部极不安定。

---

① 指玛丽－安托瓦内特（1755—1793）：路易十六的王后，法国大革命中死于断头台。

② 吉伦特派：十八世纪法国资产阶级革命时期代表大工商业资产阶级利益的政治集团。革命初期主张废除君主制，建立共和国，反革命的热月政变后，成为热月党骨干之一。

③ 科尔德利埃派：又称"人权之友社"。十八世纪法国资产阶级革命时期激进组织之一，因社址设于巴黎科尔德利埃修道院而得名。主要成员有马拉等。

④ 雅各宾派：又称"宪政之友社"。十八世纪法国资产阶级革命时期最大组织，首领为罗伯斯庇尔，热月反革命政变后被解散。

⑤ 巴拉斯（1755—1829）：热月党首领之一。热月党统治时期任总司令，曾镇压巴黎贫民两次起义。督政府成立后任督政官，拿破仑执政后下台。

⑥ 西哀士（1748—1836）：十八世纪法国资产阶级革命活动家。热月革命后加入督政府。雾月十八政变后，任临时执政。波旁王朝复辟时流亡比利时，一八三〇年返法。

⑦ 穆兰（1752—1810）：法国政治家，督政府成员。

⑧ 罗歇·迪科（1747—1816）：法国政治家。原为国民公会山岳党议员。曾任雾月政变后之第三执政。

⑨ 戈依埃（1746—1830）：法国政治家，一七九九年为督政府领导成员。

Les Compagnons De Jehu

诚然，在本书开始的时候，我们的军队——在一七九六和一七九九年史诗般的战役中曾获得光辉胜利，有一时期由于谢乐①的无能而被逼回到维罗纳②和卡萨诺③，由于儒贝尔④的溃败和阵亡而撤退到诺维⑤——又开始转入了反攻。莫罗⑥在巴萨诺⑦打败了苏沃洛夫⑧；布律纳⑨在贝亨⑩击溃了约克公爵⑪和海尔曼将军⑫；马塞纳⑬在苏黎世⑭消灭了奥俄联军；库尔沙科夫差点儿没能逃掉，奥地利将军霍茨和另外三名将军被击毙，还有五名被俘。

马塞纳在苏黎世救了法国，就像九十年前维拉尔⑮在德南⑯救了法国一样。

可是在国内，形势远没有这么好；必须指出，督政府在旺代战争和

---

① 谢乐（1747—1804）：法国将军，原为奥地利人。

② 维罗纳：意大利城市。

③ 卡萨诺：意大利城市。

④ 儒贝尔（1769—1799）：法国将军，曾和拿破仑一起在意大利战役中取得辉煌胜利。一七九九年和俄国苏沃洛夫作战时在诺维阵亡。

⑤ 诺维：意大利城市。

⑥ 莫罗（1763—1813）：法国将军。

⑦ 巴萨诺：意大利东北部城市。

⑧ 苏沃洛夫（1729—1800）：俄国元帅。一七九九年任意大利境内对法作战的俄奥军总司令。

⑨ 布律纳（1763—1815）：法国元帅。

⑩ 贝亨：荷兰城市。

⑪ 约克公爵（1763—1827）：一七九八年英军在荷兰的司令官。乔治三世的儿子，曾数次被法军击败。

⑫ 海尔曼将军：英国将军。

⑬ 马塞纳（1756—1817）：法国元帅。在里沃利战役中出名。

⑭ 苏黎世：瑞士城市。

⑮ 维拉尔（1653—1734）：法国元帅。

⑯ 德南：法国诺尔省城市。一七一二年七月二十四日，维拉尔在此战胜奥地利-荷兰联军。

南方的抢劫活动之间束手无策，阿维尼翁老百姓根据他们的习惯，和这些抢劫活动决不会是毫无牵连的。

这两个从停在王宫客店门口的驿车里走下来的旅客无疑有某种惧怕这个始终动荡不安的教皇城市中的居民的思想状况的理由，因为在驿车刚才驶到离奥尔贡不远的三叉路口——第一条通向尼姆，第二条通向卡尔庞特拉，第三条通往阿维尼翁——时，车夫曾勒住马匹，回头问道：

"两位公民，走阿维尼翁还是走卡尔庞特拉？"

"这两条路走哪条近些？"两个旅客中年纪比较大的一个问，语气生硬刺耳，这个人看起来虽然要见老几个月，但几乎还不到三十岁。

"哦！公民，阿维尼翁大路至少要近一法里①半。"

"那么，我们走阿维尼翁大路。"他回答说。

于是马车又奔驰起来，这种速度表明被车夫称作"公民"——尽管当时在谈话中已经开始重新称呼"先生"了——的两位旅客至少付了三十苏的小费。

这种决不浪费时间的愿望在进入客店时也表现出来了。

在客店里和在大路上一样，总是那位年纪大的旅客开口。他问他们是不是可以立即用餐，问话的语气说明他准备不计较饭菜好坏，只要马上能吃就行。

"公民，"听到马车声手里拿着餐巾奔出来迎接的客店老板回答说，"你们马上就可以在你们的房间里得到称心的伺候；不过，如果我

---

① 一法里约合四公里。

冒昧地向你们提出一个建议……"

他有点犹豫不决。

"喂,说吧!说吧!"旅客中较年轻的一个说,他这是第一次开口。

"是这么回事,就在大餐桌上用餐,就像那位旅客一样,他的马车已经套好,等在那儿;大餐桌上的饭菜美味可口,而且已经安排好了。"

客店老板一面说一面指指一辆套着两匹马,车厢里看上去非常舒适的马车,两匹马的马蹄在敲击地面,车夫安安静静地靠在窗边喝一瓶卡奥尔葡萄酒。

客店老板的对话者听到这个建议后先是摇了摇头;可是在稍加思索以后,那位较年长的旅客似乎又想到了他原先的决心,做了一个征求他同伴意见的姿势。

他同伴回了他一个眼色,意思是:"您很清楚我都听您的。"

"那么,好吧,"那个似乎是作主的人说,"我们就在大餐桌上用餐。"

随后,他回头向除下帽子在等候他吩咐的车夫说:

"最迟半个小时,把马套上马车!"

在客店老板的指引下,这两个旅客走进了餐厅,年长者走在前面,另一个跟随在后。

大餐桌上来了新客时一般会引起什么反应,大家都很清楚。所有人的眼睛都转过来看着这两位新来乍到的人;原来似乎相当热烈的谈话一下子冷落下来了。

用餐者包括客店里的一些住客，等在门口套好马的那辆马车的旅客，一个暂时到阿维尼翁来小住的波尔多葡萄酒商人——他在阿维尼翁逗留的原因我们下面再谈——还有好几个乘马赛到里昂的公共马车的旅客。

新来的人向大餐桌上的人微微点头致意，在桌子的一端坐下，和其他用餐者相隔三四副餐具的距离。

这种莫测高深的贵族气派使别人对他们的好奇心更加强烈；而且，大家觉得他们面对的一定是一些非常高贵的人物，虽然他们的衣着极为简朴。

他们两个都穿着套裤和翻口长靴，带燕尾的上装，旅行大氅和阔边帽子；这种穿着和当时所有的年轻人没有什么两样；可是他们梳得平平的长发和像军人一样紧紧地系在脖子上的黑领带却和巴黎的、甚至外省的时髦青年迥然不同。

当时那些花花公子——指那些衣着时髦的年轻人——都是脑门上两个蓬松的狗耳式发团，脑后翘起一个发髻，一条大领带，飘动的两端盖住了下巴颏儿。

有些人标新立异，甚至到了擦粉的地步。

至于这两个年轻人的形象，是两种完全不同的类型。

年长的一个，我们已经讲过了，大约三十岁左右；我们还好几次注意到，两个人由他作主，他的声音，尽管语调非常亲切，还是能听出有惯于发号施令的口吻；他一头长长的黑发，在头顶分开，平平地沿着脑门一直垂到肩膀上。他的脸色棕黄，像一个刚从南方地区旅行回来的人，他的嘴唇很薄，鼻子笔挺，牙齿雪白，鹰隼般的眼睛，闪闪发光，就像但丁笔下的恺撒一样。

他的身材不高，双手娇嫩，两脚纤细优美；从他的行动举止中可以看出有点儿拘束，说明他一点也不习惯他眼下穿的这套服装。在他讲话的时候，如果他当时不是置身在罗讷河边，而是在卢瓦尔河边，那么他的对话者也许会注意到他的发音有点儿意大利声调。

他的同伴似乎要比他小三、四岁。

那是一个脸色红润的英俊青年，金黄色的头发，淡蓝色的眼睛，鼻子挺直，下巴线条坚韧，可是几乎还没有长胡子。他也许比他的同伴高二寸；而且，虽然他的身材略为高了些，他的整体极为匀称，行动极为灵活，使人能猜想出，如果他不是勇武过人的话，至少也身手矫捷，不同常人。

虽说他和他棕黄脸色的同伴穿着相同，平等相待，可是似乎总显得对他同伴彬彬有礼，这种尊敬态度不能说出自于年龄关系，那么肯定是由于社会地位不同。此外，他称他的同伴为公民，而他的同伴只叫他的名字罗朗。

我们以上这些解释，是为了使读者更熟悉我们的故事，也许大餐桌上的就餐者并不完全清楚；因为，他们对新来者注视片刻以后，眼光便移了开去，被暂时打断的谈话又重新开始。

必须承认，他们的谈话，正围绕着一个对旅客来说更为有趣的主题：讲的是拦劫一辆装载着六万法郎政府公款的公共马车的事件，这个事件发生在昨天，地点在马赛－阿维尼翁公路上的朗培斯克和皇家桥之间。

这两个年轻人一听到这个事件，便饶有兴味地倾听起来。

这件事就发生在他们刚才经过的公路上，讲话人是这次公路拦劫事件的主要目击者。

他就是波尔多葡萄酒商人。

对这件事的细节最最好奇的人是那些刚刚到达，马上又要动身的公共马车上的旅客，其他就餐者，当地人，对这类灾难似乎很熟悉，他们用不到打听，自己也在提供细节。

"那么，公民，"一个胖子说，身旁紧挨着一个吓慌了的高个儿干瘪女人，"您说，这次抢劫就发生在我们刚才经过的那条公路上？……"

"是的，公民，在朗培斯克和皇家桥之间。您有没有注意到有一个地方，公路往上伸去，在两个小山岗之间变得很窄？那儿有很多岩石。"

"对，对，我的朋友，"那个女人紧紧抓住她丈夫的胳膊说，"我曾经注意过；我甚至还说过，你大概还记得起来：'这个地方真吓人，我宁愿在白天经过这里，真不想在夜里经过这里。'"

"哦，太太！"一个年轻人说，他的讲话故意带着当时风行的那种小舌颤音，他仿佛经常左右着大餐桌上的讲话内容，"您知道，对耶户一帮子来说，是不分昼夜的。"

"什么，公民！"那个越来越恐慌的太太问道，"您是在大白天被拘留的吗？"

"在大白天，女公民，上午十点钟。"

"他们有多少人？"那位胖先生问。

"有四个，公民。"

"他们埋伏在大路旁吗？"

"不；他们是骑着马来的，全身武装，戴着面具。"

"这是他们的习惯，"大餐桌上的常客说道，"他们是不是说：'你们别抵抗，你们不会受到任何损害，我们要的只是政府的钱。'"

"一字不错，公民。"

"随后，"这位好像对情况极为了解的人接着说，"其中两个下了马，把马缰绳扔给他们的同伴，并命令押车把钱交给他们。"

"公民，"听得出神的胖子说，"您讲的这些事就好比您是亲眼目睹的一样。"

"阁下也许当时也在场，"一个不太相信的旅客半开玩笑似的说。

"公民，我不知道，您这样说是不是想取笑我，"那个殷勤地来帮助叙述者的年轻人毫无顾忌地说，"可是我的政治观点却使我并不拿您这种怀疑看作是侮辱。即使我不幸是那些被抢劫的人，或者我有幸是那些进行抢劫的人，不论哪种情况，我都会同样坦率地这样说；可是，昨天上午十点钟，就在他们离这儿四法里地方扣留公共马车的时候，我正坐在我现在坐的这个位子上安安静静地吃我的早饭。看，坐在我左右两旁的两位先生，我昨天也就是坐在他们中间的。"

"那么，"刚才入席的两位旅客中较年轻的，他的同伴称他为罗朗的说，"那么，在你们的公共马车里有多少人？"

"等等；我相信我们有……是的，是这样，我们一共有七个男人和三个女人。"

"七个男人，不包括车夫？"罗朗说。

"当然罗。"

"那么，你们七个男人却让四个强盗给抢了？我祝贺你们，先生们！"

"我们知道我们是在跟谁打交道，"酒商回答说，"我们是决不会抵抗的。"

"什么！"年轻人抢着说，"你们是和谁打交道？可是我觉得你们似乎是在与一些拦路贼，一些强盗打交道！"

"不是这么回事，他们是通名报姓的。"

"他们是通名报姓的？"

"他们说：'先生们，你们用不到抵抗；夫人们，你们别怕；我们不是强盗，我们是耶户一帮子。'"

"是的，"大餐桌上的年轻人说，"他们预先声明一下，以免误会，这是他们的习惯。"

"啊，是这样！"罗朗说，"这个耶户是什么样的人？啊，他的那一帮子多么讲礼貌？耶户是他们的队长吗？"

"先生，"一个穿着一套有点儿世俗修士味的服装的男人说，他不但像是大餐桌上的常客，而且仿佛对大家正在讨论其价值的可尊敬的团体的秘密极为了解，"如果您对《圣经》更加熟悉一些的话，您也许会知道耶户在二千六百年前就已经死了；因此，他不可能今天在大路上拦劫公共马车。"

"神父先生，"罗朗回答，他认出了这个人是个教会人士，"虽然您讲话时声音有点儿酸溜溜，您似乎很有学问，请允许一个可怜的土包子向您请教一些关于这个已经去世了二千六百年的耶户的具体情况，直到今天，竟然还有些人在使用他的名字。"

"耶户!"教会人士还是用挖苦的声音回答说,"耶户是一个以色列国王,是以利沙授命的,条件是要他惩罚亚哈和耶洗别①一家的罪恶,杀死所有巴力②的教士。"

"神父先生,"年轻人笑着回答说,"谢谢您的解释,我毫不怀疑您讲的完全正确,尤其是非常有学问;可是,我不得不向您承认,听了您的解释,我还是莫名其妙。"

"什么,公民,"大餐桌上那位常客说,"您不懂得耶户就是路易十八陛下,他被授命来惩罚革命的罪行,并杀死所有的巴力的教士,也就是所有那些曾经参加过那个七年以来被称作革命的丑恶的勾当的人?"

"我当然懂!"年轻人说,"可是在耶户一帮子要对付的人中间,是不是包括那些在法国边境上击退外国军队的勇敢的士兵,和那些指挥过在蒂罗尔③、桑勃尔和默兹流域④,以及在意大利的军队的英勇的将军们?"

"当然包括在内,而且是首先要对付的!"

年轻人眼里闪出一阵电光,鼻孔膨胀,嘴唇抿紧。他从椅子里站了起来;可是他的同伴扯了扯他的衣服,要他重新坐下去,一面使了个眼色,便使他把话咽了下去。

随后,这位刚才显示过他的权威的人第一次在餐桌上发言了。

---

① 耶洗别: 以色列王亚哈的妻子,以残忍、无耻、放荡著称,她派人杀死拿伯,夺取拿伯的葡萄园。最后被耶户从窗户扔出去摔死。
② 巴力: 迦南宗教的丰产神。
③ 蒂罗尔: 奥地利和意大利之间的一个地区。
④ 桑勃尔和默兹流域: 桑勃尔河和默兹河流经法国和比利时的区域。

"公民，"他对大餐桌上的年轻人说，"请原谅两个刚从世界尽头来到的旅客，就好比从美洲或者从印度来的一样，他们离开法国已经两年了，他们对这儿发生的事情一无所知，非常想知道些情况。"

"啊，是这样，"年轻人回答说，"这太应该了，公民；请问吧，我来回答您。"

"好吧，"棕黄脸色，目光炯炯，平直的黑发，花岗岩般肤色的年轻人接着说，"现在我知道耶户是什么人，他那一帮子是为什么组织起来的了，我还想知道他那一伙人抢钱干什么用。"

"啊，我的天主！这很简单，公民；这当然关系到波旁王朝复辟的事情，您不知道吗？"

"不，我不知道，"棕黄脸色的年轻人说，他尽量想使他的声调显得更认真一些，"我已经跟您讲过了，我是从世界的尽头来的。"

"什么！您连这也不知道？是这样，六个月以后，这件事就要成功了。"

"真的吗？"

"就像我有幸和您说的一样，公民。"

两个军人风度的年轻人相互交换了一个眼色和一个微笑，尽管那个金黄头发的年轻人似乎很不耐烦。

他们的对话者接着说：

"如果可以把光天化日之下进行的阴谋叫做谋反的话，里昂①就是谋反的司令部；用临时政府的名称也许更为妥当。"

---

① 里昂：法国东南部大城市。在索恩河同罗讷河汇合处。

"那么，公民，"棕黄面色的年轻人带着一种不无取笑意味的礼貌说，"我们就来谈谈临时政府。"

"这个临时政府有它的参谋部，也许有……可是它的军队……"

"它的军队，我再说一遍。"

"它的军队在哪儿？"

"在奥弗涅山区①正在组织一支军队，由德·夏尔东先生指挥；在汝拉山区②，由戴索内先生指挥；最后，还有第三支，眼下正非常出色地在旺代省执行任务，他们的指挥官是埃斯卡尔布维尔，阿希尔·勒勃隆和卡杜达尔③。"

"说真的，公民，您告诉了我这么许多消息，真是帮了我的大忙了。我还以为波旁分子安分守己地在过流亡生活；我还以为警察局已经消灭了大城市里的保皇派临时委员会和大路上的强盗。最后，我还以为奥什④将军已经完全平定了旺代。"

听到这个回答的年轻人哈哈大笑。

"您是从哪儿来的？"他大声说道，"您是从哪儿来的？"

"我已经对您说过了，公民，是从世界的尽头来的。"

"可以看得出来。"

随后，他接下去说：

"那么，您懂得，波旁分子并不富有；那些流亡分子，他们的财产

---

① 奥弗涅山区：在法国中部。
② 汝拉山区：在法国和瑞士边境。
③ 卡杜达尔（1771—1804）：法保皇派密谋分子。曾参加旺代战争，为朱安党首领。曾两次组织谋害拿破仑未果。后被捕斩首。
④ 奥什（1768—1797）：法国将军。曾任陆军部长。

已经被拍卖，都已经破产了；要组织两支军队，维持一支军队，没有钱是办不到的。他们感到很困难，只有共和国可以替它的敌人付军饷，可是共和国方面也许不可能同意这样做。于是，他们不想和共和国进行这种困难重重的谈判，认为与其向它讨钱，还不如自己伸手拿更爽快些。"

"啊，我总算懂了。"

"那太好了。"

"耶户一帮子是共和国和反革命之间的中间人，保皇分子将领的收税官。"

"是的，这就不能算是抢劫了，这是一次军事行动，一次正规的武装行动。"

"对啊，公民，您懂了，现在，关于这一点，您和我们同样都很清楚了。"

"可是，"波尔多的葡萄酒商畏畏缩缩地插嘴说，"如果耶户一帮子这几位先生——请注意，我并不是说他们的坏话——如果耶户一帮子这几位先生要的只是政府的钱……"

"只要政府的钱，不要别人的；他们从未抢过任何个人的钱。"

"从来没有？"

"从来没有。"

"那么昨天，他们拿走政府的钱的时候；还带走了一袋属于我个人的钱，一共是二百个金路易[①]。"

---

① 一个金路易：值二十法郎的金币。

"我亲爱的先生，"大餐桌上的年轻人说，"我已经对您说过了，这里面出了差错，就像我的名字叫阿尔弗莱特·德·巴尔若尔斯①一样真实，这笔钱早晚会还给你的。"

葡萄酒商叹了一口气，摇了摇头，就像一个尽管得到了别人的保证，心里还有些不踏实的人一样。

可是，就在此刻，仿佛这个年轻贵族——刚才他说出了他的名字，暴露了他的社会地位——所作的保证引起了他所保证的人的关心，有一匹马来到了客店门前，走廊里响起了脚步声，餐厅的门开了，一个全身武装的蒙面人出现在门口。

"先生们，"他在由于他的出现而引起的一片寂静中说道，"你们中间有没有一位名叫让·比科的人，他是昨天在朗培斯克和皇家桥之间被拦劫的公共马车上的一位旅客？"

"有，"葡萄酒商人吃惊地说。

"是您吗？"蒙面人问。

"是我。"

"您有没有被拿走什么东西？"

"有，我有一袋托付给车夫的钱被拿走了，里面有二百个金路易。"

"而且我还应该说，"大餐桌上的年轻贵族说，"这位先生刚才正在讲这件事，还认为这笔钱已经损失了。"

"先生错了，"神秘的蒙面人说，"我们和政府作战，而不是和个人

————————

① 这个名字中有表示贵族标志的"德"。

作战；我们是游击队，不是强盗。这儿是您的两百个金路易，先生；如果以后再发生同样的错误，您可以要求索回，以摩冈的名义提出要求。"

讲完这些话，蒙面人把一袋金币放在葡萄酒商右边的桌子上，向大餐桌上的就餐者彬彬有礼地一鞠躬，随后退出去了。在场的人有几个吓得心卜卜跳，有几个被这种无法无天的行为惊得目瞪口呆。

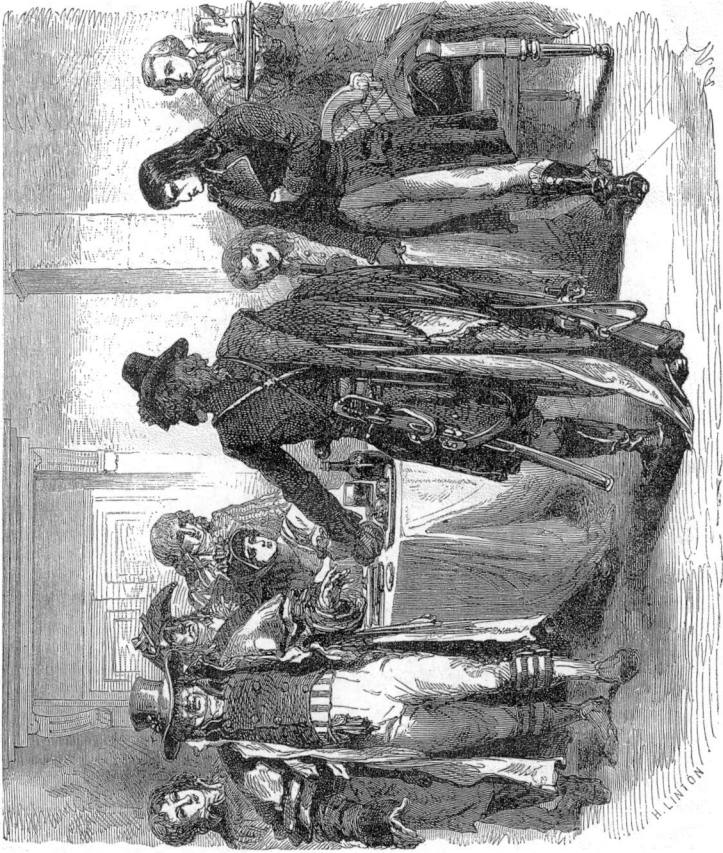

·第二章·
一句意大利谚语

　　虽然我们刚才提到的两种感情是当时绝大部分人的感情，但是各人感受的程度是不一样的。这种细微的差别根据性别、年龄、性格，甚至可以说根据目击者的社会地位而有所不同。

　　葡萄酒商让·比科是刚才结束的这个事件的主要关系人，蒙面人刚出现，他一眼就从来人的衣着、武器、面具上认出了此人就是他昨天打过交道的人中间的一个；因此他先是吓了一跳，后来在知道了这个神秘的强盗的来意以后，他的感情又慢慢地从害怕转变为喜悦，中间经过了这两种感情之间的各个不同的阶段。他那袋金币就在旁边，他似乎不敢去碰：也许他怕在伸手过去拿的时候，会看到这袋金子像在梦中见到的，在熟睡到清醒的过程中，在睁开眼睛以前化为乌有的金子一样突然消失。

　　乘公共马车的胖先生和他的妻子，就和乘同一辆车子的其他旅客一样，显得非常害怕。他坐在让·比科的左面，刚才看到强盗走近葡萄酒商的时候，他曾经模模糊糊地希望和耶户的同伙保持一个适当的距离，他把他的椅子往他妻子那儿移去，他妻子在这个压力之下，也想把她的椅子往一旁移去。可是因为再过去那把椅子上坐的是阿尔弗莱特·德·巴尔若尔斯，他刚才说了那些人那么许多好话，因此没有任何害怕他们的理由。胖先生妻子的椅子遇到了年轻贵族的坚如磐石的障碍，因此就像八九个月以后发生在马伦哥①的情况一样，在总司令认为反攻的时机已到时，撤退就停止了。

至于这一位——就是我们谈到的阿尔弗莱特·德·巴尔若尔斯公民——的外貌，就像用《圣经》解释过以色列国王耶户和以利沙托付给耶户的任务的神父的外貌一样，他的外貌，我们说，就像一个不仅没有任何恐惧，甚至还在期待着发生什么事情——不管这个事情有多么意外——的人。他嘴上挂着微笑，眼睛盯着蒙面人；如果当时所有的就餐者不是那么专注地在看着这一幕的两个主要演员，他们也许会看到强盗和年轻贵族之间交换的一个几乎难以觉察的暗号，这个暗号紧跟着又在年轻贵族和神父之间交换了一次。

另一方面，那两位我们带到大餐桌饭厅里来的，我们讲过的，远远地坐在大餐桌一端的旅客，还是保持着他们各自不同的性格所决定的姿态。年轻的一个不由自主地把手伸向身旁，仿佛要在那儿寻找一件并不存在的武器；他像受到一根弹簧的驱使一样，猛地站了起来，想扑到蒙面人的脖子上去，如果他是孤身一人的话，这件事肯定已经发生了；可是年长的那位，这个人不但有对他发号施令的习惯，而且还有对他发号

---

① 马伦哥：意大利一村子。一八〇〇年六月十四日，拿破仑在此击溃奥军。

施令的权利；这个年长者，就像他刚才已经干过一次那样，只是急速地拉了拉他的衣服，一面用一种命令式的、几乎有点儿生硬的语气对他说：

"坐下，罗朗！"

年轻人一听就坐了下来。

可是在发生这件事的全过程中，全部就餐者中最镇定自若的——至少在表面上如此——是一个三十三岁到三十四岁的男人，这个人头发金黄，胡子橙红，举止安详，眉目清秀，一双蓝蓝的大眼睛，面色白净，薄薄的嘴唇显得很有智慧，身材很高，讲话有外国口音，说明他是出身在那个其政府正在和我们进行一场严酷的战争的岛国上的。这同样也可以从他讲得很少的几句话里面听出来，虽然他带有我们已经提到过的那种口音，他讲的法语却是少有的纯正。一听到他讲第一句话，并从这句话里听出他带有拉芒什海峡彼岸的口音之后，两个旅客中那个年长者打了一个哆嗦，接着便向他那位惯于从他的眼色里猜出他的想法的同伴转过身去；似乎在问他，眼下英法两国大战方酣，英国人当然被法国驱走，法国人肯定也被英国赶跑，怎么这个英国人还会留在法国呢？罗朗似乎回答不了这个问题，因为他用一个眼色和肩膀的一个动作回答了他，意思是："这一点对我来说和对您一样是不可思议的；可是，如果您对这样一个问题解释不了的话，您这位杰出的数学家，也不必问我了。"

在这两个年轻人脑子里比较清楚的是，这个带有盎格鲁－撒克逊人口音的金黄色头发的男人，是那辆等候在客店门口的，已经套好马的舒适的敞篷四轮马车的旅客，这个旅客是伦敦人，或者至少是英国某郡或某公爵领地的人。

至于他已经讲过的话，我们已经说过是非常少的，少得几乎不能算是话，只能算是一些感叹语；只不过在每次讲到法国情况的时候，英国人毫不掩饰地从他的口袋里掏出一本笔记本，一面请葡萄酒商，或者神父，或者年轻贵族再把这些话复述一遍——他们个个都用他提这个要求时的同样的殷勤态度非常客气地满足他的要求——他把这些话里面比较重要，比较突出，比较带有诗意的都记了下来；把关于拦劫驿车，旺代的形势和耶户一帮子的情况一一记了下来，并带着那种对我们这些海外邻居非常熟悉的生硬姿态，频频用他的声音和姿势表示感谢，每次记上一些新的内容以后就把他的笔记本放进他礼服旁边的口袋里。

最后，就像一个对意料不到的结尾极为满意的观众一样，在看到蒙面人出现时高兴得叫了起来，然后全神贯注地倾听着，注视着，一直看到蒙面人走出门去，这时候，他立即把他的笔记本从口袋里掏了出来。

"哦，先生！"他对他的邻座那位神父说，"如果我记不起来，您是不是肯费心把刚才从这儿出去的那位绅士讲的话逐字逐句地再讲给我听一遍？"

他马上就动手写了起来，两个人一拼一凑，他终于十分满意地把耶户的伙伴对让·比科讲话的全文一字不漏地记了下来。

写完以后，他用带有一种古怪的民族特征的语调高声说道：

"哦！说真的，这样的事情只能在法国有；法兰西，是世界上最奇特的国家。各位先生，我能在法国旅行并结识法国人真感到无上荣幸。"

这最后一句话讲得如此谦恭有礼，因此当大家听到他一本正经地从嘴里说出来的时候，人们只能感谢讲这句话的人，尽管他是克雷西①、普瓦捷②和阿赞库尔③战胜者的后裔。

回答这个称颂的是两位旅客中年轻的一位，他带着似乎他惯有的那种尖刻语气肆无忌惮地说：

"对啊！我的看法和您完全相同，爵爷④，我称您爵爷，因为我猜想您是英国人。"

"是的，先生，"绅士回答说，"我对此感到荣幸。"

"好啊！就像我对您说的，"年轻人接着说，"我到法国来旅行，看到了我看到的事情，我感到非常高兴。要看到这样一些怪事也真非得生活在以戈依埃，穆兰，罗歇·迪科，西哀士和巴拉斯这几位公民为首的政府统治下不可。如果五十年以后，当有人讲起，在一个有三万人口的城市里，一个蒙面拦路强盗，手里拿着两把枪，腰里挂着一把刀，在光天化日之下，把他在头天抢到的二百金路易还给一个对失去的这笔钱已经不抱希望的正直的商人；当这个人还提到，这件事发生在一张坐着二十到二十五个人的大餐桌前面；在这位模范强盗告退时，这二十到二十五个在场的人竟没有一个扑过去抓他的脖子；我可以打赌，听到的人一定会把这个有胆量讲这个故事的人当作可耻的骗子对待。"

年轻人说完就仰躺在椅子里哈哈大笑，这种神经质的笑声非常刺

---

① 克雷西：法国索姆省地区首府。一三四六年英王爱德华三世的军队在此击败法王菲利浦·德·瓦洛瓦的军队。
② 普瓦捷：法国维埃纳省政治文化中心。一三五六年英王爱德华三世的儿子黑王子在该地大败法军，并俘虏法王勇敢的让，解往伦敦。
③ 阿赞库尔：法国加莱海峡一市镇。一四一五年十月二十五日，在奥尔良公爵指挥下的法军被亨利五世的英军在该地击溃。
④ 爵爷：法国人对英国绅士的尊称。

耳，使在场的人都惊愕地瞧着他，这时他的同伴则带着一种几乎怀有父爱的忧虑注视着他。

"先生，"阿尔弗莱特·德·巴尔若尔斯公民说，他和其他人一样，似乎被这种奇怪的，更可以说是带有悲伤，而不是带有欢乐的音调变化所激动了，在对方讲话的颤抖的余音完全消失以后，他开始回答，"先生，请允许我提请您注意，您刚才看到的人根本不是一个拦路强盗。"

"哼！请干脆讲，他是什么？"

"这个年轻人，十之八九像您我一样，出身高贵。"

"被摄政王①判处在沙滩广场②受车轮刑③的奥恩伯爵也是一个出身高贵的年轻人，证据是，在处决他时，全巴黎的贵族都派车来到他的行刑地点。"

"奥恩伯爵，如果我记得不错的话，是因为他抢劫一张他无力支付的期票而杀了一个犹太人，可是没有一个人敢对您说，有一个耶户的伙伴动了一个孩子的毫毛。"

"那么，好吧；就算这个组织是以慈善的目的建立的，是为了均衡财富，平等机会，匡正时弊；即使他是一个像卡尔·摩尔④那样的强盗，您的朋友摩冈——这位诚实的公民不是叫摩冈吗？"

"是的，"英国人说。

---

① 摄政王：指法国一七一五至一七二三年的摄政王奥尔良公爵。
② 沙滩广场是巴黎古时处决犯人的场所。
③ 车轮刑：一种酷刑，将犯人打断四肢置于一车轮上任其死去。
④ 卡尔·摩尔：德国著名作家席勒（1759—1805）的剧本《强盗》中的主人公。他为腐朽的社会所迫，加入了强盗的队伍，杀富济贫，揭露了当时政治和宗教的腐败和黑暗。

"那么！您的朋友摩冈，也不能不算是一个强盗吧。"

阿尔弗莱特·德·巴尔若尔斯公民的脸色变得煞白。

"摩冈公民不是我的朋友，"年轻的贵族说，"如果他是我的朋友，我将为他的友谊感到荣幸。"

"那当然罗，"罗朗哈哈大笑地说，"就像伏尔泰①先生说的：'大人物的友谊是天神的恩惠。'"

"罗朗，罗朗！"他的同伴低声唤他。

"嗯，将军，"他回答说，也许是故意把他同伴的头衔泄漏了出来，"我求求您，让我把这场争论和这位先生继续下去，我对这场争论太感兴趣了。"

他的同伴耸了耸肩膀。

"可是，公民，"年轻人固执地接着说，"我需要有人指点：我离开法国已经有两年了，自从我离开以后，这么许多东西都起了变化，风俗、习惯、口音，甚至语言也有了很大的变化。拦劫驿车，抢驿车上的钱，对这样的事，请问眼下在法国是怎样说的？"

"先生，"年轻人说，他的语气说明他决心要把这场争论坚持到底，"我把这称作打仗；您这位伙伴，您刚才称作将军的这位伙伴，他可以以他军人的身份告诉您，任何时代的将军，除了有杀人和被杀的乐趣以外，干的全是和摩冈公民干的同样的事情。"

"什么！"年轻人大声说，他的眼睛闪闪有光，"您竟敢这样相比？……"

---

① 伏尔泰（1694—1778）：法国启蒙思想家、作家、哲学家。著有悲剧《哀狄普斯》，史诗《亨利亚德》，小说《查第格》、《老实人》等。

"让这位先生把他的道理讲清楚，罗朗。"棕黄面色的旅客说，他的眼睛和他同伴瞪得大大的、似乎要喷射出火来的眼睛恰恰相反，隐藏在一层黑色长睫毛里面，不让人看到他的内心在想些什么。

"哦！"年轻人说，声音有点儿断断续续，"您看，您也开始对这场争论感兴趣了。"

随后他转身向那个他似乎已经攻击过的人说：

"请继续讲，先生，请继续讲，将军同意了。"

年轻贵族的脸明显地红了起来，就像刚不久前他脸色变白了一样；他牙齿咬得紧紧的，胳膊肘靠在桌子上，下巴颏抵在拳头上，尽可能靠近他的对手，随着争论越来越激烈，他的普罗旺斯的语音也越来越明显了。

"既然将军同意了，"他接着说——"将军"两个字讲得特别响——"我有幸对将军，同时也对您这位公民说，我仿佛在普鲁塔克①的著作中看到过，在亚历山大②远征印度时，他只带了十八或者二十塔兰③金子，等于十万或者十二万法郎。靠了这十八或者二十塔兰金子，他养活了他的军队，打赢了喀罗尼亚战役，征服了小亚细亚，攻克了蒂尔、加沙、叙利亚、埃及，建立了亚历山大城，一直进军到利比亚，借

---

① 普鲁塔克（约46—约120）：古希腊传记作家、散文家。代表作有《列传》，共五十篇，其中希腊名人传和罗马名人传各二十三篇。
② 亚历山大（前356—前323）：马其顿国王（前336—前323）。为了掠夺土地和财富，大举侵略东方。公元前三三四年率军越赫勒斯滂入小亚细亚，败波斯王大流士三世于伊苏城（前333年）。南进叙利亚占领腓尼基和埃及（前332年），在尼罗河三角洲上建立亚历山大城。后又亡波斯帝国和阿契美尼德王朝。公元前三二七年转印度，抵希发西斯河受阻。公元前三二四年返巴比伦，在东起印度河西至尼罗河与巴尔干半岛领域内建立了亚历山大帝国。
③ 塔兰：古希腊重量及货币单位。

助阿蒙①的神谕宣称自己是朱庇特②的儿子；后又进军到比亚斯河③，因为他的士兵不愿意再跟他向前，他又回到巴比伦④，过起了比任何奢侈豪华，腐化堕落的亚洲国王更加荒淫无耻的生活；所有这一切，他靠的就是这十八或者二十塔兰金子，您信不信？他的钱是从马其顿王国⑤拿来的吗？您相信菲利浦二世，贫困的希腊最最贫穷的国王之一菲利浦二世能满足他儿子向他提出的经济要求吗？不是的：亚历山大所做的和摩冈公民一样，只不过他不是在大路上拦劫驿车；他掠夺城市，俘获国王勒索赎金，向被征服国家收取贡金。我们再来谈谈汉尼拔⑥。您知道他是怎样离开迦太基⑦的，是吗？他甚至连他前人的十八或者二十塔兰也没有；可是他又非有钱不可，他就在和平时期，不顾条约规定，洗劫了萨贡特城；这一下他就有钱了，可以打仗了。请原谅，这一次不是普鲁塔克说的，而是科尔内琉斯·内布斯⑧说的；我也不向

① 阿蒙：埃及人信奉的神。
② 朱庇特：罗马神话中的主神，即希腊神话中的宙斯。
③ 比亚斯河：印度河流。
④ 巴比伦：古代西亚"两河流域"最大城市，曾为巴比伦王国和新巴比伦王国首都。公元前二千年代到前一千年代中是亚洲西部著名的商业和文化中心。公元前四世纪末转衰。公元二世纪化为废墟。
⑤ 马其顿王国：巴尔干半岛中部奴隶制国家。公元前四世纪中叶腓力二世建成统一的马其顿国家，都城佩拉。公元前三三八年喀罗尼亚战役时征服希腊。亚历山大时大举侵略东方，疆界达到印度河，建立亚历山大帝国。
⑥ 汉尼拔（前247—前183）：迦太基统帅。九岁时随父哈米尔卡·巴卡去西班牙。立誓向罗马复仇。公元前二一八年春，率十万军队远征意大利，在特拉西米诺湖战役和坎尼战役中大败罗马军。
⑦ 迦太基：非洲北部的奴隶制国家。公元前七到四世纪发展成为西地中海的强国。首都迦太基城，领有科西嘉，撒丁岛，西西里西部，巴里阿利群岛及西班牙东部沿海一带，与希腊人的海上势力抗衡。三世纪时与罗马争夺地中海西部海上霸权，失败后沦为罗马一行省。
⑧ 科尔内琉斯·内布斯：生于公元前一世纪，拉丁文作家。著有《名人传记》。

您提他下比利牛斯山①，登阿尔卑斯山②和他取得三次重大战役胜利时从战败者那里掠夺来的财富了，我就和您说说他在坎帕尼亚③待的五六年时间吧。您以为他和他的军队能向当地居民付食宿费吗？您以为和他闹翻了的迦太基银行家会寄钱给他吗？不是的：以战养战，这是摩冈的方法，公民！我们再来谈谈恺撒④。啊，恺撒，那就是另一回事了。他从西班牙启程的时候，背着三千万的债，回来时口袋里几乎只剩下一点吃饭的钱了；后来去了高卢，在我们老祖宗那里待了十年，在这十年里面，他送回罗马的有一亿多，他后来又穿过阿尔卑斯山，越过卢比孔河⑤，直向卡皮托利山⑥挺进，捣开宝藏所在地农神萨杜纳殿的门户，为了他个人需要——不是为了共和国的需要——拿了重三千斤的金砖（二十年以前，他的债主不准他走出他苏布拉街上的小房子），后来他就死了，留给每个公民两三千个古罗马小银币，留给卡尔皮尔尼⑦一千到一千二百万，留给屋大维⑧三四千万；这始终用的是摩冈的方法，除了我可以肯定，摩冈死的时候决不会拿到高卢的钱，也不会拿到卡皮托利山上的金子。现在让我们跳过一千八百年，来谈谈比拿贝①将军吧……"

年轻的贵族，就像所有意大利征服者的敌人经常干的那样，把波拿巴读成了比拿贝。

这种装腔作势似乎使罗朗大为恼怒，他做了个动作仿佛要向前冲去，可是他的同伴止住了他。

"让他说嘛，"他说，"让他说嘛，罗朗，我肯定巴尔若尔斯公民不会说，他所说的比拿贝是一个强盗。"

"不，我，我是不会说的；可是有一句意大利谚语可以代我表达。"

"让我们听听是什么谚语好吗？"将军代替他的同伴问道，这一次他那明亮、宁静、深沉的眼睛盯着这个贵族青年。

"这个谚语很简洁，是这样说的： Francesi non sono tutti ladroni, ma buona parte.意思是： 并不是所有的法国人都是强盗，除了……"

"除了很大一部分？"罗朗说。

"是的，除了比拿贝②。"阿尔弗莱特·德·巴尔若尔斯回答说。

这句侮辱性的话刚从年轻贵族的嘴里吐出，罗朗手里在摆弄着的一只盘子便飞了出去，击中了对方的面门。

妇女们发出尖叫，男人们站了起来。

罗朗又发出了他惯有的那种神经质的大笑，跌坐在他的椅子里。

一股鲜血从年轻贵族的眉心流到了他的面孔上，可是他还是保持着

---

① 比拿贝：波拿巴的意大利音读法，拿破仑的祖先原为意大利人。
② 法语中的"很大一部分"（une bonne partie）和比拿贝，即波拿巴（Bonaparte）谐音。

镇定。

这时候，马车夫进来了，像往常一样唤道：

"走吧，旅客们，上车！"

旅客们急于离开他们刚才看到的这场纷争，快步向门口走去。

"对不起，先生，"阿尔弗莱特·德·巴尔若尔斯对罗朗说，"我希望，您不是乘驿车的吧？"

"不，先生，我是乘驿站快车的；不过，请放心，我不走。"

"我也不走，"英国人说，"把马卸下来，我不走了！"

"我可要走了，"棕黄面色的，也就是罗朗称他为将军的那位年轻人说，"你知道我不得不走，我的朋友，我一定得在那儿出场。可是，如果我有别的办法，我向你保证我是决不会在现在这样的情况下离开你的……"

讲这几句话的时候，他的声音有些激动，而平时他那种坚定有力的语调说明他似乎并不是那种易于动感情的人。

罗朗恰恰相反，他仿佛有点儿欢天喜地；真好像他这种好斗的天性，在接近也许并不是他引起、至少也是他并不想回避的危险的时候，得到了充分的发展。

"好啊！将军，"他说，"我们本来应该在里昂分手的，因为您已经好心地给了我一个月的假期让我回布尔家里去。这样我们就有六十法里不能再在一起赶路了，就这些。我到巴黎以后去找您。不过，您如果需要一个忠诚肯干的人，请别忘了我。"

"您放心好啦，罗朗。"将军说。

随后，他仔细地打量了两个对手。

"首先，罗朗，"他对他的伙伴说，语气非常温柔，"别让人打死；可是，如果可能的话，也别打死你的对手。这个年轻人不管怎么样是个有胆量的人，而总有一天，我希望所有有胆量的人都归我。"

"一定尽力而为，将军，请放心。"

这时候，客店老板出现在门口。

"到巴黎的驿站快车套好了，"他说。

将军拿起他放在桌子上的帽子和手杖；而罗朗却故意不戴帽子跟了出去，为了让人明白他决不会和他的同伴一起上路。

因此阿尔弗莱特·德·巴尔若尔斯一点也没有阻挠他走出门去。再说，一望而知，他的对手是一个专门寻衅闹事的人，而不是一个希望避免麻烦的人。

罗朗陪着将军一直走到马车前面，将军登上了车子。

"无论如何，"将军一面坐下一面说，"让你一个人留在这儿我心里总不是滋味，罗朗，没有一个朋友可以为你做证人。"

"啊！别为这些事担心了，将军；从来也不会缺少证人的。好奇的人总是有的，他们想知道一个人是怎样杀死另一个人的。"

"再见，罗朗；你听好了，我不是跟你说永别，我是对你说再见。"

"我听清楚了，我亲爱的将军，"年轻人回答说，声音几乎有些激动，"我听清楚了，我感谢您。"

"答应我等事情一结束马上把情况告诉我，如果你自己不能写信给我，就请别人写给我。"

"哦！别怕，将军；不出四天，您就可以收到我的信了。"罗朗回答。

随后，他又用一种带有深沉的痛苦的语调说：

"您没有发现吗，我命中注定死不了？"

"罗朗！"将军语气严厉地说，"又是这一套！"

"没有什么，没有什么，"年轻人摇着头说，脸上现出一种无忧无虑的愉快表情；在他遇到那种不知名的、似乎使他在如此年轻的时候就想死的不幸以前，这种愉快表情一定是他所惯有的。

"好吧，还有，想法子打听一件事情。"

"将军，什么事？"

"眼下我们正在和英国打仗，一个英国人怎么会这么自由自在、心安理得地在法国游逛，就像在他自己家里一样。"

"行，我会知道的。"

"用什么办法呢？"

"我不知道，不过只要我答应您我会知道，我就会知道的，即使我要问他本人。"

"真太倔了！别在这方面另外闹出什么事来。"

"不管怎么样，因为这是一个敌人，那就不会是一场决斗，而是一场战斗。"

"好吧，再说一遍，再见，拥抱我。"

罗朗以一种激动而感激的心情扑到这个刚才同意他这个行动的人的脖子上。

"哦，将军！"他高声说，"我是多么幸福啊！……如果我不是那么不幸就好了！"

将军用一种深沉的目光瞧了瞧他。

"总有一天你会把你的不幸讲给我听的，是吗？罗朗？"他说。

罗朗发出一阵痛苦的笑声，这种笑声已经从他的嘴里发出过两三次了。

"哦，说真的，不行，"他说，"您听了会笑死的。"

将军像瞧一个疯子似的瞧着他。

"总之，"他说，"不能强求于人。"

"尤其当他们表里不一致的时候。"

"你把我当成了俄狄甫斯①，你在给我猜谜语。罗朗！"

"啊！如果您能猜出这个谜，将军，我就向您这位底比斯王②致敬。可是，我说了这么许多傻话，我忘记了您每一分钟都是宝贵的，我把您留在这儿是没有意义的。"

"你说得对。你在巴黎有什么事要我办吗？"

"有三件事情，向布里埃纳③表示我的友谊，向您的弟弟吕西安④表示我的问候，对波拿巴夫人⑤表示我最最诚挚的敬意。"

"一定办到。"

"我到巴黎什么地方去找您？"

"在胜利街我家里，也可能……"

---

① 俄狄甫斯：希腊神话中底比斯王拉伊俄斯和伊俄卡忒的儿子，曾猜破狮身女怪斯芬克司的谜语。后被底比斯人拥为新王。

② 即俄狄甫斯。

③ 布里埃纳（1769—1834）：拿破仑手下军官及秘书；曾跟随拿破仑转战意大利、埃及等地。

④ 吕西安（1775—1840）：拿破仑之弟，曾任五百人委员会主席。

⑤ 指约瑟芬（1763—1814）：一七九六年嫁给拿破仑，一八〇四年成为皇后，一八〇九年和拿破仑离婚。

“可能……”

“谁知道呢？也许在卢森堡宫！”

说完他往后一靠，就仿佛他在后悔说得太多了，即使对一个他看作是他最好的朋友也太多了。

“奥朗日大路！”他对车夫叫道，“越快越好。”

车夫在等着吩咐，一听到命令便挥起鞭子，策马上路，马车像闪电般飞驰而去，很快就消失在乌尔门外。

· 第三章 ·
英国人

罗朗一动不动地看着马车离去，直到车子消失以后，他还呆立了很久。

随后他晃了晃脑袋，仿佛要甩掉笼罩在他额头上的阴云；接着他回进客店，要一个房间。

"把这位先生带到三号房间去，"客店老板对一个女用人说。

女用人从一块宽宽的，上面有两排白色号码的黑色木板上取下一只钥匙，并向年轻旅客示意，他可以跟她走了。

"请叫人把纸笔和墨水给我送上来，"年轻人对客店老板说，"如果德·巴尔若尔斯先生找我，请把我房间的号码告诉他。"

客店老板答应按罗朗的吩咐办，于是罗朗吹着马赛曲的口哨跟着女用人登上楼梯。

五分钟以后他已经坐在桌子前面准备写字，桌上放着他刚才要的纸张、羽笔和墨水。

可是，就在他要下笔的时候，有人在他房门上敲了三下。

"请进。"他说，一面顶着他椅子的一只后脚旋过身来，这样他可以面对来访者，他猜想来访者一定是德·巴尔若尔斯先生，或者是他一个朋友。

门缓慢地打开了，速度均匀就象机械动作一样，英国人出现在门口。

"啊！"罗朗大声说道，对这次访问很高兴，因为他想起了他的将军托付给他的事情，"是您？"

"是的，"英国人说，"是我。"

"欢迎。"

"哦，欢迎我，太好了！因为我不知道我该不该来。"

"为什么这么说？"

"为了阿布基尔①。"

罗朗笑了起来。

"有两次阿布基尔战役，"他说，"一次我们打败了，一次我们打赢了。"

"为了你们输掉的那次。"

"好！"罗朗说，"在战场上人们可以刀来枪往，相互残杀，可是假使他们在中立的地方相遇，完全可以握手言欢。因此我再对您说一遍，欢迎您，尤其是如果您愿意告诉我您为什么到这儿来的话。"

"谢谢；可是，首先请看看这个。"

---

① 阿布基尔：埃及城市。一七九八年英国纳尔逊在此击溃了法国的舰队。一七九九年拿破仑在此把土耳其人赶下了海。

英国人从口袋里掏出一张纸。

"这是什么？"罗朗问道。

"我的护照。"

"我要您的护照干什么？"罗朗问，"我又不是宪兵。"

"不是这么回事；不过因为我是来为您效劳的，如果您不知道我是谁，也许您不会接受的。"

"您的效劳，先生？"

"是的，请看！"

罗朗念道：

> "以法兰西共和国的名义，督政府邀请约翰·塔莱爵士先生，在整个共和国国土上随意游逛，并在需要的时候给予协助和保护。
>
> 富歇①（签名）"

"请看，下面还有。"

> "我特别向主管人推荐，约翰·塔莱爵士是一位博爱者，是一位自由的朋友。
>
> 巴拉斯（签名）"

"您看完了？"

---

① 富歇（1759—1820）：法国政治家，起先是大革命时期山岳党国民公会议员。帝国时期任警务部长，支持拿破仑雾月政变，百日时期背叛拿破仑。

"是的，我看完了；还有什么？"

"哦！还有什么？……我的父亲，塔莱爵士曾经为巴拉斯先生效过劳，所以巴拉斯同意我在法国游历，我为此感到非常满意；我玩得很高兴。"

"是的，我想起来了，约翰爵士；这些事我们有幸已经在餐桌上听您对我们讲过了。"

"我是讲过的；我还讲过我非常喜欢法国人。"

罗朗弯腰行了个礼。

"尤其喜欢波拿巴将军。"约翰爵士接着说。

"您非常喜欢波拿巴将军吗？"

"我很赞赏他；他是一个伟大的，一个非常伟大的人。"

"啊！是吗！约翰爵士，我很遗憾他没有听到一个英国人这样讲他。"

"哦！如果他在，我是决不会这样讲的。"

"为什么？"

"我不愿意他以为我这样讲是为了讨他喜欢，而实际上这是我心里的想法。"

"我并不怀疑，爵爷，"罗朗说，他不知道英国人要干吗；他从护照上看到了他想知道的事情以后，变得审慎起来了。

"在我看到，"英国人还是声色不动地说，"在我看到您是波拿巴将军这一派以后，我感到很高兴。"

"真的吗？"

"非常高兴，"英国人一面点头一面说。

"太好了！"

"可是，在我看到您把一只盘子扔到了阿尔弗莱特·德·巴尔若尔斯脸上以后，我感到很难过。"

"您感到很难过，爵爷，为什么？"

"因为在英国，一个绅士是不把盘子扔到另一个绅士脸上去的。"

"哦，爵爷，"罗朗皱起眉头站起来说，"您会不会是来教训我的？"

"啊，不！我是来对您说，也许您正在为找不到证人而为难吧？"

"对啊，约翰爵士，我承认是这么回事；就在您敲门的时候，我正在想请谁来帮我这个忙。"

"我？"英国人说，"如果您愿意，我做您的证人。"

"啊！好啊！"罗朗说，"我接受，非常乐意地接受。"

"我非常愿意为您效这个劳。"

罗朗把手伸给他说：

"谢谢！"

英国人弯了弯腰。

"爵爷，"罗朗接着说，"在您向我提出要为我效劳之前，预先对我说明您是什么人，这是个好主意；现在在我接受您的效劳的时候，让您知道我是谁，当然也是很公正的。"

"哦，您看着办吧。"

"我名字叫路易·德·蒙特凡尔；我是波拿巴将军的副官。"

"波拿巴将军的副官！我很高兴。"

"这就向您说明了我为什么也许有点儿过分热烈地保卫了我的将军。"

"不，不太热烈；可是，盘子……"

"是的，我很清楚，不一定要用盘子挑衅；可是，有什么办法呢！我正把盘子拿在手里，我不知道拿它怎么办，我把它扔到了德·巴尔若尔斯先生的脸上；我脑子还没有想，盘子就自己飞出去了。"

"您不会把这些话对他说吧？"

"哦，请放心；我把这些话告诉您，是为了让您的良心得到安宁。"

"很好；那么您要决斗吗？"

"至少，我是为这个留下来的。"

"您用什么决斗呢？"

"这和您没有关系，爵爷。"

"什么，这和我没有关系？"

"没有关系；德·巴尔若尔斯先生是受侮辱的一方，应该由他选择武器。"

"那么，不管他建议用什么武器，您都接受？"

"不是我，约翰爵士，而是您以我的名义接受，既然您给了我做我证人的荣幸。"

"那么，如果他选择手枪，您希望距离是多少，决斗的方式怎么样？"

"这些都是您的事情，而不是我的事情，爵爷。我不知道英国是不是这样干的，可是在法国，决斗者一切都不介入；这些事都由证人安排；证人做的一切都是好的。"

"那么，我要做的都是好的啰？"

"都是好的，爵爷。"

英国人弯了弯腰。

"决斗的日期和时间呢？"

"哦！这一点嘛，越早越好；我有两年没有回家了，我承认我急于要拥抱我家里所有的人。"

英国人稍带惊奇地瞧瞧罗朗，罗朗讲得那么自信，真仿佛他事前已经拿准不会被打死的一样。

这时候有人敲门，客店老板的声音在问：

"可以进来吗？"

年轻人给了一个肯定的答复，门打了开来，果然是客店老板进来了，他把手上的一张名片递给他的房客。

年轻人拿过名片念道："夏尔·德·瓦朗索尔。"

"是代替阿尔弗莱特·德·巴尔若尔斯先生来的，"客店老板说。

"很好！"罗朗说。

接着，他把名片递给英国人，一面说：

"拿去，这是您的事；我没有必要见这位先生，因为在这个地方，我已经不再是一位公民了。德·瓦朗索尔先生是德·巴尔若尔斯先生的证人，您是我的证人，这件事你们去安排；不过，"年轻人握着英国人的手，眼睛盯着他说，"这件事要认真安排，如果这次决斗不是安排得非见个死活不可，我是不会同意的。"

"请放心，"英国人说，"我就像为我自己办事一样。"

"太好了，去吧，等一切都决定了以后再回来，我在这儿等着。"

约翰爵士跟着客店老板走了；罗朗又坐了下去，顶着椅脚又转回到他的桌子前面。

他拿起笔开始写信。

约翰爵士回来的时候，罗朗已经写完两封信，盖上了封印，正在第三封信上写地址。他做了个手势要英国人等他把手头的事做完，然后专门和他谈那件事情。

他写好了地址，盖上了封印，随后回过身来。

"怎么样，"他问，"全都解决了吗？"

"是的，"英国人说，"这件事情办得很顺利，和您打交道的是一位真正的绅士。"

"太好了！"罗朗说。

他等着对方说下去。

"两个小时以后到沃克吕兹喷水池——一个风景优美的地方——去交手；用手枪，两个人面对面向前走，谁先开枪都可以，对方开火后可以继续向前走。"

"对啊，您这就对了，约翰爵士；这样办再好没有了。这件事是您安排的吗？"

"我和德·巴尔若尔斯先生的证人一起安排的，您的对手放弃了他被侮辱者的全部权利。"

"武器的事谈了吗？"

"我提出用我的手枪，并以名誉担保这两支枪您和德·巴尔若尔斯都未见到过，他们同意使用我的枪；这两把枪制作精良，在二十步以外，我可以打中一把刀的刀刃，把子弹分成两爿。"

"哟，看来您枪法很好，爵爷？"

"是的，据说，我是英国最好的枪手。"

"知道这件事倒不错；一旦我想让人把我打死，约翰爵士，我就来和您寻衅。"

"哦！决不要和我寻衅，"英国人说，"要和您决斗我真要痛苦死了。"

"爵爷，我尽量不使您感到难受，那么，两小时以后。"

"是的；您跟我讲过您很急。"

"再好没有。到那个可爱的地方去有多少路？"

"从这里到沃克吕兹？"

"是啊。"

"四法里。"

"一个半小时的路程；我们时间不多了；我们把这些讨厌的事情处理掉以后，心情就可以轻松愉快了。"

英国人惊奇地打量着年轻人。

罗朗似乎对他的眼光毫不在意。

"这儿有三封信，"他说，"一封是给我母亲蒙特凡尔夫人的；一封是给我妹妹蒙特凡尔小姐的；一封是给我的将军波拿巴公民的。如果我被打死了，您把这三封信往邮车里一扔就完事了。这样是不是过于麻烦您？"

"如果发生这样的不幸，我就亲自把信送去，"英国人说，"令堂和令妹住在什么地方？"他接着问。

"住在布尔，安省的省会。"

"离这儿没有多少路，"英国人回答说，"至于波拿巴将军，如果需要的话，即使他在埃及我也要去；我能见到波拿巴将军那真是三生有幸了。"

"如果像您所说的，爵爷，您愿意亲自把信送去，您大概也用不到赶那么多路：三天以后，波拿巴将军就将抵达巴黎。"

"哦！"英国人说，他一点没有感到惊奇的样子，"您这样想吗？"

"我可以肯定，"罗朗回答说。

"这位波拿巴将军的确是一个非同寻常的人；现在，您还有什么要向我作交待的，德·蒙特凡尔先生？"

"有一件事，爵爷。"

"哦，只要您愿意，有几件事也可以。"

"不，谢谢，只有一件事，不过是非常重要的。"

"请说。"

"如果我被打死……不过我怀疑我会有这样的运气。"

约翰爵士用他那种已经出现过两三次的惊奇的眼光注视着罗朗。

"如果我被打死了，"罗朗接着说，"因为，总而言之，一切都应该预先估计到……"

"是的，我听到了，如果您被打死了。"

"请听好了，爵爷，如果遇到这样的情况，我特别希望事情按照我将要对您说的那样去办。"

"事情会按照您将要说的那样安排的，我是一个办事一丝不苟的人。"

"那么，如果我被打死了，"罗朗强调着语气说，他的手紧紧地按在他证人的肩膀上，仿佛为了更好地表达那件他将托付给那位英国人的事情，"您把我的穿着衣服的尸体，不准任何人接触，按照原样放在一具铅制棺材里，并当着您的面叫人焊牢；您再把这具铅棺放在一只橡木的套棺里，也当着您的面叫人把套棺钉死。随后您把这口棺材运送到我母亲那儿去，除非您宁愿把所有这一切都扔进罗讷河①里，究竟如何办我完全让您自由选择，只要扔进罗讷河里就行。"

"既然我要送信去，那么我把棺材带去也费不了多大事。"英国人接着说。

"啊，真的，爵爷，"罗朗习惯地哄然怪笑说，"您是一个可爱的人，我碰到您真是天意使然。上路，爵爷，上路！"

两个人从罗朗的房间走出来。约翰爵士的房间也在同一个楼面。罗朗等英国人回自己的房间拿他的武器。

他转眼间就出来了，手里提着一只装手枪的盒子。

"现在，爵爷，"罗朗问道，"我们怎样去沃克吕兹啊，骑马还是乘车？"

"乘车，如果您愿意的话。万一受伤，一辆车子要舒服得多；我的车子在下面等着。"

"我以为您已经吩咐卸车了。"

"我刚才是这么说的，可是我后来又追上去叫车夫别卸了。"

他们走下楼梯。

"汤姆！汤姆！"约翰爵士走到门口叫道，门口等着一个用人，穿着一身英国青年马夫穿的朴素大方的号衣，"把这只盒子带着。"

"I am going with my lord？"②用人问。

---

① 罗讷河：法国第二大河。有运河同马赛港、塞纳河、卢瓦尔河和莱茵河相连。
② 英语：我跟爵爷一起去吗？

"Yes！"①约翰爵士回答。

随后，约翰爵士指着他用人放下来的马车踏脚板对罗朗说：

"请吧，德·蒙特凡尔先生，"他说。

罗朗登上马车，舒舒服服地躺在座椅上。

"说真的，"他说，"只有你们这些英国人才懂得怎样制造旅行马车，坐你们的马车就像躺在床上一样。我打赌，你们睡的棺材里面一定也衬软垫的。"

"是的，的确如此，"约翰回答说，"英国人讲究舒服；可是法国人，那是一个非常好奇，非常有趣的民族……车夫，去沃克吕兹！"

———————————

① 英语：是的！

Les Compagnons De Jehu

·第四章·
决斗

只有阿维尼翁到里斯勒这一段路可以通行马车。他们在一个小时里面走完了阿维尼翁和里斯勒之间的三法里路。

在这一个小时里面，罗朗就仿佛担负着要使他的旅伴不感到旅途寂寞的任务似的，一直兴高采烈、滔滔不绝地在说着话；决斗的地点越近，他的兴致也越高。不知道他此行目的的人是决不会想到这个笑声不绝、喋喋不休的人正在受着死亡的威胁。

车抵里斯勒村，他们不得不下车步行。

他们打听了一下；罗朗和约翰爵士是首先到达的。

他们顺着那条通向喷水池的路向前走去。

"哦！哦！"罗朗说，"这儿的回声一定很美。"

他大声呼唤了一两次，果然回声清晰悦耳。

"啊，说真的，"年轻人说，"这儿的回声真美。据我所知，只有米兰的赛诺内塔的回声才能和这儿媲美。请等等，爵爷。"

接着他舒展美妙的歌喉，字正腔圆地唱了一支蒂罗尔[①]战歌，那感人的歌声和高亢的曲调仿佛是在耀武扬威似的。

约翰爵士带着他不再想掩饰的惊讶神态注视着罗朗，一面听着他唱。

当他的最后一个音符消失在山坳里的时候，约翰爵士说："天主惩罚我！我相信您心里很忧郁。"

罗朗一阵哆嗦，看看他，似乎在问，他的话是什么意思。

看到约翰不再说下去了，他就问：

"嗯！您怎么会这样想的？"

"您高兴得太过分了，说明您心里一定非常悲伤。"

"是吗，这种违反常理的现象使您感到奇怪？"

"没有什么东西可以使我感到奇怪，任何事情都是有原因的。"

"说得对；一切都存在于事物本身的奥秘之中。好吧，我来把个中原委告诉您。"

"哦！我决不是勉强您说。"

"您这样做对我真是太体贴了；可是也请您不必否认，您也乐意把我的情况搞清楚。"

"是的，这是为了您好。"

"那么，爵爷，我把谜底告诉您，这件事我对任何人都没有说过呢。就像您现在看到我一样，我的外貌非常健康，可是我动脉里有一个肿瘤，使我非常痛苦。我随时随地都会发生痉挛、衰竭、昏厥等这些连

---

① 蒂罗尔：见 39 页注③。

女人也会感到羞愧的症状。我小心翼翼地过日子，别人觉得很可笑；尽管如此，拉莱首席军医还警告我，说不准哪天我就会一命呜呼。受到损害的肺动脉也许我稍一用力就会破裂。您倒是想想看，这对一个军人来说可真是太有趣了！您可以理解，在我知道我的情况以后，我就决定要尽量英勇地死去。我马上就付诸行动。换了另一个稍许比我走运一些的人也许连一百次也成功了。可是我呢，我却像中了妖术一样：不论枪弹还是炮弹都与我无缘；军刀仿佛唯恐碰破了我的皮肤。可是我决不糟蹋一次机会；您已经看到发生在大餐桌上的事了。那么，我们去决斗吧，好吗？我要像一个疯子那么干，把一切有利条件都让给我的对手，可是这对决斗结果决不会有任何影响：他可以在十五步以外，十步以外，五步以外，甚至顶着我开枪，他还是不会打到我，要不就是一颗瞎弹；而所有这一切，这种美好的先兆——我真想问问您究竟是怎么搞的——都是为了有一天，在我毫无戒备的时候，在我穿靴子使劲拉的时候，突然毙命！唔，别作声，我的对手来了。"

果然，从罗朗和约翰爵士刚才走来的那条路上，通过高低起伏的空地和突兀屹立的岩石，可以看到出现了三个人的上半身，他们越走越近，人也显得越来越大了。

罗朗在计数。

"三个，为什么是三个，"他说，"而我们只有两个人。"

"啊！我刚才忘了，"英国人说，"德·巴尔若尔斯先生还要求带他一个做外科医生的朋友一起来，这对您对他都是有好处的。"

"那有什么用？"罗朗皱起眉头问，语气几乎有些粗暴。

"如果你们有哪一位受了伤就有用了；有时候放一次血可以救一个

人的性命。"

"约翰爵士，"罗朗说，表情甚至有点儿凶狠，"我不懂要决斗还有那么多讲究。进行决斗，那就是相互残杀。过去的人们有各种各样的繁文缛节，就像您我的祖先在丰特诺瓦①所做过的那样；可是剑一出鞘，手枪一上了子弹，那就必须要有一条人命来偿付已经造成了的精神上和肉体上的损失。而我，我向您要求一件事，约翰爵士，您要以名誉担保答应我：那就是，不论我被打伤还是打死，不论我是活是死，德·巴尔若尔斯先生的外科医生不准碰我。"

"可是，罗朗先生……"

"哦！这件事不是同意就是不同意。您以名誉担保，爵爷，要不，让我见鬼去吧，我不决斗了！"

英国人吃惊地看着年轻人：他的脸色发青，四肢颤抖，就好像他感到害怕了一样。

尽管他不懂得罗朗怎么会有这种难以解释的情绪，约翰爵士还是同意了他的要求。

"太好了！"罗朗说，"您看，这又是这种可爱的疾病的一种症状；一想到一只打开的手术器械袋，一看到一把手术刀或者一把柳叶刀，我就觉得难受。我一定面色发白了，是吗？"

"我刚才以为您要晕过去了。"

罗朗又哄然大笑。

"如果真要发生这样的事那可是太美了，"他说，"我们的对手来

---

① 丰特诺瓦：比利时市镇。公元一七四五年，萨克斯元帅在此击溃英国和荷兰的军队。

了，看到您正在忙于给我闻嗅盐，就像在照料一个晕倒的女人一样。您知道他们会怎么说，他们，还有您会怎么说，首先是您？他们会说我害怕了。"

三个刚来的人这时候越走越近，已经走到听得见他们声音的地方，因此约翰爵士甚至没有来得及回答罗朗的话。

他们走过来行了礼。罗朗嘴上带笑，露出他嘴里一副漂亮的牙齿，向他们回了礼。

约翰爵士凑到他的耳边说：

"您脸色还有点儿苍白，到喷水池那儿去兜一圈；到时候我去找您。"

"啊，这倒是个好主意，"罗朗说，"我一直想看看这个有名的沃克吕兹喷水池，彼得拉克的《灵泉》①。您知道他这首十四行诗吗？

　　Chiare,fresche e dolci acque

　　Ove le belle membra

　　Pose colei,che sola a me perdona.②

错过了这个机会，也许下次再也不会有了。您说的那个喷泉在哪一边？"

---

① 《灵泉》：源出希腊神话。飞马珀伽索斯的蹄子踏过的地方有泉水涌出，即为灵泉，能启发诗人的灵感。
② 拉丁文，大意为：
　　"清澈甘甜的水泉啊，
　　只有那里的美人儿才能给我宽恕。"

"再走三十步您就找到了；顺着这条路走。您可以在大路拐角处找到它，就在这块您可以看到它顶部的巨石下面。"

"爵爷，"罗朗说，"您是我知道的最好的导游。谢谢。"

他向他的证人做了一个友好的手势，就向喷泉的方向走去，一面嘴里哼着菲利浦·戴波特①的优美的田园诗：

> 萝珊特，小别几天，
>
> 您已经变了心；
>
> 既然您这样朝三暮四，
>
> 您也别怪我无情。
>
> 如此轻佻的美人，
>
> 对我永远不会有多大的魅力；
>
> 水性杨花的情人，
>
> 看看我们谁先流眼泪。

约翰爵士在这清新柔和，抑扬顿挫，发高音时带有点女腔的声音中回头走去。他冷静而有条理的头脑对这种激烈的神经质脾气毫不理解，他看到的只不过是一个从未见过的怪人而已。

两个年轻人在等他；医生在稍远处呆着。

约翰爵士把手里提着的手枪盒子放在一块桌面形状的岩石上，从口袋里掏出一把小钥匙把箱子打开，这把钥匙不像是锁匠做的，倒像是金

---

① 菲利浦·戴波特（1546—1606）：法国诗人，受宠于查理九世和亨利三世。

银匠打的。

手枪样式极为简单，可是非常华丽。它们是门顿工场的产品，门顿的孙子至今仍是伦敦最有名的枪械制造专家之一。约翰爵士把枪递给德·巴尔若尔斯的证人检查，这位证人试了试枪机和弹簧，把后面的扳机往前推，看看是不是双响连发的。

手枪是单发的。

德·巴尔若尔斯也看了一眼，可是他连碰也没有碰。

"我们的对手不熟悉您的武器吗？"德·瓦朗索尔问。

"他甚至连看也没有看见过，"约翰爵士说，"我向你们保证。"

"哦！"德·瓦朗索尔先生说，"只要您否认一下就可以了。"

他们把已经定下的决斗条件又谈了一遍，以免有任何误解；这些条件讲好以后，为了尽量少浪费准备的时间，他们给两把枪装上了子弹，再把装好了子弹的手枪放回盒子里，把盒子交给医生保管。约翰爵士把手枪盒子的钥匙放在口袋里，去找罗朗。

他看到罗朗正在和一个牧童聊天，这个牧童正在陡峭多石的山腰上放牧三只山羊，一面在往一个水池里扔小石子。

约翰爵士张嘴要对罗朗说一切已经准备齐全，可是他不给英国人有讲话的时间，抢着说：

"您不知道这个孩子在对我讲些什么，爵爷！这是一个真正的莱茵河畔的传说，他说这个不知深浅的水池伸进山下面有两三法里，里面住着一个半人半蛇的女妖。每当夏天明净的夜晚，这个女妖便浮出水面，呼唤山里的牧人，当然她只露出她披着长长的秀发的脑袋，赤裸的肩膀和美丽的胳膊；可是有些笨蛋却被这个假女人骗了。他们走近池边，做手势要她过来，而女妖也打手势要他们过去。有些冒失鬼不知不觉地靠近了，没有注意他们的脚下，突然踏了个空，女妖伸出胳膊，和他们一起陷进了她的水晶宫；第二天，她又独个儿出现了，这个故事跟维吉尔①用美丽的诗句讲给奥古斯都②和梅塞纳斯③听的故事完全一样，到底是谁讲给这些愚蠢的牧民听的呢？真是见鬼！"

他沉思了一会儿，眼睛盯着湛蓝而深邃的水面。

随后，他回过头来对约翰爵士说：

"据说，任何游泳好手，不管他有多么身强力壮，只要跳进这个深渊里就永远出不来了；如果我跳进去，爵爷，这也许比德·巴尔若尔斯的子弹更加可靠。这的确是最后一着；现在，我们还是先去试试子弹吧。走吧，爵爷，走吧！"

他挽起英国人的胳膊，牵着他向在等候他们的人走去，约翰爵士对他那种思想的变幻莫测感到莫名其妙。

在那段时间里，对方几个人在找一个合适的地点，并且已经找到了。

那是一小块台地，坐落在一个陡峭的山坡上，面对着西下的夕阳，上面还有一座古堡的废墟，逢到突然刮起密史脱拉风④的时候，牧人们都把这儿作为避风处。

这是一块五十步长，二十步宽的平面，过去大概是古堡的平台，现在就要成为这场即将开始的悲剧的舞台。

---

① 维吉尔（前70—前19）：古罗马诗人。代表作《埃涅阿斯纪》。
② 奥古斯都（前63—公元14）：古罗马皇帝。
③ 梅塞纳斯（前69—公元8）：奥古斯都的大臣。支持文艺活动。
④ 密史脱拉风：法国南部及地中海上干寒而强烈的西北风。

"我们来了，先生们，"约翰爵士说。

"我们准备好了，两位先生。"德·瓦朗索尔先生说。

"请让交手双方听听决斗条件。"约翰爵士说。

随后他转身面对德·瓦朗索尔先生说：

"请再说一遍，先生，您是法国人，我是外国人，您一定能比我解释得清楚。"

"您虽然是外国人，爵爷，可是您讲的法语使我们这些可怜的外省人自叹勿如；不过，既然您一片好意让我来讲，我就恭敬不如从命。"

说完他向约翰爵士行了个礼，后者也还了个礼。

"先生们，"替德·巴尔若尔斯先生做证人的那位绅士说，"我们已经讲好你们两位相距四十步远，随后面对面走去；这时双方都可以随意开枪，不管是否受伤，在对方开枪以后，可以继续前进。"

两位决斗者弯了弯腰表示同意，接着几乎同时用同一种语调说：

"拿枪来！"

约翰爵士从口袋里掏出那把小钥匙，打开盒子。

接着他走到德·巴尔若尔斯先生跟前，把开着的盒子递给他。

德·巴尔若尔斯先生把挑选武器的权利让给他的对手；可是罗朗挥了挥手不愿接受，一面用温柔得像女人的声音说：

"您先请，德·巴尔若尔斯先生；我知道，尽管您是被侮辱的一方，您放弃了您的全部权利。如果这也是一项权利的话，这是我唯一能留给您的了。"

德·巴尔若尔斯先生不再坚持了，他随随便便地从两把手枪中拿了一把。

约翰爵士把盒子里另一把手枪递给罗朗，罗朗接过去，扣起扳机，他甚至连机械也没有检查，就垂着握枪的手呆着。

这时候，德·瓦朗索尔先生在量四十步的距离：一支手杖插在他起步的地点。

"是不是请您再量一遍，先生？"他问约翰爵士。

"不必要了，先生，"约翰爵士回答说，"我们，德·蒙特凡尔先生和我，对您完全信任。"

德·瓦朗索尔先生在距离四十步的地方插下第二根手杖。

"先生们，"他说，"你们准备好就开始吧。"

罗朗的对手已经走到他的位置上，帽子和上衣都脱掉了。

医生和两位证人闪在一边。

这个地点选择得很好，不论在地形上，还是在日照上，两个人的条件都一样。

罗朗把他的上衣和帽子扔在一边，走到离德·巴尔若尔斯四十步远的位置上，面对着他。

这两个人一个在右，一个在左，对同一个天际瞥了一眼。

眼前景色和即将完成的这庄严肃穆、恐怖骇人的场面很协调。

不论在罗朗的右面还是德·巴尔若尔斯的左面都没有什么可看的，那是一个像巨大的屋面似的一个又高又陡的山坡。

可是在另一面，也就是德·巴尔若尔斯的右面和罗朗的左面，情况就完全不同了。

极目远眺，一望无际。

最前面的是一大片平原，平原土壤呈粉红色，到处有巨岩耸起，就像是泰坦①的坟场，巨神的枯骨戳出在地面上。

稍远处是夕阳下轮廓鲜明的阿维尼翁，它的腰带似的围墙和巨大的宫殿，这座宫殿就象一只蹲伏着的狮子，气喘吁吁的城市匍伏在它的爪牙之下。

阿维尼翁再过去，有一条像熔化了的金河似的闪闪发光的细流，那是罗讷河。

最后，在罗讷河另一面，有一条深蓝色的线，那是一长串把阿维尼翁和尼姆以及于赞斯隔开的小山岗。

远处，在最最远的地方，太阳，这两个人中的一个也许是最后一次看到的太阳，正在慢慢地、庄严地陷入金黄火红的大海。

此外，这两个人的对比也是很奇特的。

这一个，漆黑的头发，肤色棕黄，四肢纤细，目光阴沉，完全是南方人的体型，他的祖先也许是希腊人、古罗马人、阿拉伯人，或者是西班牙人。

另一个，脸色红润，头发金黄，蔚蓝色的大眼睛，手胖乎乎的像个女人，很象是温带地方的人，他的上代可能是高卢人、日耳曼人和诺曼底人。

这种情况如果大而言之，那么很容易想象出这不仅仅是一场两个人之间的奇怪的战斗。

很容易想象出这是一个民族针对另一个民族的，一个种族针对另一个种族的，南方针对北方的一场决斗。

———————————

① 泰坦：希腊神话中天神乌拉诺斯和地神盖娅的子女总称，共十二名，均为巨神。

罗朗这时候脑子里想到的是不是我们刚才表达的那些情况呢？是不是想到这些事他才那么黯然神伤？

决不可能。

因为有一会儿他仿佛把证人、决斗、对手全都置之脑后，完全沉浸在对自然景色的观赏之中。

德·巴尔若尔斯的声音把他从带有诗意的麻木状态中惊醒过来。

"您准备好了就开始，先生。"他说，"我已经准备好了。"

罗朗一阵哆嗦。

"劳您久等了，请原谅，先生，"他说，"可是请别关心我，我经常走神；我准备好了，先生。"

说完，罗朗嘴角上带着微笑，头发在晚风中飘荡，直楞楞地向德·巴尔若尔斯走去，就像平时散步一样，而他的对手则采用了在决斗中经常采用的所有的防卫措施。

约翰爵士平时虽然不动声色，这时也能从他的脸上看出他紧张万分。

两人的距离很快就缩短了。

德·巴尔若尔斯首先站定，瞄准以后便开枪了，这时候罗朗离他只有十步远。

他的枪弹削去了罗朗一个发鬈，可是没有打到他身上。

罗朗回头面向他的证人。

"怎么样，"他问，"我不是对您说过了吗？"

"开枪，先生，请开枪！"两个证人说。

德·巴尔若尔斯一声不响地呆在他开枪的位置上。

"对不起，先生们，"罗朗回答说，"可是我希望你们能同意我有权决定我反击的时机和方式。在德·巴尔若尔斯先生开过枪以后，我要对他说几句我刚才不能说的话。"

这时，他又转过头来面对那位年轻贵族，年轻贵族脸色苍白，可是很镇静。

"先生，"他说，"也许在今天上午的争论中我过于激动了。"

他等了一会儿。

"轮到您开枪了，先生，"德·巴尔若尔斯先生回答说。

"可是，"罗朗接着说，就像他没有听到对方的话一样，"您会理解我如此激动的原因的，也许您就会原谅我。我是个军人，是波拿巴将军的副官。"

"请开枪，先生。"年轻贵族又说了一遍。

"请讲一句表示和解的话，先生，"年轻的军官接着说，"您只要说，波拿巴将军的荣誉和正直，决不是被他打败的、一肚子怨气的人想出来的一句意大利谚语所能破坏得了的。您说了这句话，我就把这支手枪扔得远远的，我就要握您的手，因为我已经看到了，先生，您是一个勇敢的人。"

"先生，只有在您那位统帅对法国的事务运用他天才的影响，来完成蒙克①已经完成的事业，也就是使他合法的君主重登王位，到那时候，我才会称颂您刚才提到的那种荣誉和正直。"

"唉，"罗朗微笑着说，"这对一位共和国的将军来说，要求未免过

---

① 蒙克（1608—1670）：英国将军。曾为克伦威尔效力，后助查理二世重登王位。

高了。"

"那么，我维持我原来的说法，"年轻贵族回答，"请开枪，先生，请开枪。"

可是罗朗并不急于服从这个吩咐，年轻贵族就蹬着脚说：

"哎哟，天啊！请开枪吧！"

罗朗听到他的话，做了个姿势，表示他将向空中开枪。

这时候，德·巴尔若尔斯用激烈的语言和动作来阻止他这样做，他叫道：

"喂，请决不要向空中开枪，行行好吧！否则我一定要重新开始决斗，而且要您先开枪。"

"以我的名誉担保！"罗朗大声说道，他面色灰白，仿佛他的血都流完了，"这是我第一次像这样对付一个人，不管这是个什么人。见鬼去吧！既然您不想活，就去死吧！"

就在这时候，他连瞄也不瞄，开枪就打。

德·巴尔若尔斯一手捂在胸口上，前后晃了晃，又转了一圈，仰面跌倒在地上。

罗朗的子弹穿过了他的心脏。

约翰爵士看到德·巴尔若尔斯先生跌倒了，就向罗朗走去，把他带到他刚才扔掉上衣和帽子的地方。

"这是第三个。"罗朗叹了口气低声说，"可是您可以替我证明，这是他自己想死。"

然后，他把冒着烟的手枪交还给约翰爵士，重新又穿上他的上衣，戴上他的帽子。

这时候，德·瓦朗索尔先生捡起了从他朋友手中掉下来的手枪，连同盒子一起交还给约翰爵士。

"怎么样？"英国人指指阿尔弗莱特·德·巴尔若尔斯的眼睛。

"他死了。"证人回答。

"我这样做是不是光明磊落，先生？"罗朗问道，他一面在用手帕擦汗，一听到他对手已经死了，他不由得便满头大汗。

"是的，先生，"德·瓦朗索尔先生回答说，"不过，请听我说，您的手是不吉利的。"

接着，他向罗朗和罗朗的证人彬彬有礼地鞠了个躬，随后回到他朋友的尸体那儿去了。

"您呢，爵爷，"罗朗接着说，"您怎么说？"

"我说，"约翰爵士带着一种很勉强的赞赏语气说，"您属于这样一些人，天才的莎士比亚让他们这样来评价自己：'危险和我是出生于同一天的两只狮子；而我是先出世的。'"

LES
COMPAGNONS DE JÉHU

· 第五章 ·

罗朗

回来的路上气氛很沉闷，大家都不讲话；仿佛罗朗看到了死的机会已经消失，失去了他全部的欢乐情绪。

刚才这场由他引起的灾难肯定和他们现在的闷闷不乐有关；可是我们要赶紧补充一句：罗朗在战场上，尤其在他最近一次攻打阿拉伯人的战斗中，策马跃过被他杀死的敌人的尸体对他来说简直是家常便饭，因此，一个陌生人的死亡不可能对他产生如此强烈的影响。

那么说，这种愁闷另有原因；这肯定就是年轻人刚才告诉约翰爵士的原因。这不是因为别人丧命而感到悲痛，而是因为自己没有死而感到沮丧。

回到王宫客店以后，约翰爵士上楼到自己的房间里放下他的手枪盒子，罗朗看到这只盒子也许会在他的内心激起某种近似内疚的感情；随后约翰爵士又来找这位年轻的军官，把刚才从他那儿接受下来的三封信交还给他。

他看到罗朗两条臂肘支在桌子上在沉思。

英国人一声不响地把三封信放在罗朗面前。

年轻人朝三个信封上的地址扫了一眼，拿起写给他母亲的一封，拆开封印，看了起来。

他看着看着，大颗大颗的泪珠扑簌簌地往下掉。

约翰爵士惊愕地看着他前所未见的罗朗这张泪痕斑斑的脸。

罗朗性格复杂，有任何表情都有可能，可是他不能相信他会默默地流泪。

随后，罗朗摇了摇头，对眼前约翰爵士的存在视若无睹，轻轻地说道：

"可怜的母亲！她真可能大哭一场啊！如果为自己的孩子哭泣不是做母亲的专职，那不是更好吗？"

说完，他动作呆板地把他写给母亲、写给妹妹和写给波拿巴将军的三封信撕得粉碎。

接着他又很仔细地把所有这些碎片都烧掉了。

随后他打铃呼唤客店的女用人。

"邮局收信收到几点钟？"他问。

"收到六点半，"女用人回答道，"还有几分钟时间。"

"那么，请等一等。"

他拿起一支羽笔写了起来。

"我亲爱的将军：

　　我早对您说过了，我活着，他死了。您一定会同意，这种事真是不可思议。

我对您的忠诚至死不渝。

您的勇士
罗朗。"

写完后，他盖上了封印，写上了地址：寄巴黎胜利街波拿巴将军。接着他把信交给女用人，并叮嘱她立即把信送到邮局去。

他似乎到这时候才发现约翰爵士在他面前，他向英国人伸出手去。

"您刚才帮了我的大忙啦，爵爷，"他对约翰爵士说，"这种效劳可以使人记住一辈子。我已经是您的朋友了，您是不是肯赏光做我的朋友呢？"

约翰爵士紧紧地握住罗朗向他伸来的手。

"哦！"他说，"我非常感谢您。我原来根本不敢向您要求这种荣誉；可是您现在奉献给我了……我接受。"

这时候，不太动感情的英国人也感到自己的心软化了，他眨了眨眼睛，因为有一颗泪珠在他的睫毛上颤动。

随后，他瞧瞧罗朗。

"真是太不幸了，"他说，"您这么急着要走；如果我可以再和您一起待上一两天，那我真是太幸运，太高兴了。"

"在我刚遇到您的时候，爵爷，您准备去哪儿？"

"哦，我吗！什么地方也不去，我旅行是为了消愁解闷！我很不幸，常常悒悒不乐。"

"因此您就什么地方也不去吗？"

"我什么地方都去。"

"这完全是一回事，"年轻军官微笑着说，"那么，您愿不愿意干一件事。"

"哦，当然愿意，如果这是可能的话。"

"完全可能；这取决于您。"

"请说。"

"如果我刚才被打死，您本来要把我的尸体送到我母亲那儿去，要不就扔在罗讷河里，是吗？"

"我可能把您的遗体送到您母亲那儿去，可是我不会扔到罗讷河里的。"

"那么，如果不是把死去的我送去，而是把活着的我送去，您当然会受到更好的接待。"

"啊！"

"我们一起到布尔去待上半个月，那是我出生的城市，是法国最使人感到乏味的城市之一。可是，由于您的同胞都别具一格，与众不同，也许您能在别人觉得厌烦的地方感到高兴。就这么定了，好吗？"

"再好没有了，"英国人说，"不过我似乎觉得这样做我有点儿不太得体。"

"哦！我们不是在英国，爵爷，英国的礼仪高于一切；而我们，我们现在既没有国王，也没有王后，我们割掉那个可怜的大家叫作玛丽－安托瓦内特的脑袋，并不是为了用礼仪陛下来代替她。"

"我很想去，"约翰爵士说。

"您会看到的，我的母亲是一个非常善良的女人，而且非常高贵。

我妹妹在我离家的时候十六岁,现在该有十八岁了;她那时候就很美丽,现在一定更加漂亮了。还没有哪一个十二岁的小调皮鬼会像我的兄弟爱德华那样,他会在您的腿上放烟火,他会和您讲英语;这半个月过去以后,我们再一起到巴黎去。"

"我是从巴黎来的,"英国人说。

"等等,您原来想到埃及去见波拿巴将军,从这儿去巴黎没有去开罗那么远;我要把您介绍给他;请放心,由我介绍,您会受到欢迎的。那时候您还可以谈谈您刚才谈到的莎士比亚。"

"哦!是的,我经常讲到他。"

"这说明您喜欢喜剧、悲剧。"

"不错,我是很喜欢。"

"那么,波拿巴将军正想按他的方式叫人演一出,那一定是很有趣的,我向您保证。"

"那么,"约翰爵士还有点犹豫,"我接受您的邀请,不会不合适吗?"

"我相信一定合适,您会使大家感到高兴,尤其是我。"

"这样的话,我接受。"

"好啊!那么,您愿意什么时候动身?"

"您喜欢什么时候走就什么时候走。在您把那只倒霉的盘子丢到德·巴尔若尔斯头上去的时候,我的四轮马车已经套好了;不过,如果没有这只盘子,我也许永远也不会认识您。我很高兴您把盘子扔到了他的头上,是的,非常高兴。"

"我们今晚动身好不好?"

"马上就走。我去吩咐车夫把他一个伙伴和另外几匹马打发走；车夫和马匹一到，我们就动身。"

罗朗点了点头，表示同意。

约翰爵士出去通知车夫，回上楼来时说他已经叫人准备了两份排骨和一只冷鸡。

罗朗拿起旅行箱走下楼去。

英国人把他的手枪盒子放回他马车的箱子里。

两个人都吃了一点，这样可以整夜赶路不必停车。科尔德利埃教堂敲九点钟，他们两人都已经舒舒服服地坐在马车里，离开了阿维尼翁。他们在这里经过时留下了一摊新的血迹，罗朗对此毫不在乎，约翰·塔莱对此无动于衷；前者由于他天性如此，后者因为这是他的民族特性。

一刻钟以后，两个人都睡着了，或者至少从两个人都没有讲话来看，旁人以为他们已经睡着了。

我们将趁他们这段休息时间向我们的读者提供一些关于罗朗和他的家庭的必要的情况。

罗朗生于一七七三年七月一日，比波拿巴小四岁差几天[①]，他是和波拿巴一起，更可以说是随着波拿巴出现在本书中的。

他是夏尔·德·蒙特凡尔先生的儿子；他父亲是个上校团长，长驻马提尼克岛[②]，他在那儿娶了一个名叫克洛蒂尔德·德·拉克莱芒西埃尔的克里奥尔人[③]。

---

① 拿破仑生于一七六九年八月十五日。
② 马提尼克岛：位于西印度群岛，向风群岛中部，首府法兰西堡。
③ 克里奥尔人：安的列斯群岛等地的白种人后裔。

这次结合生下三个孩子，两个男孩和一个女孩：路易，就是我们已经认识的罗朗；阿梅莉，罗朗曾向约翰爵士赞扬过她的美貌；还有爱德华。

一七八二年，德·蒙特凡尔先生被召回法国，他设法让年轻的路易·德·蒙特凡尔（下面我们将会看到他是为什么把路易这个名字换成罗朗的）进了巴黎军事学校。

波拿巴就是在这个学校里认识这个孩子的，根据德·克拉利奥先生的报告，他被认为有资格并被批准从勃里埃纳学校转往军事学校。

路易是该校最年轻的学生。

虽然他还只有十三岁，他的桀骜不驯、好斗逞强的性格已经有所流露，他这种脾性，我们在十七年后阿维尼翁大餐桌上可见一斑[1]。

波拿巴从孩提开始，也具有这种性格的好的一面；也就是说，他并不好斗逞强，可是他很专横、执拗、倔强。他从这个孩子身上看到有些和自己相同的品格，这种性格上的类似使他原谅了这个孩子的缺点，并且非常喜欢他。

孩子一方面，也感到这个科西嘉[2]青年是他的靠山，有事就请他帮忙。

一天，孩子来找他的大朋友——他就是这样称呼拿破仑的——这时候拿破仑正在专心致志地做一道数学题目。

---

[1] 本书中罗朗生于一七七三年，故事叙述的时间为一七九九年，罗朗应为二十七岁；根据本段所述，罗朗为三十岁。现照译。

[2] 科西嘉：法国东南地中海中的岛屿，法国的一省，首府阿雅克肖。拿破仑出生于此。

孩子理解这位未来的炮兵军官所醉心的那门学科的重要性，直到这时为止，拿破仑所取得的最大的，更可以说是唯一的成就在数学方面。

孩子一声不吭，纹丝不动地站在他的旁边。

年轻的数学家猜到孩子来了，他加紧运算，十分钟以后，他终于把这道题解出来了。

这时候，他回头面向他的小伙伴，内心有些得意，就像一个刚才在某种科学方面或者智力方面的斗争中取得了胜利的人一样。

孩子站在那儿，脸色苍白，牙齿咬得紧紧的，双臂强直，两拳紧握。

"哦！哦！"年轻的波拿巴说，"发生了什么事？"

"瓦朗斯，校长的侄子，打了我一记耳光。"

"噢！"波拿巴笑着说，"你是来找我，要我回敬他，是吗？"

孩子摇摇头。

"不，"他说，"我来找你，因为我要和他打一场。"

"和瓦朗斯？"

"是的。"

"可是你会被瓦朗斯打败的，我的孩子；他的力气要比你大得多。"

"所以，我不想和他像孩子一样打架，我要和他像大人一样决斗。"

"啊！"

"你感到奇怪吗？"孩子问。

"不，"波拿巴说，"你想用什么决斗？"

"用剑。"

"可是只有士官才有剑，他们是不会借给你们的。"

"我们可以不用剑。"

"那么你们用什么决斗。"

孩子向年轻的数学家指指他刚才用来解题的两脚规。

"哦，我的孩子，"波拿巴说，"用两脚规戳出来的伤口可不是好玩的。"

"太好了，"路易说，"我要杀了他。"

"那么，如果是他杀了你呢？"

"我宁愿被他杀死，也不愿留下挨耳光的耻辱。"

波拿巴不再坚持下去了；他从本能上喜欢勇敢的人，他的小伙伴这种初生之犊不畏虎的精神很讨他喜欢。

"那么，好吧！"他接着说，"我去对瓦朗斯说，你要和他决斗，不过要等到明天。"

"为什么要等到明天？"

"你晚上还可以想想。"

"从现在到明天，"孩子说，"瓦朗斯会以为我是胆小鬼！"

接着他摇了摇头，说：

"要等到明天，太久了。"

说完他就要走。

"你到哪儿去？"波拿巴问他。

"我去另外找一个人帮忙，如果他愿意做我的朋友的话。"

"那么我已经不再是你的朋友了吗？"

“你已经不是了，既然你以为我是一个胆小鬼。”

“好吧，”年轻人站起来说。

“你去吗？”

“我去。”

“马上？”

“马上。”

“啊！”孩子高声说道，“我请你原谅，你永远是我的朋友。”

说着他就泪流满面地扑上去搂住了波拿巴的脖子。

从他挨到耳光以后他这是第一次流下眼泪。

波拿巴去找瓦朗斯，很认真地向他解释了他所担负的使命。瓦朗斯是一个十七岁的小伙子，就像某些发育过早的青年一样，已经长出了胡须：他看上去有二十岁。

此外，他比被他侮辱的人高出一个头。

瓦朗斯回答说，路易来拉他衣服的尾摆（这时候的衣服有尾摆），就像拉铃绳一样，他警告了他两次，叫他别再拉了，可是路易又来拉了第三次。因为瓦朗斯只当他是个孩子，就像对待一个孩子那样对待了他。

波拿巴把瓦朗斯的答复告诉了路易，路易反驳说，拉拉伙伴的尾摆只不过是开开玩笑，而打耳光是一种侮辱行为。

十三岁的孩子倔强地使用了一个三十岁的男子汉的逻辑。

现代的波比利乌斯[1]又回去把战斗的信息带给了瓦朗斯。

---

[1] 波比利乌斯：公元前一七三和前一五八年任罗马执政官。元老转曾派他为使臣，去和叙利亚国王谈判。后波比利乌斯的名字被作为“使臣”的代名词。

这个小伙子相当尴尬：他不能冒着被嗤笑的危险跟一个孩子决斗；如果他同意决斗，伤了孩子，这也是很不光彩的；如果他自己受了伤，那么他一生都将为此事感到痛苦。

可是路易固执得要命，他咬住不放，使这件事情越来越严重了。

"成年人"召集了会议，这是遇到严重情况时的惯例。

成年人会议作出决定，他们之中的任何人都不能和一个孩子决斗，可是既然这个孩子一定要把自己看作是一个青年，那么瓦朗斯要当着他所有的同伴的面宣布，他对自己一时冲动把他当成一个孩子对待表示遗憾，从此以后他要把路易当作一个年轻人看待。

他们派人去找路易，路易正待在他朋友的房间里等着，他被带到院子里一圈青年学生中间。

瓦朗斯的伙伴们为了维护成年人在孩子中间的威信，对瓦朗斯要讲的话已经讨论了很久。他们要瓦朗斯按照他们决定的内容讲。瓦朗斯就在院子里向路易宣称，他对已经发生的事情表示遗憾，他原来是根据路易的年龄，而不是根据路易的智慧和勇气来对待他的，他请路易原谅他激烈的行动，并伸出手来表示对发生的一切已经忘记。

可是路易摇了摇头。

"我父亲是一个上校，有一天他曾经对我说过，"路易说，"一个挨耳光的人如果不进行决斗就是一个胆小鬼。下次我看到我父亲的时候，我要问问他，一个打了别人耳光的人，为了不进行决斗而向人道歉是不是比挨打的人更加没有骨气。"

年轻人面面相觑，可是大家一致反对一场近似谋杀的决斗，年轻人（包括波拿巴在内）一致表示，孩子应该对瓦朗斯刚才说的话感到满意，瓦朗斯讲的话也代表了大家的意见。

路易离开了院子，脸气得煞白，和他的大朋友赌气了。这位大朋友，他非常冷静而坚定地说，已经不再关心他的荣誉了。

第二天，在青年们上数学课的时候，路易偷偷地溜进了教室，瓦朗斯正俯身在一张黑色的桌子上作示范讲解；路易向他走去，没有人注意到他，他踏上一只板凳，为了能够得上对方脸庞的高度，回敬了他一记耳光，以报他昨天的仇。

"好，"他说，"现在我们两清了，我还赚得了道歉；因为我是不会向你道歉的，这你可以放心。"

这件丑闻可大了；这件事是当着教师的面干的；教师不得不向校长蒂比尔斯·瓦朗斯侯爵作报告。

校长不知道他侄子挨耳光这件事的来龙去脉，把这个闯了祸的人叫到跟前，严厉训斥了一番，通知他说，他已经不再是该校的学生了，要他做好当天回布尔他母亲那儿去的准备。

路易回答说，十分钟以后他的行李就可以捆好，一刻钟以后，他就可以离开学校。

对他自己挨到的那记耳光，他一个字也没有提。

这个回答对蒂比尔斯·瓦朗斯侯爵来说也太唐突无礼了；他很想把这个无法无天的人送去坐八天禁闭室，可是他不能既要送他进禁闭室，又要撵他出学校。

校方派了一个人监视这个孩子，这个监视人要一直把他送上去马孔的马车才离开他；德·蒙特凡尔夫人将得到通知，到车站上去接她的儿子。

波拿巴遇到了后面跟着监视人的路易，便问他为什么有这个像军事法庭的法警似的人跟着他。

"如果您还是我的朋友的话，我是会告诉您的，"孩子回答说，"可是您已经不再是我的朋友了，您为什么还要关心我遇到了什么事？"

波拿巴向监视人做了个手势，在路易整理他的小箱子的时候，监视人走到门口来和波拿巴交谈。

这时候波拿巴才知道了孩子已被开除出校了。

这个措施是相当严重的；它会使一个家庭的希望化为泡影，也许还会彻底毁了他这位小伙伴的前途。

迅速果断是波拿巴性格的特点，他马上要求校长接见，一面嘱咐监视人不要催促路易动身。

波拿巴是一个优秀生，受到全校师生的喜爱，深得蒂比尔斯·瓦朗斯侯爵的器重。他的要求立即被接受了。

被带到校长面前以后，他把这件事的前后经过全都讲了一遍，他一方面不把任何责任推给瓦朗斯，一面尽力为路易开脱。

"您告诉我的事情都是真的吗，先生？"校长问。

"请问问您侄子自己，我将完全信任他对您讲的话。"

侯爵派人去找瓦朗斯，他已经知道了路易被开除的消息，正在赶来向他叔叔说明事情经过。

他讲的过程和年轻的波拿巴讲的情况完全相符。

"好吧，"校长说，"路易别走了，而您可以走了。您已经到了离开学校的年纪了。"

说完他就打铃叫人。

"叫人把少尉职衔空缺表给我拿来。"他对传令兵说。

同一天，一份授予年轻的瓦朗斯少尉军衔的紧急报告送到了部里。

当天晚上，瓦朗斯便动身到他所属的团部报到去了。

他去向路易告别，不太情愿地拥抱了他，波拿巴则握住了他两只手。

孩子很勉强地接受了拥抱。

"现在就这样吧，"他说，"不过，有朝一日我们再次相遇，而且我们两人身边都带着剑……"

他用一个威胁性的手势结束了他这句话。

瓦朗斯动身走了。

一七八五年十月十日，波拿巴也得到了他的少尉委任状：这是路易十六不久前为军事学校签署的五十八份委任状中的一份。

十一年以后，一七九六年十一月十五日，意大利远征军总司令波拿巴，面对克罗地亚人两个团和两门炮保卫的阿科莱①桥，看到他的部下在枪炮下一排一排地倒下，感到胜利即将在他手里断送。他看到最勇敢的人也踌躇不前，不禁毛骨悚然；他从一个死去的士兵的僵硬的手中拔出一面三色旗，冲到桥上高声呼唤："士兵们！你们难道已经不再是洛迪②战役中的英雄了吗？"突然他发现有一个年轻的中尉军官冲到他的面前，用身体挡住了他。

这决不是波拿巴所愿意的，他要身先士卒；他原来想如果可能的话，他要一个人冲过去。

——————————————

① 阿科莱：意大利一小镇，因拿破仑在此大败奥地利军队而闻名于世。
② 洛迪：意大利城市，一七九六年五月十日，波拿巴在此大败奥地利军队。

他拉住这个年轻人上衣的下摆，把他拖到后面。

"公民，"他说，"你只是个中尉，而我是总司令，让我走在前面。"

"完全正确，"年轻的中尉说。

于是他就跟随在波拿巴后面，而不是冲在他前面。

黄昏时分，波拿巴获悉两师奥地利军队已经全部崩溃，看到他抓到了两千名俘虏，一面在计算着缴获的大炮和旗帜，这时他想起了那个年轻的中尉，那个中尉在他以为前面只有死亡时出现在他前面。

"贝尔蒂埃，"他说，"下令要我的副官瓦朗斯替我把那个年轻的榴弹兵中尉找来，今天上午我曾经和他打过交道。"

"将军，"贝尔蒂埃结结巴巴地说，"瓦朗斯受伤了。"

"是啊，今天我没有见过他，受伤了，在哪儿受的伤？在战场上吗？"

"不是的，将军；他昨天和人吵架，胸口被剑刺穿了。"

波拿巴皱起了眉头。

"可是我身边的人都知道，我是不喜欢决斗的；一个士兵的血不是属于他个人的，而是属于法兰西的。那么下令叫穆依隆去找。"

"他被打死了，将军。"

"那么，叫埃利奥。"

"也被打死了。"

波拿巴从口袋里掏出一块手帕，在他汗流如注的额头上擦了擦。

"那么，您随便命令哪一个去找吧，我一定要见到这个中尉。"

他已经不敢指定任何人了，生怕又听到这句倒霉的话："他被打死了。"

一刻钟以后，年轻的中尉被带进他的营帐。

油灯的光线很暗淡。

"过来，中尉。"波拿巴说。

年轻人向前走了三步，走进了油灯的光圈里面。

"那么，"波拿巴接着说，"今天上午想冲到我前面去的就是您？"

"这是因为我和人打了一个赌，将军。"年轻的中尉高兴地回答说。总司令听到他的声音不禁打了个哆嗦。

"那么这次打赌因为我而输掉了？"

"也许是，也许不是。"

"打的是什么赌？"

"我打赌今天要被任命为上尉。"

"您赢了。"

"谢谢，将军。"

年轻人冲上去仿佛要去握波拿巴的手；可是几乎就在同时，他又突然向后退去。

灯光照亮他的面孔有一秒钟时间；对总司令来说，这一秒钟已经足够对他面前的那张脸引起注意，就像他刚才注意到他的声音一样。

不论是他的脸还是他的声音，总司令都不陌生。

他想了一会儿，可是想不起来。

"我认识您。"他说。

"有可能，将军。"

"甚至是肯定的；不过，我记不起您的名字了。"

"您的业绩，将军，使人忘不了您的名字。"

"您是谁？"

"请问问瓦朗斯，将军。"

波拿巴高兴地叫了起来。

"路易·德·蒙特凡尔！"他说。

他张开了他的两只手臂。

这一次，年轻的中尉毫不迟疑地就扑进了他的怀抱。

"好，"波拿巴说，"你戴上你的新军衔先干上一星期，让大家习惯于看到你肩上的上尉肩章，随后，你代替我可怜的穆依隆做我的副官。去吧！"

"再来一次！"年轻人做了一个张开手臂的姿势。

"啊！对啊！应该如此。"波拿巴高兴地说。

在第二次拥抱以后，他还是紧紧地不肯放开他。

"啊，对了！那么刺了瓦朗斯一剑的是你？"波拿巴问他。

"天啊，将军！"刚任命的上尉和未来的副官回答说，"我答应他这件事的时候您也在：一个士兵决不能食言。"

一星期以后，蒙特凡尔上尉做了总司令身边的传令官，把他的名字路易改为罗朗，因为路易这个名字在当时叫起来很刺耳[1]。

年轻人对自己不再是圣路易[2]的后代而变成了查理大帝[3]的侄子而感到非常宽慰。

---

[1] 路易是过去法国国王的名字，当时波旁王朝被推翻，路易十六被斩首，因此路易的名字不受人欢迎。
[2] 圣路易：见第 8 页注[3]。
[3] 查理大帝（742—814）：法兰克王国加洛林王朝的国王（768—814）。相传他有一个侄子，名叫罗朗，是一个英雄。

罗朗——从此没有人再把蒙特凡尔叫作路易，因为罗朗是波拿巴替他取的名字——和总司令一起打了意大利战役，在坎波福尔米奥①和约以后，又一起回到巴黎。

　　已升任旅长的蒙特凡尔将军战死在莱茵河上，这时候他儿子正在阿迪杰河和曼西奥河上作战，父亲的死把罗朗召回到他母亲身边。当决定要出兵埃及以后，罗朗是总司令指定的第一批要参加他发动的这次徒劳的、可是富有诗意的远征的人。

　　他把他的母亲，他的妹妹阿梅莉和他的小弟弟爱德华留在蒙特凡尔将军的故乡布尔；他们住在离城四分之三法里的地方，也就是在黑色喷泉附近一幢漂亮的房子里，别人把这幢房子称作府邸，这个府邸，连同它的一个农庄和附近一百余阿尔邦②的土地是将军的全部财产，一年可以得到七八千利弗尔③的收益。

　　罗朗要参加这次冒险的远征真使那位可怜的未亡人肝肠寸断；父亲的死对儿子来说就仿佛是个不祥之兆；德·蒙特凡尔夫人是一个温柔和蔼的克里奥尔人，她根本不具备斯巴达④或者拉栖第蒙⑤人的母亲那种严峻的德行。

　　波拿巴打心底里爱他军事学校的老同学，早已同意罗朗到远征出发最后阶段再到土伦来和他会合。

---

① 坎波福尔米奥：意大利城市，一七九七年，法国和奥地利在此订立和约。
② 阿尔邦：旧时土地面积单位，相当于二十至五十英亩。
③ 利弗尔：旧时法国货币单位，与法郎等值。
④ 斯巴达：古斯巴达奴隶制国家全权公民的称谓。
⑤ 拉栖第蒙：古希腊伯罗奔尼撒半岛东南部拉哥尼亚的别称。斯巴达奴隶制国家的发
　　源地。一说拉栖第蒙即斯巴达。

可是罗朗老是怕到得太迟，因此他不能充分利用对他假期的允诺。他离开母亲的时候，答应了一件他根本不可能办到的事，那就是不到绝对需要的时候他决不去冒险。他在舰队张帆启航前一个星期就到了马赛。

我们并不想多讲有关远征埃及的事情，就像我们没有仔细介绍意大利战役一样。我们要讲的仅仅是一些与理解本书内容和罗朗的性格发展密切相关，绝对不可缺少的事情。

一七九八年五月十九日，波拿巴和他的全体参谋人员启航向东方驶去。六月十五日，马耳他①的骑士们拱手交出了城堡的钥匙。七月二日，全军在马拉布特②登陆；当天攻下了亚历山大；二十五日，波拿巴在谢勃莱伊斯和金字塔战役③中击溃了马穆鲁克人④的骑兵以后进入了开罗城。

在这一连串行军和作战中，罗朗就是一个我们已经知道的那样一个军官。他开朗、勇敢，全然不顾白天灼人的炎热和晚上冰凉的露水，像个英雄或者更可以说像个疯子似的向土耳其人的刀山或者贝督因⑤人的弹雨中猛冲。

此外，在四十天的航海途中，他和随军通译旺蒂拉形影不离，加上他令人赞叹的天赋，他最后学会了讲阿拉伯语，当然讲得并不流利，但是别人能听懂。

---

① 马耳他：位于地中海中部，当时属马耳他骑士团。
② 马拉布特：非洲北部地区名。
③ 金字塔战役：一七九八年七月二十一日，拿破仑在埃及金字塔附近大胜马穆鲁克人。此役在历史上被称为金字塔战役。
④ 马穆鲁克人：土耳其、埃及一带的土著。
⑤ 贝督因：北非和亚洲西部的一个民族。

因此，一旦总司令不想请教那位宣过誓的通译，总是让罗朗负责和一些穆夫提①、于莱马②、契伊克③打交道；这样的事是经常有的。

在十月二十日到二十一日的夜间，开罗发生了暴动。清晨五点钟，大家知道了杜波伊将军的死讯，他是被一根长矛捅死的。早上八点钟，大家以为暴动已被镇压下去了，突然，死去的将军的副官跑来报告说，城外的贝督因人正威胁着巴贝尔纳萨尔和胜利门。

波拿巴正在和他的副官苏尔考夫斯基一起吃早饭，后者在萨拉伊埃受了重伤，睡在他的病床上几乎爬不起来。

波拿巴在沉思，忘记了这个年轻的波兰人的伤势。

"苏尔考夫斯基，"他说，"带十五名卫兵，去看看那些混蛋想把我们怎么样！"

苏尔考夫斯基站起身来。

"将军，"罗朗说，"把这个任务交给我吧；您看得很清楚，我的伙计几乎连站也站不稳了。"

"说得对！"波拿巴说，"你去吧！"

罗朗出去带了十五名骑兵走了。

可是命令起先是下给苏尔考夫斯基的，苏尔考夫斯基坚持要由他去执行。

他也找了五六个有所准备的人去了。

也许是由于偶然，也许是他比罗朗更熟悉开罗的大街小巷，他抵达

---

① 穆夫提：伊斯兰教教法说明官。
② 于莱马：伊斯兰教的学者。
③ 契伊克：阿拉伯酋长、族长、教长。

胜利门的时间比罗朗早了几步。

罗朗一到，看到有一个军官被阿拉伯人抓走了，军官手下的五六个人已被杀死了。

阿拉伯人杀士兵时冷酷无情，不过他们有时会留下当官的性命，为了想换回一笔赎金。

罗朗认出了那个被俘的军官是苏尔考夫斯基，便用刀尖向他手下的十五个人指指那儿，冲了上去。

半个小时以后，唯一剩下的一个骑兵回到司令部来报告说，苏尔考夫斯基、罗朗和他二十个伙伴全都死了。

我们已经说过，波拿巴爱罗朗就像爱一个兄弟、一个儿子一样，就像他爱欧琴尼①一样；他想知道这次灾难的全部细节，便要这个卫兵把事情讲清楚。

这个骑兵看到一个阿拉伯人把苏尔考夫斯基的头割下来挂在他的马鞍架上。

至于罗朗，他的坐骑被击毙了。而他本人的脚从马镫里解脱出来，站在地上抵抗了一会儿，可是几乎就在他胸口响起一排枪声，他就不见了。

波拿巴叹了一口气，流下一滴眼泪，喃喃地说："又是一个！"说完他好像就把这件事丢开了。

只不过，他打听了一下，刚才打死了他两个最喜欢的人的那些贝督因阿拉伯人是属于哪个部落的。

---

① 欧琴尼是约瑟芬和前夫所生的女儿。

有人告诉他说，这个部落里都是一些不肯屈服的阿拉伯人，他们的村子离这儿有十法里远。

波拿巴给了他们一个月时间，让他们以为这件事就这么不受报复地结束了。一个月过去以后，他命令他一个名字叫克罗瓦齐埃的副官包围这个村庄，烧掉他们的草屋，把男人的头割下来放在布袋里，把其他人，也就是女人和孩子，带回开罗城里。

克罗瓦齐埃不折不扣地执行了这个命令，他把他能抓到的女人和孩子全都押到开罗城里来，在这些人中间有一个被绑在马上的活的阿拉伯男人。

"为什么这个男人还活着？"波拿巴问道，"我已经讲过了，要割掉所有拿武器的男人的脑袋。"

"将军，"克罗瓦齐埃说，他也会胡乱诌几句阿拉伯话，"就在我叫人割掉这个人脑袋的时候，他讲了几句话，我的理解好像是他想用一个俘虏来交换他的性命。我想要割掉他的头总是来得及的，于是我把他带回来了，如果是我搞错了，他的砍头仪式就在这儿而不是在那儿举行；时间不同，结果还是一样。"

有人去叫通译旺蒂拉来，并审问了这个贝督因人。

这个贝督因人回答说，他曾经救过一位法国军官；这个军官在胜利门那儿受了重伤，因为这个军官会讲几句阿拉伯语，说自己是波拿巴的副官，他就把这个军官送到了在附近一个部落做医生的兄弟那儿去；这个军官就成了那个部落的俘虏；如果他们能饶他一命，他就写信给他的兄弟，要他把这个俘虏送到开罗来。

这些事听起来很像个神话，只是为了多活些时间，可是这也可能是真的：反正也不冒什么风险，只要等一阵子就行了。

这个阿拉伯人被严加看守，有人派了一个酋长去看他，根据他讲的话写了一封信，他封好了信，盖上了他的印，一个开罗的阿拉伯人被派去谈判。

如果谈判成功，贝督因人就能活命，赏五百个皮阿斯特①给谈判者。

三天以后，谈判者带着罗朗回来了。

波拿巴希望他回来，可是他并不相信。

这个铁石心肠的人，原来似乎从来也没有感到过痛苦，这一下却快乐得心花怒放。他就像他上次遇到他时一样张开了双臂；两滴眼泪，也就是两颗珍珠——波拿巴的眼泪是相当稀少的——从他的眼眶里掉了下来。

至于罗朗，说来也怪！在由于他的回来而引起的一片欢乐之中，他却始终郁郁寡欢，他证实了阿拉伯人讲的故事，同意释放他，可是他拒绝说明他自己是怎么被贝督因人捉住的，酋长又是怎样对待他的：苏尔考夫斯基已经当着他的面被杀死，被砍了头，也就不必去想他了。

罗朗又担任起原来的职务，不过大家注意到，过去他勇猛过人，现在却变得胆大包天了；过去他企求的是光荣，现在他渴望的是死亡。

另一方面，就像一些钻进枪林弹雨还能奇迹般地安然脱身的人一样，罗朗前后左右的人都一个个倒下去了，只有他一个人站着，就像战

---

① 皮阿斯特：埃及等国的货币名。

争的魔鬼一样，刀枪不入。

在叙利亚战役中，有人派了两个谈判代表去敦促热扎帕夏①归还阿卡②；这两个代表没有回来，他们被砍掉了脑袋。

不得不派第三个代表去：罗朗毛遂自荐，坚持要去，由于他坚决要求，得到了总司令的批准，而且安然归来了。

部队对要塞发起了十九次进攻，每次他都参加了，而且，每次冲锋，大家都看到他一直冲到突破口上。有十个人冲进了那该死的塔楼，九个人死在里面，他又回出来了，毫发未伤。

在撤退的时候，波拿巴命令军中还剩下的骑兵把他们的马匹让给伤员和病人骑；大家都尽量不把自己的马给患鼠疫的人骑，生怕传染。

罗朗却宁愿把他的马给那些人骑：三个人从他的马上倒了下来；他随后又骑了上去，平安无事地抵达开罗。

在阿布基尔，他冲进了一群在混战的人中间，杀进围在帕夏周围的密密匝匝的卫兵，一直攻到帕夏的身边，抓住了他的胡须，帕夏手里的两把枪开了火，一枪是个瞎弹，另外一枪的子弹从他胳膊下穿过，打死了他身后一个骑兵。

波拿巴决定回返法国，总司令把这个回国的消息首先告诉罗朗。换了别人一定会高兴得跳起来，他却神色忧郁地说：

"我倒宁愿我们还是留在这儿，将军；我在这儿死的机会可以多一些。"

可是，如果不跟着总司令走，他就显得忘恩负义；他跟着一起回

---

① 帕夏：旧时土耳其对某些显赫人物的荣誉称号。
② 阿卡：位于以色列，是人类居住的最古老城市之一。

来了。

在回国的途中，他神情冷淡，对一切都漠不关心。航行到科西嘉海中，他们发现有英国舰队；直到这时候，他才似乎显得有些精神。波拿巴已经向海军上将冈托姆①宣布，一定要战斗到死，并下令宁愿炸掉战舰，也决不投降。

他们从英国的舰队中间穿过，没有被发现，一七九九年十月八日，他们在弗雷儒斯上了岸。

大家争先恐后想第一个踏上法国国土；罗朗却是最后一个下船。

总司令似乎没有注意到这种种细节，可是实际上没有一件事能逃过他的眼睛；他打发走了欧仁、贝尔蒂埃、布里埃纳，他的副官们和他的所有随从，叫他们取道加普和德拉吉尼安回去。

他却不声不响地走上了去埃克斯那条路，为的是想亲眼看看南方的情况，他隐姓埋名，身边只带了罗朗一个人。

总司令一心想让罗朗看到家人以后，他那颗受到不知名的打击而破碎的心能重新获得生气，因此在抵达埃克斯以后，波拿巴要罗朗留在里昂，并给了他三个星期假期，作为给他的奖赏，并让他的母亲和妹妹大吃一惊。

罗朗回答说：

"谢谢，将军；我妹妹和我母亲看到我一定会非常高兴。"

如果在从前，罗朗也许会回答："谢谢，将军，我非常高兴看到我的母亲和我的妹妹。"

---

① 冈托姆（1755—1818）：法国海军上将。

在阿维尼翁发生的事情上面已经叙述过了；我们已经看到罗朗去参加那可怕的决斗的时候，对危险是多么蔑视，对生命又是多么厌倦；我们也已经听到了他向约翰爵士解释他不怕死的理由；这个理由是否充足，是真是假？不论如何，约翰爵士应该对此感到满意；因为显而易见，罗朗是不想再提供另外的理由了。

现在，我们已经说过了，他们两人都睡着了，或者是装作睡着了，两匹驿马正风驰电掣般地在阿维尼翁大道上奔驰，把他们往奥朗日送去。

·第六章·
摩冈

　　请读者一定要允许我们暂时撇开一会儿罗朗和约翰爵士；他们两人刚才的精神状态和体力情况都很好，一点儿也用不到为他们操心。我们要好好地来谈谈那个在我们这个故事里仅仅露过一面，可是却要在本书中扮演一个重要角色的人物。

　　我们想谈谈那个蒙着面，拿着武器来到阿维尼翁客店里大餐桌边的人，他是来送还给让·比科一只里面装着两百金路易的钱袋的，这笔钱是因为混在政府公款之中引起了误会而被抢走的。

　　我们已经看到这个自称摩冈的无法无天的强盗，他是在大白天，骑着马，蒙着面来到阿维尼翁的。在走进平等客店以前，他把他的马留在客店门口；由于这匹马在这个教皇的和保皇的城市之中和它的主人同样没有受到制裁，摩冈从店里出来以后，又在马棚里找到了它，他解开马缰，跳上马背，出了乌尔门，随后沿着城外围墙疾驰，不一会儿就消失在去里昂的大路上。

在驰离阿维尼翁四分之一法里远以后，他又系上了他的披风，不让行人看到他身上的武器；除下了他的面罩，塞进了他马鞍两旁皮袋的一只里面。

那些被他惊得目瞪口呆地留在阿维尼翁的人，对这个在法国南方谈虎色变的可怕的摩冈究竟是何许人一无所知；如果他们这时候正处在阿维尼翁到贝达里特的大路上，他们就可以亲眼看到这个强盗的面貌是不是和他的名声同样可怕。

我们可以毫不迟疑地告诉大家，这时候呈现在他们眼前的面貌和他们过去脑子里设想的形象毫无共同之处，他们真是要大吃一惊。

的确如此，除下面罩的那只手雪白粉嫩，露出的是一个二十四五岁的青年的脸庞，这张表情温柔、五官端正的脸庞简直可以和一个女人的脸蛋媲美。

唯有一个细节，在某些情况之下，给这张面孔，更可以说是应该给这张面孔，增加了一种奇特的坚毅神色：那就是，在那美丽的、在额头上和脑门上飘拂的——这是当时的头发式样——金黄色头发之下的漆黑乌亮的眉毛，睫毛和眼睛。

面孔的其他部分，我们已经说过了，几乎和女人一样。他两只仅仅露出耳垂部分的小耳朵，被掩盖在当时的花花公子们称作狗耳朵的、挂在脑门上的一绺头发下面；鼻子笔挺、比例适中；嘴巴稍大，颜色红润，笑意盎然；在张嘴微笑的时候，露出两排漂亮的牙齿；下巴细巧，颜色稍有点儿发青，这种细微的色彩差异表明，如果他不是刚才已经细心地刮过胡子的话，那么他的胡子一定和他金黄色的头发迥然不同，而和他的眉毛，睫毛和眼睛完全一致，也就是说，墨黑乌亮。

至于这位陌生人的身材，我们已经在他走进客店饭厅时欣赏过了：他长得很高，体态匀称，动作灵活，说明他即使不是力大无穷的话，至少也机敏过人。

　　从他骑马的姿势来看，完全是一个胸有成竹的，经验丰富的骑手。

　　这个骑士把披风系在肩上，面罩藏在鞍袋里，帽子往下拉到眼睛上面以后，又恢复了刚才的速度，一路狂奔，穿过了贝达里特，来到了奥朗日边缘的几座房子前面。他走进了一扇大门，门在他身后迅速地关上了。

　　一个用人等在那儿，奔过来一下子抓住了马嚼子。

　　骑士立即跳到地上。

　　"你主人在家吗？"他问用人。

　　"不在，男爵先生，"用人回答说，"昨天晚上他不得不动身了，他关照说，如果先生来找他，就对先生说他为了团体的事情出门了。"

　　"好，巴蒂斯特，我把他的马骑回来了，虽然马有些累，可是还是好好的。要用葡萄酒替它擦擦，两三天内要喂它大麦，不要喂它燕麦。从昨天早上以来，它大概赶了四十法里路。"

　　"男爵对它满意吗？"

　　"非常满意，马车准备好了吗？"

　　"准备好了，马已经套好，在车棚里面。车夫在和朱利安一起喝酒：先生曾经吩咐别让他到房子里面来，不让他看到先生到这儿来。"

　　"他以为他要送走的是你的主人，是吗？"

　　"是的，男爵先生；这是我主人的护照，我们是用这份护照去驿站租驿马的。我主人用男爵先生的护照去波尔多方向，而男爵先生用我主人的护照去日内瓦方向，这样就把事情搞得像一团乱麻一样，不管警察老爷们的手指有多么细巧灵敏，也不是很容易能解开的。"

"把系在马屁股上的手提箱解下来给我，巴蒂斯特！"

巴蒂斯特就动手解了；不过箱子差点儿从他的手中滑下来。

"啊！"他笑着说，"男爵先生没有预先关照过我！见鬼！男爵先生好像没有浪费时间。"

"这你就讲错了，巴蒂斯特：如果我没有浪费掉我所有的时间，至少也浪费很多了；因此我想尽量早动身。"

"男爵先生不吃午饭吗？"

"我吃一点，不过要尽量快。"

"不会耽误先生的；现在是下午两点，午饭上午十点钟就准备好了；幸好是一份冷餐。"

在主人不在家的时候，巴蒂斯特代为招待客人，向他指引去饭厅的路。

"用不到，"客人说，"我知道在哪儿。你去安排车子吧，在我出来的时候，让车子停在林荫道上，把车门开着，别让车夫看到我。这儿是付他到第一站车费的钱。"

那位被称作男爵的陌生人交给巴蒂斯特一把指券①。

"啊，先生！"巴蒂斯特说，"这些钱够付到里昂的车资了。"

"只要付到瓦朗斯就行了，就说我要在车上睡觉；剩下的钱给你作为你和他算账的酬劳。"

"要不要我把旅行箱放在马车箱子里。"

———————————

① 指券：一七八九至一七九七年流通于法国的一种有国家财产为担保的证券，后当作货币使用。

"我自己放。"

说完他从用人手里接过箱子，不让别人看出他手里的箱子很沉。他向饭厅走去，巴蒂斯特朝附近一个小酒店走去，一面整理着他手里的那些指券。

就像陌生人说的那样，他对这所房子里的路很熟；他走进一个走廊，毫不犹豫地打开一扇门，跟着又打开了第二扇，这第二扇门一打开以后，就看到一张放满了美味食物的桌子。

一只鸡、两只山鹑、一块火腿，全是冷吃的，几种不同的乳酪，一盘饭后果品，都是些使人垂涎欲滴的水果，两瓶葡萄酒，一瓶是红宝石颜色的，另一瓶是黄玉颜色的。这些佳肴美酒组成的一顿午饭，虽说很明显是供一个人享用的——因为只摆了一副刀叉；不过如果需要，足够三四个客人饱餐一顿。

年轻人走进饭厅后第一件事便是径直向一面镜子走去，他除下了帽子，从口袋里掏出一把小梳子整理了一下头发；随后他走向一个水槽，水槽里有一个高高的瓷盆，他从里面拿起一块仿佛就是准备给他用的餐巾，擦了擦脸和手。

在做完了这些准备工作——这些准备工作说明了这个英俊的青年的习惯——我们说，在仔细地做完了这些准备工作以后，这位外来人才坐上了餐桌。

来客身强体壮，又刚经过长途跋涉，肚子一定有点儿饿了，可是他只需要几分钟时间就满足了他的胃口。当巴蒂斯特再次出现来通知他的孤零零的客人车子已经准备停当的时候，他看到他的客人就象他预料的那样，霍地站了起来。

客人把帽子盖到眼睛上，身子卷在披风里面，把手提箱挟在胳膊下面。巴蒂斯特早已安排好，让车子的踏脚板尽可能靠近门口；他一出门就蹿进了这辆驿车，没有被车夫看见。

巴蒂斯特在他身后关上了车门，随后对穿着大靴子的车夫说：

"到瓦朗斯的费用全部付清了，驿站的费用和你的小费全包括在内了，是吗？"他问。

"全都付清了，您非得要一张收据吗？"车夫嘲弄地说。

"不是的，可是我的主人里皮埃侯爵在到达瓦朗斯以前不希望有人打扰他。"

"行，"车夫用同样的打趣的声调说，"没有人会打扰侯爵公民的。走吧，驾！"

他挥起鞭子策马上路，清脆响亮的噼啪声有力地向邻居和行人宣告：

"这儿注意，那儿当心，要不你们要倒霉的！坐我车子的人手面大方，他有权利压死别人。"

一坐进车厢以后，这位冒名顶替的里皮埃侯爵打开车门玻璃，放下窗帘，掀起椅垫，把他的手提箱放在坐垫下面的大箱子里，然后坐在上面，用披风把自己紧紧裹住。由于他心里有数，在抵达瓦朗斯前不会被人叫醒，他便像刚才吃过午饭一样，也就是说，像一个贪睡的年轻人那样地呼呼大睡起来。

从奥朗日到瓦朗斯这段路走了八个小时；在抵达瓦朗斯前不久，我们这位旅客醒了。

他小心翼翼地掀起一张车帘，看出车子现在正在通过拉巴耶斯小镇：天已经黑了，他让他的打簧表报时，表响了起来，告诉他说已经晚上十一时了。

他认为再睡也睡不着了，便算起到里昂还有多少驿站要付钱，准备起钞票来。

瓦朗斯驿站的车夫走过来和他的伙计换班，这时候旅客听到车子上的车夫对他说：

"车里面的人好像是个前贵族，他是在奥朗日被托付给我的，因为他付了二十个苏的小费，所以要像对待一个革命者那样对待他。"

"行，"瓦朗斯的车夫说，"我会恰如其分地对待他的。"

旅客相信这时候他可以插嘴了，他掀起了帘子。

"你只要恰如其分地对待我就行了，"他说，"一个革命者，见鬼！我可以夸口说我也是一个，而且还是第一流的呢；要证据吗，拿去，这些钱给你为共和国的健康干杯！"

接着他把一张一百法郎的指券给了那个在把他托付给来换班的同行的车夫。

这时另一个车夫用贪婪的眼光看着这张指券：

"这是一张给你的同样的指券，"他说，"如果你愿意把你刚才得到的嘱咐同样地告诉以后的人。"

"啊，请放心，公民，"车夫说，"从这儿到里昂只有一个口令：全速飞奔！"

"这儿是预付十六个驿站的钱，包括两个进口站；我付二十个苏的小费；你们两个人自己解决吧。"

车夫赶着他的马，飞奔而去。

下午四点钟，车子到里昂换马。

在车子换马的时刻，有一个穿得像个送货人模样的人背着一个货架坐在路边一块界石上，他站起身来，走近马车，轻轻地对年轻的耶户的伙伴讲了几句话，后者听了似乎非常惊讶。

"你能肯定吗？"他问那个送货人。

"我看见的，也就是说我亲眼看见的！"送货人回答说。

"我可以把这些话作为确实的消息告诉我们的朋友们吗？"

"可以，不过要快。"

"已经通知赛尔瓦斯了吗？"

"通知了，有一匹马在赛尔瓦斯和斯于之间等你。"

车夫过来了；年轻人和送货人交换了一个眼色，送货人走了，仿佛他带着一封很紧急的信。

"走哪条路，公民？"车夫说。

"走去布尔的路；今天晚上九点钟我一定要赶到——我付三十个苏的小费。"

"五个小时十四法里，不太容易；不过，还是有可能的。"

"能行吗？"

"试试看。"

说着，车夫就策马飞奔起来。

九点钟敲响的时候，他们来到了赛尔瓦斯。

"给你一个六利弗尔的埃居①，别换马了，把车驶到去斯于的半路

---

① 埃居：古银币，价值不等。

上。"年轻人在车窗口向车夫叫道。

"行!"车夫回答说。

车子经过驿站没有停。

到了离赛尔瓦斯四分之一法里的地方,摩冈吩咐停车,他把头探出车窗,双手伸到嘴边,发出一个猫头鹰的叫声。

这声猫头鹰叫学得非常像,附近树林里传来另外一个猫头鹰的应答声。

"是这儿。"摩冈叫道。

车夫让马停住。

年轻人拿起手提箱,打开车门,走下车来,他走到车夫旁边说:

"这是讲好给你的六利弗尔的埃居。"

车夫接过埃居,把它嵌进自己一只眼睛的眼眶里,就像我们今天的时髦人夹单眼片一样。

摩冈猜想他这种姿态一定有什么含意。

"喂,"他问,"你这是什么意思?"

"这就是说,"车夫回答,"尽管我这样做,我另一只眼睛还是能看到东西。"

"我懂了,"年轻人笑着说,"如果我把你另一只眼睛也盖住……"

"天啊,那我就什么也看不到了!"

"啊,这个家伙,他宁愿双眼瞎,却不愿意剩下一只独眼!啊,各有所好,不必强求;拿去!"

他又给了他第二个埃居。

车夫把这一只嵌进了他另一个眼眶里,掉转车子,回赛尔瓦斯去了。

耶户的伙伴等他消失在黑暗中以后，把一只带孔钥匙放到嘴边，吹出一声长长的颤音，就像一个工头的哨子一样。

有一个差不多的声音回答了他。

就在同时，有一个人骑着马走出树林，向他奔来。

看到这个骑士，摩冈又戴上了他的面具。

"您是以谁的名义来的？"骑士问，他的脸隐没在一只巨大的帽子的帽檐下面，旁人看不见。

"以先知以利沙的名义，"蒙面的年轻人回答。

"那么我等的是您。"

说完他从马上下来。

"你是先知还是门徒？"摩冈问。

"我是门徒。"刚来的人说。

"你主人呢，他在哪儿？"

"您可以在赛荣修道院找到他。"

"你是不是知道今天晚上有多少伙伴在那儿聚会？"

"十二个。"

"很好；如果你遇到别人，要他们也来参加会议。"

刚才自称门徒的人弯了弯腰，表示服从，他帮助摩冈把手提箱系在他马屁股上，在摩冈上马的时候，他恭恭敬敬地拉着马嚼子。

摩冈甚至还没有等他第二只脚踏进马镫，便用马刺踢马，这匹马从用人的手里挣脱嚼子，狂奔而去。

大路的右面绵延着赛荣树林，这时就像漆黑的大海，晚风吹得这片阴暗的树林波浪起伏、呜咽作声。

在离斯于四分之一法里的地方，骑士策马穿过平地，向树林走去，森林也仿佛在向他迎来。

这匹马由一只经验丰富的手驾驭着，毫不犹豫地向树林中奔去。

十分钟以后，他又从树林的另一面出现了。

在离树林一百步远的平地中心，矗立着一大块黑糊糊的东西。

那是一个块状结构的建筑物，被笼罩在五六棵百年老树的树荫下。

骑士停在一扇大门面前，大门上面有三个成三角形的塑像： 圣母像、耶稣基督像和圣让－巴蒂斯特像，圣母像位于三角形的顶端。

神秘的旅客抵达了他旅行的目的地，也就是赛荣的查尔特勒修道院。

赛荣的修道院，是查尔特勒教会的第二十二座修道院，建于一一七八年。

一六七二年，一座近代建筑取代了老修道院；今天我们还能看到的就是后来的那座建筑的遗迹。

这些遗迹，从外面看，就是我们谈到的，上面有三座塑像的门面，我们已经看到这个神秘的旅客停在那儿；在这个遗迹里面有一座小教堂，它右面的进口就对着大门。

那时候，有一个农民，他的妻子和两个孩子住在里面，而过去的修道院，他们把它改成了一个农庄。

一七九一年，修道院里的修士被撵走了，修道院和它的附属建筑被当作教会产业拍卖。

附属建筑首先包括和建筑物相连的果园，其次是那片至今还叫作赛荣的美丽的树林。

可是在布尔，这个保皇的、更可以说宗教的城市里，没有人肯买下这片过去属于大家都尊敬的修士们的产业，去冒玷污自己灵魂的危险。结果是这个修道院，果园和树林，以国家财产的名义，变成了共和国的产业，也就是说，不属于任何人——或者至少是没有人管理——因为共和国，在最近七年以来，有很多其他事情要考虑，根本顾不上想到去修补墙垣、保养果园、整修树林。

我们说，这个修道院七年以来完全被废弃了，如果偶然有一个好奇的人从锁孔向里面张望，那么他看到的只是些生长在院子里的青草，果园里的树莓和树林里的荆棘，树林里这时候有一条大路或两三条仅有的小路通过，至于其他地方，至少在表面上看，是不能通行的。

附属于修道院的还有一座象亭子似的小屋，叫做科勒里小楼，它离修道院八分之一法里路，在靠树林一面披上了一层绿装，因为树林充分利用了它可以随意发展的自由，给这所屋子披上了一层树叶，最后挡住了人们的视线。

此外，对这两个建筑物还流传着一些非常奇怪的传说，有些人说这些建筑里面白天也经常有一些看不见的客人涉足，晚上更使人毛骨悚然。有些迟回家的樵夫和农民——他们有时候要到共和国的树林里来进行他们布尔城居民在修道院还开着的时期的习惯活动——声称他们曾经通过关着的门板的缝隙里看到在走廊里和楼梯上有迅速移动的火光，而且还清清楚楚地听到有铁链子在内外院的石板路上拖曳的声音。有些有脑子的人不相信有这样的事。可是，和这些怀疑派相对，有两种人认为这是真实的，根据他们的意见和信仰，对这些怕人的声音和夜间的火光，提供了两种不同的解释。革命者声称这些是被暴虐的修道院主持活埋在 in-pace① 里的可怜的修士的鬼魂，它们来这儿祈求上天对那些压迫者进行报复，那些修士到死后还拖着他们生前戴着的镣铐；保皇分子说那是些魔鬼，它们找到了一个空无一人的修道院，里面没有它们感到害怕的可尊敬的教堂里的圣水刷，便放心地来这儿玩耍，过去它们是决不敢向这儿伸出它们的魔爪的。可是有一件事实使一切仍然是个不解之谜：他们之中，不管是不相信的，还是相信的——不管是相信屈死的修士的灵魂一说的，还是拥护魔王所主持的巫魔夜会一说的——都没有勇气到黑暗中去冒险，不敢在夜晚庄严的时刻去探明真相，以便在第二天可以说明修道院到底是空的还是鬼魂聚会之地，如果有鬼魂来，那么来的是哪些鬼魂。

不过毫无疑问，所有这些传说，不管有没有根据，对这个神秘的骑士毫无影响。因为，就像我们所说过的，虽然布尔已经敲过了九点，也就是说，天已经完全黑了，他还是把他的马停在被遗弃的修道院门前。他没有下马，从鞍旁皮袋里取出一把手枪，用枪柄敲了三下门，像共济会会员的暗号似的敲一下停一停。

随后他侧耳倾听。

有一会儿他对修道院里有没有会议产生了怀疑，因为，不管他如何盯着看，不管他如何仔细听，他既看不到任何光线，也听不到任何声音。

突然，他仿佛听到一个声音在门里面小心翼翼地靠近过来。

---

① 拉丁文：在平安宁和之中。此处指墓地。

Les Compagnons De Jehu

他又用同一件武器，用同样的方式敲了第二次门。

"谁敲门？"有一个声音问。

"从以利沙那儿来的人。"旅客回答说。

"以撒①的儿子们应该服从哪个国王？"

"耶户。"

"他们应该消灭哪一家？"

"亚哈一家。"

"您是先知还是门徒？"

"我是先知。"

"那么，欢迎来到天主的家里。"里面的声音说。

顿时巨大围墙的铁栅栏摇动起来，门闩在系墙铁里吱嘎吱嘎地响，一扇门扉悄悄地打开了，马匹和骑士走进了黑沉沉的拱门，门在他们后面关上了。

刚才开门——开得如此慢，关得如此快——的人，穿着一件长长的白色的修士服，修士帽往下一直盖到脸上，把他的面部全都遮住了。

---

① 以撒：亚伯拉罕和妻子撒拉所生的儿子。娶利百加，生以扫和雅各。（见《圣经·旧约》）

·第七章·
赛荣修道院

显而易见，和刚才那位自称为先知的人在斯于大路上遇到的第一个伙伴一样，这个刚才开门的修士在这个团体里面地位不高；因为他在像一个马夫似的在为这个骑士效劳：抓住马嚼子把马稳住，让年轻人下马。

摩冈下了马，解下手提箱，从马鞍皮袋里取出手枪，插在腰里的另外几把手枪旁边；接着他用一种命令式的语气向那个修士说：

"我还以为兄弟们在这儿开会呢。"

"他们是在开会。"修士回答说。

"在哪儿？"

"在科勒里；最近几天，有人看到在修道院附近有些可疑分子在游荡，上面命令要多加小心。"

年轻人耸耸肩膀，意思是说他认为这些小心是多此一举，他继续用那种命令式的语气说：

"把这匹马带到马棚里，随后把我领到他们开会的地方去。"

修士叫来另一个兄弟，他把马缰绳扔到了后者的手里，拿起一扎草，在至今还能在大门右面看到的小教堂的燃着的灯上点了火，擎着这个火把走在前面，为新来的年轻人带路。

他穿过院子，在花园里走了几步，打开了一扇通向一个蓄水池的门，让摩冈进去，随后像关沿街那扇门一样，仔细地把蓄水池那扇门关上，接着用脚踢开了一块似乎偶然在那儿的一块石头，现出一个环，拉起一块石板，下面是一个地道的入口处，走下几个石级，下面有一条地道。

这些石级通向一个圆拱顶的走道，两个人可以在里面并排前进。

我们这两个人就这样并肩走了五六分钟，走到了一个栅栏门前面。修士从他的修士服里掏出一把钥匙，把栅栏门打开了。随后他们两人走了进去，栅栏门又关上了，这时候修士问：

"我怎样为您通报？"

"就说我是摩冈兄弟。"

"请等在这儿：五分钟以后我就回来了。"

年轻人点了点头，表示对这种种不信任的防范措施已经非常熟悉了。

于是他在一座坟墓上坐下——这儿是修道院的地下墓室——等修士回来。

果然，五分钟还没有过去，修士回来了。

"请跟我走，"修士说，"弟兄们知道您来都很高兴；他们怕您遇到了什么不幸呢！"

几秒钟以后，摩冈兄弟就被带进了会议室。十二个修士等着他，他们的修士帽都盖到了眼睛上面；可是，他身后的门一关上，杂务修士一走开，摩冈就除下了他的面罩，所有的修士帽也除了下来，每个修士的脸也都露出来了。

从来也没有哪个团体能聚集到那么许多漂亮和乐天的年轻人。

在这些奇怪的修士之中只有两三个人满四十岁。

所有人的手都向摩冈伸去，有两三个人拥抱了刚到的人。

"啊，天啊！"他们之中一个拥抱他最热烈的人说，"你使我们心里的一块石头落地了：我们还以为你死了呢，至少也是被抓住了。"

"死，你看到，我已经逃过了，阿米埃；可是被抓住，这是不可能的，公民——现在有时候还用这个称呼，不过，我希望很快就要不再用了——在整个事情的过程中，甚至可以说双方都是客客气气的：押车一发现我们就叫车夫停车，我甚至相信他还说了一句：'我知道这是怎么一回事。'于是我对他说：'如果您知道这是怎么一回事，亲爱的朋友，那么用不到多作解释了。'他问：'政府的钱？'我回答说：'一点不错！'这时候，马车里一片混乱，于是我接着说：'等等，我的朋友，首先，您请下来，对马车里这些先生说，尤其是对这些女士说，我们是一些上等人，这些女人，当然啰，我们是不会碰她们的，我们只看看那些头探出车门来的女人。'有一个女人大着胆子钻了出来，我的天！真美啊！……我送了她一个飞吻，她轻轻地叫了一声，又缩回到车子里去了，一个不折不扣的伽拉式亚①。可是因为没有柳树，我没有到柳树林

---

① 伽拉式亚：海中女神，海神涅柔斯和多里斯生的女儿，非常美丽。

里去追逐她。这时候，车夫匆匆忙忙地在他的箱子里搜寻，他太匆忙了，因此在仓促之间，把属于一个可怜的波尔多葡萄酒商的两百个路易混在政府公款中一起交给了我。"

"哦，见鬼！"那个叙述者称他为阿米埃的兄弟说——阿米埃这个名字很可能和摩冈一样，只是一个化名——"这件事真叫人不舒服！你知道，执政府是很会动脑筋的，它组织了几队强盗，以我们的名义在活动，目的是要使大家相信，我们要烧某些家伙的脚，抢他们的钱包，也就是说，我们只是些普通的强盗。"

"等等，"摩冈接着说，"就是这件事情使我耽搁了；我在里昂听到过一些差不多的事情，在去瓦朗斯的半路上发现标签有错误。这个错误是很容易发现的，这个家伙仿佛有先见之明似的，在口袋上写着'让·比科，弗朗萨克（波尔多附近）葡萄酒商'。"

"你把他的钱寄还给他了吗？"

"我做得更好，我亲自送去了。"

"送到弗朗萨克吗？"

"哦，不，而是送到阿维尼翁。我心里寻思，一个这样细心的人，在经过第一个比较重要的城市的时候，一定会停下来打听他两百个路易的消息。我的估计没有错：我到阿维尼翁的客店里打听有没有人认识让·比科公民，他们回答我说，他们不但认识他，而且他正在客厅里大餐桌上用餐。我进去了。你们猜猜他们在谈什么：在谈劫邮车。你们倒是想想我当时出场引起了什么效果！古代的神仙下凡也不能把这件事解决得如此出人意外。我问客人们中间哪一位叫让·比科；这位取了这个杰出的、悦耳的名字的人应声而出。我把两百个路易放在他面前，一面以团体的名义向他道歉，要他原谅耶户一帮子给他造成的麻烦。我和巴尔若尔斯交换了一个友好的眼色，向利昂神父客客气气地行了个礼，他们两人都在那儿。我为团体道了歉，就走出来了。这不是什么大事，不过花了我十五个小时：所以我迟到了。我想我宁愿迟到也不能让人对我们有不好的看法。我这样做得对吗，我的师傅们？"

大家都高声叫好。

"只不过，"一个与会者说，"我觉得您这样非要把钱亲自交给让·比科公民是很不谨慎的。"

"我亲爱的上校，"年轻人回答说，"有一句源出意大利的谚语说：'谁愿意的就去，谁不愿意的就寄。'我是愿意的，我就去了。"

"如果您哪一天倒霉落在督政府的手里，那个家伙为了感谢您，急着要感谢您怎么办？感谢有时候会造成割掉您脑袋的后果。"

"哦，他会认出我，我才不信呢。"

"他怎么会认不出您呢？"

"啊！原来您以为我在行动的时候是明目张胆，露着脸的吗？说真的，我亲爱的上校，您真是看错人了。取下我的面罩，在朋友之间是应该这么做的；可是和陌生人在一起，算了吧。我们不是正在过狂欢节吗？我看不出为什么在戈依埃，西哀士，罗歇·迪科，穆兰和巴拉斯这些先生们可以把自己扮成法国的国王时，我就不能装扮成阿贝利诺或者卡尔·摩尔。"

"那么您是戴了面具进城的？"

"在城里，在客店里，在饭厅的大餐桌上我都是戴着面具的。当然啰，面孔是遮着的，腰带却是露着的，您看，腰里的东西不少呢。"

年轻人把他的披风撩了一下，露出了他的腰带，腰带上插着四把手枪，还挂着一柄短短的猎刀。

年轻人仿佛生性快乐，不知忧愁，他接着又高高兴兴地说：

"我大概看起来很吓人，是吗？他们把我当成了从萨伏瓦山上下来的已故的芒特兰①。哦，对了，这儿是督政府殿下的六万法郎。"

年轻人轻蔑地用脚把他放在地上的手提箱踢倒了，箱子里面的东西受了挤压后发出的金属的声音说明里面装的是金子。

随后他走到了他朋友们的圈子里面，刚才他们之间还有着一段讲话人和听话人之间的距离。

有一个修士弯下腰去，扶起了箱子。

"您瞧不起金子，也只能随您的便；我亲爱的摩冈，既然您还是去把金子搞来了。可是我知道有一些正直的人就在等着您厌恶地用脚踢开的那六万法郎，他们在等待时的痛苦焦急的程度，就像迷失在沙漠里的商人队伍在等待可以使他们避免渴死的甘露一样。"

"您指的是我们旺代的朋友，是吗？"摩冈回答说，"愿他们走运！他们这些人真是自私自利，他们在交战，这些先生们选中了玫瑰花，把刺留给我们。啊！可是，他们从英国方面什么也拿不到吗？"

"拿到了，"一个修士嘻嘻哈哈地说，"在基勃隆②，他们挨到了大批的炮弹和枪子儿。"

"我不是说英国人，"摩冈接着说，"我说的是英国。"

"一个子儿也没有拿到。"

---

① 芒特兰（1724—1755）：著名强盗，最后在瓦朗斯受车轮刑而死。
② 基勃隆：在法国莫尔比昂基勃隆比昂岛顶端。

"可是，"参加会议的人中间有一个头脑似乎比其他人清醒的人说，"我觉得我们那些王亲国戚似乎可以送一点钱去给那些为他们的君主政体流血的人！难道他们就不怕旺代总有一天要感到厌倦，不再效忠他们；据我所知，他们这种忠诚，直到今天为止，没有得到过任何报答，连一句感谢的话也没有。"

"亲爱的朋友，"摩冈接着说，"旺代是个宽宏大量的地方；它是不会感到厌倦的，请放心；而且，如果忠诚不和忘恩负义相对，那么忠诚还有什么价值呢？如果忠诚得到了感谢，那就不再是忠诚了：那是交换，因为它已经得到了报偿。我们要忠诚，永远忠诚，只要可能，我们一定要忠心耿耿，各位先生，我们祈求上天使那些我们对他们忠诚的人忘恩负义吧，那么我们就会，请相信我，就会在我们的内战史上留下光荣的一页。"

摩冈讲完这套颇有骑士风度的理论，表示了一个完全有可能实现的愿望以后，在他被带进来的那扇门上响起了三下共济会式的敲门声。

"先生们，"那位似乎在主持会议的修士说，"快点戴上修士帽和面罩，我们不知道是谁来了。"

·第八章·
督政府公款的用途

每个人都急急忙忙地按照吩咐去做了，修士们把他们长长的修士服的帽子放下来遮住了脸，摩冈又戴上了他的面罩。

"请进！"主席说。

门打开了，刚才的杂务修士又出现了。

"一个乔治·卡杜达尔将军的信使要求引见。"他说。

"三句口令他回答了吗？"

"回答得完全正确。"

"带他进来。"

杂务修士又回到地道里去，两分钟以后他又出现了，带进来一个人，从这个人的服装看，一望而知是一个农民；再从他一头浓密的红头发的方脑袋看，很明显是一个布列塔尼人。

他毫不胆怯地走到这一圈人中间，一个一个地盯着每一个修士看，等着这十二座花岗岩塑像哪一个先开口。

是主持会议的人先和他说话。

"你是谁派来的？"他问农民。

"派我来的人命令我，"农民回答，"如果有人问我，我就说是从耶户那儿来的。"

"你带来的是口信还是书信？"

"我应该回答您向我提出的问题，并用一张纸条换取一笔钱。"

"好，我们先提问题吧：我们旺代的兄弟们怎么样了？"

"他们已经放下了武器，什么时候再拿起来，就等您一句话。"

"为什么他们放下了武器？"

"他们收到了路易十八陛下的有关命令。"

"据说有一份国王亲笔写的声明。"

"这是副本。"

农民把一张纸拿给问他的人看。

后者展开纸念了起来：

"战争绝对只能使王权显得可憎和危险。用血腥的战争重新扶上王位的君主永远无法受到人民的爱戴，因此必须放弃流血的方法，信赖舆论的威力，舆论本身就是以伸张正义为原则的。天主和国王很快就将成为把法国人重新聚集起来的巨大的号召力；必须把分散的保皇主义成分聚集成一个巨大的拳头，放下旺代的武器，让它接受它不幸的命运的安排吧！走一条比较和平、比较不那么曲折的道路吧！西部地区的保皇分子已经过时了，最后应该依靠巴黎的保皇分子，他们为下一次复辟已经准备就绪……"

主席抬起头来，用一只眼睛寻找摩冈，他的修士帽挡不住他那只眼睛的全部光芒：

"喂，兄弟，"他对他说，"我希望你刚才的愿望已经实现了，那么旺代和南方地区的保皇分子可以算得上是忠诚的了。"

接着他又低下头去看那张宣言，这上面还有几行没有念完，他接着再念：

"犹太人把他们的国王钉上了十字架，从那以后他们在全世界游荡；法国人把他们的国王送上了断头台，他们将到处流浪。

寄自布兰肯堡

一七九九年八月二十五日

我们统治的第六年纪念日

路易（签名）"

在场的年轻人面面相觑。

"Quos vult perdere Jupiter dementat! "[①]摩冈说。

"是的，"主席说，"可是，当朱庇特想毁掉的那些人代表一项原则的时候，就必须支持他们；不但要反对朱庇特，而且要反对他们自己。小埃阿斯[②]在雷电交加之中，抓住一块岩石，向空中举起他紧握的拳头

---

① 拉丁文：朱庇特要除去谁，就先叫谁发疯。
② 小埃阿斯：希腊神话中特洛伊战争中的希腊英雄。在攻入特洛伊城后，在雅典娜的神庙中奸污了女祭司卡珊德拉。在他归途中，雅典娜在海陆之间用雷电将他击死在一块岩石上。

说：'不管老天怎样反对，我还是要逃走的。'"

随后他转身向卡杜达尔的使者说：

"派你来的人是怎样回答这份声明的？"

"跟您刚才自己回答的差不多。他叫我来看看，问问您，尽管发生了这一切，尽管连国王也退缩了，您是不是仍决定坚持到底？"

"天啊！"摩冈说。

"我们已经决定了。"主席说。

"如果这样，"农民说，"一切都好。这儿是新领袖们的真名和化名；将军命令你们在通讯中要尽可能只使用化名；这是他要你们注意的问题，这就是他的小心谨慎之处，在谈到你时，也只用化名。"

"您有名单吗？"主席问。

"不，我有可能被抓住，那么名单也会被取走。请写，我口授给您听。"

主席坐在桌子前面，拿起一支羽笔，在旺代农民口授下写下了以下的名字：

"乔治·卡杜达尔，耶户或者圆头；约瑟夫·卡杜达尔，死去的犹大①；拉伊·圣伊莱尔，大卫②；比尔邦－马拉勃里，拼命汉；波尔比盖，刽子手；邦菲斯，破门锤；唐费尔内，捕虫钩；杜夏伊拉，王冠；杜柏克，鬼见愁；拉罗什，解毒散；比伊萨伊，黄毛让。"

---

① 犹大：即加略人犹大，耶稣的十二门徒之一，他用三十枚银币的价格出卖了耶稣。
② 大卫：《圣经·旧约》中以色列国王。

"他们都是些继承者，是继承夏莱特、斯托弗莱、卡特利诺、蓬尚、埃尔贝、拉罗歇雅克兰和莱斯居尔①这些人的！"有一个人说。

布列塔尼人回头对刚才讲话的人说：

"如果他们像他们的先驱一样宁愿被人杀死，您将向他们要求什么呢？"

"嗨，回答得好，"摩冈说，"因此……？"

"因此，我们的将军一得到您的回答以后，"农民接着说，"他就要重新拿起武器。"

"万一我们的回答是否定的呢？……"一个人问。

"那就算你们倒霉！"农民回答说，"不论发生什么情况，暴动定在十月二十日。"

"那么，"主席说，"亏了我们，将军有钱支付第一个月的军饷了。您的收据呢？"

"这儿，"农民从口袋里拿出一张纸来，纸上写了这几句话：

> "给我们南部地区和东部地区兄弟的收据，用以我们的事业，
> 共计：
>
> 乔治·卡杜达尔
>
> 布列塔尼保王军总司令"

钱数一项，大家看到，是空着的。

---

① 以上这些人均是旺代叛乱分子，当时都已被处死。

"您会写字吗？"主席问。

"补写三四个字总还行。"

"那么，请写：十万法郎！"

布列塔尼人写了下来，随后把这张纸递给主席。

"这是收据，"他说，"钱在哪儿？"

"您低下头去，把您脚边的箱子捡起来，这里面有六万法郎。"

随后，他又问另外一个修士：

"蒙巴尔，还有四万在哪儿？"

被问到的修士去打开一个柜子，从里面取出一只比摩冈刚才带来的那个箱子稍许小些的袋子，不过，这里面也放了足足有四万法郎。

"款子齐了。"修士说。

"现在，我的朋友，"主席说，"您吃点东西，去休息；明天再动身。"

"他们在那儿等我，"旺代分子说，"我待会儿在马背上吃和睡。再见了，各位先生；上天保护你们！"

他向进来的那扇门走去，准备出去。

"等等。"摩冈说。

乔治的使者站定了。

"消息换消息，"摩冈说，"对卡杜达尔将军说，波拿巴将军已经离开他的埃及远征军，前天在弗雷儒斯登陆，三天以后就将抵达巴黎。我的消息不比您带来的差劲吧，您说呢？"

"不可能！"所有的修士异口同声地叫了起来。

"这是千真万确的，各位先生；这件事是我朋友勒普莱特尔告诉我的，就在我抵达里昂一个小时以前，他在里昂换车，我朋友认出是他。"

"他到法国来干什么？"有两三个人问。

"唉，"摩冈说，"我们总有一天会知道的；他到巴黎大概不可能是来隐姓埋名的吧。"

"立即把这个消息通知我们西部地区的兄弟，"主席对旺代农民说，"刚才我留您；而现在我要对您说：'走吧！'"

农民行了个礼出去了；主席等门关上以后说：

"各位先生，摩冈兄弟刚才告诉我们的消息是相当重要的，因此我建议要采取一项特别措施。"

"什么措施？"耶户一帮子同声问道。

"那就是，我们之中有一个，由抽签决定，动身前往巴黎，根据约定的暗号，把所有在那儿发生的情况告诉我们。"

"同意！"大家回答说。

"那么，"主席接着说，"把我们十三个人的名字写下来，每个人把自己的名字写在一小张纸上。随后把这些纸放在一只帽子里，谁的名字被抽中谁就去，马上动身。"

这些年轻人不约而同地靠近桌子，在一些小方纸上写下他们的名字，随后把纸条一卷，放在一只帽子里。

年纪最轻的一个人被叫来作抽签人。

他从里面抽出一个小纸卷，递给主席，主席把纸卷展开。

"摩冈！"主席说。

"有什么指示？"年轻人问。

"要记住，"主席庄严地说，在修道院的拱顶下，他显得更加威武高大，"您的名字叫圣埃尔米纳男爵，您的父亲是在革命广场的断头台上被砍掉脑袋的，您的兄弟是在孔代①军里被打死的。是贵族就得像贵族！这就是给您的指示。"

"其他还有什么？"年轻人问。

"至于其他，"主席说，"我们就依靠您的保王精神和您的赤胆忠心了。"

"那么，我的朋友们，请允许我这就向你们告辞；我想在天明以前赶到去巴黎的大路上；而且在我动身以前，还有一个人一定得去拜访一下。"

"去吧！"主席向摩冈张开双臂，"我以我所有的兄弟的名义拥抱你。如果是别人，我会对他说：'勇敢，坚强，加油干！'而对你，我要说：'小心些！'"

年轻人接受了他兄弟的拥抱，微笑一下向其他的朋友们致意，和他们之中两三个人握了握手，披上他的披风，拉下他的面罩，走出去了。

---

① 孔代：法国波旁王族的旁支，这一家在法国历史上出现过很多有名人物。此处的孔代指路易－约瑟夫·孔代亲王（1736—1818）。他曾在莱茵河沿岸组织过一支保王的军队，称为孔代军。

·第九章·
罗密欧和朱利叶

预见到还有第二次奔波，摩冈的坐骑已经洗过，用干草擦过并吹干了，它还吃了两份燕麦，重新被加上鞍子，套上笼头。

因此年轻人只要吩咐把马牵来，跳上去就行了。

他刚一骑上马鞍，门就像着了魔似的打开了；马儿长嘶一声飞也似的冲了出去，它已经把第一次奔驰忘了个干净，准备赶快跑第二次了。

奔到修道院门口，摩冈犹豫了一会儿，想决定是朝右拐呢还是往左转；最后他往右拐了，沿着从布尔到赛荣的小道走了一会儿，接着又向右拐了个弯，穿过平原，钻进了半道上一座森林的一角，很快又从树林的另一边出来，踏上了蓬德安大路，走了将近半法里，一直走到好几幢今天人们称作卫士之家的房子跟前才停下来。

有一座房子前面插着一束枸骨叶冬青作招牌，表示这里是一个乡间小客栈，行人可以在此饮水解渴，恢复体力，休息片刻，再继续去做又长又累的人生的旅行。

就像在修道院门前所做过的一样，摩冈站停下来，从枪袋里拔出手枪，把枪柄当作敲门锤使用。不过，住在这家小客栈里的人十之八九肯定与谋反的事无关，里面人的回答要比修道院慢得多。

最后，传来了马房小厮沉重的木屐声；门吱呀一声打开了，开门的人看到一个手里拿着手枪的骑士，出于本能的反应，准备把门重新关上。

"是我，帕多，"年轻人说，"别怕！"

"哦！"农民说，"原来是您，夏尔先生。啊！我也不是怕；不过您知道，在还有天主的时候，神父先生曾经说过，谨慎小心是安全的保证。"

"是的，帕多，"年轻人跳下马来说，一面把一枚银币塞到马房小厮手里，"不过，请放心，天主会回来的，因此神父也会回来的。"

"哦！讲到这一点，"帕多说，"根据所有情况来看，天上肯定是没有人的。这样的日子还要经历很久吗，夏尔先生？"

"帕多，我答应你，我一定要尽力而为，不让你过于心焦，我以名誉担保！我也和你一样焦急；因此我请你别睡了，我的好帕多。"

"啊！您心里完全明白，先生，只要您一来，我就睡不了啦。至于马……啊！您是天天换马的吗？前一次是一匹栗色的，上一次是一匹灰白斑点的，而今天是一匹黑色的。"

"是的，我的性格有点儿反复无常。至于你刚才讲到的马嘛，我亲爱的帕多，它什么也不需要，你只要把它的笼头取下来就行了。把马鞍留在它背上……等等，把这把手枪放还到皮袋里，还有这两把也替我保管好。"

年轻人把插在腰带里的两把手枪抽了出来，交给了马房小厮。

"好啊！"帕多笑着说。"为这点事不必嚷个没完！"

"你知道，帕多，据说路上不太平。"

"我当然知道不太平！我们就像呆在强盗窝里一样，夏尔先生，最晚不过上个星期，不是就有人打劫了从日内瓦去布尔的公共马车吗？"

"噢！"摩冈说，"这次劫车是谁干的，有没有人谈起？"

"哼！真是笑话，您倒是想想看，他们这些人说这件事是耶户一帮子干的。这种话我根本不相信，您一定也是这么想的；耶户一帮子是什么东西，要么是十二个使徒，是吗？"

"是啊，"摩冈说，脸上总是那么乐呵呵的，"我也不知道有什么别的解释。"

"好！"帕多接着说，"把拦劫公共马车的账算在十二个使徒账上，真有他们的！喔，我对您说，夏尔先生，当今这个时代，大家对什么也不尊重了。"

帕多摇头咕噜着，如果不是对生活，至少也是在对人类发泄着他的怒气，一面把马牵到马棚里。

至于摩冈，他看着帕多走进院子里面黑糊糊的马棚里；随后，他绕过一个围着花园的篱笆，走下一块坡地，那儿有一丛大树，它们高耸的树梢映现在黑夜里，带有一种静物的庄严气氛，树荫下笼罩着一小片美丽的田野，这一带都是黑色喷泉府的地盘。

摩冈走到府邸围墙跟前，这时候，蒙塔涅村的报时钟敲响了。年轻人倾听着在这秋天静谧的晚空中那颤悠悠的钟声，一直数到十一下。

大家看到，两小时里面发生了多少事情啊！

摩冈又走了几步，仔细地打量着围墙，似乎在寻找一个熟悉的地方，后来这个地方找到了，他的靴尖踏在两块石头的接合部位，像一个骑士上马一样一蹬，用左手抓住围墙的盖顶，再一跳便跨上了墙顶，迅如闪电般地落到了围墙里面去了。

整个过程完成得轻快、熟练；如果当时有人碰巧经过那儿的话，也会以为自己眼花，看到了什么幻象。

摩冈像刚才一样停了下来侧耳细听，他的眼睛也尽力在往小树林的深处搜索，林中各种杨树枝盛叶茂，看去一片乌黑。

四下里静悄悄的，寂静无声。

摩冈大着胆子继续往前走去。

我们说大着胆子，那是因为，在他来到黑色喷泉府以后，年轻人所有的动作都显得有些小心翼翼，犹豫不决，这和他的个性是不相称的；显而易见，这一次如果说他有什么顾忌的话，这种顾忌肯定不单单是为了他自己。

他就这样小心翼翼地走到了树林边缘。

随后他又走到了一块草坪上，草坪的另一端耸立着那座府邸，他站住了，打量着这座房子。

这座房子的正面一共有四层高，十二扇窗，这时只有一扇窗里面还亮着灯。

那个亮着灯的窗户在二层楼，房子拐角的地方。

一个小阳台上盖满了沿墙蔓延的爬山虎，这些爬山虎围着那扇窗外的铁漩涡饰盘旋，顺着垂花饰挂下来，接着又爬到这扇窗子的下面，悬在花园的上空。

阳台窗户两旁放着几只栽培箱，里面穿出几棵阔叶树，它们在檐口上形成了一个绿色的拱顶。

一扇用绳子升降的百叶窗隔在阳台和窗户之间，可以随意拉上拉下。

摩冈是隔着百叶窗的间隙看到窗内亮光的。

年轻人第一个举动是径直穿过草地；可是我们刚才提到的顾忌又一次把他留住了。

墙旁有一条两旁栽着椴树的小径一直通向那座房子。

他绕了个弯，走到了黑洞洞的树荫拱顶下面。

走到小径尽头以后，他又快得象一头惊鹿一样穿过一块空地，来到了墙边房子投下的漆黑的阴影里。

他后退了几步，眼睛盯着窗子，不过他注意着自己始终不越出阴影。

随后，走到他计算好的地方以后，他拍了三下手。

听到这个信号，一个人影从那个房间里面冲出来，贴到窗户上，这个影子很优美、柔顺，几乎是透明的。

摩冈又拍了三下手。

窗户顿时打开了，百叶窗升了起来，一个可爱的年轻姑娘出现在树叶形成的框框之中，这个年轻姑娘穿着睡衣，金黄色的头发披散在她的肩膀上。

年轻人和这个姑娘相互伸出双臂，两个名字，更可以说两个从心中发出的呼喊从他们的嘴里发出，交融在一起。

"夏尔！"

"阿梅莉！"

年轻人立即冲向墙壁，抓住葡萄藤，石头的裂隙，突饰的凸出部分，眼睛一眨，已经爬上了阳台。

这时候两个漂亮的年轻人的喁喁情话被淹没在一连串的亲吻之中。

接着，年轻人用一条胳膊轻轻地把姑娘拉进房间，另一只手解开了百叶窗的绳子，百叶窗哗啦一声在他们身后落了下来。

百叶窗后面的窗子又关了起来。

房间里的灯熄灭了，黑色喷泉府的正面全都沉浸在黑暗之中。

这种黑暗经历了大概一刻钟时间，突然从蓬德安大路通向府邸大门的路上响起了隆隆的马车声。

接着声音没有了；很明显车子刚刚已经在栅栏门前停下来了。

LES
COMPAGNONS DE JÉHU

·第十章·

罗朗一家

这辆停在门口的马车，就是把由约翰爵士陪着的罗朗带回家的马车。

家里人根本没有想到他会回来，因此，我们已经说过了，屋子里所有的灯都灭掉了，所有的窗户都是黑洞洞的，阿梅莉的窗户也不例外。

车夫远在五百步以外就拼命把鞭子挥得噼啪作响，可是这个声音还不够唤醒刚刚入睡的外省人。

车子一停下，罗朗就打开车门，连踏脚板也没有踩便跳到地上，跑到门口去拉铃。

铃拉了五分钟光景，在这期间，每次拉铃以后，罗朗都回头向马车那儿说：

"别焦急，约翰爵士。"

终于有一扇窗打开了，一个稚气的、可是很坚定的声音叫道：

"谁在这样拉铃？"

"啊，是你，爱德华！"罗朗说，"快开门！"

孩子欢叫着退离窗子，不见了。

不过，同时可以听到他的声音响彻了屋子里所有的走廊。

"妈妈，醒醒，罗朗回来了！……姐姐！醒醒，大哥哥回来了！"

随后，他只穿了件衬衣，趿着小拖鞋，便冲下楼来，一面叫道：

"别急，罗朗，我来了，我来了！"

一会儿以后，可以听到钥匙在锁里转动的声音，门闩在门内滑动的声音；随后，一个白色的影子出现在屋前的台阶上，又飞一般地奔向院子的栅栏门，接着，栅栏门也随着它铰链的转动声打开了。

孩子扑到了罗朗的怀里，吊在他的脖子上。

"啊，哥哥！哥哥！"他抱着年轻人又笑又哭地叫道，"啊，大哥哥罗朗，妈妈要高兴死了！还有阿梅莉！大家都很健康，我还算最差的哩……啊，除了米歇尔，你知道，那个园丁，他的脚扭伤了。为什么你没有穿军装？……啊！你穿老百姓衣服有多难看啊！你从埃及来；你有没有给我带来镶银的手枪和漂亮的弯头腰刀。没有！啊，你一点儿也不关心我，我不愿意再拥抱你了；啊不，不，算了，别怕，我永远爱你！"

于是孩子连连拥抱他的大哥哥，下雨般的亲吻和他提的问题一样多。

英国人还坐在马车里，头歪向车窗口在微笑。

在兄弟俩表达他们温柔的手足之情的时候，突然响起了一个妇女的声音。

一位母亲的声音！

"他在哪儿，我亲爱的儿子，我的罗朗？"蒙特凡尔夫人问，声音里带着一种激动得快要哭出来的感情，"他在哪儿？他是真的回来了吗？他真的没有当俘虏，真的没有死吗？他真的还活着吗？"

孩子听到这个声音，像一条蛇似的从他哥哥的胳膊里滑落下来，站在草地里；随后他又像踩到了弹簧一样，向他母亲跳去。

"在这儿，妈妈，在这儿！"他说，一面拉着他衣衫不整的母亲向罗朗走去。

一看到母亲，罗朗再也不能控制自己了；他感到仿佛堵在他心口的一个冰块融化了；他的心像一个普通人的心一样迅速跳动起来。

"啊！"他叫道，"生活还为我保留着这些乐趣，我对天主真是太忘恩负义了。"

随后他呜咽着扑进了蒙特凡尔夫人的怀里，这时候他已经把约翰爵士忘记了；约翰爵士也感到他的英国教式的冷漠保持不下去了，他默默无言地擦拭着挂到他带着笑容的脸颊上来的眼泪。

孩子、母亲和罗朗三个人温情脉脉，激动万分，形成了一个激动人心的场面。

突然，小爱德华像被狂风刮走的落叶一样，离开了他们，一面狂呼：

"还有阿梅莉姐姐呢，她在哪儿？"

随后他冲向屋子里面，不断地叫道：

"阿梅莉姐姐，你醒醒！起来！起来！"

这时人们可以听到孩子对着一扇门拳打脚踢的声音。

随后是一片沉寂。

几乎就在同时，小爱德华叫了起来：

"救人呀，妈妈！救人呀，罗朗哥哥！阿梅莉姐姐晕过去了。"

蒙特凡尔夫人和她儿子奔进了屋子；约翰爵士，他作为一个有经验的旅行家，在他的医用柳叶刀箱子里，还有他的口袋里经常有一瓶嗅盐备着，他跨下了马车，本能地一直走到了房子台阶的前面。

走到那儿，他停住了，他心里在寻思，他还没有被人介绍过呢，对一个英国人来说，这是一个绝不可少的礼节。

再说，这时候，他要去关心的那个女人自己已向他走来了。

在她弟弟的一片敲门声中，阿梅莉终于出现在楼梯口平台上；不过也许是因为她获悉罗朗回来受到的震动太大，因此在她几乎是机械地向下跨了几步以后，她又尽力挣扎了一下，叹了一口气；这时候她像一朵折断的花，一根弯曲的树枝，一条飘动的披巾，跌倒在，或者更可以说是睡倒在楼梯上。

就是在这个时候孩子叫了起来。

不过，一听到孩子的叫声，阿梅莉如果不是获得了力量，至少也是重新恢复了意志；她又站了起来，结结巴巴地说："别叫了，爱德华！以上天的名义别叫了！我来了！"她一只手抓着栏杆，另一只手靠在孩子身上，继续向楼下走去。

走到楼梯最后一级，她遇到了她的母亲和哥哥；这时候她以一个剧烈的、几乎是一个绝望的动作，用两条胳膊搂住了罗朗的脖子，嘴里叫道：

"我的哥哥！我的哥哥！"

罗朗感到他肩上的年轻姑娘身子非常沉重，便说道："她不舒服了，到外面去！到外面去！"他把她拖到了门外台阶上。

这时候呈现在约翰爵士眼前的几个人的情感和刚才他所看到的大不相同。

一接触到户外的新鲜空气，阿梅莉深深地呼吸了一下，抬起了头。

皎洁的月亮正从蒙着它的一片云彩中探出头来，照亮了和它一样苍白的阿梅莉的脸蛋。

约翰爵士不由得发出一声赞叹。

他从来没有看到过一座大理石像比他现在看到的这个活的大理石像更完美。

必须承认，月光下的阿梅莉简直是美得不可思议。

她穿了一件长长的细麻布睡衣，通过睡衣可以隐约看出一个按照古代波吕许谟尼亚①的身材塑造出来的形体；她那苍白的脸蛋，微微斜靠在她哥哥的肩上，金黄色的头发披散在雪白的肩膀上，一条胳膊勾着她母亲的脖子，让一只白里透红的纤手垂在蒙特凡尔夫人的红色披巾上。呈现在约翰爵士眼前的罗朗的妹妹就是这般模样。

听到英国人发出的赞叹声，罗朗想起了他还有一位英国朋友，蒙特凡尔夫人也发现了他。

爱德华看到家里来了这个陌生人觉得非常奇怪，他立即向台阶下面走去，一个人站定在第三个梯级上。并不是他怕再往前走，而是为了可以和比他高的对话者面对面讲话。

"您是哪一位，先生？"他问约翰爵士，"您在这儿干什么？"

"我的小爱德华，"约翰爵士说，"我是您哥哥的一个朋友，我给您

_____

① 波吕许谟尼亚：希腊神话中九位文艺科学女神（总称缪斯）之一，主管颂歌。

带来了他答应过给您的镶银手枪和大马士革军刀。"

"它们在哪儿?"

"噢,它们在英国,要把它们拿来还得有时间;可是您这位大哥哥可以为我保证,他会对您说我是一个讲话算数的人。"

"是的,爱德华,是的,"罗朗说,"如果爵爷答应了您,您肯定会得到的。"

随后,罗朗对蒙特凡尔夫人和他的妹妹说:

"请原谅我,我的母亲;请原谅我,阿梅莉;更可以说请你们尽可能求得爵爷的宽恕吧: 你们刚才使我成了一个忘恩负义的人。"

随后他向约翰爵士走去,拿起了他一只手。

"我的母亲,"罗朗接着说,"爵爷在他第一天看到我,第一次遇到我的时候,就设法为我效了一次劳,而且是非常杰出的;我知道你们是不会忘记这些事情的: 因此我希望你们一定会记住约翰爵士是你们一位最好的朋友,我就要给你们作出证明,他要再一次和我一起重申,他同意和我们一起在这个乏味的地方小住两三个星期。"

"夫人,"约翰爵士说,"请允许我的意见不和我的朋友罗朗完全相同,我要在您家里过的不是两三个星期,也许是整整一生。"

蒙特凡尔夫人走下台阶,向约翰爵士伸出一只手去,约翰爵士以完全法国式的优雅风度吻了一下。

"爵爷,"她说,"这儿就是您的家;您来到这儿的日子是一个快乐的日子,您离开这儿的日子将是一个使大家感到难受的惜别的日子。"

约翰爵士转身面向阿梅莉,阿梅莉对自己这样衣衫零乱地出现在一个外国人面前觉得很不好意思,把她睡衣的领口又拉拉紧。

"我以我和我女儿的名义向您讲话，我女儿对她的哥哥突然回来过于激动，因此她不能亲自欢迎您，不过她过一会儿就可以好好接待您了。"蒙特凡尔夫人帮着阿梅莉说。

"我的妹妹，"罗朗说，"会同意我的朋友约翰爵士吻她的手，我肯定我的朋友会接受这种欢迎他的方式。"

阿梅莉结结巴巴地说了几个字，慢慢地举起胳膊，向约翰爵士伸出手去，脸上带着一个几乎有些痛苦的微笑。

英国人拿起阿梅莉的手，可是他觉得这只手冷得像冰一样，而且还在颤抖，因此他没有把这只手放到唇边。

"罗朗，"他说，"您的妹妹真的有病；我们今晚别的事不要管了，就关心关心她的身体吧；我稍许懂得点儿医道；如果她甘愿把她赐给我的宠爱改成允许我替她诊脉，我将对她同样感激。"

可是，阿梅莉仿佛害怕别人猜到她不舒服的原因，她急急忙忙地缩回手去，一面说：

"啊，不，爵爷搞错了：快乐不会使人生病，我这种一时的不舒服只是因为看到我哥哥回来才引起的，现在已经好了。"

说完，她向蒙特凡尔夫人转过身去。

"我的母亲，"她用一种快速的，几乎有点儿神经质的声音说，"我们别忘了这两位先生是经过长途旅行来到这儿的。也许自里昂开始，他们就没有吃过东西；如果罗朗的胃口还像我们过去知道的那样好，那么他在想到我操心的只是一些缺少诗意、可是他非常重视的生活小事时，他就不会责怪我要让您去为他和爵爷尽地主之谊了。"

阿梅莉果然让她的母亲去安排接待客人的工作，她回进屋里去唤醒侍女和用人，在约翰爵士的脑海里留下了如入仙境般的回忆；就像一个来到莱茵河畔的旅游者，看到洛尔莱①站在她那块岩石上，手里拿着她的竖琴，让晚风吹拂她那金黄色的头发的景象给他留下的印象一样。

这时候，摩冈又骑上马，向去修道院的大路奔去，来到修道院后，他停在门口没有下马，从口袋里拿出一个本子，在一页上用铅笔写下了几行字，随后他把这张纸撕下卷了起来，从门上的锁眼里插了进去。

跟着他用脚上的马刺踢马，伏倒在他那匹骏马的马鬃上，神秘地消失在树林里，快得就象到魔鬼汇集的山上去的浮士德②。

他刚才写的是以下几行字：

"路易·德·蒙特凡尔，波拿巴将军的副官，今晚抵达黑色喷泉府。耶户一帮子，当心！"

可是就在嘱咐他的朋友要防备路易·德·蒙特凡尔的同时，他在蒙特凡尔的名字上面划了个十字，意思是说，不管发生什么事，这位年轻军官对他们来说是神圣不可侵犯的，不能伤害的。

耶户一帮子中每个人都可以保护一个朋友，而且不必说明他这样做的动机是什么。

摩冈使用了他这个权利：他要保护阿梅莉的大哥。

---

① 洛尔莱：传说中莱茵河中的一条人鱼，她用歌声吸引航海者，使他们的船只撞碎在她脚下的一块岩石上。

② 浮士德：欧洲中世纪传说中的人物，学识渊博，精通魔术，为了获得知识和权力，向魔鬼出卖自己的灵魂。

·第十一章·

黑色喷泉府

我们刚才把这个故事中两个主要人物带进去的黑色喷泉府坐落在耸立着布尔城的这块谷地之中风景最优美的一个角落里。

府内的花园占地五六个阿尔邦，栽着一些百年老树，三面是沙岩砌成的围墙，正面开了一道宽宽的铁栅栏门，栅栏是用铁锤锻成的，仿照路易十五时代的式样；第四面对着雷苏兹河，这是一条发源于儒尔诺的美丽的小河，也就是水源来自于汝拉山最前面的斜坡底下，这条从南到北的微不足道的细流，一直流到索恩河①的弗勒维尔桥，儒贝尔的故乡蓬德沃②对面，一个月以前，儒贝尔刚刚在那倒霉的诺维战役中战死。

在雷苏兹河那一头的两岸，也就是在黑色喷泉府左右两面，一路过去是蒙塔涅村和圣茹斯特村，还有位于这两个村子上方的赛泽利阿村。

在这最后一个村子的后面，可以看到汝拉山脉的美丽的轮廓，在它的顶峰上面还可以望到比热山③的淡蓝色的尖顶，比热山似乎正踮着脚尖从它小妹妹的肩膀上好奇地在窥探着发生在安省这块谷地中的事情。

约翰爵士一觉醒来时面对的就是这片优美的景色。

也许这还是他生平第一次，闷闷不乐的英国人面对大自然露出了笑容，他仿佛走进了由于维吉尔而闻名于世的色萨利山④的一个美丽的山谷，或者是来到了杜尔菲⑤歌颂的风景如画的利尼永河⑥两岸；杜尔菲的故居，不管传记家怎么说，已经成为一片废墟，地点就在离黑色喷泉府四分之三法里的地方。

三下轻轻的敲门声打断了他的沉思：那是他的主人罗朗来问他昨晚过得怎么样。

主人看到他容光焕发，就像在已经发黄的栗树叶和椴树叶上交相辉映的日光。

“哦，哦！约翰爵士，”他说，“请允许我向您表示祝贺；我原来以为会看到一个愁眉苦脸的人，就像我在童年时代看到就害怕的穿着长长的白色长袍的那些可怜的修士，虽然老实说，我从来也并不是那么胆小的；可是恰恰相反，我发现您在我们一片凄凉的十月份，高兴得像五月的早晨一样。”

“我亲爱的罗朗，”约翰爵士回答说，“我可以说是一个孤儿，我在生下来那天失去了我的母亲，十二岁我父亲又去世了。在一般孩子上中学的年纪，我已经成为一个年金有一百多万的一大笔财产的主人；可是

---

① 索恩河：法国东部河流，发源于东北部的孚日山西部，向南流，经中央高地和汝拉山之间在里昂市南部汇入罗讷河，全长四八〇公里。
② 蓬德沃：布尔市一小镇。
③ 比热山：在法国安省东南部。
④ 色萨利山：在希腊。
⑤ 杜尔菲（1567—1625）：法国作家。
⑥ 利尼永河：法国中央高原之河流，注入卢瓦尔河。

Les Compagnons De Jehu

我在这个世界上孑然一身，我不爱任何人，也没有任何人爱我。我从来没有享受过天伦之乐。从十二岁到十八岁，我在剑桥大学上学。我的也许有点儿高傲的沉默寡言的性格，使我和我身边的年轻伙伴格格不入。十八岁起，我开始旅行。我是一个带着武器的，在你们的旗帜，也就是在你们的祖国庇护下在世界各地游逛的旅行家；你们每天都有激动人心的战斗和值得骄傲的光荣；你们永远也想象不到，穿越城市乡村，大小国家，仅仅是为了参观这儿一个教堂，那儿一个古堡，这是多么可悲的事情！清晨四点钟听到向导的毫不留情的喊叫就要起床，为的是去看里吉高原①或者埃特纳②山顶上的日出；像一个死人的幽灵一样在人们称之为人类的活动的影子中间徘徊；不知道将在哪儿停留，没有一块可以生根立足之地，没有一条胳膊可以依靠，没有一颗可以开诚相见的心。可是，昨天晚上，突然之间，一瞬间工夫，我生活中这个空隙被填满了。我在您身上得到了新生。我所寻求的乐趣，我看到您得到了。那种我毫无体会的家庭温暖，我看到在您周围洋溢；在看到您母亲的时候，我心里想：'我那去世的母亲肯定也是这样的。'在看到您妹妹的时候，我心里想：'如果我有一个妹妹，我也希望她是这个样子。'在拥抱您兄弟的时候，我心里想：'在必要的时候，我也许可能会有一个这样年纪的孩子，那么在我死后，我可以留下一些东西在这个世界上。'可是如果我还是保留我现在的性格，我也许会死得像我活着的时候一样悲惨，使人感到不快，使我自己感到腻味。啊，您真幸福！罗朗！您有家庭，您有光荣，您有青春，您长得漂亮（这甚至对一个男人也毫无损

---

① 里吉高原：位于瑞士中部。
② 埃特纳：意大利著名火山。

害）。所有的乐趣、所有的幸福您全有了；我再对您说一遍，罗朗，您是一个幸福的人，一个非常幸福的人！"

"嗨！"罗朗说，"可是您忘记我患的动脉瘤了，爵爷。"

约翰爵士用一种不信任的神气瞧瞧这个年轻人，事实上，罗朗看起来身体似乎非常健康。

"拿您的动脉瘤换我的一百万年金吧，罗朗，"塔兰爵士怀着深深的悲痛心情说，"只要在给我动脉瘤的同时，您把那位一看到您就快活得哭起来的母亲，和那位一听说您回来就高兴得要晕过去的妹妹，那个吊在您脖子上的，像一棵美丽的小树上的一只未完全成熟的美丽的果子那样的孩子一起给我；只要除了这一切之外，您再把这个在漂亮的绿荫下面的府邸，这条两岸野花遍地、芳草萋萋的小河，这淡蓝色的远景，它那天鹅群一般的白色美丽的村庄，和它们嗡嗡的钟声一起给我。您的动脉瘤，罗朗，三年以后，两年以后，一年以后，就算六个月以后就死吧；可是经过六个月像您这样充实，这样热闹，这样温馨，这样丰富，这样辉煌的生活，我还是会把自己看作是一个幸福的人！"

罗朗放声大笑起来，就是他特有的那种神经质的笑。

"啊！"他说，"真像是一个走马看花的观光者和旅游者，文明时代流浪的犹太人，他不在任何地方逗留，对什么也不仔细观察，对什么也不深入了解，判断任何东西都是根据它给他带来的感觉；没有打开那些关着被称为人的疯子的破屋子的门，开口就说：'这堵墙后面的人是幸福的！'好吧，我亲爱的，您看得很清楚，这条美丽的小河，这些美丽的花草地，这些美丽的村子，是吗？这是和平的形象，纯洁的形象，博爱的形象，这是萨杜纳的世纪，这是黄金时代；这是伊甸园①，这是天堂。可是，所有这一切繁殖出来的都是些互相残杀的人。加尔各答的丛林和孟加拉的芦苇丛里的老虎和豹子不比这些美丽的村子里、这些嫩绿的草地上，这些漂亮的河岸边的老虎和豹子更加凶恶和残暴。在替善良的、伟大的、不朽的马拉②行了葬礼以后，谢谢老天，人们就把他当作一具尸体——实际上他过去就是尸体——一样扔到垃圾堆里去了。在葬礼中每个人都带来一只骨灰坛，把他所有的眼泪全流在里面，在行过了葬礼之后，我们善良的布雷斯人，我们温柔的布雷斯人，我们的养鸡人，想起了共和分子全是谋杀犯，于是他们成车成车地把他们杀掉，为的是纠正他们这种野蛮人或者文明人所具有的杀害同类的可耻的错误。您有怀疑吗？唉！我亲爱的，在隆斯－勒索尔尼埃大路上，不到六个月以前，曾经组织过一次大屠杀，即使是我们战场上最残酷的军人看了也会毛发直竖。那个地方，如果您有兴趣，有人会指给您看的。您倒是想想看，一辆装满俘虏的大车，是那种硕大无朋的运牛犊到屠宰场上去的敞篷大车；在这辆大车里，有三十来个人，他们全部的罪恶只是思想过激，危言耸听；所有这些人都被绳捆索绑，由于车子的颠簸而脑袋低垂晃悠，由于干渴、绝望、恐怖而气喘吁吁；这些不幸的人，甚至不能像在尼禄③和康茂德④时代那样到斗兽场里作临死一搏，手拿武器和死亡

---

① 伊甸园：根据《圣经·旧约》，上帝耶和华在东方伊甸建立的一个园，让人类的始祖亚当和夏娃住在里面。
② 马拉（1743—1793）：十八世纪法国资产阶级革命领袖之一，参与领导人民起义，推翻吉伦特派统治，建立了雅各宾派专政，后被反革命分子暗杀。
③ 尼禄（37—68）：古罗马皇帝（54—68）。以暴虐、挥霍、放荡出名。曾杀死母亲、妻子，并勒令其师塞涅卡自杀。
④ 康茂德（161—192）：古罗马皇帝（180—192），以粗暴、残酷出名。

抗争；突然屠杀无能为力和难以动弹的人；在他们被绑住的时候杀死他们；不但在他们活着的时候，而且在他们完全死了以后还打他们；在他们的躯体上——这些躯体里的心脏已经停止了跳动——在他们的躯体上，大头锤发出沉闷的声音，打烂他们的肌肉，敲碎他们的骨头；而一些女人们也高高兴兴、若无其事地看着这场屠杀，把她们拍手欢笑的孩子举在她们的头顶上；一些老年人，他们也许只应该希望能像一个基督徒一样死去，却用他们的叫声激励着使这些不幸的人绝望地死去。在这些老年人中间，有一个七十来岁的小老头，打扮得很时髦，还扑了很多粉，他的花边襟饰上稍许沾到些灰尘，他就用手指轻轻弹去，在一只镶着钻石首字母的金鼻烟壶里拿取西班牙鼻烟，在一只杜巴莉夫人①送给他的塞夫勒糖果盒里拿琥珀色的糖片吃，这只糖果盒上饰有赠送者的肖像，这个七十来岁的人——请看看这幅画，我亲爱的！——他在用他的薄底浅口皮鞋踩那些只不过是一堆人肉的躯体，用一根有镀金球饰的手杖捶打那些他认为还没有死透、还没有被砸烂的尸体，打得他干枯的胳膊都累得举不起来了……呸！我亲爱的，我看到过蒙特贝洛②，我看到过阿科莱，我看到过里沃利③，我看到过金字塔；可是我相信不可能看到更可怕的事情了。是这样的，昨天您回到您的房间里以后，我母亲讲的那个很普通的故事使我听了毛骨悚然！我的天啊！就是这些事情说明了我妹妹为什么这样神经质，就像我的动脉瘤说明了我有时候会突然发作一样。"

---

① 杜巴莉夫人 (1743—1793)：路易十五的情妇，死于断头台。
② 蒙特贝洛：意大利一村庄。一八〇〇年奥地利军队在此被击败。
③ 里沃利：意大利城市。波拿巴于一七九七年在此打败奥地利。

约翰爵士惊奇地看着罗朗，听他讲话，他年轻朋友这些愤世嫉俗的诅咒总是使他感到非常奇怪。的确，罗朗仿佛始终在窥伺着，只要一有机会，他就要议论人类。他发觉了他刚才使约翰爵士脑子里面产生的感情，于是他完全改变了语气，用辛酸的讽刺代替了激烈的议论。

"的确，"他说，"除了那个把屠杀者们已经干起来的事情最终完成的了不起的贵族——他那已褪色的被鲜血沾红的足跟又踩进了鲜血里——这些刽子手都是些下等人，平民和乡下佬；就像我们祖先谈起那些养活他们的人的时候所说的：贵族干这种事要漂亮得多。而且，您已经看到在阿维尼翁发生的事情了：有人会告诉您的，是吗？您大概也不会相信有这种事。那些拦路抢劫公共马车的先生们自以为他们非常高尚，风度翩翩，可是他们除了他们的面具以外，还有两副面孔：有时候他们是卡尔杜什①和芒特兰，有时候他们是阿马提斯②和加拉奥尔斯③；对这些大路上的英雄们的神话般的故事大家传说纷纷。我母亲昨天对我说，有一个叫洛朗的人——您也懂得，我亲爱的，洛朗是一个化名，它隐藏着一个真名字，就像假面具隐藏真面目一样——有一个叫做洛朗的人，他具有一个小说中的英雄的所有优秀品质，就是你们这些英国人所说的所有的美德；你们英国人借口过去是诺曼底人，不时地用一个富于诗意的短语，或者一个我们的学者不愿意随便乱用的词汇来丰富我们的语言。就是说，刚才提到的那位洛朗长得英俊潇洒，漂亮得简直

---

① 卡尔杜什（1693—1721）：法国著名强盗，最后在沙滩广场处死。
② 阿马提斯：骑士小说中的西班牙骑士。
③ 加拉奥尔斯：骑士小说中的西班牙骑士。

无法形容；有一伙共有七十二人的称作耶户一帮子的强盗，洛朗也是其中一分子，这帮子强盗刚刚在伊桑若①被判决： 七十个人被宣告无罪，只有洛朗和他一个伙伴被判处死刑；所有无罪者被当场开释，只留着洛朗和他的伙伴要他们上断头台。可是，唉！洛朗师傅有一张非常漂亮的脸蛋，因此他的脑袋就不会掉在刽子手醺醄的屠刀之下。判决洛朗的法官和一心想看他处死的喜欢看热闹的人都忘记了蒙田②所说的美貌的实际作用。在伊桑若的狱卒家里有一个女人，他的女儿？他的妹妹？他的侄女？历史——因为现在我告诉您的是一段历史，而不是一部小说——历史对这一点并无定论；不管她是谁吧，这个女人发疯似的爱上了这个被判处死刑的美男子，因此在死刑执行前两小时，在洛朗师傅以为要看到刽子手进来而在睡觉或者装作在睡觉——这是他在遇到相似情况时经常采用的方式——的时候，他看到进来的是来解救他的天使。要告诉您他们是用什么办法逃出来的我办不到，因为我一无所知。两个情人没有详细说明，当然是有其原因的。可是事实——我再向您重复一遍，约翰爵士，这是事实，不是神话——可是事实是洛朗又获得了自由，虽然他很遗憾不能救出他被关在另一个牢房里的伙伴。让索内③在同样情况之下拒绝逃跑，宁愿和他的吉伦特党人一起死。可是让索内的身子虽然像阿波罗④，却没有安提诺乌斯⑤的脑袋。您知道，脸蛋生得越漂亮，

---

① 伊桑若：法国上卢瓦省一个专区。
② 蒙田（1533—1592）：文艺复兴时期法兰西思想家和散文作家。
③ 让索内（1758—1793）：吉伦特派国民公会议员。
④ 阿波罗：希腊神话中的太阳神，主神宙斯的儿子。
⑤ 安提诺乌斯：公元二世纪有名的希腊美男子，最后跳尼罗河自尽。后世为他筑有神庙。

脑袋长得越牢固。洛朗接受了别人要救他的建议逃走了。有一匹马在附近村子里等着他，那个年轻姑娘没有和他一起走——她可能拖累、或者妨碍他的逃跑——她讲好要在拂晓时去和他会合。天快亮了，可是不见救命天使到来；我们的骑士对他的情妇似乎比对他的同伙更为关切：他可以不顾他的伙伴一个人越狱，却不愿意扔掉他的情妇独个儿逃跑。早晨六点钟了，正是原来准备执行死刑的时间，他越等越不安了。自清晨四点钟以来，他已经向城里掉转过三次马头，离城市越来越近了，在第三次掉转马头的时候，他想起了一个念头：他的情妇被抓住了，并将要为他付出代价。他来到了城市附近第一批房子，用马刺踢了踢胯下的坐骑，回进了城里，不戴面具穿过了人群，那些人叫着他的名字，看到他自由自在地骑在马上感到很惊奇，他们原来以为他会被绑在大车里的。他穿过刑场，刽子手还刚才知道，他有一位主顾失踪了。这时候洛朗发现他的救命恩人正在艰难地穿过人群，她不是去看执行死刑的，而是去找他的。一看到她，洛朗就策马飞奔，向她冲去，有三四个看热闹的人碰到了他那匹宝马的前胸被撞翻了。他一直冲到她面前，把她抱起扔在他的马鞍架上，挥舞着帽子，欢呼一声跑掉了，就像在朗斯①战役中的德·孔代先生②一样；老百姓拍手欢呼，妇女们看到了他的英勇行为，都爱上了这位英雄。"

罗朗讲到这里停了下来，看到约翰爵士没有吭声，他用目光询问他的意见。

---

① 朗斯：加来海峡省专区首府。孔代亲王于一六四八年在此打过一次胜仗。
② 孔代：法国波旁王朝一旁支，这个孔代指路易十四时代大孔代亲王（1621—1686），他曾在朗斯打过一次胜仗。

"请一直讲下去吧，"英国人回答说，"我听着，因为我可以肯定，您向我讲了这么许多话，只是为了要讲您还没有讲出来的话，我等着。"

"好吧，"罗朗笑着说，"您说得对，亲爱的，您懂得我的话，就像我们是中学里的同学一样。那么，您知道昨天晚上整夜在我脑子里翻腾的想法吗？那就是我想亲自去看看那些耶户的伙伴是些什么样的人。"

"噢，是啊，我懂了，您没有能使自己被德·巴尔若尔斯先生杀死，您想设法让摩冈先生杀死。"

"也许被另一个人，我亲爱的约翰爵士。"年轻的军官回答说，"因为我向您声明，我对摩冈先生没有什么特别的恶感，而且完全相反，尽管我最初的想法，在他走进餐厅发表他的 speech^① 的时候——你们是不是把这个称作为 speech？"

约翰爵士点了点头表示肯定。

"尽管我最初的想法，"罗朗说，"是向他扑过去，一只手卡他的脖子，另一只手掀掉他的面具。"

"现在我了解您了，我亲爱的罗朗，我果然在想，您为什么没有把这样一个美好的计划付诸实施。"

"这不是我的错，我向您发誓！我已经开始干了，可是我的伙伴拉住了我。"

"那么说还是有些人可以拉住您的啰？"

"不太多，只有他。"

---

① 英语：谈话。

"因此您觉得很遗憾，是吗？"

"实际上也不是；这个勇敢的劫车贼干他这个勾当时真是胆大包天，这种胆气我是很欣赏的：我天生喜欢勇士。如果我没有杀掉德·巴尔若尔斯先生，我非常想做他的朋友。事实上我在杀他的时候不可能知道他有多么勇敢。现在我们来谈谈别的事情吧。这次决斗给我留下了一个痛苦的回忆。不过我为什么这样动感情呢？当然，这不是为了和您谈到了耶户一帮子，也不是为了和您谈到了洛朗先生的辉煌成就……啊！那是为了对您准备在这儿进行的活动和您取得一致意见，可是我有两个不利条件：我的家乡没有什么好玩的；您的民族性格比较严肃。"

"我已经对您说过了，罗朗，"塔兰爵士向年轻人伸出手去说，"我把黑色喷泉府当成了一个天堂。"

"好吧，可是，由于我怕您很快就会对这个天堂感到厌倦，我要尽可能使您感到高兴。您喜欢考古吗，像威斯敏斯特大教堂①和坎特伯雷大教堂②那些地方？我们这儿有布罗教堂，是一座非常美的教堂，它的花饰都是科隆邦大师亲自雕刻的；关于它还有一个传说，哪天晚上您睡不着的时候我可以讲给您听。您可以在那个教堂里看到玛格丽特·德·波旁，美男子菲利浦，和玛格丽特·德·奥地利的坟墓。我们将向您提出那个难以解释的问题，也就是那句箴言 'Fortune, infortune, fort:une.' ③究竟是什么意思，我自负地很想用这句话的拉丁文译文

---

① 威斯敏斯特大教堂：英国十三世纪建成的教堂。
② 坎特伯雷大教堂：英国十二世纪建成的教堂。
③ 法语：见第 27 页注④。

'Fortuna, infortuna, forti una.' ①来解释它。您喜欢钓鱼吗，我亲爱的客人？你脚下是拉雷苏斯河，您手头有爱德华收集的鱼竿和鱼钩，还有米歇尔收集的渔网；说到鱼，您知道这是最不值得关心的事了。您喜欢打猎吗？离开我们一百步路是赛荣树林，当然啰，围猎是不行的，必须放弃，可是可以用枪打。好像在我那些过去的怕人的修士的林子里有很多野猪、狍子、兔子和狐狸。没有人到那里面去打猎，理由是树林属于政府的，而眼下，就等于是不属于任何人的。我以波拿巴将军副官的名义，来填补这个空缺；我在阿迪杰河②打奥地利人，在尼罗河打马穆鲁克骑兵，现在我去打野猪、黄鹿、狍子、狐狸和兔子，我们倒来看看有谁敢说我这样做不好，一天考古、一天钓鱼、一天打猎。这样已经有三天了；您看，我亲爱的客人，我们要担心的只剩下十五六天时间了。"

"我亲爱的罗朗，"约翰爵士郁郁不乐地说，他并不回答年轻军官的冗长的即兴谈话，"您永远也不肯告诉我您为什么那么激动，为什么那么悲哀吗？"

"啊！看您说的，"罗朗又发出了他那刺耳而痛苦的笑声，"我从来也没有像今天早晨这样高兴过，心里不痛快的是您，爵爷，您太悲观了。"

"有一天，我将成为您真正的朋友，"约翰爵士严肃地回答说，"到了那一天，您就会信任我，我将分担您一部分痛苦。"

---

① 拉丁文。
② 阿迪杰河：意大利第二大河，在波河之北，源出北部阿尔卑斯山地下方的穆塔河。

"还有我一半的动脉瘤……您饿了吗，爵爷？"

"为什么您向我提这个问题？"

"因为我听到楼梯上有爱德华的脚步声，他是来告诉我们早餐已经预备好了。"

果然，罗朗的语音未落，门打开了，爱德华进来说道：

"罗朗哥哥，母亲和阿梅莉姐姐在等爵爷和您吃早饭。"

随后，他抓起英国人的右手，仔细地观察他的大拇指、食指和无名指的手指节。

"您看什么，我的年轻朋友？"约翰爵士问。

"我看看您手指上有没有墨水迹。"

"如果我手上有墨水迹，那么这些墨水迹又能说明什么呢？"

"说明您也许已经写信到英国去了，您也许去要过我的手枪和军刀了。"

"不，我没有写，"约翰爵士说，"不过我今天会写的。"

"你听到吗，罗朗哥哥？两星期以后我就会拿到我的手枪和我的军刀了！"

于是，孩子高高兴兴地把他粉红色的、神色坚定的面颊伸给约翰爵士吻，爵士像一个父亲一样温柔地吻了他。

然后他们三人一起下楼到饭厅里去，阿梅莉和蒙特凡尔夫人在那儿等他们。

· 第十二章 ·
外省的乐趣

当天，罗朗就开始实行他的一部分计划：他带约翰爵士去参观布罗教堂。

凡是看见过这个美丽的小小的布罗教堂的人都知道，那是文艺复兴时期一百来个奇妙的建筑之一；凡是没有看见过它的都听说过它。

罗朗想请约翰爵士好好观光一下他的宝贵的历史遗迹，他自己也有七八年没有看见过它了，可是在走到教堂门前的时候，他发现安放圣像的壁龛是空的，正门上的那些小雕像的脑袋也没有了；他感到非常沮丧。

他去找圣器室管理人；受到别人的嘲笑：已经没有圣器室管理人了。

他打听应该去向谁要教堂的钥匙：别人回答他说，钥匙在宪兵队长那儿。

宪兵队长就在附近；和教堂相连的隐修院已经变成了兵营。

罗朗上楼到队长的房间里去，自我介绍是波拿巴的副官。队长以一个下级服从上级的被动态度把钥匙交给他，并跟在他后面。

约翰爵士等在门厅前面，欣赏着教堂正面的奇妙的细部，虽说这些细部已经损毁了。

罗朗打开门一看，不由吃惊得向后倒退了几步：教堂里面堆满了干草，就像一只塞足了火药的炮筒子。

"这是为什么？"他问宪兵队长。

"长官，这是市政府一项预防措施。"

"什么！市政府的一项预防措施？"

"是的。"

"为了什么目的？"

"为了保护教堂。有人要把它毁掉；可是市长已经颁布了法令：在教堂不再为荒谬的宗教信仰服务以后，人们将把它改成草料仓库。"

罗朗放声大笑，回头向约翰爵士说：

"我亲爱的爵爷，教堂看起来很古怪；可是我相信这位先生告诉我们的事也很不平常。不论在斯特拉斯堡①，在科隆②，在米兰③，你都能找到一个可以和布罗小教堂媲美的教堂或者一个主教座堂；可是您永远也找不到一些蠢得想摧毁一件杰作的管理人员，也找不到一位聪明得能想出把它变成一座放草料的教堂的市长。非常感谢，队长，这是您的

---

① 斯特拉斯堡：法国东北部阿尔萨斯地区的重要城市，有很多名胜古迹。
② 科隆：德国中西部城市，在莱茵河边，有哥特式大教堂。
③ 米兰：意大利第二大城，伦巴第区首府，米兰大教堂是欧洲最大的哥特式大理石建筑之一。

钥匙。"

"就像我在阿维尼翁第一次有幸看到您时讲的一样，我亲爱的罗朗，"约翰爵士说，"法国人民是非常有趣的人民。"

"这一次，爵爷，您太讲礼貌了，"罗朗回答说，"应该说法国人民是非常蠢的。请听着，我懂得一千年以来使我们的社会动荡不安的那些政治大变动；我懂得什么是市政暴动，牧童作乱，扎克雷起义①，铅锤党人②，圣巴托罗缪之夜③，神圣联盟④，投石党运动⑤，龙骑兵之乱⑥，大革命⑦。我懂得七月十四日，十月五日和六日，六月二十日，八月十日，九月二日和三日，一月二十一日⑧，五月三十一日，十月三十一日⑨和热月九日。⑩我懂得内战的火炬，还有它那在鲜血中不但不熄灭反而越烧越旺的希腊火硝；我懂得日益高涨，不可阻挡的革命的浪潮，它涨潮时冲塌了旧制度，在退潮时又卷走了它的残骸。我懂得这一切：矛对矛，剑对剑，人对人，民族对民族！我懂得胜利者的满腔怒火，我懂得战败者的殊死搏斗；我懂得在地心深处咆哮的政治火山，它能震撼大地，推翻王座，倾覆君主政体，使国王的脑袋和王冠在断头台

----

① 扎克雷起义：发生于一三五八年法国北部的大规模农民起义。
② 铅锤党人：十四世纪以铅锤为武器起义的巴黎人。
③ 圣巴托罗缪之夜：法国胡格诺战争期间发生的大屠杀事件，因发生在圣巴托罗缪节日（8月24日）前夜和凌晨之间，故名。
④ 神圣联盟：十六世纪的法国天主教联盟。
⑤ 投石党运动：一六四八——一六五三年反法国专制制度的政治运动。
⑥ 龙骑兵之乱：法王路易十四时期龙骑兵对新教徒的迫害。
⑦ 一七八九年法国资产阶级大革命。
⑧ 一七九三年一月二十一日，路易十六上断头台。
⑨ 一七九三年十月三十一日，巴黎二十一名吉伦特人被处死刑。
⑩ 本句中未加注的日期均见第 29 页注。

Les Compagnons De Jehu

上滚落到地上……可是我不懂为什么要损毁花岗岩，为什么不保护文物古迹，为什么毁坏那些既不属于毁坏它们的人，又不属于毁坏它们那个时代的无生命的东西；这就跟毁掉这座宏伟的图书馆一样，在这个图书馆里考古学家可以阅读某一个国家的考古史。唉，那些破坏文化的野蛮人啊！比这个更坏，这些白痴！他们为了报复波吉亚①的罪行和路易十五的荒唐挥霍，把气出在石头上！这些法老②，这些米那③，这些基奥普斯④，这些奥兹曼迪亚斯⑤，他们把人看透了，把人看作是最凶狠，最残暴，最具有破坏性的野兽，因此他们叫人建造金字塔，不是用镂空花边的叶饰和花边祭廊，而是用五十尺长的巨大的花岗岩！如果他们看到时间老人对这些岩石无能为力，帕夏要挖掘它们也束手无策，他们一定在九泉之下笑开了。我们建造一些金字塔吧，我亲爱的爵爷：这不像盖房子那么难，这不像艺术那么美，可是它坚固，可以让一位四千年以后的将军说：'士兵们站在这些建筑物之上，四千年的历史都在看着你们！'喂，我亲爱的爵爷，我保证，眼下我真想遇到一架风车，可以和它大闹一场。"

罗朗又习惯地大笑起来，拉着约翰爵士向府邸走去。

约翰爵士拉住他。

---

① 波吉亚：西班牙血统的意大利古望族，这个家族中出了好几个有名人物，其中一个恺撒·波吉亚公爵，是个不择手段搞权术的阴谋家，一生罪行累累，死于一五〇七年。
② 法老：古代埃及国王的尊称。
③ 米那：古埃及第一个法老。古希腊人称之为美尼斯。
④ 基奥普斯：即胡夫，古埃及第四王朝法老（约前二十七世纪）。
⑤ 奥兹曼迪亚斯：古埃及传说中的国王，实指古埃及第十九王朝法老拉美西斯二世（约前1317—前1251）。

"哦！"他说，"难道全城除了布罗教堂就没有什么可以看看的吗？"

"从前，我亲爱的爵爷，"罗朗回答说，"在教堂还没有改成草料仓库的时候，我也许会邀请您一起到下面的萨伏瓦公爵的地下墓室去看看，据说那里面有一条地道，我们可以一起去找，这个地道有一法里长，有人很有把握地说，它一直通到赛泽利阿山洞——请注意，除了对一个英国人，我也许不会请别人去作这样一次游戏——那好比回到了有名的安·拉德克利夫写的《乌多弗的秘密》的时代①；可是您看到了，这是不可能的。走吧，我们可以死心了，来。"

"我们去哪儿？"

"唉，我也不知道；如果在十年以前，我也许会把您领到专门喂养肥母鸡的鸡场去。布雷斯的肥母鸡，您知道，在欧洲是有点儿名气的；布尔是斯特拉斯堡一个大分店，可是您知道，在恐怖时代②，养鸡人都把铺子关掉了；吃过肥母鸡的人都被称作是贵族，您也知道用那个句子收尾的叠句：'好！就这么办，就这么办，把贵族吊死在路灯杆上！'在罗伯斯庇尔倒台以后，他们又重新开张。可是，从果月③十八日以来，在法国曾经下过要节约粮食消瘦减肥的命令，即使对家禽也是如此。没有关系，来吧，没有肥母鸡，我可以给您看别的东西；比如，处决那些吃了肥母鸡的人的地方。此外，从我离开这个城市以后，城里的街道都

---

① 安·拉德克利夫（1764—1823）：英国女小说家，专写可怕的神怪小说，《乌多弗的秘密》是她的代表作。

② 恐怖时代：指法国资产阶级革命时从一七九三年五月到一七九四年七月这一时期。

③ 果月：法兰西共和历的第十二月，相当于公历八月十八或十九日至九月十六或十七日。

改了名称；口袋我总是认得的，可是口袋外的标签我已经认不出来了。"

"啊！"约翰问道，"那么您不是共和分子吗？"

"我，不是共和分子？哪有这种事，恰恰相反，我相信我是一个非常坚定的共和分子。为了拯救共和国，我可以像穆修斯·斯卡沃拉①一样让人家烧我的手腕，或者像科提乌斯②一样跳到一个深渊里去。可是不幸的是我的脑子太敏锐：一遇到滑稽的事情我就忍不住要笑，而且笑得不可收场。我同意接受一七九一年宪法，可是当可怜的埃洛·德·塞谢尔③写信给国家图书馆馆长，要他把米诺斯④制订的法律寄给他，好让他根据克里特岛的法律制定一份宪法的时候，我觉得他去找这样一个范本似乎有点儿太远了，我们如果有一本科库尔戈斯⑤的宪法也可以满意了。我觉得 janvier, février, mars⑥ 这几个词，不管它们如何与神话有关，和 nivose, pluviose 和 ventose⑦ 同样美好。我不懂为什么一七八九年叫安东尼和克里索斯通的人，在一七九三年就要叫布律蒂斯和卡

---

① 穆修斯·斯卡沃拉：古罗马传奇英雄，有一次作战时被俘，他宁愿右手被烧，也不出卖同伙。

② 科库尔乌斯：古罗马的传奇人物。据说在公元前三九三年，在勒福伏姆地区发生一次地震，地上留下一个裂隙。据神谕，只要有一个勇士跳下去，地裂即可合拢。科提乌斯即全身武装，骑马跃下深渊，裂隙当即闭合。

③ 埃洛·德·塞谢尔 (1759—1794)：法国政治家，丹东之友，曾主持编写宪法，后和丹东一起上了断头台。

④ 米诺斯：希腊神话中的克里特王，死后成为冥土三判官之一。

⑤ 科库尔戈斯：公元前七世纪前后斯巴达传说中的立法者。据说曾为制订法律到克里特、埃及和亚洲去寻找依据。

⑥ 法语中的一月、二月、三月。

⑦ 法兰西共和历中的第四、五、六月。nivose 雪月（相当于公历 12 月 21、22 或 23 日至 1 月 19、20 或 21 日），pluviose 雨月（相当于公历 1 月 20 或 21 日至 2 月 19 或 20 日），ventose 风月（相当于公历 2 月 19、20 或 21 日至 3 月 21 或 22 日）。

西于斯①。您看，爵爷，这是一条普通的路，过去叫做市场路，这名字既不下流，也不贵族化，是不是？可是，它今天叫……请等等（罗朗看看路牌）：它今天叫革命路。这儿一条过去叫做圣母路，今天改成了圣殿路，为什么叫圣殿路？也许是为了永远纪念那卑贱的西蒙②，他想把鞋匠的手艺教给六十三个国王——我也许会搞错一二个，请不要为了这个和我找岔儿——的继承人③。最后，请看看这第三条：这条路过去叫心碎路。这个名字过去在布雷斯，布尔戈涅和弗朗德尔都是很有名的，现在它叫联盟④路，'联盟'当然很好，可是'心碎'是一个美丽的名词。而且，您看，今天这条路直通断头台广场；据我看，这是一个错误。我希望没有任何一条道路通往这类广场。这个广场有一个优点：它离监狱只有一百步路。这在过去，甚至现在都替布尔市政当局节约了一辆大车和一匹马。请注意，刽子手，他，一直都是很高贵的。而且，这个广场对观众来说，位置非常好，而我的祖先蒙特凡尔——广场过去就是用了他的名字——肯定是预见到了它的作用，而且已经解决了这个重要的问题——这个问题也是各个剧院里都要解决的问题：那就是从任何方面都要看得清楚。万一我在那儿被斩首——在我们生活的这个时代，这种事并不希奇——那么我也许只会有一件憾事，就是我所处的

---

① 安东尼和克里索斯通原是圣徒的名字，比较高贵；布律蒂斯和卡西于斯均是平民的名字。
② 指安托万·西蒙（1736—1794）：鞋匠，曾收养过路易十七。
③ 指路易十七（1786—1795）：路易十六的次子，路易十六处死以后，他被关在圣殿之中，后被保皇派拥为国王，但他十岁就死了。
④ 联盟：这儿专指一七八九年法国资产阶级革命时由各个城市的国民自卫队自动组织的联盟。

位置不好，没有别人看得清楚。喂，我们登上这小坡去，现在我们到了利斯广场。我们的革命者没有改换它的名字，因为十之八九他们不知道这个名字是什么意思。我也不比他们知道得多，可是我相信我记得有一个叫做埃斯塔凡叶的老爷曾经向一个弗朗德尔的伯爵挑战，那次决斗就是在这个广场上举行的。现在，我亲爱的爵爷，讲到这座监狱，它会使您想起历尽沧桑的人类；吉尔·布拉斯①的遭遇也不比这个建筑物更为顺当。在恺撒来到以前，这是一个高卢的神庙；恺撒把它变成了一个罗马式的要塞；一个不知名的建筑家把它改造成一个中世纪的军事建筑；罗马的老爷们学恺撒的样，又把它改回成要塞。萨瓦的亲王们在这里都有一个府第；查理五世②的姑妈在参观布罗教堂的时候就在这儿住过，不过她大概没有能看到这座教堂全部完成。最后，在签订了里昂条约，布雷斯又回归法国以后，人们就在这个地方造了一座监狱和一个法院。爵爷，如果您不喜欢听栅栏和门闩的刺耳的尖叫声，请在这儿等等我。我要去参观一个牢房。"

"门闩和栅栏的声音并不很悦耳，不过这也没有关系！既然您很想给我一点儿知识，请把我带到您说的那个牢房里去吧。"

"那么，好吧，我们快进去；我好像看到有一大群人，他们似乎很想和我交谈。"

的确，渐渐地，似乎有什么流言在全城传播；大家从家里出来，在街上聚集起一堆堆人群，这些人似乎好奇地指着罗朗在说些什么。

---

① 吉尔·布拉斯：法国小说家勒萨日（1668—1747）同名小说中的主角，一生坎坷，命运多舛。
② 查理五世（1500—1558）：神圣罗马帝国皇帝（1519—1556）。

罗朗在栅栏门外拉了拉铃,这个栅栏门今天还在这个位置,不过那时候它正对着监狱的院子。

一个守门人出来开门。

"啊!啊!还是您,科尔特瓦老爹?"年轻人问。

随后他转身向约翰爵士说:

"这个狱卒的名字很漂亮,是吗,爵爷?"

狱卒惊讶地看看年轻人。

"这是怎么一回事啊,"他隔着栅栏问道,"您知道我的名字,而我却不知道您的名字?"

"哈!我不但知道您的名字,还知道您的想法呢;您是一个老保皇派,科尔特瓦老爹!"

"先生,"狱卒惊惶失措地说,"请您别乱开玩笑,您要干吗?请说。"

"好吧,我正直的科尔特瓦老爹,我想参观一下关我母亲和我妹妹,也就是蒙特凡尔太太和蒙特凡尔小姐的牢房。"

"噢!"守门人叫道,"什么!是您,路易先生?那么您刚才说您认得我而我不认识您是有道理的。您知道不知道您现在已经变成一个漂亮的小伙子了?"

"您这样觉得吗,科尔特瓦老爹?那么,我也可以告诉您,您的女儿夏洛特,真的,也已经变成一个美丽的姑娘了。——夏洛特是我妹妹的侍女,爵爷。"

"她对她的工作很满意,她在那儿要比在这儿好多了,罗朗先生,听说您是波拿巴将军的副官,这是真的吗?"

"啊! 科尔特瓦,岂敢,岂敢! 如果我是阿图瓦伯爵①或者昂古莱姆公爵②的副官,您大概会更高兴吧? "

"您别说了,路易先生! "

接着,他凑到年轻人的耳边说:

"喂,"他说,"这是真的吗? "

"什么事,科尔特瓦老爹? "

"说波拿巴将军昨天途经里昂? "

"这个消息看来有点儿像是真的,因为我已经听到第二次了,啊,我现在懂得了为什么这些正直的人好奇地看着我,好像要问我什么问题,他们和您一样,科尔特瓦老爹: 他们希望知道波拿巴来干什么。"

"您还不知道他们在讲什么吗,路易先生? "

"他们还讲过别的什么吗,科尔特瓦老爹? "

"我深信他们还讲了些别的事情,不过都是悄悄地讲的。"

"讲些什么? "

"他们说波拿巴来向督政府要路易十八陛下的王位,让他再重新登位;如果戈依埃公民以他主席的身份不愿意还给他,波拿巴就强迫戈依埃还给他。"

"唔! "年轻人露出近于嘲弄的怀疑的神色。可是科尔特瓦老爹点了点头坚持他的说法。

"这有可能,"年轻人说,"不过,这并不是第二个消息,这是第一

_____

① 阿图瓦伯爵: 即后来的查理十世 (1757—1836),法国复辟王朝的国王 (1824—1830)。
② 昂古莱姆公爵 (1775—1844): 查理十世的长子。

个消息；现在您认识我了，您愿意替我开门吗？"

"替您开门！当然可以；看我这是在干的什么鬼名堂哟！"

狱卒殷勤地打开了门，和他起先显得那么厌恶形成了鲜明的对照。

年轻人进去了，约翰爵士跟在他后面。

狱卒仔细地关上栅栏以后走在前面；罗朗走在他后面，英国人走在罗朗后面。

英国人对他年轻朋友捉摸不定的性格已经开始习惯了。

忧郁，那就是减去第蒙①的心血来潮和阿尔赛斯特②的智慧的愤世嫉俗。

狱卒穿过整个院子，这个院子由一堵高十五尺的墙和法院隔开，在中间部分又后退了几尺，在墙的前部砌死了，这样可以让犯人从一扇巨大的橡木门进入法院，不必到街上去绕弯儿了。狱卒，我们说，穿过了整个院子，在院子的左角踏上了一座通向监狱里面的转梯。

我们所以讲得这样仔细，那是因为我们有一天还要到这里来旧地重游，因此，我们希望，在故事讲到那儿的时候，我们的读者对这些情况并非一无所知。

这条楼梯首先通向监狱的前厅，也就是初等法院守门员的房间；随后，再从这个房间，通过一条十个梯级的楼梯，往下走去，是第一个院子，这个院子和囚犯的院子被一堵我们刚才已经描叙过的那种墙隔开，不过这堵墙上开有三扇门；在院子的尽头，有一条通往狱卒房间的走

---

① 第蒙（前 320 年—前 230 年）：希腊哲学家，由于他祖国的不幸和个人财产的丧失使他对人类怀有刻骨的仇恨。
② 阿尔赛斯特：莫里哀《愤世者》中的主角。

廊，狱卒的房间经过另一条和它处在同一平面的走廊，通向一些被富有诗意地称作鸟笼的牢房。

狱卒走到第一个鸟笼前面就停了下来，敲了敲门说：

"就是这里，那时候我让令堂和令妹就住在这里面，如果这两位高贵的夫人需要我或者夏洛特，她们只要敲敲门就行了。"

"这个牢房里现在有人吗？"

"没有人。"

"那么，请照顾我一下，把门替我打开。这一位是我的朋友，塔兰爵士，一位英国博爱者，他到处旅行，想看看法国监狱里的犯人是不是比英国监狱里的犯人生活要过得好一些。请进，爵爷，请进。"

科尔特瓦老爹已经把门打开，罗朗把约翰爵士推进了一个十来步见方的牢房里。

"哦！哦！"约翰爵士说，"这地方可真够凄惨的。"

"您觉得是这样吗？那么，我亲爱的爵爷，我的母亲，世界上最值得敬重的女人，还有我的妹妹，您已经认识她了，就是在这儿度过了六个星期，唯一的可能的希望就是到巴斯底翁广场上去兜个圈子，请注意，这是在五年以前，我妹妹那时候几乎还不到十二岁。"

"那么她们犯了什么罪呢？"

"唉，一件滔天大罪：有一次布尔城以为应该为人民之友①的逝世周年举行纪念活动，我母亲不让我妹妹扮一个捧着盛法兰西眼泪小罐子的圣女。有什么办法呢！可怜的女人，她原来以为对祖国的贡献已经够

---

① 人民之友：指马拉。参见第 177 页注②。

多的了，她献出了她儿子和丈夫的鲜血，儿子在意大利流血，丈夫在德国流血。她错了。祖国似乎还需要她女儿的眼泪；这一次她觉得这有些太过分了，尤其是因为这些眼泪是为马拉公民流的。结果是，举行纪念活动的当天晚上，在一片因纪念而引起的狂热之中，我母亲受到了控告被逮捕了。幸好，布尔地方办事没有巴黎迅速。一个我们在法院书记室的朋友把这件事拖下来了，一直到有一天，传来了罗伯斯庇尔倒台和死亡的消息。这件事使很多事情搁下来了，其中包括上断头台的事情；我们那位法院书记室里的朋友暗承法庭，从巴黎吹来的风显得温和些了。于是就开始等待，等了八天，等了十五天，到第十六天，有人来告诉我母亲和我妹妹说，她们自由了。您懂得——这些事可引起极为深刻的哲学思考——如果戴莱萨·卡巴居丝[①]小姐没有从西班牙来到法国；如果她没有嫁给国会议员丰特内先生；如果她没有被逮捕，带到塔利安[②]前执政——他是贝尔西侯爵膳食总管的儿子，前检察官书记，前印刷厂监工，前制副本的职员，前巴黎公社秘书，现在在波尔多当差——的面前；如果前执政没有爱上她，如果她没有被监禁，如果在热月九日，她没有叫人给他一柄匕首，并且告诉他说：'如果暴君今天不死，我就明天死！'如果圣茹斯特[③]没有在他演说时被逮捕；如果那天罗伯斯庇尔嗓子没有嘶哑；如果加尔尼埃没有对他呼叫'是丹东的血堵住了你的嗓

① 戴莱萨·卡巴居丝：她父亲是法国血统的西班牙银行家，她前夫是丰特内，后夫是塔利安。她被称为热月圣母，是执政府时期非常有名的人物。
② 塔利安（1767—1820）：法国大革命时期国民公会会员，参与热月反动政变，并成为其首领之一。
③ 圣茹斯特（1767—1794）：十八世纪法国资产阶级革命时期雅各宾派领袖之一。一七九四年七月二十七日热月政变时被捕，次日被杀害。

子！'如果罗歇没有要求逮捕他；如果他没有被逮捕，没有被公社释放，重新被逮捕，自己一枪打碎了牙床骨，在第二天被处决①，那么我的母亲，为了不让她的女儿为马拉公民哀悼，在布尔城应该灌满泪水的十二只小罐里掉眼泪，大概已经割下了脑袋。再见了，科尔特瓦，你是一个正直的人，你曾经在我母亲和我妹妹的葡萄酒里掺过一点儿水，你曾经在她们的面包里放过一点儿肉，你曾经在她们的心里注入过一点希望；你曾经把你的女儿派给她们，为了不让她们自己打扫她们的牢房；这些事情值得好好报偿一下；不幸的是我并不富有：我身上有五十个路易，拿去。——来吧，爵爷。"

狱卒愣了一下，在他还没有醒悟过来对罗朗表示感谢，或者拒绝他这五十个路易之前，年轻人已经把约翰爵士拖走了；应该说，这对一个狱卒来说，是一笔极大的补偿，尤其是因为狱卒在政治观点方面和他所服务的政府大相径庭。

在走出监狱的时候，罗朗和约翰爵士在利斯广场上看到挤满了人，他们知道了波拿巴将军已经回到法国，在一股劲儿地呼喊"波拿巴万岁！"有些人是因为他们的确非常崇拜阿尔考尔、里沃利和金字塔的征服者，另外一些人是因为有人对他们说——就像对科尔特瓦老爹说的一样——这个胜利者只是为了为路易十八陛下效劳才打胜仗的。

这一次，因为罗朗和约翰爵士已经把布尔城里所有比较希罕的东西全参观过了，他们又踏上了去黑色喷泉府的路，毫无耽搁地抵达了目的地。

---

① 这儿讲的是热月政变中罗伯斯庇尔被逮捕处决前的情况。

蒙特凡尔夫人和小姐出去了，罗朗请约翰爵士坐在一把扶手椅里，并请他等待五分钟。

五分钟以后，他回来了，手里拿着一本灰纸小册子，印刷相当差。

"我亲爱的客人，"他说，"我觉得您似乎对我刚才向您谈起过的，那次差点儿要了我母亲和我妹妹的命的纪念活动的真实性有些怀疑。我把那次活动的节目单给您带来了：请您看看，在您看的时候，我去瞧瞧他们把我的狗怎么样了；因为我估计您会免除我那钓鱼的一天，我们马上就要去打猎了。"

说完，他就走出去了，把布尔市政当局在马拉逝世周年纪念日举行追悼会的日程表留在约翰爵士的手里。

LES
COMPAGNONS DE JÉHU

· 第十三章 ·

公野猪

约翰爵士刚看完这本有趣的小册子，蒙特凡尔夫人和她的女儿回来了。

阿梅莉对刚才罗朗和约翰爵士谈了那么许多有关她的事情毫不知情，因此对这位英国绅士瞧她时候的眼神感到有点儿纳闷。

在英国人眼里，阿梅莉似乎比任何时候都更加可爱了。

他完全懂得，这位母亲，即使牺牲了性命，也不愿意让这个可爱的姑娘在追悼马拉的纪念会上扮演一个哑角而糟蹋了她的青春和美貌。

他记起了一个小时以前他参观过的那个寒冷潮湿的牢房，他一想到他眼前的这位白皙而纤弱的小姑娘竟然被关在那个空气污浊，不见阳光的牢房里达六个星期之久，不禁打了一个寒噤。

他瞧瞧她那也许稍许嫌长的脖子，可是这个脖子就像天鹅脖子一样，虽然长了一些，但是非常柔软优雅；于是他想起了可怜的德·朗巴尔亲王夫人[1]一手按着自己的胸脯讲的那句辛酸的话："这不会给刽子手多大困难的。"

约翰爵士脑子里接二连三涌现出的念头使他的脸色和平时大不相同，蒙特凡尔夫人禁不住要问他究竟发生什么事情了。

约翰爵士这才告诉蒙特凡尔夫人，他刚才参观了监狱，罗朗还到囚禁过他母亲和妹妹的牢房作了一次虔诚的拜谒。

约翰爵士刚讲完他的故事，传来一阵"旗开得胜"的打猎的号声，罗朗嘴里衔着号角进来了。

他一进来马上取下了嘴里的号角。

"我亲爱的客人，"他说，"感谢我的母亲吧：亏了她，我们明天可以好好地打一次猎了。"

"亏了我？"蒙特凡尔夫人问。

"这是怎么一回事？"约翰爵士说。

"我刚才离开您去瞧瞧我的狗准备得怎么样了，是不是？"

"至少您刚才是这样对我说的。"

"我过去有两条好狗，巴尔皮雄和拉伏特，一条公的，一条母的。"

"噢！"约翰爵士说，"它们死了吗？"

"嗯，您倒是想想看，这位杰出的母亲（他捧起蒙特凡尔夫人的头，吻了她的两颊）不让扔掉这两条大狗生下来的狗崽，连一条也不让扔，理由是这些狗都是我那两条狗生下来的；因此，我亲爱的爵爷，今

---

[1] 德·朗巴尔亲王夫人（1749—1792）：法国王后玛丽－安托瓦内特的密友，一七九二年九月事件中被杀。

天，巴尔皮雄和拉伏特生下来的狗子狗孙多得就像以实玛利①的后代，我现在有的不是两只狗，而是一大群狗，二十五条狗一起狩猎；像鼹鼠一样漆黑一片，白色的爪子，眼睛和胸部都是血红的，许许多多翘起的尾巴，您看了一定会感到非常有趣。"

这时，罗朗又吹了一下号角，他弟弟一听见就马上跑来了。

"啊！"爱德华进门时叫道，"你明天要去打猎了，罗朗哥哥；我也去，我也去，我也去！"

"行！"罗朗说，"可是你知道我们去猎什么？"

"不知道，我只知道我也要去。"

"我们去猎野猪。"

"啊！太好了。"孩子拍着两只小手叫道。

"你真是疯了！"蒙特凡尔夫人说，她脸色也发白了。

"为什么这样说，母亲大人，请说说看。"

"因为猎野猪是非常危险的。"

"不比去猎人危险；你不是看得很清楚，我哥哥去猎人也回来了，我猎野猪当然也会回来的。"

"罗朗，"蒙特凡尔夫人说，这时阿梅莉在沉思，没有参加他们的谈话，"罗朗，你劝劝爱德华，告诉他这样做是不对的。"

可是罗朗还把自己看成是一个孩子，在他弟弟身上看到了自己的影子，他非但不训斥他弟弟，还非常喜欢他这种稚气的勇敢。

---

① 以实玛利：《圣经·旧约》中亚伯拉罕和妻子的使女夏甲所生的儿子，后来母子俩被逐出家门，为神所救，传说他是阿拉伯贝督因人的始祖。

"我很愿意带你去，"他对孩子说，"可是，要去打猎，至少要知道什么是枪。"

"啊，罗朗先生，"爱德华说，"请到花园里去一下，把您的帽子放在一百步远的地方，我就可以让您看看枪是什么东西。"

"不幸的孩子！"蒙特凡尔夫人嚷道，她全身都在颤抖，"可你这是在哪儿学的啊？"

"嗯，是在蒙塔涅的军械师家里学的，爸爸和罗朗哥哥的枪都是在那儿弄来的。你有时候问我，我把我的钱花到哪儿去了，是不是？那么我告诉你，我用来去买火药和子弹了，我像我的罗朗哥哥一样，要学习杀奥地利人和阿拉伯人。"

蒙特凡尔夫人举手向天。

"有什么办法呢，我的母亲，"罗朗说，"龙生龙，凤生凤，姓蒙特凡尔的人不可能害怕火药。你明天和我们一起去吧，爱德华。"

孩子扑到了他哥哥的怀里。

"而我呢，"约翰爵士说，"我今天要把您武装成一个猎人，就像过去武装一个骑士一样。我有一支美丽的小马枪，我把那支枪给您，好让您耐心地等您的手枪和军刀。"

"怎么样，"罗朗问，"你满意了吗，爱德华？"

"满意了；可是您什么时候给我呀？如果还要写信到英国去，我预先告诉您，我可不相信了。"

"不，我的小朋友，不过我得上楼去打开我的放枪的盒子；您看，这不是马上就可以办到的吗？"

"那么，我们立即上楼，到您的房间里去。"

"来吧，"约翰爵士说道。

他和爱德华先后出去了。

过了一会儿，心事重重的阿梅莉也站起身来走出去了。

蒙特凡尔夫人和罗朗都没有注意到阿梅莉出去了；他们正在进行一场严肃的谈话。

蒙特凡尔夫人想说服罗朗第二天不要把他的弟弟带去打猎；而罗朗呢，在对她解释，命中注定要像他父亲和哥哥一样当兵的爱德华，尽早接触武器，和火药和子弹作伴，对他是只有好处没有坏处的。

他们的争论还没有结束，爱德华胸前挂着他的小马枪回来了。

"你看，哥哥，"他转身向罗朗说，"你看看爵爷送给我的漂亮的礼物。"

他用眼光感谢约翰爵士，爵士站在门口找阿梅莉，可是没有找到。

这的确是一件漂亮的礼物：这件英国风格的武器没有什么装饰，形式简单，制作极为精良；就像那两把罗朗欣赏过它们的准确性的手枪一样，是门顿工场的产品，里面装着一颗二点四毫米的子弹。这支小马枪大概是为一个女人定制的，这是很容易看出来的：枪柄短，枪托底板衬着天鹅绒；这支枪最初的用途使它成了一件完全符合一个十二岁的孩子身材的武器。

罗朗从小爱德华的肩上取下了这支小马枪，用行家的眼光端详了一会儿，试试机件，举枪瞄准，从一只手里抛到另一只手里，随后又还给爱德华。

"再一次谢谢爵爷，"他说，"你这支小马枪是专门为一位王子制作的；我们去试试。"

三个人都出去试约翰爵士的小马枪，留下伤心的蒙特凡尔夫人，她就好像是看到阿喀琉斯在她的裙袍下面抽出了尤利西斯^①的宝剑的忒提斯^②一样。

　　一刻钟以后，爱德华喜气洋洋地回来了；他把一张像帽子圆顶大小的纸板带回给他母亲看，在五十步远的地方，他向这张纸板打了十二发子弹，中了十发。

　　两个大人还在花园里一边谈话一边散步。

　　蒙特凡尔夫人听着爱德华的稍微有点儿夸大的丰功伟绩；随后她带着做母亲的深沉而神圣的忧郁瞧着爱德华，对母亲来说，光荣抵偿不了因为得到它而洒下的鲜血。

　　唉！看到这种盯在他身上的目光而不能永远记住它，这个孩子有多么忘恩负义啊！

　　随后，在这样痛苦地注视了几秒钟以后，她把她的小儿子紧紧地抱在胸前。

　　"你也一样，"她失声痛哭，一面轻轻地说，"你也一样，你有一天将抛弃你的母亲。"

　　"是的，我的母亲，"孩子说，"不过是为了要成为像我父亲一样的将军，或者是为了成为像我哥哥一样的副官。"

　　"为了像你的父亲一样让人杀死，或者像你哥哥一样，也许会让人杀死。"

　　因为在罗朗身上发生的这种奇怪的变化，没有能逃过蒙特凡尔夫人

---

① 尤利西斯：即希腊神话中的英雄奥德修斯。
② 忒提斯：希腊神话中涅柔斯和多里斯的女儿，珀琉斯的妻子，阿喀琉斯的母亲。

的眼睛，所以在其他的不安之上又增添了一种新的不安。

在那些其他的不安之中，阿梅莉的沉思默想和苍白的脸色也是一种造成不安的原因。

阿梅莉十七岁了；她年轻的时候是一个爱说爱笑的孩子，身体也非常健康。

父亲的死给她欢乐的童年蒙上一层阴影；可是这就像春天的风暴一样很快就过去了：微笑，这生命的晨曦又回来了，就像大自然中的阳光一样，照透了这被称为眼泪的心灵的露水。

随后有一天——大概在六个月以前——阿梅莉的额头阴沉下来了，她的脸色苍白起来了；就像路过的鸟儿在雾天来临时远走高飞一样，孩子嘴上的笑意不见了，由于笑口不开，她那副雪白的牙齿再也见不到了。

蒙特凡尔夫人已经问过她女儿发生这种变化的原因了，可是阿梅莉声称她还是和以前一样：她尽力装出笑脸，就像一块石子扔在湖里，激起了几圈涟漪，随后就消失了；由于母亲的担忧而装出来的笑意也慢慢在阿梅莉的脸上消失了。

由于做母亲的奇妙的本能，蒙特凡尔夫人曾经想到过这会不会是爱情的缘故；可是谁会爱阿梅莉呢？黑色喷泉府从来也没有人上门；政治动荡把社交活动都破坏了，而且阿梅莉从来不一个人出门。

蒙特凡尔夫人只能一味地猜测而已。

罗朗的回来有一会儿给了她一些希望；可是当她看到阿梅莉知道她哥哥回来时的表情，她这种希望很快就成了泡影。

大家还记得，跑来欢迎罗朗的不是一个妹妹，而是一个幽灵。

自从她儿子回来以后，蒙特凡尔夫人一直在冷眼旁观看着阿梅莉，她对年轻军官的出现在他妹妹身上引起的反应感到既吃惊又痛苦，这种反应几乎是一种害怕的感情，过去阿梅莉注视罗朗时，眼光中充满了柔情，而现在似乎带有某种恐惧。

还在一会儿以前，阿梅莉不就一有机会就回到楼上她房间里去了吗？这个房间仿佛是她在这个府邸里唯一感到可以自由自在的地方，半年以来，她的大部分时间就是在这个房间里度过的。

只有午餐的钟声才能使她走下楼来，而且还要等到敲第二次钟时她才走进饭厅的门。

我们已经讲过，罗朗和约翰爵士参观了布尔城，为第二天打猎做准备，这一天就这么过去了。

第二天早上到中午要把猎物赶出树林；从中午到晚上，要进行围猎。米歇尔是一个狂热的违禁打猎者，就像小爱德华对他的哥哥讲过的那样，由于扭伤了脚坐在椅子上起不来。他一听到要打猎就觉得伤痛好些了，他爬上一匹给府里送信的小马去圣茹斯特村和蒙塔涅村，请人一起参加把猎物轰赶出树林的工作。

他呢，既不去轰赶猎物，也不参加围猎，而是和约翰爵士和罗朗的狗群和马匹，还有爱德华的小种马待在一起，几乎就待在只有一条大路和两条小径可通的树林中间。

赶野兽出树林的人不参加围猎，他们将带着被射死的野味回府里来。

第二天清晨六时，赶野兽出树林的人来到大门口。

米歇尔要等到十一点钟再和狗、马一起动身。

黑色喷泉府紧靠着赛荣树林；因此只要一出栅栏门就可以马上进行打猎。

由于轰赶猎物的打猎方式尤其适用于黄鹿、狍子和野兔，所以应该恰到好处地进行。罗朗给爱德华一支单响猎枪，这支枪他自己在孩子时使用过，也是他初次作战时使用的武器，他对孩子是否谨慎信心不足，不敢把一支双响的猎枪交给他。

至于约翰爵士前一天给他的那支小马枪，枪管里是有膛线的，只能装子弹。因此它被交托给米歇尔，让他拿在手里，如果从树林里轰出一只野猪，那么再交给孩子来完成打猎的第二部分。

在进行打猎的第二部分时，罗朗和约翰爵士也将变换枪支，他们将使用双响的马枪，和尖锐得像匕首、锋利得像剃刀一样的猎刀，这些猎刀也是约翰爵士武器库里的一部分，它们可以毫无妨碍地挂在身边，或者旋在枪管上作刺刀使用。

在轰赶猎物出树林的阶段，看得出这次打猎兆头不坏：已经打死了一只狍子和两只野兔。

到中午时分，又打死了三只黄鹿，七只狍子和两只狐狸，还看到过两只野猪；可是，它们尽管挨到了几颗大型子弹，只不过抖了抖身子便跑掉了。

爱德华简直高兴死了：他打死了一只狍子。

那些帮助驱赶野兽的人，拿到了预先讲好要给他们的优厚报酬，带着已经猎获的野兽被打发到府里去了。

有人吹起了号角，想知道米歇尔在哪儿；米歇尔作了回答。

十分钟不到，三个猎人和园丁、狗群、马匹会合了。

米歇尔知道有一只公野猪在什么地方；他叫他的大儿子引它改变了方向：它在离猎人们一百步远的一个围猎区里面。

雅克——米歇尔的大儿子——驱使那群狗的首领巴尔皮雄和拉伏特在围猎区里追逼那头野猪；五分钟以后，野猪被逼进了它的老窝里。

本来可以马上杀死它，或者至少可以向它射击，可是这样的话打猎就结束得太早了；于是把整个狗群都放了出去，追逐野猪，野猪看到这一大群小家伙向它冲来，便一路小跑逃走了。

野猪穿过大路；罗朗吹起发现猎物的号角，因为野猪想朝赛荣修道院那个方向逃，三个骑士便沿着一条横穿树林的小径向前奔去。

野猪一直抵抗到傍晚五点钟，又回到原来的路上，因为它不敢离开这个枝叶繁茂的树林。

最后，到五点钟光景，从剧烈而众多的狗吠声判断，野猪和狗群遭遇上了。

那是在离附属修道院那个小楼一百来步的地方，在树林中地形最险恶的去处，在这儿不可能骑马去找野猪，大家下马步行。

猎人们随着狗吠声走去，树林里道路难走，他们不可能直线行进，狗吠声可以使他们不偏离方向。

不时传来哀号声，说明有哪一只进攻的狗过于大胆，向前冲得太靠近野猪，并为它的冒险付出了代价。

在离这场狩猎悲剧的舞台二十步远的地方，猎人们开始看到组成这次演出的角色。

公野猪的后身紧靠一块岩石，这样可以避免身后受到攻击；它用力撑住两只前爪，头上一对血红的眼睛，嘴里两只巨大的獠牙对着那群狗。

群狗在它前面，周围，贴着它来回逡巡，就像一张起伏不定的地毯。

五六只伤势程度不同的狗在战场上留下斑斑血迹，可是对野猪的攻势丝毫无减，它们进攻时的激烈程度，完全可以给最勇敢的人作榜样。

猎人们全都来到了这一场混战的前面，他们所处的位置根据他们的年龄、性格和国籍而各有不同。

爱德华是最冒失的，同时又是身材最小的，因此有些障碍对他不起作用，他首先到达了目的地。

罗朗根本不把危险放在心上，不管碰到什么危险，他都是迎向前去，而决不会逃跑的，因此他跟在爱德华后面来到了。

最后是约翰爵士，他走得比较慢，步履比较庄重，考虑比较周到，他是第三个抵达的。

野猪看到了猎人，它似乎对那些狗完全丢置脑后了。

它血红的直楞楞的眼睛盯着猎人们看，唯一的动作是牙床骨的动作，它恶狠狠地磨擦它的上下颚，发出可怕的格格声。

罗朗对眼前这幅景象看了一会儿，心里有一股强烈的欲望想扑上前去，手拿猎刀在狗群中割断野猪的喉咙，就像一个屠夫宰一头小牛，一个肉铺老板杀一头普通的猪一样。

他那跃跃欲试的神气非常明显，因此约翰爵士一把拉住了他的胳膊，这时候小爱德华说道：

"啊！我的哥哥，让我来射野猪吧！"

罗朗克制了自己。

"那么，好吧，"他说，一面把他的猎枪搁在一棵树上，手里只拿着他那把从刀鞘里拔出来的猎刀，"开枪打它，要当心一些！"

“啊，放心好啦，”孩子说，他牙齿咬得紧紧的，脸色苍白，但是很坚定，一面举起他的小马枪的枪管对着野猪。

“如果您打偏了，或者只是打伤了它，”约翰爵士关照说，“您知道，眼睛一眨，这头野猪就会扑到我们身上来。”

“这我知道，爵爷；不过，这种打猎我已经习以为常了，”罗朗回答说，他鼻孔鼓涨，目光炯炯，嘴唇微张，“爱德华，放！”

命令刚下，子弹已经射出去了；可是就在子弹打出去的同时，也许还在子弹打出去之前，野猪已经迅如闪电般地向孩子扑来。

这时响起第二次枪响；随后，在一片烟雾之中，可以看到野猪血淋淋的眼睛闪闪发光。

可是，就在野猪冲过来时，它在半道上遇到了单膝跪地，手握猎刀的罗朗。

一刹那间，一团分不清形状的混杂的东西滚倒在地，人和野猪，野猪和人混成一体了。

随后是第三下猎枪的声音，接着是罗朗的大笑声。

“啊！爵爷，”年轻的军官说，“您浪费了火药和子弹；您没有看到野猪已经杀死了吗？不过，请把它搬开，这家伙有四百斤重，我被它压得气也喘不过来了。”

约翰爵士还没有弯下腰去，罗朗的肩膀用力一顶，已经使野猪的尸体滚到一边去了，罗朗又站了起来，浑身是血，可是连皮也没有蹭破一块。

小爱德华也许是来不及，也许是因为他勇敢，连一步也没有后退。刚才他哥哥冲到他前面，用身子把他完全挡住了。

约翰爵士已经跳到旁边，让野猪滚过去，他带着上一次看他决斗以后的惊奇神色，瞧着在这第二次决斗以后的精神焕发的罗朗。

那些狗——指剩下来的那二十来条狗——一直紧盯着野猪，这时一下子全扑到它的尸体上去，想去撕碎那鬃毛密立的像铁一样坚硬的野猪皮，但却徒劳无功。

"您去看看，"罗朗说，一面用一块细麻布手帕擦拭着他沾满血迹的手和面庞，"您去看看，它们要把野猪吃掉了，连您的刀也会一起吃掉的，爵爷。"

"是吗，"约翰爵士问，"刀呢？"

"在它的身子里面。"

"啊！"孩子说，"只有刀柄露在外面。"

说完，他冲到野猪尸体上，把猎刀拔了下来，这柄猎刀果然像孩子所说的那样，深深地埋在它的肩窝里，只剩下刀柄露在外面。

一只有力的手，靠一双镇定自若的眼睛，把锋利的刀尖一直插到它的心上。

野猪身上还另有三处伤口。

第一个伤口是孩子射出的子弹造成的，野猪眼睛上面一条血痕说明了伤口所在，可是子弹太小，打不穿它的额骨。

第二个伤口是约翰爵士打的第一枪引起的；子弹是从侧面打过去的，划破了它的胸口。

第三下是枪口顶着它打的，把它的身子打穿了，可是就像罗朗刚才所说的，那时候野猪已经死了。

LES
COMPAGNONS DE JÉHU

·第十四章·
危险的差使

打猎结束了，夜幕降临，要打道回府了。

马匹就在五十来步以外；可以听到它们不耐烦的嘶叫声；似乎在询问人们是不是怀疑它们的勇敢，所以才不让它们参加刚刚结束的那一场悲剧。

爱德华说什么也想把野猪拖到马匹那儿，搁在马屁股上，带回到府邸里去；可是罗朗告诉他，回去以后再派两个人带一副担架来抬它要方便得多；约翰爵士也是这个意见，爱德华——他不断地指着野猪头上的伤口说，"这一枪是我打的，是我打的；我就是瞄准那儿的！"——我们说，爱德华好不容易才听从了大多数人的意见。

三个猎人来到拴马匹的地方，骑上了马，十分钟不到，他们回到了黑色喷泉府。

蒙特凡尔夫人在台阶上等他们；可怜的母亲站在那儿已经有一个多小时了，心惊肉跳地唯恐她哪一个儿子遭到不测。

爱德华从远处一看见她，便策马飞奔，向栅栏门里面叫道：

"妈妈！妈妈！我们打死了一头野猪，大得像一头驴子一样；是我，是我打中了它的脑袋，你会看到我那颗子弹打的窟窿眼的；罗朗的猎刀一直插进了它的肚子里，只剩下了刀柄；爵爷打了它两枪。快！快！派人去找它。看到罗朗浑身是血不要害怕，妈妈，那是野猪的血；罗朗可是一点儿伤也没有。"

爱德华讲这些话就像平时一样迅速流利，这时候蒙特凡尔夫人穿过台阶到门口大路之间的空地去打开栅栏门。

她想用双臂去接孩子下马，可是爱德华一下子就跳到地上，又从地上扑进了她的怀里，搂住了她的脖子。

这时候，罗朗和约翰爵士来了，同时，阿梅莉也出现在台阶上。

爱德华让他的母亲提心吊胆地去关心罗朗——罗朗身上沾满了血迹，看上去非常怕人——自个儿跑到他姐姐那儿去讲他刚才讲给他母亲听的故事。

阿梅莉听他讲话时有点儿心不在焉，这种表情肯定损害了爱德华的自尊心，因为爱德华一下子又冲进了厨房，把这些事情讲给米歇尔听，他知道米歇尔肯定会专心听他讲的。

果然，米歇尔听得津津有味；可是，当爱德华讲到野猪躺的地方，并以罗朗的名义，通知他去找几个人把野猪抬回来时，他摇了摇头。

"咦，怎么啦！"爱德华问，"你不服从我哥哥的命令吗？"

"天主保护我，爱德华先生，雅克马上就到蒙塔涅村去。"

"你怕他找不到人吗？"

"啊！他十个人也找得到；可是由于现在这个时间，由于野猪被打死的地点……您说那地方靠近修道院那座楼吗？"

"离那儿二十步远。"

"我宁愿离那儿一法里远，"米歇尔搔着脑袋回答说，"不过，管他呢：还是可以派人去找的，不对他们说是为了什么事情。只要他们一到这儿，啊，天啊，那就可以让您的哥哥去安排他们了。"

"好！好！让他们来，我来安排他们，我！"

"啊，"米歇尔说，"如果我没有倒霉，脚扭伤了，我就自己去；不过今天这一天过下来，我要好多了，雅克！雅克！"

雅克来了。

爱德华不仅仅等着米歇尔下令要那个小伙子去蒙塔涅，而且一直等到他动身。

随后他上楼去干约翰爵士和罗朗所干的事情，也就是说，去洗澡换衣服。

可以想象，饭桌上讲的全是当天的丰功伟绩，爱德华对讲这些事情真是求之不得；而约翰爵士，他对罗朗的勇气、机灵和运气赞美不已，更在孩子的叙述中添油加醋。

蒙特凡尔夫人听到每一个细节都要打一个寒战，可是她又要人家把这些细节重复上一二十次。

她觉得所有这一切，归根到底，最明显不过的是，罗朗救了爱德华的命。

"你没有好好谢谢他吗？你至少应该这样做。"她问孩子。

"谢谁？"

"大哥哥呗。"

"为什么要谢他？"爱德华说，"难道我没有像他一样干吗？"

"有什么办法呢，夫人？"约翰爵士说，"将门无犬子，您生下的是两头狮子。"

阿梅莉对这些事也相当注意，特别是在当她听到猎人们接近修道院的时候。

从那时候起，她就全神贯注地倾听着，眼神不安，一直听到这三位猎人，在打死了野猪以后，没有想再进入树林，又重新骑上马回来，她才舒了一口气。

到晚餐结束的时候，有人来通知说，雅克带着蒙塔涅的两个农民回来了；两个农民详细询问猎人们扔下野猪的确切的地点。

罗朗站起身来想去告诉他们；可是蒙特凡尔夫人看儿子是永远看不够的，她回头对来通知的人说：

"请那两位正直的人进来，"她说，"罗朗用不到为了这些小事离开这儿。"

五分钟以后，两个农民进来了，手里卷弄着他们的帽子。

"我的孩子们，"罗朗说，"是这么回事，我们在赛荣树林里打死了一只野猪，现在要去找它，把它抬回来。"

"这可以办到。"一个农民回答说。

一面他用眼光询问他的伙伴。

"这当然可以办到。"他的伙伴回答说。

"请放心，"罗朗接着说，"你们不会白干的。"

"啊！这我们很放心，"一个农民说，"我们知道您的为人，蒙特凡尔先生。"

"是的，"另一个农民回答说，"我们知道，您和老太爷脾气不一样，不会叫人白干活的。唉！如果所有的贵族都像您一样，那么也许就不会发生革命了，路易先生。"

"是啊，也许就不会发生革命了，"另一个农民说，他仿佛是来做伙伴的应声虫的。

"现在要知道的是野猪在哪儿。"第一个农民说。

"是的，"第二个农民又说了一遍，"要知道的是它在哪儿。"

"哦！要找到它并不难。"

"那太好了！"农民说。

"你们很熟悉树林里那个小楼吧？"

"哪个小楼？"

"是啊，哪个小楼？"

"和赛荣修道院相连的那座小楼。"

两个农民面面相觑。

"那么，你们可以在离小楼正面二十步的热努树林那一边找到那头野猪。"

两个农民又相互对视了一下。

"唔！"一个农民说。

"唔！"另一个农民，他伙伴的不折不扣的传声筒应声说。

"怎么样，嗯？"罗朗问。

"天啊……"

"喂，说啊，怎么样？"

"怎么样，我们宁愿它在树林的另一头。"

"怎么，在树林的另一头？"

"是这么回事，"另一个农民说。

"可是为什么要在树林的另一头呢？"罗朗不耐烦地说，"从这儿到树林的另一头有三法里，而从这里到打死野猪的地方几乎连一法里也不到。"

"是的，"第一个农民说，"那是因为打死野猪的地方……"

他搔搔脑袋不说下去了。

"对啊，就是这么回事！"第二个农民说。

"究竟是怎么回事！"

"这个地方离修道院有点儿太近了。"

"不是修道院，我对您说的是小楼。"

"这是一回事，您很清楚，路易先生，据说在小楼和修道院之间有一个地道相通。"

"哦！有一个地道，肯定有。"第二个农民说。

"那么，"罗朗说，"修道院，小楼以及地道，和我们的野猪有什么关系呢？"

"关系嘛，野猪所在的地方不好，就是这么回事。"

"啊，是啊！地方不好。"第二个农民说。

"啊！你们讲讲清楚，到底是怎么回事，你们这两个怪家伙。"罗朗有点儿火了，这时候他母亲开始担心起来，阿梅莉的脸色明显发白。

"对不起，路易先生，"农民说，"我们不是怪家伙，我们是害怕天主的人；就是这么回事。"

"啊！天杀的！"罗朗说，"我也害怕天主，那又怎么样呢？"

"那就是说，我们不想跟魔鬼发生什么纠纷。"

"不想，不想，不想。"第二个农民说。

"和同类打交道，"第一个农民说，"一个人就顶一个人。"

"有时候一个人还可以顶两个人，"第二个农民说，他的身材像赫拉克勒斯①一样。

"可是和超自然的东西，和幽灵，和鬼魂打交道，不，谢谢！"第一个农民接着说。

"谢谢！"第二个农民又说了一遍。

"啊，我的母亲；啊，我的妹妹，"罗朗问这两个女人，"以上天的名义，你们懂不懂这两个笨蛋在讲些什么东西？"

"说我们是笨蛋！"第一个农民说，"这有可能，可是皮埃尔·马莱只不过因为从修道院墙上往里面张望一下，他的脖子便给拧断了，这件事可假不了，当然那天是星期六，是巫魔夜会的日子。"

"而且他的脖子从此就没有扭回来，"第二个农民作证说，"因此他下葬的时候，脸只能朝后，让他始终看着发生在他后面的事情。"

"啊！啊！"约翰爵士说，"事情变得有趣起来了，我太喜欢听鬼故事了。"

"好！"爱德华说，"爵爷，您好像跟我的阿梅莉姐姐大不相同。"

"为什么这样说？"

"请看，罗朗哥哥，她脸色有多白啊。"

"真的，"约翰爵士说，"小姐似乎要晕过去了。"

---

① 赫拉克勒斯：希腊神话中的英雄，神勇无敌。

"我吗？没有的事。"阿梅莉说，"不过，您不觉得这儿有点儿太热吗，我的母亲？"

阿梅莉擦着她满头的汗。

"我不觉得。"蒙特凡尔夫人说。

"不过，"阿梅莉坚持说，"如果我不怕您感到不舒服，妈妈，我想请求您允许我打开窗子。"

"打开吧，我的孩子。"

阿梅莉急忙站起来去做她母亲答应她做的事情，她跟跟跄跄地走去打开一扇朝向花园的窗子。

窗子打开了，她背靠在窗栏杆上，一半躲在窗帘后面。

"啊！"她说，"这儿至少可以透透空气。"

约翰爵士站起来，向她递过去一瓶嗅盐，可是阿梅莉忙不迭地说：

"不，不，爵爷，"阿梅莉说，"我感谢您，我好多了。"

"喂，喂，"罗朗说，"问题不在这儿，而在于我们的野猪。"

"好吧，您的野猪，路易先生，我们明天去找。"

"是啊，"第二个农民说，"明天早上，天一亮就去。"

"那么，今天晚上去呢？……"

"哦！今天晚上去……"

农民瞧了瞧他的伙伴，两个人同时摇摇头说：

"今天晚上去，那是不可能的。"

"胆小鬼！"

"路易先生，一个人害怕并不就是胆小鬼。"第一个农民说。

"不是的，一个人害怕并不就是胆小鬼。"第二个农民回答说。

"啊！"罗朗说，"我真想有一个比您勇敢些的人来支持您的说法，'害怕并不就是胆小鬼'。"

"天啊，这要根据一个人怕的东西来看，路易先生：只要有人给我一把锋利的砍柴刀和一根结实的木棍，我就不会害怕一只狼；只要有人给我一把好枪，我就不会害怕一个人，即使我知道这个人在等着谋害我也不怕。"

"是的，"爱德华说，"可是一个鬼魂呢，即使是一个修士的鬼魂，你也怕，是吗？"

"我的小少爷爱德华，"农民说，"请让您的哥哥路易先生讲；您还太小，不可以拿这些事开玩笑的，不可以的。"

"不可以的，"另一个农民接着说，"请等您下巴上长了胡须再说，我的小少爷。"

"我下巴上是没有胡须，"爱德华站起来回答说，"可是假如我的力气可以扛得起那只野猪的话，我就要一个人去找，不管是白天还是黑夜。"

"愿您成功，我的小少爷；不过我的伙伴和我要对您说，即使给我们一个路易，我们也不会去的。"

"要是给两个路易呢，"罗朗说，他想逼他们一下。

"两个也不去，四个也不去，十个也不去，蒙特凡尔先生，十个路易当然是很不错的；可是如果我的脖子扭断了，我拿您十个路易干什么用呢？"

"是的，脖子扭断了，像皮埃尔·马莱一样。"第二个农民说。

"我妻子和孩子总不能靠您这十个路易过一世吧，是吗？"

"而且，您说十个路易，"第二个农民接着说，"实际上只有五个，因为其中有五个是给我的。"

"那么说，小楼里出鬼了吗？"罗朗问。

"我不是说小楼——小楼里有没有我不敢肯定——可是在修道院里……"

"在修道院里，你肯定有吗？"

"啊，是的，我敢打包票。"

"你看见的吗？"

"不是我，可是有人看见的。"

"你这位伙伴吗？"年轻军官回头看着另一个农民。

"我没有看见鬼，我看见有火光；还有克洛德·菲利蓬，他听见有锁链的声音。"

"啊！有火光和锁链的声音？"罗朗问。

"是的！火光是我看见的。"第一个农民说。

"而锁链的声音是克洛德·菲利蓬听见的。"第一个农民又说。

"太好了，我的朋友们，太好了。"罗朗用一种嘲弄的语气说，"那么，随便出什么价钱，你们今天晚上都不去吗？"

"随便出什么价钱都不去。"

"把全世界的金子都给我也不去。"

"那么你们明天早上去？"

"哦，路易先生，在您起身以前，野猪就在这儿了。"

"在您起身以前野猪就在这儿了。"应声虫说。

"那么，"罗朗说，"你们后天再来见我。"

“非常愿意，路易先生： 来干什么呢？”

“你们来就是了。”

“啊，我们会来的。”

“那就是说，只要您对我们说‘来！’，您就可以放心，我们是一定
会来的，路易先生。”

“那么，我，我会给你们一些非常确实的消息。”

“谁的消息？”

“鬼魂的消息。”

阿梅莉忍不住叫了一声；只有蒙特凡尔夫人听到她的叫声，路易打
手势向两个农民告别，他们走到门口相互撞了一下，因为他们想同时走
出门去。

那天晚上剩下的时间，没有人再谈到修道院，小楼，和经常在那儿
出没的不可思议的客人——幽灵或者鬼魂。

·第十五章·
坚强的灵魂

钟敲十点钟，黑色喷泉府内所有的人都睡了，或者至少可以说，每个人都回到自己的房间里去了。

那天晚上至少有两三次，阿梅莉走近罗朗，仿佛有什么话要对他说；可是每一次话到嘴边又缩了回去。

在大家离开客厅的时候，她靠在他的胳膊上，虽然罗朗的房间在她上面一层，她还是陪着罗朗一直走到他的房间门口。

罗朗抱吻了她，祝她晚安，说自己很累，随后关上了房门。

尽管罗朗这么说，他回到房间里以后，却没有进行睡前的梳洗；他在他的武器陈列架上取下一对漂亮的优质枪，这对枪是凡尔赛工场的产品，是国民公会赠给他父亲的，他试了试枪机击铁，向枪管里吹吹气，看看有没有装着子弹。

两把枪的情况良好。

随后，他把这两把枪并排放在桌子上，走去轻轻打开房门，看看楼梯那边有没有人在窥探；看到走廊里和楼梯上杳无一人，他就去敲约翰爵士的房门。

"请进。"英国人说。

约翰爵士也还没有开始他的睡前梳洗。

"您刚才向我打了一个手势，我懂得您有话对我说，"约翰爵士说，"所以您看，我在等您。"

"我的确有点儿事情要告诉您。"罗朗高高兴兴地躺倒在一把扶手椅里说。

"我亲爱的主人，"英国人说，"我开始对您有所了解了，因此，只要我看到您像现在这样高兴，我就像您的农民一样，我感到害怕。"

"您听到了他们讲的事情吗？"

"也就是说，他们讲了一个离奇的鬼故事。我在英国有一座古堡，那儿也有鬼魂出现。"

"您亲眼看见的吗，爵爷？"

"是的，在我小时候；不幸的是，自从我长大以后，它们就从此不见了。"

"鬼魂就是这样的，"罗朗兴高采烈地说道，"它们来无影，去无踪；多好的机会，嗯！我正巧在赛荣修道院出现鬼魂的时候来到这里！"

"是啊，"约翰爵士说，"这是很巧的；不过，您能不能肯定有鬼魂？"

"不能肯定，可是，到后天，我就会搞清楚了。"

"怎么会呢？"

"我打算明天晚上到那儿去过夜。"

"噢！"英国人说，"您愿不愿意让我和您一起去？"

"这当然很好，爵爷；可是很不幸，这是不可能的。"

"不可能的，哦！"

"就像我有幸跟您说的一样，我尊敬的客人。"

"为什么不可能？"

"您知道鬼魂的习惯吗，爵爷？"罗朗一本正经地问道。

"不知道。"

"那么我告诉您，我知道：鬼魂只在某些条件下才会出现。"

"请向我解释一下。"

"是这样的，喂，爵爷，比如说，在意大利，在西班牙，那些最最迷信的国家里，是没有鬼魂的；或者说，如果有的话，啊，啊，那也得每十年、二十年，或者一百年才出现一次。"

"那么您认为为什么那儿没有鬼魂呢？"

"因为那些地方没有雾，爵爷。"

"噢！噢！"

"一定是这个原因；您当然知道，鬼魂需要的空气，就是雾；在苏格兰，在丹麦，在英国，那些地方都是雾的国家；到处鬼蜮横行，有哈姆雷特①父亲的鬼魂，有班柯②的鬼魂，有被理查三世③屈死的鬼魂。

---

① 哈姆雷特：英国莎士比亚（1564—1616）的名剧《哈姆雷特》中的人物，讲的是丹麦王子哈姆雷特为父王报仇的事，剧中曾出现哈姆雷特父亲的鬼魂。
② 班柯：莎士比亚名剧《麦克白》中的人物，因被奸臣麦克白谋害，曾多次显形。
③ 理查三世（1452—1485）：英国约克王朝末代国王（1483—1485），是一个杀人如麻的暴君。

在意大利，只有恺撒一个鬼魂，而且他是在什么地方向布鲁图显现的呢？在马其顿王国的腓立比①，在色雷斯②，也就是说在希属丹麦地区，在苏格兰东部地区，那儿的雾竟然能使奥维德③心情忧郁得把他写的诗集题名为《悲歌》。为什么维吉尔让安喀塞斯的鬼魂出现在埃涅阿斯面前④？因为维吉尔是芒杜人，您知道芒杜吗？一个沼泽地区，一个真正的青蛙的乐园，一个风湿病的天堂，烟雾弥漫，因此，是一个鬼窝！"

"请继续讲下去，我听着。"

"您去过莱茵河两岸吗？"

"去过。"

"德国，去过吗？"

"去过。"

"那也是一个到处有仙女、水神、气精的地方，因此也是鬼魂出没之地（神仙都有了，精灵当然更不用说了），所有这一切都是因为有雾的关系。可是，在意大利，在西班牙，您要这些鬼魂逃到哪儿去呢？连一丝雾气也没有。因此，要是我现在在西班牙或者意大利的话，我就不会去尝试做明天的探险。"

"您讲的这一切没有告诉我为什么您不让我陪您明天一起去。"约

---

① 腓立比：马其顿王国的城市，与色雷斯接界，公元前四十二年，安东尼和屋大维在此击败布鲁图。

② 色雷斯：欧洲东南地区，现属希腊、土耳其、保加利亚三国。

③ 奥维德（前43—约公元17）：古罗马诗人，代表作《变形记》；《悲歌》是他的重要作品。

④ 这一故事出现在维吉尔的史诗《埃涅阿斯纪》中，安喀塞斯是特洛伊英雄埃涅阿斯的父亲，在此故事中，埃涅阿斯曾游历地府，亡父安喀塞斯的灵魂向他预示了罗马的未来。

Les Compagnons De Jehu

翰爵士一定要问到底。

"请等等：我已经向您解释过为什么鬼魂不敢到某些地方去，因为它们在那里找不到某些气候条件；现在让我来向您解释一下，如果想看见它们，必须具备哪些条件。"

"请解释！请解释！"约翰爵士说，"说真的，我最喜欢听您的讲话，罗朗。"

约翰爵士也躺坐在一把扶手椅上，准备洗耳恭听这个难以捉摸的怪人的妙论，这个人他刚认识不过五六天，可是给他的印象简直是五花八门。

罗朗弯了弯身子表示感谢。

"好吧，是这么回事，您会明白的，爵爷：我这一生听到的鬼故事真是够多的了，我知道这些家伙，就像是我把它们制造出来的一样。为什么会有鬼魂出现？"

"您是问我吗？"

"是的，我问您。"

"我向您承认，因为我不像您那样对鬼魂有研究，我大概不能给您一个满意的答复。"

"您完全知道！我亲爱的爵爷，鬼魂出现是为了吓唬一下看见它们出现的人。"

"这是无可争辩的。"

"当然啰！如果不是它们吓唬看见它们的人，那么就是看见它们的人吓唬它们：德·蒂雷纳①先生就是证明，他那些鬼魂都是些伪币制造

_____

① 蒂雷纳（1611—1675）：法国元帅。

者。您知道这个故事吗？"

"不知道。"

"我过几天再讲给您听；我们别争了。这就是为什么在它们出现的时候——这种情况是很少的——这就是为什么鬼魂总是选择雷电交加，狂风大作的暴风雨之夜出现的原因：这是它们登台表演的时候。"

"我不得不承认这一切是再正确不过的了。"

"请等等，在某些刹那之间，即使一个最勇敢的人也会感到毛骨悚然的；在我还没有生动脉瘤的时候，我一看到在我头上闪耀起军刀的光芒，或者耳边响起大炮的轰鸣，我就有这样的感觉，这种情况我曾碰到过几次。当然，自从我得了动脉瘤以后，哪儿有电光闪闪我就往哪儿冲，哪儿有雷声隆隆我就往哪儿跑；不过我有一个机会：那就是鬼魂不知道这一切，那就是鬼魂以为我会感到害怕的。"

"而这却是不可能的，是不是？"约翰爵士问。

"有什么办法呢！如果一个人不怕死，反而想找死——不管是否合乎情理——我不知道他还有什么可以怕的。不过，我再向您重复一遍，那些知道很多事情的鬼魂很可能对此一无所知。不过，它们有一点是知道的：恐怖感觉是随着一个人看见和听见的外界事物而增强和减弱的。因此，比如说，鬼魂比较喜欢在什么地方出现呢？在阴暗的地方，在公墓里，在古老的修道院里，在废墟里，在地道里，因为这些地方的外形已经使人不寒而栗。它们出现之前会发生什么事情？锁链的声音，呻吟声，叹息声，因为这一切都使人心里不舒服。它们决不会来到光天化日之下，也不会出现在一支四组舞曲之后；不，恐惧是一个一级一级往下跨的深渊，一直到您头晕目眩，一直到您脚下打滑，一直到您闭着眼睛跌到悬崖峭壁下面。因此，您可以看看所有那些描写鬼魂出现的故事，鬼魂出现以前会发生什么事情：起先天暗下来了，雷声隆隆，风声凄厉，窗子门扉格吱吱地响；灯——如果在它们要去吓他的那个人的房间里有一盏灯的话——灯芯哔哔剥剥地响，慢慢暗下去，熄灭了；漆黑一片！这时候，在黑暗之中，响起了哀叹声，呻吟声，锁链声，最后门开了，鬼魂出现了。我应该说，所有鬼魂——不是我亲眼看见的，而是在书本中看到的——出现的情况都是这样大同小异的。嗯，是不是这样的，约翰爵士？”

“完全正确。”

“您有没有看到过有两个人一起看到鬼魂出现的事情？”

“是啊，我从来也没有在书上看到过，也没有听说过。”

“这很简单，我亲爱的爵士：您知道，两个人就不觉得害怕了；害怕是一种神秘的、奇怪的事情，它不受自己意志的控制；要害怕，必须要离群、黑暗、孤独。一个鬼魂并不比一颗炮弹危险。那么，在大白天，一个士兵和他的弟兄们在一起，感到身边有同伴的胳膊肘，难道他会害怕一颗炮弹吗？不会的，他会勇往直前地向炮弹走去，他会被打死，或者打死别人：这是鬼魂所不愿意的。因此鬼魂不会出现在两个人面前，所以我要一个人到修道院去。爵爷；您如果去，也许会使最果断坚决的鬼魂避不见面的。如果我什么也没有看到，如果我看到的是不值一提的事，那么，后天您去。这样安排您觉得合适吗？”

“太好了！可是为什么我不能第一个去呢？”

“啊！首先因为您没有转到这个念头，念头是我想出来的，我应该有一点点小小的优先权；其次，因为我是本地人，我跟那些死去的好心的修士活着时有关系，有了这层关系，那么它们又多了一个在我面前死后显形的可能。最后，因为我熟悉地形，如果要逃、要追、要进攻、要撤退，我都要比您有利。您觉得这一切讲得对不对，我亲爱的爵爷？”

“讲得再对也没有了，就这么办；可是我，我在您去过以后第二天再去吗？”

“第二天，第三天，随便哪一天，随便哪一个晚上，都随便您；我所坚持的是我要先去。现在，”罗朗站起来接着说，“这是我们两个人之间的事，对吗？一句话也别对旁人说，不管是谁。否则也许会被鬼魂知道而采取相应措施。我们可不能被这些家伙耍了，这可太滑稽了。”

“请放心，您要带武器去的，是吗？”

“如果我相信和我打交道的只是些鬼魂，我将什么也不带，双手插在口袋里到那儿去；可是，就像我刚才跟您讲的，我想起了德·蒂雷纳先生的制造伪币的人，所以我要带手枪去。”

“要不要带我的去？”

“不，谢谢，您那几把，尽管是好枪，我几乎已经决定永远也不再使用它们了。”

随后，他带着一种难以表达其辛酸味的微笑接着说：“它们给我带来不幸；晚安，爵爷！今天晚上我必须好好地睡一觉，那么明天就不想睡了。”

说完，他紧紧地握了握英国人的手，从他的房间里退出来，回到自己的房间里。不过，在回到他房门前的时候，有一件事使他吃了一惊：他的房门开着，他很清楚他刚才是关好了的。

不过他一走进房间，看到阿梅莉在里面，他就知道是怎么回事了。

"咦！"他一半感到惊奇，一半有点儿担忧，"是你吗，阿梅莉？"

"是的，是我，"年轻姑娘说。

随后她走近她的哥哥，伸出前额让他吻。

"你不会去的吧，"她用一种恳求的语气说，"是不是，我的哥哥？"

"到哪儿去？"罗朗问。

"到修道院去。"

"哦！谁对你说我要到那儿去？"

"唉，只要了解你，就不难猜到了。"

"那么为什么你不愿意让我到修道院去？"

"我怕你会遇到不幸。"

"哦！你，那么你相信有鬼啰？"罗朗说，一面盯着阿梅莉的眼睛看。

阿梅莉低下头去，罗朗感到他妹妹的手在他的手里微微颤抖。

"嗯，阿梅莉，"罗朗说，"至少我那个从前认识的阿梅莉，蒙特凡尔将军的女儿，罗朗的妹妹，是非常聪明的，不会为一些平凡的小事感到惊慌失措的；你是不可能相信这些显形、锁链、火光、幽灵、鬼魂等等故事的。"

"如果我相信这样的事情，哥哥，我也许不会像现在这样害怕：如果有鬼魂，那就是一些脱离躯壳的灵魂；因此，它们不可能带着实质的仇恨从坟墓里出来。因为，一个鬼魂为什么要恨你呢，罗朗，你从来也没有加害过任何人！"

"唉！你忘记了那些被我在打仗时或者决斗时打死的人了。"

阿梅莉摇摇头。

"我怕的不是这些人。"

"那么你怕什么？"

年轻姑娘抬起她一对美丽的，泪汪汪的眼睛，扑到她哥哥的怀里。

"我不知道，"她说，"罗朗，有什么办法呢，我就是感到害怕！"

年轻人稍许有些激动地抬起阿梅莉埋在他怀里的脑袋，温柔地吻了吻她长长的眼睑。

"你不相信我明天要去对付的是鬼魂，是吗？"他问。

"我的哥哥，别到修道院去！"阿梅莉恳求着说，她并不直接回答她哥哥的问题。

"是我们的母亲派你来求我的吧，一定是的，阿梅莉。"

"啊，我的哥哥，不，关于这件事，母亲一句话也没有对我说过；是我猜想你要到修道院去的。"

"如果我要去那儿，阿梅莉，"罗朗语气坚决地说，"那么你就应该知道，我会去的。"

"要是我求你，我的哥哥，"阿梅莉说，她的语气非常痛苦，"要是我跪下来求你呢？"

说着她任凭自己滑落到她哥哥的脚下。

"啊！女人！女人！"罗朗喃喃地说，"难以理解的女人，她们的话就像谜语一样，她们的嘴从来不讲心里话，她们哭泣、哀求、颤抖，为什么呢？天主才知道！可是我们这些男人，永远也不会这样！我要去的，阿梅莉，因为我已经下决心要去；而一旦我下了决心，世界上没有任何力量能使我改变主意。现在，拥抱我吧，什么也别怕，而且我要悄悄地告诉你一个重要的秘密。"

阿梅莉抬起头来，用一种既带有询问又非常沮丧的眼光看着罗朗。

"我发现，一年多来，"年轻人回答说，"我一直很倒霉，要死也死不了；你放心好了，没有事。"

罗朗讲这些话的时候，语调辛酸，使本来还强忍着眼泪的阿梅莉，在回到自己的房间里的时候不禁失声哭了起来。年轻军官看到他妹妹的房门关上以后，也关上了自己的房门，一面低声说道：

"我们终将看到，我和命运，哪一个先感到厌倦。"

·第十六章·

鬼魂

第二天，时间跟我们刚才离开罗朗的时间差不多，年轻军官拿准黑色喷泉府里所有的人都已经睡了以后，轻轻地推开房门，小心翼翼地走下楼梯，走到前厅里，悄没声儿地拉开大门的门闩，走下台阶，再往后面看看有没有什么异常，他看到所有的窗户一片漆黑，便放心地向栅栏门走去。

栅栏门的铰链很可能白天已经上过油了，在转动时毫无声响，罗朗打开了栅栏门，通过以后，门又像打开时一样，悄然无声地关上了，这时罗朗便快步向蓬德安通向布尔城的大路走去。

他还没有走上一百步路，圣茹斯特村的钟敲了一下，蒙塔涅村的钟像回声一样也敲了一下：这是报十点半的钟声。

根据年轻人走路的速度，要走到赛荣修道院最多不过二十分钟，尤其是如果他不是绕着树林走，而是走直通修道院的小道，那就更近了。

罗朗自少年时代起对赛荣树林中的羊肠小道就了如指掌，因此他没有必要去多走十分钟的冤枉路；他毫不犹豫地从树林中直插过去；五分钟以后，他就从树林的另一头出现了。

到了那里以后，他只要再穿过一小块平地，便可抵达修道院果园的围墙。

这几乎花不了五分钟。

到了墙脚边，他站住了，不过他只停了几秒钟。

他解开披风的搭扣，取下披风，卷成一团，从墙上扔了进去。

他取下披风以后，身上还穿着一件天鹅绒上装，一条白色的皮套裤，还有一双卷边的靴子。

上装用一根腰带束得紧紧的，腰带里插着两支手枪。

一只宽边帽子遮着他的脸，使他的脸被笼罩在阴影之中。

他的披风也许会妨碍他爬过墙头，因此他一转眼间便脱去了，他用同样迅速的速度开始爬墙。

他的脚很快就踩到了一条墙缝，然后他抓住墙顶，越过墙头，落到墙内，他的身子甚至连墙脊也没有碰到。

他捡起他的披风，扔到肩上，又重新扣了起来。他穿过果园，跨着大步，走到了果园通修道院的一扇小门跟前。

他跨进这扇小门的时候，钟敲十一点。

罗朗站住了，数了数钟响了几下，慢慢地绕着修道院走了一圈，一面观察，一面谛听。

他什么也没有看到，也听不到任何声音。

整个修道院给人一种凄凉萧瑟的印象；所有的门都敞开着：各修士小室的门，小教堂的门，食堂的门。

在食堂大厅里，还有些桌子搁在那儿，罗朗看到有五六只蝙蝠在飞舞，一只受惊的猫头鹰从一扇打碎的玻璃窗里飞出去，停在几步远处的一棵树上，发出凄厉的叫声。

"好！"罗朗高声说，"我相信我应该把我的司令部设在这里，蝙蝠和猫头鹰都是鬼魂的先头部队。"

在这一片沉寂、黑暗和荒芜之中突然响起人的声音，显得有点儿异样，阴惨惨的，甚至会使刚才讲话的人听了也毛骨悚然，如果罗朗不是像他自己所讲过的那样，不知道恐惧为何物的人。

他找一个可以看到整个大厅的地点：在食堂的一头，有一只孤零零的桌子，放在一个台座上，大概是用餐时修道院院长念经用的，也可能是院长单独用餐时用的。他觉得这个观察地点似乎具有他所能希望有的所有的优点。

他只要背靠墙壁，就不会在背后受到突然袭击，在他的眼睛习惯了黑暗以后，他就可以从那个地方居高临下，看到大厅里的每一个角落。

他想随便找一个座位，发现在离桌子三步远的地方有一只翻倒的凳子，也许原来是给来宾坐的，也许是给单独的诵经者坐的。

他坐在桌子前面，解下他的披风，这样行动起来可以方便一些；然后从腰带上拔出手枪，一把放在面前，用另一把枪的枪柄在桌子上敲了三下：

"开幕，"他高声说，"鬼魂可以登场了。"

那些在夜里两个人一起经过公墓或者教堂的人，有时候在某些地方会不知不觉地感到有一种轻轻地虔诚地讲话的强烈需要，只有这些人才能懂得，这种打破寂静和黑暗的、断断续续的、嘲弄的声音，对听到的人会产生多么奇怪的影响。

这种声音在黑暗中回荡盘旋，震颤片刻，随后慢慢低下去，连余音也完全消失了，在时间的翅膀经过时扇出的空间中溜走了。

就像预先估计到的一样，罗朗的眼睛对黑暗慢慢习惯了；现在，靠刚刚升起的月亮，从破碎的窗口射到食堂里来的一长缕一长缕惨淡的白光，他可以把这个巨大的食堂从这头到那头看得清清楚楚。

当然，罗朗在屋子里面和在屋子外面一样，是没有任何害怕的感觉的，尽管如此，他并没有掉以轻心，只要有一点点微小的声音，他的耳朵就能听到。

他听到一下钟声。

钟声使他不由自主地哆嗦了一下：钟声就是从修道院的教堂里传来的。

在这一片死气沉沉的废墟之中，那只钟，时间的脉搏，怎么还会活着呢？

"哦！哦！"罗朗说，"这就是说我将会看到些什么东西。"

这句话几乎就象演员的独白一样；庄严的地点和静穆的气氛，对他的铁石心肠——和刚才为他报时的钟一样坚硬——起了作用。

时间一分一分地过去了，在月亮和地面之间肯定飘过了一片云彩，因为罗朗觉得食堂里越来越黑了。

接着，随着午夜越来越近，他似乎听到了无数难以觉察的、模糊的、种种不同的声音，这些声音肯定来自于正在慢慢苏醒的黑夜世界，而另一个世界已经进入梦乡了。

大自然不愿意在生活中出现暂停的时刻，即使休息时也一样，它像创造了它的白天世界一样，创造了它的黑夜世界；从在熟睡的人的枕头旁边嗡嗡叫的蚊子，一直到在阿拉伯农村周围逡巡的狮子。

可是，罗朗，他在军营中守过夜，在荒凉的沙漠中当过哨兵，罗朗是猎人，罗朗是士兵，他熟悉所有这些声音；因此这些声音并未使他不安，可是突然，在所有这些声音之中，在他头顶上又一次响起了颤悠悠的钟声。

这一次敲的是半夜十二点：他一下一下地数着钟声。

最后一下钟声在空气中颤抖着，就像有一只青铜翅膀的鸟儿在空中飞翔，随后钟声慢慢地，忧郁地，凄凉地消失了。

同时年轻人仿佛听到了一声叹息。

罗朗向声音传来的地方竖起耳朵。

又听到一声，而且越来越近了。

他站了起来，可是手还是靠在桌子上，两只手心里各捏着一把枪的枪柄。在离他左边十步远的地方响起一阵有点儿像被单或者衣衫的窸窣声。

他像弹簧似的一蹦就跳了起来。

这时候，有一个影子出现在大厅的门口，这个影子有点儿像那些躺在坟墓上的古老的塑像；它披着一块裹尸布，这块布又宽又长，拖在影子后面。

罗朗犹豫了一会儿。会不会是心理作用，他看到的是幻像？是不是他的感觉器官出了毛病，产生了医学上证明是存在的，但是又解释不了的幻视？

鬼魂又叹息了一声，打消了他的犹豫。

"啊，天啊！"他哄然大笑说，"就我们两个，幽灵朋友。"

幽灵停住了，把手伸向罗朗。

"罗朗！罗朗！"幽灵用一种低沉的声音说，"你使一些人进入了坟墓，请行行好，别再死盯着他们不放了。"

幽灵还是不紧不慢地继续走着。

罗朗愣了一下以后，从他待的台座上走下来，并果断地向鬼魂追去。

地上有一些石块，横七竖八的长凳和翻倒的桌子，路不太好走。

可是在这许多障碍物之间，似乎有一条专门给幽灵行走的无形的小路，幽灵好像没有遇到什么阻碍似的在平稳地走着。

每次它经过窗户前面的时候，外面的光线，尽管非常暗淡，还是在那块尸布上引起了反光，可以看得出鬼魂的轮廓；鬼魂一越过窗框，便又陷入黑暗之中，接着很快又重新出现，重新隐没。

罗朗眼睛盯着他所追逐的对象，唯恐一忽略便看不见了；他无暇用眼睛搜索这条对幽灵来说似乎非常方便，对他来说仿佛寸步难行的道路。

他每走一步，都要打一个踉跄；鬼魂走到他前面去了。

鬼魂走近了和它进来那扇门相对的门。罗朗看到一扇通向一条阴暗的走廊的门打开着；他知道他的幽灵要逃跑了。

"不管是人还是鬼魂，是小偷还是修士，"他说，"站住，要不我就开枪了！"

"同一个身体不能杀死两次，而你也很清楚，"鬼魂声音低沉地说，"死对灵魂是不起作用的。"

"你究竟是谁？"罗朗问道。

"我是你用暴力赶出这个世界的那个人的鬼魂。"

年轻军官哈哈大笑，这种刺耳的、神经质的笑声在这黑暗之中格外显得怕人。

"说真的，"他说，"如果你没有其他情况告诉我，我甚至懒得再去想了，我预先告诉你。"

"你想想沃克吕兹的喷泉吧，"鬼魂说，声音轻得就像是一声叹息，而不像是一句清清楚楚的话。

有一会儿，罗朗觉得大滴大滴的汗珠在他的额头上流，可是他的勇气并没有减弱；他振作了一下精神，重新获得了力量，恶狠狠地说：

"最后一次，不管是鬼还是人，"他叫道，"我警告你，如果你不等等我，我就开枪了。"

鬼魂置若罔闻，继续往前走。

罗朗站停了一秒钟进行瞄准：鬼魂离他十步路，罗朗的手很稳，枪里的子弹是他在刚不久前自己装的；他刚才还用手枪通条在枪管里试了试，以保证子弹已经装好。

在走廊阴暗的拱顶下，白色的鬼魂显得最高大的时候，罗朗开火了。

手枪的火光像闪电一样照亮了走廊，鬼魂在光亮中还是继续向前走着，既不加快也不减慢速度。

接着又是一片漆黑，由于刚才的光线太亮，现在就显得更加黑了。

鬼魂已经在阴暗的拱廊下消失了。

罗朗扑过去追他，一面把他第二支枪从左手换到右手。

可是，尽管停顿的时间非常短，鬼魂又走远了一些；罗朗看到它在走廊的尽头，这一次鬼魂在灰蒙蒙的夜色里显得很清楚。

他加快步子走到了走廊的另一端，这时鬼魂已经消失在蓄水池那扇门的后面。

罗朗越走越快，走到门口，他似乎看到鬼魂陷到地底下去了。

可是还可以看到它的上半身。

"即使你是魔鬼，"罗朗说，"我也要抓住你。"

说着他放了第二枪，这一枪使鬼魂钻进去的那个地下墓穴充满了火光和烟雾。

烟雾消失之后，罗朗找了半天，什么也找不到：只剩下他一个人。

罗朗吼叫着冲进地下墓穴；他用枪柄敲打试探着墙壁，用脚踩踏着地面，可是不论是地面还是石块，发出的都是沉浊的实心的声音。

他想看清黑暗中的东西，可是这是不可能的；月亮透过来的一点儿微光，遇到蓄水池前几个梯级便过不去了。

"哦！"罗朗大声说，"来一个火把！来一个火把！"

没有人回答他的话；唯一能听到的是离他三步远的那条水流的潺潺声。

他看到再寻找下去也没有用了，便走出地下墓室，从口袋里取出一只火药壶，两粒包在纸里的子弹，迅速地把他两把手枪重新装上弹药。

然后他顺着原路走回来，走进阴暗的走廊，回到走廊尽头的大食堂里面，他又重新来到了寂静的大厅的一端，刚才去追赶鬼魂时离开的那个位置上。

他就在那儿等着。

可是钟声一次接一次地响，夜晚逐渐过去，清晨慢慢来到，乳白色的晨曦爬上了修道院的墙垣。

"走吧，"罗朗轻轻地说，"这个夜晚已经结束了；也许下一次我可以走运一些。"

二十分钟以后，他回到了黑色喷泉府。

LES
COMPAGNONS DE JÉHU

· 第十七章 ·
搜查

有两个人在等待罗朗回来，一个忧心忡忡，一个焦虑不安。

这两个人是阿梅莉和约翰爵士。

他们两个人都是一夜未睡。

阿梅莉的担忧是用她房门口的声音表示出来的，她的房门在罗朗登楼的时候慢慢关上了。罗朗已经听到了这个声音，他没有勇气在他妹妹跟前经过而不去安慰安慰她。

"放心吧，阿梅莉，是我。"他说。

他决计想象不到他的妹妹不是为他而是在为另一个人害怕。

阿梅莉穿着睡衣冲出了她的房间。

从她苍白的脸色，大大的一直延伸到面部的茶褐色的眼圈，很容易看出她一夜没有合眼。

"你没有碰到什么事吧，罗朗？"她紧紧地把她的哥哥抱在怀里说，一面关心地抚摸他。

"没事。"

"不论是你还是别人都没有事吧？"

"都没有事。"

"你什么也没有看见吗？"

"我没有这么说。"罗朗说。

"你看见什么了，我的天主？"

"我以后再告诉你；总之，即使有人受伤，也没有死人。"

"唉，我算是放心了。"

"眼下，如果我可以向你提一个建议，小妹妹，你可以乖乖地到你的床上去睡觉了，假使你愿意，可以一直睡到吃午饭。我也一样要去睡，而且我可以向你保证，不用别人摇，我肯定可以睡着：晚安，哦，应该说早安了！"

罗朗温柔地抱吻了他的妹妹：一面装得毫不在乎地吹着打猎的口哨，登上了三楼。

约翰爵士大大方方地在走廊里等待他。

他径直向年轻人走去。

"怎么样？"英国人问他。

"怎么样，我不是完全白干。"

"您看到鬼魂了？"

"至少我看到了一些东西，这些东西和鬼魂非常相像。"

"您要讲给我听的吧。"

"是的，我懂得，否则您就睡不着，或者是睡不好；我稍许跟您讲几句事情经过……"

罗朗对昨晚的冒险作了如实详细的叙述。

"好！"罗朗讲完以后，约翰爵士说，"我希望您把它们留给我了，是吗？"

"我甚至有些害怕，"罗朗说，"我把最难对付的留给您了。"

接着，由于约翰爵士坚持原来的意见，一次次询问每个细节，打听那儿的地形情况，罗朗说：

"请听我说，今天，午饭以后，我们在大白天去修道院看看，这样做决不会妨碍您晚上再去；相反，您白天去一次可以熟悉一下地形。不过，您别告诉任何人。"

"唉！"约翰爵士说，"难道我像一个多嘴多舌的人吗？"

"不，当然不是，"罗朗笑着说，"爵爷，您不是一个多嘴多舌的人，而我是一个傻瓜。"

说完他就回到自己的房间里去了。

午饭以后，他们两人走下花园的斜坡，仿佛是去拉雷苏斯河畔散步，然后他们慢慢往左走去，走了四十来步以后，又走上坡来，走到大路上，穿过树林，来到了修道院的墙脚边，也就是昨天晚上罗朗翻过去的地方。

"爵爷，"罗朗说，"就是从这儿进去的。"

"那么，"约翰爵士说，"我们就从这儿进去吧。"

英国人抓住墙顶，跨坐到墙脊上，随后落到墙内去了。他的动作缓慢，可是显示出他有惊人的腕力，说明他一定是经常进行体育锻炼的。

罗朗也跟着进去了，他行动迅速灵巧，看得出他不是第一次尝试。

两个人都到了墙内。

这座修道院被遗弃的情况白天看来比黑夜更加明显。

小径上到处野草丛生，一直长到膝盖上面，贴墙种植的果树上爬满了葡萄藤，密密匝匝的枝叶遮住了阳光，使葡萄难以成熟，围墙有好几处都毁坏了，而常春藤，这位废墟的朋友开始在各处蔓延。

至于那些四周没有遮拦的果树；李树、桃树、杏树就像要与森林里的山毛榉和橡树争雄似的随意生长，它们的精髓全部都给粗壮繁密的枝桠吸收了，因此很少结果，即使有几只，也是发育不全的。

有两三次，从在他们面前高高的野草抖动的情况看，约翰爵士和罗朗猜想那是一条游蛇，这种在荒山野地爬行的女主人，已经在那里筑窝，它受到打扰觉得非常奇怪，逃掉了。

罗朗把他的朋友一直带到从果园和修道院之间的那扇门前面，可是在走进修道院以前，他看了看时钟；那只在晚上行走的时钟，白天却停了。

他走进了修道院的食堂。那里面的一切，在黑夜里都具有一种怪异的形象，在白天里露出了它们的真面目。

罗朗把翻倒的凳子指给约翰爵士看，还有那张被手枪子弹擦伤的桌子，那扇鬼魂进来的门。

他带着英国人，顺着他昨晚追赶鬼魂的路走去；他认出那些曾经使他难以前进的障碍物，可是对一个事先熟悉地形的人来说，这些障碍物也是容易通过的。

走到他曾经开枪的地方，他捡到了填弹塞，可是找不到子弹。

根据迂回曲折的走廊里的地形来判断，如果子弹没有在墙上留下痕迹，那么决不可能没有打到鬼魂。

又如果鬼魂是一个实体，而且被子弹打中了，那么那个身躯为什么没有倒下呢？至少是被打伤了吧，可是既然打伤了，为什么地上找不到一丝血迹呢？

可是事实是，既看不到血迹，也找不到子弹。

塔兰爵士差不多要认为和他朋友打交道的是一个真正的鬼魂了。

"后来又有人来过，"罗朗说，"他把子弹捡走了。"

"可是，如果您开枪打的是一个活人，为什么子弹没有打进他的身子里去呢？"

"啊，这很简单！这个人的尸布下面穿了一件锁子甲。"

这是有可能的，可是约翰爵士摇头表示怀疑，他宁愿相信这是一个超自然的事件，这样他可以少费些脑筋。

年轻军官和他继续进行他们的调查。

他们走到走廊尽头，那是果园的另一头。

那是罗朗昨晚看着鬼魂消失在阴暗的拱顶下，后来又重新冒出来的地方。

他向蓄水池笔直走去；他行走的时候毫不犹豫，就像还跟随在鬼魂后面一样。

走到那儿，他懂得了由于这儿缺少外界的反射光线，因此晚上特别黑：即使现在是白天，也看不太清楚。

罗朗从他的披风下面抽出两个一尺长的火把，掏出一块火石，先把火绒点燃，再点燃一根火绳。

两个火把燃烧起来了。

他们想找出鬼魂是在哪儿消失的。

罗朗和约翰爵士把火炬凑近地面。

蓄水池旁铺的是细粒硬质石灰石的大石板，拼接得天衣无缝。

罗朗像找第一颗子弹一样仔细地找他那第二颗子弹。他的脚碰到一块石头，他把石头踢开，发现有一只嵌在石板上的环。

罗朗一声不吭，手抓住环，脚一用力，向上一拉。

石板轻易地绕着它的支轴转动了，说明它是经常这样转动的。

石板转动的时候露出了地道的入口处。

"啊！"罗朗说，"这就是我那个幽灵的通道。"

他走下打开的入口处。

约翰爵士跟着一起走下去。

他们走的是上次摩冈回来汇报他完成任务情况的那条路；在地道的尽头，他们看到了对着地下墓室的栅栏。

罗朗摇摇栅栏；栅栏没有关上，打开了。

他们穿过地下墓室，走到另一个栅栏前面；这个栅栏和第一个栅栏一样，也是开着的。

罗朗一直走在前面，他们登上几个台阶，走到了小教堂讲经坛那儿，也就是我们讲过的发生在摩冈和耶户一帮子之间那一幕的地点。

只不过这时候，神职祷告席上是空的，小教堂讲经坛上没有人，祭坛由于已经不再进行祭礼而损坏了，那上面既没有闪闪发光的蜡烛，也没有祭坛罩布。

对罗朗来说，显而易见，那个伪装的鬼魂最后是跑到这儿来的，而约翰爵士却固执地以为那是真的鬼。

可是，不管鬼魂是真是假，约翰爵士也承认它最后只能跑到这儿。

他考虑了一会儿；考虑完毕以后，英国人说：

"那么，既然今天晚上轮到我来守夜，我又有权利选择我守夜的地点，我就在这儿守夜。"

他指了指讲经坛中央一只桌子似的东西，那是过去当作鹰饰经桌底座用的一个橡树根。

"那好啊，"罗朗说，他始终带着他那种漫不经心的神态，"您待在那儿倒不错；不过，因为今天晚上也许您会发现石板被封死，两扇栅栏门被关上，所以我们还是去找一个可以让您直接来到这儿的出口吧。"

五分钟以后，出口找到了。

有一扇从前的圣器室的门对着讲经坛，而这个圣器室里有一扇已经损坏的窗通向修道院外面的树林。

这两个人从窗口出去，走进了茂密的树林，正好离他们打死野猪的地方二十步远。

"我们就这么办吧，"罗朗说，"不过，我亲爱的爵士，这个树林白天进来已经相当困难，您晚上来会找不到地方的，我要一直陪您到这儿。"

"行，可是我一进去，您马上就回去，"英国人说，"我记得您对我说过，鬼魂对您是非常敏感的：如果他们知道您和我只相隔几步路，也许会犹豫不决不敢出现的，既然您已经见到了一个，我希望至少也看到一个。"

"我会走开的，"罗朗回答说，"请放心；"只不过他又笑着说了一句，"我只怕一件事。"

"什么事？"

"您作为一个英国人，又是一个异教徒，也许他们和您合不来。"

"唉！"约翰严肃地说，"多么不幸啊，今晚以前我来不及改变宗教信仰了！"

这两位朋友看到了他们要看的一切，因此他们回到了黑色喷泉府。

没有一个人，甚至阿梅莉也没有显出对他们有什么怀疑，只以为他们只是去作了一次普通的散步。

白天就这样太太平平地过去了，甚至也没有什么明显的不安；再说，在两个朋友回来的时候，天已经快黑了。

大家入席用晚餐，谈起了一次新的打猎计划，爱德华听了高兴万分。

在餐桌上和一部分夜晚时间谈的都是打猎。

十点钟，大家都像平时一样回自己的房间；只有罗朗走进了约翰爵士的房间。

性格的不同在他们的准备工作中也可以明显地看得出来：罗朗做准备时兴高采烈，就像要去参加一次游戏一样；约翰爵士做准备时神情严肃，就像要去参加一次决斗一样。

手枪被非常仔细地装上了子弹，插在英国人的腰带里。披风也许会妨碍他的行动，他没有用，而是披了一件大翻领的礼服在他的上装外面。

十点半，两个人同样小心翼翼地走出去了，就像上一天晚上罗朗一个人出去时候一样。

十一点差五分，他们来到了损坏的窗户下面，窗前面有几块从拱顶上掉下来的石头可以当作踏脚。

根据事前协议，他们应该分手了。

约翰爵士提醒罗朗，要他遵守协议。

"是的，"年轻人说，"和我这样的人打交道，爵爷，是一言为定
的；不过，我有一个劝告。"

"什么劝告？"

"我没有找到子弹，那是因为有人来拿走了；有人来拿走一定是为
了不让看到子弹上留下的痕迹。"

"那么，据您看，子弹上会留下什么痕迹呢？"

"一件锁子甲上的一个链环的痕迹；我们那位鬼魂是一个穿护胸甲
的人。"

"倒霉，"约翰爵士说，"我，我宁愿是个鬼魂。"

过了一会儿，英国人又长叹一声，表示他对不得不放弃和鬼魂打交
道的打算深为遗憾。

"那么您的劝告是什么呢？"

"往脸上打。"

英国人点点头表示同意，握了握年轻军官的手，踩在那堆石头上，
翻进了圣器陈列室，接着就不见了。

"晚安！"罗朗对他叫着。

一个士兵对待危险总要比常人来得超然，不论这种危险是对他本人
的，还是对他伙伴的都一样，罗朗就像他已经答应过约翰爵士的那样，
又踏上了返回黑色喷泉府去的路。

· 第十八章 ·

审判

翌日，罗朗早晨七点钟醒来：他是到清晨两点钟左右才入睡的。

醒来以后，他慢慢地想起了昨天晚上在他和约翰爵士之间发生的事，他觉得很奇怪，怎么英国人回来时没有叫醒他。

他很快就穿好衣服，也不顾要吵醒也许刚刚睡着的约翰爵士，走去敲他的房门。

约翰爵士没有任何反应。

罗朗敲门敲得更响了。

还是没有动静。

这一下，罗朗既感到有些不安，又感到有些奇怪。

钥匙插在门外：年轻军官打开了房门，往房间里迅速扫了一眼。

约翰爵士不在房间里，他根本就没有回来。

床上被褥未动。

究竟发生了什么事呢?

一忽儿也不能耽误了，罗朗下决心之快是大家领教过的，我们可以想象出他是一忽儿也不会耽误的。

他冲进自己的房间，穿好衣服，猎刀插在腰里，枪挂在肩上，就出去了。

除了使女以外家里还没有任何人醒来。

罗朗在楼梯上遇到了使女。

"你待会儿对蒙特凡尔夫人说，"罗朗说，"我带着枪到赛荣树林里去兜个圈子；如果我和爵爷没有准时回来用午餐，请大家不要担心。"

说完罗朗便飞快地走出府邸。

十分钟以后，他已经来到了他昨晚十一点钟和塔兰爵士分手的窗口。

他听了听：里面寂静无声，不过在外面，一个猎人的耳朵可以听出树林里各种各样禽兽在早晨活动的声音。

罗朗以他惯有的灵敏爬进窗口，再从圣器室里奔进了教堂的讲经坛。

他看了一眼便知道，不但教堂的讲经坛，连整个小教堂都是空的。

那些鬼魂会不会把英国人引到和他昨晚所走的路相反的方向去了？

有可能。

罗朗奔到祭坛后面，来到地下墓室的栅栏门前：栅栏门开着。

他走进了地下墓室。

里面光线暗淡，他看不清楚。他叫了三次约翰爵士的名字，没有人回答他。

他走到地道另一头的栅栏门前，它同样开着。

他走进了有拱顶的过道。

过道里一片漆黑，枪毫无用处，他便把枪挂在肩上，把猎刀握在手里。

他摸摸索索地前进着，可是一个人也没有碰到；越往前走越黑，这说明蓄水池那儿的石板关上了。

他就这样踏上了第一个梯级，往上走，一直走到他的脑袋碰到了那块可以转动的石板，用力一顶，石板一转打开了。

罗朗又来到了亮光里面。

他冲到蓄水池旁边。

蓄水池朝果园的那扇门开着；罗朗从那扇门走出去，穿过果园中从蓄水池到走廊之间的那部分，也就是一直走到他曾向鬼魂开枪的那一头。

他穿过走廊来到了食堂里面。

食堂里也没有人。

罗朗就像刚才在地道里那样喊了三次约翰爵士的名字。

回声很古怪，它好像已经忘记了人说的话，回答他时有些断断续续，结结巴巴。

约翰爵士不可能是从这个方向进入教堂的，必须回到出发地点。

罗朗从原路折回，又来到了小教堂的讲经坛。

约翰爵士一定是在这儿过的夜，这儿应该能找到他的踪迹。

罗朗冲进讲经坛。

他刚一进去，便惊叫了一声。

他脚下讲经坛的石板上有一大摊血。

在讲经坛的另一边，离他脚下大理石上的血迹四步远，还有第二摊血；那摊血和他脚下这一摊一样大，一样红，一样新鲜；就像相同的一对一样。

这两摊血，一摊在那个橡树底座——就像我们已经讲过的那样，是一个鹰饰经桌的底座，英国人曾经在它前面说过他要待在那儿——的右面，另一摊在它的左面。

罗朗走近柱座，底座上全是血。

悲剧肯定是在这儿发生的。

这场悲剧，如果光从它留下的痕迹看，一定是非常可怕的。

罗朗既是猎人，又是军人，追查踪迹应该是他的拿手好戏。

他能判断出一个死人会流多少血，一个受伤的人会流多少血。

昨天晚上曾倒下过三个人，也许是死了，也许是受了伤。

那么，当时情况大概是怎样的呢?

讲经坛里的两摊血，左面的和右面的，也许是约翰爵士两个对手的。

底座上的血可能是约翰爵士的。

约翰爵士左右两面受敌，他便双手开枪，两枪都打中了，这两个人也许被打死了，也许受伤了。

这就是染红地上石板的两摊血。

接着，他也受到了攻击，他在底座旁边被击中，他的血便流在底座上。

经过五秒钟的观察以后，罗朗对我们刚才所说的情况已经肯定无疑，就像他亲眼看到了那场战斗一样。

那么，现在他们把那两个人的和约翰爵士的躯体怎么样了呢?

那两个人的躯体，罗朗并不怎么关心。

可是他一定要弄清楚约翰爵士的躯体的下落。

有一条血迹从底座一直延伸到门口。

约翰爵士的躯体被搬到外面去了。

罗朗推推笨重的大门，大门只是虚掩着的。

他刚一用力，门就开了: 他在门外又找到了血迹。

随后，那些抬约翰躯体的人穿过了荆棘丛。

折断的树枝，踏倒了的野草，把罗朗一直带到树林旁边的蓬德安到布尔的大路上。

在那儿，躯体——不知是死是活——似乎曾经在地沟里的斜坡上搁置过。

在那以后，什么踪迹也没有了。

从黑色喷泉府方向过来一个人; 罗朗向他走去。

"您路上什么也没有看见吗? 什么人也没有碰到吗? "他问。

"看到的，"那个人回答说，"我看到有两个农民用担架抬着一个人。"

"啊! "罗朗叫道，"担架上的人还活着吗? "

"那个人脸色苍白，一动也不动，看上去好像是死了。"

"血还在流吗? "

"我在路上看到过有几滴血。"

"这样的话，他还活着。"

说着，他从袋里掏出一个路易：

"这儿是一个路易，"他说，"马上跑到米利埃医生家里去；叫他骑上马，火速赶到黑色喷泉府去；并且对他说有一个病人快死了。"

得到重赏的农民拼命往布尔城跑，罗朗也健步如飞，往黑色喷泉府奔去。

现在，我们的读者很可能和罗朗一样好奇，急于要知道约翰爵士遇到了什么事，我们来把昨天晚上发生的事情交代一下。

我们已经知道，约翰爵士在十一点缺几分的时候走进了大家习惯叫做科勒里或者修道院小楼，也就是坐落在树林中间的小教堂。

他从圣器室走到了教堂讲经坛里面。

讲经坛里面空空的，显得很冷清。月色相当明亮，可是常常被乌云遮没，渗漏出来的青灰色的光芒透过了尖拱形的窗子和小教堂里残缺不全的彩绘玻璃。

约翰爵士一直走到讲经坛的中心，走到那个底座前面，站住了。

时间一分钟一分钟地过去；可是这一次报时的不是修道院里的钟，而是离约翰爵士所在之处最近的村子佩洛纳兹的教堂里的钟声。

一直到半夜以前，一切都和罗朗遇到的事情一样，也就是说，约翰爵士只听到一些模模糊糊的嘈杂声或者是一瞬即逝的声音。

敲半夜十二点了：这是约翰爵士焦急地等待着的时间，因为这应该是出事情的时间，如果会出什么事情的话。

在钟打第十二下的时候，他似乎听到地道里有脚步声，并且还看到地下墓室的栅栏里面有亮光出现。

于是他的全部注意力都集中到那儿去了。

一个修士从过道里出来，修士帽蒙着脸，手里擎着一个火把。

他穿的是查尔特勒修院的修士服。

跟着又来了第二个，第三个。约翰爵士一直数到第十二个。

他们走到祭坛前面便分开了。在讲经坛上有十二个祷告席：六个在约翰爵士的右面，六个在他的左面。

十二个修士静悄悄地在十二个祷告席上坐下。

所有的人都把带来的火把插在橡木支座的专用窟窿里，随后等待着。

又来了第十三位修士，一直走到祭坛前面。

每个修士的行动都没有什么异常之处，没有什么鬼怪的味道；显而易见，他们都是凡夫俗子，个个都是大活人。

约翰爵士靠着讲经坛中间的底座站着，双手持枪，镇静自若地望着在他面前发生的事情。

修士们和他一样，也是静静地待着。

祭坛前面的修士打破了寂静。

"弟兄们，"他问，"为什么复仇者们要聚会。"

"为了审判一个教外人士。"修士们回答说。

"这个教外人士，"问话的人接着说，"犯了什么罪？"

"他想知道耶户一帮子的秘密。"

"他该判什么罪？"

"死刑。"

随后，这个祭坛前的修士稍稍停顿了一下，似乎是在让这个刚才作出的判决一直刺进被判决的人的心里。

接着，他回头对英国人，始终是那么不动声色，就像在演戏一样。

"约翰·塔兰爵士，"修士对他说，"您是外国人，您是英国人；因此您更不应该来破坏耶户一帮子的事业，他们已经发誓要搞垮当今的政府。而您却克制不了您自己，您受了一种虚妄的好奇心的摆布；您非但不避开，而且还闯进了狮子的巢穴，那么您就要被狮子撕得粉碎。"

接着，他停了一会儿，似乎在等待英国人的回答，看到他还是没有吱声，便接着说：

"约翰·塔兰爵士，您被判处死刑了；您准备死吧！"

"喔！喔！我看到我落进一伙强盗的手里了，如果是这样，我可以用赎金来赎。"

随后他转身对祭坛前面的修士说：

"你们决定赎金是多少，头头？"

回答这个侮辱性的话是一片喃喃的威胁声。

祭坛前面的修士伸出手来。

"您搞错了，约翰爵士：我们不是一伙强盗，"他说，镇定自若的语气可以和英国人媲美，"证据就是，如果你身上带着巨款，或者有几件珍贵的首饰，你只要交代一下，那么钱和首饰就会被交还给你的家庭，或者你所指定的人的手里。"

"有什么可以保证我的遗愿可以实现呢？"

"我的诺言。"

"一个谋杀犯首领的诺言，我才不信呢！"

"你又搞错了，约翰爵士：我既不是谋杀犯首领，又不是强盗头头。"

"那么你是什么？"

"我是神圣的复仇天使的选民；我是以色列国王耶户的使者，他得到了先知以利沙的授命，来消灭亚哈一家的。"

"如果真像您说的那样，为什么您要把脸蒙起来，为什么您外衣里面要穿盔甲；选民是公开攻击的，杀人的时候自己也冒着生命危险。把你们的帽子拉下来，把你们的胸口露出来，那么我就承认你们是你们自称的人。"

"弟兄们，你们听到了吗？"祭坛前的修士说。

一面他掀掉修士服，并且一下子脱去了里面的上衣，背心和衬衣。

全体修士都照此办理，露出了脸庞和胸膛。

他们全都是些英俊漂亮的年轻人，其中年纪最大的似乎也不超过三十五岁。

他们的衣着都很华丽；只不过很奇怪，没有一个人身上带有武器。

他们不是别的什么人，只是些审判员。

"您可以满意了吧，约翰·塔兰爵士，"祭坛前的修士说，"您要死的，不过在您死的时候，您可以满足您刚才表示的愿望，您可以看看清楚我们是些什么人，还可以杀人。约翰爵士，给您五分钟，把您的灵魂托付给天主。"

约翰爵士并没有利用允许给他的条件去考虑他的灵魂得救，他平静地扳起手枪的击铁，看看引火药有没有放好，试试扳机弹簧弹性如何，再把通条放进枪筒探探子弹是不是牢靠。

随后，不等答应给他的五分钟结束，便说：

"各位先生，我准备好了，你们准备好了吗？"

年轻人相互看看，他们的首领做了一个手势，大家便笔直地向约翰爵士走去，从他的四面向他包围过去。

祭坛前的修士还是一动不动地留在他的位置上，俯视着将要发生的一幕。

约翰爵士只有两把枪，因此他只能打死两个人。

他选中了他的牺牲者，开枪了。

两名耶户的伙伴倒了下去，鲜血染红了地上的石板。

其他几个人就像什么事也没有发生一样，还是不紧不慢地向约翰爵士伸着手走去。

约翰爵士抓住他两把手枪的枪筒，把枪柄当锤子使用。

他身体相当结实，搏斗了很长时间。

在十分钟左右时间里，讲经坛的中央打成一片；最后，这场混战停止了，耶户的伙伴们向左右两旁分开，又回到他们的祷告席上去，让约翰爵士躺在讲经坛中央，他已经被他们用修士服的衣带捆起来了。

"你有没有把你的灵魂托付给天主？"祭台前的修士说。

"好吧，谋杀犯！"约翰爵士回答，"你可以动手了。"

这个修士从祭坛上拿起一把匕首，高举着胳膊向约翰爵士走来，随后把匕首举在他的胸脯上方，对他说：

"约翰·塔兰爵士，你很勇敢，你也应该是正直的。如果你起誓，不把你刚才看到的事情讲出去，起誓说无论遇到什么情况也不承认认识我们中间的任何人，那么我们就饶了你。"

"我一走出这儿，"约翰爵士回答说，"就要去告发你们；我一获得自由，就要去追踪你们。"

"发誓吧！"修士又重复了一遍。

"不！"约翰爵士说。

"发誓吧！"修士第三次重复说。

"决不！"约翰爵士又重复说。

"那么，你就死吧，既然你一定要死！"

说完他就一匕首插进了约翰爵士的胸膛，只露出刀柄在外；约翰爵士也许是由于意志的力量，也许是他当时就死了，他哼也没有哼一声。

接着，那个修士说："执行完毕！"

他的声音很充实，很响亮，就像一个已经完成了良心的职责的人一样。

随后，他让匕首留在约翰爵士的胸膛上，又回到了祭坛前。

"弟兄们，"他说，"你们知道，你们已经被邀请参加将于一月二十一日在巴黎白克街举行的受害者的舞会，为了纪念先王路易十六陛下。"

说完，他第一个回进地道，十名还站着的修士跟随他一起进去了，每个人都带走了自己的火把。

留下两个火把照着三具尸体。

过了一会儿，在两个火把的亮光下，进来了四个杂务修士，他们先把横在石板地上的两具尸体抬到地下墓室里去。

随后他们又走回来，抬起了约翰爵士的躯体，放在一个担架上，从大门抬出小教堂，他们出去后又把大门关上了。

有两个走在担架前面的修士拿走了最后两个火把。

现在，如果我们的读者问我们，罗朗和约翰爵士的遭遇为什么会有所不同；为什么对罗朗这样宽容，为什么对约翰爵士这样冷酷，我们可以回答他们：

"请你们别忘记，摩冈曾经关照过要保护阿梅莉的哥哥，罗朗受了这样的保护以后，是无论如何不会死在耶户的伙伴的手里的。"

· 第十九章 ·
胜利街上的小房子

在人们把约翰·塔兰爵士的躯体抬往黑色喷泉府的时候；在罗朗奔向他的目的地的时候；在那个被他匆匆派去的农民赶去布尔，把这场灾难通知米利埃大夫，请他尽快去蒙特凡尔夫人家里的时候；让我们跳过布尔和巴黎这段距离，以及十月十六日到十一月七日，也就是葡月二十四日到雾月①十六日这段时间，在下午四点钟，走进胜利街这座小房子，这座小房子由于那次有名的雾月十八政变而名垂史册。

经过这么许多次的政府更迭，这座房子的两重橡树大门的每扇门扉上，直到今天还留着执政府的标志，不免使人感到奇怪；这座门牌是六十号的靠大街右面的房子还在继续满足行人的好奇心。

让我们顺着从沿街那扇大门到里面房子那扇大门之间的那条又狭又长的，两旁种着椴树的小径，走进房子里面的前厅，弯进右面的走廊，走上二十个梯级，就可以走进一个糊着绿色墙纸的工作室，这个工作室里的窗帘、椅子、扶手椅和长沙发全都是一个颜色的。

室内墙上挂满了地图和城市平面图；一对槭树书架放在两边，壁炉嵌在中间；椅子上，扶手椅上，长沙发上，桌子上和书桌上堆满了书；座位上几乎没有什么可坐的地方，桌子上和书桌上也没有什么可以写字的余地了。

在这些堆积如山的报告、书信、小册子和书籍中间好不容易才留下一块地方，有一个人坐在那儿，不时焦急地扯扯自己的头发，他在设法辨认一页笔记，和这页笔记相比，古埃及方尖碑上的象形文字都可以一目了然。

就在这位秘书的情绪从不耐烦转向绝望的时候，门打开了，一个穿着副官军服的年轻军官走了进来。

秘书抬起头来，脸上突然现出了欣喜若狂的神情。

"啊，我亲爱的罗朗，"他说，"您总算来了！我见到您太高兴了，这有三条理由：第一，因为我想您快想死了；第二，因为将军等您也等得不耐烦了，老是问您来了没有；第三，因为您来可以帮我看懂这个字，为了这个字，我已经挖空心思研究十分钟了……不过，首先，请拥抱我！"

秘书和副官相互拥抱。

"那么，喂，"副官说，"我亲爱的布里埃纳，使您如此为难的是哪一个字啊？"

"啊，我亲爱的，这算写的什么字啊！我每看懂一页就要多一根白头发，而我今天只看了三页。喂，您念念看，如果您能看懂的话。"

---

① 雾月：法兰西共和月的第二月，相当于公历十月二十二或二十三日至十一月二十一或二十三日。

罗朗从秘书手里拿过这一张纸，向所指的地方仔细地看了一下，便相当流利地念了出来。

"第十一节。尼罗河，从阿斯旺流到离开罗以北三法里，合并成一条支流……嗯，可是，"他停止诵读接着说，"完全念得下去嘛。您刚才是怎么说的啊？而且，将军也能看懂。"

"接着念，接着念。"布里埃纳说。

年轻人接下去念：

"大家把这一条支流叫做……啊！啊！"

"就是这儿，您怎么说？"

罗朗又念道：

"'把这一条支流叫做……'见鬼！'把这一条支流叫做……'"

"是的，'把这一条支流叫做'，后面呢？"

"如果我念出来了，布里埃纳，"罗朗叫道，"您给我什么？"

"我拿到第一张空白的上校委任状就给您。"

"唉，不要，我不想离开将军，我宁愿有一个好爸爸，也不愿意要五百个坏孩子。我就白给您三个字吧。"

"什么！这儿有三个字？"

"它们看上去只有两个字，这我同意。听着，您再低下头去看看：'大家把这一条支流叫做 Ventre della Vacca[①]'。"

"啊！母牛的肚子！……天啊！这几个字写成法文已经相当难认了，还要想出写的是意大利文，而且还使用了阿雅克肖的土语！我原来

———————————

① 意大利语，意义见下文。

以为我最多也不过会变成个疯子，而现在我看我要变成傻瓜蛋了！……原来是这么回事。”

随后他把这句句子重新念了一遍：

“‘尼罗河，从阿斯旺流到离开罗以北三法里，合并成一条支流；大家把这一条支流叫做母牛的肚子，接着它又分成了罗塞塔和杜母亚特两条支流。’谢谢，罗朗。”

于是他接着写这一节的最后部分，前一部分已经写在纸上了。

“啊！我们的将军，”罗朗问，“他是不是一直在想统治埃及？”

“是的，是的，而且还要相应地稍许统治一下法国；我们要远距离……操纵殖民地。”

“那么，喂，我亲爱的布里埃纳，让我了解一些这儿的情况吧，好让我不像是从莫诺莫塔帕①回来的。”

“首先您说说，您是自己回来的，还是被召回来的？”

“召回来的，不折不扣是召回来的！”

“被谁召回来的？”

“被将军亲自召回来的。”

“是专门写信给您的吗？”

“他亲自写的，请看！”

年轻人从口袋里拿出一张纸，上面有两行字，没有签名；布里埃纳眼前就有一本笔记本上的字迹和这张纸上的字迹完全相同。

这两行字是这样写的：

———————————

① 莫诺莫塔帕：曾存在于非洲东南部的一个帝国。

"立即动身，雾月十六日务必抵达巴黎，

我需要你。"

"是的，"布里埃纳说，"我相信是雾月十八。"

"雾月十八，什么事？"

"啊！真是的，您问的事情超过了我所知道的范围，罗朗，他这个人，您也知道，决不是一个感情外露的人。雾月十八有什么事？我还一无所知；可是，我可以保证，会有事情发生的。"

"喔！那么您一定有所怀疑吧？"

"我相信他想取代西哀士的督政的地位，也许还要戈依埃的主席宝座。"

"好啊！还有第三年宪法①。"

"什么！第三年宪法？"

"是啊，做执政官至少要满四十岁，而将军还得等十年才到四十岁。"

"天啊，让宪法见鬼去吧：破坏它。"

"它还太年轻，布里埃纳；人们很少有强奸七岁的孩子的。②"

"在巴拉斯公民手里，我亲爱的，大家长得很快，七岁的小姑娘早已长成一个老妖怪了。"

罗朗摇摇头。

"那么，您说是怎么回事呢？"布里埃纳问。

"嗯，我不相信我们的将军只想和四个同僚一起做一个普通的督

---

① 第三年宪法：指一七九五年八月十七日通过的，由热月党国民公会制定的新宪法。
② 在法语中，"破坏"和"强奸"是同一个词（violer）。

政；您倒是想想看，我亲爱的，五个法国国王，这不再是一个独裁政权，而是一辆有几匹马的马车了。"

"无论如何，到目前为止，我们只能看出这一点儿；可是，您知道，我亲爱的朋友，和我们的将军打交道，如果您想知道些什么东西，就必须猜测……"

"啊！是啊，我太懒了，不愿意去费这种脑筋，布里埃纳；我，我是一个真正的只知道服从命令的土耳其大兵；他要我做的我就要做好。为什么要我去绞尽脑汁出什么主意呢，还要去为这种主意争论，辩解？活着已经相当烦人的了。"

年轻人说完这个警句以后打了一个长长的呵欠。

接着他漠不关心地问：

"您以为他们会动刀子吗？布里埃纳？"

"有可能。"

"那么，又有机会可以让人杀死了，这是我唯一需要的。将军在哪儿？"

"在波拿巴夫人那儿；他下来有一刻钟了。您有没有派人告诉他您已经来了？"

"没有，我非常高兴能先见到您。不过，喂，我听到他的脚步声了：他来了。"

就在这时候，门突然打开了，我们在阿维尼翁看到过的那位扮演一个寡言少语的匿名角色的历史人物出现在门口，他穿着埃及军总司令的华丽服装。

因为他在自己家里，他没有戴帽子。

罗朗发现他的眼睛眍得比平时更深了,脸色也比从前更灰暗了。

可是一看到年轻人,波拿巴阴沉的、更可以说是沉思的眼睛里顿时射出了欢乐的光芒。

"啊!是你啊,罗朗!"他说,"真是忠心耿耿啊;我一叫你,你马上就来了。来得好啊!"

一面说一面把手伸给年轻人。

接着他微微一笑说:

"你在布里埃纳这里干什么?"

"我在等您,将军。"

"在等我的时候,你们就像两个老太婆一样唠叨上了。"

"是这么回事,将军;我把那份要我在雾月十六到这儿来报到的命令给他看了。"

"我写的是十六日还是十七日?"

"喔,十六日,将军;十七日,那就太晚了。"

"为什么十七日就太晚了?"

"天啊,如果真像布里埃纳讲的那样,十八日果然有重大行动的话⋯⋯"

"好啊!"布里埃纳咕噜着说,"这个冒失鬼要让我挨骂了!"

"啊!他对你说我十八日有重大行动?"

他走到布里埃纳那儿,拉拉他的耳朵说:

"真像个女门房!"

接着他又对罗朗说:

"嗯,是的,我亲爱的,我们十八日是有重大行动:我们,我和我的妻子，要到戈依埃主席家里去吃晚饭，他是一个很杰出的人，在我不在这里的时候，他接待约瑟芬时非常殷勤有礼。你和我们一起去参加晚宴，罗朗。"

罗朗瞧瞧波拿巴。

"您是为了这个把我叫回来的吗，将军？"他笑着说。

"是为了这个，也许还有些别的事。——布里埃纳，写！"

布里埃纳马上拿起羽笔。

"准备好了吗？"

"准备好了，将军。"

"我亲爱的主席，我告诉您，我的妻子，我，还有我的副官，将在后天（十八日）到您府上用晚餐。

也就是说，我们希望是一次家宴……"

"还有呢？"布里埃纳说。

"什么，还有？"

"要不要写上：'自由、平等、博爱'？"

"或者'死亡'！"罗朗插嘴说。

"不，"波拿巴说，"把羽笔给我。"

他从布里埃纳手里拿过羽笔，亲自加上：

"您诚挚的

波拿巴"

随后，他把信纸推开说：

"拿去，写上地址，布里埃纳，派传令兵送去。"

布里埃纳写上地址，打上封印，随后拉铃。

进来一名值班军官。

"派传令兵把这封信送去，"布里埃纳说。

"要等回信。"波拿巴加了一句。

军官出去时又关上了门。

"布里埃纳，"将军指指罗朗说，"瞧瞧你的朋友。"

"好，将军，我瞧着他呐。"

"你知道他在阿维尼翁干了些什么？"

"我希望他没有扶植起一个教皇来。"

"不是的，他把一只盘子扔在一个人头上。"

"啊，这太过分了！"

"还不止这个呢。"

"我完全可以想象。"

"他和那个人决斗了。"

"他肯定把那个人杀死了。"布里埃纳说。

"是啊；不过你知道是什么原因吗？"

"不知道。"

将军耸耸肩膀。

"因为那个人说我是一个强盗。"

随后，他看看罗朗，带着一种难以描绘的讥讽中夹着友谊的神态说：

"傻瓜蛋！"

随后，他突然又说：

"噯，那个英国人呢？"

"对啊，那个英国人，我的将军，我正要向您谈到他呢。"

"他一直在法国吗？"

"还在，我有时候甚至认为他会留在法国，一直留到最后审判①的号角在约沙法谷②吹响的时候。③"

"你也没有射中他吗？"

"喔！不，不是我；我们是世界上最好的朋友；而且，我的将军，他是一个非常杰出的人，而且非常古怪，因此我要请求您稍许给他一些恩惠。"

"见鬼，给一个英国人吗？"

波拿巴摇摇头接着说：

"我不喜欢英国人。"

"作为民族，是这么回事；可是，作为个人呢……"

"那么，你那位朋友，遇到什么事了？"

"他已经被审判，被判决，被处死了。"

"你在对我讲些什么鬼话呀？"

"完全是事实，我的将军。"

"什么！他被审判，判决，斩首了！"

---

① 最后审判：基督教教义之一，认为有一日现世将最后终结。所有世人将最后终结，所有世人都将接受上帝的最后审判。
② 约沙法谷：位于耶路撒冷和橄榄山之间，根据基督教的说法，在最后审判的那一天，所有的死人都将到约沙法谷中集中。
③ 这一句的意思是说英国人将留在法国，永远不会走了。

"喔！并不完全是；他是被审判，被判决了；可是没有被斩首；如果他被斩首了，那他要比现在更倒霉了。"

"喂，你在给我唠叨些什么啊？他是被哪个法庭审判和判决的？"

"被耶户一帮子的法庭。"

"耶户一帮子，这是什么玩意儿。"

"唷！那么您已经忘记了我们那位叫摩冈的朋友了，就是那个把两百路易送还给葡萄酒商人的蒙面人。"

"不，我没有忘记，"波拿巴说，"布里埃纳，我不是把这个胆大包天的家伙的事讲给你听过了吗？"

"是的，将军，"布里埃纳说，"我还回答您说，我要是您，我就想弄清楚这个人到底是什么人。"

"喔！将军如果不拦住我，那他已经知道了：我正要扑上去抓他的脖子，拉下他的面具，将军突然对我说：'坐下，罗朗！'他这种语气，您是知道的。"

"喂，你还是谈你的英国人吧，你这个多嘴饶舌的家伙，"将军说，"是那个摩冈把他杀害了吗？"

"不，不是他……是他的伙伴。"

"可是你刚才谈到了什么法庭，审判。"

"我的将军，您老是这样，"罗朗说，他和将军还保留着一些过去军事学院的亲密关系，"您想知道一件事，可是您又不给人家讲话的时间。"

"你进了五百人院①，就可以随便讲了。"

---

① 五百人院：法国热月党公会于一七九五年制定的第三年宪法中规定的立法机构之一（另一机构为元老院）。五百人院有权提出法案，提交元老院审批。

"哦！在五百人院里，我还有四百九十九个同僚也想像我一样讲话，他们会打断我的话。我宁愿被您打断话头，也不愿意让一个议员打断。"

"您还讲不讲？"

"要我讲再好没有，请您设想一下，在布尔附近，有一个修道院……"

"赛荣修道院，我知道这个地方。"

"什么！您知道赛荣修道院？"罗朗问。

"难道将军有不知道的事情吗？"布里埃纳说。

"嗯，你的修道院，里面还有没有修士？"

"没有了，里面只有一些鬼魂。"

"你会不会碰巧有一个什么鬼故事讲给我听听？"

"而且是非常好听的。"

"见鬼！布里埃纳知道我是非常喜欢听鬼故事的，讲下去。"

"是这样的，有人到我母亲家里来告诉我们，修道院里有鬼魂出现；您知道，我们很想把这件事搞个水落石出，于是，约翰爵士和我，更可以说是我和约翰爵士，我们每人到修道院里去待了一个晚上。"

"在什么地方？"

"当然在修道院里面啰。"

波拿巴悄悄地用大拇指划了一个十字，他始终保留着他这个科西嘉习惯。

"啊！啊！你看到鬼了吗？"

"我看到了一个。"

"你把它怎么办？"

"我朝它开枪。"

"后来呢？"

"后来，它还是走它的路。"

"而你不会就此罢休的吧？"

"啊，对啊！您太了解我了！我追它，又朝它开枪；可是因为它比我更熟悉那些废墟里的道路，它逃走了，我没有抓住它。"

"见鬼！"

"第二天，轮到我们的英国人，约翰爵士去了。"

"他看到了你那个鬼魂吗？"

"他比我看到的还要多，他看到了十二名修士走进了教堂，他们审判了他，因为他想探知他们的秘密，他们判处他死刑，是啊，还用匕首刺他。"

"他没有自卫吗？"

"他像一头狮子一样进行了自卫，打死了他们两个。"

"他也死了吗？"

"不死也差不多了；不过我希望他能逃过这个难关。您倒是想想看，将军，有人在路边发现了他，把他抬到了我母亲家里，一把匕首还是插在胸膛上，就像葡萄架上插着的一根支柱一样。"

"啊，你讲给我听的是一场不折不扣的圣菲默法庭①的戏。"

"在匕首的锋口上，还刻着'耶户一帮子'几个字，为的是明确地

———————

① 圣菲默法庭：德国的秘密法庭，在十五世纪时势力很大，当时德国的领主和凶恶的骑士都很怕它。

告诉大家，这件事是他们干的。"

"喂，这样的事不可能发生在十八世纪末的法国！这种事发生在中世纪德国的亨利和鄂图①时代还差不多。"

年轻人从他的上装里面拿出一把从剑刃到护手都是铁铸的匕首。

"不可能吗，将军？那么，这就是匕首，您觉得它的式样怎么样？很讨人喜爱，不是吗？"

匕首的护手，也就是手柄，做成十字形；剑刃上果然刻着这几个字：耶户一帮子。

波拿巴仔细地审视着这把武器。

"你说他们把这个小玩意儿插在你那个英国人的胸口上？"

"只露出手柄？"

"而他还没有死？"

"至少现在还没有死。"

"你听到了吗，布里埃纳？"

"我听得非常有味道。"

"你以后要提醒我这件事，罗朗。"

"什么时候，将军？"

"当……当我成了主宰以后。去向约瑟芬问好；来，布里埃纳，你来和我们一起用晚餐；你们两人讲话都要当心：吃晚饭时有莫罗②在这儿。——啊！这把匕首我要当作一件珍品保留着。"

他首先走了出去，后面跟着罗朗，紧接着是布里埃纳。

———————

① 亨利和鄂图均是德国中世纪国王的名字。
② 莫罗（1763—1813）：法国将军。

在楼梯上他遇到了他派到戈依埃那儿去的传令兵。

"怎么样?"他问。

"这是主席的回信。"

"给我。"

他拆开信上的封印,念了起来:

"戈依埃主席高兴地接受了波拿巴将军给他的荣誉;他将在后天(雾月十八日)下午恭候将军来共进晚餐,还有漂亮的将军夫人和所提到的副官(随便哪一位都可以)。

五点钟入席。

如果波拿巴将军认为这个时间不合适,请费心通知他认为合适的时间。

主席

G.戈依埃

共和七年雾月十六日"

波拿巴把这封信放进了他的口袋里,脸上露出一种难以描绘的微笑。

随后,他转身对罗朗说。

"你认识戈依埃主席吗?"他问罗朗。

"不认识,将军。"

"啊!你会看到,他是一个非常正直的人。"

他讲这几句话的语气,也和他的微笑一样,无法形容。

·第二十章·
波拿巴将军的来宾

约瑟芬虽说已经三十四岁了，也许正因为她是三十四岁——这是一个女人的黄金时代，她正在她已消逝的青春和未来的衰老之上翱翔——她还是那么美丽，那么娇艳；就像您所知道的，她是一个非常迷人的女人。

在她丈夫回来的时候，由于朱诺①出言不慎，在他们夫妻关系上蒙上了一层阴影②。可是用不了三天，这个美人儿重新获得了对这位里沃利和金字塔的征服者的全部影响力。

罗朗进去的时候，她正在招待客人。

她是一个真正的克里奥尔人，永远也控制不了自己的感情冲动；一见到罗朗她便高兴得叫起来，并把手伸了出去，她知道罗朗对她的丈夫是赤胆忠心的；她知道罗朗勇敢得像个疯子一样；她深信，如果这个年轻人能活二十次，他会把这几十次生命全部奉献给波拿巴将军。

罗朗急忙拿起她伸过来的手，恭恭敬敬地吻了一下。

约瑟芬在马提尼克岛认识了罗朗的母亲；只要一遇到罗朗，她一定会对他谈起他的外祖父德·拉克莱芒西埃尔先生，在她还是个小姑娘的时候，便经常到他外祖父的美丽的花园里去采集那些鲜甜的水果，这些果子在我们这些寒冷的地区是没有的。

话题找到了，她和蔼地询问蒙特凡尔夫人、她的女儿和她的小爱德华的健康状况。

寒暄完毕，她对他说：

"我亲爱的罗朗，所有的人都要我去招待，不过今天晚上，您要设法留下，让别人先走；或者明天您一个人来找我：我要和您谈谈他（她用眼睛瞟了一下波拿巴），我有很多很多事情要跟您讲。"

接着她叹了一口气，握了握年轻人的手说：

"不管发生什么事情，您都不离开他，是吗？"

"什么？不管发生什么事情？"罗朗说，他感到有些奇怪。

"我了解我自己，"约瑟芬说，"我可以肯定，如果您和波拿巴说上十分钟，您也会了解我的。现在，您就等着，看看，听听，可是不要多嘴。"

罗朗敬了个礼，退到一边去了，他决心像约瑟芬刚才劝告他的那样，只做一个观察者的角色。

的确有点儿值得看看的东西。

大厅里主要有三群人。

---

① 朱诺（1771—1813）：法国将军，曾任波拿巴的副官，一八〇一年升为将军，最后因疯病致死。
② 据历史传说，在拿破仑远征埃及期间，约瑟芬和一个名叫夏尔的青年军官有染。这里所指的大概是这件事。

第一群，围在波拿巴夫人周围，她是这个房间里唯一的女人；这群人就像潮水一样在她身边推来拥去。

第二群，围在塔尔玛①周围，这群人里面有阿尔诺，帕瑟瓦尔－格朗迈松，蒙日，贝托莱和其他两三个法兰西研究院院士②。

第三群，也就是波拿巴刚才向他们走过去的那一群，这里面有塔列朗③，巴拉斯，吕西安，勃吕依克斯④，勒代莱⑤，勒尼奥·德·圣让当热利⑥，富歇，雷阿尔⑦和两三名将军，其中有一位是勒费弗尔⑧。

在第一群人里面，大家讲的是时装、音乐、戏剧；在第二群人里面，大家讲的是文学、科学、戏剧艺术；在第三群人里面，除了大家都想谈的事情以外什么都谈。

这种言不由衷的谈话肯定不合当时波拿巴的心情；因为他仅仅参加了几秒钟这种一般性谈话之后，便挽着那位前欧坦主教的胳膊，把他带到了窗洞下面去。

"怎么样？"他问塔列朗。

塔列朗以他特有的那种神气瞧着波拿巴。

"那么，关于西哀士这个人，我以前是怎么跟您说的，将军？"

---

① 塔尔玛（1763—1826）：法国著名悲剧演员，深得拿破仑青睐。
② 以上这些人物都是当时有名的文化科学界人士。
③ 塔列朗（1754—1838）：法国政治家，年轻时曾任欧坦教区主教。后任法国督政府、执政府、第一帝国和复辟王朝初期的外交大臣，以权变多诈闻名。
④ 勃吕依克斯（1759—1805）：海军上将，雾月政变时拿破仑的谈判代表。
⑤ 勒代莱（1754—1835）：法国政治家，起先是雅各宾派，后支持雾月十八政变。
⑥ 勒尼奥·德·圣让当热利（1761—1819）：法国政治家，恐怖时期被捕后越狱逃跑，支持雾月十八政变，很受拿破仑赏识。
⑦ 雷阿尔（1757—1834）：法国政治家，丹东的朋友，富歇的副手，支持雾月十八政变。
⑧ 勒费弗尔（1755—1820）：法国将军，支持雾月政变，一八〇四年升任元帅。

"您是这么对我说的：'在这些人里面去找支持，这些人把共和国的朋友当雅各宾派对待，而您要相信西哀士就是这些人的首领。'"

"我没有讲错。"

"那么他投降了？"

"他做得更好，他屈服了……"

"这个家伙因为我在弗雷瑞斯上岸时没有进行检疫隔离而想叫人枪毙我！"

"哦！不，决不是为了这个原因。"

"那么是为了什么？"

"因为有一次在戈依埃家里吃晚饭的时候您连正眼也没有瞧他，话也不跟他说。"

"我向您承认，我是故意这么干的；我受不了这个还俗修士。"

波拿巴发现——可是有点儿迟了——他刚才脱口而出的这句话，就像大天使手里那把双刃剑一样：伤了两个人，如果西哀士是还俗的修士，那么塔列朗就是脱掉了主教帽的主教。

他飞快地往他的对话者脸上扫了一眼；前欧坦主教微笑了一下，他的笑容再亲切也没有了。

"那么我可以指望他了？"

"我可以保证。"

"还有康巴塞雷斯①呢，还有勒布朗②呢，您见到他们了吗？"

---

① 康巴塞雷斯（1753—1824）：法国政治家，五百人院议员，司法部长，后被拿破仑任命为第二执政。

② 勒布朗（1739—1824）：法国政治家，五百人院议员，后被拿破仑任命为第三执政。

“我负责的是西哀士，他是最难对付的；那两个人是勃吕依克斯要会见的。”

海军上将在那群人中间，可是他一直注意着将军和那位外交家；他猜到了他们两人的谈话有某种重要性。

波拿巴做了个手势要他也过来。

一个没有他机灵的人也许会立即就走过来；勃吕依克斯却并非如此。

他装作一无所知的样子，在大厅里兜了两三个圈子，随后，他仿佛突然发现了塔列朗和波拿巴在一起谈话，才向他俩走了过去。

“勃吕依克斯这个人很厉害，”波拿巴说，“他可以根据一些大事情，也可以根据一些小事情来判断人。”

“尤其是他这个人很谨慎，将军！”塔列朗说。

“那么，要从他肚子里掏出话来，就得要一只开瓶钻子。”

“啊，不！他现在向我们靠拢了，因此他会开门见山地对我们谈的。”

果然，勃吕依克斯刚一走到波拿巴和塔列朗那儿，他便开门见山地谈到了正题：

“我见到他们了，他们在犹豫！”

“他们在犹豫！康巴塞雷斯和勒布朗在犹豫？勒布朗犹豫，我还能理解：他像一个文人，一个温和派，一个清教徒；可是康巴塞雷斯……”

“是这么回事。”

“您有没有对他们说，我准备请他们两人都当上执政。”

“我还没有走到这一步，”勃吕依克斯笑着说。

"为什么呢？"波拿巴问。

"因为您这个意图我还是第一次听到。"

"对，"波拿巴咬咬嘴唇说。

"要不要再去和他们说一下？"勃吕依克斯问。

"不，不，"波拿巴急速地说，"他们会以为我需要他们，我不喜欢支支吾吾。要他们今天就决定，条件就是您已经向他们讲的那些，没有别的了，今天如果他们不回答，明天那就太晚了；我觉得我一个人的力量也完全够了，我现在已经有了西哀士和巴拉斯。"

"巴拉斯？"两个在商谈的人惊奇地说。

"是的，巴拉斯，他像个小班长似的对待我，他没有把我重新送回到意大利去，"他说，"因为我在那儿已经挣到了一笔财富，要我回那儿去也没有用了……怎么样，巴拉斯……"

"巴拉斯？"

"没有什么……"

"啊！是啊，而且，我完全可以对你们说！昨天吃晚饭的时候，你们知道巴拉斯在我面前吐露了些什么事？他说他不可能和第三年宪法一起走得更久了；他承认需要有一个专政；他决定要退休，放弃政府的领导权，还说他已经被人议论得够了，共和国需要一些新人；不过，你们猜猜看，他准备把他的权力扔给谁——就像塞维尼夫人[1]所说的，我让你们读一百遍，一千遍，一万遍——他要把政权扔给埃杜维尔将军，这个人是很正直的……可是我只要当面看看他，他便会低下头去；当然我

---

[1] 塞维尼夫人（1626—1696）：法国作家。出身贵族，接近路易十四宫廷。所写《书简集》为十七世纪法国古典主义散文的代表作。

的眼光是很凶的，结果是，今天早上八点钟，巴拉斯来到我床前，尽力为他自己昨天说的蠢话道歉，承认只有我才能拯救共和国，声称他到我这儿来是听我的安排，我要他干吗他就干吗，我要他担任什么角色他就担任什么角色，请求我在我考虑到某件事情的时候，想到可以指望他……是的，指望他，'就让他在榆树下面等我吧！①'"

"而且，将军，"德·塔列朗先生忍不住想插一下嘴，"榆树根本就不是自由之树。"

波拿巴斜着眼睛向前主教瞥了一眼。

"是的，我知道巴拉斯是您的朋友，是富歇的朋友，也是雷阿尔的朋友，可是他不是我的朋友，我要向他证明这一点。您再回到勒布朗和康巴塞雷斯那儿去，勃吕依克斯，您要他们立即作出决定。"

随后，他看看他的表，皱了皱眉头说：

"好像要让莫罗久等了。"

于是他向塔尔玛那一群人走去。

两位外交家看着他逐渐远去。

随后，他们轻轻地交谈起来了。

"我亲爱的莫里斯，"勃吕依克斯海军上将问，"他对这个人的感情，您觉得怎么样？这个人在土伦围城②时看中了他，他那时候还只是一个普通的军官；葡月十三那天又以国民公会的名义支持了他③，后来

---

① "就让他在榆树下面等我吧！"这句法国谚语表示让他白等吧，他是永远等不到的。
② 土伦是法国沿地中海城市；一七九三年九月波拿巴在此击溃英军，初露头角。
③ 一七九五年热月三十日，热月党国民公会制定了第三年宪法，保皇党分子感到大势已去，决定暴动，当时的国民公会军司令巴拉斯把镇压暴动的任务交给了年轻的波拿巴将军，波拿巴获得成功。葡月十三事件对波拿巴以后的飞黄腾达起了决定性作用。

又在他二十三岁的时候任命他为意大利远征军总司令。"

"我说，我亲爱的海军上将，"德·塔列朗先生微带嘲笑地回答说，"有些效劳太大了，因此只能用忘恩负义来报答了。"

这时候门开了，有人通报莫罗将军到。

这个通报比一条新闻还要吸引人，对大多数在场的人来说，这还是一条惊人的新闻，因此一听到这个通报，所有人的眼睛都转向门口。

莫罗出现了。

当时在法国有三个人会引起大家的注意，莫罗就是其中之一。

另外两个人是波拿巴和皮什格鲁①。

他们之中每一个人都是一种象征。

皮什格鲁自从果月十八②以来，是君主政体的象征。

莫罗自从别人称他为法比乌斯③以来，他是共和国的象征。

波拿巴是战争的象征，他用他天才的冒险精神控制着这两个人。

莫罗这时正值壮年，如果决心不是天才的性格，我们原来是应该说他正在他才华横溢的时期；可是，没有人比这位有名的 Cunctateur④ 更加优柔寡断的了。

那时候他三十六岁，高高的个子，脸色和蔼，镇静，坚定。他一定

---

① 皮什格鲁（1761—1804）：法国将军，保皇派，与拿破仑为敌，后被捕自杀。
② 果月十八：指一七九七年九月四日的反保皇分子的一次政变。当时皮什格鲁是五百人院议长。
③ 法比乌斯（约前280—前203）：古罗马统帅，历任五次执政官，曾对抗汉尼拔，挽救罗马于危难。
④ 源出拉丁文 Cunctator，意为谨小慎微的人。

很像色诺芬①。

波拿巴从来没有见过他；他也从来没有见过波拿巴。

当一个在阿迪杰河和明乔河打仗时；另一个在多瑙河和莱茵河作战。

波拿巴一看到他便向他迎上前去。

"欢迎，将军！"他对莫罗说。

莫罗露出非常亲切的微笑。

"将军，"他回答说，这时候所有的人都围在他们两人周围，想看看这又一位恺撒如何接待这又一位庞培②，"您从埃及得胜归来，我从意大利回来之前却打了一次大败仗。"

"这次败仗不是您打的，不应由您负责，将军。这次败仗，是儒贝尔的错误造成的。如果他一被任命为意大利军总司令以后便去意大利，那么当时的俄国人和奥地利人只有那么一点点军队，是不可能抵抗他的；可是他要在巴黎度蜜月！这一个月送了可怜的儒贝尔的命，这一个月给了俄国人和奥地利人集结他们所有兵力的时间；芒多的投降又在战斗的前夕为他们扩充了一万五千人的兵力；我们勇敢的军队面对这么许多集结起来的敌人是不可能不被打败的！"

"唉，是啊，"莫罗说，"总是多数打败少数。"

"这是伟大的真理，将军！"波拿巴大声说，"无可争辩的真理！"

"可是，"阿尔诺这时也参加到这场谈话里来了，"将军，您不是曾

_____

① 色诺芬（约前430—约前355或354）：古希腊军人，历史学家，苏格拉底的弟子。著有《远征记》、《希腊史》等。

② 庞培（前106—前48）：古罗马统帅，曾与恺撒、克拉苏结成三头政治联盟。

经以少胜多吗？"

"如果您是马里乌斯①本人，而不是《马里乌斯》一书的作者，您就不会这样说了，诗人先生。即使我在以少胜多的时候——请听仔细了，尤其是你们这些年轻人，今天你们按命令办事，不久以后你们就要指挥别人——还是以多胜少的。"

"我不懂，"阿尔诺和勒费弗尔一起说。

可是莫罗点了点头，表示他莫罗已经懂了。

波拿巴接着说：

"好好听听我的理论，这是战争的艺术。如果我遇到了一支强大的军队，而我的兵力很小，那么我就迅速集中我的部队，以迅雷不及掩耳之势直捣敌人的侧翼，把它击溃；随后我乘这次行动必然会引起的混乱，再攻击它另一个部分，还是集中了我所有的兵力；我就这样一小块一小块地吃掉它；你们也看到了，最后的胜利总是从以多胜少得来的。"

就在我们这位老谋深算的将军下这个天才的定义的时候，门打开了，一个用人进来通知晚饭已经准备停当。

"来吧，将军，"波拿巴说，他把莫罗带到约瑟芬跟前，"请把胳膊伸给我的妻子，到餐厅里去吧！"

听到这个邀请，大家都从大厅向餐厅走去。

晚饭以后，波拿巴借口要给他看一把从埃及带回来的华丽的军刀，把莫罗带到他的书房里。

---

① 马里乌斯（前 157—前 86）：古罗马统帅。

这两个对手关在那间书房里待了一个多小时。

他们之间谈了些什么事情？签订了什么条约？答应了什么条件？永远也没有人知道。

波拿巴回到大厅里的时候，吕西安问他，他只是回答说：

"噢！莫罗吗？就像我预见的一样，他喜欢军权胜过政权；我答应他指挥一支军队……"

在讲最后几个字的时候，波拿巴微微一笑。

"而在这之前……"他接着说。

"在这之前怎么样？"吕西安问。

"在这之前他将指挥卢森堡宫的卫队；在他征服奥地利人以前让他先做做看守督政的狱卒，我是不会感到不高兴的。"

第二天在《箴言报》上有这样一条消息：

"巴黎，雾月十七日——波拿巴送给莫罗一块他从埃及带回来的镶有宝石的大马士革锦缎，估计价值一万二千法郎。"

·第二十一章·
督政府的总结

我们已经说过，在波拿巴独自回到大厅里的时候，莫罗肯定是带着波拿巴给他的指令，走出了胜利街的小房子。

在这样一个夜晚，所有一切都受到密切注意；因此，有人注意到莫罗不见了；波拿巴独个儿回来，脸上流露着明显的愉快情绪。

最最热切地注视着他的是约瑟芬和罗朗：如果莫罗支持波拿巴，那么这次阴谋成功的希望增加百分之二十；如果莫罗反对波拿巴，那么这次阴谋成功的希望减少百分之五十。

约瑟芬的眼光是那么焦灼，因此波拿巴在离开吕西安时把他的兄弟往妻子那儿推了推。

吕西安懂得了；他向约瑟芬走去。

"一切顺利。"他说。

"莫罗呢？"

"他支持我们。"

"我还以为他是共和分子呢。"

"我们向他证实了我们的行动是为了共和国的利益。"

"而我，我还以为他有个人野心呢。"罗朗说。

吕西安一阵哆嗦，看了看年轻人。

"您讲对了，您。"他说。

"那么，"约瑟芬问，"如果他有个人野心，他就不会让波拿巴夺取政权。"

"为什么？"

"因为他自己要。"

"是的；可是因为他自己不会建立，又不敢去抢夺，那么他就要等别人把现成的送给他。"

这时候，波拿巴走近了像晚饭前一样的，以塔尔玛为中心的那一群人；优秀人物总是处于中心地位。

"塔尔玛，您在讲些什么？"波拿巴问，"好像大家都在全神贯注地听您。"

"是的，可是我的统治现在结束了。"这位艺术家说。

"为什么呢？"

"我像巴拉斯公民一样，让位了。"

"巴拉斯公民让位了？"

"有这种传说。"

"知不知道谁会代替他？"

"大家有所猜想。"

"是您一个朋友吗，塔尔玛？"

"从前，"塔尔玛弯弯腰说，"我曾经有幸听他说过我是他的朋友。"

"如果是这样的话，塔尔玛，我就要请求得到您的保护。"

"您已经得到了，"塔尔玛说，"现在要知道您要我干什么。"

"把我送到意大利去，巴拉斯公民希望我待在那儿不要回来了。"

"天啊，"塔尔玛说，"您知道这首歌吗，将军？

> "树林里我们不必去了，
>
> 月桂树①已经砍光了！"

"喔，罗西乌斯！罗西乌斯！"波拿巴笑眯眯地说，"在我不在的时候，你是不是已经变成了一个拍马屁的人了吗？"

"罗西乌斯是恺撒的朋友，将军，在恺撒从高卢回来的时候，他大概也对恺撒讲了和我对您讲的差不多的话。"

波拿巴把手放在塔尔玛的肩膀上。

"他有没有对他讲过在渡过卢比孔河时讲的同样的话？"②

塔尔玛盯着波拿巴看了一眼。

"没有，"他回答说，"他也许会像一个预言家那样对他说：'恺撒，当心三月的 ides③！'"

---

① 月桂树象征光荣、荣誉。

② 公元前五○年，恺撒发动针对庞培的内战，率军渡过卢比孔河向罗马进军，在越过卢比孔桥时，他讲了一句名言"alea jacta est.（拉丁文：破釜沉舟，有进无退。）"

③ ides：拉丁文。指罗马历中三、五、七、十月的第十五日，其他月份的第十三日。恺撒于公元前四四年三月十五日被布鲁图等设计用匕首刺杀。

波拿巴把手伸到胸口，仿佛在寻找什么东西；他在里面摸到了耶户一帮子的那把匕首，他用他痉挛的手把它紧紧攥住。

是不是他对以后阿莱纳①、圣莱让②和卡杜达尔的谋反有了预感？

这时候门开了，有人通报：

"贝尔纳多特③将军到！"

"贝尔纳多特！"波拿巴不禁轻轻咕噜起来，"他到这儿来干什么？"

的确，自从波拿巴回来以后，贝尔纳多特对他一直远而避之，对波拿巴的，以及波拿巴托朋友对他提出的要求总是一口回绝。

那是因为贝尔纳多特早已看出这个穿着士兵大衣的人是个政治家，这个总司令是个独裁者；那是因为贝尔纳多特尽管以后要做国王，这个时候却是一个与莫罗完全不同的共和分子。

此外，贝尔纳多特认为有些事情要向波拿巴好好抱怨一番。

他过去所建立的赫赫军功不比这位年轻军官少；他们的造化后来也不相上下；只是他比波拿巴更走运，他死的时候是位国王。

的确，这个王位，贝尔纳多特不是打下来的；他是被召唤去当国王的。

---

① 阿莱纳（1772—1801）：法国科西嘉籍军官，他反对雾月十八政变，并阴谋在大剧院谋杀波拿巴，后被捕处死。

② 圣莱让（1766—1801）：卡杜达尔的朋友，保皇派密谋分子。一八〇〇年十二月二十四日谋杀波拿巴未成脱逃，后因同谋者揭发而被捕处死。

③ 贝尔纳多特（1763—1844）：法国元帅，瑞典国王。曾在拿破仑手下当过将军，一七九八年任驻维也纳大使，他拒绝协助拿破仑雾月政变，一八一八年被瑞典人民邀请任瑞典国王。根据百科词典，他应生于1763年，但大仲马在后文说他生于1764年。

贝尔纳多特是波城一个律师的儿子，生于一七六四年，也就是说，比波拿巴大五岁，十七岁时当上了一名小兵。一七八九年，他还只是一个上士；但这个时候军队里晋升是非常快的。一七九四年，克莱贝[①]在他打了一次大胜仗的战场上任命他为将军，职务是旅长；后来他又当上了师长，在弗勒吕斯[②]和于利希[③]的战斗日子里他出足了风头；他攻陷马斯特里赫特[④]，取下阿多特多夫[⑤]，顶着比他多一倍的军队保护着被迫后撤的儒尔当[⑥]。一七九七年，督政府派他带一万七千名士兵送给波拿巴；这一万七千人都是他的老部下，是克莱贝、马尔索[⑦]和奥什的老兵，是桑布尔和默兹战场上的士兵。这时候，他舍弃旧恶，竭尽全力协助波拿巴，越过塔利亚门托河[⑧]，攻取格拉迪什卡[⑨]，的里雅斯特[⑩]，卢布尔雅那[⑪]，伊德里亚[⑫]；战争结束以后，把缴来的敌人旗帜交给督政府，并接受了，也许是违心地接受了维也纳大使的职务；这时候波拿巴被任命为埃及远征军的总司令。

　　在维也纳，由于在大使馆门口挂起了三色旗而引起了一场暴乱；大

---

① 克莱贝（1753—1800）：法国将军。一七九九年波拿巴离开埃及时，他任埃及军代总司令。一八〇〇年被一穆斯林教徒谋杀。
② 弗勒吕斯：比利时城市。一七九四年，儒尔当元帅在此大败奥地利军队。
③ 于利希：今德国城市。当时属法国，一八一五年划归普鲁士。
④ 马斯特里赫特：今荷兰城市，当时属法国。
⑤ 阿多特多夫：瑞士城市。
⑥ 儒尔当（1762—1833）：法国元帅，因弗勒吕斯一战出名。
⑦ 马尔索（1769—1796）：法国将军，在旺代和弗勒吕斯的战斗中出名。
⑧ 塔利亚门托河：意大利河流。
⑨ 格拉迪什卡：波黑城市。
⑩ 的里雅斯特：意大利城市。
⑪ 卢布尔雅那：现斯洛文尼亚首都。
⑫ 伊德里亚：斯洛文尼亚城市。

使没有能平定这场暴乱，只能申请回国。回到巴黎以后，他已经被督政府任命为陆军部长；狡猾的西哀士，利用了贝尔纳多特的共和思想怂恿他提出了辞呈，他的辞呈被接受了；波拿巴在弗雷瑞斯登陆的时候，杜博瓦－克朗赛①接替辞职者的位置已经有三个月了。

在波拿巴回来以后，有几个贝尔纳多特的朋友想把贝尔纳多特请回部里去；可是波拿巴反对，因此在这两个将军之间产生了敌意，如果不是公开的，至少也是真实的。

因此，贝尔纳多特出现在波拿巴的房间里这件事，就像莫罗来到一样惊人，马斯特里赫特的征服者进来时吸引的人至少也和拉施塔特②的征服者来到时吸引的人一样多。

不过，波拿巴不像刚才欢迎莫罗一样走上去迎接他，对这个刚来到的客人，他只是把头转了过来并等着他。

贝尔纳多特站在门口向大厅里的人飞快地扫视了一遍；他把大厅里的人研究了一下，归了归类；虽然他在大厅里主要的一群人中间已经瞥见了波拿巴，他还是走向半躺在壁炉旁边一只长靠椅上的约瑟芬。披着锦缎的约瑟芬美得就像彼提宫③里的阿格里皮娜④的塑像。随后他像一个殷勤的骑士一样向约瑟芬致敬，恭维她几句，问问她的健康情况，这时候他才抬起头来看看他应该往哪儿去找波拿巴。

在这样的时刻，任何事情都具有不同一般的意义，因此所有的人都

---

① 杜博瓦－克朗赛（1747—1814）：法国将军和政治家。
② 拉施塔特：德国城市。莫罗曾在此打过胜仗。
③ 彼提宫：一四四〇年建于意大利佛罗伦萨，以所藏油画著名。
④ 阿格里皮娜：尼禄之母，美艳动人。

觉察到贝尔纳多特这种装模作样的奉承。

波拿巴的脑子既灵又快,决不会是最后一个觉察到这一点的;因此,他感到不耐烦了,他没有待在他那群人中间,等贝尔纳多特过来,反而跑到一个窗洞下面,仿佛在挑动前陆军部长跟着他去。

贝尔纳多特风度优美地向左右两旁的人点头致意,竭力使他平时表情丰富的脸保持镇静;他向波拿巴走去,后者像一个在等待对手来到的斗士一样,右脚伸在前面,嘴唇咬得紧紧地等着他。

两个人相互致敬,不过波拿巴没有任何向贝尔纳多特伸出手去的动作;贝尔纳多特也没有丝毫接受对方伸过来的手的意思。

"是您啊,"波拿巴说,"见到您很高兴。"

"谢谢,将军,"贝尔纳多特回答,"我到这儿来因为我相信要对您作一些解释。"

"首先,我刚刚没有把您给认出来。"

"可是,将军,我仿佛听到我的名字已经被您的用人通报过了,通报的声音相当响亮,相当清晰,因此不可能对我的身份有什么怀疑了。"

"是的,可是他通报的是贝尔纳多特将军。"

"那又怎么样呢?"

"可是我看到的是一个穿市民衣服的人,因此在看到您的时候,我有点儿怀疑究竟是不是您。"

的确,贝尔纳多特最近以来总是装作更喜欢穿市民衣服,而不喜欢穿军装。

"您知道,"他笑着回答道,"我现在只是半个军人了,西哀士先生把我作为退伍军人对待了。"

"我在弗雷瑞斯上岸的时候您已经在做陆军部长了，我仿佛觉得这一点对我不无好处。"

"为什么这样说？"

"据别人对我说，您肯定说过，如果您收到了因为我违犯了卫生条例而要逮捕我的命令，您一定会执行的。"

"这话我是说过的，而且我现在还要说，将军；作为一个军人，我始终是一个遵守制度的模范；做了部长，我就变成一个法律的奴隶了。"

波拿巴咬咬嘴唇。

"而您还会说，除此之外，您对我没有什么个人怨仇！"

"对您的个人怨仇，将军？"贝尔纳多特回答说，"为什么会有个人怨仇呢？我们几乎总是在同一个级别上前进，我被任命为将军甚至在您之前；我在莱茵河上打的那些战役，就算没有您在阿迪杰河上那些战役打得辉煌，可是对共和国来说，并不因此而降低了价值。当我有幸在意大利在您麾下效劳时，我希望您可以把我看作是一个忠诚的副手，即使不是忠于个人，至少也是忠于祖国的。的确，自从您离开了埃及以后，将军，我比您要幸运一些，因为我不像您，要对让一支大军陷在困境里面负责，如果应该相信克莱贝最近送来的几封信的话。"

"什么！根据克莱贝最近送来的信？克莱贝写过信了？"

"您不知道吗，将军？督政府没有把您继承者的抱怨告诉您吗？这也许是它最大的缺点，那么我更加感到高兴，因为我可以在您脑子里纠正一下别人对我的议论，并告诉您一些别人对您的议论。"

波拿巴用他像鹰一样阴沉的眼睛盯着贝尔纳多特。

"别人讲我些什么？"他问。

"有人说，既然您要回来，您就应该把军队一起带回来。"

"难道我有舰队吗？您不知道布律埃斯①已经让人把他的舰队烧掉了。"

"那么，有人说，将军，如果您不能把军队带回来，为了您的名声，最好是和您的部队一起待在那儿，不要回来。"

"我本来要这么做的，先生，如果不是有些重大事件召我回法国的话。"

"什么重大事件，将军？"

"您的失败。"

"对不起，将军，您说的大概是谢乐的失败吧。"

"不管怎么说，这总是您的失败。"

"对在莱茵河和意大利指挥我们军队的将军，我只对在我做了陆军部长以后的事情负责。那么，从那个时候起，究竟有多少失败和胜利，我们来算算看吧，将军，我们会看到天平会向哪一方面倾斜。"

"您不至于会来对我说您的事情一切都好吧？"

"不，可是我要告诉您，我的事情也不像您装作相信的那样糟。"

"我装作！……说真的，将军，听您这么说，仿佛我喜欢法国在外国人的眼里降低地位似的……"

"我不是这样说的，我说我来是和您把三个月以来我们的失败和胜

---

① 布律埃斯（1753—1798）：法国海军副司令，一七九八年在阿布基尔被纳尔逊打败，本人也在此役中阵亡。

Les Compagnons De Jehu

利算算清楚；因为我是为了这一目的来的，我来到您的府上，我是作为一个被指责的人来的……"

"或者是作为指责者来的。"

"首先作为被指责的……我开始说。"

"而我，"波拿巴说，他很明显感到有些不安，"我听着。"

"我进我那个部从牧月①三十日，也就是从六月八日开始，如果您更喜欢这样说的话；我们永远不会为了一些字眼争吵的。"

"那就是说，我们要为一些具体事实争吵。"

贝尔纳多特没有回答他的话，自顾自讲下去：

"就像我刚才跟您讲的，我是从六月八日进我的部的，也就是说，在阿卡撤围以后几天开始的。"

波拿巴咬咬嘴唇。

"我是在摧毁了工事以后才在阿卡撤围的，"他说。

"克莱贝没有这样写；不过这与我毫无关系……"

接着他笑了笑又说：

"这时候部长是克拉克②。"

讲到这里，他停顿了一下。这时候波拿巴想使贝尔纳多特的眼睛低下去，可是没有成功，于是他说：

"请继续讲下去。"

贝尔纳多特弯了弯腰接着说：

"也许从来没有一个陆军部长 —— 部里面的档案都在，可以作

---

① 牧月：法兰西共和历的第九月，相当于公历五月二十日至六月十八日。
② 克拉克（1765—1818）：法国元帅。拿破仑一世时的陆军部长。

证——从来没有一个陆军部长在情况如此严重的时候上任的：国内有内战，外国军队就在我们的门口；我们的老兵已经丧失了斗志，要征集新兵又缺少必要的资金；这就是我六月八日晚上的处境，可是我已经任职了……从六月八日起，和地方政府以及军事当局建立了积极的联系，因此又鼓起了他们的勇气，燃起了他们的希望；我给军队的致词——也许这是一个错误——不像是一个部长给士兵的，而像是伙伴之间的；我给行政官员的致词，同样也像是一个公民给他的同胞的。我求援于军队的勇敢和法国人的心，我得到了所有我要求得到的东西：国民卫队以前所未有的热情组织起来了，在莱茵河和摩泽河两岸成立了一些兵团，一些由老兵组成的营代替了一些旧的兵团去加强那些保卫我们边境的部队。今天，我们的骑兵部队又补充征集了四万匹军马；十万名服装、武器、装备齐全的新兵在一片'共和国万岁！'的呼叫声中接受军旗，他们将在这些军旗下面战斗并取得胜利……"

"可是，"波拿巴酸溜溜地插嘴说，"您是在向我为自己歌功颂德。"

"就算是吧，我要把我的讲话分成两部分：第一部分是可以再作讨论的颂词；第二部分罗列一下无可争辩的事实。让我们把颂词搁在一边，我来谈事实。

"六月十七到六月十八，特雷比亚①战役：麦克唐纳②想不要莫罗协助进行战斗；他跨过特雷比亚河，进攻敌人，反而吃了败仗，撤退到

---

① 特雷比亚：意大利一条河流名。一七九九年六月十七日，苏沃洛夫在此击溃麦克唐纳。
② 麦克唐纳（1765—1840）：法国元帅。

摩德纳①。六月二十日，托尔托纳②战役，莫罗击败奥地利人贝勒加德。七月二十二日，亚历山大陷于俄奥联军之手。——已有败象——三十日，曼托瓦陷落：又是一次挫折！八月十五日，诺维战役，这一次已经不是小挫折，而是大溃败了；请把这个记下来，将军，这是最后一次。

"就在我们在诺维挨打时，马塞纳在他的楚格③和卢塞恩④的阵地上坚持着，在阿勒河⑤和莱茵河上越战越勇；八月十四日和十五日，勒库尔布⑥攻占了圣戈塔尔山口⑦；十九日，卑尔根战役：布律纳击溃了拥有四万四千兵士的俄英联军，俘获了俄国将军海尔曼。同月二十五、二十六和二十七日，苏黎世⑧战役：乌塞纳打败了由库尔沙科夫指挥的俄奥联军；霍茨和其他三名奥地利将军被俘，三人被枪毙；敌人损失了一万二千人，一百门炮和全部辎重！奥地利军队和俄国军队被分割，一直到渡过了康斯坦茨湖⑨才重新会合。——敌人从战事开始以来的推进就到那儿停止了；在收复苏黎世以后，法国国土就可以不再遭受侵犯了。

"八月三十日，莫利托⑩打败了奥地利将军耶拉契希和林肯，使他

---

① 摩德纳：意大利城市。
② 托尔托纳：意大利城市。
③ 楚格：瑞士地名。
④ 卢塞恩：瑞士地名。
⑤ 阿勒河：瑞士河流名。
⑥ 勒库尔布 (1759—1815)：法国将军。
⑦ 圣戈塔尔山口：在瑞士境内。
⑧ 苏黎世：瑞士城市。
⑨ 康斯坦茨湖：位于瑞士、德国和奥地利交界处。
⑩ 莫利托 (1770—1849)：法国元帅。

们溃退到格西森①。九月一日，莫利托在穆尔塔塔尔战败了罗森伯格将军；二日，莫利托逼着苏沃洛夫丢下了他的伤员和大炮，以及一千八百名俘虏从格拉鲁斯②撤出；六日，布律纳将军第二次击溃了由约克公爵指挥的俄英联军。七日，加藏将军攻下康斯坦茨。九日，您已经快到弗雷瑞斯了。

"那么，将军，"贝尔纳多特接着说，"既然法国很可能要落到您的手里，您最好了解一下您将要拿下的法国是什么样子的；由于没有收条，最好有一个现状说明来证明我们把它给您时候的情况。我们眼下在做的事情，将军，那是历史；重要的是，那些有朝一日想篡改历史的人，将遭到贝尔纳多特的反驳！"

"您这是讲给我听的吗，将军？"

"我是讲给那些拍马屁的人听的……据信，您曾经讲过，您是因为我们的军队被摧毁了，因为法国遭到了威胁，因为共和国四面楚歌而回来的。您可能是因为担心这些事情才离开埃及的；可是，您一旦回到了法国，这些顾虑就应该烟消云散，从而产生完全相反的想法。"

"我真是巴不得赞同您的意见，将军，"波拿巴非常庄重地回答说，"您越是向我指出法国的伟大和强盛，我就越是感谢那些使它伟大和强盛的人。"

"啊！结果是很清楚的，将军！三支军队被击溃和消灭了；俄国人被消灭了，奥地利军队被击溃了；两万个俘虏，一百门大炮，十五面军

---

① 格西森：瑞士地区，德语中为"格劳宾登"。
② 格拉鲁斯：瑞士城市。

Les Compagnons De Jehu

旗，敌人所有的辎重都在我们手里；九名将军被俘或被击毙，瑞士获得了自由，我们的前线有了保障，美丽的莱茵河是它们的分界线；这是马塞纳的一份，也是赫尔维蒂地区①的形势。

"英俄联军被打败了两次，已经完全丧失了士气，它把它的炮兵、辎重、军火库、粮食仓，甚至和英国人一起登陆的妇女儿童——因为英国人已经把自己看作是荷兰的主人了——全都扔给了我们；八千名法国俘虏回归祖国，在荷兰的人已全部撤离；这是布律纳的一份，也是荷兰的形势。

"克勒瑙将军的后卫部队被迫在维拉诺瓦放下了武器，一千名俘虏，缴获三门炮，奥地利军队被赶到博尔米达河②后面。总之，在斯图拉③和皮内罗洛④的战斗之后，一共俘获四千名俘虏，十六门大炮，攻破了蒙多维要塞，占领了在斯图拉到塔纳罗河⑤之间的全部地区；这是尚皮奥内⑥的一份，也是意大利的形势。

"二十万全副武装的士兵，四方装备齐全的骑兵；这是我的一份，也是法国的形势。"

"可是，"波拿巴以一种嘲弄的语气说，"如果像您所说的一样，您有二十四万人的军队，那么您要我把埃及的那不到两万人的部队给您带来又有什么用呢，而且他们待在那儿也是殖民的需要？"

---

① 赫尔维蒂地区：大致上即瑞士所占地区。
② 博尔米达河：在意大利。
③ 斯图拉：意大利城市。
④ 皮内罗洛：意大利城市。
⑤ 塔纳罗河：在意大利。
⑥ 尚皮奥内（1762—1800）：法国将军。

"我之所以要向您讨回他们，将军，这不是我们两个人的需要，而是怕他们遭到不幸。"

"他们有克莱贝指挥着，您认为他们会遭到什么不幸呢？"

"克莱贝可能被打死，将军，在克莱贝之后，还有谁呢？默努①……克莱贝和您的两万人完了，将军！"

"什么，完了？"

"是的，苏丹会派部队来，他有陆地；英国人会派舰队来，他有大海。而我们，我们既无陆地，又无大海，我们将不得不亲眼看到我们的军队从埃及撤走或者投降。"

"您太悲观了，将军！"

"未来将证实我们谁是谁非。"

"如果您处在我的位置将怎么办？"

"我不知道；可是如果一定要我把他们从君士坦丁堡②带回来，我是不会放弃法兰西托付给我的那些人的。色诺芬在底格里斯河畔的处境，要比您在尼罗河畔的处境困难得多，可是他还是把他的一万人带到了伊奥尼亚③，而这一万个人，根本不是雅典人的子弟，不是他的同胞，而只是些雇佣军。"

在贝尔纳多特说出君士坦丁堡这个词后，波拿巴就不再听他说了；就像是这个词提醒他一件事，他就自顾自转起念头来。

他把手放在感到莫名其妙的贝尔纳多特的胳膊上，两眼游移不定，

---

① 默努（1750—1810）：法国将军，拿破仑远征埃及军中克莱贝的副手，勇敢而无能。
② 君士坦丁堡：土耳其城市。
③ 伊奥尼亚：古希腊地名，在小亚细亚西岸。

就像一个在空中追随着一个已经消逝的宏伟计划的幽灵一样。

"是的，"他说，"是的！我想到这一点了，所以我才坚持拿下圣让达克尔这个小城，您，您眼下只看到我那时的固执，白白地损失人马，像一个唯恐因遭失败而受到斥责的平庸将军那样只顾面子；阿卡的撤围本来跟我毫无关系，如果它不是一个难以想象的宏伟计划的障碍！……城市！唉！我的天啊，我可以像亚力山大和恺撒一样要多少就有多少；可是必须拿下阿卡！如果我取下了阿卡，您知道我将怎么办？"

这时他火热的目光注视着贝尔纳多特，这一次，贝尔纳多特的眼睛终于被他逼得低垂了下去。

"我要做的就像埃阿斯①以拳头威胁天庭那时一样，如果我攻取了阿卡，我就会从城里得到帕夏的巨大财富，以及可以武装三十万人的武器；我要把全叙利亚的人都发动起来，给他们武器，他们因为他们的热扎帕夏的残暴而心中郁积着怒火，因此我每一次发动进攻时，老百姓都要向天主祈求他的失败；我就向大马士革②和阿勒坡③进军，我用所有的不满分子来充实我的队伍；在我进入这个国家的时候，我要向人民宣布取消奴役，推翻帕夏的暴君政府。我带了大批军队抵达君士坦丁堡，推翻土耳其帝国，在君士坦丁堡建立起一个庞大的帝国，它注定了我后代的地位要高过君士坦丁④和穆罕默德二世⑤！总之，也许我可以在消

---

① 埃阿斯：见第 149 页注②。
② 大马士革：叙利亚首都。
③ 阿勒坡：叙利亚城市。
④ 君士坦丁（约 280—337）：古罗马皇帝（306—337）。
⑤ 穆罕默德二世（1784—1839）：奥斯曼王朝苏丹。

灭了奥地利王室以后，经由安德里安堡①或者维也纳返回巴黎。——唉，我亲爱的将军，这个计划却给阿卡这个小城破坏掉了！"

他一直沉浸在他的朦胧的残梦之中，已经忘记了在对谁讲话，因此他把贝尔纳多特称作"我亲爱的将军"。

贝尔纳多特听到波拿巴刚才向他展现的这个伟大的计划真是吓了一大跳，他向后退了一步。

"是的，"贝尔纳多特说，"我看到了您所必需的东西，您刚才泄露了您的想法：一个东方和西方的王位！——一个王位！也行，为什么不可以呢！您可以去夺取，我可以帮助您，可是不能在法国夺取，其他什么地方都行：我是个共和主义者，我要死得像个共和分子。"

波拿巴摇摇头，仿佛在驱赶把他托浮在云端里的想法。

"而我也是，我是共和分子，"他说，"可是您倒是看看您的共和国已经变成什么样子了！"

"这无关紧要！"贝尔纳多特高声说道，"我所忠诚的既不是共和国这个词，也不是它的形式，而是它的原则。只要督政府给我权力，我就会很好地保卫共和国，抗击它的内部敌人，就像从前抗击它的外部敌人一样。"

在讲这最后几句话的时候，贝尔纳多特抬起眼睛，他的眼光和波拿巴的眼睛交叉上了。

两把出鞘的利刃剑相撞，也不会碰出如此可怕如此灼热的火光。

约瑟芬一直在担心地观察着这两个人。

---

① 安德里安堡：即今土耳其城市埃迪尔内。

她看到了他们两人的目光里面都含有威胁的神气。

她急忙站起身来，向贝尔纳多特走去。

"将军。"她说。

贝尔纳多特弯了弯腰。

"您和戈侬埃关系不错，是吗？"她接着说。

"他是我最好的朋友之一，夫人。"贝尔纳多特说。

"那么，后天，雾月十八日，我们在他家里吃晚饭，请您也去，把我们的贝尔纳多特夫人也带来；可以和她会会面，我将感到非常高兴。"

"夫人，"贝尔纳多特说，"在古希腊时代，您可能就是美惠三女神①之一；在中世纪，您也许是个仙女；在今天，您是我所认识的最最值得崇拜的女人。"

他一面行礼一面往后退，他找到了不直接向波拿巴行礼而告辞的办法。

约瑟芬看着贝尔纳多特一直看到他走出门去。

这时候她才向她的丈夫回过头去。

"怎么样，"她问他，"跟贝尔纳多特的交道不像跟莫罗的交道打得那么顺利，是吗？"

"他肆无忌惮，胆大包天，可是又是个公正无私，忠贞不贰的共和分子，不受任何引诱。这个人是个障碍，既然不能推翻他，就得绕过他。"

---

① 美惠三女神：希腊神话中妩媚、优雅和美丽三位女神的总称。她们是主神宙斯的女儿。

接着，他没有向任何人打招呼便离开了大厅，上楼到他的书房里，罗朗和布里埃纳跟在他后面。

他走进书房里一刻钟以后，门上锁孔里的钥匙轻轻地转动起来，门打开了。

吕西安出现在门口。

· 第二十二章 ·

法令的设计

很明显波拿巴在等待吕西安。波拿巴走进书房以后并没有提到过他的名字；虽然一声未吭，他的头却朝着门口转动了有三四次，神情也越来越不耐烦了。当年轻人出现在门口时，波拿巴的嘴里发出了轻轻的欢呼声，说明他一直在等候这个人。

吕西安，总司令的弟弟，生于一七七五年，因此他还几乎不到二十五岁；从一七九七年以来，也就是说从他二十二岁半以来，他就进了五百人院；五百人院为了表示对波拿巴的敬意，不久前任命吕西安为议长。

对波拿巴所设想的计划来说，这是他所能够希望的最幸运的事情。

吕西安很直率，真诚，衷心拥护共和，他在帮助实现他哥哥的计划时，内心里还以为是在为共和国效劳，而不是在为将来的第一执政效劳。

在他的眼里，没有人能比已经拯救过一次共和国的波拿巴更适宜于第二次拯救共和国。

他就是怀着这种强烈的感情来找他哥哥的。

"你来了！"波拿巴对他说，"我等你等得不耐烦了。"

"我也猜想到了；可是我一定得等到没有人再注意我的时候才能脱身。"

"你以为你已经达到了这个目的吗？"

"是的，塔尔玛在讲一些关于马拉和迪穆里埃①的什么事情。尽管他讲得似乎很有趣，我没有去听他的，就到这儿来了。"

"我刚才听到有一辆马车离开这儿；那个走出去的人没有看到你上楼到我的书房里来吗？"

"那个走出去的人就是我；那辆刚离开这儿的车子也是我的，我的车子不在，大家都会以为我已经走了。"

波拿巴舒了一口气。

"那么，喂，"他问，"今天一天你干了些什么？"

"哦，我当然没有浪费我的时间，怎么样！"

"我们能不能拿到元老院②的法令？"

"我们今天已经起草完毕，我现在给你带来了——至少是一份草稿——先让你看看有什么要删改或者增加的。"

"让我们来看看！"波拿巴说。

---

① 迪穆里埃（1739—1823）：法国将军。雅各宾俱乐部会员，吉伦特政府时的外交部长。

② 元老院：一七九五年的共和三年宪法中规定，由五百人院和元老院组成的立法团掌握立法权。五百人院的代表年龄不得小于三十岁，元老院的代表年龄不得小于四十岁。元老院支持拿破仑的雾月政变。

他一面忙不迭地从吕西安手里接过他递过来的纸，念了起来：

"第一条：立法团迁移到圣克卢①；两院将设在宫里两个侧楼里面……"

"这一条很重要，"吕西安说，"我把它放在首位，让所有的人看了产生强烈的影响。"

"好，好，"波拿巴说。

接着他继续念：

"第二条：它们将于明天雾月二十日中午迁去……"

"不，不，"波拿巴说，"要改成'明天雾月十九日'，布里埃纳。"

他把纸递给他的秘书。

"你以为十八日能行吗？"

"能行，富歇前天对我说，'您要赶快，否则我就没有把握了。'"

"雾月十九日，"布里埃纳说着把纸递回给将军。

波拿巴继续念下去：

"第二条：它们将于明天雾月十九日中午迁去。不准在其他地点，不准在此期限以前继续审议任何问题。"

---

① 圣克卢：位于巴黎西面塞纳河畔，有美丽的花园和宫殿。

波拿巴把这一条又念了一遍。

"好，"他说，"没有任何可以产生误解的地方。"

接着他再继续念：

"第三条：波拿巴将军负责本法令的执行：他将采取一些必要的措施，以保证国民议会的安全。"

诵读者坚定的嘴唇露出一丝嘲笑。

可是几乎就在同时，他又念了下去：

"负责指挥第十七师的师长，立法团卫队，常驻国民卫队，巴黎的，以及在十七师管辖范围以内的所属军队，立即听从波拿马将军的命令，并承认他这个身份。"

"布里埃纳，要加一句'所有的公民都要支持他提出的任何要求'。市民们喜欢介入政治；如果他们对我们的计划有用，应该满足他们的要求。"

布里埃纳加进了这句话，随后他把那张纸又交给将军，将军继续念道：

"第四条：召波拿巴将军来本院接受本法令的副本，并进行宣誓。他将和两院的检查委员们共同商讨此事。

第五条：本法令即将由一位信使送交五百人院和督政府。

Les Compagnons De Jehu

本法令油印后，将由专使送往共和国各地张贴，公布。

巴黎，　　"

"日期还空着，"吕西安说。

"写上'雾月十八日'，布里埃纳，一定要让这个法令使所有的人感到震惊。早上七点钟发布，必须在发布的同时，甚至在发布以前，让这个法令贴满巴黎的大街小巷。"

"可是，如果元老们不同意发布呢……？"

"那就更应该把它公布出去，笨蛋！"波拿巴说，"我们就当它已经发布了，我们仍按原计划行动。"

"最后一段有一个语言上的错误，是不是要同时改一改？"布里埃纳笑着问。

"什么错误？"吕西安说，他的语气像是一个被触犯了自尊心的作家。

"'即将'两个字，"布里埃纳接着说，"在这种情况下，一般不说'即将'，而说'立即'。"

"用不到，"波拿巴说，"放心，我行动起来就像写的是'立即'一样。"

随后，他稍许考虑了一下说：

"至于你刚才谈到的，怕这个法令通不过，有一个很简单的办法就可以让它通过。"

"什么办法？"

"那就是，早上六点钟把那些我们认为靠得住的人召集起来开会；

双雄记　　　　　　　　　　　　　327

八点钟把那些我们没有把握的人召集起来开会。既然我们全是自己人，那么我们再得不到多数，真是见鬼了！"

"可是一些人六点钟开会，另一些人八点钟开会……"吕西安说。

"用两个秘书，其中一个可以说是搞错了时间。"

随后他转身向布里埃纳说：

"写！"

于是他一面来回踱步，一面非常流利地作口授，就像一个早已对他口授的内容作过深思熟虑的人一样，可是他不时地在布里埃纳的前面停下来，看看秘书的羽笔是不是跟得上他的口授：

"公民们！

元老院，全国智慧的代表，刚才送来了这份法令：这是宪法第一百零二和一百零三条授给它的权利。

元老院要我采取措施，保证国民议会的安全，及其必要的，暂时的迁移……"

布里埃纳瞧瞧波拿巴：波拿巴原来想说是临时的，可是因为将军没有改口，布里埃纳还是写下了"暂时的"。

波拿巴继续口授下去：

"立法团将能够把国民议会从迫在眉睫的危险中拯救出来，这种危险是政府机构的所有部门的解体所造成的。

在这种特定情况之下，它需要的是同胞们的团结和信任；在它周围团结起来吧,这是让共和国建立在国民的自由、幸福、以及胜利与和平的基础上的最好办法。"

波拿巴把这份宣言又念了一遍，随后点了点头表示满意。

接着他掏出怀表说：

"十一点，还来得及。"

说完后他坐在布里埃纳的位子上，写了几句话，就像一封简函，加了封印，写上收信人姓名："致巴拉斯公民"。

"罗朗，"他写完后说，"你送去，到马房里去牵一匹马，也可以坐上一辆院子里的马车，你到巴拉斯那儿去；我请求他明天午夜和我会晤一次，要有回信。"

罗朗走出去了。

过了一会儿，可以听到府邸院子里一匹马的奔跑声，声音渐渐向勃朗峰街那个方向远去。

"现在，布里埃纳，"波拿巴听到这个声音远去以后说，"明天午夜，不管我在不在家里，您叫人套上车子，您就坐上我的马车，代我到巴拉斯家里去。"

"代您，将军！"

"是的，这样的话，他明天整整一天和晚上都会把希望放在我身上，以为我会拉他入伙。到了半夜，您到他家里去，对他说，因为我头痛得厉害不得不躺下了，不过我第二天早晨七点钟一定去见他。这时候不管他相信不相信您的话，他再要搞什么勾当来反对我们是无论如何也来不及了，到了早晨七点钟，已经有十万人在听我的命令了。"

"好，将军，您对我有别的命令吗？"

"不，今天晚上没有了，"波拿巴回答说，"明天早点儿来。"

"那么我呢？"吕西安问。

"去见西哀士；元老院在他手里；你要和他把一切措施都商量好。我不愿意看到他在我家里，也不愿意看到我在他家里；万一我们失败了，可以不承认和他有过联系。我希望后天就能成为我行动的主人，不想受任何诺言的约束。"

"你明天需要我吗？"

"你明天夜里来，把所有一切都告诉我。"

"你回客厅里去吗？"

"不，我要到约瑟芬房间里去等她，布里埃纳，你走过她旁边时悄悄告诉她一下，要她尽快把所有人都打发走。"

他用手打了个招呼，和他的兄弟以及布里埃纳告别，随后他从一条通往他书房的专用走廊走到了约瑟芬的房间里。

约瑟芬的房间里只有一盏大理石的灯在照明，灯光暗淡，阴谋家的额头比平时更黝黑了，波拿巴听着一辆接一辆离去的马车的声音。

终于，最后一辆车子的隆隆声也逐渐远去了，五分钟以后，房门打开，约瑟芬进来了。

她一个人走了进来，手里拿着一只双枝烛台。

她的脸在两支蜡烛的光照之下，显得忧心忡忡。

"喂，"波拿巴问，"你怎么了？"

"我怕！"约瑟芬说。

"怕什么？怕督政府的笨蛋，还是怕两院的代表？算了吧，在元老院，我有西哀士；在五百人院，我有吕西安。"

"那么一切都好？"

"好极了！"

"因为你叫人通知我说你在我房间里等我，我怕你有什么坏消息要告诉我。"

"如果我有什么坏消息，我会这样对你说吗？"

"你这么有信心！"

"嗯，放心吧，我只有好消息；不过，我也要你在这次阴谋中参加一份。"

"什么事？"

"你坐在这儿，写信给戈依埃。"

"说我们不去他家里吃晚饭了！"

"相反，请他带他妻子来我们家吃早饭；像我们这样相亲相爱的人，相遇的机会永远只嫌太少。"

约瑟芬坐到一只香红木的小书桌前面。

"你说，"她说，"我写。"

"怎么！是为了让别人看出来我的文体！算了吧！怎样写这种使人难以拒绝的便函，你比我更在行。"

约瑟芬听到这个恭维微微一笑，把她的额头伸向波拿巴，波拿巴含情脉脉地亲了亲，随后约瑟芬写下了这封我们根据原文复写下来的便函。

"致法兰西共和国督政府主席戈依埃公民……

"是不是这样写？"她问。

"很好！他的主席头衔不会保留太久了，别和他斤斤计较了。"

"您什么职位也不给他吗？"

"如果他根据我的意图行事，那么他要什么职位我就给他什么职位！继续写，亲爱的朋友。"

约瑟芬拿起笔来继续写下去：

"我亲爱的戈依埃和您的夫人，请明天早晨八点钟来和我共进早餐；请别失约，我有一些非常有趣的事要和您谈。

再见，我亲爱的戈依埃！请永远相信我真诚的友谊。

拉巴热里①—波拿巴"

"我写上了'明天'，"约瑟芬说，"那么我发这封信的日期一定要写上雾月十七日。"

"你也没有说谎，"波拿巴说，"已经敲半夜十二点了。"

果然，又是一天跌落到时间的深渊里去了：挂钟敲了十二下。

波拿巴听着，他神情严肃，若有所思；离他向往了三年，准备了一个月的隆重的日子只剩下二十四小时了！

我们可以随心所欲，跳过二十四小时，来到那个历史还没有对它作出评价的日子，让我们看看早上七点钟，在巴黎那些各个不同的地点——我们将要叙述的事件将在那儿产生强烈反响——所发生的事情。

---

① 拉巴热里是约瑟芬的名字。

·第二十三章·

ALEA JACTA EST^①

清晨七点钟，警务部长富歇来到督政府主席戈依埃的家里。

"哦！哦！"戈依埃看到他就说，"也许有什么新闻吧，警务部长，我才会有幸这么早就见到您？"

"您还不知道那个法令吗？"富歇说。

"什么法令？"老实的戈依埃问。

"元老院的法令。"

"什么时候发布的？"

"昨天夜里发布的。"

"难道元老院现在夜里也开会？"

"如果有紧急情况夜里也开。"

"什么法令？"

"把立法团的会议地点迁到圣克卢。"

戈依埃感到了这一打击的份量。他懂得这个肆无忌惮的天才波拿巴将从迁走立法团这件事中得到什么好处。

"那么，从什么时候开始，"他问富歇，"一个警务部长变成元老院的信使了？"

"这您就搞错了，主席公民，"前国民公会议员回答说，"我今天早晨比任何时候更是警务部长，因为我来向您揭露一件很可能有严重后果的事。"

富歇还不知道如何来估量胜利街的谋反活动；他也很想在卢森堡宫为自己留下一条后路。

可是戈依埃，尽管是个老实人，对面前这个人非常了解，因此不会受他的骗了。

"这个法令应该昨天就通知我的，部长公民，而不是今天早上；因为在您把这件事情告诉我的时候，正式通知也马上就要到了，您只提前了几分钟时间。"

果然，就在这时候，掌门官开了门，通知主席说，有一个元老院检查官的信使等在门口要求接见。

"让他进来！"戈依埃说。

信使进来，把一封信递给主席。

戈依埃急忙拆开封印念了起来：

"主席公民：

　　委员会急于把立法团迁往圣克卢的法令通知您。

———————————

① 拉丁文：见 304 页注②。

法令马上给您送去；可是有些安全措施的细节一定要我们来安排。

我们请您到元老院委员会来；西哀士和迪科也在这里。

致以兄弟般的敬意。

巴里翁；

法尔格；

科尔内"

"知道了，"戈依埃说，他做了一个手势把信使打发走。

信使出去了。

戈依埃转向富歇。

"啊！"他说，"这个阴谋搞得不错：他们通知我有法令，可是又不寄给我，幸好还有您可以告诉我，法令是怎样措辞的。"

"可是，"富歇说，"我一无所知。"

"什么！元老院开会，您这个警务部长却一无所知，而且这次会议是如此重要，还有书面的决定？"

"不是的，我知道有会，可是我没有能去参加。"

"那么难道您在那里就没有一个秘书，一个速记员，可以把这次会议每句话都汇报给您听吗，而且这次会议将极有可能决定法国的命运？……啊！富歇公民，您是一个相当无能的警务部长，要不就是一个相当精明的警务部长。"

"您有什么命令要下达给我吗？主席公民？"富歇问。

"没有，部长公民，"主席回答说，"如果督政府认为需要发布命令，它将下达给它认为值得它信赖的人。您可以回到派您来的那些人那儿去了。"他一面说一面转身背向他的对话者。

富歇出去了。戈依埃马上拉铃。

一个门官走进来。

"马上派人到巴拉斯、西哀士、迪科和穆兰家里去，请他们立即到我这儿来①……啊！同时通知夫人到我的书房里来，请她把波拿巴夫人邀请我们吃早饭的信带来。"

五分钟以后，戈依埃夫人进来了，手里拿着信，她已经穿扮好了；邀请的时间是早上八点钟，现在已经是七点半了，从卢森堡宫到胜利街至少要二十分钟。

"信在这儿，我的朋友，"戈依埃夫人把信拿给她丈夫说，"时间是八点钟。"

"是的，"戈依埃回答说，"我对时间没有怀疑，我怀疑的是日期。"

他又从他妻子手里拿过信来，重新念了一遍：

> "我亲爱的戈依埃和您的夫人，请明天早晨八点钟来和我共进早餐；请别失约，我有一些非常有趣的事情要和您谈。"

"啊！"他接着说，"没有搞错！"

"那么，我的朋友，我们还去不去？"戈依埃夫人问。

"去，你去，可是我不去。我们现在发生了一件事，这件事波拿巴

---

① 当时督政府的五名督政即巴拉斯、西哀士，迪科、穆兰和戈依埃。

公民是不可能不知道的，因此我和我的同事们要到卢森堡宫去。"

"事情严重吗？"

"也许很严重。"

"那么我留在你身边。"

"不，你留在我身边也没有任何用处，你到波拿巴夫人那儿去；也许是我搞错了；可是，如果在那儿发生了什么不寻常的事，你感到有危险，你就随便用个什么方法通知我一下；怎么都行，稍许暗示一下，我就会懂的。"

"好吧，我的朋友，我这就去；也许我到那儿去对你有用，我决定去。"

"去吧！"

这时候门官回进来了。

"穆兰将军已经来了，"他说，"巴拉斯公民在洗澡，过一会儿就来；西哀士和迪科两位公民早晨五点钟出去了，现在还没有回来。"

"这两个是叛徒！"戈依埃说，"巴拉斯只是受骗。"

接着，他拥抱了他的妻子。

"去吧！"他说，"去吧！"

戈依埃夫人转身往外时，劈面遇到了穆兰将军，穆兰将军脾气暴躁，他似乎有些怒气冲冲的样子。

"对不起，女公民。"他说。

随后穆兰将军冲进了戈依埃的书房。

"怎么样，"他说，"您知道发生了什么事吗，主席？"

"不知道，可是我在怀疑。"

"立法团迁到圣克卢去了；波拿巴将军负责执行这条法令，军队听他的指挥。"

"啊！原来是这么回事！"戈依埃说，"那么，我们必须联合起来进行斗争。"

"您已经听说了，西哀士和罗歇·迪科不在宫里。"

"是啊！他们在杜伊勒利宫！不过巴拉斯在洗澡；我们快到巴拉斯那儿去。督政府的多数可以做出决议，我们有三个人，是多数，我再说一遍，我们要斗争！"

"那么，我们通知巴拉斯，要他一洗完澡就来我们这儿。"

"不，我们在他洗完澡以前去找他。"

两个督政走出门去，马上向巴拉斯的套房走去。

巴拉斯果然在洗澡，他们坚持要马上进去。

"什么事？"巴拉斯看到他们就问。

"您知道了吗？"

"什么也不知道！"

于是他们把他们所知道的告诉了他。

"啊！"巴拉斯说，"现在我一切都明白了！"

"什么？"

"是的，我明白了为什么他昨天晚上没有来。"

"谁？"

"唉，波拿巴！"

"昨天晚上您等他来？"

"他派他一个副官来通知我说，他晚上十一点到十二点之间要来见我。"

"而他没有来？"

"也不是；他派了布里埃纳乘了他的车子来，告诉我说，因为他头痛得厉害，只能躺下了，还说他今天一早会到这儿来的。"

几个督政面面相觑。

"事情清楚了！"他们说。

"现在，"巴拉斯接着说，"我已经派我的秘书博洛去打听了，他是一个很聪明的小伙子。"

他拉了拉铃，一个用人进来了。

"博洛公民一回来，"巴拉斯说，"您就请他进来。"

"他刚才下车，车子停在院子里。"

"叫他上来！叫他上来！"

博洛已经来到门口了。

"怎么样？"三个督政同声问道。

"是这样的，波拿巴将军穿着大礼服，由伯农维尔①将军，麦克唐纳将军和莫罗将军陪着，正在向杜伊勒利宫走去，那儿有一万人在等着他！"

"莫罗！……莫罗也和他在一起！"戈依埃高声说道。

"在他的右边！"

"我不是一直对您说的吗！"穆兰带着他军人的直爽高声说道，"莫罗仅仅是一个……婊子！"

"您是不是还想抵抗，巴拉斯？"戈依埃问道。

———————————

① 伯农维尔（1752—1821）：法国将军。

"是的。"巴拉斯回答说。

"那么，快穿好衣服，到会议厅来找我们。"

"去吧，"巴拉斯说，"我随后就来。"

两个督政向会议厅走去。

他们等了十分钟以后，穆兰说：

"我们本来应该等等巴拉斯的，"穆兰说，"如果莫罗是个婊子……巴拉斯就是个娼妇……！"

两个小时以后，他们还在等巴拉斯。

在他们以后，巴拉斯的浴室里又来了塔列朗和勃吕依克斯，在和他们谈话的时候，巴拉斯忘记了有人在等他。

我们现在来看看胜利街上发生了什么事情。

早晨七点钟，波拿巴和他往常的习惯相反，已经起身，穿上大礼服，等在他的房间里。

罗朗进来了。

波拿巴相当镇静；战斗马上就要开始。

"有人来吗，罗朗？"他问。

"没有，我的将军，"年轻人回答说，"不过我刚才听到了马车的声音。"

"我也听见了，"波拿巴说。

这时候，有人通报：

"约瑟夫·波拿巴①公民和贝尔纳多特将军公民到。"

---

① 约瑟夫·波拿巴 (1768—1844)：拿破仑的哥哥。雾月政变后，他曾做过那不勒斯国王和西班牙国王。

罗朗用眼睛询问波拿巴。

他应该留下还是走开？

他应该留下。

罗朗站在书橱旁边，就像一个哨兵站在他的岗位上一样。

"啊！啊！"波拿巴看到贝尔纳多特像前天一样穿着普通的市民衣服，便说，"那么您肯定对军服不抱好感了，将军？"

"啊，这个么！"贝尔纳多特回答说，"我为什么要在早上七点钟穿军服呢，我又不在值班。"

"您马上就会值班的。"

"唉，我暂时没有职务。"

"是的，可是我，我可以使您有职务。"

"您？"

"是的，我。"

"以督政府的名义吗？"

"难道还有个督政府吗？"

"什么！督政府没有了？"

"您没有看到，在到这儿来的时候，街上有些列成梯队的士兵在往杜伊勒利宫走去。"

"我看到的，我感到很奇怪。"

"这些士兵，都是我的。"

"对不起！"贝尔纳多特说，"我原来还以为是法国的士兵呢。"

"唉，我和法国，不是一回事吗？"

"这我倒不知道。"贝尔纳多特冷冷地说。

"那么，眼下您还有怀疑；今天晚上，您就可以肯定了。喂，贝尔纳多特，这是崇高的时刻，您下决心吧！"

"将军，"贝尔纳多特说，"我有幸现在是一个普通的公民，让我还是做一个普通公民吧。"

"贝尔纳多特，当心！谁要是不拥护我就是反对我！"

"将军，注意您讲的话；您刚才对我说：'当心！'如果这是一个威胁，您知道我是不怕威胁的。"

波拿巴又向他走去，拿起他两只手。

"噢！是啊，我知道这一点；就是为了这个原因我才一定要您跟我在一起。贝尔纳多特，我不但尊敬您，而且还喜爱您。我把您和约瑟夫留在一起；你们是连襟，真见鬼，亲戚之间应该和睦相处。"

"那么您呢，您去哪儿？"

"您是一个斯巴达人①，您一定是一个模范的守法者，是不是？那么，这儿是一份昨天夜里五百人院颁布的法令，它命令我立即负起指挥巴黎武装部队的责任；因此，"他接着说，"我对您说，您遇到的那些士兵都是我的士兵，我并没有说错，因为他们都是听从我命令的。"

说完，他把清晨六点钟发布的法令的副本放在贝尔纳多特手里。

贝尔纳多特把这份法令从头至尾看了一遍。

"对此我没有什么可说的，"他说，"请注意国民议会的安全，那么所有的好公民都会和您站在一起。"

"那么，请您跟我一起干吧！"

---

① 斯巴达人：指刚毅不屈的人。

"请允许我，将军，再等二十四小时，来看看怎样来完成您的委托。"

"您这个人真是见鬼，算了！"波拿巴说。

于是他挽着他的胳膊，把他带到离约瑟夫几步远的地方。

"贝尔纳多特，"他接着说，"我喜欢和您光明磊落地打牌。"

"有什么用呢，"贝尔纳多特回答说，"既然我和您不是一伙的？"

"那也没有关系，您已经坐在看台上了，我希望看台上的人说我并没有作弊。"

"您要我把秘密告诉您吗？"

"不要。"

"您这样说很好，因为假使您要知道我的秘密的话，我也许会拒绝听您的心里话。"

"哦，我的心里话是不长的……你们的督政府受到大家的憎恨，你们的宪法已经过时；一定要把房子清理一下，让政府另外走一条路，您不回答我吗？"

"我等着您下面要对我说的话。"

"我下面要对您说的话是，去穿上您的制服，我不能等您很久了：您待会儿到杜伊勒利宫和我会合，我的伙伴都在那儿。"

贝尔纳多特摇摇头。

"您以为您可以指望莫罗，指望伯农维尔，指望勒费弗尔，"波拿巴接着说，"喂，您从窗口上看下去！您看到谁啦，那儿……那儿！莫罗和伯农维尔！至于勒费弗尔，我没有看到他，可是我可以肯定，我走不上一百步路就会遇到他……喂，您决定了吗？"

"将军，"贝尔纳多特回答说，"我决不是一个亦步亦趋的人，尤其我不学坏样。让莫罗、伯农维尔和勒费弗尔干他们想干的事情吧；我，我要做我应该做的事情。"

"那么，您一定不肯陪我到杜伊勒利宫去了吗？"

"我不愿意参加一次反叛行动。"

"一次反叛行动！一次反叛行动！是反对谁呢！反对一大批一天到晚在他们的小房间里出馊主意的笨蛋！"

"这些笨蛋，将军，眼下是法律的代表，宪法保护他们；对我来说他们是神圣不可侵犯的。"

"至少，请允许我一件事情，您真是一根铁杆！"

"什么事情？"

"袖手旁观。"

"我要像一个公民一样袖手旁观，可是……"

"可是什么？……喂，我已经和盘托出，您也可以直言不讳了。"

"可是，如果督政府下令要我采取行动，我就会去向捣乱分子进攻，不管他们是些什么人。"

"啊！那么您真的以为我是有野心的啰？"波拿巴说。

贝尔纳多特笑笑。

"我有怀疑。"他说。

"啊，对了！"波拿巴说，"您不了解我，政治上一套，我已经看够了，如果我希望什么东西，那就是和平。啊，我亲爱的，只要把马尔梅松别墅①给我，再给我五万利弗尔年金，我就放弃其余的一切。您不愿

————————————

① 马尔梅松别墅：在法国农泰尔，其主体建于十七世纪初，一七九九年约瑟芬－波拿巴买下它，后来拿破仑和约瑟芬经常在此小住。

意相信我，我请您三个月以后来看我，如果您喜欢田园生活，那么我们就来一起共享。好吧，再见了，我把约瑟夫留给您；尽管您不愿意，我还是要在杜伊勒利宫等您……啊，我的朋友们等得不耐烦了。"

外面有人在叫："波拿巴万岁！"

贝尔纳多特脸色稍许有些发白。

波拿巴看到了他的脸色。

"啊！啊！"他喃喃地说，"嫉妒……我弄错了，他不是一个斯巴达人，而是一个雅典人！"

果然，如同波拿巴所说的那样，他的朋友们等得不耐烦了。

自从法令公布一个小时以来，府邸里的客厅里，前厅里和院子里就挤满了人。

波拿巴在楼梯口遇到的第一个人是他的同乡塞巴斯蒂阿尼[①]上校。

他指挥着第九龙骑兵团。

"啊，是您！塞巴斯蒂阿尼！"波拿巴说，"您的部下呢？"

"在胜利街上排成了散兵线，将军……"

"高兴不高兴？"

"兴奋得不得了！我叫人给他们分发了子弹，我把存放在我那儿的一万颗子弹发给他们了。"

"是的，可是，这些子弹一定得有巴黎卫戍司令的命令才能出仓库。您已经骑虎难下了，塞巴斯蒂阿尼，您知道不知道。"

"请带我上您的船吧，将军；我相信您的运气。"

---

① 塞巴斯蒂阿尼（1772—1851）：法国军人，后任元帅，路易－菲利浦时期做过外交部长。

"您把我当成恺撒了，是吗，塞巴斯蒂阿尼？"

"是啊！也许将来我对您抱的希望还要大呢……此外，在您府上的院子里，有四十来名各兵种的军官，他们没有薪饷，督政府把他们扔在一筹莫展的困境里已经有一年了；他们只对您抱有希望，将军；因此他们准备为您献出生命。"

"那好，回到你那个团去，向它告别！"

"告别！什么意思！将军？"

"我换一个旅给你，去！去！"

塞巴斯蒂阿尼用不到他再说第二遍马上就走了。波拿巴继续向下走去。

在楼梯下面，他遇到了勒费弗尔。

"是我，将军。"勒费弗尔说。

"你！……那么，第十七师在什么地方？"

"我等着我的任命，可以去指挥它。"

"你还没有得到任命吗？"

"我得到过督政府的任命；可是因为我不是叛徒，我刚才已经向它提出了我的辞呈，让它知道它不应该再指望我了。"

"而你来要我给你任命，让我可以信赖你？"

"一点不错！"

"快，罗朗，一张空白的委任状，把将军的姓名写上，只把我的名字空着就是了。我在我的马鞍架上签名。"

"这些委任状才是货真价实的，"勒费弗尔说。

"罗朗！"

年轻人已经走了几步准备去按命令办事，这时他又回到将军跟前。

"到我的壁炉那儿去，"波拿巴轻轻地对他说，"把一对双响的手枪拿给我。谁知道会发生什么事情！"

"是，将军，"罗朗说，"而且，我也不离开您。"

"除非我需要你到别处去给人打死。"

"对。"年轻人说。

接着他匆匆跑去执行他刚才接到的两个命令。

波拿巴刚要往前走，突然看到走廊里有一个阴影。

他认出是约瑟芬，便向她快步跑去。

"我的天主！"约瑟芬对他说，"真有那么危险吗？"

"为什么这样说？"

"我刚才听到你给罗朗下的命令。"

"干的好事！在门缝里偷听就是这么回事……戈依埃呢？"

"他没有来。"

"他妻子也没有来吗？"

"他妻子来了。"

波拿巴推开约瑟芬的手，走进客厅。他在那儿看到了戈依埃夫人一个人待着，脸色有点儿苍白。

"怎么！"他直截了当地问，"主席没有来？"

"他抽不出身来，将军。"戈依埃夫人回答说。

波拿巴克制了自己一个表示不耐烦的手势。

"他一定得来，"他说，"请写一封信给他，说我在等他；我派人把信给他送去。"

"谢谢，将军，"戈依埃夫人说，"这儿有我带来的人：他们可以去送的。"

"写吧，我的好朋友，写吧。"约瑟芬说。

她把一支羽笔、墨水和纸递给主席夫人。

波拿巴站在戈依埃夫人身后，好从她的肩上看她写信。

戈依埃夫人盯了他一眼。

他弯了弯腰，向后退了一步。

戈依埃夫人写信。

写完后她把信纸一折，寻找封蜡；可是也许是碰巧，也许是预先就安排好的——桌子上只有一般的封信小面团①。

她在信上粘了一个小面团，拉了拉铃。

一个用人进来。

"把这封信交给孔特瓦，"戈依埃夫人说，"叫他马上送到卢森堡宫去。"

波拿巴眼睛盯着这个用人，更可以说是盯着这封信，一直到门关上。

随后他对戈依埃夫人说：

"我很遗憾不能和您一起用早餐了；如果督政有他的事情，那么我也有我的事情。您和我的妻子一起用早餐吧；祝您食欲旺盛！"

说完，他就出去了。

在门口，他遇到了罗朗。

---

① 用小面团封的信封可以拆开后再封好。用封蜡封的信封拆开后就难以再封了。

Les Compagnons De Jehu

"这是任命书，将军。"年轻人说，"这是羽笔。"

波拿巴拿起羽笔，把任命书垫在他副官的帽檐上，签了名。

接着罗朗把两把手枪交给将军。

"你检查过没有？"将军问。

罗朗微微一笑。

"放心好啦，"他说，"我可以向您保证。"

波拿巴把手枪插在腰带里，一面轻轻地说：

"我非常想知道她给她丈夫写了些什么。"

"她写的内容，我的将军，我可以一字不漏地告诉你。"

"你，布里埃纳？"

"是的，她是这样写的：'你幸好没有来： 我的朋友，这儿发生的一切告诉我，这次邀请是一个圈套，我马上就回来。'"

"你把信拆了？ ……"

"将军，塞克斯图斯·庞培①有一次请安东尼和雷必达②在他的帆桨战船上吃饭；他的一个被解放的奴隶过来对他说：'您要不要我让您做皇帝？''什么意思？''这很简单： 我把您战船的缆绳一砍，安东尼和雷必达就成了您的俘虏。''这种事应该不对我说就干，'塞克斯图斯说，'可是现在，你就不要干了，否则我就要你的命！'将军，我想起了这句话：'这种事应该不对我说就干。'"

波拿巴沉思片刻；随后，他对布里埃纳说：

"你搞错了： 和雷必达一起到塞克斯图斯战船上去的是屋大维，不

---

① 塞克斯图斯·庞培（? —前35）：古罗马统帅庞培之子。
② 雷必达（? —约前13）：古罗马统帅，恺撒部将。

双雄记

是安东尼。"

说完，他就走到院子里去了，他只对这个历史错误提出了批评。

将军一出现在台阶上，"波拿巴万岁！"的呼声便响彻整个院子，一直传到街上，他的出现也引起了驻扎在门口的龙骑兵的同样的呼声。

"这是个好兆头，将军。"罗朗说。

"快把委任状给勒费弗尔，如果他没有坐骑，把我的马挑一匹给他。请他到杜伊勒利宫和我会晤。"

"他的师已经在那儿了。"

"那他更应该去。"

这时候，波拿巴向四周望望，看到正在等他的伯农维尔和莫罗。他们的马由一些仆人牵着。他向他们举手致意，可是他的神态已经像个主子，而不太像一个同僚。

随后，他又看到没有穿制服的戴贝尔将军，便跨下两个梯级向他走去。

"为什么不穿军服？"他问。

"我的将军，我没有接到任何通知；我碰巧在这儿经过，看到您的府邸前面聚集了好些人，我就进来了，怕您遇到了什么危险。"

"快去穿上军服。"

"好！不过我住在巴黎的另一头，去换衣服恐怕远了些。"

不过，他还是向后退了一步，准备离开。

"您去干什么？"

"请放心，将军。"

戴贝尔已经看中了一个骑在马上的炮兵：这个人的个头和他差不多。

"我的朋友，"他对那个炮兵说，"我是戴贝尔将军；波拿巴将军命令把你的衣服和马匹给我：今天你可以不必值勤了，我给你免除了。这儿有一个路易，请去为总司令的健康干杯。明天你到我家里来，我把这些都还给你，制服和坐骑，我住在寻南街十一号。"

"我不会遇到什么麻烦吧？"

"会遇到的，你将升为下士。"

"好！"那个炮兵说。

他把他的衣服和他的马交给戴贝尔将军。

这时候，波拿巴听到他头顶上有人讲话，他抬头看到约瑟夫和贝尔纳多特在他的窗口上。

"最后一次问您，"他对贝尔纳多特说，"您愿意跟我一起走吗？"

"不，"贝尔纳多特坚定地回答。

接着他又低声说：

"您刚才不是对我说要'当心'吗？"

"是的。"

"那么，我现在也要对您说要'当心'！"

"当心什么？"

"您不是去杜伊勒利宫吗？"

"是啊。"

"杜伊勒利宫紧靠着革命广场。"

"呸！"波拿巴说，"断头台已经搬到特洛纳关卡去了。"

"那也无关紧要，守卫圣安托万城关的一定是啤酒商桑泰尔，而桑泰尔是穆兰的朋友。"

"桑泰尔已经接到通知，只要他有所行动，我就枪毙了他。您来不来？”

"不来。"

"那随您的便。您要把您的命运和我分开，可是我却不愿意把我的命运和您的分开。"

随后他对他的马伕说：

"牵马来！"

马伕把他的马牵来了。

这时，他看到有一个小炮兵待在他旁边。

"你在这儿干什么，这儿都是高级军官。"他说。

这个炮兵笑了起来。

"您不认识我了吗，将军？"他说。

"啊，原来是您，戴贝尔！您是从谁那儿搞来的马儿和制服？"

"就从那个炮兵那儿，您看到了吗？他在那儿，站在地上，光穿着衬衣。您要拿出一张下士的委任状啦。"

"您搞错了，戴贝尔，"波拿巴说，"这件事要我拿出两张委任状：一张下士的，还有一张师长的委任状。——走吧，先生们！我们到杜伊勒利宫去。"

于是，他像平时习惯的一样，在马上微微弯着背，左手松松地牵着缰绳，右手腕搁在大腿上，脑袋微歪，神态恍惚，目光迷乱，向那既光荣又不幸的坡道上迈出了最初的步子，这条道路将把他带上皇帝的宝座……一直到圣海伦娜岛①。

---

① 圣海伦娜岛：又译圣赫勒拿岛和圣埃莱纳岛。南大西洋火山岛。拿破仑失败后被放逐并死于此。

·第二十四章·
雾月十八

在走上胜利街的时候，波拿巴看到排成散兵线的塞巴斯蒂阿尼的龙骑兵。

他想向他们发表演说，可是他刚讲了几句，那些士兵便打断了他的话。

"我们不需要解释，"他们叫道，"我们知道您是支持共和国的，波拿巴万岁！"

在一片"波拿巴万岁！"的呼声中，波拿巴一行从胜利街一路向杜伊勒利宫走去。

勒费弗尔将军，根据他事先的允诺，等在宫门口。

波拿巴在走到杜伊勒利宫时，受到了和一直陪送他到这儿的同样的欢呼。

这时候，他抬起头摇了摇。也许对他来说"波拿巴万岁"的欢呼已经不够味了，他已经在梦想"拿破仑万岁！"的欢呼了。

他身边簇拥着一大群高级官员，迎着人群走去，向他们诵读把立法团的会议地点迁往圣克洛，把军队的指挥权授予他的元老院的法令。

随后，根据记忆，或者是即兴之作——波拿巴从来没有让人知道过这类秘密——开始讲话，他没有发表前天他口授给布里埃纳写下来的那份公告，而是这样宣告的：

"士兵们，

元老院特别委员会把治理这个城市和指挥军队的权力交给了我。

我接受了这个权力，为了协助我采取必需的，对人民完全有利的措施。

两年以来，共和国治理得很糟糕；你们希望我回来能结束所有这些弊端；你们一致欢迎我回来，这种团结使我更感到必须完成我的职责。你们要完成你们的职责，你们要协助你们的将军，带着我始终在你们身上看到的那种毅力，坚定和信心。

自由，胜利，和平，将使法兰西共和国重新获得它在欧洲所占有的地位，只有荒谬和叛变才能使它垮台。"

士兵们发疯般地鼓掌；这是一份向督政府的宣战书，而士兵总是欢迎宣战书的。

将军在一片喝彩欢呼声中跳下马来。

他走进杜伊勒利宫。

他这是第二次走进瓦卢瓦①的宫殿，瓦卢瓦宫拱形的屋顶没有能很好地保住在它里面进行统治的最后一代波旁②的王冠和脑袋。

走在他身边的是勒代莱公民。

一认出是他，波拿巴打了个哆嗦。

"啊！"他说，"勒代莱公民，八月十日的早晨您来过这儿。"③

"是的，将军。"未来的帝国伯爵回答说。

"是您建议路易十六逃到国民议会去的。"

"是的。"

"这个建议不好，勒代莱公民！要是我就不会接受。"

"建议是根据各人的性格提的。我就不会给波拿巴将军提我给路易十六提过的建议。一个曾经逃到过瓦雷纳的国王，还有六月二十日，那是很难救得了他的。"④

就在勒代莱讲这几句话的时候，他们已经走到了一扇朝着杜伊勒利宫花园的窗子前面。

波拿巴停了下来，抓住了勒代莱的胳膊。

"六月二十日，"他说，"我就在那儿（他指指小河边上的平台），

---

① 瓦卢瓦王朝是自一三二八年到一五八九年在法国进行统治的王朝。因创建者菲利浦六世的封地瓦卢瓦得名，后为波旁王朝所取代。杜伊勒利宫始建于一五六四年瓦卢瓦王朝时期。

② 波旁王朝在法国的统治自一五八九年到一七九二年（一八一四年到一八三〇年为复辟时期）。因九世纪末艾马男爵封地在波旁堡而得名。这里讲的最后一代波旁指在法国资产阶级革命中上了断头台的路易十六。

③ 一七九二年八月十日，巴黎市民进攻杜伊勒利宫，逼迫国王退位，当时勒代莱曾建议国王逃到国民议会去。

④ 一七九一年六月二十日，路易十六国王全家逃出巴黎，六月二十一日晚在瓦雷纳被捕。

在第三棵椴树后面；我通过开着的窗子可以看到那位倒霉的，头上戴着红色便帽的国王，他一副可怜相，我很怜悯他。"

"您干了什么呢？"

"哦，我什么也没有干，我无能为力： 我那时候是个炮兵中尉，充其量我也不过想和别人一样，走进去对他轻轻地说：'陛下！给我四门炮，我负责替您打开一条血路，把这帮无赖干掉！'"

如果波拿巴中尉那时没有克服自己的欲望，受到了路易十六的欢迎，果然把这帮无赖——也就是巴黎人民——干掉了，那么会发生些什么事呢？[①]如果在六月二十日，他为了国王的利益而进行轰击，那么他还能在葡月十三，为了国民公会的利益而进行轰击吗？……[②]

就在这位前巴黎市议会委员代理人[③]陷入沉思，也许已经在构思他的《执政府的历史》最初几页的时候，波拿巴来到了元老院，他的参谋部跟着他，后面还有所有愿意跟他来的人。

在由于这一群人来到而引起的喧哗声平静下去以后，执行主席向将军诵读了授予军权的法令，接着就请他宣誓。

"决不向祖国空口许愿将获得胜利的人，"执行主席接着说，"只能严格地实现他的新的诺言： 为祖国服务，并永远忠于祖国！"

---

① 这句话指一个历史传说： 一七九一年六月二十日，当时任炮兵中尉的波拿巴刚到巴黎不久，目睹巴黎人民拥进杜伊勒利宫对国王和王后施加压力；这时候他虽然拥护雅各宾派的革命原则，看到这些场面，却本能地喊了起来："为什么不用火炮把这些无赖干掉！"这也表现了波拿巴政治观点的复杂性。
② 葡月十三日早晨起，有两万保皇党人进攻国民公会，国民公会军司令巴拉斯命令波拿巴镇压暴动，暴动分子遭到波拿巴周密布置的炮火的猛烈轰击，波拿巴大获全胜。
③ 勒代莱曾担任过这个职务。他还写过一些政治经济和历史方面的书，是法兰西学院院士。

波拿巴伸出手去，庄严地说：

"我宣誓！"

所有跟在他后面的将军也跟着各自宣誓：

"我宣誓！"

最后一个宣誓刚结束，波拿巴认出巴拉斯的秘书来了，就是督政早晨向他两个同僚谈起过的那个博洛。

他来只是为了打听这儿发生的事情，好回去向他的主人报告。波拿巴以为他担负着巴拉斯的某种秘密任务。

他决定采取主动，径直向这个年轻人走去。

"是那些督政派您来的吗？"他说。

随后，不让对方有回答的时间，紧接着又说道：

"我离开时的法国是那么兴旺，他们把它变成什么样子了？我离开时留下的是和平，我回来时见到的是战争；我离开时留下的是胜利，我回来时见到的是挫折；我离开时留下的是从意大利带回来的千百万财富，我回来时看到的是欺诈，掠夺和贫困！那些我知道他们名字的成千上万的法国人到哪儿去了？他们都死了！"

显而易见，这些事情是用不到对巴拉斯的秘书说的；可是波拿巴要想把这些话说出来；至于对谁说，这对他无关紧要。

根据他的看法，把这些话对一个无法回答他的人讲，甚至更好一些。

这时候，西哀士站了起来。

"公民们，"他说，"穆兰和戈依埃两位督政要求进来。"

"他们已经不是督政了，"波拿巴说，"因为已经不再有督政府了。"

"不对，"西哀士提出不同意见说，"他们还没有辞职呢！"

"那么让他们进来，让他们提出辞呈。"波拿巴说。

穆兰和戈依埃进来了。

他们脸色苍白，但很镇静：他们知道他们是来挑战的；而且在他们的反抗之后，也许会有他们的西纳马里①。果月十八政变以后被流放的人是他们的前车之鉴。

"我高兴地看到，"波拿巴马上就说，"你们顺从了我们的愿望，也顺从了你们两个同僚的愿望。"

戈依埃向前跨了一步，用坚定的语气说：

"我们不是顺从您的愿望，也不是顺从我们两位同僚的愿望；既然他们已经提出了他们的辞呈，当然就不再是我们的同僚了，我们是顺从法律的意愿。法律规定，要立即宣布把立法团的会址迁往圣克卢；我们来完成法律强加在我们身上的职责，我们有决心保卫它，不论任何叛逆分子胆敢侵犯它，我们就和他们斗争到底。"

"您的热情一点也不使我们感到惊奇，"波拿巴冷冷地说，"就因为您被认为是一个爱国的人，所以您才来和我们联合。"

"我们和您联合！干什么？"

"为了拯救共和国。"

"拯救共和国！……将军，曾经有一段时期，您有幸是共和国的支柱；可是，今天，拯救共和国的光荣只能留给我们了！"

"拯救共和国！"波拿巴说，"用什么？用您的国民公会给您的办法

---

① 西纳马里：当时法属圭亚那的一个河口小城，果月十八政变后，有一批人曾被流放到那里。

吗？请看，它到处都在崩塌，即使我现在一点儿也不去碰它，它一个星期也活不到了。”

"哦！"穆兰高声说，"您终于招认了您那恶意的计划！"

"我的计划并无恶意！"波拿巴用他靴子的后跟踩着地板高声说道，"共和国要垮了，必须拯救它，我一定要这样干！"

"您一定要这样干？"戈依埃说，"可是我觉得，讲'我一定要这样干！'的应该是督政府，而不应该是您。"

"已经没有督政府了！"

"的确，我听说，就在我们进来前一会儿，您宣布了这件事。"

"既然西哀士和罗歇·迪科已经提出了辞呈，那么督政府就不存在了。"

"您错了；只要还剩下三个督政，督政府就存在；而不论是穆兰，我，还是巴拉斯，都没有向您提出过我们的辞呈。"

这时候有人把一张纸塞到波拿巴的手里，一面对他说：

"请看。"

波拿巴看了一下。

"是您错了，"他接着说，"巴拉斯已经提出了辞呈，这就是。法律规定你们要有三个人才可以存在，而你们只有两个；谁要是反对法律，您自己刚才说过，就是一个叛逆分子。"

随后他把纸递给主席：

"请把巴拉斯公民的辞呈和西哀士以及迪科的辞呈放在一起，宣布督政府已经垮台。我去向我的士兵们宣布这件事。"

穆兰和戈依埃神情沮丧地站着，他们被击败了：巴拉斯的辞职使他们的计划全都破产了。

波拿巴在元老院已经没有什么事要做了，而在杜伊勒利宫的院子里，他还有很多事情要干。

他走到下面的院子里去，后面跟着刚才跟着他上去的人。

士兵们一看到他重新出现，又响起了"波拿巴万岁！"的呼声，声音比刚才更响亮更急促。

他翻身上马，做了一个姿势表示他要讲话。

正在欢呼的千万条嗓子一下子就安静下来，像中了魔似的突然鸦雀无声。

"士兵们！"波拿巴说，他的声音响亮，每一个人都能听见，"你们在前线的战友缺衣少食；人民在遭受苦难。这些灾难的制造者都是些叛逆分子，就是为了和那些人斗争我今天才把你们聚集到这里来。我希望不久以后就可以和你们一起取得胜利；可是，首先要使所有那些想反对良好的公共秩序，想破坏繁荣昌盛的人难以得逞！"

也许是对督政府已经感到厌倦，也许是由于这位传奇人物的魅力——他又提起了在他不在的时候人们早已忘怀了的胜利——一些热情的欢呼声又响了起来，就像一根燃着的导火线一样，从杜伊勒利宫传到了卡卢塞尔广场①，又从卡卢塞尔广场传到了与它邻接的各条街上。

波拿巴趁这个时候回头对莫罗说：

"将军，我要向您证明我对您有多么信任。留在我家里的贝尔纳多特拒绝跟我们一起走，还狂妄地对我说，如果他接到督政府的命令，他

---

① 卡卢塞尔广场：位于巴黎卢浮宫和杜伊勒利宫之间。

就要执行，不管捣乱者是谁。将军，我把保卫卢森堡宫安全的任务托付给您；巴黎的平静和共和国的安全都在您手里了。"

说完，他不等莫罗回答，便策马快跑到另一头去了。

莫罗有军事野心，他早已同意在这一伟大的戏剧中扮演一个角色，他不得不接受了作者分配给他的任务。

戈依埃和穆兰回到卢森堡宫的时候，看不出表面上有任何变化；所有的哨兵都在岗位上。他们两人躲到一个客厅里去商议。

可是他们刚开始商谈，卢森堡宫的卫队司令儒贝将军便接到了带着督政府的卫队到杜伊勒利宫见波拿巴的命令，而莫罗则带着刚听了波拿巴的讲话还在激动不已的士兵去接替了他的位置。

这时候，两个督政起草了一份给五百人院的信件，一份强烈抗议刚才发生的事情的信件。

信件写完以后，戈依埃交给他的秘书，穆兰饿得快晕倒了，回家去吃点东西。

时间快到下午四点了。

过了一会儿以后，戈依埃的秘书情绪激动地回来了。

"怎么！"戈依埃问他，"您还没有去吗？"

"督政公民，"年轻人回答说，"我们被囚禁在宫里了！"

"什么！被囚禁了？"

"卫队已经换了，已经不属儒贝将军指挥了。"

"那么是谁来代替他？"

"我好像听说是莫罗将军。"

"莫罗？不可能！……那么巴拉斯这个懦夫呢，他在哪儿？"

"到他的格罗斯博瓦产地去了。"

"啊！我必须见到穆兰！"戈依埃一面叫着一面冲到门口。

可是在走廊尽头，有一个卫兵拦住了他，不让他过去。

戈依埃坚持要过去。

"不准过去！"卫兵说。

"什么，不准过去？"

"不准。"

"我可是戈依埃主席！"

"不准过去！这是命令。"

戈依埃看到，这个命令他是肯定没有办法撤销的，使用武力是不可能的。

他回到自己的房间里。

这时候，莫罗来到穆兰的房间里：他是来为自己辩解的。

可是前督政不愿意听他讲，把脸转了过去。

由于莫罗一定要对他说话，戈依埃对他说：

"将军，请到前厅里去：那儿才是狱卒待的地方。"

莫罗的头低了下去，到这时候他才明白了他的名声已经落到了什么地步。

五点钟，波拿巴又走上了胜利街；所有在巴黎的将军和高级军官都陪着他。

那些最没有远见的人，那些不懂得葡月十三的人，那些不懂得波拿巴为什么从埃及回来的人，刚才在杜伊勒利宫上方看到了这颗星宿闪射出火红的光芒，预示着灿烂的前程；不是每一个人都能成为行星的，大家争着做卫星吧!

从勃朗峰街尽头向胜利街传来的像风涛般的"波拿巴万岁"的声音,告诉约瑟芬她的丈夫回来了。

感情冲动的克里奥尔女人一直焦虑不安地在等待他;这时她一直冲到他前面,激动得一句话也说不出来。

"好了,好了,"波拿巴对她说,这时候他又显露出了他平时的随和性格,"你放心吧,所有今天能做的事全都做好了。"

"所有的事情都做好了吗,我的朋友?"

"哦,那还没有。"波拿巴回答说。

"那么,明天还将继续进行罗?"

"是的,可是明天的事只是一个形式而已。"

这个"形式"也不是轻而易举的。可是大家知道在圣克卢发生的那些事件产生了什么结果。我们不再去讲那些事件了,我们马上就谈结果,因为我们急于要回到我们这个故事的真正的主题上去,我们书中出现的伟大历史人物使我们稍许离题了一会儿。

最后再说一句。

雾月二十日清晨一点钟,波拿巴被任命为第一执政,任期十年;拉了康巴塞雷斯和勒布朗作为第二执政和第三执政;不过他决心要把所有的权力集中在他一个人手里,不仅仅他两个同僚的权力,而且还包括各部部长的权力。

雾月二十日晚,波拿巴睡在卢森堡宫的戈依埃公民的床上,戈依埃和他的同僚穆兰已经在当天释放了。

罗朗被任命为卢森堡宫的卫队司令。

·第二十五章·
重要的转达

这次军事政变在整个欧洲引起了巨大的反响，就像在平静的海面上激起了滚滚波涛的暴风雨一样，使全欧洲都动荡不安；在这次军事政变以后不多久，雪月①三十日，对我们的读者来说，更清楚的说法是一八○○年一月二十日，罗朗在拆阅他的新任务规定他负责的一大堆信件时，在五十来封其他的要求接见的请求书中，看到有这样一封信：

"司令先生：

我知道您一向光明磊落，您将看到我是多么看重这一点。

我想和您谈五分钟，在这五分钟里面，我始终要戴着面具。

我对您有一个请求。

这个请求，您也许会同意，也许会拒绝；不管是同意还是拒绝，我想进卢森堡宫的意图仅仅是为了波拿巴执政的利益，也是为了我所从事的保皇事业的利益，我希望能得到您的诺言，让我自由进出。

如果明天晚上七点,我看到在大钟下面的窗户里有单支烛光,那就是说,罗朗·德·蒙特凡尔上校已经同意了我的要求,作出了他的诺言,我将大胆地来到宫殿左侧朝向花园的那扇小门前面。

我将敲三下门,中间隔着一定的间歇,就像共济会会员的暗号一样。

在您作出许诺或者拒绝之前,为了让您预先知道您在和谁打交道,我签下我的名字,这个名字您是知道的;因为这个名字,在一次您也许还没有忘记的情况之下,曾经在您的面前讲起过。

摩冈

耶户一帮子的首领"

罗朗把这封信看了两遍,随后想了一会儿;突然他站起身来,走到第一执政的房间里,不声不响地把信递给他。

第一执政把信看了一遍,脸上既无任何激动的表示,也没有丝毫惊讶的神色,像拉栖第蒙人②一样干脆地说:

"要点蜡烛!"

他把信还给罗朗。

第二天晚上七点钟,窗口出现了亮光;七点零五分,罗朗等在花园的小门里面。

罗朗几乎还刚到,门上响起了像共济会暗号似的先两下,后一下的

---

① 雪月:法兰西共和历的第四月,相当于公历十二月二十一日或二十三日至一月十九日,二十日或二十一日。

② 拉栖第蒙人:即斯巴达人,以刚毅果敢著称。

敲门声。

门马上就开了，一个披着一件斗篷的人清晰地显现在灰蒙蒙的冬天的夜空之中；至于罗朗，他完全躲在阴影里。

由于没有看到人，披斗篷的人站着等了一会儿。

"请进。"罗朗说。

"啊，是您。上校！"

"您怎么知道是我？"罗朗问。

"我听得出您的声音。"

"我的声音？可是在我们一起待在阿维尼翁同一个大厅里的几秒钟时间里，我一句话也没有说啊！"

"那么就是我在别处听到过您的声音。"

罗朗在回忆这位耶户一帮子的首领可能在什么地方听见过他的声音。

这时对方高兴地说道：

"上校，难道因为我听得出您的声音，我们就应该待在门口吗？"

"不是的，"罗朗说，"请拉住我上衣的下摆跟我走；我已经下令，不让在通向我房间的楼梯上和过道里点灯。"

"我感谢您的好意；可是，只要有了您的诺言，我就能够在这个宫里从这头走到那头，即使像意大利人所说的那样，照得 a giorno①一般。"

"我的诺言，您已经得到了，"罗朗回答说，"请放心上楼吧。"

---

① 意大利语：如同白昼。

摩冈不需要别人再鼓励他了：他大胆地跟在他带路人的后面走着。

走到楼梯上面，罗朗走进一条和楼梯同样黑糊糊的过道，走了二十来步以后，走进了他的房间。

摩冈跟着他一起走了进去。

房间里亮着灯，但是只有两支蜡烛。

一走进房间，摩冈就把他的披风除下，把他的枪放在桌子上。

"您这是干吗？"罗朗问。

"是啊，有了您的诺言，"被问的人高兴地说道，"我就可以放松放松了。"

"可是这几把您放下来的手枪呢……？"

"啊，这个！您以为我是为了您才带在身边的吗？"

"那么又是为了哪个呢？"

"为了警察局呗；您一定完全理解我并不想被富歇公民逮住，而不让他第一个抓我的警察尝点儿味道！"

"那么说，您一来到这儿，就深信毫无危险了吗？"

"是啊！"年轻人说，"既然我已经得到了您的诺言。"

"那么您又为什么不除下面罩呢？"

"因为我的脸只有一半是属于我的；另外一半是属于我的伙伴们的。如果我们之中有一个被认出来了，谁知道会不会把其他的人也带上断头台？因为您完全了解，上校，我并不是不知道，我们在玩的就是这种把戏。"

"那么，为什么您要玩这种把戏呢？"

"啊,这个问题提得好!那么为什么您要到战场上去呢,那儿也许有一粒子弹会穿过您的胸膛,也许有一颗炮弹会削去您的脑袋?"

"这完全是两回事,请听我对您说:如果我死在战场上,我是光荣的。"

"啊!那么您认为我哪天被三执政砍下了脑袋,我就以为自己名誉扫地了吗?根本就不是这么回事:我和您一样有做一个士兵的抱负;可是,并不是每一个人都可以用同样方式为自己的事业服务的。每一种信仰都有它的英雄,都有它的牺牲者。在这个世界上感到幸福的是英雄;在另一个世界上感到幸福的是牺牲者。"

年轻人讲这些话的时候带有一种只能让罗朗感到激动和惊奇的信心。

"可是,"摩冈接着说,他兴奋的情绪很快就消失了,恢复了似乎是他天生的快乐心情,"我不是来和您谈政治哲学的;我是来请您把我引见给第一执政,好让我和他谈话的。"

"什么!和第一执政?"罗朗高声说道。

"当然啰;请再看看我的信;我不是对您说我有一个请求吗?"

"是的。"

"那么,这个请求,就是让我和波拿巴将军谈话。"

"对不起,因为我根本没有想到会是这个请求⋯⋯"

"这个请求,使您感到惊奇,甚至使您感到担心。我亲爱的上校,如果您不相信我的话,您可以从头到脚搜我一遍,您就会看到我除了这几把已经放在您桌子上的枪以外没有其他武器。还可以更进一步:您双手持枪,站在第一执政和我中间,如果我有什么可疑的动作,您就对准我的脑袋开枪。您觉得这个条件合适吗？"

"不过，如果我打扰了第一执政，让他来听您的转达，您能保证您的谈话值得他那么重视吗？"

"哦，讲到这一点，我可以向您保证！"

接着，他又用他那种乐呵呵的语气接着说：

"眼下我是一个头上有王冠，或者更可以说是一个已经失去了王冠的人——在一些高贵的人的心里，他并不因此而降低了身份——的大使；而且，我也花不了您那位将军多少时间，罗朗先生，如果谈话时间拖得太久，他可以下逐客令；我可以马上就离开，用不到他再讲第二遍，您放心好了。"

罗朗默默地考虑了一会儿。

"您这些话只能对第一执政一个人讲吗？"

"对第一执政一个人讲，因为只有第一执政一个人能回答我。"

"好吧，等着我，我去听他的指示。"

罗朗向他将军的房间走了一步；可是他又站住了，不安地瞧了一眼摞在他桌子上的一大堆文件。

摩冈瞥见了他的眼光。

"啊，是这样！"他说，"您怕在您走开的时候，我去看这些废纸？如果您知道我有多么憎恶看东西就好了！即使在这张桌子上有一份我的死刑判决书，我也懒得去看它，我会说：'这是狱卒的事，应该各司其职。'罗朗先生，我的脚有点儿冷，在您离开的时候，我要坐在您的扶手椅上烤烤脚；您回来的时候还是会看到我坐在那儿，我不会离开那儿的。"

"好吧，先生。"罗朗说。

他走进了第一执政的房间。

波拿巴正在和旺代军总司令埃杜维尔将军谈话。

听到开门声，他不耐烦地转过身来。

"我已经对布里埃纳讲过了，我谁也不见。"

"我进来时他已经告诉我了，我的将军；可是我回答他说，我不在此例。"

"你说得对，你要对我说什么？快说。"

"他在我房间里。"

"谁？"

"阿维尼翁那个人。"

"哦！哦！他有什么要求？"

"他要求见您。"

"见我，我？"

"是的，您，将军，您感到奇怪吗？"

"不，可是他能对我说些什么呢？"

"他坚决拒绝讲给我听，可是我敢说，这个人既不是一个不识时务的人，也不是一个疯子。"

"嗯；可是也许是一个刺客。"

罗朗摇摇头。

"是啊，既然是你带他进来的……"

"而且，他并不拒绝我也参加这次会谈：我将待在您和他两人之间。"

波拿巴考虑了一会儿。

"叫他进来。"他说。

"您知道，我的将军，除了我……"

"是的，埃杜维尔将军一定很乐意稍候片刻；我们的谈话决不是一次谈得完的。去吧，罗朗。"

罗朗出去了，经过布里埃纳的办公室，回到自己的房间里，看到摩冈就像他刚才说过的那样在烤他的脚。

"去吧，第一执政在等您。"年轻人说。

摩冈站起来，跟在罗朗身后。

他们到达波拿巴房间里的时候，见到波拿巴只有一个人。

波拿巴向耶户一帮子的首领飞快地瞥了一眼，毫不怀疑对方就是在阿维尼翁看到的同一个人。

摩冈站在离房门口几步远的地方，他也好奇地在注视着波拿巴，他也看清楚了对方就是在他冒着生命危险去归还误抢来的让·比科的两百路易那天在大餐桌上瞥见的那个人。

"请过来。"第一执政说。

摩冈弯弯腰，向前走了三步。

波拿巴微微点头，作为还礼。

"您刚才对我的副官罗朗上校说，您有话要转告我，是吗？"

"是的，第一执政公民。"

"这次转告是不是要求只能有两个人在场？"

"不，第一执政公民，尽管这次转告非常重要……"

"那么您希望最好只有我一个人……"

"那当然，可是为了谨慎……"

"在法国，最谨慎的，摩冈公民，莫过于有勇气。"

"我到您这儿来这件事本身，将军，就证明了我的意见和您完全一致。"

波拿巴回头向年轻的上校。

"您出去吧，就让我们两人待在这儿，罗朗。"他说。

"可是，我的将军！……"罗朗坚持说。

波拿巴走近他，轻轻地对他说：

"我看出来了，"他接着说，"你很好奇，想知道这个神秘的拦路骑士会跟我讲些什么，你放心好了，你会知道的……"

"不是这么回事；可是，如果正像您刚才所说的，这个人是刺客呢？"

"你不是已经回答过我，他不是刺客吗？好了，别再孩子气了，你出去吧。"

罗朗出去了。

"现在只有我们两个人了。"第一执政说，"您说吧！"

摩冈没有回答，从他的口袋里取出一封信，递给将军。

将军把信察看了一下：信是写给他的，封印是象征法国王室的三朵百合花徽。

"哦！哦！"他说，"这是什么，先生？"

"请看吧，第一执政公民。"

波拿巴打开信，先直接看看签名。

"路易。"他说。

"路易。"摩冈重复说了一遍。

"哪个路易？"

"我想，当然是波旁家的路易啰。"

"是普罗旺斯公爵，路易十六的兄弟！"

"也就是说，在王储——他的侄子——死了以后，他就是路易十八。"

波拿巴又瞧了瞧面前这个陌生人；因为显而易见，来人自称的摩冈是个假名，他一定另有一个真实的名字。

随后他再看信，信上是这么写的：

一八〇〇年一月三日。

像您这样的人，先生，不管他们的表面行为如何，是决不会引起别人忧虑的；您接受了一个崇高的职务，我对您表示感谢：您比任何人都清楚，要使一个伟大的民族得到幸福，一定要有力量和权力。把法兰西从它自身的疯狂中拯救出来吧，那么，您也就实现了我心中的愿望；把它的国王还给它，那么子孙万代将会永远感谢您，并铭记在心。如果您不相信我是一个知道感激的人，请指定您要坐的位子，把您各位朋友的前途也决定下来。至于我的原则，我是一个法国人；本性宽厚，我将来当然也是宽容的。不，洛迪、卡斯蒂利奥内①和阿科莱的胜利者，意大利和埃及的征服者，不会喜欢虚名浮誉而放弃伟大的光荣的。别错过了珍贵的时间：我们可以保证法兰西得

---

① 卡斯蒂利奥内：意大利城市，一七九六年波拿巴在此溃奥地利军队。

到光荣,我说"我们",因为在这个事业中我需要波拿巴,而他没有我,也不能成功。将军,欧洲在注视着您,光荣在等待着您,而我急于把幸福归还给我的人民。

路易

波拿巴回头看看年轻人,他站着,纹丝不动,像一座塑像似的一声不吭地等待着。

"您知道这封信的内容吗?"他问。

年轻人弯弯腰。

"我知道,第一执政公民。"

"可是信是盖上封印的。"

"把这封信交给我的人收到它的时候是开口的,这个人在把信托付给我的时候要我看了一遍,为了让我知道这封信的重要性。"

"能不能知道把信托付给您的那个人的名字?"

"乔治·卡杜达尔。"

波拿巴微微一震。

"您认识乔治·卡杜达尔吗?"他问。

"他是我的朋友。"

"为什么他要把信托付给您,而不是托付给其他人?"

"因为他知道,只要他说这封信要亲手交给您,那么肯定他会如愿以偿。"

"是啊,先生,您遵守了您的诺言。"

"还没有完全做到,第一执政公民。"

"怎么没有呢，您不是已经交给我了吗？"

"是的；可是我还答应过要把答复带回去。"

"如果我对您说我不愿意答复呢？"

"假使您这样回答，虽然和我希望您回答的不一样，但毕竟也是一个回答。"

波拿巴沉思了一会儿。

随后，他耸耸肩膀。

"他们都疯了！"他说。

"您说的是谁，公民？"摩冈问道。

"那些写这样的信给我的人；疯子！狂人！难道他们以为我是一个学过去的样，效法前人的人？再做一个蒙克！有什么用呢？为了再制造一个查理二世①！这不是我追求的，不值得这样做。一个人如果他身后面有着土伦，葡月十三，洛迪，卡斯蒂利奥内，阿尔考尔，里沃利，金字塔，那就跟蒙克不一样了，他就有权向往和阿尔布马尔勃公爵②封地，以及路易十八陛下的陆军和海军的统帅权不一样的东西。"

"因此，他们要您提提条件，第一执政公民。"

波拿巴听到这个声音哆嗦了一下，就好像他已经忘记了有人在这儿。

"此外，"他接着说，"这是一个已经毁掉了的家庭，一根朽木上的枯枝；波旁家族里的人互相通婚太多了，因此这个种族已经退化，在路

---

① 查理二世（1630—1685）：英国国王（1660—1685）。查理一世的儿子，英国资产阶级革命时查理一世被克伦威尔处死。后查理二世在蒙克帮助下重登王位。
② 查理二世重登王位后授予蒙克的爵位名称。

易十四时期已经耗尽了它所有的精力和元气。您知道历史吧，先生？"波拿巴转身向年轻人说。

"是的，将军，"年轻人说，"至少和一个前贵族能够知道的一样。"

"那么，您一定曾经注意到，在历史上，尤其在法国的历史上，每一个种族都有它的发端时期，它的鼎盛时期和它的衰亡时期。您看看直系的卡佩王朝①：这个王朝从于格·卡佩②开始，到菲利浦·奥古斯特和路易九世③是鼎盛时期，到菲利浦五世④和查理四世⑤时消亡。您看看瓦卢瓦王朝：这个王朝从菲利浦六世开始⑥到弗朗索瓦一世⑦是鼎盛时期，到查理九世⑧和亨利三世⑨时消亡。最后，请看看波旁王朝：从亨利四世⑩开始，到路易十四是鼎盛时期，到路易十五⑪和路易十六消亡；所不同的是他们消亡得比前人更惨，路易十五腐化堕落，路易十六多灾多难。您跟我谈斯图亚特王朝⑫吗？您向我举蒙克的例子吗？您是

---

① 卡佩王朝：法国封建王朝（987—1328）。因建立者于格·卡佩得名。初时，王权软弱，十二、三世纪时开始加强中央集权。菲利浦·奥古斯特（即菲利浦二世）、路易九世和菲利浦四世，是该王朝几个有名的国王。
② 于格·卡佩：法国国王（987—996）。
③ 路易九世：法国国王（1226—1270）。
④ 菲利浦五世：法国国王（1316—1322）。
⑤ 查理四世：法国国王（1322—1328）。
⑥ 菲利浦六世：法国国王（1328—1350）。
⑦ 弗朗索瓦一世：法国国王（1515—1547）。
⑧ 查理九世：法国国王（1560—1574）。
⑨ 亨利三世：法国国王（1574—1589）。
⑩ 亨利四世：法国国王（1589—1610）。
⑪ 路易十五：法国国王（1715—1774）。
⑫ 斯图亚特王朝：斯图亚特家族在苏格兰（1371年起）和英格兰（1603—1649，1660—1714）建立的封建王朝。一六四九年，斯图亚特王朝被英国资产阶级革命推翻。一六六〇年复辟。一七一四年，王位转到斯图亚特远族的汉诺威选侯。

不是愿意告诉我谁继承了查理二世？詹姆斯二世[①]；詹姆斯二世以后呢？威廉三世[②]，一个篡位者。我要问问您，这样的话，蒙克是不是还不如立即把王冠往自己头上戴的好？嗯，如果我那么没有理智，像查理二世一样，把王位还给路易十八，他大概会像詹姆斯二世一样，不会有儿子，那么他的弟弟查理十世就会继承他，那么他也许会被哪一个威廉三世撵走。哦，不！天主把一个叫做法兰西的幅员辽阔的美丽的国家的命运交在我的手里，并不是要我把它还给那些玩弄了它而又糟蹋了它的那些人的。"

"请注意，将军，这些事情我并没有问您。"

"可是我，我要问您……"

"我相信我有幸被您当成是一位波旁家属的后裔了。"

波拿巴哆嗦了一下，他回头看看他在跟谁说话，于是他不说下去了。

"我只需要，"摩冈接着说，他的庄重使他的对话者感到惊奇，"我只需要您讲一句同意或者不同意。"

"您要这个回答干什么呢？"

"为了要知道，我们是继续和您像敌人一样打仗打下去，还是像跪倒在一位救命恩人面前一样跪倒在您的膝前。"

"战争！"波拿巴说，"战争！那些和我作战的人真是疯了；他们没有看到我是上帝选中的人吗？"

---

① 詹姆斯二世：英国国王（1685—1688）。
② 威廉三世：英国国王（1689—1701），即奥兰治的威廉三世。

"这句话阿提拉①也讲过。"

"是的，可是选中他带来的是毁灭，选中我带来的将是新纪元；他经过的地方草木枯萎；我的犁经过的地方将五谷丰登。战争！请告诉我，那些和我进行过战争的人怎么样了？他们都躺在皮埃蒙特②，伦巴第③或者开罗的地底下。"

"您忘记旺代了吗？旺代始终站着。"

"站着，就算是吧；可是它的那些首领呢？卡特利诺呢，莱斯居尔呢，拉罗歇雅克兰呢，埃尔贝呢，蓬尚呢，斯托弗莱呢，夏雷特呢？"

"您讲到的都是些人，人的确已经被消灭了；可是原则还站立着，在这个原则的周围，今天还有多蒂尚，絮扎内，格里尼翁，弗罗泰，夏蒂荣，卡杜达尔④这些人在战斗；也许年轻的一代不如年老的一代，可是，只要他们也奉献出了生命，别人也不能要求他们别的什么了。"

"叫他们当心！一旦我决心打旺代战争，我是不会派桑泰尔或者罗西尼奥尔去的！"⑤

"国民公会派去的是克莱贝，而督政府派去的是奥什……"

"我什么人也不派，我亲自去。"

"对他们来说，也不可能遇到比被杀死的莱斯居尔和被枪毙的夏雷

---

① 阿提拉（约406—453）：匈奴帝国国王（433—453）。在位时占有里海至莱茵河间广大地区，东西罗马帝国均被迫纳贡，为匈奴帝国强盛时期。转战杀戮甚众，欧洲人称之为"上帝之鞭"。
② 皮埃蒙特：意大利北部地区。
③ 伦巴第：意大利北部地区。
④ 以上人名均为当时旺代地区的保皇分子首领。
⑤ 桑泰尔（1752—1809）和罗西尼奥尔（1759—1802）均是一七九三年镇压旺代暴乱的将军，因无能而战败。

Les Compagnons De Jehu

特更坏的事了。"

"也许他们会遇到我赦免他们这样的事情。"

"加图①曾经教导我们，如何不受恺撒的宽恕。"

"啊，注意了，您引证的是一个共和分子！"

"加图是一个可以学习的榜样，不管我们是属于哪一派的。"

"如果我对您说，旺代在我的掌心之中呢？……"

"您！"

"只要我愿意，三个月以后就可以平定它。"

年轻人摇摇头。

"您不相信我吗？"

"我有怀疑。"

"如果我向您肯定我讲的话是能兑现的；如果我告诉您，我将采用什么方法，更可以说我将使用什么人来达到这个目的，并以此来证明我的话，您还会有怀疑吗？"

"如果一个像波拿巴将军这样的人向我肯定一件事情，我是会相信的；如果他向我肯定的这件事是平定旺代，那么我要对他说：'要当心啊，对您来说，一个进行战斗的旺代要比一个进行阴谋策划的旺代来得好：进行战斗的旺代是一把剑，进行阴谋策划的旺代是一把匕首。'"

"哦！您的匕首，我看见过，"波拿巴说，"这儿就有！"

---

① 加图（前95—前46）：此为小加图，系大加图之曾孙，古罗马政治家。积极支持元老共和派，反对恺撒。法萨卢斯战役后去乌提卡，闻恺撒再胜于塔普苏斯，共和无望，自杀身死。

说着，他到一只抽屉里去拿出了他从罗朗手里拿来的那把匕首，放在桌子上摩冈伸手可及的地方。

"不过，"他接着说，"谋杀者的匕首离波拿巴的胸膛还远着呢；是不是试试看。"

于是他向年轻人走去，一面目光炯炯地盯着他看。

"我不是来谋杀您的，"年轻人冷冰冰地说，"将来，如果我认为您的死对我们事业的成功是不可缺少的，那我一定再尽力而为；到那时候，如果我不能成功，放了您，这决不是因为您是马里乌斯①，而我是辛布里人②……您没别的话要对我说了吗，第一执政公民？"年轻人弯弯腰说。

"有的；请对卡杜达尔说，在他愿意和敌人打仗，而不是和法国人打仗的时候，在我书桌里有他一张我签好名的上校委任状。"

"卡杜达尔指挥的不是一个团，而是一个军；您不愿意从波拿巴沦为蒙克：为什么您要他从将军降为上校呢？……您没有别的事要对我说了吗，第一执政公民？"

"有的；您有没有办法把我的回答送给普罗旺斯伯爵？"

"您想和路易十八谈谈？"

"我们别在字眼上找碴儿了；我想和写信给我的人谈谈。"

"他的使者在奥皮塔营地。"

---

① 马里乌斯：参见第 300 页注①。他曾七度当选执政官。与日耳曼人（森布里人和条顿人）作战时（前 104—前 101）完成军事改革：以募兵制代替征兵制。
② 辛布里人：原居莱茵河东，公元前一一三年移入阿尔卑斯山区，并越过罗讷河的一支日耳曼民族。公元前一〇一年因劫掠高卢，被马里乌斯击溃。

"那么，我改变主意了，我要给他回信；这些波旁家的人都是糊里糊涂的，这个人也许会误解我不给他回信的用意。"

于是波拿巴坐在书桌前面，写了以下一封信，他尽量把字写清晰。

> "先生，我收到了您的来信，我感谢您向我提出的好心的意见。您不应该希望回法国来：如果您回来就会造成千万人的死亡；牺牲您的利益，让法国得到安宁和幸福吧，历史会考虑到这一点的。对您家庭遭到的不幸我决非无动于衷的；如果您能安静隐退，衣食丰足，我将感到非常高兴。
>
> > 波拿巴"

于是，他把信折好放进信封，在信封上加上封印，写上收信人名字"致普罗旺斯伯爵先生"，交给摩冈；随后他呼唤罗朗，仿佛他深信罗朗就在近处。

"将军，什么事？"……年轻军官果然应声而来。

"请把这位先生再带到街上去，"波拿巴说，"在这之前，您要保证他的安全。"

罗朗弯弯腰表示服从，他让年轻人离开，来客一声不吭地走出房间，跟在罗朗身后走了。

可是在走出房间之前，摩冈又最后看了波拿巴一眼。

波拿巴站着，一动不动，默默无言，抱着两条胳膊，眼睛盯在匕首上，这柄匕首吸引住了他的思想，超过了他自己愿意承认的程度。

他们先回到罗朗的房间里，耶户一帮子的首领重新又拿起他的斗篷和他的手枪。

他把枪插进腰带，这时候罗朗对他说：

"第一执政好像在给您看我给他的匕首。"

"是的，先生。"摩冈回答。

"您认出那把匕首了吗？"

"我认不出是哪一把……我们所有的匕首都差不多。"

"那么！"罗朗说，"我来对您说这把匕首是从哪儿来的。"

"噢！……从哪儿来的？"

"是从我一个朋友的胸口上拔下来的，是您的伙伴，也许是您亲自把它插进去的。"

"这有可能，"年轻人毫不在意地回答说，"不过这是您朋友受到的惩罚。"

"我的朋友想看看赛荣修道院夜里发生了什么事情。"

"他错了。"

"可是，我，我在前一天晚上曾经犯过同样的错误；为什么我却安然无恙？"

"那大概有某种护身符保护着您吧。"

"先生，我要对您说： 因为我是一个在大白天走大路的人，所以我憎恨那些神秘莫测的事情。"

"那些可以在大白天走大路的人是相当幸福的，德·蒙特凡尔先生！"

"就因为这一点，我要和您谈谈我立下的誓言，摩冈先生，在把那柄您看到过的匕首从我朋友的胸膛里拔出来的时候，我真是小心翼翼，唯恐把他的灵魂一起带走；我当时立下了誓言，从那以后，我要和那些谋杀他的人展开一场生死之战；我之所以向您许下保证您安全的诺言，主要是为了当面把我的誓言讲给您听。"

"这个誓言，我希望您还是忘记了的好，德·蒙特凡尔先生。"

"这个誓言，我遇到任何机会都要去实现，摩冈先生，如果您能尽早提供给我一个这样的机会，我将感到非常荣幸。"

"用什么办法，先生？"

"这个么！比如说，同意和我在布洛涅树林①或者万森树林②会面；我们当然用不到说，我们决斗是因为您或者您的朋友刺了塔兰爵士一匕首，用不到这样说。我们可以根据您的意思说，比如说……（罗朗想了想）下个月十二日将发生月食。这个借口对您合适吗？"

"如果我可以参加决斗，先生，"摩冈回答说，声音很忧郁，似乎不像是他的，"这个借口对我是很合适的。您不是说您立过一个誓言，而且您一定要坚持到底吗？那么我告诉您，所有加入耶户连队的人也立过一个誓言：决不为了个人的事而争吵，去冒生命的危险，因为他的生命是属于整个事业的，而不再是属于他自己的了。"

"是吗，所以你们可以暗中谋杀，而不正面交锋！"

"您错了，我们有时候也正面交锋。"

"是不是请费心给我一个可以考虑这种情况的机会。"

"这很简单：德·蒙特凡尔先生，请设法和五六个和您一样勇敢坚决的人，坐在某一辆运送政府公款的马车里：保卫我们攻击的对象，

---

① 布洛涅树林：巴黎西面的游览地点。
② 万森树林：巴黎东南的游览地点。

那么您寻找的机会就来了；不过，请相信我，最好别和我们碰上。"

"这是威胁吗，先生？"年轻人抬起头来说。

"不是的，先生。"摩冈说，声音很温柔，几乎有点儿像在恳求，"这是一个请求。"

"这个请求是专门对我提的，还是对另一个人提的。"

"是专门对您提的。"

耶户一帮子的首领特别强调了"专门"两个字的语气。

"哦！哦！"年轻人说，"那么我有幸得到了您的关心吗？"

"就像一个兄弟一样。"摩冈回答说，他的声音始终是那么轻柔，那么温顺。

"那么，"罗朗说，"就这样定了，赌一下。"

这时候，布里埃纳进来了。

"罗朗，"他说，"第一执政要您去。"

"我送这位先生到门口街上去，马上就去见他。"

"您要赶快，您知道他讨厌等人。"

"请跟我走，好吗，先生？"罗朗对他的神秘的客人说。

"我一直在听候您的吩咐，先生。"

"那么，来吧。"

于是，罗朗又顺着他原来带摩冈进来的那条路出去，不过不是向花园门——花园门已经关闭了——而是向靠街的那扇门走去。

走到那儿以后，他对摩冈说：

"先生，我向您许下了诺言，我一直忠实地遵守着；可是，为了避免在我们之间有任何误解，请对我说，这个诺言只有今天才有效，而且只生效一次。”

“我就是这么理解的，先生。”

“那么，这个诺言，您还给我了？”

“我很想保留着，先生；可是我承认您有向我收回它的权利。”

“我就是这么希望的，再见吧，摩冈先生。”

“请允许我不表示与您同样的愿望，蒙特凡尔先生。”

两个年轻人彬彬有礼地相互致敬；随后罗朗回到卢森堡宫去，摩冈沿着墙垣的阴影向一条通向圣絮比尔斯广场①的小路走去。

我们将跟着他一同前去。

---

① 圣絮比尔斯广场：在巴黎圣日耳曼区。

· 第二十六章 ·
受害者的舞会

　　刚走出一百步以后，摩冈便除下了他的面具；走在巴黎大街小巷之中，戴着面具要比不戴面具更可能引起别人的注意。

　　走到塔拉纳街和德拉贡街的转角上，他敲了敲一家连同家具出租的小客栈的门，走了进去，在一个柜子上拿起一只蜡烛台，在一枚钉子上取下了十二号房间的钥匙，便走上楼去。别人只知道有一个熟悉的房客出去以后又回来了，除此以外没有引起别的注意。

　　在他关上房门的时候，座钟敲响十点钟。

　　他很注意地听着钟响，蜡烛的光照不到壁炉上的座钟；他数清楚了座钟敲了十下。

　　"好，"他自言自语地说，"我不会到得太晚的。"

　　尽管如此，摩冈似乎决定不再浪费时间；他把一张纸放到壁炉的炉床下面，纸马上燃烧起来，他点燃了四支，也就是这个房间里的全部蜡烛；随后放两支在壁炉架上，放两支在面前的柜子上，打开柜子的抽屉，拿出一套最最时髦的礼服，摊在床上。

这套礼服包括一件前身短而平，后身长而窄的上装，颜色优雅，在湖绿和银灰之间；一件有十八颗螺钿钮的淡黄平绒背心；一只雪白的高级细麻布的大领结，一条也是雪白的克什米尔短绒的紧身裤，在扣扣子的地方，也就是在腿肚以下，围有一束饰带；最后还有一双珍珠色的、嵌着和上装同样的淡绿色的横条的丝袜，以及一双镶有钻石搭扣的精巧的薄底浅口皮鞋。

标准的单片眼镜也没有忘记。

至于帽子，就和卡尔勒·凡尔内①画在督政府时期那些花花公子头上戴的帽子一个样。

这些物件准备好以后，摩冈仿佛在等人，神情有点儿不耐烦。

五分钟以后，他拉了拉铃；一个旅店小厮进来了。

"假发师还没有来吗？"摩冈问。

在这个时代，假发师还没有成为理发匠。

"来过了，公民，"这个小厮回答，"他来的时候您还没有回来，所以他说过一会儿再来。而且，就在您拉铃的时候有人在敲门，可能是……"

"来了！来了！"楼梯上有一个人在说。

"啊，太好了，"摩冈说，"来吧，卡德内特师傅！请把我装扮得像阿多尼斯②那样。"

"这很容易，男爵先生。"假发师说。

----

① 卡尔勒·凡尔内（1758—1836）：法国画家，石版画家。
② 阿多尼斯：希腊神话中的美少年。

"什么，什么，您一定要把我牵连进去吗，卡德内特公民？[1]"

"男爵先生，我求求您，就叫我卡德内特得了，这使我感到光荣，因为这是一种亲热的表示；不过别叫我公民；呸！这是一种革命的称呼；即使在恐怖时期那些人最狂热的时候，我也总是叫我的妻子卡德内特太太。现在，请原谅我刚才没有等您；因为今天晚上白克街有一次盛大的舞会，受害者的舞会（假发师加强语气说了'受害者'这个词），我原来以为男爵先生也应该在那儿的。"

"啊，是吗！"摩冈笑着说，"那么您是保皇分子啰，卡德内特？"

假发师像演悲剧似的把手放在他的胸脯上。

"男爵先生，"他说，"这不但是一个良心问题，还是一个职业问题。"

"良心问题！我懂，卡德内特师傅，可是职业问题！理发师的职业和政治有什么见鬼的关系？"

"什么，男爵先生，"卡德内特说，他正准备替他的顾客修饰头发，"您问这个？您，一个贵族！"

"嘘，卡德内特！"

"男爵先生，在前贵族之间，是可以谈论这些事的。"

"那么，您是一个前贵族？"

"最最标准的前贵族。男爵先生想做什么式样？"

"狗耳式的发型[2]，后面的头发往上卷。"

---

① 当时的前贵族受到怀疑，假发师称他为男爵，故有此语。
② 狗耳式发型：一种披发齐眉的发型。

"扑上一点点粉？"

"稍许多扑一点儿，卡德内特。"

"啊，先生，别人怎么会想到，整整五年，在我家里只能找到一些劣质的扑粉；男爵先生，为了一盒子粉，有些人就上了断头台。"

"我认识一些人，他们为了比这更小的事也上了断头台。不过，请告诉我，您怎样成为一个前贵族的，我什么都喜欢打听。"

"这很简单，男爵先生。您也同意，在各种行业里面，也有各种多少不同的贵族气息，是吗？"

"当然啰，根据它们和社会上上层阶级的关系而有所不同。"

"对啊，男爵先生。那么，我们掌握着社会上高层阶级的头发；我，就是您看到的我，有一天晚上我替德·波利涅克夫人①做过头发；我父亲替杜巴莉夫人做过头发，我祖父替德·蓬巴杜夫人②做过头发；我们有我们的特权，先生：我们可以佩剑。当然啰，我们这些人头脑容易发热，为了避免可能发生的意外，一般来说，我们佩的剑是用木头做的；这虽然算不了什么，至少也是一种摆设。是的，男爵先生，"卡德内特叹了口气接着说，"那个时代，真是好时光啊，不但是假发师的好时光，而且是法兰西的好时光。我们什么秘密都知道，任何阴谋都有数，他们不对我们保密；而且，男爵先生，从来也不曾有过秘密是被某个假发师泄漏出去的例子。请看看我们可怜的王后，她的钻石是托付给

---

① 德·波利涅克夫人（1745—1817）：朱尔·德·波利涅克公爵的妻子。路易十六王后玛丽－安托瓦内特的密友。

② 德·蓬巴杜夫人（1721—1764）：路易十五的情妇，她对国王及其政策有极大的影响力。

谁保管的？是托付给伟大而杰出的理发师之王莱奥纳尔的！可是，男爵先生，只要有两个人就足够推翻建筑在路易十四的假发，摄政时期①的裙撑，路易十五时期的绉纱和玛丽-安托瓦内特时期的艺术珍藏上的巨大权力。"

"而这两个人，这两个平均主义者，这两个革命分子，他们是什么人？卡德内特？让我在力所能及的时候，使他们遭到公众的诅咒。"

"是卢梭②先生和塔尔玛公民。卢梭先生曾经讲过这样荒谬的话：'回到自然'；而塔尔玛公民，他创造了各种提图斯③式的发型。"

"对，卡德内特，对。"

"最后，还有督政府，有一个时期人们对它还抱有希望。巴拉斯先生从来也没有放弃过扑粉，穆兰公民还留着发束。可是您知道，雾月十八却把一切都消灭了：这是波拿巴先生卷头发的办法！……啊，看！"卡德内特接着说，一面在弄松他顾客的狗耳式披发，"这些是真正的贵族的头发，又软又细像丝一样，可是连铁也提得起，真像您戴的是假发。请您自己看看，男爵先生，您希望像阿多尼斯一样漂亮……啊，如果维纳斯看到您，那么受到玛尔斯嫉妒的决不会是阿多尼斯了。④"

卡德内特工作做完，对自己的作品非常满意，把一面带柄的镜子放

---

① 摄政时期：指一七一五年到一七二三年法国奥尔良公爵摄政时期。
② 卢梭（1712—1778）：法国启蒙思想家，哲学家，教育学家，文学家。著有《民约论》《爱弥儿》《忏悔录》等。在教育观点上，他提出"回到自然"的口号，主张顺应儿童本性，让他们身心自由发展。
③ 提图斯：古罗马皇帝（79—81），弗拉维王朝创立者古罗马皇帝韦斯巴芗之子。提图斯式的发型，即古典式发型。
④ 根据希腊神话，阿多尼斯是爱神维纳斯的情人，受到爱恋着维纳斯的战神玛尔斯的嫉妒。

在摩冈手里，摩冈喜滋滋地自己在端详着。

"喂，喂！"他对假发师说，"的确，我亲爱的，您是一位艺术家！把这个发型记住了，万一我被斩首，肯定会有女人来看我的处决，我要选用这个发式。"

"男爵先生同意我悼念他吗？"假发师严肃地说。

"同意，而现在，我亲爱的卡德内特，这儿有一个埃居作为对您的酬劳。您下楼时请费心叫人替我要一辆车子。"

卡德内特叹了一口气。

"男爵先生，"他说，"在某个时代，我也许会这样回答您：'请带着这头头发到宫廷里去露露面，就等于我已经收到钱了。'可是现在已经没有宫廷了，男爵先生，而且还得过日子……车子会有人叫的。"

讲到这里，卡德内特又叹了第二口气，把摩冈给他的埃居放在口袋里，行了一个假发师和舞蹈教师行的大礼，留下年轻人一个人去结束他的梳洗打扮。

头发整理好以后——这个工作很快就做完了——只有打领结稍许花了一些时间，因为领结要打得使人眼花缭乱，可是这件困难的任务在经验丰富的摩冈的手下也很快就解决了；钟敲十一点的时候，他已经准备上车了。

卡德内特没有忘记他的委托：一辆出租马车等在门口。

摩冈跳进马车，一面叫道：

"白克街六十号！"

出租马车向格勒内尔街驰去，折向白克街，停在六十号门口。

"这是您的车资，给您双倍，我的朋友，"摩冈说，"可是有个条件，您别停在这儿门口。"

马车夫收下这三个法郎，在瓦雷纳街拐了个弯不见了。

摩冈向这座房子的正面看了一眼；真像是走错了门，门前黑乎乎的，一点亮光也没有，而且寂静无声。

可是摩冈毫不犹豫，用某种方式敲了敲门。

门开了。

院子里有一座灯火辉煌的大房子。

年轻人向这座大房子走去；在他走近的时候，听到了迎面传来的乐器声。

他登上一层楼梯，走进了衣帽间。

他把他的斗篷交给负责看管大衣外套的人。

"给您一个号码牌，"看管人对他说，"武器请放在陈列廊里，您自己记住地方。"

摩冈把号码牌放在他的裤袋里，走进了一个改装成武器库的巨大的陈列廊里。

这个陈列廊像一个真正的武器收藏室，各种各样的武器，手枪，喇叭口火枪，马枪，剑，匕首。因为这次舞会有可能遭到警察的突然袭击，必须能让每个舞客在一刹那间变成一个战士。

摩冈放下他的武器以后，走进了舞厅。

我们怀疑我们的秃笔是不是能向我们的读者描绘出这个舞会一个大概的轮廓。

一般来说，就像"受害者舞会"这个名字所表示的，参加这次舞会的人，一定要有某些奇怪的权利，这些权利是那些被国民公会，巴黎公社送上断头台的人，被科洛·代尔布瓦①枪杀的人，被卡里埃②淹死的人送给他们的亲属的。可是总的来说，数量最多的是刚过去不久的三年恐怖时期上了断头台的人的家属，大部分人穿的是断头台受害者的服装。

因此，大部分年轻姑娘——她们的母亲和姐姐都已死在刽子手的手下——都穿着她们的母亲和姐姐在最后的凄惨的仪式上穿的服装，也就是雪白的长裙，血红的披肩，她们的头发都齐颈脖剪平。

有几个女孩子，还在这种已经相当有特征的服装上加上一些更为含意明确的细部；有几个姑娘在她们的脖子上系上一根红色的丝线，细得就像剪刀的刀口；这条红线就像在巫魔大会上的玛格丽特·德·浮士德一样，表明在她的乳突③和锁骨④之间曾有刀斧经过。

至于那些同样情况的男人，他们上衣的领子往后翻，衬衣领子敞开着，光溜溜的脖子露在外面，头发也剪平了。

但是有很多参加这次舞会的人的家庭里并没有受害者，他们有别的权利；有很多人自己也制造了受害者。

那些人具有各种身份。

那儿有些四十到四十五岁的人，他们是在十七世纪一些美丽的交际花的小客厅里长大的，他们在凡尔赛的屋顶室里认识杜巴莉夫人，在德·洛拉盖先生家里认识苏菲·阿尔诺，在阿图瓦伯爵家里认识蒂黛，

---

① 科洛·代尔布瓦（1750—1796）：国民公会会员。
② 卡里埃（1756—1794）：国民公会会员。
③ 乳突：人体颅骨侧面和外耳后乳头状骨突。
④ 锁骨：连接胸骨和肩胛骨的Ｓ状细长骨，为颈胸两部的分界标志。

他们从温文尔雅的罪恶里借来了掩盖他们残酷本性的善良的外壳。他们年纪还轻，人也漂亮；他们走进一个客厅时挥动着他们香喷喷的头发和手帕，这种谨慎小心不是毫无用处的，因为如果闻不到他们身上的龙涎香和马鞭草的香味，也许会闻到他们的血腥味。

那儿有些二十五到三十岁的人，他们穿着华丽，是复仇者协会成员，他们热衷于谋杀，发疯地想割人的脑袋；他们切望流血，流血也难解他们心头之恨；一旦命令他们去杀人，他们就会去杀指定要他们杀的人，不管是朋友还是敌人；他们把杀人当作做买卖，他们接受需要某个雅各宾党人头颅的血腥汇票，而且凭票即付。

那儿还有些十八到二十岁的年轻人，几乎还是些孩子，不过这些孩子是像阿喀琉斯那样喂养大的，吃的是野兽的骨髓，或者像皮洛士[①]，吃的是熊肉；他们是席勒[②]的《强盗》的学生；圣菲默法庭法官的学徒；他们是在巨大的政治动乱以后来到的奇怪的新一代，就像混沌以后来到的泰坦巨神，就像在洪水以后来到的许德拉[③]，又像在大屠杀以后来到的秃鹫和乌鸦。

这是一个被称作同等报复的青铜幽灵，他们无动于衷，毫不容情，刚愎自用。

这种幽灵混进了活人之中，它走进了金碧辉煌的客厅，使了一个眼色，做了一个手势，点了一下头，于是别人就跟它走了。

---

① 皮洛士：（前 319/318 年—前 272 年）叙拉古国王及马其顿国王，希腊化时代著名的将军和政治家。
② 席勒（1759—1805）：德国剧作家、诗人。早期剧本《强盗》，歌颂一个向封建社会公开宣战的豪侠青年。
③ 许德拉：希腊神话中的九头水蛇。

据告诉我们这些闻所未闻，可是又千真万确的细节的人说，他们竟然会进行杀人勾当的赌赛。

恐怖时期表现在人们的衣着上是十足的犬儒主义，表现在人们的饮食上则像拉栖第蒙人一样艰苦备尝，而且对所有的戏剧和艺术都像野蛮民族一样嗤之以鼻。

而在热月反动时期则恰恰相反，人们打扮得风度翩翩，吃的是美味佳肴；就像在路易十五王朝时那样奢侈腐化，只不过它除了奢侈腐化以外，还加上了复仇和流血。

弗雷龙①把他的名字给了整个这一代年轻人，人们称之为弗雷龙青年，或者是金色青年②。

为什么是弗雷龙，而不是另一个人得到这份奇怪而倒霉的荣誉呢？

关于这个问题，我将不承担告诉你们的责任：我的研究探索——了解我的人都会替我作证，如果我想达到一个目的，我是不惜研究探索的——关于这个问题，我的研究探索没有告诉我任何东西。

这是当时的风尚使然，风尚是难以捉摸的；风尚是唯一比命运还要任性的女神。

我们今天的读者对弗雷龙究竟是什么人几乎也不太清楚，被伏尔泰攻击取笑过的人比这些风度优雅的谋杀者的后代老板更加出名。

有这样一对父子：路易－斯塔尼斯拉斯是埃利－卡特里纳的儿

---

① 弗雷龙（1754—1802）：法国国民公会会员，在马赛和图卢兹杀了很多人。
② 金色青年：指法国资产阶级革命时期的一伙贵族出身的反革命青年匪徒。

子；父亲看到自己的报纸被米洛梅尼尔①查禁，一怒之下竟气绝身亡。

他的儿子，由于对使他父亲受害的不公正现象悲愤填膺，开始热烈拥护革命的原则；他就在他父亲的一七七五年被扼杀的《文学年鉴》的地方创办了《人民的呼声》。他被当作特别使者派到南方，马赛和土伦至今对他的残酷记忆犹新。

可是到热月九日，他一切都忘了，宣布反对罗伯斯庇尔，帮着把那个从使徒摇身一变为神祇的庞然大物从"最高实体"②的祭坛上推下。弗雷龙被山岳派③抛弃，被扔给莫伊斯·贝尔的巨口；弗雷龙又被吉伦特派厌恶地唾弃，让他受伊斯纳尔④的诅咒；弗雷龙，就像瓦尔省那个激烈而富有诗意的演说家所说的，弗雷龙，赤身裸体，全身都是罪恶的脓疮，却被热月党人收留，抚慰、疼爱；随后，他又从热月党的阵营来到保皇派的阵营，并且没有任何可以得到这个倒霉的荣誉的理由，却一下子突然变成了一个很强大的年轻人一派的领袖，这一代人血气方刚，复仇心切，他们正处在情欲横流，为所欲为的时代，他们正处在法律无能，被肆意践踏的年代。

摩冈就是在这一群金色青年，弗雷龙的青年，这一群发音混杂，动不动就赌咒发誓的青年中穿了过去。

---

① 米洛梅尼尔（1723—1796）：法国政治家，曾任掌玺大臣。
② "最高实体"：罗伯斯庇尔提倡的宗教崇拜物。
③ 山岳派：十八世纪法国资产阶级革命时期国民公会中的革命民主派，因坐于会议大厅的最高处而得名；后大部分人员都参加雅各宾派。
④ 伊斯纳尔（1755—1825）：法国政治家。国民公会议员，后为五百人院议员，后又转为拥护路易十八。

所有这些青年人——我们必须说明，尽管他们所穿的服装，这种服装所引起的回忆，都不是令人舒服的——所有这些年轻人都快乐得像发疯一样。

这是难以理解的，可是情况就是如此。

如果可能，就请您解释解释这种死神舞吧。它在十五世纪之初竟然就具有了米沙尔①指挥下的那种现代加洛普舞的狂热劲头，在圣婴公墓里打着圈儿跳个不止，从而使它的五万名跳舞者倒在墓地里成为殉葬者。

摩冈在找什么人，但是没有找到。

一个翩翩少年正在把一只血淋淋的指头伸进一个迷人的女受害者递给他的一只红宝石的糖果盒里，他这血淋淋的手指是他那只纤细的手让人看到的唯一一部分，其余部分都给涂上杏仁糊给遮住了。这个少年想拦住摩冈，告诉他使他获得这个血淋淋的战利品的那次行动的详细情况；可是摩冈对他笑笑，用他的双手搂了搂对方另一只戴着手套的手，便回答他说：

"我找人。"

"事情紧急吗？"

"耶户连队。"

血手指的年轻人便让他过去了。

有一个可爱的复仇女神——就像高乃依所说——她的头发卷里插着一把比针还尖的匕首，拦住他说：

_____

① 米沙尔（1792—1859）：法国音乐家，写过许多舞曲。

"摩冈，您是所有这儿的人中间最英俊、最勇敢、最值得爱的人；如果有一个女人对您讲这句话，您将如何回答？"

"我要回答她说，"摩冈说，"我心中有爱，可是我的心太小，容不下一个仇恨和两个爱情。"

接着，他继续找人。

有两个年轻人在争论，他们一个说"是一个英国人"。另一个说"是一个德国人"。他们拦住了摩冈。

"啊，对了！"他们中一个说，"这个人可以替我们解决这个问题。"

"不，"摩冈回答说，他想穿过这层阻拦，"因为我有急事。"

"只要回答一句话就可以了，"另一个说，"我们，圣阿芒和我两人打赌，在赛荣修道院被处决的那个人，他说是德国人，我说是英国人。"

"我不知道，"摩冈回答说，"我不在那儿，你们可以去问埃克托，那天晚上的事是他主持的。"

"那么告诉我们埃克托在哪儿。"

"还是告诉我蒂福热在哪儿吧，我在找他。"

"在那儿，最里面，"年轻人指指大厅里四组舞跳得最欢乐最热闹的地方，"你认得出他的背心；还有他的裤子也是不容忽视的，只要我弄到一块共和分子的皮，我就要按他的式样做一条。"

摩冈没有花时间去询问蒂福热的背心有什么特别的地方，也没有去打听他的裤子是用什么珍贵的料子做的，式样有多么奇怪，才会得到这位和他交谈的，在衣着方面如此内行精通的人的称赞。他径直往年轻人所指的方向走去，看到了他所找的人正在熟练地跳一种叫作编织步的舞步——请原谅我们使用了这个术语，这种步子就像是在凡斯特里斯①的客厅里跳的那种。

摩冈向这个跳舞的人做了个手势。蒂福热马上停止跳舞，向他的舞伴行了个礼，把她带回到她的座位上，并向她道歉，说他有紧急的事情，随后过来挽住了摩冈的胳膊。

"您看到他了吗？"蒂福热问摩冈。

"我刚才离开他。"摩冈回答。

"您把国王的信交给他了吗？"

"交给他本人了。"

"他看了没有？"

"当场就看了。"

"他有回答吗？"

"有两个回答：一个是口头的，一个是书面的；书面的可以代替口头的。"

"您带着吗？"

"这就是。"

"您知道内容吗？"

"他拒绝了。"

"是正式的吗？"

"再正式也没有了。"

"知不知道，如果他使我们失去了任何希望，我们就要像敌人一样

① 凡斯特里斯（1729—1808）：巴黎大剧院的著名舞蹈演员。

对待他？"

"这我已经对他讲了。"

"他是怎样回答的？"

"他没有回答，他耸了耸肩膀。"

"那么您认为他的企图是什么？"

"这不难猜到。"

"他是想把政权留给自己吗？"

"我看很像。"

"政权还可以说，可是不是王位。"

"为什么不是王位？"

"他不敢自己做国王。"

"哦，我不敢向您担保他究竟是不是想做国王，可是我可以向您担保他是想自己做个什么玩意儿。"

"不过，总之，他是一个幸运的士兵。"

"我亲爱的，眼下继承他的事业比做国王的孙子要好。"

年轻人沉思了一会儿。

"我把这一切向卡杜达尔报告。"他说。

"另外再告诉他，第一执政还讲了这几句话：'旺代在我手里，只要我愿意，三个月以后，那儿就将听不到一声枪响。'"

"能知道这一点很好。"

"您知道了；让卡杜达尔也知道，你们可以相机行事。"

这时候，音乐声突然停止了：跳舞的人的窃窃私语声也静下来了；大厅里寂静无声，在这种静谧的气氛中，一个响亮的，抑扬顿挫的声音呼唤着四个人的名字。

这四个人的名字是摩冈、蒙巴尔、阿德莱和达萨斯。

"对不起，"摩冈对蒂福热说，"也许在准备什么我也要参加的行动；因此我不得不非常遗憾地向您告别；不过，在分手之前，请允许我仔细看看别人向我提到的您的背心和您的裤子；这是出于一种服装爱好者的好奇心，我希望您能多多包涵。"

"说哪儿话！"年轻的旺代分子说，"我非常乐意为您效劳。"

·第二十七章·

熊皮

他非常殷勤礼貌地立即走到了放在壁炉上点燃着的多支烛台前面。

背心和裤子似乎是同一种料子做的；可是这是什么料子呢？这个问题连最有经验的行家也难以回答。

裤子是一条普通的紧身裤，颜色文静，有点像淡肉色；没有什么其他特殊的地方，只是看不见任何线缝，像完全贴在肉上一样。

相反，背心上却有两个特别的记号，颇为引人注目：三个被子弹打穿的弹孔，上面还涂上了很像是血迹的胭脂红。

此外，在背心的左面，画着一颗鲜血淋淋的心，当作旺代分子的记号。

摩冈非常仔细地察看了这两样东西，可是看不出什么结果来。

"如果我不是有急事，"他说，"我很想根据我自己的观察来弄清楚这件事情；可是，您已经听到，委员会可能得到了什么消息；您可以向卡杜达尔报告说有钱来了：不过必须去拿。这类行动一般是我指挥的，如果我去晚了，别人就会代替我。所以请告诉我，您身上穿的到底是什么料子？"

"我亲爱的摩冈，"这个旺代分子说，"您也许听说过，我的兄弟是在布雷絮尔郊区被捕的，后来被蓝军①枪毙了，是吗？"

"是的，这件事我知道。"

"在蓝军后撤的时候，他们把他的身体留在一道篱笆旁边，我们盯在他们后面紧追不舍，因为我发现我死去的兄弟时，他的身子还是热的。在他一个伤口里面插着一根树枝，上面系着一个标签，写着'此人作为强盗被我枪毙，我是巴黎第三营班长克洛德·弗拉若莱'。我收起我兄弟的尸体，把他的皮剥了下来；我一看到这张有三个枪眼的皮，就自然地想到复仇，因此我把它做成了我作战时穿的背心。"

"哦！哦！"摩冈说，他感到有点儿惊奇，而且，在这种情绪里面，第一次混进了和恐惧近似的感情，"啊！这件背心是用您兄弟的皮做的？那么裤子呢？"

"喔！"旺代分子回答，"裤子是另一回事，那是用巴黎第三营班长克洛德·弗拉若莱的皮做的。"

这时候，刚才的声音第二次又响了起来，还是那个传唤摩冈、蒙巴尔、阿德莱和达萨斯的命令。

摩冈马上冲出了他们在里面讲话的小房间。

摩冈又穿过了整个跳舞大厅，向在衣帽间另一边的一个小客厅走去。

---

① 蓝军：法国资产阶级革命时期的共和国士兵。

他的三个伙伴——蒙巴尔、阿德莱和达萨斯——已经在那儿等他了。

和他们三个人在一起的有一个穿着政府制服，也就是镶金线的绿色制服的信使。

他穿着盖满尘土的大靴子，戴着带帽檐的大军帽，背着文件袋；这些东西是一个政府信使的主要装备。

桌子上摊着一张卡西尼①的地图，这上面连最小的崎岖小道都能找到。

在叙述这个信使在这儿做什么，地图摊在桌子上派什么用场以前，我们先来看一看这三位新出现的人物；呼唤他们名字的声音刚才在舞厅里回荡，而且他们将在以后的故事里起重要的作用。

读者已经认识摩冈，他是一个阿喀琉斯和帕里斯的奇怪的混合物。摩冈的眼睛碧蓝，头发乌黑，身材修长匀称，风度翩翩，动作灵敏，目光炯炯有神，唇红齿白，嘴边始终带着笑意。他的外貌非常引人注目，似乎包含着各种不太协调的成分，在他刚柔相济的脸上，既可以看到脉脉的温情，又可以看到坚毅的力量，此外他还总是欢天喜地，笑口常开；如果有人想到这个人始终在冒着死亡的危险，而且这种死亡是最可怕的一种——上断头台——那么他这种高兴劲儿的确会使人不寒而栗。

至于达萨斯，那是一个三十五到三十八岁之间的人，头发有点儿花白，非常浓密，可是眉毛和胡子都黑得像乌木一般。他的眼睛有点儿像

---

① 卡西尼（1625—1712）：原籍意大利的天文学家，曾任巴黎天文台台长，其子小卡西尼（1677—1756）也是天文学家，专门研究地球的形成，这里大概是指小卡西尼绘制的地图。

印第安人，接近栗色。他过去是个龙骑兵上尉，身体结实，完全适合进行肉体和精神的搏斗；肌肉发达，说明他孔武有力，神态坚毅，说明他刚愎自用。此外他还有贵族风度，神态优雅，像一个花花公子那样浑身搽得喷香；也许是由于某种怪癖，也许是为了得到某种满足，他有时闻闻一瓶英国嗅盐，有时嗅嗅一只红宝石香料盒里的沁人心脾的香料。

蒙巴尔和阿德莱，他们的真名实姓也像达萨斯和摩冈一样，已经没有人知道了，他们俩在耶户连队里被称作形影不离的人。您倒是想想看，他们就像达蒙和皮西厄斯，欧里阿尔和尼苏斯，俄瑞斯忒斯和二十二岁的皮拉得斯一样①；一个生性开朗，喋喋不休，吵吵嚷嚷；另一个郁郁寡欢，悄然无声，沉思默想；有危险他们分担，有钱财他们共享，甚至连情妇也不分彼此；他们相互补充，两个人不至于共走极端；遇有患难，都不顾个人安危，首先想到的是对方，就像斯巴达圣营里的年轻人；蒙巴尔和阿德莱就是这样的两个人。

不用多说，这三个人都是耶户连队里的人。

他们几个人被召来，就像摩冈猜想的一样，是为了连队里的事。

摩冈一进去，就径直向那个假信使走去，并和他握手。

"啊，亲爱的朋友！"假信使说，同时他的屁股扭了一下，说明不论是多么好的骑士，骑了驿站的矮脚马飞驰了五十来法里路程以后，也不会毫无反应，"你们这些巴黎佬，日子过得真痛快啊，和你们相比，卡普亚的汉尼拔②简直是如坐针毡了！我只是在经过的时候向舞厅里看了

_____

① 指希腊神话中三对难分难舍的好友。
② 汉尼拔（前247—前183）：迦太基统帅。公元前二一五年占领意大利城市卡普亚，恣意逸乐，使军队丧失了斗志。

一眼，就像一个可怜的，替马塞纳将军送信给第一执政公民的政府信使应该做的一样；不过，我觉得您这儿的受害者挑选得好极了，可是，我可怜的朋友们，眼下只能对这一切告别了；这是令人不愉快的，这是不幸的，这是很遗憾的，可是耶户一家高于一切。"

"我亲爱的阿斯蒂埃。"摩冈说。

"好啦！"阿斯蒂埃说，"请别使用真名，先生们。阿斯蒂埃一家是规规矩矩的，据说他们父子相传，都在里昂戴罗广场做生意，如果他们知道了他们的继承人在替政府做信使，背着国家的包袱在大路上奔驰，他们会觉得万分屈辱的。如果您愿意，可以叫我勒科克，可是决不能叫我阿斯蒂埃；我不认识阿斯蒂埃，你们呢，先生们，"年轻人接着对蒙巴尔、对阿德莱、对达萨斯说，"你们认识他吗？"

"不认识，"三个年轻人回答说，"我们为摩冈向您道歉，他搞错了。"

"我亲爱的勒科克。"摩冈说。

"太好了，"阿斯蒂埃打断他的话说，"我同意用这个名字。那么，喂，你要对我说什么呢？"

"我想对你说，如果你不是和哈尔波克拉特斯[①]——埃及人把他表现为把一根手指放在嘴上的神——作对，投身到一群喧闹的流浪者中去，那么我们也许已经知道了为什么你穿这套衣服，为什么有这张地图。"

"噢，天啊！如果你还不知道，"年轻人说，"这是你的不是，而不

---

① 哈尔波克拉特斯：埃及神祇，他的形象是一个吮吸手指的小孩，希腊人把他奉作寂静之神。

Les Compagnons De Jehu

是我的错误。如果不是一定要呼喊你两遍——你也许在和某个美丽的厄里倪厄斯①纠缠不清，要一个活生生的漂亮小伙子为他死去的父母亲复仇——你也许已和这几位先生一样早已来到，我也就用不到重弹我的老调了。是这么回事：事情很简单，还剩下一些伯尔尼熊②的财富，根据马塞纳将军的命令，由勒库尔布将军运送给第一执政公民。可怜得很，十万法郎，由于戴索内先生的游击队的缘故，他们不敢从汝拉山运送，据说这些人要把这笔钱占为己有，因此他们将经由日内瓦，布尔，马孔，第戎，特鲁瓦运送；这条路也不会太安全的，他们经过的时候就会发现。"

"很好！"

"我们这个消息是从狐狸那儿知道的，他从热克斯快马加鞭赶来，把这个消息传给了眼下驻在索恩河畔沙隆的燕子，他们两人之中的一个又传给了在欧塞尔的我——勒科克，我又赶了四十五法里路通知你们。至于具体细节是这样的。这笔钱在上一旬的第八天③——三执政共和国第八年雪月二十八日——从伯尔尼起运。今天，上旬的第二天，应该抵达日内瓦；明天，上旬第三天，驿车从日内瓦出发去布尔；因此从今天晚上开始的后天，也就是上旬第五天，你们，我亲爱的以色列孩子们，将在第戎和特鲁瓦之间，靠近塞纳河畔巴尔或者夏蒂永的地方遇到熊先生们的这笔财富。你们觉得怎么样？"

---

① 厄里倪厄斯：希腊神话中的复仇女神。
② 伯尔尼：瑞士首都。伯尔尼熊指瑞士人。当时马塞纳在瑞士打仗，把掠夺来的财富送来巴黎。伯尔尼在十一世纪时有熊出没，故瑞士人有伯尔尼熊之称。
③ 以一旬的第几天表示日期，是法国共和历的计算方法。

"好啊！"摩冈说，"我们觉得，在这方面我们没有什么争论的余地。我们说，我们原来对那些伯尔尼熊老爷，只要他们的钱还在他们的钱柜里，我们是不会去拿的；可是，既然他们已经首次改变了用途，我看也完全可以再改变第二次。不过有一个问题，我们怎么走呢？"

"你们没有驿站快车吗？"

"有，在下面车棚里。"

"你们有把你们送到下一驿站的马匹吗？"

"它们在马厩里。"

"你们不是每个人都有通行证吗？"

"我们每个人都有四张。"

"那么还要什么？"

"唉，我们不能坐了驿站快车去拦劫公共马车；我们当然没有什么讲究，不过我们也没有乐观到如此程度。"

"噢，为什么不行呢？"蒙巴尔说，"这还有点儿别出心裁。既然可以乘小船上大船，我看不出为什么就不能乘驿站快车去拦劫公共马车。我们没有这样做倒是很奇怪的；我们试试看怎么样，阿德莱？"

"我觉得再好没有，"阿德莱回答说；"可是车夫呢，你把他怎么办？"

"对啊，"蒙巴尔回答说。

"这个情况已经预先考虑到了，我的孩子们，"信使说，"已经派了一名通讯员到特鲁瓦去了，你们可以把你们的驿站快车留在戴尔博斯家里；那儿有四匹备好鞍子、吃饱了燕麦的马在等候你们。你们把时间计算好；后天，也就是明天，因为已经敲半夜十二点了，明天，在早晨七八点钟之间，有一刻钟时间，熊先生那笔钱的日子将不太好过。"

"我们去换换衣服，好吗？"达萨斯问。

"换衣服干什么？"摩冈说，"我觉得我们现在这样完全走得出去；公共马车还从来没有被这样衣冠楚楚的人减轻过使它感到不舒服的重量。我们再看一下地图，叫人从食柜里拿一只馅饼，一只冷鸡，十来瓶香槟酒，到武器库去带上武器，披上我们的斗篷；上路吧，车夫！"

"好啊，"蒙巴尔说，"这倒是个好主意。"

"我相信，"摩冈接着说，"必要时我们将策马飞奔，明天晚上七点钟我们将回到这里，我们再去歌剧院。"

"这样我们就可以有不在场的证明了。"达萨斯说。

"这是一个办法，"摩冈始终是那么高高兴兴地接着说，"可以让晚上八点钟在给克洛蒂尔特小姐和凡斯特里斯先生①鼓掌喝彩的人，早晨在巴尔和夏蒂荣之间和公共马车的押车算账，是吗？喂，孩子们，再看看地图，替我们选一个好地方。"

四个年轻人俯下身去看卡西尼的地图。

"如果我可以向你们提供一个地形方面的建议的话，"信使说，"你们是不是埋伏在马絮的这一边，在里赛斯对面有一个浅滩……看，就在这儿！"

年轻人指着地图上这个地方。

---

① 克洛蒂尔特小姐和凡斯特里斯先生：当时两位著名意大利舞蹈家。

"我可以赶到沙乌斯，这儿；从沙乌斯到特鲁瓦有一条笔直的通衢大道，你们可以走这条路；你们的车子在特鲁瓦等你们，你们再走去桑斯的路，而不要走去库洛米耶的路；那些东逛西荡管闲事的人——外省到处有这样的人——看到你们前一天在那儿经过，第二天又看到你们经过那儿也不会大惊小怪了；晚上十点钟而不是八点钟，你们到歌剧院，这样更自然一些，神不知鬼不觉这件事就办成了。"

"我同意。"摩冈说。

"同意！"另外三个年轻人异口同声地说。

摩冈腰带上有两块挂表，表链在腰带上晃荡着，他取出其中的一块，涂珐琅的，是佩蒂托①的杰作，在保护里面画像的双重外壳上有一个钻石的字母。这件珍贵的首饰像一匹阿拉伯纯种马一样传了下来：最初这只表是玛丽－安托瓦内特的，后来他送给了德·波拉斯特龙公爵夫人，后者又送给了摩冈的母亲。

"清晨一点钟了，"摩冈说，"走吧，先生们，三点钟我们一定要到拉尼换驿马。"

从这个时候起，行动就开始了；摩冈成了领袖，他不再征求别人的意见，他发布命令。

达萨斯——在摩冈缺席的时候代行指挥权——首先表示服从。

半小时以后，一辆载着四名披着斗篷的年轻人的马车被枫丹白露关卡的驿站长拦住了，他要看这几个年轻人的通行证。

"啊，真是开玩笑！"车厢里有一个人钻出头来，模仿着当时流行

---

① 佩蒂托（1607—1691）：法国著名珐琅画家。

的一种口音说，"难道取（去）格罗斯博瓦的巴阿斯（巴拉斯）家里也要通行证吗？我以名誉摊（担）保，您一定是疯了，我静（亲）爱的朋友！喂，上路吧，车夫！"

车夫挥起鞭子，马车顺利地通过了。

·第二十八章·

家事

　　让我们四位猎人向拉尼进发，到了那儿，他们的通行证一定能使富歇公民的手下感到满意，随后他们再用他们的私人马换成驿马，用他们自己的车夫换成驿站车夫。我们暂且不管他们，先来看看我们的第一执政把罗朗传唤去干什么。

　　罗朗和摩冈一分手，马上去接受他将军的命令。

　　他看到将军站在壁炉前面沉思。

　　一听到他进去的声音，波拿巴将军抬起了头。

　　"你们两个人在谈些什么？"波拿巴出口就问，相信罗朗一定会像平时一样回答他心里想的问题。

　　"嗯，"罗朗说，"我们总是讲了些客套话吧……我们分手时就像是莫逆之交一样。"

　　"你对他的印象怎么样？"

　　"他好像受过良好教育。"

"你看他有几岁？"

"最多和我一般大。"

"嗯，差不多，声音很嫩。啊，罗朗，也许是我搞错了，是不是有一代年轻的保皇分子。"

"哦！我的将军！"罗朗耸耸肩膀回答说，"这是老一代留下来的。"

"那么，罗朗，一定要另外培养出一代忠于我儿子的人，如果我会有儿子的话。"

罗朗做了个姿势，意思是说："我不反对。"

波拿巴完全懂得这个姿势的含义。

"你不反对是不够的，"他说，"还要做出贡献。"

罗朗浑身哆嗦了一下。

"什么意思，将军？"他问。

"你要结婚。"

罗朗哄然大笑。

"好啊，带着我的动脉瘤吗？"他说。

波拿巴瞅瞅他。

"我亲爱的罗朗，"他说，"我总觉得你这个动脉瘤是你不想结婚的借口。"

"是吗？"

"是的，而且，因为我是一个讲道德的人，我希望别人结婚。"

"我结了婚才会不道德，我，"罗朗回答说，"我会和我的情妇们闹得满城风雨。"

"奥古斯都，"波拿巴接着说，"曾经颁布过禁止独身的法令；他取消独身者的罗马公民权。"

"奥古斯都……"

"怎么样？"

"我等您成为奥古斯都吧，您现在只是恺撒。"

波拿巴走近年轻人。

"有些姓氏，我亲爱的罗朗，"他把手按在罗朗的肩上说，"我不愿意看到它们湮灭，德·蒙特凡尔就是其中之一。"

"那么，将军，如果我由于某种怪癖，固执，不近人情而不愿意传宗接代难道是我的错吗，我不是还有一个兄弟吗？"

"什么！你的兄弟！你还有个兄弟？"

"是的，我有一个兄弟！为什么我不能有个兄弟呢？"

"他几岁了？"

"十一二岁。"

"为什么你从来没有对我谈起过他？"

"因为我以为一个这样岁数的顽皮孩子的事情不会使您太感兴趣的。"

"你错了，罗朗，我对我朋友们的一切都感兴趣。你应该为这个弟弟向我要求一些东西。"

"什么东西，将军？"

"同意他进巴黎某个中学。"

"算了吧！您周围有这么许多人向您提要求，我也不必再往里面挤了。"

"你知道，他一定要进巴黎某一个中学；到他够年龄的时候，我要让他进军事学校，或者进另外一个到时候我将建立起来的学校。"

"说实话，将军，"罗朗回答说，"就好像我早已经猜到了您对我的一片心意，他眼下已经在路上了，或者是快要上路了。"

"怎么回事？"

"三天前我写了一封信给我的母亲，请她把孩子带到巴黎来；我准备替我的弟弟选一个学校，这件事也不想告诉您了，当他到了年纪以后，再对您谈这件事……这当然要假设在这之前我的动脉瘤没有夺去我的生命。可是，在这种情况之下……"

"在这种情况之下？"

"在这种情况之下，我就要写几句遗言给您，我将会把母亲、儿子、女儿或者所有乱七八糟的东西全托付给您。"

"什么，女儿？"

"是的，我的妹妹。"

"那么你还有一个妹妹？"

"一点不错。"

"几岁？"

"十七岁。"

"漂亮吗？"

"很迷人！"

"我负责她的婚事。"

罗朗又笑了。

"你怎么了？"第一执政问他。

"我说，将军，我要在卢森堡宫的大门上挂一块牌子。"

"牌子上写什么？"

"婚姻介绍所。"

"啊，如果你不愿意结婚，也不能因此就要你妹妹做老姑娘。我不喜欢独身男子，也不喜欢老姑娘。"

"我并不是对您说，我的将军，我的妹妹要做老姑娘；蒙特凡尔家有一个成员招您的不满已经够了。"

"那么，你要对我说什么？"

"我要对您说，如果您愿意，因为这件事跟她有关，我们马上可以征求她的意见。"

"啊！啊！会不会在外省已经有了什么恋爱故事？"

"也许不能说没有！我离开可怜的阿梅莉的时候，她脸色红润，笑容满面；我回去时看到她脸色苍白，神情忧郁。我准备和她把这一切讲清楚；既然您向我提起这件事，那么，我以后再和您谈。"

"好，等你从旺代回来以后，就这么办。"

"啊！我要到旺代去？"

"这是不是和结婚一样？使你感到厌恶？"

"决不是。"

"那么，你去旺代。"

"什么时候？"

"哦！没有什么急的，只要你明天早晨动身……"

"太好了！如果您喜欢，可以再早一些；请告诉我，我去那儿干什么。"

"一件非常重要的事情，罗朗。"

"见鬼，我猜，这不是一件外交任务吧。"

"是的，是一件外交任务，不过我需要一个不是办外交的人。"

"啊，将军，让我来干您的事！不过，您知道，因为我不是外交人员，所以我更要有明确的指示。"

"我会给你的。喂，你看到这张地图吗？"

他指给年轻人看一张摊在地上，用一盏挂在天花板上的灯照亮的皮埃蒙特大地图。

"是的，我看见了，"罗朗回答说，他已经习惯于追随他将军的各种突如其来的出人意料的想法；"可是，这是一张皮埃蒙特的地图呀！"

"是的，这是一张皮埃蒙特地图。"

"哦，那么问题在于意大利？"

"问题始终在于意大利。"

"我还以为跟旺代有关系呢。"

"这是次要的问题。"

"啊，将军，您总不至于把我派到旺代，而您自己去意大利，您？"

"不，请放心。"

"太好了！我告诉您，如果这样的话，我就要开小差，再去追随您。"

"我允许你这样做；不过我们回过来再谈谈梅拉斯①吧。"

"对不起，将军，我们这是第一次谈到他。"

---

① 梅拉斯（1729—1806）：奥地利将军。后在马伦哥被拿破仑战败。

"是的；可是我想到他已经有很久了。你知道不知道我在什么地方打败梅拉斯？"

"是啊！"

"在什么地方？"

"在您将遇到他的地方。"

波拿巴笑了起来。

"笨蛋！"他非常亲热地说。

随后，他躺到地图上。

"到这儿来，"他对罗朗说。

罗朗躺到他旁边。

"看，"波拿巴接着说，"就是在这儿我要打败他。"

"靠近亚历山大吗？"

"离那儿两三法里路。在亚历山大有他的仓库、医院、炮兵、后勤；他不会离那儿太远的。我一定要好好给他一下，才能得到和平。我要穿过阿尔卑斯山（他指指圣伯纳山口），在他毫无防备的情况之下向他扑去，打得他落花流水。"

"哦！我认为您一定能做到。"

"可是，你懂得，为了要放心地到意大利去，罗朗，肚子里可不能发炎，也就是不能有旺代这个后顾之忧。"

"啊！原来是这么回事：不能有旺代！您派我去旺代，要我去消灭它。"

"那个年轻人对我讲了一些关于旺代的非常严重的事情，这些旺代分子都是一些勇敢的士兵，受一个人的领导；尤其有一个乔治·卡杜达尔……我提出给他一个团，他不会接受的。"

"哼！这家伙真讨厌。"

"可是有一件事情他是决不会想到的。"

"谁，卡杜达尔吗？"

"卡杜达尔。那就是贝尔尼埃①神父向我提了几个建议。"

"贝尔尼埃神父？"

"是的。"

"贝尔尼埃神父，他是什么人？"

"他是安茹②一个农民的儿子，现在大概三十三四岁，在发生暴动时，他是昂热③圣洛地区的本堂神父，他拒绝宣誓，加入了旺代分子的队伍。旺代战争平息了两三次，有一两次别人以为他死了。错了，旺代平静了，可是贝尔尼埃不甘罢休；旺代死了，可是贝尔尼埃还活着。有一天，旺代对他忘恩负义：他想被任命为所有国内保皇军的总代表；斯托弗莱施加了压力，后来决定选举他老主人科尔贝尔·德·摩勒弗里埃伯爵。清晨两点钟，会议结束，贝尔尼埃不见了。这天夜里他干了什么，只有天主和他能讲得出来；可是到早晨四点钟，共和国一支军队包围了被解除了武装的、没有防卫的斯托弗莱在那儿睡觉的田庄。四点半，斯托弗莱被捕，一星期后在昂热处死……第二天，多蒂尚接替了司令的任务，同一天，为了不再犯他前任斯托弗莱的错误，他任命贝尔尼

---

① 贝尔尼埃（1762—1806）：法国神父，参加过一八〇一年拿破仑和庇护七世的政教谈判。
② 安茹：法国古地区。位于今法国西部卢瓦尔河下游。
③ 昂热：古安茹王国首都；今曼恩－卢瓦尔省省会。

埃神父为总代表……你懂了吗？"

"懂了！"

"那么，受阿图瓦伯爵全权的，所有交战各派的总代表贝尔尼埃向我提出了一些建议。"

"对您，对波拿巴，第一执政，他竟肯……？您知道不知道，贝尔尼埃神父这样做是很不错的？而您准备接受贝尔尼埃神父的建议吗？"

"接受，罗朗：只要旺代给我和平，我就让他重开教堂，把教士还给他。"

"如果他们唱起 Domine, salvum fac regem① 怎么办呢？"

"这也比什么都不唱好。天主是无所不能的，他将决定一切。我现在已经和你解释清楚了，这个任务对你合适吗？"

"太好了！"

"那么，这是一封给埃杜维尔将军的信。他作为西部军总司令和贝尔尼埃神父商谈；可是你要参加所有的会议，他只是代我讲话，而你，你是我的思想；你回来得越快，梅拉斯被打败得越早。"

"将军，我请求你给我一些时间写信给我的母亲，其他没有什么了。"

"她将住到哪儿去？"

"大使客店。"

"你认为她什么时候能够到达？"

"现在是一月二十一日深夜，一月二十二日清晨，她将在二十三日

_____

① 拉丁文：主啊，保佑我王！

晚上或者二十四日早上抵达。"

"她将在大使客店下榻吗?"

"是的。"

"一切都让我来办。"

"什么! 一切都让您去办?"

"当然啰,你母亲不能待在客店里。"

"那么您要她住到哪儿去呢?"

"住到一位朋友家里去。"

"她巴黎一个人也不认识。"

"对不起得很,罗朗先生: 她还认识第一执政波拿巴公民,还有第一执政的妻子约瑟芬女公民呢。"

"您总不至于让我的母亲住到卢森堡宫来吧;我可要预先申明,如果这样她可要没法过了。"

"不是的;不过我要让她住到胜利街去。"

"啊! 将军! "

"好了! 好了! 这件事就这样决定了! 走吧,尽快回来。"

罗朗拿起波拿巴的手要吻;可是波拿巴一下子就缩了回去。

"拥抱我吧,我亲爱的罗朗,"他对罗朗说,"祝你运气好。"

两个小时以后,罗朗已经坐在驿站快车里向奥尔良进发。

第二天早晨九点钟,经过了三十三个小时的奔波以后,他来到了南特①。

---

① 南特: 法国西部城市,在卢瓦尔下游,距河口五十四公里。

LES
COMPAGNONS DE JÉHU

·第二十九章·

从日内瓦来的公共马车

　　就在罗朗走进南特市差不多的时候，一辆负载沉重的公共马车停在塞纳河畔沙蒂永大路中间的金十字客店前面。

　　那个时候的公共马车里面只简单地分隔成两个小间，也就是前后两个车厢。后面附加的圆形车厢是近代才发明的。

　　马车刚一停下，车夫就跳到地上，打开车门，让旅客们下车。

　　这些旅客，包括妇女，一共有七个人。

　　在后车厢里，三个男人，两个女人和一个吃奶的孩子。

　　在前车厢里，一个母亲和她的儿子。

　　后车厢里三个男人；一个是特鲁瓦的医生，另一个是日内瓦的钟表商，第三个是布尔的建筑师。两个女人；一个是回巴黎女主人那儿去的使女，另一个是奶妈，吃奶的孩子就由她带着：她是送孩子到他父母亲那儿去的。

　　前车厢中的母子两人；母亲约莫四十来岁，风韵犹存，看得出她年轻时一定非常美丽；儿子大概十一二岁。

前车厢里第三个座位是押车坐的。

早餐像平时一样，已经在客店的大厅里准备好了；这是押车——肯定是和客店老板商量好了的——从来不肯让旅客们有时间好好吃的一顿早餐。

使女和奶妈下车后到一个面包师那儿去每人买了一个小小的热面包，奶妈还在面包里夹了一根蒜味红肠；随后两个人又登上马车，在车子里安安静静地吃了起来，这样她们可以免得去吃那顿对她们的收入来说肯定是花费很大的客店里的早餐。

医生、建筑师、钟表商、母亲和儿子走进了客店；在经过厨房的大壁炉时，匆匆地暖和了一下，随后走进餐厅坐下用餐。

母亲只喝了一杯牛奶咖啡，吃了几只水果。

孩子看到至少可以从胃口上证明自己是一个大人，非常高兴，勇敢地拿着叉子向早餐发动进攻。

和往常一样，一开始大家都在吃，等吃饱了再说。

日内瓦的钟表商首先开口讲话。

"天啊！公民，"——当时在公共场所仍以公民相称——他说，"我老实对您说，今天早上我看到天亮时还真是高兴呢。"

"先生在车子上睡不着吗？"

"不是的，先生，"让－雅克①的同乡回答说，"相反，平时我总是一觉睡到大天亮；可是这一次因为心里不安，连疲劳也忘记了。"

---

① 指法国作家让－雅克·卢梭（1712—1778），他也出生于日内瓦。

"您怕翻车吗？"建筑师问。

"不是的，在这方面我运气很好，而且我相信，只要我坐在一辆车子里，这辆车子准保翻不了。不，根本不是这个原因。"

"那又是为了什么呢？"医生问。

"因为在那儿，在日内瓦，有人说法国的路上不太平。"

"这要看情况。"建筑师说。

"啊！这要看情况。"日内瓦人说。

"是的，"建筑师接着说，"比如说，如果我们坐的马车上带着政府的公款，那我们肯定会被拦劫的，甚至也许我们已经被拦劫了。"

"您这样想吗？"日内瓦人说。

"这，这决计错不了；我也不知道这些耶户一帮子的魔鬼怎么消息如此灵通；可是他们一次也不会漏掉的。"

医生点了点头。

"啊！那么，"日内瓦人问医生，"您也同意这位先生的意见？"

"完全同意。"

"那么，如果您知道车子上有政府公款，那么您就不会冒冒失失上车了吧？"

"我承认我是要再好好考虑考虑的。"医生说。

"那么您呢，先生？"提问的人问建筑师。

"嗯，我么，"建筑师回答说，"我因为有急事，还是得动身的。"

"我真想把我的手提箱旅行箱全拿下来，"日内瓦人说，"等明天的公共马车来了再走，因为我旅行箱里装着价值两万法郎的表；一直到今天我们还算走运，可是不能继续冒险了。"

"您没有听说吗，先生，"那位母亲也加入了谈话，"只有我们车上装了政府的公款，我们才有被拦劫的危险？至少这两位先生是这么说的。"

"那么，恰恰如此，"钟表商不安地看看四周说，"我们正好碰上了。"

那位母亲看了看她的儿子，脸有些发白，任何做母亲的在为自己担忧以前，总是先为孩子操心。

"什么，我们车上有政府的公款？"医生和建筑师同声问道，声音都有些激动，但程度不同，"您说的话是真的吗？"

"千真万确，先生。"

"那么，您应该早些对我们说的；就算现在对我们说，您也应该悄悄地对我们说。"

"可是，"医生接着说，"先生也许对这些话不能完全肯定吧？"

"也许先生在开玩笑，是吗？"建筑师又加了一句。

"天主保佑！"

"日内瓦人是非常喜欢打哈哈的。"医生又说。

"先生，"日内瓦人说，他听到别人竟然以为他是在开玩笑，自尊心受到了严重伤害，"先生，是当着我面装上车子的。"

"装什么？"

"钱。"

"多吗？"

"我看见有许多钱袋。"

"这些钱是从哪儿来的？"

"从伯尔尼熊的金库里来的，你们不会不知道吧，先生们，有些伯尔尼熊有五万甚至六万利弗尔的年金。"

医生哄然大笑。

"没错，"他说，"先生在吓唬我们。"

"先生们，"钟表商说，"我以荣誉担保。"

"上车了，先生们！"押车的打开门叫道，"上车了！我们已经迟了三刻钟了。"

"等等，押车，等等，"建筑师说，"我们来商量商量。"

"商量什么？"

"请把门关了，押车，请到这儿来。"

"请跟我们一起干一杯葡萄酒，押车。"

"乐意奉陪，先生们，"押车说；"一杯葡萄酒，那是不可以拒绝的。"

押车举起他的杯子，三位旅客和他碰杯。

就在他把杯子拿到嘴边的时候，医生抓住了他的胳膊。

"喂，押车，坦率地说，这是真的吗？"

"什么事？"

"这位先生对我们说的事？"

他指指日内瓦人。

"费洛先生？"

"我不知道这位先生名字叫不叫费洛。"

"是的，先生，这是我的名字，为您效劳，"日内瓦人弯弯腰说，"日内瓦城墙街六号费洛钟表公司老板。"

"先生们，"押车说，"上车！"

"可是您没有回答我们的话。"

"真是见鬼，你们要我回答你们什么啊？你们什么也没有问我。"

"我们问了，我们问您在您的公共马车上是不是真的装了一大笔法国政府的公款？"

"真是多嘴！"押车对钟表商说，"这是您说的？"

"天啊，我亲爱的先生……"

"走吧，先生们，上车！"

"可是在上车以前，我们想知道……"

"什么？我有没有带政府的公款吗？是的，我带着；现在，如果我们被拦劫，你们一声也别响，那么一切都会顺利过去的。"

"您能肯定吗？"

"让我跟那些先生们打交道。"

"如果有人拦劫我们，您怎么办？"医生问建筑师。

"我当然按照押车的意思做。"

"这是您最好的办法。"押车说。

"那么，我一定要安分守己。"建筑师说。

"我也一样。"钟表商说。

"喂，先生们，上车吧，我们要赶快。"

那个孩子听到了全部谈话，他眉毛紧皱，牙齿咬得紧紧的。

"好吧，那么我，"他对他母亲说，"如果我们被拦劫，我知道我该怎么干。"

"你要干什么？"母亲问。

"你等着瞧吧。"

"这个小家伙在说什么？"钟表商说。

"我说你们全是孬种。"孩子不假思索地回答说。

"喂，爱德华！"母亲说，"什么事？"

"我希望有人拦劫马车，我，"孩子说，他的眼神非常坚决。

"走吧，走吧，先生们，以上天的名义！上车吧。"押车最后一次叫道。

"押车，"医生说，"我想您没有武器吧。"

"有，我有两把手枪。"

"真倒霉！"

押车附到他耳朵上悄悄地说：

"请放心，大夫；枪里只有火药，没装子弹。"

"那太好了。"

他关上了车厢的后车门。

"喂，车夫，上路！"

车夫策马前进，沉重的马车开始滚动，押车又关上了前车厢的门。

"您不跟我们一起上车吗，押车？"那位母亲问。

"谢谢，德·蒙特凡尔夫人，"押车回答说，"我要到马车顶上去有事。"

在经过车窗前面时他说：

"请注意，别让爱德华先生碰袋里的手枪，弄不好他会把自己打伤的。"

"哼！"孩子说，"就好像我不知道什么是手枪似的；我有几把比您还好看的手枪，嗨，是我的朋友约翰爵士叫人从英国送来的；是不是，妈妈？"

"不管怎么样，"德·蒙特凡尔夫人说，"我求求你，爱德华，什么也别碰。"

"喔，放心好了，好妈妈。"

不过他同时又轻轻地说：

"没有关系，如果耶户一帮子来拦劫我们，我，我完全知道我该怎么干！"公共马车沉重地起动了，慢慢向巴黎驰去。

时值残冬，天朗气清，这种美丽的气候使那些以为大自然已经死去的人相信它没有真死，只是睡着了。那些活到七八十岁的人，在他们漫长的岁月中，要度过一些长达十一二小时的夜晚，他们抱怨夜晚太长，缩短了他们所剩不多的时间。大自然的生命是无止境的，树木可以活上千年，它们一睡就是五个月；对我们来说这就是冬天，对它们来说这仅仅是夜晚。诗人们在他们美丽的诗句里，歌唱春生秋死的不朽的大自然。诗人们错了：大自然在秋天并未死去，它睡着了；大自然在春天并未复生，它醒来了。只有到我们的地球真正死去，大自然才会死；到时候它将在空间转动，或者跌落在一片混沌之中，死气沉沉，悄然无声，孤独寂寞，没有树木，没有花草，没有绿色，没有诗人。

就在一八〇〇年二月二十三日一个美丽晴朗的日子，休眠中的大自然似乎梦见了春天；灿烂的、甚至是欢快的阳光照得沿着大路的两条沟里的野草闪闪发光。那些像珍珠似的霜碰到孩子的手指就融化了，它们在奋然出土的小麦尖梢上颤抖，使农民们看了心情舒畅。公共马车的窗玻璃已经打开，让先期而至的天主的微笑进入车内。人们对久违的阳光说："欢迎，旅客，我们以为您已经消失在西方的乌云之中，或者淹没在大西洋汹涌的波涛里了。"

从沙蒂永出发走了一个小时路程以后，公共马车驰近了一个弯弯的河道时突然停住了。前面却看不到有什么明显的障碍；只不过有四个骑士平静地随着马车前进的速度一起往前走着，其中有一个走在其他骑士稍靠前二三步，他向车夫打了个手势要他停车。

车夫服从了。

"啊，妈妈！"小爱德华说，尽管德·蒙特凡尔夫人一再叮嘱，他还是站在车厢里从放下玻璃的窗口往外张望；"啊，妈妈，这些马真漂亮！可是为什么这些骑士都戴着面具呢？现在又不是狂欢节。"

德·蒙特凡尔夫人在沉思；女人总是有点儿喜欢梦想：年轻的憧憬未来，年老的回忆过去。

她从沉思中醒过来，也把头伸到了车厢外面，突然她叫了一声。

爱德华急忙回过头来。

"你怎么了，母亲？"他问母亲。

德·蒙特凡尔夫人面孔煞白，把儿子紧紧地搂在怀里，但是没有回答他的问话。

马车后车厢里也传来了惊叫声。

"到底是怎么啦？"小爱德华问，一面在他母亲紧紧抱住他脖子的两条胳膊里面挣扎。

"是这么回事，我的小朋友，"一个戴面具的人把头伸进前车厢说，他的声音非常温柔，"我们要和押车算一笔账，和各位旅客先生毫无关系；请对令堂大人说，请她务必接受我们的敬意，也别注意我们，就当作我们不在这儿一样。"

随后，他向后车厢走去。

"先生们，为你们效劳，"他说，"一点也用不到为你们的钱袋和首饰担忧，安慰一下这位奶妈，让她放心，我们来到此地不是要让她的奶汁发酸的。"

接着，他对押车说：

"喂，热罗姆大伯，我们有十万法郎在马车顶上和马车里面的箱子里，是吗？"

"先生们，我向你们保证……"

"钱是政府的，属于伯尔尼熊金库的；七万法郎是金币，其他的是银币；银币在车顶上，金币在前车厢的箱子里；是不是这样？我们的情报对不对？"

听到"在前车厢的箱子里"这句话，德·蒙特凡尔夫人第二次发出一声尖叫；她马上要和这些人打交道了，虽然他们都彬彬有礼，她还是感到非常害怕。

"你究竟怎么了？妈妈，你究竟怎么了？"孩子不耐烦地问。

"别说话，爱德华，别说话！"

"为什么别说话？"

"你不懂吗？"

"不懂。"

"公共马车被拦住了。"

"为什么？你说呀，为什么被拦住了！……啊，妈妈，我懂了！"

"不，不，"德·蒙特凡尔夫人说，"你没有懂。"

"这几位先生是强盗。"

"你决不要说这些话。"

"什么？他们不是强盗？他们正在拿押车的钱。"

果然，他们之中有一个正在把押车从车顶上扔下来的钱袋装到他坐骑的后屁股上。

"不，"德·蒙特凡尔夫人说，"不，他们不是强盗。"

随后，压低声音说：

"他们是耶户一帮子。"

"啊！"孩子说，"那么他们就是谋杀我朋友约翰爵士的人，是吗？"

于是孩子的脸色发白了，他呼出的气从咬得紧紧的牙缝里嘶嘶地发出响声。

这时候，有一个戴面具的人打开前车厢的门，毕恭毕敬地说：

"伯爵夫人，我们非常遗憾，不得不打扰您一下；可是我们，更可以说是押车，有一些东西放在前车厢的箱子里；请劳驾下车一会儿；热罗姆会尽快把这件事情处理完毕的。"

随后，他又带着他始终是那么乐呵呵的声音说：

"是不是啊，热罗姆？"

热罗姆在马车顶上回答了他，证实了问话者说的话。

出于一个本能的，为了避免她儿子遭到危险——如果有危险的话——的动作，德·蒙特凡尔夫人一面依从对方的请求，一面让爱德华走在她的后面。

就在这时候，孩子已经把押车的手枪拿到手里了。

喜欢说笑的年轻人温文尔雅地扶德·蒙特凡尔夫人下车，并向他一个同伴做了个手势要他去搀扶夫人，随后自己回头转向马车。

可是就在这时候，突然响起了两下枪声；爱德华刚才双手持枪，向这位耶户的伙伴开了火，把他掩没在一片烟雾之中。

蒙特凡尔夫人尖叫一声，晕了过去。

随着这声母亲的尖叫，又发出了几个具有各种感情的叫声。

从马车的后车厢里发出的，是懊恼的叫声：原来已经一致同意不作任何抵抗，可是现在有人在抵抗。

那三个年轻骑士发出的是惊奇的叫声：这样的事还是第一次碰到。

他们向他们的伙伴冲去，他们以为他已经被打成肉酱了。

可是他们看到他仍好好地站着，毫发无伤，还在哈哈大笑，而那个押车却双手合掌，叫道：

"先生，我向您发誓，手枪里没有子弹；先生，我保证枪里只有火药。"

"对啊！"年轻人说，"我看得很清楚，手枪里只有火药；可是，这一片好心……是不是，我的小爱德华？"

随后他回头对他的伙伴说：

"你们看到了吧，先生们，这个可爱的孩子，他不愧是他父亲的儿子，他哥哥的弟弟；好极了，爱德华，你将来会成为一个男子汉的。"

说完，他抱起孩子，尽管孩子不愿意，他还是吻了吻他的双颊。

爱德华像一个魔鬼一样挣扎着，他肯定是因为被一个他刚才打了两枪的人抱吻而感到羞愧。

这时候，另外三个伙伴已经把爱德华的母亲抬到离公共马车几步远的地方，让她躺在铺在沟边的一件披风上面。

刚才满怀深情地坚持要抱吻爱德华的人在寻找德·蒙特凡尔夫人，看到她以后他说：

"尽管这样，德·蒙特凡尔夫人还没有醒来，我们不能扔下一个晕过去的妇女不管，先生们；押车，把爱德华先生交给您了。"

他把孩子交在押车手里，随后对他一个伙伴说。

"喂，你是很仔细的，你身上有没有带上一瓶什么嗅盐或者蜜水？"

"拿去。"对方回答他说。

说着他从口袋里拿出一小瓶英国酸醋。

"喂，现在，"那个似乎是那帮人首领的年轻人说，"你们去把这件事和热罗姆结束了，我，我去照顾一下德·蒙特凡尔夫人。"

事实上这也很用得到；德·蒙特凡尔夫人的昏厥逐渐带有一种神经性的发作：她的身体断断续续有些抽搐，从胸膛里发出一些暗哑的叫声。

年轻人向她俯下身去，让她闻闻瓶子里的东西。

德·蒙特凡尔夫人重新又张开了她惊恐不安的眼睛，嘴里一面在叫："爱德华！爱德华！"由于一个不由自主的动作，她的手碰落了来照顾他的年轻人的面具。

年轻人的脸露了出来。

年轻人笑容满面，非常殷勤——我们的读者已经认识他了——他是摩冈。

德·蒙特凡尔夫人看到那双漂亮的蓝眼睛，高高的额头，线条优美的嘴唇，笑口里面两排雪白的牙齿，一下子愣住了。她相信在这样一个人手里是不会有任何危险的，爱德华也不会遇到什么意外的。

于是，她对待摩冈就不像对待使她晕倒的强盗一样，而像对待一个救助一个晕过去的妇女的上流社会人物一样。

"啊，先生！"她说，"您真是太好心了！"

在她的话里面，在她说话的声调里面，包含着不单单为她自己，也为她的孩子所表示的所有的谢意。

出于一种完全符合他骑士性格的奇怪的殷勤，摩冈非但没有立即捡起他的面具赶快重新戴在脸上——这样可以使德·蒙特凡尔夫人留下的记忆比较淡薄和模糊——反而对德·蒙特凡尔夫人的称赞鞠躬致谢，让自己的脸给对方留下深刻的印象，他把达萨斯的小瓶子放在德·蒙特凡尔夫人手里，到这时候才系上了他面具的细绳子。德·蒙特凡尔夫人懂得年轻人这番心意。

"哦！先生，"她说，"请放心，不管在什么地方，在什么情况下，我遇到您，我都不认识您。"

"那么，夫人，"摩冈说，"应该是我感谢您，是我要对您说，您真是太好心了！"

"走吧，旅客先生们，上车吧！"押车就像平时一样呼唤着，就像什么事也没有发生过一样。

"您完全恢复了吗，夫人，您是不是需要休息一会儿？"摩冈说，"马车可以等。"

"不，各位先生，用不到了；我感谢你们，我感到完全好了。"

摩冈把他的胳膊递给德·蒙特凡尔夫人，让她靠着穿过沟边，踏上马车。

押车已经把爱德华送进马车里去了。

德·蒙特凡尔夫人又在位子上坐好；摩冈这时已经和做母亲的和解，也想和儿子言归于好。

"别赌气了，我的小英雄。"他说，一面把手伸了过去。

可是孩子往后退去。

"我不跟一个拦路强盗握手。"他说。

德·蒙特凡尔夫人吃了一惊。

"您的孩子真可爱，夫人，"摩冈说，"只不过他有些偏见。"

说完，他恭而敬之地行了个礼。

"一路平安，夫人！"他关上车门说。

"上路！"押车叫道。

公共马车动了起来。

"喔！对不起，先生，"德·蒙特凡尔夫人高声说，"您的小瓶子！您的小瓶子！"

"您请留着用吧，夫人，"摩冈说，"当然我希望您已经完全好了，再也用不到它了。"

可是孩子却从他母亲手里一把夺过瓶子说：

"我妈妈不接受一个强盗的礼物。"

他把小瓶子从车窗里扔了出来。

"见鬼！"摩冈叹了一口气，这大概是他的伙伴们第一次听到的叹气声，"我想我还是不要向可怜的阿梅莉求婚的好。"

随后，他对他的伙伴们说：

"喂，先生们！事情办完了吗？"

"办完了！"他们同声回答说。

"那么，上马动身！别忘了今天晚上我们要到歌剧院去。"

他跳上马背，第一个越过土沟，来到河边，毫不犹豫地走进了那位假信使在卡西尼的地图上指定的浅滩。

跑到浅滩另一头，其他几个年轻人也赶了过来。

"喂，"达萨斯问摩冈，"你的面具没有掉下来吗？"

"掉下来了，可是只有德·蒙特凡尔夫人一个人看到我的脸。"

"哼！"达萨斯说，"还是不让任何人看到的好。"

于是，四个年轻人策马飞奔，消失在沙乌斯一边的田野之中。

·第三十章·

富歇公民的报告

　　第二天上午十一点钟，德·蒙特凡尔夫人抵达大使客店，她看到在等她的是一个陌生人，而不是罗朗，不禁觉得十分奇怪。

　　这个陌生人向她走来。

　　"您是已故的德·蒙特凡尔将军的夫人吗？"他问。

　　"是的，先生。"德·蒙特凡尔夫人惊奇地说。

　　"您在找令郎？"

　　"是的，我不懂，为什么他写信给我以后……"

　　"谋事在人，成事在第一执政嘛，"陌生人笑着说，"第一执政派令郎办事去了，要过几天才能回来，他派我代他来接您。"

　　德·蒙特凡尔夫人弯了弯腰。

　　"先生，您是……？"她问。

　　"我是福弗莱·德·布里埃纳，第一执政的首席秘书。"陌生人说。

"请代我对第一执政表示谢意，"蒙特凡尔夫人说，"并请您费心转达，我不能当面感谢他，真是深感抱歉。"

　　"可是您要当面感谢他，也是非常容易的，夫人。"

　　"怎么会呢？"

　　"第一执政命令我把您带到卢森堡宫去。"

　　"我？"

　　"您，还有令郎。"

　　"哦！我要看到波拿巴将军啦！我要看到波拿巴将军啦！"孩子叫道，"多么幸福啊！"

　　他高兴地拍着手叫道。

　　"喂，喂，爱德华！"德·蒙特凡尔夫人说。

　　随后他对布里埃纳说：

　　"请多包涵，先生，他是汝拉山区的一个野孩子。"

　　布里埃纳把手伸给孩子。

　　"我是您哥哥的朋友，"他对爱德华说，"您愿意拥抱我吗？"

　　"啊！太愿意了，先生，"爱德华回答说，"您，您不是强盗吧？"

　　"啊不，我希望不是。"秘书笑着说。

　　"再一次请您原谅他，先生，因为我们在路上被拦劫过了。"

　　"什么，被拦劫过？"

　　"是的。"

　　"被强盗拦劫的吗？"

　　"不完全是。"

　　"先生，"爱德华问，"抢别人钱财的人不是强盗吗？"

"一般来说，我亲爱的孩子，大家是这么称呼他们的。"

"对啊！你看，妈妈。"

"喂，爱德华，别说话，我求你了。"

布里埃纳看了德·蒙特凡尔夫人一眼，从她的神色上可以清楚地看出她不想谈这件事；于是他也不再说下去了。

"夫人，"他说，"我冒昧地向您再说一遍，就像我有幸已经跟您说过的一样，我接到了把您送往卢森堡宫的命令，而且，波拿巴夫人在等您！"

"先生，请让我换一条连衣裙，替爱德华穿穿衣服。"

"那么，夫人，这需要多少时间？"

"半个小时您是不是觉得太多了一点？"

"哦，不！如果半个小时就够了，我认为这个要求是合情合理的。"

"请放心，先生，半小时就够了。"

"那么，夫人，"秘书鞠躬说，"我去办一些事，半小时以后，我来听候吩咐。"

"非常感谢，先生。"

"如果我准时来到，请别埋怨我。"

"我不会让您等的。"

布里埃纳走了。

德·蒙特凡尔夫人先替爱德华穿衣服，然后自己打扮；布里埃纳回来的时候，她已经等了五分钟了。

"请注意，夫人，"布里埃纳笑着说，"别让我在第一执政面前夸奖您准时。"

"如果夸奖了又有什么不好呢。"

"他就要把您留在他身边，让您做波拿巴夫人的守时的榜样。"

"啊！"德·蒙特凡尔夫人说，"对克里奥尔人有些事也只能将就些了。"

"可是，夫人，我相信，您也是克里奥尔人吧。"

"波拿巴夫人，"德·蒙特凡尔夫人笑着说，"每天都看到她的丈夫，而我，我是第一次看到第一执政。"

"我们走吧！我们走吧！妈妈！"爱德华说。

秘书闪到一边，让德·蒙特凡尔夫人先走。

一刻钟以后，他们来到了卢森堡宫。

波拿巴住在小卢森堡宫底层右面的套房里。约瑟芬的房间和她的客厅在二楼；有一条过道从第一执政的书房通向约瑟芬的房间。

约瑟芬预先已经得到通知；因为她一看见德·蒙特凡尔夫人，就像见到一个老朋友一样张开了她的双臂。

德·蒙特凡尔夫人恭敬地站在门口。

"哦，来啊！来啊，夫人！"约瑟芬说，"我不是今天才认识您的，而是在认识您那出类拔萃的罗朗的时候就认识您的。您知道，在波拿巴离开我的时候，我怎样才能放心？那就是罗朗跟他一起走。只要我知道罗朗在他身边，我就相信他不会遭到不幸……那么，您不愿意拥抱我吗？"

德·蒙特凡尔夫人受到这样亲切的接待真有点儿不知所措。

"我们是同乡，不是吗？"约瑟芬接着说，"我还清楚地记得德·拉克莱芒西埃尔先生，他有一个那么漂亮的花园，那么鲜甜的果子！我记得曾经看到过一个美丽得像一个王后一般的小姑娘。您结婚时年纪很轻吧，夫人？"

"十四岁。"

"所以您才会有罗朗这么大的儿子；您请坐呀！"

她自己先坐了下来，示意德·蒙特凡尔夫人坐在她旁边。

"还有那个可爱的孩子，"她指着爱德华接着说，"他也是您儿子吗？"

她又叹了一口气。

"天主对您真是够慷慨的了，夫人，"她接着说，"既然他能满足您所有的愿望，您很可以请求他也送我一个。"

她羡慕地在爱德华的额头上吻了一下。

"我丈夫看到您一定很高兴，夫人。他多么爱您的儿子啊！因此，要不是警务部长在他那儿，您是不会首先被带到我这儿来的。……而且，"她笑着又接着说，"您来得不是时候；他正在大发雷霆呢！"

"哦！"德·蒙特凡尔夫人高声说，她几乎有点儿害怕，"如果这样，我宁愿再等等。"

"不！不！相反，看到了您可以使他平静下来；我不知道发生了什么事情：好像是有人在诺瓦尔森林里拦劫了公共马车，而且是大白天，在大路上。如果再这样重演下去，富歇可要当心点儿了。"

德·蒙特凡尔夫人刚要回答，可是就在这时候门开了，一个门官出现了：

"第一执政恭候德·蒙特凡尔夫人。"他说。

"去吧，去吧，"约瑟芬说，"波拿巴的时间非常宝贵，他几乎和路易十四一样急不可耐，路易十四却没有什么事可干。他不喜欢等人。"

德·蒙特凡尔夫人赶紧站起来，想把儿子一起带走。

"不，"约瑟芬说，"把这个漂亮的孩子留在我这儿；我们请您吃晚饭：波拿巴到六点钟会看到他的；再说，如果他想看看孩子，他会叫人来叫他的。眼下，我是他第二个母亲。嗯，我们怎么玩玩啊？"

"第一执政大概有一些漂亮的武器吧，夫人？"孩子问。

"有的，非常漂亮。那么，我去给您看看第一执政的武器。"

约瑟芬领着孩子从一扇门出去，德·蒙特凡尔夫人由门官带着由另一扇门出去。

伯爵夫人在半路上遇到一个淡黄头发的人，这个人脸色苍白，眼神暗淡，他带着一种仿佛已经成为习惯的不安瞧瞧她。

她赶忙闪在一边让他过去。

门官看到了她的举动，便低声对她说：

"这是警务部长。"

德·蒙特凡尔夫人带着几分好奇看着这个人远去；富歇在这个时候已经相当出名了。

这时，波拿巴书房的门打开了，可以从半开的门里看到第一执政的头部。

波拿巴发现了德·蒙特凡尔夫人。

"德·蒙特凡尔夫人，"他说，"请进，请进！"

德·蒙特凡尔夫人加快步子，走进了波拿巴的书房。

"来吧，"波拿巴把门关上说，"我让您久等了，我本来不想这样做；我刚才正在替富歇洗脑子。您知道我对罗朗很满意，我早打算让他当将军了。您几点钟到这儿的？"

"刚到，将军。"

"您从哪儿来？罗朗对我说过，可是我已经忘了。"

"从布尔。"

"走哪条路？"

"走香巴涅大路。"

"走香巴涅大路？那么您什么时候到沙蒂永的……？"

"昨天早上九点钟。"

"这样的话，您一定听说有一辆公共马车遭到了拦劫吧？"

"将军……"

"是的，上午十点钟有一辆公共马车在沙蒂永和塞纳河畔巴尔之间遭到了拦劫。"

"将军，我就是乘的那一辆车。"

"什么，您就是乘的那一辆车？"

"是的。"

"马车遭到拦劫的时候您在车子里？"

"我在车子里。"

"啊，那么我可以知道详细情况了！请原谅，您知道我很想知道一些情况，是吗？在一个文明国家里，有波拿巴将军做第一执政，任何人不能在大白天，在大路上拦劫一辆公共马车而不受惩罚，或者……"

"将军，我没有什么可以对您说的，除了可以告诉您那些拦劫公共马车的人是骑着马，戴着面具的。"

"他们有多少人？"

"四个。"

"公共马车里有几个男人？"

"四个，包括押车的。"

"有没有抵抗？"

"没有，将军。"

"警察局的报告说曾经打过两枪。"

"是的，将军，是手枪打的，可是这两枪……"

"怎么样？"

"是我儿子打的。"

"您儿子！可是您的儿子在旺代。"

"罗朗是在旺代；可是还有跟我在一起的爱德华。"

"爱德华！谁是爱德华？"

"罗朗的兄弟。"

"罗朗跟我谈起过他，可是他还是个孩子啊！"

"他还不到十二岁，将军。"

"那两枪是他开的吗？"

"是的，将军。"

"为什么您没有把他给我带来？"

"我带来了。"

"在哪儿？"

"我把他留在您夫人那儿了。"

波拿巴拉铃，一个门官进来了。

"请约瑟芬带着孩子到这儿来。"

随后他在书房里来回踱步。

"四个男人，"他咕噜着说，"而这个孩子的勇敢给他们做出了榜样，强盗一个也没有受伤吗？"

"手枪里没有子弹。"

"什么，没有子弹？"

"没有，那是押车的枪，押车采取了预防措施，他枪里面只装了火药。"

"好吧，我会知道他的名字的。"

这时候门开了，波拿巴夫人搀着孩子进来了。

"到这儿来，"波拿巴对孩子说。

爱德华毫不犹豫地走了过来，行了一个军礼。

"那么，向强盗开了两枪的是你啰？"

"你看，妈妈，他们就是强盗嘛。"孩子说。

"他们当然是强盗；我真想听听哪个说他们不是强盗呢！那么，向那些强盗开了两枪的就是你啰，而那些大人却害怕了？"

"是的，是我，将军；可是很不幸，那个胆小的押车的枪里只有火药；要不，我已经把他们的头头打死了。"

"那么你不感到害怕吗？"

"我？不怕，"孩子说，"我从来不感到害怕。"

"真应该叫您科涅莉亚夫人[①]。"波拿巴回头向挽着约瑟芬胳膊的德·蒙特凡尔夫人说。

---

① 科涅莉亚夫人（约前189—约前110）：古罗马统帅西庇阿的女儿，她守寡后把两个儿子（提比略·格拉古和盖约·格拉古）培养成为古罗马两位有名的政治家。科涅莉亚夫人后来被誉为古罗马的理想母亲的典型。

接着，他对孩子说：

"好吧，我会关心你的；你要成为怎样的一个人？"

"首先是士兵。"

"什么，首先。"

"是的，随后要成为像我哥哥一样的上校和像我父亲一样的将军。"

"如果你当不成，那可不会是我的错。"第一执政说。

"也不会是我的错。"孩子说。

"爱德华！"德·蒙特凡尔夫人害怕地说。

"您大概不会为了他回答得出色而责备他吧？"

波拿巴抱起孩子，举起来吻了吻他。

"你们跟我们一起用晚餐，"他说，"今天晚上，布里埃纳，就是到客店里来找你们的那个人，将把你们安置在胜利街；你们一直在那儿住到罗朗回来，再让他替你们找一个他喜欢的住处。爱德华进陆军子弟学校，您女儿的婚事在我身上。"

"将军！"

"我这已经跟罗朗讲妥了。"

随后，他回头对约瑟芬说：

"你带德·蒙特凡尔夫人去，别让她太感到无聊。德·蒙特凡尔夫人，如果您的女朋友——波拿巴加重了'女朋友'这个词的语气——想到女帽商店去，可别让她去；她的帽子已经够多了：上个月她已经买了三十八顶。"

说完，他在爱德华的脸上轻轻地拍了拍，做了个手势请两位夫人自便。

·第三十一章·
勒盖尔诺磨坊主的儿子

　　我们已经讲过，就在摩冈和他三个伙伴在塞纳河畔巴尔和沙蒂永之间拦劫从日内瓦来的公共马车的时候，罗朗进入了南特市。

　　如果我们想知道他这次任务的结果，我们虽然并不需要在贝尔尼埃神父用来掩盖他野心的摸索之中步步紧跟他，可是要在昂蓬和勒盖尔诺之间的米济亚克镇抓住他，米济亚克镇位于维莱讷河注入的一个小海湾上游两三法里的地方。

　　那个地方，在莫尔比昂省①中心，也就是朱安党②的发源地；皮埃尔·科特罗和让·莫瓦内等朱安党四兄弟③就出生在拉瓦尔附近的普瓦里埃的小园地上。他们之中有一个祖先，是一个忧郁的，愤世嫉俗的樵夫，和其他农民格格不入，就像猫头鹰见到其他鸟类远而避之一样；朱安这个名词也是从这儿引申出来的。④

　　这个名字变成了整个党派的名字；在卢瓦尔右岸，大家称布列塔尼人为朱安党人；就像在卢瓦尔左岸，人们把旺代人叫作强盗一样。

这儿用不到我们来叙述这个英勇家庭的死亡和毁灭，用不到我们来追随两个姐妹和一个兄弟到断头台上去，追随让和勒内——他们信仰的牺牲者——到死伤遍地的战场上去。在佩里纳、勒内和皮埃尔被处决以后，在让死去以后，很多年过去了，姐妹们受的酷刑和兄弟们的战绩都已经变成传说了。

　　和我们有关系的是他们的继承人。

　　这些人的确忠于他们的传统：有些人在拉罗埃里、博瓦－哈尔蒂和贝尔纳·德·维尔纳夫身边作战；有些人在布尔蒙、弗罗泰和乔治·卡杜达尔身边作战⑤；他们总是那么勇敢，那么忠诚；他们总是狂热的宗教徒和保皇分子；他们的外貌始终是那么狰狞，野蛮，他们的武器始终是长枪，或者是一根普通的棍子——当地人叫作杠棒；他们总是穿着同样的服装，也就是褐色的羊毛便帽或者宽边帽，只能勉强盖住他们乱蓬蓬地披散在肩头上的平直的长头发；他们还是些老 Aulerci Cenomani⑥，就像恺撒时代的 promisso capillo⑦；他们还是些穿肥长裤的布列塔尼人，马提亚尔⑧提到他们时是这样说的：

　　　　Tam laxa est……

----

① 莫尔比昂省：位于法国布列塔尼南部地区。
② 朱安党：法国资产阶级大革命时旺代和布列塔尼的保皇派叛乱分子。
③ 朱安党四兄弟：老大皮埃尔科特罗，老二让，老三弗朗索瓦，老四勒内。
④ 法文中朱安（chouan）的发音与猫头鹰（chat-huant）谐音，猫头鹰的叫声又是他们联络的暗号。
⑤ 以上人物均为朱安党首领。
⑥ 拉丁文：卢瓦尔河和塞纳河右岸之间的古高卢部落的土著。
⑦ 拉丁文：长发披肩的人。
⑧ 马提亚尔（约40—约104）：拉丁诗人。

Quam veteres braccoe Britonis pauperis.[①]

为了防雨御寒，他们都穿着长毛山羊皮的外套；作为联络暗号，有些人胸前挂一块圣牌或者念珠；另一些人挂着一颗心，一颗耶稣的心，作为全体成员每天都一定要做同样祈祷的一个团体的明显标志。

就在我们穿过下卢瓦尔和莫尔比昂之间的分界线时，这些人就分布在拉罗什－贝尔纳尔到瓦讷，从凯斯唐贝尔格到比利耶尔一带，也就是说在米济亚克镇周围。

不过，要把他们从他们隐藏的染料木、欧石楠和灌木丛中找出来，必须要有在高空翱翔的老鹰或者能在黑暗中看到东西的猫头鹰的眼睛。

我们进入这看不见的哨兵网，涉水渡过一条无名河——它在阿尔扎和当冈之间靠近皮利埃的地方入海——的两条支流，我们就大胆地走进米济亚克镇吧。

村子里阴暗而安静，只有一座屋子，更可以说是只有一间和其他屋子没有任何区别的小茅屋的护窗板的板缝里透出一线亮光。

那是走进村子靠右边的第四座屋子。

把我们的眼睛凑到这块护窗板里面的一扇窗子上去看看。

我们看到了一个人，穿着莫尔比昂富裕农民的服装；不过在他的领子上，他上装的纽眼上和帽子的两端，镶有一条一指宽的金边。

他那套服装的其余部分是一条皮裤子和一双翻口皮靴。

他的军刀扔在一张椅子上。

---

① 拉丁文：穿得那样宽大，就像布列塔尼穷汉们穿的那种大脚裤。

手头有一对手枪。

在壁炉里面，两三支马枪的枪管闪射着熊熊的火光。

他坐在一张桌子前面；一盏灯照着他专心致志地在阅读的几张纸，同时也照亮了他的脸。

这张脸是一个三十岁的男人的脸；如果不是因为正在考虑一场游击战争而使这张脸阴沉下来，可以看出他的表情原来应该是坦率和愉快的：一头漂亮的黄头发，一双大大的蓝眼睛炯炯有神，脑袋具有布列塔尼脑袋的特色，如果我们相信加尔①的理论，这种头颅非常适宜于发展倔脾气。

因此，这个人有两个名字。

他的小名，也就是士兵们叫他的名字，是"大圆头"。

至于他真正的名字，也就是从他可敬的、正直的父母亲那儿得来的名字是卡迪达尔，也就是卡杜达尔，由于习惯而改变了拼法的名字已经写进了历史。

乔治是布莱什大堂区凯尔莱阿诺小堂区一个农民的儿子。据传说这个农民又是一个开磨坊的。在旺代首次发出保皇暴动的号召时，他刚不久在瓦恩中学——离布莱什仅几法里——受完了良好而扎实的教育：卡杜达尔听到这些召唤，拉了几个一起打猎和一起玩乐的伙伴，带着他们越过卢瓦尔河，去找斯托弗莱，要为他效劳。可是斯托弗莱一定要看到他先要有所成就再肯和他打交道：这正中乔治下怀。这种机会在旺代军中是用不到等多久的；第二天就有战斗；乔治开始干了，他英勇搏

---

① 加尔（1758—1828）：德国名医，发明颅相学。

斗，所向无敌，过去做过猎场管理员的德·摩勒弗里埃先生看到他向蓝军冲锋的气势，情不自禁地高声对他身旁的蓬尚说：

"这个大圆头如果不被炮弹削去，我可以向您预言，这个人大有希望。"

卡杜达尔从此就有了这个诨名。

五个世纪以前，马莱斯特罗瓦，庞奥埃，博马诺瓦尔和罗歇福尔①的老爷们在任命布列塔尼的妇女们赖以赎身的那位陆军统帅时就是这样说的：

"全靠这个大圆头，"他们说，"我们要去和英国人大战一场。"

不幸的是，这一次已经不再是布列塔尼人和英国人交战，而是法国人和法国人交战。

乔治待在旺代，直到萨沃奈②溃败。

旺代军全部死在战场上，或者是烟消云散了。

在将近三年时间里面，乔治机智勇敢，竭尽全力进行周旋；他又越过了卢瓦尔河，和唯一一个跟随他的人回到了莫尔比昂。

这一个跟随他的人后来做了他的副官，也就是他的战友；这个战友以后就没有离开他，一起艰苦作战。他把原来的名字勒梅尔西埃改成了蒂福热。我们已经在受害者舞会上看见过他，是他把任务交给摩冈的。

回到故乡以后，卡杜达尔从此就担负起在当地煽起暴动的任务；炮弹对他的大圆头敬而远之；而大圆头呢，也证实了斯托弗莱的预言，继承了拉罗歇雅克兰、埃尔贝、蓬尚、莱斯居尔和斯托弗莱本人；他的名

---

① 以上均是莫尔比昂省一些古老的村镇。
② 萨沃奈：法国圣纳泽尔一个市镇。一七九三年，克莱贝在此击溃旺代保皇军。

声和兵力都大大地超过了他们，因为他已经落到了孤身一人和已经任命三个月的第一执政的波拿巴的政府进行斗争的境地——由此可以看到他的力量。

另外两个和他一样忠于波旁王朝的首领是弗罗泰和布尔蒙。

在我们来到这儿的时候，也就是一八〇〇年一月二十六日，卡杜达尔手下有三四千人，他准备回来在瓦恩地区包围阿特里将军。

在等待第一执政给路易十八回信的期间，他暂停了敌对行动；不过在两天以前，蒂福热已经来把那封复信交给他了。

回信已经送往英国，再从那儿转送米托；既然第一执政不接受路易十八规定的和平条件，路易十八的西部军总司令卡杜达尔就要继续和波拿巴作战，即使是他一人带着他的朋友蒂福热孤军作战也在所不辞。此外，这时候在普昂塞①，沙蒂永，多蒂尚，贝尔尼埃神父和埃杜维尔正在会谈。

这时候，这个内战中著名斗士，最后一个幸存者正在思索；的确，他刚才得到的消息是值得思索一番的。

布律纳将军——阿尔克马尔②和卡斯特里克姆③的战胜者，荷兰的救星——刚才被任命为共和军西部军总司令，他到南特来已经三天了；他决定不惜任何代价消灭卡杜达尔和他手下的朱安党分子。

而朱安党分子和卡杜达尔必须想尽办法向新来的总司令证明，他们并不害怕，恫吓对他们毫无作用。

---

① 普昂塞：法国曼恩－卢瓦尔省一市镇。
② 阿尔克马尔：荷兰城市。
③ 卡斯特里克姆：荷兰城市。

这时候，传来一匹快马的奔驰声，这个骑士大概知道口令，因为他毫无困难地通过了分布在拉罗什－贝尔纳大路上的哨兵线，接着又毫无困难地进入了米济亚克镇。

　　他停在乔治住的那座茅房的门口。乔治抬头倾听着，本能地把一只手放在他的手枪上，尽管他知道来的是一位朋友。

　　骑士翻身下马，走进过道，打开了乔治的房门。

　　"啊，是你，国王的心！"卡杜达尔说，"你从哪儿来？"

　　"从普昂塞来，将军！"

　　"有什么消息？"

　　"蒂福热的一封信。"

　　"给我。"

　　乔治匆忙地从国王的心的手里接过信，看了一遍。

　　"啊！"他说。

　　接着他又看了一遍。

　　"你有没有看到他通知我说已经来到的那个人？"卡杜达尔问。

　　"看见了，将军。"信使回答说。

　　"是一个什么样的人？"

　　"一个很漂亮的二十六七岁的年轻人，"

　　"外貌怎么样？"

　　"神气很果断！"

　　"是啊；他什么时候到达？"

　　"也许今天晚上。"

　　"你已经通知了沿路的人吗？"

"通知了；他会平安通过的。"

"再通知一遍；他不能遭到任何不幸；他是受到摩冈保护的。"

"这是约定好了的，将军。"

"你有没有其他事情对我说？"

"共和分子先头部队已经到了拉罗什－贝尔纳。"

"有多少人？"

"一千人左右；他们还带了一个断头机，还有米利埃尔执行委员。"

"你能肯定吗？"

"我在路上遇见过他们；委员骑马走在上校旁边，我认出是他，肯定没错。是他处决了我的兄弟，我发过誓，他一定要死在我的手里。"

"你要实现你的诺言就要冒生命的危险。"

"一有机会我就要干。"

"可能用不到等多久了。"

这时候，路上又响起了奔马的声音。

"啊！"国王的心说，"也许是您等的人来了。"

"不是的，"乔治说；"现在来的骑士是从瓦讷那边来的。"

果然，声音是从瓦讷那面传来的，证明卡杜达尔讲得对。

像第一个骑士一样，第二个骑士停在门口；像第一个骑士一样他下了马；像第一个骑士一样，他走进来了。

来人虽然裹了一件宽大的披风，保皇派头头还是立即就认出了他。

"是你，贝内蒂西泰？"他说。

"是的，我的将军。"

"你从哪儿来？"

"从瓦讷，就是您派我去监视蓝军的地方。"

"那么，蓝军在干什么？"

"他们怕饿死，如果您包围城市的话；为了取得粮食，阿特里将军计划今天夜里攻占格朗尚的仓库；将军要亲自指挥这次行动，为了行动方便，他只带了一百来个人的特遣队。"

"你累了吗，贝尔蒂西泰？"

"从来不累，将军。"

"你的马呢？"

"它来的时候跑得很快，可是它还可以用这个速度再跑上四五法里，也不会垮掉。"

"让它休息两个小时，给它吃两份燕麦，让它再跑十法里。"

"如果有这样的条件，它是可以做到的。"

"两小时以后你再出发；在拂晓前赶到格朗尚，你以我的名义把村子里的人疏散；阿特里将军和他的特遣队由我负责。你没有什么话要对我讲了吗？"

"还有，我要告诉您一个消息。"

"什么消息？"

"瓦讷有了一个新主教。"

"啊，他们把我们的主教还我们了吗？"

"好像是这么回事，可是，如果那些主教都像这个人一样，他们完全可以把他们留下来。"

"这个主教是谁？"

"奥德兰！"

"弑君者①？"

"叛徒奥德兰。"

"他什么时候来？"

"今天晚上或者明天。"

"我不会去迎接他的，可是别让他落在我手下人的手中！"

贝内蒂西泰和国王的心哄然大笑，补充说明了乔治的想法。

"嘘！"卡杜达尔说。

三个人侧耳静听。

"这一次也许是他。"乔治说。

他们听到有一匹马从拉罗什－贝尔纳尔方向奔来。

"是他，肯定是他。"国王的心说。

"那么，朋友们，请让我一个人留在这儿……你，贝内蒂西泰，尽快赶到格朗尚；你，国王的心，带三十个人待在院子里；我也许要向各个不同的地点送一些信，还有，你想想办法，在村子里尽量搞一些可以当晚饭吃的最好的东西给我。"

"几个人吃，将军？"

"哦！两个人吃。"

"您出去吗？"

"不，我去迎接来人。"

已经有两三个人把刚才两位信使的马牵进了院子。

---

① 弑君者：保皇分子对法国大革命中投票赞成处死路易十六的人的称呼。

两位信使也避开了。

乔治走到临街的门口，恰好碰上门外一个骑士把马停了下来，正在犹豫不决地四处张望。

"就在这儿，先生。"乔治说。

"谁在这儿？"骑士问。

"您找的人。"

"您怎么知道我在找什么人？"

"我想您找的大概是乔治·卡杜达尔，也就是大圆头。"

"是的。"

"那么，欢迎欢迎，罗朗·德·蒙特凡尔先生，因为我就是您要找的人。"

"噢！噢！"年轻人惊奇地说。

于是他跳下马来，似乎在考虑把他的坐骑托付给谁。

"把您的缰绳扔在马脖子上，别去管它了；您需要的时候会找到它的。在布列塔尼不会丢失什么东西，您站的这块土地上的人都是非常正直的。"

年轻人对此没有发表任何意见，把缰绳扔在他的马脖子上；因为他已经接受了邀请，便跟着走在前面的卡杜达尔走进了屋子。

"我替您引路，上校。"朱安党的首领说。

两个人走进了小茅屋，一只看不见的手刚才已经把房间里的炉火重新拨旺了。

·第三十二章·
白和蓝

我们上面讲到，罗朗跟随在乔治后面走了进去，同时他向四周略带好奇地扫了一眼。

这一眼已足够告诉他房间里只有他们两个人。

"这是您的司令部吗？"罗朗微笑着问道，一面把他的靴底靠近炉火。

"是的，上校。"

"这儿的保卫工作做得很奇怪。"

乔治也微微一笑。

"你这样说，"他说，"是因为从拉罗什－贝尔纳到这儿，您觉得可以一路通行无阻吗？"

"也就是说我连一个人也没有遇到。"

"这决不等于这条路上没有人守卫。"

"除了一路上有些在树上飞来飞去的灰林鸮、猫头鹰陪伴着我，将军……如果它们也是守卫的话，那么我收回我的话。"

"一点不错，"卡杜达尔回答说，"我的哨兵就是这些灰林鸮和猫头鹰，它们有一副好眼睛，夜里也能看到东西，比人还管用。"

"幸好我在拉罗什－贝尔纳打听了一下，要不我连一只猫也碰不到，谁会来告诉我能在什么地方找到您呢。"

"在这条路上任何地方如果您放开嗓门问：'我在哪儿可以找到乔治·卡杜达尔？'就会有人回答您：'在米济亚克镇，右边第四幢房子。'您一个人也没有看见，上校；可是眼下差不多就有一千五百个人知道，第一执政的副官、罗朗上校正在和勒盖尔诺磨坊主的儿子谈判。"

"可是，如果他们知道我是共和国的上校，第一执政的副官，他们怎么会放我通过呢？"

"因为他们已经接到了命令。"

"那么说您知道我要来吗？"

"我不但知道您要来，而且知道您来干什么。"

罗朗紧紧地盯着他的对话者看。

"那么，我也用不到对您说了！即使我不开口您也能回答我的问题啰？"

"差不多！"

"啊，真的！我很想得到一些证明，说明您的情报工作做得比我们优越。"

"我这就来向您提供，上校。"

"我洗耳恭听，尤其因为我可以好好地烤一会儿火，我更觉得高兴，烧得旺旺的炉火似乎也是为我准备的。"

"您不相信这些话是真的，上校，可是这儿的一切，连炉火也在对您表示欢迎。"

"是的，可是比不上您，它没有告诉我我的任务是什么。"

"您的任务，承蒙您扩大到了我身上，上校，原先只是和贝尔尼埃神父一个人有关。不幸的是，贝尔尼埃神父，在他写给他朋友马丁·杜博瓦的信中，有点过高地估计了他的力量；他竟然出面同第一执政进行斡旋。"

"对不起，"罗朗插嘴说，"可是您讲的这件事我一无所知，贝尔尼埃神父写信给波拿巴将军了吗？"

"我说的是他写信给他的朋友马丁·杜博瓦，这是大不相同的事……我的人截获了他的信，送给了我：我把它抄了下来，把原信又发了出去；这封信我可以肯定已经送到了。您对埃杜维尔将军的拜访就证明了这点。"

"您知道，在南特的指挥官已经不是埃杜维尔将军，而是布律纳将军了。"

"您甚至可以告诉我，布律纳还控制着拉罗什－贝尔纳，因为今天傍晚六点钟一千来个共和国士兵已经进入了这个城市，还带着一个断头机，还有委员托马斯·米利埃尔公民。有了器械，还得有刽子手。"

"那么您说，将军，我是为贝尔尼埃神父来的？"

"是的，贝尔尼埃神父提出了他的想法，可是他忘记了今天有两个旺代。左岸的旺代和右岸的旺代。因此，如果可以和多蒂尚、沙蒂永和絮扎内在普昂塞会谈，那么还要和弗罗泰、布尔蒙和卡杜达尔会谈……可是在哪儿呢？这就没有人能说了……"

"除了您，将军。"

"于是，怀着您的骑士精神，您就把在二十五日签订的条约给我带来了。贝尔尼埃神父、多蒂尚、夏蒂荣和絮扎内签了一张通行证给您，您就来了。"

"是啊，将军，我应该说您的消息非常灵通：第一执政一心想要和平；他知道您——他的对手——是一个正直而忠诚的人，因为您也许不会去巴黎，他见不到您，他就派我来见您。"

"也许是说去见贝尔尼埃神父。"

"将军，这跟您没有多大关系，因为我可以保证让第一执政批准我们之间达成的协议。您的和平条件是什么？"

"简单得很，上校；请第一执政把王位还给路易十八陛下：他做路易十八的陆军统帅，他的副将，陆军和海军的总司令；而我，我做他的首席士兵。"

"第一执政已经答复过这个要求了。"

"所以我决定自己来回答这个答复。"

"什么时候？"

"如果有机会，就在今天夜里。"

"用什么方式？"

"采取敌对行动。"

"可是您知道吗，沙蒂永、多蒂尚和絮扎内已经放下了武器？"

"他们是旺代的首领，以旺代分子的名义，他们愿意干什么就可以干什么，我是朱安党的首领，以朱安党分子的名义，我可以做任何我认为合适的事情。"

Les Compagnons De Jehu

"那么，这是一次毁灭性的战争，是您强加给这个不幸的国家的，将军！"

"这是一次殉难，为此我召集了一些基督徒和保皇分子。"

"布律纳将军在南特；英国人在阿尔克马尔和卡斯特里克姆战败以后，刚才把八千名俘虏还给了我们，他们也在南特。"

"这种运气他们再也不会有了；蓝军把他们的坏习惯给了我们，决不俘房对方的人；至于我们的敌人究竟有多少，我们并不考虑，这是一个枝节问题。"

"如果布律纳将军，他的八千名俘房，加上他从埃杜维尔将军手里接过来的两万士兵还不够，第一执政决定亲自出马和您作战，他将带十万人来。"

卡达杜尔笑了。

"我们将尽力向他证明，"他说，"我们不是不堪一击的。"

"他将放火焚烧你们的城市！"

"我们将撤退到我们乡下的茅屋里去。"

"他将烧掉你们的茅屋！"

"我们将在树林里过日子。"

"您考虑考虑吧，将军。"

"请赏光和我们一起待上四十八个小时，上校，您就会知道我已经考虑过了。"

"我很想接受这一建议。"

"不过，上校，别对我要求过高，我所能给您的是：在茅屋顶下，或者裹在一件披风里在橡树的枝叶下睡一觉；给您一匹我的马让您跟着我走；给您一张通行证让您离开。"

"我接受。"

"请保证，上校，决不干扰我下的命令，决不挫败我要进行的突然袭击。"

"我非常希望看看这一切您是怎么干的；我答应您的要求，我保证，将军。"

"不管在您眼前发生什么事？"

"不管在我眼前发生什么事；我放弃做演员的角色，只保持观众的身份；我希望能够对第一执政说：'我看到了！'"

卡杜达尔笑了。

"好吧，您会看到的。"他说。

这时候门开了，两个农民抬着一只放着刀叉菜肴的桌子进来了，桌子上一盘白菜汤和一块肥肉冒着热气；一大瓶刚拔去瓶塞子的苹果酒放在两只玻璃杯中间，酒的泡沫已经溢出了瓶口。

有几块荞麦面饼是作为这顿菲薄的晚餐的饭后点心的。

桌子上有两副刀叉。

"您看到了，德·蒙特凡尔先生，"卡杜达尔说，"我手下的人希望您能赏光和我一起吃晚餐。"

"啊，说真的，他们没有错；如果您不邀请我，我也会要求您的；如果您拒绝，我也要强迫您接受。"

"那么，请入席。"

年轻的上校高高兴兴地坐下了。

"我对这一顿我请您吃的晚餐表示歉意，"卡杜达尔说，"我跟你们那些拿战场津贴的将军完全不同，我是由我的士兵们供养的。你还有点儿什么给我们吃啊，蓝见愁？"

"烩鸡块，将军。"

"这就是您这顿晚餐的菜单，德·蒙特凡尔先生。"

"多丰盛的宴席啊！现在，我只担心一件事，将军！"

"什么事？"

"在我们吃的时候，当然一切顺利；可是喝酒的时候怎么办呢？……"

"您不喜欢喝葡萄酒吗？啊，见鬼！您使我感到为难了。我地窖里只有苹果酒和水。"

"不是为了这个：我们为谁的健康祝酒呢？"

"就为了这个吗，先生？"卡杜达尔非常庄严地说，"我们为我们共同的母亲——法兰西——的健康干杯。我们各人以不同的观点，可是我希望是以同样的勇气为它服务的。为了法兰西！先生。"卡杜达尔说，一面斟满了两杯酒。

"为了法兰西！将军。"罗朗回答说，同时用他的酒杯碰了碰乔治的酒杯。

他们两人都高兴地吃着，喝着，他们内心平静，以年轻人的胃口津津有味地喝着汤；他们两人中年纪最大的还不到三十岁。

LES
COMPAGNONS DE JÉHU

·第三十三章·

同等报复的刑罚

晚饭以后，两个年轻人手臂肘搁在桌子上，躺坐在生得旺旺的炉火前面，开始享受这种年轻人的好胃口得到满足以后所常有的舒适感觉。

"现在，将军，"罗朗说，"您已经同意让我看看我可以向第一执政报告的事情了。"

"而您，您已经同意不反对、不干扰这些事情。"

"是的，可是我有点儿保留，如果您给我看的东西过于违背了我的良心，我就告辞。"

"那么您只要把马鞍子扔在您马背上；如果您的马太累，那就扔在我的马背上，您就自由了。"

"这样很好！"

"正巧，"卡杜达尔说，"对这些事情您是会感兴趣的；我在这儿不但是将军，而且还是一个最高法官。很久以来我就想做一次裁决。您对我说过，上校，布律纳将军在南特：这我知道；您对我说过他的先头部

480 *Les Compagnons De Jéhu*

队离这儿四法里，在拉罗什－贝尔纳，这我也知道；可是有一件事您也许并不知道，那就是这个先头部队的指挥官不是像您我一样的士兵，而是由执行委员托马斯·米利埃尔公民指挥的。另外还有一件事，您也许也不知道，那就是托马斯·米利埃尔公民决不像我们一样，用大炮、长枪、刺刀、手枪和军刀打仗，而是用由你们共和派的一位博爱者所发明的一件大家称作为断头机的器械来打仗。"

"这是不可能的，先生，"罗朗叫道，"在第一执政领导之下，不会有人打这样的仗。"

"啊，我们要听清楚了，上校，我不是对您说是第一执政打这样的仗，我是对您说，这样的仗是以第一执政的名义打的。"

"那么是哪一个坏蛋滥用了别人委托给他的权利，用一批刽子手去打仗？"

"我已经对您说过了，他就是托马斯·米利埃尔公民；请您打听一下，上校；在整个旺代、在整个布列塔尼，对这个人只会有一个意见。从旺代和布列塔尼起义第一天起，也就是说，六年以来，这个米利埃尔，不论在什么地方，一直是恐怖时期的一个最活跃的分子。对他来说，恐怖时期根本就没有随着罗伯斯庇尔的死去而结束。向上级告发，或者让别人向他告发那些布列塔尼或者旺代的士兵，他们的亲属，他们的朋友，他们的兄弟，他们的姐妹，他们的妻子，他们的女儿，一直到伤员和奄奄一息的人，他命令不经审判全部枪决，全部上断头台。比如，在多默赖，他留下了一条还没有抹去，而且永远抹不掉的血迹。八十多个居民在他面前被杀死；一些抱在母亲怀里的婴儿也遭到了杀戮，这些母亲直到今天都在徒然地向上天举起血淋淋的手臂祈求复仇。旺代和布列塔尼相继平定，可是并没有能平息那一股在他心里燃烧的杀人欲望。一八〇〇年，他还是和一七九三年一样。因此这个人……"

罗朗看看将军。

"这个人，"乔治非常平静地接着说，"因为我看到社会没有惩处他，那么就让我，让我来惩处他；这个人将死去。"

"什么！他将死去，死在拉罗什－贝尔纳，在共和分子中间，还有他的杀人犯组成的卫队，刽子手组成的侍从？"

"他的时间到了，他将死去。"

卡杜达尔讲这些话的时候神色非常庄重，因此在罗朗的脑子里已经不存在任何疑问了，不但对他宣布的判决没有疑问，而且对这个判决的执行也没有疑问。

他想了一会儿。

"可是不管这个人的罪恶有多么大，您以为您有权审判，有权判决这个人吗？"

"是的，因为这个人也曾经审判和判决过了，而且他审判和判决过的不仅不是有罪的人，还是无辜的人。"

"如果我对您说：'我回到巴黎以后，我就要求对这个人提出控诉或审判。'您会不相信我的话吗？"

"我会相信您的话的；可是我也会对您说：'一只发疯的野兽会逃出樊笼，一个杀人犯可以越狱。人总是人，没有不犯错误的。他们有时候会判处一些无辜者，他们也可能放掉一个有罪的人。'我要伸张的正义比您的更有把握，上校，因为这是天主的正义，这个人将要死去！"

"您也和其他人一样会犯错误的，您有什么权利说您的正义是天主

Les Compagnons De Jehu

的正义？"

"因为在我的裁判里面有一半是天主的裁判！哦，他不是昨天才被裁判的。"

"怎么一回事？"

"在一次雷声隆隆，闪电连连的大雷雨中，我双手举起向天主说：'我的主啊！闪电是您的眼睛，雷霆是您的声音，如果这个人应该死去，您就暂停十分钟不要打雷闪电。天空中的寂静和大地上的黑暗将是您的回答！'接着我把表拿在手里，一直数到十一分钟，没有看见一道闪电，没有听到一声雷鸣……在又一次可怕的暴风雨中，我在一座大山顶上看到有一个人驾驶着一条小船，他随时都有灭顶的危险；一个浪头像小孩子吹气把羽毛吹起来一样把小船掀了起来，让它摔落到一块岩石上。小船粉身碎骨，这个人趴在岩石上，大家都在叫喊：'这个人完了！'他的父亲在那儿，他两个兄弟也在那儿，可是不论是他的父亲还是兄弟都不敢去救他。我举起双手向天主说：'我的主啊！如果您对米利埃尔的判决和我对他的判决一样，我将救起这个人，除了您以外不靠别人的帮助，我自己也要得救。'我脱去衣服，把一根长绳子的一端绕在胳膊上，一直游到岩石那儿。就好像大海在我胸口下平息下去了，我游到了这个遇难的人那儿。他的父亲和两个兄弟拉住了绳子的另一端。他游到了岸上。我原来也可以把我手里的绳子系在岩石上，像他一样回到岸上；可是我把绳子扔得远远的，把自己交托给天主和浪涛；浪涛把我轻轻地推向岸边，稳当得就像尼罗河的河水把摩西①的摇篮推送到法

---

① 摩西：《圣经·旧约》中古代犹太人首领，利未部落人。当时利未人风俗，生下儿子要扔在河里。摩西生下后放在一只小木箱里后被扔在尼罗河里漂流，被法老的女儿捡去。

老的女儿身边一样……一个敌人的哨兵被布置在圣诺尔夫村前面；我和五十个人躲在冈尚树林里面。我把我的灵魂托付给天主以后一个人从树林里跑了出来，一面说：'天主，如果您决定处死米利埃尔，就让这个哨兵向我开枪，可是又打不中我，我也不伤害他，因为您曾经附在他身上，随后我再回到我的人那儿去。'我向这个共和分子走去，在离他二十步的时候，他向我开枪，可是没有打中。您看这顶帽子上的枪洞，离我的脑袋只有一寸距离；是天主的手把枪往上拨了一下。这件事是昨天发生的。我原来以为米利埃尔在南特。今天傍晚，有人通知我说，米利埃尔和他的断头机在拉罗什－贝尔纳。我就说：'天主把他给我送来了，他将死去！'"

罗朗以某种尊敬的态度听着布列塔尼首领的迷信的叙述。他对这个生活在汹涌的大海面前，卡尔纳克石棚中间的人的信仰和动听的故事一点也不觉得惊奇。他知道米利埃尔确实已经被定罪了，只有似乎已经三次赞同了对他的判决的天主才能拯救他。

不过，他还有最后一个问题要提。

"您怎么惩罚他呢？"

"喔！"乔治说，"对这一点我毫不担心，他会受到惩罚的。"

刚才端夜餐桌子进来的两个人中的一个这时候走了进来。

"蓝见愁，"卡杜达尔对他说，"通知国王的心，我有一句话要对他说。"

两分钟以后，那个布列塔尼人来到了将军的面前。

"国王的心，"卡杜达尔问他，"是不是你对我说过杀人犯托马斯·米利埃尔在拉罗什－贝尔纳？"

"我看到他和共和国的上校肩并肩地走进了拉罗什－贝尔纳，上校似乎显得对他的同行者并不十分满意。"

"你不是还说，他还带着他的断头机？"

"我对您说过，这架断头机跟随在他身后的两门炮之间；我相信，如果这两门炮可以和它脱离，断头机也会自个儿往前滚动的。"

"米利埃尔在他所居住的城市里采取了一些什么安全措施？"

"他身边有一个特别卫队；他封锁了所有通向他住所的街道，手头总是放着一对手枪。"

"尽管有这支卫队，尽管通往他家里的道路都被封锁，尽管他有一对手枪，你还是有办法到他那儿去吗？"

"我能行，将军！"

"由于他的罪行，我已经判决了这个人；他一定得死！"

"啊！"国王的心大声说，"正义的日子终于来到了！"

"你能负责执行我的判决吗，国王的心？"

"我可以负责，将军。"

"去吧，国王的心，带多少人由你自己决定……把你的计划好好设想一下……不过一定要到他那儿去，惩罚他。"

"如果我死了呢，将军……"

"请放心，勒盖尔诺的神父会根据你的愿望替你做足够的弥撒，不让你可怜的灵魂受苦；可是你不会死的，国王的心。"

"好，好，将军！如果有弥撒，我对您也没有更多的要求了。我的计划已经想好了。"

"你什么时候动身？"

"今天夜里。"

"他什么时候死？"

"明天。"

"去吧，通知三百个人准备好，半小时以后跟我走。"

国王的心像他进来时一样随随便便地出去了。

"您看，"卡杜达尔说，"我指挥的就是这样一些人；您的第一执政的手下是不是和我的手下一样能干，德·蒙特凡尔先生？"

"有几个是这样的。"

"可是我，我不是有几个，而是全部。"

贝内蒂西泰走进来，用眼光询问乔治。

"好，"乔治回答说，同时点了点头。

贝内蒂西泰出去了。

"您来的时候没有看见人吗？"

"一个人也没有看见。"

"我已经通知，半小时以后我要三百个人，这些人到时候就会来到这儿；我可以要五百、一千、两千，他们也可以同样迅速地准备好。"

"可是，"罗朗说，"由于数量少，有些地方您就难以通过。"

"您要不要知道我有多少兵力？这很简单：我不自己告诉您，您也许不会相信我的；请等等，我可以叫人告诉您。"

他打开门叫道：

"金树枝！"

两秒钟以后金树枝来了。

"他是我的参谋长，他在我身边担任的职务就像贝尔蒂埃将军在第一执政身边担任的职务一样。金树枝！"

"将军！"

"从拉罗歇-贝尔纳尔到这里，也就是在这位先生来找我的一路上，一共有多少梯队，多少人？"

"在阿尔扎荒地有六百个人，在马尔藏灌木丛里有六百个人，在佩欧勒有三百人，在比利耶尔有三百人。"

"一共是一千八百人；在努瓦阿和米济亚克之间有多少人？"

"四百。"

"两千二百；从这儿到瓦讷有多少人？"

"在泰克斯有五十人，在拉特里尼泰有三百人，在拉特里尼泰和米济亚克之间有六百人。"

"三千二百；从昂蓬到勒盖尔诺呢？"

"一千二百。"

"四千四百；在村里，我身边，房子里，花园里和地窖里呢？"

"五六百人，将军。"

"谢谢，贝内蒂西泰。"

他点了点头，贝内蒂西泰出去了。

"您看到了，"卡杜达尔简单地说，"将近五千人。那么，有了这五千人，全是当地人，他们熟悉每一棵树，每一块石头，每一丛荆棘，我就可以和第一执政扬言要派来和我作战的十万人打一仗了。"

罗朗微微一笑。

"是的，力量很强了，是吧？"

"我想您大概有点儿夸大，将军，也就是说，您对您的人数有点儿夸大。"

"不，因为全部居民都是我的辅助部队；你们随便哪一位将军有所行动我都会知道；他派出的任何一个传令兵我都会截获；不论他躲到哪儿，我都能找到他；甚至土地也是保皇的，也是信奉基督的！没有居民的时候，连土地也会对我说：'蓝军从这儿经过了，杀人者躲在那儿！'再说，您可以自己去判断。"

"怎么判断？"

"我们到六法里以外去远征一次。几点钟了？"

两个年轻人同时掏出了他们的表。

"半夜十二点差一刻，"他们说。

"好！"乔治说，"我们的表上时间相同，这是个好兆头；也许有一天我们的心也会像我们的表一样一致跳动。"

"您说，将军……？"

"我说现在是半夜十二点差一刻，上校；清晨六点钟拂晓以前，我们应该赶到离这儿七法里的地方，您需要休息一会儿吗？"

"我！"

"是的，您可以睡一个小时。"

"谢谢，用不到。"

"那么，您愿意什么时候动身，我们就走。"

"您那些人呢？"

"喔！我那些人已经准备好了。"

"他们在哪儿？"

"到处都有。"

"我想看看他们。"

"您会看到他们的。"

"什么时候?"

"在您想看到他们的时候,嗯,我的人都是很谨慎的;他们只在我发出暗号要他们露面的时候才出来。"

"那么,在我想看到他们的时候……?"

"您就对我说,我发一个暗号,他们就出现了。"

"我们走吧,将军!"

"我们走吧。"

两个年轻人披上斗篷,向外走去。

在门口,罗朗遇到了一个五个人的小队。

这五个人穿着共和国军队的制服;其中一只袖口上还有标志中士军衔的饰带。

"这是怎么回事?"罗朗问。

"没有什么,"卡杜达尔笑着说。

"可是,这些人,他们是什么人?"

"国王的心和他一起的几个人,他们出发到您知道的地方去。"

"那么他们准备借助这些制服?……"

"噢!您什么都会明白的,上校,我对您没有任何秘密。"

接着,他对这些人转过头去。

"国王的心!"卡杜达尔说。

那个袖子上有两条饰带的离开了那一小群人,向卡杜达尔走了过来。

"你叫我吗，将军？"那个假中士问。

"是的，我想知道你的计划。"

"噢，将军，这很简单。"

"嗯，我要听听行不行。"

"我把这张纸插在我长枪的通条里……"

国王的心拿出一个盖有红封印的大信封，这里面肯定有某个被朱安党分子截获的共和国的命令。

"我走到哨兵面前去说：'师长的命令！'这样我就通过了第一道岗哨，我再请人告诉我委员公民住在哪里，有人指给我看了，我就谢谢他：始终要有礼貌；我走到他的屋子前面，遇到第二个岗哨，我像对第一个岗哨一样跟他吹一通，随后我就走进他的家里，如果他住在谷仓里我就上楼，如果他住在地窖里我就往下走，我毫无困难地便进去了；您知道：师长的命令！不管我在他的办公室里还是在别处找到他，我把我这封信递给他；在他拆封印的时候，我就用藏在袖子里的匕首捅死他。"

"好，那么你和你那些人怎么办？"

"啊，是啊！天主保佑！我们保卫的是天主的事业，应该由天主来关心我们。"

"那么，您看到了，上校，"卡杜达尔说，"就是这点儿困难。上马，上校！祝你走运，国王的心！"

"这两匹马我应该骑哪一匹啊？"罗朗问。

"随便骑：两匹马一样好，每匹马的枪袋里都有一对英国造的手枪。"

"全上好子弹了吗？"

"都上好了，上校；这件事我从来不交给别人做。"

"那么，上马。"

两个年轻人翻身上马，向通往瓦讷方向的大路走去，卡杜达尔充当罗朗的向导；而金树枝，也就是被乔治叫作参谋长的，拉开二十步的距离跟在后面。

走到村子的尽头，罗朗向一条从米济亚克通向拉特里尼泰的笔直的大路上极目往前看去。

大路上无遮无盖，仿佛杳无人影。

大家往前走了将近半法里路，这时候罗朗问道：

"您的人究竟在哪儿？"罗朗问。

"右面，左面，前面，后面都有。"

"啊！真是开玩笑！"罗朗说。

"这决不是玩笑，上校；您是不是想到，我如果没有侦察兵就这样冒冒失失地走岂不太危险了。"

"我想，您曾经对我说过，如果我想看到您的人，我只要对您讲一声就行了。"

"我是对您这么说过的。"

"那么，我希望看到他们。"

"全部还是部分？"

"您说您带来了多少人？"

"三百。"

"那么，我想看看其中的一百五十个人。"

“停！”卡杜达尔说。

于是，他把两只手放到嘴边，发出一声灰林鸮的叫声，又发出一声猫头鹰的叫声；不过他灰林鸮的叫声是向右边发出的，猫头鹰的叫声是往左边发出的。

几乎就在同时，可以看到大路两边人影晃动，他们越过道路和矮丛林之间的土沟，过来分列在马匹的两边。

“右边是谁指挥？”卡杜达尔问。

“我，胡子，”一个农民走过来回答说。

“左边的是谁指挥？”将军问。

“我，冬之歌，”一个农民过来回答说。

“你带了多少人，冬之歌？”

“一百个。”

“你带了多少人，胡子？”

“五十个。”

“那么，一共是一百五十人？”乔治问。

“是的。”两个布列塔尼首领回答说。

“这是您的数目吗，上校？”卡杜达尔问道。

“您是一个魔术师，将军。”

“啊，不，我是一个和他们一样的可怜的农民；不过我指挥的是这样一支队伍，队伍里每一个人都知道他们在干什么，每一颗心都为这个世界上两个伟大的原则跳动：宗教和王权，”

随后他回头对他的人说：

“先头部队是谁指挥的？”卡杜达尔问。

"劈空。"两个朱安党人回答说。

"后卫部队呢?"

"弹盒。"

第二个回答也和第一个回答一样,都是两个人一起说的。

"那么,我们可以继续平安地赶路了?"

"啊,将军,就像您去您村里教堂望弥撒一样。"

"那么我们继续赶路吧,上校。"卡杜达尔对罗朗说。

随后,他转身对他的人说:

"去玩儿吧,我的孩子们。"他对他们说。

顿时,他们全都跳过土沟,消失了。

在几秒钟里面,可以听到矮树林里的树枝窸窣声和荆棘丛里的脚步践踏声。

接着,便什么声音也听不到了。

"那么,我有了这样一些人,您以为我对您的蓝军还有什么可怕的,不管他有多么勇敢?"

罗朗叹了一口气,他完全同意卡杜达尔的意见。

他们继续往前走。

离拉特里尼泰大概还有一法里路,他们看见大路上有一个迅速增大的黑点。

这个黑点显得比较清楚以后,似乎突然停止不动了。

"这是什么?"罗朗问。

"您看得很清楚嘛,"卡杜达尔回答说,"这是一个人。"

"当然是人;可是,是什么人呢?"

"从他飞奔的速度来看，您完全可以猜出，他是一个信使。"

"为什么他停住了？"

"因为他也发现了我们，因此他不知道他应该前进，还是后退。"

"他将干什么？"

"他在等待，随后再决定怎么干。"

"他在等待什么？"

"一个信号。"

"他会回答这个信号吗？"

"他非但会回答，而且还会服从。您要他前进呢，后退呢，还是跑到旁边去？"

"我希望他前进，这样我们便可以知道他送来的消息。"

卡杜达尔学了一下杜鹃的叫声，叫得那么像，使罗朗往周围望了望。

"是我，"卡杜达尔说，"别找了。"

"那么，信使会过来吗？"

"他就要过来的，他来了。"

果然，信使又开始奔跑，飞快前进；几秒钟以后便来到了他将军的身边。

"啊！"将军说，"是你，向前冲！"

将军俯身过去；向前冲在他耳边讲了几句话。

"贝内蒂西泰已经告诉过我了。"乔治说。

随后，他回头对罗朗说：

"一刻钟以后，在拉特里尼泰镇要发生一件严重的事情，您必须去看看；快跑！"

他带头策马飞奔。

罗朗跟在他后面。

快跑到村子的时候，远远地就可以从一些树脂火把的照耀之下看到广场上有熙熙攘攘的人群。

这一群人的叫声和行动的确说明发生了一桩严重的事件。

"快跑！快跑！"卡杜达尔说。

罗朗求之不得：他用马刺猛刺他的马腹。

听到马的奔驰声，农民们都让开了，他们至少有五六百人，都带着武器。

卡杜达尔和罗朗走进了火光的圈子里面，来到了这群骚动嘈杂的人群当中。

在通向特里东村的路口喧闹得特别厉害。

一辆公共马车从这条街上过来，由十二名朱安党人陪送着：车夫两旁各有一个，其余十个守着车门。

马车在广场中间停住了。

所有的人都在注意马车，几乎没有人理会卡杜达尔。

"喂！"乔治叫道，"这儿究竟发生了什么事啊？"

听到这个非常熟悉的声音，大家都转过头来，脸色也平静了一些。

"大圆头！"大家都在低声地说。

"是的。"卡杜达尔说。

有一个人走近乔治。

"贝内蒂西泰和向前冲没有通知您吗？"他问。

"通知了；那么你们带来的是从普洛埃梅勒驶往瓦讷的公共马车吗？"

"是的，将军；它是在特雷夫莱昂和圣诺勒夫之间被截住的。"

"他在里面吗？"

"我们相信他在里面。"

"按你们的良心办事吧；如果这件事在天主面前有罪，那么这个罪过是你们的；我只对人类负责；我将观看这儿发生的事情，可是我不参与，既不阻止，也不赞助。"

"喂，"许许多多声音在问，"他说什么，乱刀斩？"

"他说我们可以按我们的良心办事，他与此事无关。"

"大圆头万岁！"所有在场的人高呼着，一面向公共马车奔去。

卡杜达尔在这汹涌的人流中显得很平静。

罗朗站在他旁边，也像他一样平静，他显得很好奇，因为他一点儿也不知道究竟发生了什么事。

刚才过来对卡杜达尔讲话的，他的同伴叫他乱刀斩的人打开了马车门。

这时候可以看到公共马车里面旅客都缩在里面，挤在一起，浑身哆嗦。

"如果您对国王和天主没有做过什么亏心事，"乱刀斩声音响亮地说，"请下来，别怕；我们不是强盗，我们是基督徒，我们是保皇分子。"

他的声明肯定使旅客们安心下来了，因为有一个人出现在马车门口，走了下来，接着是两个妇女，后面是一个紧紧地抱着孩子的母亲，

Les Compagnons De Jehu

跟着又是一个男人。

朱安党分子在踏脚板前面看着他们下来，仔细地打量他们，接着，看出下车的不是他们寻找的人，便说一声："过去！"

只有一个人还留在车子里面。

一个朱安党分子把一个火把伸进马车里，大家看到这人是个教士。

"天主的使者，"乱刀斩说，"你为什么不和其他人一起下来？你没有听到我刚才说我们是保皇分子和基督徒吗？"

教士还是没有动；不过他的牙齿在打战。

"为什么这样怕啊？"乱刀斩接着说，"你的衣服不能为你辩护吗？……穿教士服的人不会做出任何反对王权，反对教会的事来的。"

教士缩成一团，喃喃地说：

"饶命！饶命！"

"为什么要饶命？"乱刀斩问，"那么你觉得自己有罪啰，坏蛋！"

"哦！哦！"罗朗说，"保皇分子和基督徒先生，你们原来是这样和天主的人讲话的！"

"这个人，"卡杜达尔回答说，"不是天主的人，而是魔鬼的人！"

"那么他是谁？"

"他既不信神，又是一个弑君者；他否认了他的天主，投票赞成杀死他的国王：他是国民公会会员奥德兰。"

罗朗哆嗦了一下。

"他们要把他怎么样？"他问。

"他散布了死亡，他也将接受死亡，"卡杜达尔回答。

这时候，朱安党分子已经把奥德兰拉出了马车。

"啊！原来真是你啊，瓦讷主教！"乱刀斩说。

"饶命！"主教叫道。

"我们预先知道你要在这儿经过，我们就是在这儿等你的。"

"饶命！"主教第三次叫道。

"你带着你的主教服吗？"

"是的，我的朋友们，我带着。"

"那么，把教士服穿起来；我们已经有好久没有看见了。"

有人从公共马车上拿下一只教士的箱子，把它打开，拿出一整套主教服，随后把它递给奥德兰，让他穿了起来。

这套衣服全部穿好以后，农民们围成一圈，每个人手里都拿着长枪。

火把的光辉在枪管上反射出阴森森的闪光。

两个人抓住主教，把他带到这个圈子当中去，抓住他的胳膊扶着他。

他脸色白得像死人一样。

一下子鸦雀无声，静得可怕。

一个人的声音打破了寂静，那是乱刀斩的声音。

"我们要，"这个朱安党人说，"对你进行审判；天主的教士，你背叛了教会；法兰西的孩子，你判决了你的国王。"

"唉！唉！"教士结结巴巴地说。

"这是真的吗？"

"我不否认。"

"因为这是不可能否认的。你有什么要为自己辩解的吗？"

"公民们……"

"我们不是公民，"乱刀斩以雷鸣般的声音吼道，"我们是保皇分子。"

"先生们！"

"我们不是先生，我们是朱安党分子。"

"我的朋友们……"

"我们不是你的朋友，我们是你的审判官；你的审判官们在审问你，回答！"

"我对我的所作所为表示懊悔，我向天主和人类要求宽恕。"

"人类不能原谅你，"同一个无情的声音回答道，"因为今天宽恕了你，你明天又会重新开始；你可以换去外衣，可是永远换不了心。在人类面前，等待着你的只有死亡；至于天主，你就恳求他的赦免吧。"

弑君者低下了脑袋，叛徒弯下了膝盖。

可是突然，他又站了起来：

"我是投票赞成了处死国王，"他说，"这是事实，可是是有保留意见的……"

"什么保留意见？"

"对执行的时间有保留意见。"

"时间不管迟早，你总是赞同把他处死，而国王是无辜的。"

"是的，是的，"教士说，"可是我害怕了。"

"那么你不但是一个弑君者，不但是一个背教者，还是一个懦夫。我们，我们不是教士，可是我们比你公正；你投票赞成处死无辜者，我们投票赞成处死有罪的人，给你十分钟准备的时间到天主那儿去。"

主教发出一声惊叫，双膝跪倒在地；教堂里的钟就像自动摇晃起来一样响了起来，两个似乎听惯了这种教堂钟声的人开始反复念诵临终祈祷。

主教一下子不知如何回答才好。

他用惊恐万状，哀求乞怜的眼神向他的审判官一个个看过去，可是在任何一张脸上都没有可以使他感到安慰的温和的怜悯表情。

相反，在风中颤抖不已的火把使所有这些脸都显得非常野蛮和可怕。

这时候，他决定把他的声音也加进为他祈祷的人的声音里去。

审判官们让临终祈祷全部做完。

有一些人在准备一个柴堆。

"喔！"教士叫道，看到这种准备工作，他心里越来越感到恐怖，"你们怎么这样残酷，要我死得这么惨？"

"不，"控诉人坚定地说，"殉教者才用火烧死，你不配这样死，喂，叛教者，时间到了。"

"啊，我的主啊！我的主啊！"教士举手向天叫道。

"站起来！"朱安党分子说。

主教想服从，可是他没有力气，于是他跌跪在地。

"你是想让这次谋杀发生在您的眼前吗？"罗朗问卡杜达尔。

"我已经说过了，我与此事无关。"卡杜达尔回答说。

"这是彼拉多①说的话，而彼拉多的手上沾满了耶稣－基督的

---

① 彼拉多：罗马帝国驻犹太的总督，据《圣经·新约》载，耶稣是由他判决而钉死在十字架的。可是他说："此事与我无关！"

鲜血。"

"因为耶稣－基督是正义的；可是这个人，他不是耶稣－基督，他是巴拉巴①。"

"吻你的十字架！吻你的十字架！"乱刀斩说。

教士惊恐地看着他，可是没有照他说的做；很明显他已经什么也看不到，什么也听不到了。

"啊！"罗朗叫了一声，他做了一个动作想跳下马来，"绝不允许有人在我面前谋杀人，而我不去救他。"

罗朗周围响起一片轻轻的威吓声；他刚才讲的话被他们听见了。

这些威吓激怒了性格暴躁的年轻人。

"啊，是吗？"他说。

他把右手伸向手枪皮袋。

可是卡杜达尔迅如闪电般地一下子把他的手抓住，像铁箍一样把他箍住，罗朗挣脱不了。

"放！"卡杜达尔说。

二十支长枪同时开火了，主教像一块无生命的东西一样瘫倒在地上。

"啊！"罗朗高声说道，"您刚才干什么啊？"

"我刚才强制您遵守您自己的誓言，"卡杜达尔说，"您曾经发誓要一切都看一切都听，什么也不反对……"

_____

① 巴拉巴：《圣经·新约》中一个被判死刑的强盗。耶稣受审时，他正待处决。根据犹太人的规矩，每逢逾越节都要释放一名囚犯。祭司长和长老唆使众人要求释放巴拉巴而处死耶稣。于是他被释放，耶稣被处死。

"任何天主和国王的敌人都将这样死去。"乱刀斩语气严肃地说。

"阿门①!"所有在场的人异口同声地说，声音阴森可怕。

接着，他们剥去尸体上的教士的装饰，扔进柴堆的火焰里，让其他旅客重新登上公共马车，帮车夫坐到他的位置上，闪开了一条路让马车通过。

"和天主一起走吧!"他们说。

公共马车迅速驶走了。

"喂，喂，上路!"卡杜达尔说，"我们还有四法里路要赶，我们在这儿损失了一个小时。"

随后他对刚才行刑的人说：

"这个人是有罪的，这个人已经受到了惩罚；人间的正义和上天的正义都得到了伸张。你们要对他的尸体念亡魂经，让他有一个教会仪式的葬礼。你们听到了吗?"

他们表示服从以后，卡杜达尔又策马往前奔去。

罗朗似乎犹豫了一下是否再跟他走，随后他好像决定要完成自己的职责一样。

"一干到底!"他说。

于是，他也向卡杜达尔的方向冲去，猛赶几下以后，便追上了他。

两个人很快便消失在黑暗之中。他们离那个火把照耀着的死去的教士，柴火燃烧着他的衣服的广场越远，黑暗也越加显得浓重了。

---

① 阿门：希伯来语。意即"诚心所愿"，基督教天主教祈祷的结束语。

·第三十四章·
乔治·卡杜达尔的外交

跟随在乔治·卡杜达尔后面的罗朗这时的感觉犹如一个大梦初醒，迷迷糊糊，正在逐渐接近他的黑夜和白天的分界线的人：他正在设法搞清他究竟是行走在梦境之中还是现实之中；他越是苦思冥想，越是疑惑不决。

有一个罗朗几乎崇拜得五体投地的人存在着；罗朗习惯于生活在包围着这个人的荣耀气氛之中，习惯于看到别人服从他的命令，自己也习惯于带着一种几乎是东方式的献身精神对他唯命是从；因此他对在法国的两端遇到了两个有组织的政权感到很奇怪；这两个政权是这个人的政权的敌人，并准备反对他的政权。请设想一下，有一个犹大·马加比①的犹太人，耶和华②的崇拜者，从童年开始就听到把耶和华称作王中之王，威力无比的神，复仇之神，军队之神，天神，可是突然之间碰到了埃及人的神秘的俄赛里斯③或者希腊人的怕人的朱庇特，请想想他会有多么惊奇。

他在阿维尼翁和布尔跟摩冈和耶户一帮子的奇遇，他在米齐拉克镇和拉特里尼泰村跟卡杜达尔和朱安党分子的奇遇，对他来说，似乎像是初次和某种陌生的宗教的进行奇异的接触；可是由于那种宁愿舍命探知奥秘的新入会者的勇气，他决心一走到底。

再说，他对这些有特殊性格的人也是不无钦佩的感情的；他略感惊奇地打量着这些和他的天主作对的泰坦巨神④。他完全感觉得到那些在赛荣修道院捅约翰爵士匕首的人，那些在拉特里尼泰村枪决瓦讷主教的人均非寻常之辈。

现在，他将看到些什么呢？他很快就会知道了；他们已经赶了五法里半路，天将拂晓了。

他们穿过特里东北面的田野，来到了瓦讷右面的特雷夫莱昂；始终由他的参谋长金树枝陪伴着的卡杜达尔，在快到特雷夫莱昂时又遇到了向前冲和冬之歌，他向他们下达了一些命令以后，便继续向靠右边的大路驰去，来到了从格朗尚延伸到拉尔雷的一片小树林的边缘。

走到那儿，卡杜达尔停了下来，接连学了三次猫头鹰的叫声，稍许过了一会儿，他带领的三百人已经围在他的身边了。

在特雷夫莱昂和圣诺勒夫方向天色已经微微泛白，不过这还不是旭

---

① 犹大·马加比：前二世纪中叶统治巴勒斯坦的犹太祭司家族，曾领导犹太人起义。约前一六六年犹大任领袖，绰号马加比（意为锤子），约前一六五年率军占领耶路撒冷，又在加利利、外约旦等地作战取胜。

② 耶和华：基督教对犹太教的唯一真神雅赫维的读法。

③ 俄赛里斯：又译奥西里斯。古埃及宗教中的王室丧葬神。形象为一木乃伊干尸，头部露出，并戴双重王冠，表示统治上埃及和下埃及；手持王权标志。四世纪罗马帝国基督教化后，对其崇拜渐衰。

④ 据希腊神话，泰坦巨神族曾和主神宙斯顽强斗争，最后失败入地狱。

日东升的光芒，而只是晨曦初露时的微光。

地上升起一片浓重的雾气，五十步以外就看不清。

卡杜达尔像在等什么消息，以便再往前挺进。

突然他们听到五百步开外响起了一声鸡叫。

卡杜达尔竖起耳朵，他手下的人相视而笑。

鸡又啼了一次，比刚才一次近了些。

"是他，"卡杜达尔说，"回答！"

离罗朗三步远的地方响起了狗吠声，声音像极了，年轻人虽然早知道是怎么回事，还是用眼睛去搜索这只在凄厉吼叫的畜生。

几乎就在同时，他们看到浓雾中有一个人在迅速迎来，他越靠近，他的形象也越清晰。

来人发现两个骑马的人，便走了过来。

卡杜达尔往前走了几步，一面把手指伸在嘴上，要对方和他轻声地讲。

因此那个人一直到靠近将军的身边时才停住了脚步。

"怎么样，刺儿花，"乔治问，"我们抓住他们了吗？"

"就像小老鼠在鼠笼子里一样，如果您愿意，他们没有一个回得了瓦讷。"

"那真是再好没有，他们有多少人？"

"一百个人，由将军亲自率领。"

"多少辆大车？"

"十七辆。"

"他们是什么时候开始走的？"

"他们离这儿大概有四分之三法里。"

"他们将走哪条路？"

"走格朗尚去瓦讷那条路。"

"因此如果我们顺着默孔到普莱斯科一线展开……"

"你就把他们拦住了。"

"这样就行。"

卡杜达尔叫他四个副官过来：冬之歌，向前冲，劈空和弹盒。

他们过来以后，他向每个人下了命令。

每个人都学了一下猫头鹰叫，带着五十个人离去了。

雾越来越浓，因此那每组五十个人走出一百步路以外，便像影子一般消失了。

卡杜达尔和剩下的一百来个人，还有金树枝和刺儿花停在原地。

卡杜达尔回到罗朗身边。

"那么，将军，"罗朗问他，"一切都像您预料的一样吗？"

"嗯，是的，基本一样，上校，"朱安党分子回答，"半个小时以后，您可以自己去判断了。"

"雾这么大，是很难判断的。"

卡杜达尔向周围望了望。

"半小时以后，"他说，"雾就会消散。您愿意不愿意利用这半小时稍许吃一点喝一点？"

"是啊，"年轻人说，"我承认走得有点儿饿了。"

"我呢，"乔治说，"我有习惯在战斗之前要尽量好好地吃一餐。"

"那么您要参加战斗了吗？"

"我想是的。"

"和谁打？"

"和共和分子呗，不过我们是和阿特里将军打交道，我想他不会不做抵抗就投降的。"

"那么共和国军队知不知道他们要和你们打仗。"

"他们没有想到。"

"因为这是一次突然袭击？"

"不完全是，因为待会儿雾会消失，那时候，他们就会像我们看到他们一样看到我们。"

这时候，他回头对一个似乎是负责给养的人说：

"蓝见愁，"卡杜达尔问，"有没有什么可以给我们当早餐吃的？"

蓝见愁点了点头，走进树林，牵着一头驮着两只篮子的驴子走了出来。

马上，一件披风铺在一个土丘上，披风上放上一只烤鸡，一小块新腌猪肉和一些面包和荞麦面饼。

这一次，蓝见愁比较奢侈：他搞来了一瓶葡萄酒和一只玻璃杯。

卡杜达尔向罗朗指了指这张已经安排好的桌子和临时放上的菜肴。

罗朗跳下马来，把缰绳交给一个朱安党分子，卡杜达尔也照此办理。

"现在，"他回头对他的人说，"你们有半个小时可以做我们做的同样的事情；如果半小时以后还没有吃完早饭，你们就得空着肚子打仗。"

这个邀请就跟一道命令一样，被迅速而正确地执行了。每个人都从自己身边的袋子里或者衣袋里掏出一块面包或者一张荞麦饼，学着将军的样吃了起来；将军已经为自己和罗朗把鸡撕开了。

因为只有一只杯子，两个人就在同一只杯子里喝酒。

他们两人就像在一起打猎后正在休息片刻的两位朋友一样并肩坐着，这时候天慢慢地亮了起来，就像卡杜达尔刚才说的那样，雾逐渐稀薄了。

不久就可以看到近处的树木，接着又看清了右面的从默孔到格朗尚一带的树林的轮廓，左面的普莱斯科普平原向地势较低的瓦讷方向伸展过去，平原中央有一条小河。

可以感觉得到，这块自然倾斜的土地是朝着大西洋方向伸去的。

很快就看到了从格朗尚到普莱斯科的大路上有一长列大车，它的后面几辆隐没在树林里面。

这长列大车一动也不动，显而易见，有什么没有预见到的障碍使它们难以前进。

果然，可以清楚地看到，在第一辆大车前面八分之一法里的地方，向前冲，冬之歌，劈空和弹盒带着他们两百个人挡住了道路。人数占劣势的共和分子——我们已经讲过他们只有一百个人——已经停止前进，他们在等待大雾全部消散，以便弄清他们要对付的敌人的数目。

人和车子都被围在一个三角形包围圈里面，卡杜达尔和他的一百来个人是这个三角形的一条边。

一看到这些被三倍兵力包围起来的少数的人，一看到这些标志着共和国蓝军的制服颜色，罗朗一下子就站了起来。

Les Compagnons De Jehu

至于卡杜达尔，他还是不紧不慢地在吃他的早餐。

围在将军四周的一百来个人，似乎没有一个在注意他们眼前的情景，就仿佛他们在等待着卡杜达尔向他们下达要注意对方的命令。

罗朗只要对那些蓝军看上一眼，便知道他们已经身陷绝境了。

卡杜达尔一直看着在年轻人脸上先后出现的各种不同的感情变化。

"怎么样，"等了一会儿这个朱安党分子问他，"您觉得我的部署好不好，上校？"

"您更可以说这是您的提防措施，将军，"罗朗带着讥讽的微笑说。

"这难道不是第一执政的老办法吗，"卡杜达尔问，"尽量利用自己得到的优势。"

罗朗咬咬嘴唇，他没有直接回答保皇派领袖的问题。

"将军，"他说，"我想再得到您一次照顾，希望您不要拒绝。"

"什么照顾？"

"允许我到我伙伴那儿去，一起被你们打死。"

卡杜达尔站起来。

"我正在期待着这个要求。"他说。

"那么，您同意了。"罗朗说，他的眼睛里闪现出喜悦的光芒。

"是的，可是在这之前，我也要请您办一件事。"保皇派的首领庄严地说。

"请说，先生。"

"做我的谈判代表，到阿特里将军那儿去，行吗？"

"什么目的？"

"在开始战斗以前，我要向他提几个建议。"

"我猜想，在这些承情您想要我带去的建议里面，不会有放下武器的建议吧？"

"相反，您知道，上校，首先就是这一条。"

"阿特里将军是不会投降的。"

"有可能。"

"那怎么办？"

"那么我给他另外两个他可能接受的建议作选择，我相信这是无损于荣誉的。"

"哪两个？"

"到时候我再对您说，先说第一条。"

"您措辞吧。"

"是这样的。阿特里将军和他一百个士兵被三倍于他的兵力包围了：我可以饶他们性命，可是他们要放下武器，并发誓五年以内不在旺代地区再使用它。"

罗朗摇摇头。

"这总比把他的人消灭掉的好，是吗？"

"就算是吧；可是他宁愿他的人被消灭，而且自己也和他们一起被消灭。"

"不管怎么样，"卡杜达尔笑着说，"您不认为首先征求他一下意见更好些吗？"

"对。"罗朗说。

"那么，上校，劳驾请骑上马去见将军，把我的建议转达给他。"

“行。”罗朗说。

“把上校的马牵来！”卡杜达尔对保管马的朱安党分子说。

他把马牵来给罗朗。

年轻人跳上马背，看着他迅速地越过了他和被阻住的车队之间的空地。

在这列车队的侧面有一群人；很清楚那是阿特里将军和他的几名军官。

罗朗向这群人奔去，他们在离朱安党分子大概有三枪射程的地方。

阿特里将军看见来了一个穿共和国上校制服的军官真是惊得目瞪口呆。

他离开那群人，迎向使者走了三步。

罗朗告诉了自己的身份，说明他为什么会在白军之中，随后他把卡杜达尔的建议转达给阿特里将军听。

就像年轻人预见的那样，阿特里将军拒绝了。

罗朗又回到卡杜达尔那里，心中充满了喜悦和骄傲。

“他拒绝了！”在对方能听见的距离便叫了起来。

卡杜达尔点了点头，表示他对这个拒绝一点也不感到惊奇。

“那么，既然他不肯放下武器，”他说，“那就把我第二个建议转达给他；要和您这样一位光明正大的仲裁人相称，我不愿意做任何亏心的事情。”

罗朗弯弯腰。

“第二个建议是这样的：请阿特里将军向我走来，走到我们两支部队的中间；他可以携带和我同样的武器，也就是他的军刀和两把手枪，事情就在我们两人之间解决；如果我把他杀了，他手下的人就按刚才我说的条件投降，因为，俘虏我们是没有用的；如果他把我杀了，那么他手下的人可以自由地回瓦讷去，不会受到阻挠。啊，我希望这是一个您可以接受的建议，上校！"

"因此，我为我自己表示接受。"罗朗说。

"是啊，"卡杜达尔说，"可是您不是阿特里将军，眼下，您只能做他的谈判代表；如果这个建议——要是我处在他的位置上我是不会放过这个机会的——还不能使他满意，那么，我好人做到底！您再回来，我再给他第三个建议。"

罗朗又走了；那面的共和分子以明显的不安在等待着他。

他把他的口信告诉了阿特里将军。

"公民，"将军回答说，"我的行动应该对第一执政负责，您是他的副官，我是要请您在回巴黎的时候在他面前为我作证的。如果您处在我的地位您怎么办？您怎么办我就怎么办？"

罗朗打了一个哆嗦；他就像一个在考虑荣誉问题的人一样神情严肃了起来。

过了几秒钟，他说：

"将军，我会拒绝的。"

"您的理由呢，公民？"将军问道。

"因为决斗取胜的机会是靠侥幸的，而您不能把这些勇敢的人的命运押在您的侥幸上面：因为在这样一件事情里面，每个人都应该为自己负责，每个人都应该尽自己所能来保卫他自己。"

"这是您的意见吗，上校？"

"以名誉保证。"

"这也是我的意见，把我的回答告诉保皇派的将军吧。"

罗朗又奔回卡杜达尔那儿，把阿特里将军的回答转告了他。

卡杜达尔微微一笑。

"我已经猜到了。"他说。

"您不会猜到的，因为，这个意见是我对他说的。"

"可是您刚才的意见完全相反嘛？"

"是的，不过是您提醒了我，我不是阿特里将军……那么我们来听听您第三个建议吧。"罗朗不耐烦地问道，因为他开始发现，或者更可以说，自从一开始，他已经发现保皇分子将军完全掌握着主动。

"我的第三个建议，"卡杜达尔说，"并算不上是一个建议，而是一个命令：我命令我两百个人后撤。阿特里将军有一百个人，我也带一百个人；我们布列塔尼人的祖先已习惯于刀对刀，枪对枪，针锋相对地作战，宁愿一个人打三个人，而不愿意三个人打一个人；如果阿特里将军取得了胜利，他就在我们尸体上走过去，太太平平地回瓦讷；如果他被打败了，他也将不能再说是因为数量上的原因……去吧，德·蒙特凡尔先生，留在您朋友中间；我让他们在数量上占了便宜：您一个人就抵得上十个人。"

罗朗举起帽子。

"您干什么，先生？"卡杜达尔问。

"我有习惯对一切我觉得崇高的事情致敬，先生，我向您致敬。"

"喂，上校，"卡杜达尔说，"最后一杯葡萄酒！我们大家都为各自所爱的，为在地上难以割舍的，为在天上希望看到的，干了这一杯。"

接着，他拿起酒瓶和那只唯一的酒杯，斟了半杯递给罗朗。

"我们只有一只酒杯，德·蒙特凡尔先生，请先喝。"

"为什么我要先喝？"

"因为，首先，您是我的贵客；其次，因为有一句谚语说，后喝的人会知道先喝的人的想法。"

随后，他笑笑接着说：

"我想知道您的想法，德·蒙特凡尔先生。"

罗朗一饮而尽，把空杯子还给卡杜达尔。

卡杜达尔像刚才为罗朗做的一样，为自己倒了半杯，一饮而尽。

"那么，现在，"罗朗说，"您知道我的想法吗，将军？"

"不知道，"卡杜达尔回答说，"谚语是假的。"

"那么，"罗朗以他习惯的坦率说，"我的想法是，您是一个勇敢的人，将军，在相互搏斗的时候我将感到非常荣幸，您一定愿意伸手给我吧。"

两个年轻人相互伸出手来紧紧握住，他们更像两个要长期分手的朋友，而不像是两个将在战场上相见的敌人。

在刚才发生的一切之中有一种纯朴的，可是又非常庄严的伟大气氛。

两人都举了举帽子。

"祝您运气好！不过请允许我对我的祝愿是否能实现表示怀疑。我应该向您承认，这句话我真的不过是口头上说说的，而不是我心里想的。"

"天主保佑您，先生！"卡杜达尔对罗朗说，"我希望我的祝愿将会实现，因为这完全是我心里的真实感情。"

"你们用什么信号告诉我们，你们已经准备好了呢？"

"向天开一枪，您那方面也开一枪作为回答。"

"好吧，将军。"罗朗回答。

说罢他又策马飞奔，第三次越过了保皇分子将军和共和分子将军之间的空间。

这时候，卡杜达尔举手指着罗朗说：

"我的朋友们，你们看到这个年轻人了吧？"

所有的眼睛都向罗朗望去，所有的嘴都在轻轻地说："看见了。"

"那么，我们南方的弟兄们已经把他托付给我们了；他的生命对你们来说是神圣的；你们可以抓住他，可是要活的，不能动他一根毫毛。"

"好，将军。"朱安党分子说。

"现在，我的朋友们，你们要记住，在离这儿十法里的普勒埃梅勒和若瑟兰之间，三十个布列塔尼人和三十个英国人打过一仗，结果是布列塔尼人赢了；而你们是这三十个布列塔尼人的子孙。"

随后他叹了一口气，轻声地接着说：

"不幸的是，这一次我们的对手不是英国人。"

雾已经全部消失了，就像在这种情况下总会发生的一样，有几道淡黄色的冬天的阳光把普莱斯科平原照得斑驳陆离。

两个队伍的行动都可以看得清清楚楚。

就在罗朗回到共和军那儿去的时候，金树枝也向他的两百个拦着大路的手下飞驰而去。

金树枝对卡杜达尔四个副官刚刚讲完，就看到一百个人向右方向的后面转去；而另外一百个人以一个相反的动作，向左方向的后面转去。

两队人向各自的方向走去：一队人走向普吕梅尔加，另一队人走向圣阿韦，把大路空了出来。

走了四分之一法里以后，这两队人都停了下来，把枪放下，枪托着地，一动不动地站着。

金树枝又回到了卡杜达尔那里。

"您对我有什么特别的命令吗，将军？"他说。

"有一个命令，"卡杜达尔回答说，"带八个人跟着我；如果你看到和我一起吃早饭的那个年轻的共和分子跌下马来，你和你那八个人就向他扑过去，在他挣扎起来以前把他抓住。"

"是，将军。"

"你知道我希望他是活的，没有受伤的。"

"已经讲过了，将军。"

"选好你的八个人；德·蒙特凡尔先生一抓住，他作出保证不再反抗以后，你们就可以随意行动了。"

"如果他不愿意作出保证呢？"

"那么你们就把他绑起来不让他逃走，随后看管着他一直到战斗结束。"

"好吧！"金树枝叹了一口气说，"不过，看着别人取乐，我们只能袖手旁观，真是没有意思。"

"唔，谁知道呢？也许所有的人都会有不如意的事情。"

随后，他对平原看了一眼，看到他的人已经闪开，共和军已经集结成战斗队形。

"拿一支枪来！"他说。

别人递给他一支枪。

卡杜达尔把枪举到头上，向空中放了一枪。

几乎就在同时，一声枪响在共和分子中间响起，就像卡杜达尔打的这一枪的回声一样。

人们听到两只战鼓在打着冲锋的鼓点，还伴随着军号声。

卡杜达尔在马镫上站了起来。

"孩子们！"他问，"是不是所有的人都做过早祷了？"

"是的，是的！"几乎所有的人都一致地说。

"如果你们当中有人忘记了，或者没有来得及做，现在就做。"

有五六个农民马上就跪下去做祈祷。

可以听到鼓声和军号声慢慢地由远而近。

"将军！将军！"有几个不耐烦的声音说，"您看，他们过来了。"

将军指指跪在地上的几个朱安党分子。

"应该这样，"几个感到不耐烦的人说。

那些做祈祷的人根据他们祈祷内容的长短一个一个先后起来了。

在最后一个站起来的时候，共和分子几乎已经越过了三分之一的距离。

他们分成三列向前走，枪上的刺刀向前挺着，每一列有三个人的纵深。

罗朗走在第一列的最前面，阿特里将军走在第一列和第二列之间。

他们两人是很容易认出来的，因为只有他们两个人骑马。

在朱安党分子中间，只有卡杜达尔一人骑在马上。

金树枝已经下了马，指挥着应该跟在乔治后面的八个人。

"将军，"有一个人说，"祈祷已经做完，大家都站起来了。"

卡杜达尔检查了一下，看到事实果然如此。

随后，他声音响亮地叫道：

"前进！去玩乐吧，我的孩子们！"

这道准许他们去玩乐的命令，对朱安党分子和旺代分子来说，就像战鼓和冲锋号一样，卡杜达尔话刚出口，朱安党分子就高喊着"国王万岁！"散开在平原上，一只手挥舞着他们的帽子，另一只手挥舞着他们的枪支。

不过，他们非但没有像共和分子一样紧紧地挤在一起，而是像狙击兵一样散了开来，形成一个以乔治为中心的巨大的半月形。

共和分子一下子就被包抄，枪声劈里啪啦地响了起来。

卡杜达尔的人几乎个个都是偷猎者，也就是带着射程比普通枪支远一倍的英国马枪的神枪手。

尽管首先开枪的那些人似乎还在射程之外，有几个死亡的使者还是进入了共和分子的队伍，有三四个人倒下来了。

"前进！"将军叫道。

士兵们继续挺着枪刺前进。

可是仅仅一刹那工夫，他们前面什么也没有了。

卡杜达尔的一百个人变成了散兵射击手，他们一下子像烟雾一样全消失了。

他们分散到两个侧翼上去，每边五十人。

阿特里将军面朝左右两面指挥。

随后听到了命令：

"放！"

放了两次齐射，枪声整齐规则，说明这是一支训练有素的队伍；可是几乎是毫无效果，共和分子射击的是一些单个的人。

朱安党人却并非如此；他们是向一大群人射击；他们每一枪都有所收获。

罗朗看到处境不利。

他向四周望望，他在烟雾之中看到了卡杜达尔，直挺挺一动不动地坐在马上，像一尊骑士的塑像一样。

他知道保皇分子的首领在等他。

他大叫一声，向他直冲过去。

卡杜达尔为了缩短对方一些路程，也策马飞奔过来。

可是跑到离罗朗一百步远的地方，他停住了。

"注意！"他对金树枝那一小队的人讲。

"放心好了，将军；我们准备好了。"金树枝说。

卡杜达尔从坐骑的皮袋里取出手枪，装上了子弹。

罗朗手里握着腰刀，俯在他的马脖子上向前冲来。

卡杜达尔在离罗朗二十步远的时候慢慢地向罗朗抬起手来。

在离开十步时，他开枪了。

罗朗胯下的坐骑的额头中间有一点白斑。

子弹打在这点白斑正中间。

马顿时毙命，连同它的骑士一起滚落在卡杜达尔的脚下。

卡杜达尔用马刺猛刺了一下自己那匹马的肚子，从摔下的马和骑士上面跳了过去。

金树枝和他的人已经作好准备，他们像一群美洲豹一样向被压在马尸下面的罗朗蹿了过去。

年轻人丢下腰刀想拔手枪；可是在他的手摸到枪袋之前，两个人已经各抓住了他一条胳膊，其他人把他从他胯着的马下拉了出来。

他们的行动干净利落，一望而知这是事先做好安排的。

罗朗愤怒地咆哮起来。

金树枝向他走去，把帽子拿在手里。

"我不投降！"罗朗叫道。

"用不到您投降了，德·蒙特凡尔先生，"金树枝非常有礼貌地说。

"为什么？"罗朗问道，在徒劳无益的反抗中他的力气已经用尽了。

"因为您已经被抓住了，先生。"

这件事是千真万确的，他也没有什么可以回答的了。

"那么，杀了我！"罗朗叫道。

"我们不想杀您，先生。"金树枝说道。

"那么，你们要怎么样？"

"要您向我们保证不再参加战斗；这样我们就放了您，您就自由了。"

"绝对不行！"罗朗说。

"请原谅我，德·蒙特凡尔先生，"金树枝说，"可是您这样做是不正大光明的。"

"什么!"罗朗叫道,他愤怒已极,"不正大光明,你侮辱我,坏蛋,就因为你知道我既不能自卫,又不能惩罚你!"

"我不是坏蛋,我也不是侮辱您,德·蒙特凡尔先生;不过我是说,如果您不做这样的保证,您就使我们的将军少掉了九个对他也许有用的帮手,这九个人不得不留在这儿看管您。大圆头对您可不是这样的;他比您多两百个人,可是他把这些人打发走了;而现在,我们是九十一个人对付一百个人。"

罗朗的脸涨得通红,随后马上又白得像死人一样。

"你说得对,金树枝,"他回答说,"不管是不是有人来救我,我反正投降了;你可以和你的伙伴一起去打仗。"

朱安党分子发出一阵欢呼,放开了罗朗,挥舞着帽子和枪支向共和分子冲去,一面喊道:

"国王万岁!"

罗朗失去了束缚,由于摔了下来而失去了武器,由于作出了诺言而丧失了斗志,走到还铺着刚才吃早餐时当作桌布的披风的小丘上坐了下来。

从那儿,他可以俯视整个战斗,连最小的细节都可以看到。

卡杜达尔在烟雾弥漫的战火中站在他的马上,像战神一样坚强和凶猛。

可以看到有十来个朱安党分子的尸体散布在各处。

可是始终聚集在一起的共和分子的损失明显地要比朱安党分子多出一倍。

一些伤员在空地上艰难地爬行着，聚集在一起，像一些被砸伤的蛇一样竖立起来，斗争着，共和分子士兵用他们的枪刺，朱安党分子用他们的刀子。

那些离得太远而不能像他们一样进行肉搏的受伤的朱安党分子，重新在他们的枪里装上子弹，跪起一条腿，开过枪后又倒了下去。

双方的战斗都是毫不留情的，难解难分的，残酷激烈的；人们可以感到内战，也就是这场你死我活的战争，在战场上挥动着它的火炬。

卡杜达尔骑在他的马上，绕着这座活堡垒打转，在离二十步的地方向着它放枪，有时用他的手枪，有时用一把双响长枪，他打过以后就扔掉，回过来时又把已经装好子弹的枪接过来。

他每打一枪就有一个人跌倒。

在他第三次重复这个行动时，一次齐射向他射来；这是阿特里将军特地献给他一个人的。

他在一片火光中消失了，罗朗看到他——他和他的坐骑——在烟雾中倒了下去，仿佛他和他的马都被击毙了。

十一二个共和分子冲出了队伍，和同样数目的朱安党分子拼杀。

这场肉搏战非常可怕，在这次战斗中，使用刀子的朱安党分子占了上风。

突然，卡杜达尔又重新站了起来，每只手里都握着一把枪；宣告了两个人的死亡：两个人倒下去了。

接着，从这十一二个人的缺口之中，他带着三十个人冲了进去。

他已经捡起一支长枪，拿来当作大头棒使用，每一下都击倒一个人。

他冲进了阵地，又从另一头出来了。

随后，他就像一头重新扑向一个被撞倒了的猎人，去掏他的内脏的野猪一样，又回到了已经撕开的伤口里面，把伤口扩大。

从那时起，一切都完了。

阿特里将军又集合起二十来个人，挺着枪刺，冲向包围着他的人。他徒步走在他的士兵们前面，他的马已经被捅破了肚子。

在打开包围圈以前倒下了十个人。

将军冲出了包围圈。

朱安党分子想追他。

可是卡杜达尔用他雷鸣般的声音吼叫道：

"原来是不应该让他通过的，现在既然他已经过去了，就放他走吧。"

朱安党分子对他们首领的话就像信仰宗教一样地服从。

"现在停火，"卡杜达尔叫道，"别再杀人了，抓活的。"

朱安党分子收缩了包围圈，把一大堆死人和在尸体中挣扎的受伤程度不同的伤员围了起来。

在这种战争里面，投降也是战斗，双方都枪毙俘虏：共和分子方面是因为把朱安党分子和旺代分子看作是强盗；另一方面是因为不知道把俘虏安置在哪儿。

共和分子都把他们的枪扔得远远的，为的是不把它们交出去。

在走近他们的时候，他们所有的弹盒都打开着。

他们已经打完了他们最后一颗子弹。

卡杜达尔向罗朗走去。

从这次血战开始到结束，罗朗一直坐在那儿，看着这次战斗，头上大汗淋漓，胸脯气喘吁吁，他在等待。

后来，他看到大势已去，就双手捧着脑袋，头冲着地上呆着。

卡杜达尔走到他前面，罗朗似乎没有听到他的脚步声；卡杜达尔碰碰他的肩膀，年轻人慢慢地抬起头来，并不想掩饰在他脸上流着的两滴眼泪。

"将军！"罗朗说，"请处置我吧，我是您的俘虏。"

"我们不会俘虏一个第一执政的大使的，"卡杜达尔笑着回答说，"不过我要请您为我做一件事。"

"请命令吧，将军！"

"我没有救治伤员的战地医院，也没有囚禁俘虏的监狱；就请您把这些被俘的或者受伤的共和分子带回到瓦恩去吧。"

"什么，将军？"罗朗叫道。

"我把他们送给您，或者把他们托付给您；我很遗憾您的马已经死了，我也很遗憾我的马也被打死了；不过还有金树枝的马可以给您，请接受吧。"

年轻人做了一个姿势。

"当然啰，到您能够另外搞到一匹的时候，可以还我。"卡杜达尔说，一面鞠了一躬。

罗朗懂得，他应该理解和他打交道的这个人，至少也不应该和他装模作样。

"我能再见到您吗，将军？"他站起来问道。

"我怕是见不到了，先生；路易港有行动，需要我去；您要去卢森堡宫述职。"

"我对第一执政说些什么呢，将军？"

"说您看到的东西，先生；他会对贝尔尼埃神父的外交和乔治·卡杜达尔的外交作出判断的。"

"根据我看到的情况，先生，我不相信您还需要我去做什么事情；可是，无论如何，请您记住，您在第一执政身边有一个朋友。"

他向卡杜达尔伸出手去。

保皇分子的首领用和他在战斗以前同样真诚坦率的态度握住了他的手。

"再见了，德·蒙特凡尔先生，"他对罗朗说，"我用不到再告诉您应该为阿特里将军说明理由了，对不对？这样一次失败和胜利同样光荣。"

这时候有人把金树枝的马牵来给共和国的上校。

罗朗跳上马去。

"还有，"卡杜达尔对他说，"在经过拉罗什－贝尔纳的时候，请打听一下托马斯·米利埃尔的情况。"

"他死了。"有一个人回答说。

国王的心和他四个人满头是汗，浑身泥浆，他们刚才赶到，想参加战斗，可是已经迟了。

罗朗向战场上又看了最后一眼，叹了一口气，向卡杜达尔告辞，随后策马快步穿过田野，到瓦恩的大路上等待运载伤员和俘虏的大车，他将负责把他们送还给阿特里将军。

卡杜达尔命令给每一个人发了一个值六利弗尔的埃居。

罗朗不由得想起，保皇分子首领布施的都是督政府的钱，是摩冈和他的一伙送到西部地区来的。

LES
COMPAGNONS DE JÉHU

·第三十五章·

提亲

罗朗回到巴黎以后，首先去见了第一执政；他带去了两个消息：旺代已经平定，可是布列塔尼的暴动却越演越烈了。

波拿巴了解罗朗：他讲的三件事——杀害托马斯·米利埃尔，审判奥德兰主教和格朗尚的一场战事——给他留下了深刻的印象；而且，在年轻人的叙述之中，很明显地带有一种阴暗的灰心失望情绪。

罗朗失望的是他又一次错过了被打死的机会。

此外，他仿佛还觉得有一种不可捉摸的权力在照顾着他；别人在危险中丧命，他却能安然脱险；在约翰遇到十二名审判官并被判处死刑的地方，他却只找到了一个鬼魂，这个鬼魂的确很厉害，可是又不伤害他。

他不无辛酸地责怪自己怎么去和乔治·卡杜达尔进行这场对方已胸有成竹的战斗，而没有去参加大混战，这样至少他可以杀人或者被人杀掉。

在他讲话的时候第一执政不安地望着他；他发现罗朗心里还是紧紧地抱着想寻死的念头不放，他原来以为罗朗回到故乡，和亲人团聚以后就会打消这种想法。

他把过错拉在自己头上，替阿特里将军开脱，并且还颂扬他；不过他又像一个士兵那样正直和公平，也称赞了卡杜达尔的勇敢和宽容，说他不愧是一个保皇分子的将军。

波拿巴神情严肃地，几乎带有一些忧郁地听他讲话；他热衷于可以扬名天下的对外战争；同时他对这种内战，这种内部流血、自相残杀的战争感到深恶痛绝。

就因为这个原因，他觉得似乎应该用会谈来代替战争。

可是和卡杜达尔这样一个人怎么谈判呢？

波拿巴完全知道，只要他自己愿意，他个人是有相当吸引力的，他下定决心要会见卡杜达尔，不过他没有对罗朗提起，准备到时候再对他说。

在这之前，他想知道一下他认为有相当军事才能的布律纳将军，会不会比他的前任更幸运一些。

他告诉罗朗他的母亲已经来到，并已被安置在胜利街的小房子里，随后他打发罗朗走了。

罗朗跳上一辆马车，叫马车夫把他送到胜利街去。

他在那儿见到了母亲。作为一个女人和一位母亲，德·蒙特凡尔夫人的幸福和自豪已经达到了顶点。

爱德华在前一天已被安置在法兰西陆军子弟学校。

德·蒙特凡尔夫人准备离开巴黎到阿梅莉那儿去，她一直在为阿梅莉的健康担忧。

至于约翰爵士，他非但脱离了危险，而且快完全复原了。他也在巴黎，他曾经来拜访过德·蒙特凡尔夫人，德·蒙特凡尔夫人恰巧带爱德华上陆军子弟学校去了，他留下了他的名片。

名片上有他的地址。约翰爵士住在黎塞留街米拉波客店。

时间是上午十一点钟，正是约翰爵士吃早餐的时间；罗朗现在去找他肯定不会扑空。他登上马车，吩咐马车夫把车子驰到米拉波客店。

果然他找到了约翰爵士，他正在享用一顿英国式早餐——这在当时是很少见的——他在大杯喝茶，吃着带血的牛排。

看到罗朗，约翰爵士发出一声欢呼，站起来向他奔去。

罗朗对这个脾气有点儿古怪，一心想把自己掩藏在奇特的民族气质里的英国人怀有一种深挚的感情。

约翰爵士脸色苍白，瘦了一些；不过他身体很好。

他的伤口已经完全愈合收瘢；除了一种日渐减轻，肯定就会完全消失的发胀的感觉，他基本上已经恢复健康了。

约翰爵士对罗朗也非常亲切，这和他的落落寡合的性格是不太相称的；他声称他重新见到罗朗是那么高兴，使他觉得马上就要全部复原了。

首先，他请罗朗和他分享早餐，并改用法国式早餐招待他。

罗朗接受了；可是就像所有在大革命时期——这时候经常缺少面包——进行过艰苦战争的士兵一样，罗朗对饮食并不过分挑剔，他对任何烹调方法都能习惯，因为他预见到也许将来有些日子根本谈不上什么烹调法。

因此约翰爵士请他吃法国式早餐的一片美意几乎是完全被忽视了。

可是约翰爵士似乎心中有事却没有被忽视，被罗朗注意到了。

很明显，他朋友有一个秘密要告诉他，可是还在犹豫。

罗朗认为应该助他一臂之力。

因此，在早餐进行到最后阶段时，罗朗两个肘子抵在桌子上，双手托着下巴，以他那种近乎粗鲁的直率语气说：

"喂，我亲爱的爵士，您有什么想法想对您的朋友罗朗说，可是又不敢对他说的事情吗？"

约翰爵士哆嗦了一下，他那苍白的脸一下子红了起来。

"见鬼！"罗朗接着说，"大概这件事您难以出口吧；不过，即使您对我的要求很高，我也不知道我有没有权利拒绝您，您请讲吧，我听着。"

说完，罗朗就闭起眼睛，似乎是为了集中精力倾听约翰爵士将要告诉他的事情。

不过，从塔兰爵士的角度看，这件事的确是相当难于启口的；十几秒钟过去了，约翰爵士还是没有吭声，罗朗又张开了眼睛。

约翰爵士的脸又变成苍白色了；而且要比刚才涨红以前还要苍白。

罗朗向他伸出手去。

"喂，"他说，"我看您是想向我抱怨，您在黑色喷泉府受到的接待不满意。"

"啊，我的朋友；由于我在府上的小住，对我今后一生是否能够得到幸福起了决定性作用。"

罗朗紧紧地盯着约翰爵士看。

"啊，天啊！"他说，"我是不是有幸？……"

可是他又不说下去了，他懂得，从一般的社交习俗来看，他也许会犯一个不合礼仪的错误。

"啊！"约翰爵士说，"请讲下去，我亲爱的罗朗。"

"您要我讲下去吗？"

"我请求您讲下去。"

"如果我搞错了呢，如果我讲出什么蠢话来呢？"

"我的朋友，我的朋友，请讲下去。"

"那么我就讲下去，爵爷，我是不是有幸可以认为，阁下屈尊爱上了我的妹妹。"

约翰爵士欢叫了一声，扑进了罗朗的怀里，动作异常迅速，别人根本想象不到，这个神情如此冷漠的人会有如此兴奋的举动。

"令妹是个天使，我亲爱的罗朗，"他大声说道，"我真心实意地爱她！"

"您没有任何牵挂吗，爵爷？"

"没有任何牵挂，我十二年来，我已经对您说过了，一直享用着一笔财富，这笔财富有二万五千英镑的年金。"

"这太多了，亲爱的朋友，对一个只能给您带来五万法郎嫁妆的女孩子来说，这真是太多了。"

"喔！"英国人带着他民族语言的声调说，这在他过分激动的时候经常会发生的，"如果一定要放弃财产，我可以放弃。"

"不，"罗朗笑着说，"这是没有用的；您很富有，这是个不幸，可是有什么办法呢? ……不, 问题根本不在这儿, 您爱我的妹妹吗? "

"喔! 我太爱她了! "

"可是她呢, "罗朗也滑稽地模仿着他朋友的英国腔说, "她爱您吗, 我的妹妹? "

"您完全了解, "约翰爵士接着说, "我还没有问过她, 我亲爱的罗朗, 我应该首先问您; 如果这件事您不反对, 那么就请您代我去向令堂大人提; 如果你们两人都同意了, 我再表示我的爱情; 或者, 我亲爱的罗朗, 由您替我表示, 因为, 我, 我永远也不敢。"

"那么, 我是第一个听到您这些知心话的? "

"您是我最好的朋友, 当然应该这样。"

"好吧, 我亲爱的, 在我这里, 您当然会得到赞同的。"

"还剩下您母亲和您妹妹。"

"她们等于是一个人。您要知道: 我母亲完全由阿梅莉自己作主; 我也用不到再对您说, 如果选中的是您, 她一定会非常高兴。不过还有一个人您没有考虑到。"

"还有谁? "约翰爵士问, 他就像一个对某个计划早已考虑再三, 对各种不利因素也——盘算过了的人, 突然遇到了一个他没有预计到的困难。

"第一执政。"罗朗说。

"God①……! "英国人不禁漏出了半句英国式的诅咒。

"在我去旺代以前, 第一执政恰好向我提起了我妹妹的婚事, 说这

———————————
① 英语: 上帝; 老天爷。

件事我们——我母亲和我——可以别管了，完全由他负责。"

"那么，"约翰爵士说，"我完了。"

"为什么这样说？"

"第一执政，他不喜欢英国人。"

"应该说是英国人不喜欢第一执政。"

"那么谁能把我的愿望讲给第一执政听呢？"

"我！"

"而您要把这件事作为一件您自己感到满意的事提出来，是吗？"

"我要把您变成两个民族之间的和平鸽。"罗朗站起来说。

"喔！谢谢。"约翰握住年轻人的手高声说道。

接着，他不无遗憾地说道：

"您要离开我了吗？"

"亲爱的朋友，我请了几小时的假：我把一小时给了我母亲，两小时给您，还要给一个小时给您的朋友爱德华……我要去拥抱他，告诉他的老师，让他任意和他的同学们去打架，别去管他；随后我再回卢森堡宫去。"

"那么，请代我问候他，告诉他说我已经替他定了一对手枪；如果他再遭到强盗攻击，就用不到使用押车的手枪了。"

罗朗看看约翰爵士。

"又发生什么事了？"他问。

"什么，您不知道吗？"

"不知道，究竟是什么事？"

"这件事情几乎把我们的阿梅莉吓死！"

"什么事？"

"拦劫公共马车。"

"哪辆公共马车？"

"您母亲坐的一辆。"

"我母亲坐的一辆？"

"是的。"

"我母亲乘的那辆马车遭到拦劫了？"

"您已经见过令堂大人了，她什么也没有对您说吗？"

"至少关于这件事，一句话也没有提。"

"是这样的，我亲爱的爱德华变成英雄了！因为没有一个人进行抵抗，他抵抗了。他拿起押车的手枪就开。"

"勇敢的孩子！"罗朗叫道。

"是的，可是很不幸，也许是很幸运，押车很谨慎，已经把子弹卸下了；爱德华作为一个英勇绝伦的孩子受到了耶户一帮子的爱抚，可是他既没有打死，也没有打伤一个人。"

"您讲的话是否完全真实？"

"我再向您说一遍，您妹妹为这件事几乎吓死。"

"很好。"罗朗说。

"什么，很好？"约翰爵士说。

"是的，……我更有理由要去看爱德华了。"

"还有什么？"

"一个计划。"

"您会告诉我的吧？"

"唉，不行；我的计划，是我的，对您来说也许并不太好。"

"可是，您知道，亲爱的罗朗，是不是要回报一下呢？"

"那么，我为我们两个人承担，您在恋爱，我亲爱的爵爷，您就生活在爱情之中吧。"

"您答应始终帮我的忙吗？"

"当然啰，我非常想把您叫作兄弟。"

"您叫我朋友已经叫得不耐烦了吗？"

"唉，是啊： 这似乎太不够了。"

"谢谢。"

两个人握握手就分别了。

一刻钟以后，罗朗来到了法兰西陆军子弟学校，也就是今天路易大帝中学的所在地，圣雅克街的上坡，索邦大学后面。

一听到校长对他说的第一句话，罗朗就感到他的兄弟是受过特别关照的。

校长派人去把孩子找来了。

爱德华满怀崇敬的激情扑进了他大哥哥的怀里。

罗朗在和他拥抱过以后，和他谈起了拦劫公共马车的事件。

如果说德·蒙特凡尔夫人对这件事一字未提，塔兰爵士没有详谈细节，那么爱德华就大不一样了。

这次拦劫公共马车是他个人的《伊利亚特》①。

他把这件事详详细细，一五一十地讲给罗朗听： 热罗姆和强盗串

---

① 《伊利亚特》： 古希腊行吟诗人荷马（约公元前九到前八世纪）的著名史诗。

通一气，手枪里只装了火药；她母亲晕过去，又奇迹般地得到使她晕过去的那些人的援救；这些攻击驿车的人知道他的洗名；最后还有，那个援救德·蒙特凡尔夫人的人的面具掉下来了，他的脸露出了一会儿，因此德·蒙特凡尔夫人大概看到了他的相貌。

罗朗对这一个细节特别留意。

随后孩子又讲到第一执政的接见，如何拥抱他，抚爱他，疼他，最后把他托付给了法兰西陆军子弟学校的校长。

罗朗从孩子那里知道了所有他想知道的事情；从圣雅克街到卢森堡宫只有五分钟路，五分钟以后他已经在卢森堡宫里了。

LES
COMPAGNONS DE JÉHU

·第三十六章·

雕刻和绘画

罗朗回到卢森堡宫的时候，宫里的挂钟指着下午一点钟。

第一执政和布里埃纳在工作。

如果我们写的只是一本普通的小说，我们也许会急于结束，为了急于结束，我们也许会忽视某些细节，那么肯定，有些伟大的历史人物的形象就会一笔带过。

我们的意见完全不同。

从我们手里拿起羽笔那天开始——至今足足已有三十年了——不管我们的思想是集中在一场戏剧里面，还是展开在一本小说里面，我们总是有一个双重目的：教育与娱乐。

首先我们谈谈教育；因为对我们来说，娱乐只是教育的面具。

我们成功了没有？我们相信是成功了。

我们马上就要跟着我们的故事——不管故事发生在什么时间——驰骋很长一段时间：从《萨莉丝比里伯爵夫人》到《基度山伯爵》①，

中间包括五个半世纪。

因此，我们有这个奢望，已经把五个半世纪里面的历史告诉了法国人，并且和任何历史学家告诉法国人的一样多。

而且，尽管我们的意见是众所周知的，尽管不论在波旁家属长支、还是在波旁家属幼支的统治之下，不论在共和国政权还是在现政府统治之下，我们始终响亮地表明了我们的意见，我们却不相信我们这个意见曾经在我们的剧本和小说里不合时宜地披露过。

我们很欣赏席勒的《唐·卡洛斯》里的波萨侯爵；可是，如果我们是席勒的话，我们也许不会把时代精神提前那么许多时间，把一个十八世纪的哲学家放在十六世纪的英雄当中，让一个百科全书派出现在菲利浦二世的宫廷里。

因此，就像我们曾经是——从字面上来说——君主政体时的君主主义者，共和国时期的共和主义分子，我们今天是执政府时期的复兴分子。

这决不妨碍我们的思想在人类和时代上面翱翔，给每一个人一份或好或坏的评价。

可是这一份，任何人——除了天主——都没有权利由一个人给。那些埃及的国王，在被交给陌生人的时候，在他们的坟墓前面被评价，可是这个评价决不是由一个人作出的，而是由全体人民作出的。

所以人们说：“人民的评判就是上帝的评判。”

历史学家、小说家、诗人、剧作家，我们这些人什么也不是，只是

---

① 《萨莉丝比里伯爵夫人》和《基度山伯爵》均是大仲马的著作。前书的时代背景在十四世纪，后书的时代背景在十九世纪。

某个陪审团主席，任务就是不偏不倚地把大家的争论意见归纳起来，让审判官去作出判决。

书，就是这种归纳的梗概。

读者，就是陪审团。

我们要描写的不但是当今世界的，而且是任何时代的一个最伟大的人物；我们要描写的这个人正处于他自身的过渡时期，也就是处于从波拿巴变成拿破仑，从将军变成皇帝这一时期。所以，为了怕有什么不公之论，我们不作评论，仅写事实。

我们不同意这些人的意见，他们说："是伏尔泰说的：'在自己随身仆人眼里，永远也当不了英雄。'"

如果这个随身仆人是近视眼，或者嫉妒者——人类的这两个弱点相像得出乎人们的想象——那么是可能的。

我们，我们同意这样的意见，一个英雄可以成为一个好人，可是一个好人，既然是一个好人，也就不失为是一个英雄。

在公众面前英雄是什么？

一个才华暂时压倒感情的人。

在人们私下议论里英雄是什么？

一个感情暂时压倒才华的人。

历史学家们，评价才华。

人民，评价感情。

查理大帝是谁作的评价？历史学家们。

亨利四世是谁作的评价？人民。

根据您的意见，谁评价得好些呢？

Les Compagnons De Jéhu

那么，如果判断要准确，如果要上诉法庭——它不是别的，只是指后世的人——同意现代人的判决，决不能只照亮要描绘的人的一个部分：必须绕着他转一圈，在太阳照不到的地方，就用火把，甚至蜡烛照亮他。

我们再回过头来谈波拿巴。

我们已经说过，他在和布里埃纳一起工作。

第一执政在卢森堡宫的时间是怎样安排的？

他早上七八点钟起床，马上传唤一个秘书——布里埃纳是他最喜欢的——和他一起工作到十点钟。十点钟，有人来通知早饭已经准备好；约瑟芬，奥当丝和欧琴尼①在等着；或者全家人，也就是和值班副官以及布里埃纳一起已经入席了。早餐以后，他就和食桌上的常客和邀请来的客人——如果有的话——谈话；这样的谈话进行一个小时，一般来说，第一执政的哥哥约瑟夫和弟弟吕西安也参加这次谈话，还有勒尼奥·德·圣-让-当热利，布莱（德·拉默尔特），蒙日，贝托莱，拉普拉斯②，阿尔诺。康巴塞雷斯中午来到。

一般来说，波拿巴和他这位同僚谈半个小时；随后，突然之间，出人意料地站起来说：

"再见，约瑟芬！再见，奥当丝！……布里埃纳，我们去工作。"

这些话，几乎每天都在同一个时间，用同样的措辞讲出来的；讲过之后，波拿巴便走出客厅，回到他的书房里。

在那儿，工作没有什么一定之规；有时是一些紧急的事情，有时是

---

① 奥当丝和欧琴尼是约瑟芬和前夫所生的两个女儿。
② 拉普拉斯（1749—1827）：法国著名数学家、物理学家和天文学家。

一些心血来潮的事情。或者是波拿巴口授，或者是布里埃纳念给波拿巴听；随后，第一执政上议会去了。

在最初几个月，他要上议院去时，总是不得不穿过小卢森堡宫的院子；这件事，每逢下雨天，使他非常恼火；可是，到十二月底的时候，他下决心在院子里搭个棚。因此，从那时起，他回到他办公室时总是心情愉快地唱着歌。

波拿巴唱的歌几乎和路易十五一样走调。

一回到办公室里，他就检查他原先吩咐要做的工作，在几封要发出去的信上签了名，躺坐在他的扶手椅里，一面谈话，一面用他的小刀削扶手椅的一只扶手；如果他不是在谈话，他就再看看头天的来信，和当天的报告，有时候笑笑，还带着一点儿稚气；接着又像从梦中醒来似的突然站起来说：

"写，布里埃纳！"

这时候，他便指指一座要新建的建筑物的平面图，或是口述一个宏伟的计划，一个宏伟得使全世界感到震惊，更可以说，使全世界感到恐怖的计划。

五点钟用晚餐，晚餐以后，第一执政又上楼到约瑟芬房间里去，他习惯在那儿接见各部部长，特别是接见外交部部长德·塔列郎先生。

到午夜时分，有时候稍许早些，可是从来不迟于这个时间，他会突然做一个要告退的姿势，一面说：

"我们去睡吧！"

第二天，早上七点钟，又开始了同样的生活，这种生活只有在发生意外情况时才被打乱。

描写了这位伟大的天才的特殊习惯的细节——这是我们一定要介绍的他的一般外貌——以后，我们似乎应该比较仔细地把他描绘一番了。

波拿巴第一执政留下的他个人的纪念像要比拿破仑皇帝留下的少；可是因为一八一二年的皇帝纪念像和一八〇〇年的第一执政纪念像基本上没有什么不同，我们要尽可能用我们的羽笔把那些画笔难于勾勒的线条以及青铜和大理石无法镂刻的面貌显示出来。

大部分画家和雕塑家——他们都是这个著名的艺术时期引以为荣的鲜花，像格罗①、达维②、普罗东③、吉鲁代④和布西奥⑤那样的人——都曾想给下一代保留下这个曾经主宰过世界命运，在各个不同时期被召唤来显示伟大的天启的人的容貌；因此我们现在可以看到一些波拿巴总司令、波拿巴第一执政和拿破仑皇帝的画像和塑像。尽管这些画家和雕塑家有幸多少抓住了他脸上一些面貌特征，可是我们可以说，没有一幅油画，也没有一座半身像——不管是将军，是第一执政，是皇帝——是和他本人完全相像的。

那是因为，任何人、即使是一个天才，也做不出不可能的事来；那是因为，在波拿巴一生中的初期，别人也许会描绘或者雕塑他那隆起的颅骨，他那因多思而满布皱纹的额头，他那拉长了的苍白的脸，他那花岗岩般的肤色和他习惯于沉思默想的外貌；那是因为，在他一生中的第二个时期，别人也许会描绘或者雕塑他那放宽了的前额，他那非常清秀

---

① 格罗（1771—1835）：法国画家。
② 达维（1748—1825）：法国画家。
③ 普罗东（1758—1823）：法国画家。
④ 吉鲁代（1767—1824）：法国画家。
⑤ 布西奥（1768—1845）：法国雕塑家。

的眉毛，挺直的鼻子，抿紧的嘴唇，完美得少有的翘起的下巴；总之，他的脸庞已经变成了一面奥古斯特圣牌。可是不论是半身座像还是画像，都不能表现超出模仿范围之外的东西，那就是他那变幻不定的眼神；人的眼神就是天主的闪电——证明天主神性的东西。

这种眼神，在波拿巴身上能迅如闪电地服从于他本人的意志。在同一分钟里面，从他眼帘下射出的目光有时候像一把猛然出鞘的匕首的锋刃一样锐利刺人，有时候又像一缕阳光或者一下抚爱那样温柔亲切；有时候严肃得像在审问或者可怕得象在威胁。

波拿巴每一种眼神都表明了一种在他脑子里翻腾着的思想。

在拿破仑身上，这种眼神，除了在他一生中某些重要时机，并不活跃，经常停滞不动；可是这种停滞却更难表现：它就像是一把一直钻到被他注视着的人的心里的螺旋钻，仿佛想探测藏在他内心最深处的隐秘想法。

当然，大理石和油画完全可以表现这种停滞的眼神；可是它们都不能赋予这个眼神生命，也就是说表达不出这种眼神的渗透性和吸引力。

心烦意乱的人眼睛是黯淡模糊的。

波拿巴，即使在他比较消瘦的时候，他那双手也是很漂亮的；他总是让他一双手优雅地显露出来。在他发胖的时候，他那双手变得更美妙了；他那双手保养得非常好，在讲话的时候，他还经常很得意地望着它们。

他对自己的一副牙齿也同样非常爱护；他的牙齿的确很美，可是远远比不上他那双手那么动人。

在他散步的时候，不管是他一个人，还是和别人一起在他的套房里或者花园里散步，他走路时身子总是微微弯曲，就好像他的脑袋太重，不胜负担一样；他两只手抄在背后，右肩经常不由自主地牵动一下，就像肩膀上的神经在抽动一样；而且同时，他的嘴从左到右也牵动一下，这个动作和肩膀上的动作似乎是有连带关系的。不过这些动作，不管怎么说，并非痉挛。这只是一种普通的习惯性的抽搐，说明他脑子里正在考虑一件大事，各种念头在打架；因此，在将军，第一执政或者皇帝的脑子里酝酿什么雄图大略时，这种抽搐便发作得更加频繁。他就是在这样的散步——一面牵动着他的肩膀和嘴巴——以后口授他最重要的照会的；在战场上，在军队里，在马上，他是不知疲倦的，在日常生活中几乎同样如此，有时候他一连走上五六个小时自己还没有觉察到。

有时候他和一个亲密的朋友一起散步，他就习惯地挽着他交谈者的胳膊，靠着他。

在我们把他介绍给我们读者的时候，他的身子是非常单薄，非常瘦小的，可是他已经在关心他未来的肥胖；他经常对布里埃纳讲这样奇怪的体己话：

"您看，布里埃纳，我生活有多么节制，人有多么清瘦；可是我老是会想到，到四十岁时我会变成一个非常贪吃的人，我会变成一个大胖子。我估计我的身材会有变化，因此我经常锻炼；可是，有什么办法呢！我有一种预感，我肯定会发胖的。"

大家知道后来海伦娜岛上的囚徒胖到何等程度！

他对洗澡有一种真诚的爱好，这种洗澡对他的发胖肯定是大有帮助的。洗澡是他不可缺少的需要，他每两天洗一次澡，每次洗澡两小时，同时叫人念报纸和小册子给他听；在听人念的时候，他一刻不停地去拧开热水龙头，把洗澡水的温度升高到诵读人难以忍受的程度，而且这时候诵读人连字也看不清楚了。

这时候他才允许别人把门打开。

有人谈起过他的癫痫病，据说在打第一次意大利战役时，他就曾发过这种病；布里埃纳在他身边待了十一年，却从来没有看到过他有这种疾病。

另一方面，他在白天似乎是一个不知疲倦的人，夜里却非睡不可，尤其是在我们讲到他的这个时期更是如此。不论他是波拿巴、将军，或者第一执政的时候，他总是叫别人熬夜，自己睡觉，而且睡得非常熟。他到午夜睡觉，我们说过，有时甚至睡得还要早些。早晨七点钟别人走进他的卧室去叫醒他的时候，他总是还没有醒；一般来说，他一叫就醒；可是有时候，他还迷迷糊糊地醒不过来，结结巴巴地说：

"布里埃纳，我求求你，让我再睡一会儿吧。"

如果没有什么紧急的事情，布里埃纳到八点钟再来叫他；否则就逼他起身，于是波拿巴就骂骂咧咧地起来了。

他一天睡七个小时，有时候睡八个小时，下午打一个盹儿。

因此他对夜里的工作有专门指示。

"夜里，"他说，"一般来说，你们尽量少到我的房间里来：决不要因为有好消息而叫醒我：好消息是可以等的；如果是坏消息，就马上叫醒我，因为坏消息一定要马上知道。"

波拿巴起身以后，相当仔细地梳洗一番；他的随身男仆进来替他刮胡子、梳头发；在替他刮胡子的时候，有一个秘书或者副官来念报纸给他听，开始时总是念《箴言报》。只有念到英国报纸和德国报纸时他才注意听。

"跳过去！跳过去！"在念到法国报纸的时候他就说，"我知道这些报纸说些什么，因为他们只说我要说的话。"

波拿巴在他的卧室里梳洗完毕以后，便下楼到他的书房里去。我们上面已经讲到过他在书房里做些什么。

十点钟，我们也说过了，有人来通知早饭准备好了。

来通知的人是膳食总管，他是这么通知的：

"将军，请用餐！"

就这样，没有任何头衔，甚至第一执政的头衔也没有。

早餐很简单；每天早晨，都有一道波拿巴喜欢吃的菜，他几乎每天早晨都吃：加蒜泥的油炸子鸡。后来这道菜在饭店菜单上的名字是"马伦哥子鸡"。

波拿巴喝酒很少，只喝波尔多葡萄酒和勃艮第葡萄酒，他比较偏爱的是勃艮第葡萄酒。

在早餐以后和午餐以后，他都喝一杯清咖啡；在两餐之间从来不喝。

如果他工作到深夜一点钟，那么给他送来的不是咖啡，而是朱古力；和他一起工作的秘书也有一杯和他同样的饮料。

大部分历史学家、编年史作家和传记作家都说波拿巴喝大量的咖啡，还说他毫无节制地吸烟。

这两个说法都是无稽之谈。

从二十四岁开始，波拿巴就染上了吸鼻烟的习惯，但是只吸到脑子仍然保持清醒的程度；他习惯上不是像传说中那样的从背心口袋里掏鼻烟吸，而是用一只鼻烟壶，他几乎每天都换一只新的鼻烟壶；从收藏鼻烟壶这一点来看，他有点儿像腓特烈大帝①。如果他偶尔从背心口袋里掏鼻烟吸，那也只是在他战斗的日子，因为他不能在骑马穿越枪林弹雨时，同时握马缰绳和拿鼻烟壶；在这些日子他就穿一件背心，背心的右面口袋里衬着加上香料的皮夹里；在他上装右下方有一个新月形的缺口，可以让他把拇指和食指伸进里面的背心口袋而用不到解开上装；这样他就可以不管遇到什么情况，不管他是快步跑或是慢步走，都可以随心所欲地吸他的鼻烟。

在他做将军和第一执政的时候，他不戴手套，只是用左手拿着手套，揉着；在做皇帝的时候，他有了进步，戴上了一只；因为他不但每天换手套，而且每天要换两三次，他的随身男仆想出了一个办法，只重做一只手套，和他没有使用过的一只配成一对。

波拿巴有两样酷爱的东西，拿破仑继承下来了：战争和纪念像。

他在军营里总是高高兴兴，几乎是嘻嘻哈哈的，在休息的时候却变得脸色阴沉，冥思苦想起来；这时候，为了消愁解闷，他就求助于艺术的灵感，向往着这些巨大的纪念像，这些纪念像他已经着手做了很多，并已完成了一些。他知道纪念像是人民生活的一部分；纪念像是他的用大写字母写的历史；一直到几代人在地球上消失很久以后，这些时代的标杆还继续站立着；罗马因为有它的废墟而仍旧活着；希腊通过它的纪念像还在讲话；埃及，这个光辉而神秘的幽灵，依靠它的建筑物而耸立

---

① 腓特烈大帝（1712—1786）：普鲁士国王（1740—1786）。

在文明世界的入口处。

可是他所最最喜欢的，他所最最热爱的，是声誉，是名望；因此他就需要战争，这是对光荣的渴望。

他经常说：

"巨大的声誉，就是巨大的名望；名望越大，传得越远；法律、制度、纪念物、民族，一切都会毁灭，可是名望还在，而且还会回响在以后的几代人之中。巴比伦王国和亚历山大帝国毁灭了，塞弥拉弥斯①和亚历山大还活在人们心中；由于对他们的声誉的一再传播，一个世纪一个世纪地重复、增色，也许他们的声誉已经变得比他们的实际更伟大了。"

接着，他把这些非凡的想法和自己结合起来了。

"我的权力，"他说，"和我的光荣有关，而我的光荣来自我赢得的战斗；靠了征服我才有今天，唯有征服才能使我维持下去。一个新产生的政府需要干出一些使人震惊的丰功伟绩；如果它不再闪光，它就要熄灭；如果它不再令人感到伟大，它就要垮台。"

很久以来他一直是一个科西嘉人，不耐烦地等待着征服自己的祖国。可是葡月十三以后，他已经变成一个真正的法国人了，并达到了真诚地热爱法兰西的程度；他的梦想，就是要看到法国的伟大、幸福、强盛，成为各民族光荣和艺术的顶峰！在使法国伟大起来的同时，他当然也和它同时伟大起来了，他的姓名也必然地和这种伟大结合在一起。他脑子里始终有这个想法，对他来说，现实已经消失在未来之中；任何地

---

① 塞弥拉弥斯：古代东方传说中的巴比伦王国的王后，据说古代七大奇迹之一，巴比伦的"空中花园"即她所建。

方掀起战争风云，他首先想到的是法兰西，把其他一切东西和一切国家置之度外。亚历山大在伊苏斯①和阿尔贝尔②战役以后说："雅典人会怎么想？"波拿巴在里沃利和金字塔战役以后说："我希望法国人会对我满意。"

在战斗之前，这位现代的亚历山大很少关心如果胜利了怎么办，而对如果遭到挫折考虑得很多；他比任何人都相信，一点微不足道的小事有时候会决定一些巨大事件的命运；因此他更关心的是预测各种重大事件，而不是去挑动诱发它们；他看着它们产生，看着它们成熟，然后，等时机一到，他就出场了；抓住它们，控制它们，引导它们，就像一个经验丰富的驯马手制服一匹烈马一样。

他在革命时期中的迅速发迹，他所安排和看到的政治变幻，他所操纵的各种事件使他对人类产生了某种轻蔑情绪，再说他本来也并不尊敬他们，因此他嘴边经常挂着这么一条格言：

"要动摇一个人有两根撬棒：威胁和利诱。"

由于他认识到了这句话的真实性，这句话就更加可悲了。

波拿巴有了这样的感情，他大概不会相信，或者根本不相信有什么友谊了。

　　"他不是对我说过多少次了吗，"布里埃纳说，"'友谊只不过是一句空话；我谁也不爱，甚至我的同胞手足也不爱……也许我对约瑟夫稍许有点儿感情，而且，即使我爱他的话，也只是因为这是一种

---

① 伊苏斯：小亚细亚城市。公元前三三三年，亚历山大在此打败波斯王大流士三世。
② 阿尔贝尔：亚述古国城市。公元前三三一年，亚历山大在此打败波斯王大流士三世。

习惯,他是我的哥哥……迪罗克①,是的,我喜欢他,可是为什么喜欢他呢? 因为我喜欢他的性格,因为他冷静、刻板、严肃,而且迪罗克从来不掉眼泪! ……再说,我为什么要爱别人呢? 你以为我有真正的朋友吗,我? 只要我还是保持我现在的地位,我是有朋友的,至少表面上如此;可是有朝一日我倒霉了呢,您等着瞧吧! 树木在冬天的时候是没有叶子的……喂,布里埃纳,让妇女们去哭鼻子吧,这是她们的事情;可是我,我可没有那么容易动感情;手要辣,心要狠,否则就不要打仗,不要参与政治。'"

在私人交往之中,波拿巴在中学里是一个喜欢开玩笑的人,可是他开的玩笑没有什么恶意,而且从来也不会得罪人的;他很容易发火,可是马上就会烟消云散;有什么话就说,说过后哈哈大笑一下事情就算过去了。如果涉及了公事,不管是他副官还是部长犯的错误,他都要大发雷霆,他这种脾气是相当激烈相当粗暴的,有时候是侮辱人的;他猛然一击,别人不管服不服一定得低头;他对若米尼②以及贝卢诺公爵③就曾发过这样的脾气。

波拿巴有两类敌人,雅各宾分子和保皇分子;他憎恨前者,惧怕后者;在他谈起雅各宾分子时,他称他们为谋杀路易十六的人;至于保皇分子,那就是另一回事了: 真好像他已经预见到以后国王会复辟一样。

---

① 迪罗克 (1772—1813): 法国将军。
② 若米尼 (1779—1869): 瑞士军人兼作家,曾在拿破仑手下当过将军 (1812)。
③ 贝卢诺公爵 (1766—1841): 法国将军。

他身边有两个曾经投票赞成判处国王死刑的人：富歇和康巴塞雷斯。

他把富歇从他的部里赶走，虽然他还保留了康巴赛雷斯，那是因为那位杰出的法学家所提供的效劳；可是他还是容忍不了，因此他经常会拧着他这位同僚第二执政的耳朵说：

"我可怜的康巴塞雷斯，我真是担心，可是您的事是明摆着的：万一波旁王朝卷土重来，您要被吊死的！"

有一天，康巴塞雷斯实在受不了啦，他的头一扭，挣脱了被拧着的耳朵。

"去，去！"他说，"别再恶作剧了！"

每次波拿巴逃过一次危险，他就会用一个从幼年时候就养成的科西嘉人的习惯，在自己的胸前用大拇指迅速地划一个十字。

如果他心里有什么气恼，想到什么不痛快的事情，他就低声哼唱：哼什么曲子？他哼的曲子简直不像曲子，没有人能听懂，他哼得完全走调了。他哼的时候就坐在他办公桌前面的扶手椅里左右晃动，身子后倾得几乎快仰面摔倒了，一面就像我们已经讲过的那样，用他的小刀切削扶手椅的扶手，这把小刀对他来说似乎没有什么别的用途，因为他从来也没有亲自削过一支铅笔；削铅笔是他秘书的事，他的秘书尽量为他削得好些，他秘书关心的是尽量不让他那种众所周知的可怕的字体写得一个字也认不出来。

大家知道钟声在波拿巴身上产生的影响；这是他懂得的唯一的音乐，钟声能直达他的心扉；钟声响起时如果他正好坐着，他就做一个手势要大家别作声，然后向声音来的方向倾身过去；如果他正在散步，他就马上站住，侧耳细听起来。在钟鸣期间，他始终一动不动地呆着；钟声在空中消失以后，他再重新工作。有人请他解释为什么他对青铜的声音有如此奇特的爱好，他回答他们说：

"钟声使我想起了我在布里埃纳①度过的青年时代，那时候我真幸福啊！"

在我们讲到他的这个时间，他最关心的是他刚买下不久的乡下的马尔梅松别墅这个产业；他每星期六晚上都到那儿去，就像一个假期中的小学生一样，他在那儿度过星期天，甚至星期一。在那儿他经常散步，不大过问工作；在他散步的时候，他亲自监督他叫人进行的别墅装饰工作。有时候，特别在初期，他的散步超出了他的乡下别墅的范围；警察局的报告很快就使这种远足受了限止。在阿莱纳②阴谋和爆炸暗杀事件以后，这种活动就被完全取消了。

马尔梅松产业的收入——大概是卖掉收下的水果和蔬菜所得——据波拿巴自己估算，可达六千法郎。

"这当然不错，"他对布里埃纳说，"可是，"他叹了一口气接着说，"一定得有三万利弗尔的额外年金收入才能在那儿生活。"

在波拿巴对田野风光的爱好中还带有某种诗意：他喜欢在公园里的林荫道上观看在散步的身材颀长的妇女，不过这个女人一定得是穿白色衣裙的；他厌恶深色连衣裙，不喜欢肥胖的女人；至于怀孕的妇女，

---

① 布里埃纳：法国奥布省城市，波拿巴于一七七九年到一七八四年在该地军事学校学习。
② 阿莱纳（1772—1801）：科西嘉军官。督政府时期的立法团委员，因被控在歌剧院谋杀第一执政波拿巴而被处决。

他简直反感到极点，请她们参加他的晚会或是宴会简直是千载难逢的事情。而且他天性不善于对女人献殷勤，他过于严肃，使人难于亲近，对女人也不太礼貌；即使对最漂亮的女人，他也难得说上一句中听的话。听了他对约瑟芬最要好的女朋友的拙劣的恭维，真会使人大吃一惊，甚至会使人毛骨悚然。他对这个女人说："哦，您的胳膊真红啊！"对那个女人说："唔，您的发式可难看死了！"对这一个说："您这件连衣裙脏极了，我看您已经穿过不下二十次了。"对那一个说："您的女裁缝可以换换了，因为您的装扮太古怪了！"

德·夏弗勒丝公爵夫人是位金发美女，大家对她的头发赞美不已，有一天波拿巴对她说：

"啊，真奇怪，您的头发真红啊！"

"这有可能，"公爵夫人回答说，"不过这还是第一次有一个男人对我这样说。"

波拿巴不喜欢赌钱，偶尔赌赌的话，也只是玩玩二十一点；而且，在这方面他和亨利四世同病，喜欢作弊；可是赌博一结束，他就把他所有的金币和钞票留在桌子上，一面说道：

"你们这些笨蛋！我一直在作弊，你们却没有发现。谁输的把钱拿回去吧。"

波拿巴生下来受的是天主教的洗礼，年轻时受的是天主教的教育，但对任何教义都没有偏爱；他所以恢复宗教仪式，是一项政治措施，而不是宗教措施。不过他喜欢涉及这方面的谈话，并预先为自己在谈话中规定好尺寸，他说：

"我的理智告诉我，宗教中有很多事是不可信的，可是我童年时的印象和我年轻时代受的影响又使我犹豫不决。"

不过，他不愿意听人讲唯物主义；教义对他是无所谓的，只要这个教义承认有一个造物主。

在一个获月①的美丽的傍晚，他乘的船在蔚蓝色的大海和天际航行，有几个数学家坚持说没有天主，只有在活动着的物质，波拿巴那时候仰视着在马耳他和亚历山大之间的比我们的欧洲大陆光辉灿烂得多的天穹，别人以为他根本没有注意他们的谈话，他突然指着天上的星星高声说道：

"不管你们怎么说，这一切都是天主创造的。"

波拿巴在付他个人费用时是非常及时的，可是在支付公家费用时就完全不同了；他坚决认为，在部长们和商人们的交易之中，如果签订这次买卖合同的部长没有受骗，那么无论如何国家是被抢了；因此他总是尽量推迟支付日期；这时候他就讲歪理，找碴儿，斤斤计较，无孔不钻；因为他有一个成见，一条永远不变的原则，凡是商人都是骗子。

有一天，有人把一个刚才中标的商人介绍给他。

"您贵姓？"他像平常一样地没头没脑地就问。

"沃朗②，第一执政公民。"

"对一个商人来说，这个姓真是再好不过了。"

"我的姓，公民，写起来有两个 l。"

"那就抢得更加凶，先生。"波拿巴接着说。

---

① 获月：法兰西共和历的第十月，相当于公历六月十九或二十日至七月十九或二十日。
② 沃朗的法语是 vollant，和抢劫（法语是 volant）发音相同，书写时多一个 l。

说完他便回过头去不睬他了。

波拿巴做出决定以后很少再作改变，即使他认识到这个决定做错了他也不改。从来没有人听他说过："我错了。"相反，他最喜欢讲的话是"我一上来总是把坏事想在前头"。这句格言更像是第蒙说的，而不像是奥古斯特说的。

可是，尽管有如上所述的一切，人们可以感觉得到，波拿巴并非真正蔑视人类，而是故意装出一副蔑视人类的神气。他既不记恨，也不爱报复，只不过有时候他太相信手持铁楔的宿命女神①了；此外，只要不涉及政治，他还是很有感情的，很善良，有怜悯心；他喜爱孩子，这有力地证明了他心肠很软，宽宏大量。在私生活中对人类的弱点很宽容，有时候还很天真，就像不管西班牙大使已经来到面前，却仍然跟他的孩子们嬉耍的亨利四世一样。

如果我们在这儿是写历史，那么关于波拿巴还有很多事情可以谈，还不算——在讲完波拿巴以后——我们还没有谈到的拿破仑。

可是我们写的是一个普通的、有波拿巴出现的故事；不幸的是，在波拿巴出现的地方，只要他一出现，那么不管讲故事的人愿意不愿意，他就会变成一个主要人物。

希望读者原谅我们扯到题外去了：这个人——他一个人就是一个世界——尽管我们不愿意，还是把我们拖进了他的旋涡之中。

现在我们再回头来谈谈罗朗，也就是继续讲我们的故事。

---

① 宿命女神：希腊神话中命运女神的女儿，形象是一双铜手握着一根铁楔子。

·第三十七章·

大使

我们已经看到，罗朗回来的时候就要见第一执政，有人回答他说，第一执政正在和警务部长谈公事。

罗朗在第一执政家里是熟不拘礼、不受约束的；不管波拿巴是在和哪一个官员谈话，罗朗只要是出远门回来，或者仅仅是一般的外出办事回来，他总是把第一执政的书房门打开一些，把头伸进去。

第一执政经常由于太忙而并没有注意到那个伸进门来的脑袋。

这时候罗朗就叫一声"将军！"这一句仅仅只有一个词的亲密语言对这两位校友来说就意味着："将军，我来了，您是不是需要我？我等着您的命令。"如果第一执政这时候不需要罗朗，他就回答说："好，我知道了。"如果相反，他需要他，他就说一句："进来！"罗朗便走进去，在窗洞里等着将军对他说为什么叫他进去。

罗朗依他的老习惯把头伸进门去叫了一声：

"将军！"

"进来，"第一执政带着明显的高兴情绪说，"进来！进来！"

罗朗进来了。

就像别人刚才对他说的，波拿巴正和警务部长一起谈工作。

第一执政现在仿佛非常专注地在关心的事情和罗朗也是有关系的。

他们在谈耶户一帮子最近几次拦劫公共马车的事情。

桌子上有三份调查笔录：一份是有关拦劫一辆公共马车的，另两份是有关拦劫两辆邮车的。在其中一辆邮车上坐着意大利远征军的财务出纳员特里贝尔。

那几起拦劫，第一起发生在从梅克西米约到蒙吕埃勒的大路上穿过贝利尼厄镇的一条支路上，第二起发生在靠楠蒂阿一边的西朗湖湖畔；第三起发生在圣埃蒂安到布尔的大路上一个叫做卡洛尼埃尔的地方。

这几次拦劫事件中有一件有些特殊情况。

有一笔四万法郎的款子和一箱首饰被不小心混在政府公款里面，也被从旅客那儿抢走了；失主们以为这笔钱肯定追不回来了，可是南特的治安法官接到了一封匿名信，这封信告诉了他这笔款子和首饰埋藏的地点，并请求他把这些财富交还给它们的主人，因为耶户一帮子只跟政府作对，不和普通老百姓为难。

另一方面，在卡洛尼埃尔那起事件中，强盗们命令邮车停下，可是邮车反而加快了速度，强盗们为了拦住它，不得不向驿马开了枪；耶户一帮子认为他们应该赔偿驿站长死马的损失，驿站长收到了一笔五百法郎的款项。

这匹马是一星期前买的，价钱刚巧是五百法郎，这件事证明了那些人对马匹是非常内行的。

调查报告是地方政府写的，还附有旅客们的陈述笔录。

波拿巴哼起了我们上面谈到过的一支别人听不懂的歌曲，这说明他心里非常恼火。

由于罗朗也许会带来最新消息，他便一连喊了三声叫罗朗进来。

"喂，"他说，"你那个省在造反，反对我，喏，你看。"

罗朗在那些文件上扫了一眼，便知道是怎么一回事了。

"我就是为了跟您谈这些事才来的，将军。"他说。

"那么，我们就来谈谈，不过首先到布里埃纳那儿把我的分省地图要来。"

罗朗去拿来了地图，他猜出了波拿巴心里在想什么，把地图翻到安省那一页。

"就是这页，"波拿巴说，"指给我看事情发生在什么地方。"

罗朗指指地图边上靠近里昂的地方。

"这儿，将军，第一起拦劫事件就发生在这儿，贝利尼厄镇前面。"

"第二起呢？"

"第二起发生在这里，"罗朗指着这一个省另一边靠近日内瓦的地方；"这是楠蒂阿湖，这是西朗湖。"

"那么，还有第三起呢？"

罗朗的手指指向地图中间。

"将军，在这儿；卡洛尼埃尔因为地方太小，地图上没有标。"

"卡洛尼埃尔是什么意思？"第一执政问。

"将军，在我们那儿，人们把一些砖瓦工场叫作卡洛尼埃尔；它们是属于泰利埃公民的。这儿就是那些工场在地图上应该占据的地方。"

罗朗用铅笔尖指指发生拦劫事件的确切地点，并在地图上留下了铅笔划下的线条。

"什么，"波拿巴说，"这起事件发生在离布尔几乎还不到半法里的地方？"

"差不多，是的，将军；所以那匹受伤的马被送到了布尔，死在好姻缘客店的马厩里。"

"这些细节您都听到了吗，先生？"波拿巴对警务部长说。

"听到了，第一执政。"警务部长回答说。

"您知道我不希望这些抢劫活动再继续下去了。"

"我一定要尽力而为。"

"问题不在于尽力而为，而在于一定要成功。"

部长鞠了个躬。

"只有成功了，"波拿巴接着说，"我才会承认您真正像您自己所吹嘘的那么能干。"

"我将助您一臂之力，公民。"罗朗说。

"我不敢烦劳您。"部长说。

"是的，可是我自愿协助您；别做任何妨碍我们合作的事。"

部长瞅瞅波拿巴。

"好吧，"波拿巴说，"就这样。罗朗会到警务部去的。"

部长行了个礼出去了。

"的确，"第一执政接着说，"消灭这些强盗有关你的荣誉，罗朗。

首先，这些事都发生在你那个省里；其次，这些人似乎对你和你的家属心怀不满。"

"恰恰相反，"罗朗说，"我恼火的就是这一点，他们老是放过我和我的家属。"

"我们再来谈谈这些事情吧，罗朗；每个细节都有它的重要性；那是一场我们要重新开始的和贝督因人的战役。"

"请注意这一点，将军：我到赛荣修道院去过了一夜，因为有人对我说，那儿肯定有鬼魂出现。果然我看到了一个鬼魂，可是它根本不伤人。我向它开了两枪，它甚至连头也不回。我母亲乘的公共马车被拦劫了，她晕过去了：有一个强盗非常殷勤地照料她，用酸醋替她擦脑门，给她闻嗅盐。我弟弟爱德华尽他所能进行了自卫，他又抱起他，吻他，一个劲地称赞他勇敢，就差没有给他糖吃，奖赏他的良好品行。可是相反，我的朋友约翰爵士学我的样也到我去过的地方去，别人就把他当奸细对待，用匕首捅他！"

"他没有死吗？"

"没有，相反，他身体很好，他还想娶我的妹妹呢。"

"噢，噢，他提出来了吗？"

"正式提出来了。"

"你是怎么回答的？……"

"我回答说要娶我的妹妹取决于两个人。"

"你母亲和你，这是理所当然的。"

"不是的，取决于我妹妹自己……还有您。"

"她自己，我懂；可是怎么还有我？"

"您不是对我说过，将军，要由您把她嫁出去吗？"

波拿巴抱着两条胳膊在房间里踱来踱去，一面在思索，过了一会儿，他突然站停在罗朗面前说：

"你的英国人是怎么样一个人？"

"您已经看见过他了，将军。"

"我不是说他的相貌；所有的英国人都长得一般模样：两只蓝眼睛，赭红的头发，肤色白皙，下巴瘦长。"

"那是因为 the^① 的缘故。"罗朗一本正经地说。

"什么，茶叶^②？"

"是啊，您学过英语吧，将军？"

"也就是说我曾经试过。"

"您的教师一定对您说过，在发'the'这个音时应该把舌头顶在牙齿上；因此，就在发'the'这个音的时候，由于他们的牙齿受到了舌头的压力，到头来英国人就变成长下巴了；就像您刚才所说的那样，长下巴变成了他们的显著的面貌特征之一。"

波拿巴瞅瞅罗朗，想知道这个一刻不停打哈哈的人到底是在开玩笑还是在说正经话。

罗朗神色镇静。

"这是你的看法吗？"波拿巴说。

"是的，将军，从生理角度来看，这是一个很有价值的看法，我有很多像这样的看法，只要有机会我就要一个一个讲出来。"

---

① the：英语中的定冠词，经常使用。
② 茶叶的法语是"thé"，与英语中的"the"形似音近，波拿巴误以为罗朗讲的是法语。

"我们还是来谈你的英国人吧。"

"太好了，将军。"

"我刚才问您他是怎样一个人。"

"嗯，他是一个标准的绅士：勇敢、镇静、冷漠、高贵、富有，而且——这也许用不到向您介绍的——他是英国国王陛下的首相格兰维尔①勋爵的外甥。"

"什么？"

"我说他是英国国王陛下的首相的外甥。"

波拿巴又踱起步来，随后又回到罗朗面前说。

"我能见见他吗，你的英国人？"

"您完全知道，将军，您什么都可以做到。"

"他在哪儿？"

"在巴黎。"

"去找他来见我。"

罗朗对将军一向唯命是从；他拿起帽子向门口走去。

"叫布里埃纳到我这儿来。"第一执政在罗朗快要走近他秘书的办公室时说。

罗朗走后五分钟，布里埃纳来了。

"坐在这儿，布里埃纳。"第一执政说，"请写。"

布里埃纳坐下，准备好纸张，把羽笔插在墨水里，等着。

"您准备好了吗？"波拿巴问，他就坐在布里埃纳写字的那张办公

---

① 格兰维尔（1773—1846）：英国政治家和外交家。

桌上面，这又是他一个习惯，这是一个使他的秘书很发愁的习惯，波拿巴在口授的时候身子不停地摇晃，摇得那张办公桌就像波涛汹涌的大西洋洋面一样。

"我准备好了，"布里埃纳回答说，他好好歹歹总算已经适应了第一执政的所有的古怪举动。

"那么，写！"

于是他就开始口授。

"波拿巴，共和国第一执政，致大不列颠兼爱尔兰国王陛下。

遵照法国人民的意愿，我当上了共和国第一行政官员，我相信这件事由我直接通知陛下是合适的。

战争已经持续了八年，在世界各地造成损害，战争是不是应该永远打下去？就没有办法相互了解了吗？

欧洲两个最文明、最强盛——比它们的安全和独立所要求的更加强大——的民族，怎么会牺牲了商业的利益，国内的繁荣和家庭的幸福，而去追求虚假的伟大和平白无故的敌意。他们怎么会感觉不到和平是最最光荣的第一需要。

陛下心里一定会有所同感，因为陛下治理着一个自由的民族，唯一的目的是要使他们得到幸福。

陛下在我的这封推心置腹的信里所看到的，只能是我的诚挚的心愿，即我愿再次做出有效的努力，以一种完全信赖、抛除一切官样文章的迅捷手段来实现全面的和平。对于那些装作唯唯诺诺、依附他人的弱小国家来说，这样的官样文章也许是不可缺少的；但对于大国来说，它表现的却只能是相互欺诈的企图。

虽然法国和英国无视各国人民的苦难，滥用其人力物力，但它们还可以苟延残喘很长时间；可是我敢说，所有有文化的民族的命运都和一场烧遍全世界的战争的结果息息相关。"

波拿巴停住了。

"我相信这样写很好，"他说，"再念一遍给我听听，布里埃纳。"

布里埃纳开始念他刚才写的这封信。

每念完一段波拿巴都点点头，一面说：

"念下去！"

信还没有全部念完，他就从布里埃纳手里拿过信来，用一支没有用过的羽笔签下了自己的名字。

这是他的习惯：一支笔只使用一次；他最最讨厌在手指上留下墨水迹。

"好，"他说，"盖上封印，写上收信人名字：交格兰维尔勋爵。"

布里埃纳根据他的命令办事。

这时候，可以听到有一辆马车停在卢森堡宫的院子里。

过了一会儿，门开了，罗朗进来了。

"怎么样？"波拿巴问。

"我跟您讲过了，您想办的事总能办到的，将军。"

"你的英国人找到了吗？"

"我在布西街街口遇到了他；我知道您不喜欢等人，我就逼着他就穿着身上这套衣服坐上了车子。天啊，有一会儿我真相信我也许不得不让他从马萨林街那个哨所进来；他穿着皮靴和大礼服。"

"叫他进来。"波拿巴说。

"请进，爵爷。"罗朗回头说道。

塔兰爵士出现在门口。

波拿巴只要向他看一眼，就知道他是一位完美的绅士。

面容稍许清瘦苍白了一些，使约翰爵士看上去更显得高贵。

他弯弯腰，等待介绍，因为他是一个真正的英国人。

"将军，"罗朗说，"我荣幸地向您介绍约翰·塔兰爵士，他为了能得到看到您的荣幸，宁愿等到生第三期白内障；而今天，他却不肯爽爽气气地到卢森堡宫来。"

"请过来，爵爷，请过来，"波拿巴说，"我们既不是第一次见面，我也不是第一次表示要认识您的愿望；您不愿意满足我的愿望，几乎显得有点辜负了我一片情意。"

"我刚才之所以有些犹豫，将军，"约翰爵士像平时一样用他一口纯正的法语回答说，"那是因为我难以相信您给我的荣誉。"

"而且，由于民族感情，您一定像您所有的同胞一样，非常恨我，是吗？"

"我应该承认，将军。"约翰爵士微笑着回答说，"他们还只不过是对你感到欣赏罢了。"

"而您也和他们一样，也有这种荒谬的偏见，认为民族的荣誉要求人们今天恨一个明天也许会成为我们的朋友的人？"

"对我来说，法国几乎是我的第二祖国，而我的朋友罗朗将对您说，我渴望着的是，在这两个祖国之中，法国将是最最有恩于我的国家。"

"那么，您如果看到法国和英国为了世界的幸福相互伸出手来一定不会不高兴吧？"

"能看到这样的日子到来，对我来说将是最幸福的一天。"

"那么，如果能为达到这个结果而出一把力，您一定会乐意的吧？"

"我愿意为此献出生命。"

"罗朗对我说，您是格伦维尔勋爵的亲戚。"

"我是他的外甥。"

"您跟他关系好吗？"

"他非常尊敬我的母亲，我母亲是他的姐姐。"

"您有没有继承了他给您母亲的情意？"

"是的；不过，我相信他大概把这种情意保留着，要等我回英国的时候再给我。"

"您能不能为我送一封信给他？"

"给谁的信？"

"给乔治三世①国王的。"

"那对我是一个极大的荣幸。"

"您能不能负责把我不能写在信里的话口头上讲给您舅舅听？"

"我可以逐字逐句，一字不改地告诉他：波拿巴将军的话就是历史。"

"那么，请告诉他……"

可是他又停住了，回头对布里埃纳说：

---

① 乔治三世（1760—1820）：大不列颠和爱尔兰国王。

"布里埃纳，把俄国国王最近寄给我的一封信找出来给我。"

布里埃纳打开文件夹，他根本没有找，随手就拿出一封信交给了波拿巴。

波拿巴一看，把信递给塔兰爵士：

"请告诉他，"他接着说，"您首先要告诉他的，就是您已经看过了这封信。"

约翰爵士弯了弯腰，便念了起来：

"第一执政公民：

我收到了在荷兰被俘的九千名俄国士兵，他们都穿着新衣服，装备着新武器。每人都有合身的制服，您把他们送还给我，既没有要赎金，也没有任何交换条件。

这完全是骑士风度，而我也想做一个骑士。

我想我所能够给您的最好的东西，第一执政公民，作为对这一珍贵礼物的还礼，莫过于我的友谊。

您是否接受？

作为这个友谊的定金，我把英国驻圣彼得堡的大使惠特华滋打发回去了。

此外，如果您愿意，请您做我的证人——我甚至不是说做我的副手——我个人要和所有不愿意反对英国，不向它封闭自己的港口的所有的国王进行决斗。

我先从我的邻居丹麦国王开始，您可以在《宫廷报》上看到我寄给他的挑战书。

我还有什么别的事情对您说吗？

没有了。

如果只有我们两个人，我们可以为全世界制定法律。

我很欣赏您，我是您真诚的朋友。

保罗①"

塔兰爵士回头对第一执政说：

"您知道，俄国皇帝疯了。"

"是这封信告诉您他疯了吗，爵爷？"波拿巴问。

"不是的，它只是证实了我的看法。"

"兰开斯特王朝②的亨利六世③就是从一个疯子手里接过圣路易④传下来的王冠的；英国的国徽上至今还刻着法国的百合花，一直要留到我以后用我的剑去把它们刮去。"

约翰爵士微笑了，他那骄傲的民族感情使他对金字塔的战胜者的奢望根本听不进去。

"可是，"波拿巴接着说，"今天不谈这个问题，每一件事情到时间都会来的。"

---

① 保罗：即保罗一世（1754—1801），俄国沙皇（1796—1801）反对法国资产阶级革命，在苏黎世败于法国后，改变对外政策，和法国联合，反对英国。
② 兰开斯特王朝：英国封建王朝。由兰开斯特公爵约翰之子亨利四世（1367—1413）建立，亨利五世（1387—1413）时曾征服法国，亨利六世（1421—1471）时人民不断起义，一四八五年后由都铎王朝取代。
③ 亨利六世（1421—1471）：英国国王（1422—1461；1470—1471）。一四三一年时曾被加冕为法国国王。
④ 圣路易：即路易九世（1214—1270）。法国国王（1226—1270）。

"是啊，"约翰爵士咕噜着说，"我们离阿布基尔的日子还不远。"

"噢！我不会在海上打你们的，"波拿巴说，"要使法国成为一个海军强国要五十年；而是在那儿……"

他用手指指东方。

"眼下，我再对您说一遍，问题不在于战争，而在于和平：为了完成我的计划我需要和平，尤其是跟英国的和平。您看到，我是打明牌的：我相当强大，完全可以公开讲。哪一天某个外交家讲真话，他将是世界上第一个外交家，因为没有人会相信他，因此他就会毫无困难地达到他的目的。"

"那么我可以对我的舅父讲，您希望和平？"

"同时要对他说，我不怕战争。我不和乔治国王一起干的事情，您看到了，我可以和保罗皇帝做。可是俄国还不够文明，因此我不愿意和它结成联盟。"

"一个工具有时候比一个盟国更有用。"

"是的，可是，您刚才已经说了，皇帝疯了；而去武装疯子，爵爷，还不如解除疯子的武装。我要对您说，像法国和英国这样两个国家应该成为好朋友，不然就应该成为死敌。作为朋友，它们是地球上的两极，以相同的重量来平衡地球的运动；作为敌人，它们一定要拼个你死我活，然后自己成为世界的轴心。"

"如果格兰维尔并不怀疑您的才能，而怀疑您的力量；如果他和我们的诗人柯勒律治①意见相同，如果他相信海涛呜咽的大西洋像壁垒一

① 柯勒律治（1772—1834）：英国浪漫主义诗人，文艺批评家。早年同情法国资产阶级革命，后转向封建立场。

样防护着它的岛屿，那么我对他说什么呢？"

"替我们打开世界地图，布里埃纳。"波拿巴说。

布里埃纳展开一卷地图；波拿巴走了过去。

"您看到这两条河吗？"

他把伏尔加河①和多瑙河指给约翰爵士看。

"这是通向印度的道路。"他补充说。

"我原来以为是通过埃及呢，将军。"约翰爵士说。

"我原来也是像您这样想的；更可以说，我走那条路是因为我没有
其他的路可以走。沙皇替我打开了这条路；希望您的政府决不要逼着我
去走它！您听懂我的话吗？"

"懂，公民；请继续讲。"

"是这样的，如果英国逼着我去打它，如果我不得不和叶卡特琳
娜②的继承者联盟，我就要这样干：我要让四万个俄国人在伏尔加河上
船，顺流而下一直到阿斯特拉罕；他们渡过里海，到弋尔甘③等我。"

约翰爵士弯弯腰，表示他注意地在听。

波拿巴接着说：

"我让四万名法国人在多瑙河上船。"

"对不起，第一执政公民，可是多瑙河是奥地利的河流啊！"

"我到时候已经取下维也纳了。"

---

① 伏尔加河：欧洲第一大河，俄国内河航行干道。源出瓦尔代丘陵，流经森林带注入
里海。
② 叶卡特琳娜（1729—1796）：俄国女皇（1762—1796）。保罗一世的母亲。
③ 弋尔甘：俄国与伊朗北部边界上的伊朗城市。

约翰爵士看看波拿巴。

"我到时候已经取下维也纳了,"波拿巴说,"因此我就让四万名法国人在多瑙河上船;我在多瑙河河口会找到一些俄国船,俄国船把他们运到塔甘罗格①;我让他们上岸沿着顿河走向帕拉蒂斯皮昂斯卡亚,从那儿再去察里津②,再从那儿乘上运送四万俄国人到弋尔甘的船也顺伏尔加河而下;半个月以后我在西部波斯已经有了八万个人。然后这两个在弋尔甘集会的军向印度进发;波斯③是英国的冤家,是我们的天然盟友。"

"是的,可是一到旁遮普,您就得不到和波斯联盟的好处了,没有粮食给养,八万名士兵可不是好带的。"

"您忘记了一件事情,"波拿巴说,"如果真的进行了这次远征,那么我已经把一些银行家留在德黑兰和喀布尔,还有,请记住九年以前在康沃利斯④和蒂普苏丹⑤这场战争中发生的事: 总司令缺少粮食;有一个普通的上尉……我记不起他的名字了……"

"马尔科姆上尉。"塔兰爵士说。

"对啊,"波拿巴高声说道,"您知道这件事! 马尔科姆上尉求助于贱民布兰雅里种姓,这些印度的波希米亚人,他们的帐篷遍布印度斯坦半岛各地,他们在那儿主要是做粮食生意的;这些波希米亚人,对付钱给他们的人是忠心耿耿,老少无欺的: 就是这些人将供应我们粮食。"

① 塔甘罗格: 俄国重工业城市,在亚速海塔甘罗格湾东北部。
② 察里津: 后改名为斯大林格勒及伏尔加格勒。
③ 波斯: 伊朗的旧称。
④ 康沃利斯 (1738—1805): 英国将军。
⑤ 蒂普苏丹 (1749—1799): 印度迈索尔苏丹。学过法国军事技术,一七八四年曾把英国人赶出迈索尔,后又被康沃利斯击败。

Les Compagnons De Jehu

"还得渡过印度河。"

"好，我在德拉伊斯梅尔汗和阿塔克①之间有六十法里的展开地带；我熟悉印度河就像熟悉塞纳河一样。这条河流速很慢，一小时一法里，它的平均深度，我说的是这儿，是十二到十五尺，在我的战线上估计有十个浅滩。"

"那么说您的战线也已经定下来了？"约翰爵士微笑着问。

"是的，这条战线展开在一大批连绵不断的土地肥沃、灌溉方便的省份前面；我避开了分开拉杰普塔纳②和印度河下游河谷的沙漠地带；最后，也就是在这个基础上，几个世纪以来——从公元一〇〇〇年的穆罕默德·德齐安尼③到一七三九年的纳第尔沙④——对印度的入侵才取得了某些成功。在这两个时代之间，有多少人走过那条我准备走的路啊……我们来计算一下，在穆罕默德·德齐安尼以后是一一八四年的穆罕默德－古里⑤，他带了十二万人；在穆罕默德－古里以后是帖木儿⑥，或者跛脚帖木儿，我们叫他泰梅尔朗，他带了六万人；在帖木儿以后是巴布尔⑦；巴布尔以后是胡马雍⑧；我还知道些什么呢，我！印

---

① 德拉伊斯梅尔汗和阿塔克：均是今巴基斯坦城市，当时属印度。
② 拉杰普塔纳：印度西北地区，在旁遮普南面。
③ 穆罕默德·德齐安尼 (969—1030)：阿富汗苏丹。曾侵入印度，占领印度盆地。
④ 纳第尔沙 (1688—1747)：波斯国王。曾征服中亚及一部分印度领土。
⑤ 穆罕默德－古里 (？—1206)：土耳其苏丹，生前曾多次率领军队骚扰印度旁遮普地区和恒河流域。
⑥ 帖木儿 (1336—1405)：帖木儿帝国的创立者，跛足。十四世纪末曾袭击印度，焚掠德里。
⑦ 巴布尔 (1483—1530)：蒙古苏丹。一五二六年，曾击败德里苏丹，侵入印度。
⑧ 胡马雍 (1508—1556)：蒙古苏丹，巴布尔的儿子。一五五五年曾重新征服印度德里。

度不就是属于那些想征服它并且会征服它的人吗？"

"可是您忘记了，第一执政公民，所有您刚才提到的那些征服者所对付的只是些土著部落；而您，您要对付的是英国人，我们在印度有……"

"两万到两万两千人。"

"还有十万印度兵。"

"我各方面都盘算过了，我对英国是抱着尊敬的态度对待的，我对印度是怀着它应该受到的蔑视态度对待的：在任何可能遇到欧洲步兵的地方我就准备好第二条、第三条，如果需要的话，还有第四条防线，以防前面三条顶不住英国刺刀；可是在我只可能遇到印度兵的地方，我给这些混蛋准备的是赶车的鞭子，对他们来说这些就够了。您还有什么别的问题吗，爵爷？"

"还有最后一个，第一执政公民：您是真正希望和平吗？"

"就在这封信里，我向您的国王要求的就是和平；也就是为了让这封信肯定能交在大不列颠国王陛下的手里，我才请求格伦维尔的外甥做我的信使。"

"您的愿望一定能实现，公民；如果我是舅舅而不是外甥，我也许可以做得还要好些。"

"您什么时候可以动身？"

"一小时以后我就走了。"

"在您离开之前，您对我没有任何要求吗？"

"没有。无论如何，即使我有要求，我让我的朋友罗朗全权处理。"

"请把手伸给我，爵爷，这是一个好兆头；因为我们是两个代表，您代表英国，我代表法国。"

约翰爵士接受了波拿巴给他的荣誉，他的神态非常有分寸，既带有对法国的好感，又含有民族的尊严。

随后，他又带着兄弟般的激情和罗朗握握手，向第一执政最后一次行了礼便退了出去。

波拿巴一直看到他出去，随后他似乎思索了一会儿，突然他说：

"罗朗，我不但同意你的妹妹嫁给塔兰爵士，而且我还希望这件婚事能够成功：你听到了吗？我希望这件婚事成功！"

他最后一句话讲得着重有力，对任何一个了解第一执政性格的人来说，他这句话的意思非但是希望这次婚事成功，而且是"我一定要这件婚事成功！"

他的这种专制态度在罗朗看来显得很温和；因此罗朗带着深切的谢意接受了这句话。

·第三十八章·

两个信号

我们现在来谈谈我们刚才讲的发生在巴黎的这些事情三天以后发生在黑色喷泉府的事情。

自从，首先是罗朗，其次是蒙特凡尔夫人和她的儿子，最后是约翰爵士，先后去巴黎——罗朗去和他的将军再次会合，德·蒙特凡尔夫人带爱德华去上中学，约翰爵士去向罗朗提亲——以后，黑色喷泉府里只剩下了孤单单的阿梅莉和夏洛特两个人。

我们所以说"孤单单的"，那是因为确切地说，米歇尔和他的儿子雅克并不住在府邸里面。他们住在一个和院子栅栏相连的一个小楼里面；这就使米歇尔在园丁的职务上面又加上了门房的职责。

因此，一到晚上，除了我们已经讲过的二层楼朝着花园的阿梅莉的房间，以及四楼屋顶室的夏洛特的房间以外，黑色喷泉府的三排窗子全都沉浸在黑暗之中。

德·蒙特凡尔夫人已经把另一名女仆人打发走了。

两个年轻妇女住在这一幢四层楼的、有十几个房间的府邸里，尤其是在到处传说拦路强盗活动猖獗的时候，也许显得格外孤独；因此米歇尔曾经向他年轻的女主人提议，要睡到府邸的主楼里来，那么可以在需要的时候来援助她，可是阿梅莉语气坚定地声称她并不害怕，并且她希望府邸里的常规不要有丝毫改变。

米歇尔没有再继续坚持下去，他退出了府邸，一面说小姐可以安心睡觉，因为他和雅克会在府邸周围巡查的。

米歇尔的巡查有一个时候似乎使阿梅莉很不安；可是她很快就了解到，米歇尔只是和雅克一起埋伏在赛荣树林的边缘；餐桌上经常出现的，或者是一块野兔里脊肉，或者是一只狍子腿，说明米歇尔确实没有超出他所说的巡查范围。

阿梅莉从此就不把米歇尔的巡查放在心上了，巡查的地点正好和她起初害怕他去巡查的地点相背。

就像我们刚才所说的，在发生我们前面所讲的那些事情三天以后，或者更确切地说，就在那第三天的夜里，那些习惯于只在黑色喷泉府两扇窗，也就是在二层楼的阿梅莉的窗和四层楼的夏洛特的窗里面看到灯光的人，会奇怪地注意到，在深夜十一点到半夜之间，二层楼的四扇窗子全都有亮光。

虽然每个窗户里只有一支蜡烛，不过反正是有亮光。

他们还可以看到有一个年轻姑娘的身影，她透过窗帘，朝着赛泽利阿村方向凝视着。

这个年轻的姑娘就是阿梅莉——阿梅莉脸色苍白，呼吸急促，她好像非常焦急地在等着一个信号。

几分钟以后，她擦擦额头上的汗，几乎是非常高兴地吁了一口气。

在她眼睛注视的方向，远远地有一个火光亮了起来。

她马上走进一个个房间，把其余三支蜡烛吹灭了，只让她自己房间里的那一支继续亮着。

窗外的火光仿佛就在等待着窗户里的光熄灭，它也熄灭了。

阿梅莉坐在窗口，一动也不动，眼睛紧盯着花园里。

这天夜里很黑，既无月亮，又无星星；然后，一刻钟以后，她看到了，更可以说是她感觉到了有一个影子穿过了草地，靠近了府邸。

她把蜡烛放在房间里最远的一个角落，随后过来把窗打开。

她等的人已经爬到阳台上了。

就像我们第一次看到他翻墙入室时一样，他一胳膊挽住了年轻姑娘的身子，把她拖进了房间。

可是年轻姑娘稍许挣扎了一下，摸到了百叶窗的细绳子，把绳子从系绳子的钉上解下，百叶窗落了下来，声音似乎稍许太响了一些。

年轻姑娘关上了百叶窗里面的窗子。

随后她到角落里去拿她刚才藏掉的蜡烛。

这时候蜡烛照亮了阿梅莉的脸庞。

刚刚进来的年轻人发出一声惊叫；阿梅莉满脸都是泪水。

"你怎么了。"年轻人问。

"太不幸了！"年轻姑娘说。

"哦！看到你叫我来的信号我就有点儿料到了，因为头天晚上我们已经见过面了……那么，你说，这个不幸是不是已经无法挽回了。"

"差不多。"阿梅莉说。

"至少，我希望，这个不幸只对我一个人有威胁，是吗？"

"对我们两个人都有威胁。"

年轻人的手举起来擦额头上的汗。

"啊，"他说，"我有勇气。"

"如果你有勇气听到底，我却没有勇气把一切全告诉你。"

这时候，她从壁炉上拿起一封信。

"你念吧，"她说，"这是今天傍晚收到的。"

年轻人拿起信，打了开来，马上看一看签名。

"是德·蒙特凡尔夫人写来的。"他说。

"是的，罗朗有一个附言。"

年轻人念了起来：

"我亲爱的女儿：

我希望我告诉你的消息能使你跟我和我们亲爱的罗朗知道这个消息时一样快乐。你曾经对他是否有一颗心表示怀疑，你还说他就像伏冈松①工场里制造出来的一辆机器的约翰爵士，他承认你对他这样的判断一直到他看到你以前是完全正确的，可是他坚持认为，从看到你以后，他确确实实已经有了一颗心，一颗热爱你的心。

我亲爱的阿梅莉，在他那彬彬有礼的贵族气派中，你是感受到了即使你母亲的眼睛也看不出的温柔的情意。

今天早晨，在和你哥哥吃早饭的时候，他正式对你的哥哥求亲，

---

① 伏冈松（1709—1782）：法国机械师。

说要娶你。你哥哥非常赞同这个建议,可是他起先什么也没有答应。在罗朗去旺代以前,第一执政曾经讲起过,你的婚事要由他作主;因此第一执政想见见塔兰爵士,第一执政见到了他。塔兰爵士虽然由于民族自尊心的缘故,态度上有所保留,却一下子得到了第一执政的恩宠,甚至当场就给了他一个任务,派他到他舅舅格伦维尔勋爵那儿去。塔兰爵士顿时就回英国去了。

我不知道约翰爵士这一次要在英国待几天;可是他回来以后,肯定会请求得到允许以你的未婚夫的身份来见你。

塔兰爵士还年轻,相貌堂堂,非常富有;他在英国有非常高贵的亲戚;他是罗朗的朋友,我不知道还有什么人更有权利得到,我决不是说得到你的爱情,我亲爱的阿梅莉,而是得到你的深深的敬意。

现在,再说两句其他的话。

第一执政对我、对你两个兄弟都很好,波拿巴夫人传话给我说,等你结婚以后,就叫你到她身边去。

问题是要离开卢森堡宫,住到杜伊勒利宫去。你是不是懂得这种改变住址的全部意义?

你的母亲,她爱着你。

克洛蒂尔特·德·蒙特凡尔"

年轻人接着就念罗朗的附言。

附言是这样写的:

"亲爱的妹妹,你已经看过了我们的好妈妈写给你的信,这件婚事从各方面来看都是合适的。不能再做小姑娘了；第一执政希望你成为塔兰夫人，也就是说他一定要你成为塔兰夫人。

　　我要离开巴黎几天；如果我不来看你，你会听到有人谈起我的。

　　我拥抱你。

罗朗"

　　"怎么样，夏尔，"阿梅莉等年轻人念完以后说，"你对这件事怎么说？"

　　"我说，这件事我们迟早会碰到的，我可怜的天使，可是也并不因此而不可怕了。"

　　"怎么办呢？"

　　"有三个办法。"

　　"你说。"

　　"首先，如果你有勇气，就反抗；这是最迅速有效的办法。"

　　阿梅莉低下了脑袋。

　　"你永远不敢，是吗？"

　　"永远不敢。"

　　"可是你是我的妻子，阿梅莉。有一个教士为我们的结合祝过福。"

　　"可是他们会说这件婚事在法律上是无效的，因为它只经过一位教士祝过福。"

　　"而你，"摩冈说，"你，作为一位前贵族的妻子，你觉得这样还不够吗？"

讲到这儿，他的声音都颤抖了。

阿梅莉一下冲动，想扑到他的怀里去。

"可是，我的母亲！"她说，"我的母亲没有参加我们的婚礼，我们也没有得到过她的祝福。"

"因为这要冒险，而我们只愿意我们自己冒险。"

"而这个人，尤其是……你没有听到我的哥哥说吗，他一定要？"

"哦！如果你爱我，阿梅莉，这个人也许会看到他能改变一个国家的面貌，把战争从地球上这一头送到那一头，建立法制，设立王位，可是他不能逼着一个心里不同意的人嘴上说同意。"

"'如果你爱我！'"阿梅莉说，她的语气略带责备，"现在是半夜，你在我的卧房里，我在你的怀里哭，我是德·蒙特凡尔将军的女儿，罗朗的妹妹，而你还要说：'如果你爱我。'"

"我错了，我错了，我最最亲爱的阿梅莉；是的，我知道你是在对这个人的崇敬之中长大的；你不懂得别人可以反抗他，在你的眼里，任何反对他的人都是叛逆。"

"夏尔，你说有三个办法；第二个办法是什么？"

"表面上接受他们向你提的这件婚事，可是找出各种借口来拖延，争取时间。任何人都是要死的。"

"不，他还相当年轻，我们不能指望他死。第三个办法呢，我的朋友？"

"私奔……可是，这最后一着，阿梅莉，也有两个障碍：首先是你对这件事的厌恶。"

"我是你的人，夏尔；这种厌恶，我可以克服。"

"其次，"年轻人补充说，"是我的诺言。"

"你的诺言？"

"我的伙伴们和我结合在一起，阿梅莉；我也不能和他们分割。我们，我们也有一个我们依附的人，一个我们起誓要服从的人。这个人就是未来的法国国王。如果你允许你的哥哥忠于波拿巴，那么你也得允许我们的人忠于路易十八。"

阿梅莉的头又垂落在她两只手掌之中，一面叹了一口气。

"那么，"她说，"我们完了。"

"为什么完了？靠了各种借口，尤其是可以借口你身体不好，你可以争取到一年时间；不到一年，他也许不得不和意大利重新开战；只要他被打败一次，他的魅力就没有了；再说，一年里面，还会发生很多事情呢。"

"你大概没有看罗朗的附言吧，夏尔？"

"看过了，可是我看不出有超出你母亲写的内容的东西。"

"你再念念最后一句话。"

阿梅莉又把信放在年轻人的面前。

他念道：

"我要离开巴黎几天；如果我不来看你，你会听到有人谈起我的。"

"怎么样？"

"你知道这是什么意思？"

"不知道。"

"意思是说，罗朗在抓你。"

"这有什么关系，只要罗朗不会死在我们任何人手里就行了。"

"可是，你，不幸的人啊，你会死在他手里的！"

"你以为他杀了我，我就会非常恨他吗？"

"哦！在我最最害怕的事情里，这个念头我还没有转到过呢！"

"那么，你以为你的哥哥在追捕我们？"

"我可以肯定。"

"你是怎么肯定的？"

"因为他那时候以为受了重伤的约翰爵士已经死了，他曾经发誓要为他复仇。"

"如果约翰爵士不是受了重伤，而是真的死了，"年轻人辛酸地说，"我们也许还到不了现在这个地步呢，阿梅莉。"

"天主拯救了他，夏尔；他不死反而好。"

"对我们来说吗？……"

"我不想猜测天主的意图。我对你说，我亲爱的夏尔，当心罗朗，罗朗就在附近。"

夏尔不相信地笑笑。

"我对你说他不但就在附近，而且就在这儿；有人看到他了。"

"有人看到他了！哪儿？谁？"

"你说谁看见他？"

"是啊。"

"夏洛特，我的使女，监狱看门的女儿；昨天星期日，她向我请假要去看望她的父母：因为我要见你，我就准了她的假，要她今天早上回来。"

"那又怎么样呢？"

"于是她在她父母处过夜。十一点钟，宪兵队长带来几名囚犯，在替犯人登记的时候，有一个裹在斗篷里的人来找宪兵队长。夏洛特听到这个人的声音似乎很熟；她仔细地对他瞧，后来那个人的脸从斗篷里漏了出来，她认出了是我的哥哥。"

年轻人做了个手势。

"你懂吗，夏尔？我哥哥到这儿，到布尔来了；他来得非常神秘，连我也没有通知；我的哥哥找宪兵队长，他一直跟到监狱里来，他只跟宪兵队长一个人说话，后来他又不见了；这对我们的爱情不是一个可怕的威胁吗，你说呢？"

果然，在阿梅莉讲话的时候，她情人的脸上盖上了一层阴云。

"阿梅莉，"他说，"在我们开始做我们现在做的事情的时候，我们每一个人都知道自己将遭到的危险。"

"可是，"阿梅莉问，"你们至少已经换地方了吧，你们已经放弃赛荣修道院了吧？"

"只有我们当中已经死去的人还留在那儿，现在还住在那儿。"

"赛泽利阿山洞这个隐蔽处是不是安全？"

"和所有有两个出口的隐蔽处一样安全。"

"赛荣修道院也有两个出口，可是你自己说，你们有人死在那儿了。"

"死人比活人更安全：他们肯定不会死在断头台上了。"

阿梅莉感到从头顶冷到了脚底。

"夏尔！"她喃喃地说。

"听着，"年轻人说，"天主和你都是我的证人，在我们会见时，我总是把我的微笑和快乐加在你的预感和我的惧怕之中；可是今天，面貌改变了；我们面对着斗争。不管怎么说，解决这件事情的时间离我们越来越近了。情夫们在受到巨大的危险的威胁时强求他们的情妇所做的疯狂和自私的事情，我决不要求你做，我不要求你对死人保留你的心，不要求你对尸体保持你的爱……"

"朋友，"年轻姑娘把手按着他的胳膊说，"你要注意，你快要怀疑我了。"

"不，我比这更看重你，我让你有作出任何牺牲的自由，可是我不愿意有任何誓言束缚你，也不愿意有任何关系约束你。"

"那好，"阿梅莉说。

"我所要求你的，"年轻人接着说，"你将以我们爱情的名义向我宣誓的——唉！这会给你带来多大的痛苦啊——那就是，如果我被逮捕了，如果我被缴掉了武器，如果我身入囹圄，被判了死刑，我所要求你的，我一定要你做到的，阿梅莉，那就是你要想尽一切办法把武器偷偷地送给我，不单是给我一个人，而是给我所有的伙伴，好让我们始终是我们生命的主人。"

"可是，夏尔，你不允许我把一切都讲出来，以求得我哥哥的同情和第一执政的宽容吗？"

年轻姑娘话还没有说完，她的情人便紧紧地抓住她的手腕。

"阿梅莉，"他对她说，"现在我要求你给我的已经不是一个誓言，而是两个誓言了。你首先要对我发誓，你决不恳求对我的宽赦。发誓！阿梅莉，发誓！"

"需要我发誓吗，朋友？"年轻姑娘失声痛哭起来，"我答应你不就行了吗？"

"以我对你说我爱你的名义，以你回答我说你爱我的名义，是吗？"

"以你的生命，以我的生命，以过去，以未来，以我们的微笑，以我们的眼泪的名义！"

"因为我总是要死的，你知道吗，阿梅莉，即使我一头在墙上撞死；不过这样的话，我就死得不光彩了。"

"我答应你，夏尔。"

"还有我第二个请求，阿梅莉：如果我们被抓住，被判决了，那就要给我弄来武器或者毒药，总之是一种可以死的办法，随便什么办法都行！死亡是从你那儿来的，我反而会觉得这是一种幸福。"

"不管我离你近还是远，不管我有没有自由，不管我是死是活，你是我的主人，我是你的奴隶：你下命令我服从。"

"就是这些事情，阿梅莉；你看到了，很简单也很清楚；决不要求情，决不要流泪。"

"简单而清楚，可是非常可怕。"

"事情能办到，是吗？"

"你一定要这样办吗？"

"我恳求你这样办。"

"是命令也好，是请求也罢，我的夏尔，你的意志一定会实现。"

年轻姑娘仿佛快晕过去了，年轻人用他的左胳膊托着她，一面凑过嘴去吻她。

可是就在他们的嘴唇快接触的时候，窗外响起了一下猫头鹰的叫声，声音非常近，阿梅莉听了打了个哆嗦，夏尔抬起了头。

接着又响起了第二下，第三下。

"啊！"阿梅莉轻轻地说，"你听到这种不祥的鸟叫声吗？我们注定要完了，我的朋友。"

可是夏尔摇摇头。

"这根本不是猫头鹰叫，阿梅莉，"他说，"这是我一个伙伴的呼唤声，把蜡烛灭了。"

阿梅莉吹灭蜡烛，这时候她的情人打开了窗子。

"啊，找到这儿来了！"她咕噜着说，"他们找你找到这儿来了！"

"喔！他是我们的朋友，我们的好朋友，德·热雅伯爵；除了他没有人知道我在这儿。"

随后他在阳台上问道：

"是你吗？蒙巴尔？"

"是的，是你吗，摩冈？"

"是的。"

一个人从几棵大树后面走出来。

"巴黎有消息；一刻也不能等待了，这关系到我们大家的生命。"

"你听到了吗，阿梅莉？"

他把年轻姑娘抱在怀里，紧紧地搂在胸口。

"去吧，"她说，声音像个快死的人一样，"去吧，你没有听说这关系到你们大家的生命吗？"

"永别了，我亲爱的阿梅莉，永别了！"

"喔！别说永别！"

"不，不，再见了。"

"摩冈！摩冈！"等在阳台下面的人在叫。

年轻人最后吻了阿梅莉一下，就蹿向窗口，跨过阳台，一跳便到了他朋友身边。

阿梅莉叫了一声，一直跑到栏杆前面；可是她只看见两个影子消失在由于花园里茂密的大树而显得更加深沉的黑暗里去了。

·第三十九章·
赛泽利阿山洞

　　两个年轻人钻进了大树的阴影里面；摩冈的同伴对花园里迂回曲折的道路不太熟悉，摩冈就带领着他一直走到他经常翻墙进来的地点。

　　只不过一刹那工夫，他们两人都到了墙外。

　　不多一会儿他们便来到了雷苏兹河岸边。

　　一棵柳树下面有一条船等着他们。

　　他们两人跳上船，划了两三桨便到了对岸。

　　对岸沿河有一条小路，一直通向一个从赛泽利阿伸向埃特雷的一个三法里长的小树林，这个小树林隔着雷苏兹河和赛荣树林正好是一对。

　　走到树林尽头，他们站定了；在这之前他们一直尽可能地快走，但没有奔跑，两个人谁也没有吭声。

　　一路上冷冷清清，很可能，甚至可以肯定，没有人看见他们。

　　他们可以松口气了。

　　"伙伴们在哪儿？"摩冈问。

"在山洞里，"蒙巴尔回答。

"为什么我们不马上就到山洞里去？"

"因为在这棵山毛榉脚下，我们会找到一个伙伴，他将告诉我们有没有危险，能不能再往前走。"

"谁在那儿？"

"达萨斯。"

那棵树后面出现了一个人影，并走了过来。

"我在这儿，"那个影子说。

"啊，是你，"两个年轻人说。

"有什么消息？"蒙巴尔问。

"没有；我们等您来做一个决定。"

"那么，我们快走吧。"

三个年轻人继续赶路；走出三百来步以后，蒙巴尔又站住了。

"阿尔芒！"他轻声呼唤。

叫声未绝，他们便听到有干枯的树叶的簌簌声，第四个人影从树丛里钻了出来，走近三个伙伴。

"没有消息吗？"蒙巴尔问。

"有，卡杜达尔派来一个使者。"

"已经来了吗？"

"来了。"

"在哪儿？"

"和弟兄们在一起，在山洞里。"

蒙巴尔第一个往前冲去；小路越来越窄，四个年轻人只能一个跟着一个走。

道路变成了一条向上的坡道，一直往上走了五百步，坡度不大，但曲里拐弯的都是些小路。

走到一块林中空地，蒙巴尔站定下来，学了三声猫头鹰叫，表示摩冈来了。

回答的是一声猫头鹰叫。

接着，在一丛繁密的树林里面，有一个人滑落到地上；他是监视山洞入口处的哨兵。

入口处离橡树约十来步路。

由于包围着山洞的那些树丛的位置的缘故，几乎一定要爬到树顶上才能发现那个山洞。

哨兵和蒙巴尔低声讲了几句话，蒙巴尔在履行一个首领的职责，他似乎想让摩冈一个人去沉思默想；那一个哨兵，由于他的警戒任务肯定还没有结束，又爬到了橡树的枝丫上面，不多一会儿，他又和树身混为一体了；因此刚才看着他爬上去的人，怎么也不能在他的空中堡垒中找到他的踪迹。

越接近山洞入口处道路越窄。

蒙巴尔第一个走了进去，在一个他知道可以找到他要找的东西的窟窿里拿出了一把火刀，一块火石，还有火绒，几根引火柴和一个火把。

火星迸发出来，火绒燃着了，引火柴散发出闪烁不定的，淡蓝色的火光，随后是火把发出的含有树脂的耀眼的火光。

眼前出现了三四条路，蒙巴尔毫不犹豫地走上了其中的一条。

这条道路在地下又往回折去；就好像这些年轻人在地下继续往刚才

把他们带来的那条路的方向，沿着他们自己的足迹走回去。

很明显他们是在沿着一个古采石场的弯道走着，也许在一千九百年以前，这条路通向三个被恺撒的军营俯瞰着的罗马城市，今天它们不过是些普通的村庄。

这条他们在走着的小路经常被一条条两头都挖到边上的，又深又宽的土沟隔开，只是因为沟上搁了一块跳板，来人才能通过。这块跳板只要踢一脚就会落到深沟里面去。

一路上还可以到处看到一些土堆石垛，人们可以躲在这些掩体后面开枪而不让敌人看到自己身体的任何部分。

最后，在进入山洞约摸五百步以后，有一个一人高的最后一个路障，过了那儿才能进入一个圆形的大窟窿；那里面有十来个人，他们或坐或躺，有的在看书，有的在打牌。

不管是看书的人，还是打牌的人，听到来人的脚步声，或者看到在采石场穹顶上摇曳的火光都没有放在心上，因为他们有充分把握，像他们这样防备周到，只有朋友才能来到他们的面前。

此外，这个营地的外表是相当富有诗意的；大量燃烧着的蜡烛——耶户的伙伴都是贵族，他们除了用蜡烛不会使用任何其他取光的物质——照得挂在武器架上的各种各样的武器闪闪发亮，放在最前面的武器有双响长枪和手枪，中间夹杂着一些花式剑和防护面罩，还有几件乐器散放其间，最后还有一两面金框框的镜子，说明这些居住在地下的奇怪的居民并不把梳洗打扮看作是可有可无的消遣。

所有的人都显得很镇静，就好像他们对把摩冈从阿梅莉怀里拉出来的那个消息毫不知情，或者是认为无关紧要。

不过，在外面这一小群人逐渐走近来时，在他们之中响起了"队长！队长！"的呼声。他们都站起来了，不过并不像看到官长来到的士兵们那样卑屈，而是带着一种聪明能干的人对比他们更加聪明更加能干的人所怀有的崇敬的情绪。

这时候摩冈晃了晃脑袋，抬起了头，越过蒙巴尔，走进了看见他来到而围成的圈子中间。

"怎么样，朋友们，"他问，"好像有什么消息吧？"

"是的，队长，"有一个人说，"据可靠消息，承蒙第一执政赏脸，他关心起我们来了。"

"信使在哪儿？"摩冈问。

"我在这儿，"一个穿着政府信使制服的年轻人说，他还浑身沾着尘土和泥浆。

"您带着信件吗？"

"没有书面的，有口头的。"

"是从哪儿来的？"

"从部长办公室来的。"

"那么，是可靠的啰？"

"我向您保证；这完全是官方消息。"

"朋友真是越多越好啊！"蒙巴尔插话说。

"尤其是富歇身边的朋友，"摩冈接着说，"我们来听听是什么消息。"

"我应该高声对大家说呢还是对您一个人说？"

"我相信这些消息对我们大家都有关系，因此您就高声地对我们大家一起说吧。"

"好吧；第一执政把富歇召进了卢森堡宫，为了我们的事把他训斥了一顿。"

"好，后来呢？"

"富歇公民回答说，我们这些人非常机灵，难以找到，即使找到了也很难抓住。总之一句话，他对我们大大地夸奖了一番。"

"他真是太客气了，后来呢？"

"后来，第一执政说这和他无关，说我们是强盗，说我们靠抢劫来支持旺代战争；说哪一天我们不再送钱到布列塔尼去，朱安党也就没有了。"

"我觉得这些话讲得非常有道理。"

"还说应该在东部和南方打击西部。"

"就像在印度打击英国一样。"

"因此他说，他授予富歇公民全权，即使要花掉一百万，死去五百人，他也一定要得到我们的脑袋。"

"那么，他知道向谁要我们的脑袋；剩下的是要知道我们让不让他来拿。"

"因此，富歇公民回去以后就大发雷霆，他声称一星期后在法国就不应该再有一个耶户的伙伴剩下。"

"期限倒是很短的。

"当天就有信使派往里昂，马孔，隆勒索涅，贝藏松和日内瓦，命令当地驻军首领尽一切可能消灭我们；另一方面，要对第一执政的副官罗朗·德·蒙特凡尔先生无条件服从；他需要多少军队就给他多少，他要怎样使用就让他怎样使用。"

"我还可以补充一点，"摩冈说，"罗朗·德·蒙特凡尔先生已经开始行动了；昨天他在布尔监狱和宪兵队长进行了一次会谈。"

"知不知道为了什么事？"有一个人问。

"啊！"另一个人说，"那当然是为了替我们在那儿预订房间啰。"

"现在，你还要保护他吗？"达萨斯问。

"比任何时候更要保护他。"

"啊，那太过分了，"有一个人咕噜着说。

"为什么不行？"摩冈专横地说，"这难道不是我做一个普通伙伴的权利吗？"

"当然是，"另外两个人回答。

"那么，作为一个普通的伙伴，也作为你们的队长，我要使用这个权利。"

"可是，如果在混战之中，有一颗流弹击中了他呢！"有一个人说。

"那么，我不是向你们要求我的权利，也不是我向你们下命令，而是向你们提出一个请求；我的朋友们，请答应我，以名誉保证，罗朗·德·蒙特凡尔的生命对你们来说是神圣不可侵犯的。"

在场所有的人一致伸手回答说：

"以名誉担保，我们发誓，一定做到。"

"现在，"摩冈说，"我们要实事求是地来考虑一下我们的实际情况，我们不能抱幻想；如果哪一天有一支有头脑的警察部队追上了我们，和我们进行认真的战斗，我们是不可能进行抵抗的。我们可以像狐狸一样诡计多端，我们可以像野猪一样左冲右突，可是我们这样斗争的时间是长不了的，就是这么回事；这至少是我的意见。"

摩冈用眼睛询问他的伙伴们，大家都表示赞同：不过他们是嘴角含笑地承认他们是必败无疑的。

这个时代就是这么奇怪：人们毫无畏惧地接受死亡，就像他们在给别人死亡时自己也无动于衷一样。

"那么现在，"蒙巴尔问，"你还有什么要补充的吗？"

"有，"摩冈说，"我还要说，如果我们能搞到些马匹，或者甚至是徒步走，那都是再容易不过的事；我们全都打过猎，多少还是个山民。离开法国，骑马要跑六个小时，徒步要走十二小时；一到瑞士，我们就可以嘲弄富歇公民和他的警务部了；这就是我要补充的。"

"嘲弄富歇公民是很有趣的，"阿德莱说，"可是离开法国是让人相当不忍心的。

"因此我要听过卡杜达尔的信使的意见以后再决定是否采取这个极端措施。"

"啊，是啊！"有两三个人说，"那个布列塔尼人呢，那个布列塔尼人在哪儿？"

"我离开这儿的时候他在睡觉。"

"他还在睡呢，"阿德莱说，他指指躺在山洞的一个角落里一个稻草铺上的一个人。

有人喊醒了这个布列塔尼人，他跪了起来，用一只手擦擦眼睛，另一只手习惯地在寻找他的马枪。

"您在朋友这儿，"一个人说，"不必害怕。"

"害怕！"布列塔尼人说，"谁在那儿说我会感到害怕？"

"也许是一个不知道害怕是什么的人，我亲爱的金树枝。"（因为摩冈已经认出这个卡杜达尔的信使就是他从阿维尼翁回来的那天夜里在赛荣修道院里接待过一次的那个人）摩冈说，"我以他的名义向您道歉。"

金树枝瞧瞧他面前的这群年轻人，他的神气一望而知是不喜欢别人和他开玩笑的。可是他看到这群人一点也没有冒犯他的意思，他们那种嘻嘻哈哈的情绪也决不是为了嘲笑他，他就以一种相当亲切的神气问道：

"各位先生，你们之中哪一位是首领？我的将军有一封信要我交给他。"

摩冈向前走了一步。

"是我。"他说。

"尊姓大名？"

"我有两个名字，"

"您的化名叫什么？"

"摩冈，"

"对，将军对我说的就是这个名字；而且，我也认识您，就在那天有一些教士接待我的晚上，是您交给我一个装着六万法郎的钱袋；那么，我有一封信要给您。"

"拿来。"

这个农民拿起毡帽，撕开夹里，在夹里和毛毡之间，拿出一张纸来，这张纸初看雪白，也像是一层夹里。

随后他行了个军礼，把这张纸递给摩冈。

摩冈把这张纸翻来覆去看了几遍，上面一个字也没有写，至少表面上是这样。

"拿一支蜡烛来。"他说。

有人递过一支蜡烛；摩冈把纸展开在烛火上烘烤。

慢慢地纸上显现出一些字母，在烛火热力的作用下，字迹出现了。

这些年轻人对这种密写法是很熟悉的；只有布列塔尼人看了有些感到奇怪。

对这个头脑简单的人来说，在这种变化里面肯定有某种魔法；可是既然妖魔愿意为保皇事业效劳，那么朱安党人也可以和它妥协。

"各位先生，"摩冈说，"你们要不要知道主人对我们说的话？"

大家都弯了弯腰，静听着。

年轻人念道：

"我亲爱的摩冈：

如果有人对您说我已经放弃了我的事业，并且和旺代的首领们同时和第一执政的政府签订了和平条约，您一句话也别相信；我是纯血统的布列塔尼人，因此就像一个真正的布列塔尼人那样固执。第一执政派了他一名副官来，建议赦免我所有手下的人，并授予我上校军衔；我甚至没有问问我手下人的意见，就代表他们和我自己拒绝了。

现在，一切都取决于您：因为我们不能从王公贵族那儿得到金钱和鼓励，您是我们唯一的财务官。如果您向我们关闭您的钱柜，更可以说是不再为我们打开政府的钱柜,那么,保皇分子——他们的心只有在布列塔尼才能跳动——的敌对行动就要逐渐减少,直到完全消失。

我用不到再对您说,敌对行动完全消失,也意味着我的心停止跳动。

我们的任务是危险的;我们可能要为此丢脑袋;可是如果在我们身后还能听到——如果在坟墓里能够听到外面的声音的话——有人说:'所有的人都已经绝望了,只有他们没有绝望!'您不觉得这样的事对我们来说有多么美好吗?

我们两人之中总有一个先死一个后死,但愿后死的一个在死去的时候说:Etiamsi omnes,ego non.①

请像我相信您一样相信我吧。

乔治·卡杜达尔

附言:——您知道您可以把您所有的事业的经费交给金树枝;他已经向我保证不让人抓住,我相信他的话。"

摩冈念完这封信的最后一句以后,年轻人中间响起了一阵兴奋的低语声。

"你们听到了吗,先生们?"摩冈说。

"听到了! 听到了! 听到了!"所有的人重复着说。

"首先,我们有多少钱可以交给金树枝?"

---

① 拉丁文:即使所有人的意见都一致,我还是不同意。

"西朗湖的一万三千法郎,卡洛尼埃尔的二万二千法郎,梅克西米厄的一万四千法郎;一共是四万九千法郎。"阿德莱说。

"您听到了吗,我亲爱的金树枝?"摩冈说,"钱不多,比上次少了一半;可是您知道这句谚语:'世界上最美丽的姑娘也拿不出她所没有的东西。'"

"将军知道你们这些钱来之不易,要冒很大的风险,所以他说,不管你们给他的钱多么少,他都是非常感激地接受的。"

"而且下一次要多一些了,"一个大家没有注意到的刚来到这群人中间的年轻人说,因为大家的注意力都集中在卡杜达尔的信上,集中在念信的人身上,"如果我们愿意稍许谈谈星期六的尚贝里邮车就行了。"

"啊,是你,瓦朗索尔。"摩冈说。

"请别使用真名,男爵;让我们被枪毙,上断头台,受车轮刑,四马分尸都可以,可是我们不能让家庭的荣誉受到损害。我叫阿德莱,没有其他名字。"

"对不起,是我错了;那么你说……?"

"我说从巴黎去尚贝里的邮车星期六要经过拉沙佩勒－德甘谢和贝尔维尔之间,车上有五万法郎,是政府送给圣伯纳山口的修士们的;我还要附带说一下,在这两个地点之间有一个叫做白房子的地方,我觉得在那儿设下埋伏是非常合适的。"

"你们觉得怎么样,先生们?"摩冈问,"我们是不是给富歇先生一点儿面子,让他的警务部不得安宁,还是溜之大吉呢?我们是离开法国,还是继续做我们的忠贞不贰的耶户的伙伴呢?"

只有一个回答。

"我们要留下！"

"太好了！"摩冈说，"从这句话就看得出你们是些什么样的人，兄弟们，卡杜达尔在我们刚收到的他那封有趣的信里已经指出了我们的道路；让我们接受他那句英勇的箴言吧！Etiamsi omnes, ego non."

接着，他对那个布列塔尼农民说：

"金树枝，四万九千法郎就交给你了，你什么时候走都可以。你可以用我们的名义对他们说，下一次情况可以好一些；并代我对将军说，不管他到哪儿去，即使上断头台，我也要不胜荣幸地跟着他去，或者在他之前就去。再见吧，金树枝！"

随后，他回头转向那个似乎非常希望别人尊重他隐姓埋名的年轻人。

"我亲爱的阿德莱，"他对阿德莱说，他已经恢复了不久以前的愉快情绪，"如果您肯赏脸做我的客人，那么今天夜里由我来安排您的食宿。"

"那真是太感谢您了，亲爱的摩冈，"新来的人说，"不过我要告诉您，由于我累极了，随便什么床我都可以睡；可是因为我饿得要死，不是随便什么夜餐都可以使我满意的。"

"你会有一张舒服的床和一顿丰富的夜餐的。"

"要怎么样才能有呢？"

"跟我走。"

"听候吩咐。"

"那么，来吧。先生们，晚安！今天是你守夜吗，蒙巴尔？"

"是的。"

"那么我们可以高枕无忧了。"

讲到这里,摩冈一手挽着他朋友的胳膊,一手拿过一个别人递给他的火把,向山洞的深处走去。假使读者们对这长长的一幕看得还不太厌烦的话,我们就跟着他一起走去。

瓦朗索尔,我们前面已经见到过,是埃克斯郊区人,他这是第一次有机会参观耶户一帮子新近用来当作避难处的赛泽利阿山洞。在前几次开会的时候,他只是有机会探索了赛荣修道院的塔楼和曲折的道路,后来他就非常熟悉,因此在那场表演给罗朗看的戏里面,他被派担任鬼魂的角色。

他对这个新居——他将第一次在这里睡觉——的一切都感到好奇和陌生;这个地方,至少在几天里面,看来将成为摩冈的司令部。

就像所有被废弃的采石场一样,乍看之下,这个地方就像一个地下城市,为开采石块而挖成的形状不一的通道,最后都会通向一个死胡同,也就是采石工作到此结束的地方。

这些通道中只有一条仿佛没有尽头。

在这条通道通到它似乎应该结束的地方时,它前面的死胡同的角落里被挖开了——为什么挖开的?这件事连当地人也觉得神秘莫测——一个洞,这个洞比和它相通的走道窄三分之二,差不多可以让两个人并排通过。

这两位朋友走进了这个洞里。

洞里面空气异常稀薄,他们的火把随时有熄灭的危险。

瓦朗索尔觉得有一些冰凉的水滴落在他的肩上和手上。

"喂！"他说，"这儿在下雨吗？"

"不是的，"摩冈笑笑回答说，"不过我们正在从雷苏兹河下面经过。"

"那么，我们是去布尔吗？"

"差不多。"

"好吧，你现在带着我走，你答应给我吃和睡：我没有什么要担心的，只不过我们的火把也许要熄掉了……"年轻人接着说，他的眼睛一直盯着火把的暗淡的火焰。

"这也没有什么值得担忧的，因为我们总会找到道路的。"

"唉！"瓦朗索尔说，"如果你想到，我们是为了一些甚至连我们的名字也不知道的亲王——即使他们有朝一日知道了，也会在第二天就忘记掉——半夜三点钟在山洞里散步，在河下面穿过，还不知道将睡在哪里，而且还非常有可能在某一天早晨被抓住，被审判，被斩首；这真是愚蠢得很，是吗，摩冈？"

"我亲爱的，"摩冈说，"在这样的情况之下，那些被当作是愚蠢的东西，而又不是平凡的东西，很有可能是高贵的东西。"

"喂，"瓦朗索尔说，"我看你在我们所干的事业里面所失去的东西比我还多。我献给事业的是忠诚，而你还加上了热情。"

摩冈叹了一口气。

"我们到了，"他说，他让这场他已经感到不堪重负的谈话结束了。

果然，他们的脚已经碰到了一座楼梯的下面几个梯级。

摩冈走在前面为瓦朗索尔照亮，他向上走了十个梯级遇到了一个栅栏。

他从口袋里掏出一把钥匙，把栅栏门打开。

他们走进了一个墓穴。

在墓穴的两端，有两口棺材搁在几个三角铁架上；银制十字架上的公爵的冠冕和天蓝色的纹章说明躺在里面的是戴上王冠的以前的萨瓦家的成员。

在墓穴的深处，有一座通向上面一层的楼梯。

瓦朗索尔向四周好奇地扫了一眼，在火炬的摇曳不定的微光下面，他认出了他正置身于一个丧葬场所。

"见鬼！"他说，"我们似乎和斯巴达人完全相反。"

"因为他们是共和分子，而我们是保皇分子吗？"摩冈问。

"不，因为他们在用餐结束时才叫人送一副骨骼来，而我们却在用餐开始时就这样做了。"

"你是不是有充分把握，这个哲学上的说法是斯巴达人提供的？"摩冈说道，一面关上了门。

"不管是不是他们，"瓦朗索尔说，"我的谚语已经讲过了；凡尔托神父①不重新写他的《罗德里岛围城战》，我也不再修改我的谚语。"

"那么，下一次，你可以说这是埃及人。"

"哼！"瓦朗索尔毫不在乎地说，不过语气有点儿伤感，"在再次有

---

① 凡尔托神父（1655—1735）：法国历史学家。他写过一本《罗德里岛围城战》（历史上有名的一次战役，发生于1522年）。此书写好以后，有人又向他提供了一些有关此战的细节。凡尔托神父说："我很遗憾，可是我这本书已经写好了；"他从此不再修改此书。

机会表现我的博学以前，我也许自己也成为一具骨骼了。可是你在搞什么鬼啊？为什么你把火把灭了？我希望你决不至于要我在这儿吃夜餐，在这儿睡觉吧？"

摩冈在踩上通向楼上那座楼梯的第一级时果真已经把火把熄灭了。

"把手伸给我，"年轻人回答说。

瓦朗索尔赶忙抓住了他朋友的手，这种急切的程度证明了他不太想在一片黑暗之中长期待在萨瓦公爵的墓室里，尽管和这些赫赫有名的死者打交道对一个活人来说是非常光荣的事情。

摩冈登上梯级。

接着，他的手仿佛碰到了什么坚硬的东西，便用力一推。

果然，有一块石板掀了起来，瓦朗索尔的眼睛看到了开口外面忽闪着昏暗的微光，一股芳香的气味压倒了墓穴里的臭气，使他闻了非常舒服。

"啊！"他说，"我们肯定是在一座谷仓里面，我宁愿如此。"

摩冈没有回答；他帮助他的伙伴走出墓穴，让石板又重新盖上。

瓦朗索尔看看周围：他正处在一个堆满干草的巨大的建筑物中间；外面的光从一些式样非常美观的窗子里透进来，因此不像是谷仓的窗子。

"可是，"瓦朗索尔说，"我们不是在一座谷仓里吗？"

"爬到这堆干草上去，坐在这扇窗子旁边。"摩冈说。

瓦朗索尔听从了他的话，像一个度假的小学生那样爬上了干草堆，按照摩冈对他说的，坐在一扇窗子旁边。

过了一会儿，摩冈在他朋友的两条腿之间放下一块餐巾，里面有一只焰饼，一些面包，一瓶葡萄酒，两只杯子，两把刀子和几把叉子。

"哟！"瓦朗索尔说，"简直像卢库鲁斯①在自己家里吃夜餐。"

随后，他从大玻璃窗里面望出去，看见有一座也有很多窗子的建筑物，它似乎是这两位朋友所在的这座建筑物的侧翼，在那个楼前面有一个哨兵在巡逻。

"如果我不知道我们在哪儿，"他说，"我这顿夜餐肯定吃不香。这是一座什么建筑？为什么门口有一个哨兵走来走去？"

"好吧，"摩冈说，"既然你一定要知道，我就来告诉你。我们现在在布鲁教堂里面，由于市政府的一项法令，把这个教堂改成了草料仓库。我们紧靠着的这座楼是宪兵队的营房；而这个哨兵的任务就是不让别人来打扰我们吃夜餐，不让别人来惊醒我们的睡梦。"

"勇敢的宪兵，"瓦朗索尔斟满他的杯子说，"摩冈，为他们的健康干杯！"

"也为我们的健康干杯！"年轻人笑着说，"如果有人会想出到这儿来找我们，就让魔鬼把我抓去！"

摩冈刚喝完他这杯酒，就好像魔鬼接受了他提出的挑战似的，就听到那个哨兵刺耳的嗓子叫道："谁？"

"啊！"两个年轻人说，"这是怎么一回事？"

一支有三十来人的队伍从蓬丹那面过来，和哨兵交换过口令以后便散开了：人数多的一部分在两个军官模样的人的带领下走进了军营；

———————————

① 卢库鲁斯（约前109—约前57）：罗马将军，以挥霍奢侈闻名。

另外一部分继续往前走去。

"注意！"摩冈说。

两个人全都跪下身来侧耳谛听，他们的眼睛贴着玻璃窗……

现在我们来向读者解释一下打断这次夜餐的原因；这次夜餐，虽然像我们看到的那样，是在半夜三点钟吃的，却并不因此而可以吃得太太平平。

· 第四十章 ·

扑空

监狱看门的女儿一点也没有看错：她看到在监狱里和宪兵队长谈话的人就是罗朗。

在阿梅莉方面，她的惧怕也是有道理的：因为罗朗就是为找寻摩冈的踪迹而来的。

他所以没有到黑色喷泉府来，倒不是他怀疑他的妹妹和耶户一帮子的首领有什么关系，而是怕他哪一个仆人守不住秘密。

他在夏洛特父亲那儿认出了夏洛特，可是她一点也没有表现出惊奇的神色，他就以为没有被她认出来；而且他在和宪兵队长交谈了几句话以后便到巴斯底翁广场去等他，在这个时候广场上几乎是没有什么人的。

宪兵队长等囚犯登记好名字以后便去找他。

他看到罗朗在那儿来回踱步，不耐烦地在等着他。

在监狱门房那儿，罗朗只是向他说明自己的身份；而在广场上，就可以转入正题了。

因此，他首先向宪兵队长透露了他此行的目的。

就像在群众大会上有人为了个人的事情要求发言得到了毫无异议的同意一样，罗朗也把追捕耶户一帮子作为自己的私事要求第一执政把这件事情托付给他，他也毫无困难得到了这个照顾。

陆军部长命令布尔城以及布尔周围城市的驻军全都听从罗朗的调度。

警务部长命令所有宪兵军官要对他全力相助。

罗朗首先想到的当然是和布尔的宪兵队长打交道，宪兵队长是他的老相识，他知道这位队长是个敢作敢为的人。

他找到了他要找的人：布尔城宪兵队队长对耶户一帮子简直是恨入骨髓，这些人在离布尔只有四分之一法里的周围拦劫公共马车，他却连个影子也抓不到。

他知道最近送到警务部长那儿去的三份关于拦劫驿车的报告，他当然也理解警务部长恶劣情绪。

可是在罗朗把他在赛荣修道院守夜时看到的情况，尤其是第二天晚上约翰爵士在同一个修道院里遇到的事情告诉宪兵队长时，队长却深以为异。

宪兵队长当然听到过传说，德·蒙特凡尔夫人家的客人被人刺了一匕首；可是因为这件事没有人来申诉，队长认为罗朗想把这件事掩盖掉，他也就没有权利去刺探其中的秘密。

在这动荡不安的时代，武装力量宽大为怀，这在其他时代是没有的。

罗朗别的什么也没有说，他一心想在时机来到时，亲自去追捕这些修道院的主人——神秘的谋杀犯；他要为自己保留着这一大乐事。

这一次罗朗到布尔来是胸有成竹的，他有各种实现他计划的方法，他下定决心，不完成任务就不去见第一执政。

再说，这也是罗朗所追求的一种冒险。这种事不是既危险又富有诗意吗？

这不是一个可以和那些人玩命的好机会吗？那些人并不爱惜他们自己的生命，大概也不会爱惜他的生命。

罗朗根本没有想到那些事的真正原因，也就是摩冈对他的全面保护，他在修道院里守夜那天夜里和他和卡杜达尔作战那个白天能逢凶化吉的那种运气。

怎么能想象出，在他名字上划一个小小的十字，这个赎罪的记号，能在距离有二百五十法里的法国两端保护他的生命？

这时候，第一件要做的事情是包围赛荣修道院，搜索它每一个最隐秘的角落；这件事罗朗认为自己是完全能够做到的。

可是因为时间已经到了深夜，这次行动只能等到第二天晚上进行。

在这之前，罗朗可以躲在宪兵队的兵营里队长的房间里，这样就没有人会怀疑到他已经来到布尔，更不会去猜测他来布尔的原因。到第二天他就可以去指挥这次行动。

第二天白天，有一个过去做过裁缝的宪兵将替他缝制一套中士的服装。

他将被当作是隆勒索涅宪兵队派来的人；穿了这套中士制服，他就可以领导这次搜查修道院的行动而不被别人认出来。

一切都按照计划进行。

一点钟左右，罗朗和队长一起回到兵营里，走进队长的房间，搭起一只行军床，躺了上去，就像一个刚刚坐了两天两夜驿站快车的人那样马上就睡着了。

第二天，他耐心地制定了一份作为队长指令的搜查赛荣修道院的行动计划，有了这份计划，即使没有罗朗的协助，这位杰出的军官也能正确无误地指挥这次行动。

由于宪兵队长手下只有十八个士兵供他指挥，要全面包围修道院，或者是要守住它两个出口，到里面去搜查，人数是远远不够的。要集合这支分散在郊区各处的宪兵队，并补足需要的人数，总得两三天时间；宪兵队长根据罗朗的命令，当天去把这件事通知了驻扎在布尔那个团的龙骑兵上校，向他商借十二个人；这样的话，连同宪兵队长的十八个人，总数可达三十个。

龙骑兵上校在知道了这次行动是由第一执政的副官，罗朗·德·蒙特凡尔旅长领导的以后，他声称他不但同意供给十二个人，而且他自己也愿意参加这一行动，亲自指挥他手下的十二个龙骑兵。

罗朗接受了他的协助，大家商定，这位上校——我们在这儿不加区别地使用上校和旅长这两个表示同一军阶的头衔——我们说，大家商定，这位上校和他十二名龙骑兵到宪兵队营房来会合罗朗，宪兵队长和他的十八名宪兵共同前往，宪兵队营房恰好在龙骑兵上校去赛荣修道院的路上。

出发时间规定在十一点钟。

十一点钟，军事上的十一点钟，也就是十一点正，龙骑兵上校和他十二名龙骑兵和宪兵们会合了；两支部队合而为一，开始上路。

罗朗穿着宪兵中士的制服，让他的同僚龙骑兵上校知道了自己的身份；可是对那些龙骑兵和宪兵们来说，他仍旧是原先所说的隆勒索涅宪兵队里的中士。

不过，他们对这个不是当地人的中士被叫来做他们的向导大概是感到有些奇怪；于是他们被告知，罗朗在年轻时代曾经在赛荣修道院做过见习修士，这个职务使他有可能比任何人都熟悉修道院的最最隐秘的旮旮旯旯。

这些勇敢的军人首先是感到有些屈辱，因为他们接受了一个前修士的引导，后来看到这位前修士戴他的三角帽的样式很潇洒，他走路的步伐说明他在穿上制服以后已经完全忘记了他过去曾经穿过修士服，他们终于决定暂时容忍这个屈辱，准备最后根据他使用挎在他肩上的火枪，插在他腰里的手枪和挂在他身边的军刀的方式来对这位中士作出最后判断。

他们拿着火把上路了，一路上寂静无声，分成三个小队前进：第一小队八个人，由宪兵队长指挥；第二小队十个人，由上校指挥；第三小队十二个人，由罗朗指挥。

走出城外，他们就分开了。

宪兵队长，他比龙骑兵上校更熟悉当地的地形，负责守住科勒里小楼朝向赛荣树林的窗户；他带着他八名宪兵。

龙骑兵上校根据罗朗的安排，守住修道院的大门。他带着五名龙骑兵和十二名宪兵。

罗朗自己负责搜查修道院里面；他带着五名宪兵和七名龙骑兵。

规定半小时后每个小队都要进入自己的岗位，时间是充裕的。

佩罗纳斯教堂钟敲十一点半的时候，罗朗和他的人要越过修道院外果园的围墙。

宪兵队长顺着蓬丹大路一直走到树林边缘，随后绕着树林走到指定要他去的岗位上。

龙骑兵上校走另一条和蓬丹大路相连的，直通修道院大门的路。

最后是罗朗，他穿过森林，来到了修道院果园的围墙外面，这条围墙，我们记得，他在其他情况之下，已经翻越过两次了。

十一点半敲响了，他向他的人发出信号，翻过了果园的墙头，宪兵和龙骑兵跟在他后面。到了墙内以后，宪兵和龙骑兵虽然不知道罗朗是不是勇敢，可是已经知道他是相当机灵的。

罗朗在黑暗中向他们指指他们要去的那扇门；就是从果园通向修道院的门。

随后罗朗第一个穿过长得高高的野草，第一个推开那扇门，第一个走进了修道院。

修道院里面一片漆黑，寂然无声，杳无一人。

罗朗始终走在前面，带着他的人一直走到大饭厅。

到处都杳无一人，到处都寂然无声。

他走到倾斜的拱顶下面，又来到花园里面，没有惊扰任何有生命的东西，除了有几只猫头鹰和蝙蝠。

还要去看看蓄水池，墓室和小楼——也就是树林里的小教堂。

罗朗穿过蓄水池旁边的空地，来到台阶前面，他点燃起三个火把，自己拿了一个，把另外两个，一个给了一个龙骑兵，一个给了一个宪兵；随后他掀起了那块盖住了阶梯的石块。

跟在罗朗后面的宪兵们开始相信他非但机灵，而且勇敢。

他们越过了地下走廊，来到了第一个栅栏门，栅栏门是虚掩着的，没有关上。

他们走进地下墓室。

这儿非但杳无一人，非但寂静无声，而且使人毛骨悚然。

最勇敢的人来到这儿也会毛发直竖。

罗朗在一个个坟墓中间走过去，用他手里拿着的手枪的枪柄去试探这些坟墓。

还是什么动静也没有。

他们穿过墓室，来到了第二个栅栏门前面，走进了教堂。

同样的寂静无声，同样的杳无一人；完全是一片被废弃的样子，甚至似乎已经被废弃好几年了。

罗朗笔直向祭坛走去，他又看到了石板地上的陈旧的血迹：没有人费神把它擦去。

全都搜查完了，不会再有什么希望了。

罗朗还是下不了撤退的决心。

他思忖会不会是因为他带的人太多了，所以他没有受到攻击；他便把十个人和一个火把留在教堂里，要他们从倾圮的窗子里面和埋伏在窗外不远的树林里面的宪兵队长保持联系；自己带两个人又从原路折回。

这一次，跟随在他身后人觉得他非但是勇敢，而且有些过分莽撞了。

罗朗甚至没有关心后面是不是有人跟着，由于没有强盗的踪迹，他就随着自己的踪迹往回走。

那两个人为自己的胆怯感到惭愧，便跟在他后面一起走去。

修道院里肯定没有人，它被废弃了。

走到大门前面，罗朗呼唤龙骑兵上校；上校和他的十个人都在他们的岗位上。

罗朗打开大门，和他们会合。

他们什么也没有看见，什么也没有听到。

他们又一起回进教堂，把他们身后的大门紧紧关闭，断绝强盗的退路——如果他们有幸遇到那些强盗的话。

随后他们去和他们的伙伴们会合，伙伴们也已经和宪兵队长以及他的八个人集合在一起了。

他们全都待在祭坛上。

只能下决心撤退了：早晨两点钟的钟声刚刚敲响；他们搜查了将近三个小时，可是一无所获。

在宪兵们和龙骑兵的心眼里，罗朗已经树立了他的威信。他们看到，前见习修士没有赌气，尽管很不情愿，还是发出了撤退的信号，打开了修道院朝向树林的那扇门。

这一次，因为罗朗已经放弃了遇到任何人的希望，他只是把身后的门带上了就算了。

随后，这一小队人跨着急促的步子踏上了回布尔的大路。

宪兵队长，他的十八个人以及罗朗，和哨兵交换了口令以后，回到了他们的营房。

龙骑兵上校和他十二个人继续赶路，回到城里。

引起摩冈和瓦朗索尔注意的就是刚才哨兵发出的呼喊声；也就是那

十八个人回到营房的声音打断了他们的夜餐；也就是这个事先没有预先估计到的情况使摩冈说了一声"当心！"

的确，在这两个年轻人所处的形势之下，一切都值得当心。

因此，他们的夜餐中断了，他们的牙床骨停止了活动，让他们的眼睛和耳朵发挥它们最大的作用。

大家很快就可以看到只有他们的眼睛才有作用。

所有的宪兵都回到了自己的没有火光的房间里；在这个营房里所有的窗子上没有任何可以引起这两个年轻人注意的东西，因此他们可以集中精力注意一点。

在所有这些漆黑的窗子中间，有两扇里面点起了灯；这两扇窗子突出在其他窗子的前面，恰巧对着这两位朋友用餐的那扇窗子。

这两扇窗子在二楼；可是从摩冈和瓦朗索尔所占的位置——干草堆的顶上——来说，他们正处于和这两扇窗子的同一高度，而且还是居高临下的。

这两扇窗子就是宪兵队长的房间的窗子。

也许是由于正直的队长没有在意，也许是由于国库拮据，这两扇窗子上没有挂帘子；靠了宪兵队长为了欢迎他的客人而点燃起来的两支蜡烛，摩冈和瓦朗索尔对这个房间里发生的所有的事情可以一览无遗。

突然，摩冈抓住了瓦朗索尔的胳膊，抱得紧紧的。

"嗯！"瓦朗索尔说，"又有什么事了？"

罗朗刚才把他的三角帽扔到一张椅子上，摩冈把他认出来了。

"罗朗·德·蒙特凡尔！"他说，"罗朗穿着中士的制服！这一次，我们终于找到他了，而他还在找我们的线索。我们可别失去了他的踪迹。"

"你要干什么？"瓦朗索尔觉得他的朋友要离开他。

"我要去通知我的伙伴们；你留在这儿，盯着他；他在解下军刀，放下手枪，看来他要在队长的房间里过夜了： 明天，不管他走哪一条路，我相信他总会被我们中的一个盯上的。"

摩冈说完便从干草堆的斜面上滑下去，他的同伴等他消失以后，便像一个狮身人面像那样俯伏在那儿，不让罗朗·德·蒙特凡尔越出他的视线。

一刻钟以后，摩冈回来了，宪兵队长的窗户也像兵营其他窗户一样，变成了漆黑一片。

"怎么样？"摩冈问。

"是这样的，"瓦朗索尔回答说，"事情就像世界上最平淡无奇的事一样结束了；他们脱去衣服，吹灭蜡烛睡觉了；队长睡在床上，罗朗睡在行军床上；现在他们很可能在比赛谁打鼾打得响呢。"

"这样的话，"摩冈说，"祝他们晚安，也祝我们晚安。"

十分钟以后，这个祝愿便实现了；两个年轻人就像两个对他们的同床朋友没有任何危险的人一样睡着了。

LES
COMPAGNONS DE JÉHU

·第四十一章·
驿站客店

　　当天早上六点钟光景，也就是在二月末的一天，灰蒙蒙冷冰冰的太阳升起来的时候，有一个骑士用马刺刺着胯下的一匹驿站小马，后面跟着一个负责把马牵回来的马车夫，从马孔或者圣朱利安大路走出了布尔城。

　　我们所以说从马孔或者圣朱利安大路，因为在离开布尔一法里的地方，大路分成两条，一条笔直向前，通向圣朱利安；另一条向左拐，通向马孔。

　　来到两条大路的分叉口时，骑士准备向马孔那条路走去，突然有一个好像是从一辆翻倒的马车下面发出来的声音在呼救。

　　骑士命令车夫去看看是怎么回事。

　　果然，有一个可怜的种菜人被压在一辆运蔬菜的车子下面。他大概是在车轮卡进沟里想把车子扶住的时候失去平衡摔倒的；车子压在他身上，总算运气，据他说，他希望他的身体没有被压坏什么，因此他只要求一件事，那就是把车子重新翻过来；他希望翻过来以后，他也可以重新站起来了。

骑士对这个陌路人很有同情心，因为他非但允许车夫停下来，为种菜人解决他所遇到的麻烦，而且他还亲自下马，帮助车夫把车子翻过来，不但把车子扶正，还把车子拉到了大路上；这个骑士不过是个中等身材，他有这样的力气是别人始料所不及的。

随后，他又想帮车子下面的人站起来；可是那个人说对了：他没有受伤，如果说他的腿还有点儿发抖，那也是为了证实"酒鬼们也有一个神祇"这句谚语。

种菜人千谢万谢，抓住了他那匹马的缰绳，不过同时也是为了——这是一望而知的——稳住自己，他牵着他那匹马向那条直路上走去。

两个骑马人又重新上马，策马快跑，很快就消失在离莫内树林五分钟路程的大路拐角上。

他们刚一消失，种菜人的神态突然大变：他拉住马，挺直身子，把一个小喇叭的吹口衔在嘴里一连吹了三下。

一个像马夫似的人牵着一匹骏马从路边的树林里跑出来。

种菜人飞快地脱下他的罩衣，褪下他的粗布裤子，露出他的上衣和麂皮短裤，他穿着一双翻口皮靴。

他在他的车子里翻了翻，从里面拿出一只包裹，他打了开来，把一件绿色的、镶有肋形金线的猎装抖了抖，穿在身上，又在外面披上一件栗色的宽袖长外套，再从马夫手里接过他递过来的和他这套华丽的服装完全相配的一顶帽子，叫马夫替他拧上了他皮靴上的马刺，随后像一个经验丰富的骑术教练一样轻巧地跳上了马背。

"今天傍晚七点钟，"他对马夫说，"你到圣茹斯特村和赛泽利阿村的交界处去；你会在那儿碰到摩冈，你对他说，他知道的那个人到马孔去了，不过我将比他先到马孔。"

说完，他也不去管那辆装蔬菜的车子；再说，他也已经把它交托给他的仆人了；这位刚才的种菜人——他不是别人，是我们的老相识蒙巴尔——掉转马头向莫内树林飞驰而去。

他的马可不是罗朗骑的驿站小马，而是一匹善于奔跑的骏马；因此他在莫内树林和波利亚之间便赶上了，并超过了前面两个骑士。

这匹马一口气——除了在芒通河畔圣西尔稍停片刻——在不到三个小时里面走完了布尔和马孔之间的近十法里路。

到了马孔以后，蒙巴尔来到了驿站客店，这家客店有独揽所有高贵旅客的名气。

而且，从客店老板接待蒙巴尔的方式来看，可以看出蒙巴尔不是第一次来到这儿。

"啊，是您！热雅先生，"客店老板说，"昨天我们还在问起您最近怎么啦，有一个多月没有见您上这儿来了。"

"您相信有这么久吗，我的朋友？"年轻人学着当时时髦的小舌颤音说，"哦，是的，我保证，是真的！我在几个朋友家里，在特莱福家里，在奥特古尔家里；您知道他们的名字吧？"

"哦，名字知道，人也认识。"

"我们一起进行了围猎，他们的打猎班子好极了，以名誉担保！今天早上你们这儿吃不吃早饭？"

"为什么不吃？"

"那么，给我一只小鸡，一瓶波尔多葡萄酒，两块排骨，一点水果，东西不多。"

"请稍等一会儿。您要在您房间里用餐，还是在大食堂里用餐？"

"在大食堂里，热闹一些；不过请另外给我一个桌子啊！别忘了我的马：这是一匹好马，我喜欢它甚至胜过某些基督徒，以名誉担保！"

客店老板吩咐了下去，蒙巴尔坐在壁炉前面，翻起他的宽袖长外套，烤他的腿肚子。

"驿站一直由您管理吗？"他向客店老板说，他仿佛不想中断他们的谈话。

"我想是的！"

"那么，公共马车在您这儿换马吗？"

"不是公共马车，而是驿站快车。"

"哦！那么，我这几天得去尚贝里；快车上还有几个位子？"

"三个：两个在车厢里面，一个在信使旁边。"

"我有机会得到一个空位子吗？"

"这有时候是有可能的；不过还是自己有一辆敞篷马车或者轻便马车最最保险。"

"不能预订座位吗？"

"不能，因为您完全懂得，德·热雅先生，如果有些旅客定下了巴黎到里昂的位子，他们就有优先权。"

"您看，这就叫作贵族啊！"蒙巴尔笑着说，"讲起贵族，跟在我后面就有一个骑着驿马来的；在离波利亚四分之一法里的地方我超过了他，我觉得他好像骑的那匹马有点儿气急！"

"哦！"客店老板说，"这并不奇怪，我那些同行手里都没有什么好马！"

"啊，请看，这就是我们的那个人，"蒙巴尔接着说，"我还以为超过他的时间还要多些呢。"

果然，就在这时候，罗朗骑着马从窗前奔过，跑进院子里去了。

"您还是住一号房间吗，德·热雅先生？"老板问。

"为什么您问这个问题？"

"因为那是最好的房间，如果您不住，那么我们就要租给到这儿小住几天的旅客了。"

"哦！请别管我了，我要到下午才能知道我今天是住下呢还是要走。如果新来的人像您所说要多住几天，那就把一号房间给他，我住二号房间就可以了。"

"先生请用餐，"客店小厮在经过厨房到大食堂这扇门时说。

蒙巴尔点点头，接受了对他的邀请；他走进了大食堂，这时候罗朗刚走进厨房。

桌子上的刀叉果然已经摆好了；蒙巴尔把他的刀叉放到旁边，转过身子让自己的背对着门口。

这个预防措施是多此一举，因为罗朗根本就没有走进大食堂，蒙巴尔可以安心用餐，不会受到打扰了。

在上餐后点心的时候，客店老板亲自给他送来了咖啡。

蒙巴尔知道这位可尊敬的人这时候谈兴正浓，这再巧也没有了：他刚好想打听些事情。

"喂，"蒙巴尔问，"我们那个人怎么样了？他只是为了换马才来的吗？"

"不，不，不，"客店老板回答说，"就像您刚才说的一样，他是一个贵族，他要把早饭开到他的房间里去。"

"在他的房间里，还是在我的房间里？因为我可以肯定您把那出色的一号房间给他了。"

"天啊！热雅先生，这是您的过错；您对我说我可以随意安排这个房间。"

"而您就抓住我这句话，您做得好极了；我住二号房间也满意了。"

"哦！您会感到很不舒服的；二号房间和一号房间只隔着一块板；两个房间里面的人在做什么说什么隔壁房间的人都可以听得清清楚楚。"

"啊！我亲爱的老板，那么您以为我到这儿来是为了做一些不合适的事情的，或者是来唱煽动性歌曲的，所以您才怕别人听到我讲什么或者做什么？"

"哦！不是这么回事。"

"那么是怎么回事呢？"

"我不是怕您打扰了别人，而是怕别人打扰了您。"

"噢！您那位年轻人是个喜欢大吵大闹的人吗？"

"不是的；不过他看上去像一个军官。"

"您怎么会这样想的？"

"首先是他的气质；其次是他在打听驻马孔那个团的情况；我对他说那就是第七骑兵团。'啊，好啊！'他说，'我认识他们的旅长，他是我一个朋友；能不能请你派一个小厮把我的名片拿去，问问他愿意不愿意和我来一起吃早餐？'"

"噢！噢！"

"因此，您知道，军官们碰到一起，一定会大吵大闹！他们也许不但会一起吃早饭，还会一起吃午饭，吃晚饭。"

"我已经对您讲过了，我亲爱的老板，我不相信我有在您这儿过夜的荣幸，我在等候从巴黎寄到驿站来的信，再决定我怎么办。在这之前，请替我把二号房间的炉子生起来，尽量不要发出声音，以免妨碍我的邻居；同时您给我一支羽笔，一瓶墨水和一些纸张；我要写东西。"

蒙巴尔的吩咐被不折不扣地执行了，他也跟着客店小厮上了楼，注意着不让罗朗受到他邻居的丝毫打扰。

这个房间完全像老板所说的，没有一个动作在隔壁房间里感觉不到，没有一句话在隔壁房间里听不见。

因此在客店小厮通知罗朗旅长圣莫里斯来到时，蒙巴尔听得清清楚楚，接着是旅长经过过道里时的脚步声，两个朋友久别重逢的欢呼声。

在罗朗一方面，他刚才听到隔壁房间里的声音有点儿分心，在声音停止以后他又把这件事忘了，声音也决不会再有了。蒙巴尔在只剩下自己一个人的时候就坐到桌子前面，桌子上放着墨水、羽笔和纸张，他一动不动地坐在那儿。

这两个军官是过去在意大利时认识的，当时罗朗只是个中尉，在已经当上了上尉的圣莫里斯手下服役。

今天，他们的军阶相等了；而且罗朗肩负着第一执政和警务部长的双重任务，这个任务给了他可以指挥同级军官的权利，甚至还可以在这个任务范围以内，指挥军阶比他高的军官。

摩冈推测阿梅莉的哥哥在追捕耶户一帮子，这个估计没有错：如果深夜搜查赛荣修道院没有提供证明，那么这个证明在年轻军官和他的同僚的谈话中——假设这次谈话被人听到的话——就完全显示出来了。

第一执政的确以馈赠的名义要给圣伯纳山口的神父送去五万法郎；这五万法郎也真的是由驿站快车运送的；可是这五万法郎仅仅是个圈套，他们准备用这个办法抓住拦劫公共马车的强盗——如果他们不能在赛荣修道院，或者其他某个藏身处抓到他们的话。

现在要知道的是他们怎样抓。

这个问题就是这两位军官在吃早饭的时候再三讨论的。

一直到吃餐后点心的时候，这个计划才定了下来。

当天傍晚，摩冈收到了下面这封信：

"就像阿德莱对我们说的一样，星期五傍晚五点钟，从巴黎出发的邮车装着要送给圣伯纳山口的神父的五万法郎。

三个座位——前车厢一个座位和后车厢两个座位已经被三个旅客预定了：他们之中第一个将在桑斯上车，其他两名在托内尔上车。

这几位旅客，前车厢里那一位是富歇先生手下最勇猛的一个雇员，后车厢里两位是罗朗·德·蒙特凡尔先生和驻马孔第七轻骑兵旅旅长。

他们都将穿老百姓的衣服，以免引起别人的怀疑，可是随身携带着各种武器。

十二名轻骑兵，带着马枪、手枪和军刀，护送邮车，不过他们离开邮车有相当一段距离,但是又可以在出事时及时赶到。

第一声枪响对他们说就是一个信号,他们听到后就可以策马飞奔,冲向劫车强盗。

现在,我的意见是:尽管他们采取了种种预防措施,甚至就因为他们采取了种种预防措施,攻击还是要在原定地点进行,也就是在白房子。

如果伙伴们也是这个意见,请通知我:从马孔到贝尔维尔之间,驾驶这辆邮车的马车夫将是我。

旅长由我对付;富歇公民的雇员由你们之中的一位负责。

至于罗朗·德·蒙特凡尔先生,他不会发生什么事的,因为我将用一个我发明的,只有我一个人知道的方法不让他走下邮车。

尚贝里邮车经过白房子的确切时间是星期六傍晚六点钟。

回答如果是'星期六傍晚六点钟',那么一切都将顺利进行。

> 蒙巴尔"

半夜时分,蒙巴尔被一个信使叫醒了;在这之前,蒙巴尔果然向客店老板抱怨受不了隔壁房间里的吵闹声,已经换到了客店另外一头的一个房间里。来叫醒他的信使不是别人,就是把一匹装好鞍子的马牵到大路上来交给他的那个马夫。

来信只有几个字,后面有一个附言。

"星期六傍晚六点钟。

> 摩冈

附言：别忘记了，即使在战斗之中，而且尤其在战斗之中，要保证罗朗·德·蒙特凡尔的安全。"

年轻人以明显的愉快情绪念着这封回信，因为这已经不再是一次普通的拦劫公共马车的行动，而是意见不同的人之间的一件有关荣誉的事，是两雄相争。

这不仅仅是在大路上洒金币的事，而是在大路上洒鲜血的事。

这一次要对付的不是小孩子手里玩弄的不装子弹的押车的手枪，而是训练有素的士兵们手中的致命的武器。

而且，他还有将要到来的整整两个白天可以做准备。因此他只是问了问马夫，在马孔到贝尔维尔这两个驿站之间，五点钟在马孔接班的车夫是谁。

此外，他还嘱咐去买四只羊眼螺钉，和两把用钥匙开关的挂锁。

他已经预先打听到邮车四点半抵达马孔，在那儿吃晚饭，五点正再重新出发。

当然，蒙巴尔所有的措施都已经安排好了，因为在嘱咐了他的仆人以后，他就打发他走了，自己像一个要补足睡眠的人一样睡着了。

第二天，他一直到早上九点钟才醒，更可以说一直到早上九点钟才下楼来。他一本正经地向老板打听他那位喧闹的邻居的情况。

那个旅客已经和他的朋友骑兵旅长坐早上六点钟从里昂到巴黎的邮车走了，老板似乎还听说他们的旅程只到托内尔为止。

此外，就像德·热雅先生关心那位年轻军官一样，那位年轻军官也在关心他；年轻军官曾经问起他是什么人，他是不是经常到这个客店里来，还打听他会不会同意卖掉他的马。

客店老板回答说，他和德·热雅先生非常熟悉；说热雅先生每次到马孔来办事时总是住在他的店里；至于那匹马，根据这位年轻少爷对它的感情来看，他不相信他会让给别人的，不管别人出他多大的价钱。

听完这些话，那位旅客也不再多说，他动身走了。

吃完早餐以后，热雅先生似乎很空闲，他叫人替他的马加上鞍子，他骑马出了马孔向里昂大路走去。他在城里的时候，他的马走得快慢适中，很有风度，可是一出了城，他就把马缰一勒，膝盖一夹，飞奔而去。

指示是明确的，马儿狂奔起来。

蒙巴尔穿过了瓦雷讷村，克莱什村和拉沙佩勒-德甘谢村，一直跑到白房子才停了下来。

这个地点和瓦朗索尔讲的完全一样，选作伏击点真是再好没有。

白房子位于一个小山谷的深处，在一个下坡和一个上坡之间；在它花园的拐角上有一条无名小河，这条小河在夏尔附近注入索恩河。

沿着小河两旁种着一些枝叶繁密的大树，围成了一个半月形，把白房子遮了起来。

至于房子本身，过去是客栈，因客栈老板不善经营，七八年前已经关掉了，现在房子已逐渐变成废墟。

从马孔来到这座白房子以前，大路有一个弯道。

蒙巴尔像一个负责选择战场的有经验的指挥员一样仔细观察了这个地方，他从口袋里拿出一支铅笔和一本活页簿，画下了一张正确的地形图。

随后他又回到马孔。

两个小时以后，马夫又出发了，把这张地形图送交摩冈，并把驾驶邮车的车夫的名字告诉了他的主人；那个车夫叫安东尼。此外，马夫已经把四个羊眼螺钉和两把挂锁买来了。

蒙巴尔叫人送来一瓶勃艮第葡萄酒，并叫安东尼来。

十分钟以后，安东尼进来了。

那是一个二十五六岁的小伙子，长得很漂亮，个子和蒙巴尔差不多；豪巴尔把他从头到脚打量了一番以后，觉得非常满意。

车夫站在门口，像军人一样把手往帽子上举了举。

"公民是叫我吗？"他说。

"安东尼就是你吗？"蒙巴尔说。

"如果我做得到的话，愿意为您效劳，为您和你们大家。"

"嗯，好，我的朋友，你可以为我效劳……把门关上，到这儿来。"

安东尼把门关上，向前走到离蒙巴尔两步的距离，又把手往帽子上举了举。

"来了，我的主人。"

"首先，"蒙巴尔说，"如果你不认为有什么不合适，我们就为你情妇的健康干一杯。"

"哦，哦，我的情妇！"安东尼说，"像我们这样的人还谈得上有什么情妇吗？只有像你们这样一些老爷才有情妇啊！"

"家伙，"蒙巴尔说，"像你这样一副长相，您总不见得还要叫我相信，你曾经许过愿不近女色吧？"

"噢！我不是说我在这方面是个修士；一路上逢场作戏，偷鸡摸狗的事是有的。”

“是啊，在所有的小酒馆里；就是为了这些事情，所以在驾车回来的时候经常要停下来喝口酒，抽口烟。”

“当然啰！”安东尼说，他的肩头牵动了一下，很难看出他这是什么意思，“总得找点儿乐趣吧。”

“那么，喝一点儿我的酒，小伙子！我向你保证，这酒是不会惹你不高兴的。”

说着，蒙巴尔拿起一杯满满的酒，并示意车夫拿另一杯酒。

“这对我真是太荣幸了……为您，为你们大家的健康干杯！”

所谓“你们大家”是那位正直的车夫的口头语，礼多人不怪，他用不到搞清楚“你们大家”究竟指的是什么人。

“啊，是的，”车夫喝过酒以后咂咂嘴说，“真是好酒，可是我喝得太快，没有辨出滋味来，就好像是蹩脚烧酒一样。”

“这是一个错误，安东尼。”

“是啊，这是一个错误。”

“好！”蒙巴尔说，一面斟第二杯，“幸好这个错误还可以补救。”

“别超过拇指的高度，老板啊，”喜欢开玩笑的车夫说，同时把杯子递过去，并小心地把拇指伸到与杯边齐平。

“等等，”在安东尼正要把杯子放到嘴边的时候说。

“啊哟，我刚要喝！”车夫说，“这样要倒霉的！什么事？”

“你不愿意为你的情妇的健康干杯；可是我希望你不会拒绝为我的情妇的健康干杯吧。”

“哦！这我是不会拒绝的，尤其是这酒又这么好；为您的情妇和她们大家干杯！”

安东尼公民喝下了这杯红色的饮料，这一次他细细地品尝了一下。

“喂，”蒙巴尔说，“你又喝得太快了，我的朋友。”

“唔！”车夫说。

“是啊……如果我有几个情妇的话：我们刚才祝酒时又没有称呼她的名字，这个祝愿对她有什么用呢？”

“啊，对啊！”

“很遗憾，只能重新再来，我的朋友。”

“啊，我们重新再来！跟您这样的人，做事情不能马马虎虎；做错了，就得喝掉它。”

于是安东尼又把他的杯子递过去，蒙巴尔把酒斟满。

“现在，”车夫向酒瓶看了一眼，看到酒瓶已经空了，“我们可不能再出错了，她叫什么名字啊？”

“为美丽的约瑟芬！”蒙巴尔说。

“为美丽的约瑟芬！”安东尼说。

他以越来越愉快的心情喝下了这杯勃艮第酒。

喝完酒，他用袖口擦擦嘴唇，在把杯子放到桌子上时说：

“哦，等等，老板。”

“嗯，”蒙巴尔说，“是不是又有什么不合适的事情？”

“我想是的：我们的事情没有办好，可是已经迟了。”

“为什么迟了？”

“酒瓶空了。”

“这一瓶是空了，可是那一瓶没有空。”

蒙巴尔说着从壁炉角落里拿出一瓶已经开瓶的酒。

"哦！哦！"安东尼说，顿时就眉开眼笑。

"有办法补救吗？"蒙巴尔问。

"有，"安东尼说。

于是他又把杯子递过去。

蒙巴尔像前三次一样殷勤地把杯子又斟满了。

"是这么回事，"车夫把在他杯子里闪烁的红宝石般的液体在阳光里照了照，"我刚才说我们为美丽的约瑟芬的健康干杯……"

"是啊，"蒙巴尔说。

"可是，"安东尼接着说，"法国的约瑟芬不知有多多少少！"

"是啊，你看有多少呢，安东尼？"

"哦！至少有十万个。"

"我同意你的意见；那又怎么样呢？"

"那么，在这十万个约瑟芬里面，我看只有十分之一可以称得上是美丽的。"

"太多了。"

"那么就算二十分之一吧。"

"好吧。"

"那就是五千个。"

"见鬼！你知道不知道，你的算术简直棒极了？"

"我父亲是小学教师。"

"还有什么呢？"

"还有，在这五千个约瑟芬里面，我们刚才是为哪一个干杯呢？……嗯！"

"对啊，你讲得太有道理了，安东尼：有了父名，还得加上教名，为美丽的约瑟芬……"

"慢，酒已经喝过了，不能再祝酒了；要祝她健康，一定要干掉以后重新斟满。"

安东尼把杯子放到嘴边。

"您看，我干了，"他说。

"你看，又斟满了……"蒙巴尔的酒瓶搁在安东尼的杯子上说。

"好，我等着；为美丽的约瑟芬……？"

"为美丽的约瑟芬……洛利埃！"

蒙巴尔喝完了他杯子里的酒。

"妙极了！"安东尼说，"可是请等等，约瑟芬·洛利埃，我知道这个名字。"

"我不说没有可能。"

"约瑟芬·洛利埃，这不是贝尔维尔驿站老板的女儿吗？"

"就是她！"

"啊唷！"车夫说，"您真是没有说的，大老板；真是一个漂亮的小姑娘啊！为美丽的约瑟芬·洛利埃干杯！"

于是他喝下了他第五杯勃艮第酒。

"那么，"蒙巴尔问，"现在你知不知道我为什么叫你上来啊，我的小伙子？"

"不知道；不过我一点也不怪您。"

"你真是太好了。"

"哦，我是个老好人！"

"那么，我就来对你说我为什么叫你上来。"

"我好好听着。"

"慢着！我相信你杯子里有酒比杯子里空着更听得进去。"

"会不会碰巧您过去是一位专治耳聋的医生？"车夫挖苦地问。

"不是的，不过我经常跟酒鬼打交道，"蒙巴尔回答说，一面又斟满了安东尼的酒杯。

"喜欢喝酒的人并不一定就是酒鬼，"安东尼说。

"我同意你的意见，我的好汉，"蒙巴尔说，"只有酒量不好的人才是酒鬼。"

"说得好！"安东尼说，他仿佛酒量好极了，"我听着。"

"你对我说你不知道我为什么叫你上来，是吗？"

"我已经说过了。"

"那么你应该想到我是有目的的，是吗？"

"据我们的神父说，任何人都有目的，不是好的就是坏的，"安东尼说教似的说。

"那么，我的朋友，"蒙巴尔接着说，"我的目的是要在夜里神不知鬼不觉地跑到贝尔维尔驿站站长尼古拉－德尼斯·洛利埃的院子里去。"

"到贝尔维尔去，"安东尼重复着说，他尽可能集中精力捉摸着蒙巴尔讲的话，"我懂了……您是想神不知鬼不觉地走进贝尔维尔驿站站长尼古拉－德尼斯·洛利埃老板的院子里去会见美丽的约瑟芬，是吗？啊，我的大少爷！"

"你说对了，我亲爱的安东尼，我想神不知鬼不觉地进去，因为洛利埃大伯全都发现了，他不准他女儿接待我。"

"噢！那么我，我能有什么用呢？"

"你的脑子还不怎么清楚呀，安东尼；把这杯酒喝了清清脑袋。"

"您说得对，"安东尼说。

于是他喝下了第六杯酒。

"你能有什么用吗，安东尼？"

"是啊，我能有什么用呢？我要问的就是这个问题。"

"你非常有用，我的朋友。"

"我？"

"你。"

"啊！我真想知道我有什么用，请告诉我，请告诉我。"

接着他把酒杯又伸过去。

"明天是你驾驶去尚贝里的邮车吗？"

"是啊，六点钟。"

"那么，如果安东尼是个好小伙子的话。"

"这个设想很好，安东尼是一个好小伙子。"

"那么，安东尼就会这么干……"

"嗯，怎么干？"

"首先，他就要把这一杯干了。"

"这不难……您看，我已经做到了。"

"随后，他就会拿下这十个路易。"

蒙巴尔把十个路易排列在桌子上。

"哦，哦！"安东尼说，"金币，是真的吗？我原来以为它们全都流到外国去了，这些鬼玩意儿！"

"你看到了，还有剩下的。"

"如果安东尼要把它们放在口袋里需要做些什么事？"

"安东尼要把他最漂亮的车夫衣服借给我。"

"借给您？"

"并且把明天傍晚要坐的位子让给我。"

"喔，是啊，让您神不知鬼不觉地去看看美丽的约瑟芬。"

"好呀！我八点钟赶到贝尔维尔，我走进院子，我说我的马跑累了，我让它们休息到十点钟，而在八点到十点之间……"

"神不知鬼不觉，就把洛利埃大伯耍了。"

"怎么样，安东尼，懂了吗？"

"懂了！年轻人帮年轻人，小伙子帮小伙子，等老了做了爸爸再帮做爸爸的老头子，到那时候再叫'老傻瓜万岁！'"

"那么，我正直的安东尼，你把你漂亮的上衣和短套裤借给我吗？"

"我恰好有一件上衣和一条短套裤还没有穿过。"

"你把你的位子让给我吗？"

"非常乐意。"

"那么我，我先付你五个路易定金。"

"其余的呢？"

"明天，在换靴子的时候给；不过你要注意一件事……"

"什么事？"

"到处在议论拦劫公共马车的强盗，你要注意，把枪袋放在马鞍下面。"

"干什么？"

"可以从里面拿手枪。"

"算了！您总不会加害那些好汉吧？"

"什么！你把这些拦劫公共马车的强盗称作好汉？"

"哼！抢政府的钱不能算是强盗。"

"这是你的看法吗？"

"我想是的，而且好多人有这种看法。我很清楚，至于我，如果我是法官，我就不会判他们的罪。"

"你也许还会为他们的健康干杯吧？"

"哦，当然啰，只要酒好。"

"我不相信，"蒙巴尔说，一面把第二个酒瓶里剩下的酒全都倒在安东尼的杯子里。

"您知道那句谚语吗？"车夫说。

"哪一句？"

"决不要不相信疯子会干出傻事。为耶户一帮子的健康干杯！"

"但愿如此！"蒙巴尔说。

"那么五个路易呢？"安东尼把杯子放在桌子上说。

"拿去。"

"谢谢；您会在马鞍子里找到枪袋的；可是，请相信我吧，别把手枪装在里面，或者，即使您把手枪装在里面，那就学学日内瓦的押车热罗姆的样，手枪里面别装子弹。"

车夫好心地叮嘱了几句以后便向蒙巴尔告辞，走下楼梯，一面醉醺

醺地哼着一支小调:

"一清早我就醒来,
起身走进树林,
我的牧羊女还在梦中,
我轻轻地把她唤醒。

我对她说,可爱的牧羊女,
来个羊倌你是不是害怕?
—— 来个羊倌,干什么?
别再说了,骗子先生。"

蒙巴尔注意地听他一直哼到第二段结束;可是不管他对安东尼师傅的浪漫曲多么感兴趣,安东尼已经走远,他的声音听不见了,他只好不再听下去了。

LES COMPAGNONS DE JÉHU

· 第四十二章 ·

尚贝里的邮车

翌日下午五时，安东尼肯定是为了不想迟到，已经在驿站客店的院子里替三匹驾邮车的驿马上马具了。

不多久以后，邮车快速驰进了客店的院子，排列在安东尼密切注意的，也就是离仆人使用的楼梯最后一个梯级三步远的一个房间的窗子下面。

如果有人注意到——并不是为了什么特殊的原因——一个很小的细节，他也许会发现这扇窗子的窗帘被过分地掀开着，为的是让住在这个房间里的人看到从邮车里下来的旅客。

邮车上走下来三个人，他们像饿慌了一样，急急忙忙走向窗口灯火通明的大厅。

他们一进去，就有一个穿得漂漂亮亮的车夫从仆人使用的楼梯上走下来，他还没有穿上他的长统皮靴，只套着一双普通的薄底浅口鞋，他准备把大皮靴套在浅口鞋外面。

漂亮的车夫把安东尼的大皮靴穿上后，把五个路易塞进他的手里，随后回过头来，让安东尼把他的宽袖长外套披在他背上，当时的天气还很冷，这件衣服还是需要的。

打扮结束以后，安东尼悄悄地回到了马棚里面，躲在一个最隐秘的角落里。

至于刚才占了安东尼位子的人，由于那件宽袖长外套的高领子把他的脸遮掉了一半，他很放心地一直向安东尼预先装上马具的三匹马走去，把一对双响手枪塞进马鞍架，利用邮车这时已经卸下牲口，从图尔尼来的马夫已经离开的空隙，用一把必要时可以当作匕首使用的锥子，把他的四只羊眼螺钉旋进了邮车车门的木门框里；也就是说每扇车门上一只，另外两只旋在厢座上。

随后，他开始把马套上邮车，其迅速熟练的程度说明他自幼对这些细节就非常熟悉，这种技术在今天已经被我们称作为绅士骑手的高贵的社会阶层发展到非常完美的地步。

马套好以后，他就等着，用语言和鞭子使他那几匹感到不耐烦的马平静下来；他有时语言和鞭子结合使用，有时候光用语言或光用鞭子。

由于邮车的规矩，这些倒霉旅客用餐速度之快我们是已经领教过了；半小时还没有过去，押车的叫声又响起来了：

"走吧，旅客公民们，上车啦！"

蒙巴尔站在车门旁边，尽管罗朗和第七骑兵旅旅长已经化装过了，他还是一眼就认出了他们俩，他们登上邮车坐下，没有注意车夫。

车夫在他们上车后关上车门，顺手把一把挂锁套进两个羊眼螺钉，用钥匙把锁锁上了。

随后，他绕着邮车走了一圈，假装失手把鞭子掉落在另一扇车门前面，他弯身下去拾鞭子时把第二把挂锁也套进了两个羊眼螺钉里，又在直起身子时用钥匙把那把锁也锁上了。这时候他深信这两位军官已经被禁闭起来了，便骑上了马，一面还咒骂着押车把事情都推给他一个人干了。

这时候，前车厢的旅客已经坐在他的位子上了，而押车还在和客店老板为一笔账争吵。

"是今天晚上走，今天夜里走，还是明天早上走，弗朗索瓦大伯？"假车夫尽量装着真车夫的声音叫道。

"好了，好了，来啦。"押车回答说。

随后他向四周望望。

"咦！旅客们呢？"他问。

"我们来了，"后车厢两个军官和前车厢的警察一起说道。

"车门关紧了吗？"弗朗索瓦大伯还要问。

"关紧了，我向您保证！"蒙巴尔说。

"那么，咱们走吧，伙计们！"押车叫道，他一面踩上踏脚板，一面在他的旅客身边坐下，随手带上了身后的车门。

车夫用不到他再说第二遍；他用马刺猛刺他胯下那匹马的肚子，给另外两匹马火辣辣的一鞭，三匹马像箭一般蹿了出去。

邮车疾驰而去。

蒙巴尔就像一个职业车夫一样驾驶着这辆马车；他穿过城市时震得居民房子玻璃乒乓作响；从来没有一个真正的车夫鞭子挥得有他那么得心应手。

出了马孔城，蒙巴尔看到有一小队骑兵，那是十二名应该跟在邮车后面暗中保护它的轻骑兵。

旅长的头从车门伸出来，向指挥这批骑兵的中士打手势。

蒙巴尔仿佛什么也没有注意到；可是在走出五百步距离以后，他一面像演奏交响乐一样挥舞着他的鞭子，一面回头过去，看到后面的护送部队开始上路了。

"等着吧，我的孩子们，"蒙巴尔说，"我来让你们见识见识这块地方！"

于是他加紧刺马和挥舞鞭子。

马儿像长了翅膀一样，邮车轰隆隆地在大路上飞驰，就像霹雳车经过一样。

押车担心起来了。

"啊，安东尼师傅，"他叫道，"我们会不会是喝醉了？"

"喝醉？是啊，"蒙巴尔回答说，"我晚饭吃的是冷拌萝卜。"

"啊，真见鬼！如果照这样速度跑下去，"罗朗的头也伸出车门叫道，"护送队就赶不上我们了。"

"你听到他的话吗！"押车叫道。

"不，"蒙巴尔回答说，"我没有听到。"

"是吗，他要你注意，如果你照这样速度跑下去，护送队就跟不上了。"

"那么说，还有护送队吗？"蒙巴尔问。

"是啊！因为我们车上有政府公款。"

"那就另当别论了；不过这种事应该早讲。"

可是他并没有减慢速度，邮车还是飞快奔驰，如果说有什么变化，那就是车子跑得更快了。

"你知道，如果我们发生了什么意外，"押车说，"我就一枪打碎你的脑袋！"

"算了吧！"蒙巴尔说，"我知道你们的手枪，里面是没有子弹的。"

"这有可能，可是我手枪里有子弹！"警察叫道。

"到时候再看吧，"蒙巴尔回答说。

说完他继续赶路，不再去管别人的训斥了。

他就像这样快得像闪电一样地穿过了瓦雷讷村，克莱什村和拉沙佩勒－德甘谢村。

到白房子还有近四分之一法里路。

马儿跑得浑身是汗，口吐白沫，连连嘶叫。

蒙巴尔往身后看看；在离邮车一千多步后面，可以看到卫队马蹄下溅出的火光。

前面是一个山坡。

他向山坡上冲去，一面抓紧缰绳，以备在需要时可以把马勒住。

押车已经不再呼唤了，因为他看出马车正被一只既灵巧又有力的手驾驶着。

不过旅长不时地从车门往外看他的人离开有多少远。

驰到半坡上，蒙巴尔一直驾驭着他的马全速奔驰，没有一点减速的样子。

这时他又大声唱起了《民族的觉醒》：这是保皇派的歌，就像《马赛曲》是雅各宾党人的歌一样。

"这家伙在叫什么？"罗朗的脑袋伸出车窗叫道，"告诉他叫他住口，要不我就往他腰里开枪。"

押车也许就要把罗朗这个警告转达给车夫了，可是他突然看到有一条黑线挡在前面路上。

同时，有一个雷鸣般的声音叫道：

"押车，停车！"

"车夫，替我向这些强盗冲去！"警察说。

"啊！看您说的！"蒙巴尔说，"能这样向朋友冲去吗？……吁！"

邮车像中了魔似的突然停住了。

"冲过去！冲过去！"罗朗和旅长同时叫道，他们知道卫队离得太远，没法援助他们。

"啊，强盗车夫！"警察从前车厢跳下来叫道，一面把手枪对着蒙巴尔，"你要为他们所有人付出代价。"

可是他话还没讲完，蒙巴尔便抢在他前面开火了，警察受了致命伤，滚到了车轮下面。

在临死前他的手指一阵抽搐，他手枪里的子弹也没有目标地打了出去，一个人也没有伤着。

"押车，"两个军官叫道，"天杀的，快开车门！"

"先生们，"摩冈走过来说，"我们不和你们任何人为难，我们要的是政府的公款。所以说，押车，五万利弗尔，快！"

后车厢里两下枪声是两位军官的回答，他们徒劳地摇撼着车门，还想从车窗玻璃上面爬出来，可是也没有成功。

肯定有一枪打中了人，因为听到有一声大叫，同时路上有一道火光。

旅长吁了一口气倒在罗朗身上，他被击毙了。

罗朗第二支枪又开火了，可是没有人理睬他。

他两支手枪里的子弹都打光了；人被关在车厢里，他无法使用军刀，只能大声怒吼。

这时候，那批人用手枪顶着押车的脖子，叫他把钱交出来；两个人拿走了装着五万法郎的钱袋，放在蒙巴尔的坐骑上，他的坐骑已经装上鞍辔由他的马夫牵来了，就像参加一次打猎一样。

蒙巴尔脱去他笨重的大皮靴，穿着薄底浅口鞋跳上他的马。

"我们拿了第一执政很多东西，德·蒙特凡尔先生！"摩冈叫道。

随后，他转身向他的伙伴们说：

"散开，孩子们，随便走哪一条路都可以。你们知道明天晚上的约会地点吧？"

"知道，知道，"有十一二人的声音回答说。

这一批人像一群鸟一样散开了，消失在山谷里挡着白房子的沿河一排大树的阴影里。

这时候传来了马匹的奔驰声；卫队听到了枪声赶来了，他们出现在坡顶上，像雪崩似的冲了下来。

可是他们来得太迟了，他们看到的是坐在沟边的押车，警察和旅长两具尸体，还有被关在车厢里的罗朗；他像一头在咬笼子栅栏的狮子一样咆哮着。

Les Compagnons De Jehu

·第四十三章·

格伦维尔勋爵的复信

在上面我们讲的那些事情在外省发生，到处传说纷纭，报纸报道频繁的时候，另外一些也是相当严重的事件正在巴黎酝酿，并将使全世界的舆论和报纸为之瞩目。

塔兰爵士带着他舅父格伦维尔勋爵的复信回来了。

这封信是写给德·塔列兰先生的，并有一个给第一执政的附注。

信是这么写的：

　　　　　　　　　　　"唐宁街，一八〇〇年二月十四日

先生：

　　我收到了您请我的外甥塔兰爵士转给我的来信，并已转呈给国王披阅过了。国王陛下认为没有任何理由需要改变长期以来在欧洲形成的处理外交事务的格局，他命令我以他的名义把以下的正式答复转达给您。

尊敬的先生,我有幸做您非常恭顺的仆人。

格伦维尔"

复信是冷冰冰的,附注是明确的。

此外,一封由第一执政亲笔写给乔治国王的信,而乔治国王,没有任何理由需要改变长期以来在欧洲形成的处理外交事务的格局,只是让一个普通的首席秘书写一个附注作为答复。

附注的签名的确是格伦维尔的手迹。

实际上这是一份长篇大论的训斥书,是针对法兰西,针对动摇着法兰西的混乱思想,针对这种混乱思想在欧洲引起的恐惧而发的;这种思想是所有执政的帝王,为了维持他们自身的统治而一定要镇压下去的。总而言之,这是战争的继续。

在阅读这样一封信的时候,波拿巴的眼睛闪射出火焰般的光芒,这种光芒就像雷声前的闪电一样,跟着而来的是伟大的决策。

"那么,先生,"他回过头来对塔兰爵士说,"这就是您所得到的一切吗?"

"是的,第一执政公民。"

"那么您没有把我请您口头转告您舅父的话复述给他听吗?"

"我连一个音节也没有忘记。"

"您在法国已经住了两三年,您观察过她,研究过她,她是强大的,无敌的,幸福的。她希望和平,可是也准备战争,您难道没有对他说吗?"

"这一切我都对他说过了。"

"那么您没有再对他说，英国人和我们进行的是一场荒谬的战争；他们讲到的那种混乱思想毕竟只是因为脱离了长期被压抑的自由，即使要用全面和平的方法也要把这种混乱思想禁闭在法国国内；这种和平是可以防止这种混乱思想越出我们边境的唯一和平防线；在法国燃起战火，那么法国就会像熔岩一样流到外国去，这些话您没有对他说吗？……据英国国王说，意大利被解放了；可是被谁解放了呢？被它的解放者！意大利被解放了，可是为什么会被解放的呢？因为我征服了埃及，从三角洲到第三条大瀑布；意大利得到解放是因为我不在意大利……可是我来了：一个月以后，我就可以到意大利去，重新征服阿尔卑斯山到亚得里亚海，我需要什么呢？一场战斗。您以为马塞纳为什么要保卫热那亚呢？他在等我……啊，欧洲的帝王需要战争来保卫他们的王冠！那么，爵爷，我要告诉您，我要震撼欧洲，把他们头上的王冠震得掉下来，他们需要战争吗？请等等……布里埃纳！布里埃纳！"

第一执政书房通向首席秘书办公室的门立即打开了，布里埃纳进来了，他神色惊慌，就好像他以为波拿巴在呼救一样。

他看到第一执政非常激动，波拿巴一手攥紧那份外交照会，另一只手猛击着书桌，塔兰爵士神色坦然，站在他前面三步远的地方一声不吭。

布里埃纳马上就懂得了是英国的复信激怒了第一执政。

"您叫我吗，将军？"他说。

"是的。"第一执政说，"坐在那儿，写！"

他以断断续续的，简短的语气，非但不加斟酌，而是仿佛他的话都挤在嘴边一样，口授了以下这份声明：

"士兵们!

在答应给法国人民以和平的时候,我是你们的喉舌;我了解你们的价值。

你们是征服莱茵河、荷兰、意大利的人,也是在感到惊奇的维也纳的城墙下伸出橄榄枝的人。

士兵们! 你们不再是要保卫你们的边境,而是要进军敌国。

士兵们! 时机一到,我就会来到你们中间,吃惊的欧洲将记起你们是勇敢的民族!"

布里埃纳写完最后一句话以后抬起头来等着。

"好吧, 完了,"波拿巴说。

"要不要我加上这句神圣的话:'共和国万岁!'"

"为什么您要提这个问题?"

"因为我们已经有四个月没有写过宣言了,有些惯用语也许会有什么变化。"

"宣言就这样写, 很好,"波拿巴说,"什么也别加了。"

说完他拿起一支羽笔,在宣言下面签上了、更可以说是狠狠地签上了他的名字。

随后,他把笔还给布里埃纳。

"这份宣言明天在《箴言报》上发表。"他说。

布里埃纳带着这份宣言走了出去。

波拿巴和塔兰爵士留在一起,来来回回地在房间里踱步,似乎已经忘了对方的存在;可是突然,他站定在塔兰爵士面前。

"爵爷，"他说，"您是不是相信，您从您舅父那儿得到的是别人在您的位子上所能得到的全部东西。"

"比别人所能得到的多，第一执政公民。"

"多！多！……那么您还得到了什么？"

"我相信第一执政没有仔细看国王的附注，这是值得仔细看看的。"

"哼！"波拿巴说，"我都背得出了。"

"那么第一执政没有好好斟酌某一段话的精神，没有好好斟酌这段话的字眼。"

"您以为是这样吗？"

"这我可以肯定……如果第一执政公民允许我把我刚才所指的那一段念给他听……"

波拿巴把攥紧着那份照会的手松了开来，把那张揉皱了的纸重新展开，交给塔兰爵士，并对他说：

"请念。"

约翰爵士对那份他似乎相当熟悉的照会扫了一眼，找到第十段时便念了起来：

"实现持久和平的最好、最可靠的保证也许是这些世袭君王的复辟，他们在这么许多世纪以来保持了法国国内的繁荣，并使法兰西民族得到了外国的尊重。这样一个事件也许可以，甚至在任何时候都可以消除谈判之中以及和平道路上的障碍；它可以保证所有法国人在他们古老的国土上安居乐业；并可以用安定和平的方法，给所有欧洲其他国家，带来他们眼下正在用其他方法去寻找的那种安全感。"

"怎么样，"波拿巴不耐烦地问，"我仔细地看过了，也完全理解了。就是说要学着做蒙克，为别人工作，那么别人就会容忍您的胜利，您的声誉，您的才能；您要低三下四，那么别人就会同意您继续做一个伟大的人物。"

"第一执政公民，"塔兰爵士说，"没有任何人比我更清楚您和蒙克之间的差别，不论在才能或是在声誉方面，他对您都是望尘莫及。"

"那么您还要把这一段念给我听干什么？"

"我把这一段念给您听，"约翰爵士接口说，"只是为了请您对下面一段给予充分的注意。"

"那么我们来听听下面一段是什么，"波拿巴勉强地说。

约翰爵士接着念：

"可是，尽管这样一次事件对法国和对全世界是多么需要，国王陛下决不认为这是唯一可以获得可靠的和平的方法……"

约翰爵士在念最后几个字时加强了语气。

"噢！噢！"波拿巴说。

他马上就走到约翰爵士身边。

英国人继续念道：

"国王陛下并不想规定法国政府的形式,也不想指定领导一个伟大而强盛的国家的必不可少的权威的人选。"

"请再念一遍,先生,"波拿巴急速地说。

"您自己念吧,"约翰回答说。

他把那张纸递给波拿巴。

波拿巴重新念了一遍。

"先生,这一段,"他说,"是您请他加上的吗?"

"至少我是坚持要他加上的。"

波拿巴考虑了一会儿。

"您讲得有理,"他说,"这儿有一个很大的不同;波旁复辟不再是一个先决条件。我不但可以被承认是一支强大的军事力量,还可以被承认是政权的代表。"

说完,他把手递给约翰爵士说:

"您对我有没有什么要求,先生?"

"我唯一也许是过高的要求已经请我的朋友罗朗向您提出来了。"

"而我已经回答他了,先生,我非常乐于看到您成为他妹妹的配偶……如果我更富有一些,或者如果您不那么有钱,我会向您提出由我赠送陪嫁的。"

约翰爵士弯了弯腰。

"可是我知道您的财富足够给两个人,"波拿巴笑笑接着说,"甚至给更多的人也够了。因此我就把这份愉快留给您吧,您不但可以给您所爱的女人幸福,还可以给她财富。"

说完，波拿巴叫道：

"布里埃纳！"

布里埃纳进来了。

"已经送去了，将军。"他说。

"很好，"第一执政说，"不过我叫您不是为了这件事情。"

"我听候命令。"

"今后不管白天还是黑夜，只要塔兰爵士到这儿来，我都乐于见他，而且是立即就见他；您听到了吗，我亲爱的布里埃纳？您听到了吗，爵爷？"

塔兰爵士弯弯腰表示谢意。

"而现在，"波拿巴说，"我猜想您一定急于到黑色喷泉府去；我不留您了，我只有一个条件。"

"什么条件，将军？"

"那就是，如果我需要您替我完成一件新的外交使命的话……"

"这根本不是什么条件，第一执政公民，这是我的荣幸。"

塔兰爵士鞠了个躬走出去了。

布里埃纳准备跟着出去。

可是波拿巴把他的秘书留住了。

"我们现在有没有一辆套好马的马车？"他问。

布里埃纳往院子里望望。

"有的，将军。"

"那么，您准备一下，我们一起出去。"

"我已经准备好了，将军；我只要去把我的帽子和外套拿来就可以了，这些东西都在我的办公室里。"

"那么我们一起走吧。"波拿巴说。

他也拿起自己的帽子和外套，首先从小楼梯往下走去，并挥手吩咐马车过来。

不管布里埃纳的行动有多么迅速，他落在第一执政后面了。

仆人打开了马车门；波拿巴跳上了车子。

"我们去哪儿，将军？"布里埃纳问。

"去杜伊勒利宫，"波拿巴回答说。

布里埃纳感到很奇怪，他向车夫重复了波拿巴的命令以后，回头看看第一执政，仿佛在问他去杜伊勒利宫干什么；可是波拿巴似乎深深陷入了沉思，当时还是他朋友的布里埃纳①认为还是不要去打扰他的好。

马儿拉着车子飞快地奔跑起来——这是波拿巴赶路的习惯——向杜伊勒利宫驶去。

杜伊勒利宫在十月五日，十月六日②那些日子还住着路易十六，后来先后作为国民公会和五百人院的开会地点，自从雾月十八以后就空关着。

雾月十八以后，波拿巴曾经不止一次地注视过这座古王宫，可是他非常注意，决不引起别人怀疑一个未来的国王也许会住在这个已被废黜的国王的宫殿里。

波拿巴曾经从意大利带回了一座非常漂亮的布鲁图③的半身座

---

① 布里埃纳后来背叛拿破仑，为复辟的路易十八效劳。
② 参见第 29 页注⑩。
③ 布鲁图（约前 85—前 42）：古罗马奴隶主贵族派政治家，刺杀恺撒的主谋。

像；在卢森堡宫没有放这尊座像的位置，因此在十一月底左右，第一执政召来了共和分子达维，要他把这尊座像放在杜伊勒利宫的艺术走廊里。

怎么能叫人相信，曾经是马拉的朋友的达维在把这座谋杀恺撒的人的半身像放在杜伊勒利宫艺术走廊里的时候是为未来的皇帝准备他的居住地点。

因此不但没有任何人相信，甚至也没有人怀疑过会发生这样的事。

在去观看这座半身像放在艺术走廊里是不是合适的时候，波拿巴发现卡特琳·美第奇宫被糟蹋得很严重：杜伊勒利宫果然已经不再是国王的居处，可是它是一座国家的宫殿，国家不应该听任它变为废墟。

波拿巴召来了宫廷建筑师勒贡特公民，命令他清洗一下杜伊勒利宫。

清洗这个词可以从物质上来理解，也可以从精神上来理解。

要求建筑师制订出工程预算表，对这次清洗需要多少花费作出估计。

预算高达五十万法郎。

波拿巴问建筑师，经过这次清洗以后，杜伊勒利宫能不能变成政府的宫殿。

建筑师回答说这笔款项不但足够使这座宫殿恢复原貌，而且还可以使它能够住人。

波拿巴所要求的就是这一点，一座可以居住的宫殿。他，一个共和分子，难道需要这种国王般的奢侈吗？……对一座政府的宫殿来说，就必须要有一些庄严肃穆的装饰，大理石，雕像；不过，应该摆哪些雕像呢？这得由第一执政来指定。

波拿巴从三个伟大的世纪和三个伟大的民族之中去挑选这些塑像：在希腊人中，在罗马人中，在我国民族之中，在敌对民族之中。

在希腊人中他挑选了亚历山大和德摩斯梯尼①；一个是征服者，一个是雄辩家。

在罗马人中他挑选了西庇阿，西塞罗②，加图，布鲁图和恺撒，把被谋害的伟大人物放在几乎和被害者一样伟大的谋害者旁边。

在近代世界，他挑选了古斯塔夫－阿道夫③，蒂雷纳，大孔代④，杜盖－特罗安⑤，马尔博罗⑥，欧根亲王⑦和萨克森元帅⑧；最后还有腓特烈大帝⑨和华盛顿⑩，也就是坐在王位上的假哲学家和建立一个自由国家的真正的有识之士。

此外他还加上这几位出色的战将，当皮埃尔⑪，杜戈米埃⑫和儒贝尔⑬，为了证明——就好比他不怕别人从大孔代的塑像身上想起波旁家

---

① 德摩斯梯尼（前384—前322）：古雅典雄辩家，民主派政治家。
② 西塞罗（前106—前43）：古罗马奴隶主贵族政治家，折衷主义哲学家。
③ 古斯塔夫－阿道夫（1594—1632）：瑞典国王（1611—1632）。
④ 大孔代（1621—1686）：波旁家族旁支亲王，路易十四时期名将。
⑤ 杜盖－特罗安（1673—1736）：法国海员，路易十四时期参加海战立功得少将衔。
⑥ 马尔博罗（1650—1722）：英国将军。在西班牙继承王位战争中著名。
⑦ 欧根亲王（1663—1736）：奥地利陆军元帅及政治家。
⑧ 萨克森元帅（1696—1750）：法国元帅。
⑨ 腓特烈大帝（1712—1786）：普鲁士国王（1740—1786），曾研究过哲学。
⑩ 华盛顿（1732—1799）：美国第一任总统（1789—1797）。
⑪ 当皮埃尔（1783—1837）：法国将军。
⑫ 杜戈米埃（1738—1794）：法国将军。
⑬ 儒贝尔：参见第31页注④。

族的人一样——他并不嫉妒这三位战场上兄弟的光荣，这三位战友已经为一个不再是他的事业献出了生命。

我们的故事进行到了这个时代，也就是一八〇〇年二月底；杜伊勒利宫已经整修过了，半身像已经放在它们的底座上，全身像已经放在它们的台座上；人们正在等待一个有利的时机。

这个时机来了：刚才得到消息，华盛顿去世了。

美利坚合众国自由的创始人于一七九九年十二月十四日逝世了。

在布里埃纳从他的神态上看出最好还是不要去打断他沉思的时候，波拿巴在想的就是这件事。

马车停在杜伊勒利宫前面；波拿巴就像他上马车时一样急匆匆地下了马车，他飞快地登上楼梯，看了看宫里的所有套房，特别仔细地观察了一下过去路易十六和玛丽－安托瓦内特住过的套房。

随后他站定在路易十六的书房里。

"我们要住到这儿来，布里埃纳，"他突然说道，就仿佛布里埃纳能够随着这根叫作思想的阿里阿德涅①的线跟着他走进迷宫似的，"是的，我们要住在这儿；第三执政将住在花神阁；康巴塞雷斯还是留在司法部。"

"这样的话，"布里埃纳说，"时间一到，您只要撵走一个人就行了。"

波拿巴拉拉布里埃纳的耳朵：

"嗯，"他说，"有道理！"

_____

① 阿里阿德涅：希腊神话人物，她给了咸修斯一条线，帮助他逃出了克里特岛山上的迷宫。

"那么我们什么时候搬家？"

"喔！明天还不能搬；因为要巴黎人看到我从卢森堡宫搬到杜伊勒利宫不大惊小怪至少要有一个星期准备时间。"

"一个星期，"布里埃纳说，"是可以等等的。"

"我们马上可以开始干了。喂，布里埃纳，回卢森堡宫去。"

就像他平时遇到重大事情时一样，他又动作迅速地把他刚才参观过的一连串套房再看了一遍，随后走下楼梯，跳进了马车叫道：

"去卢森堡宫！"

"怎么！怎么！"布里埃纳说，他还在前厅里呢，"您不等我了吗，将军。"

"真是拖拖拉拉！"

于是马车又像它来的时候一样，也就是说，飞快地驶回去了。

在回到他办公室的时候，波拿巴看到警务部长在等他。

"好啊，"他说，"有什么事啊，富歇公民？您的神色怎么这样慌张，会不会是有人想谋杀我？"

"第一执政公民，"部长说，"您好像对消灭那批自称为耶户一帮子的匪徒这件事看得非常重要。"

"是的，既然我已经派罗朗出马去抓他们了。你有他们的消息吗？"

"有的。"

"从哪儿来的消息？"

"从他们的首领那儿。"

"什么，从他们的首领那儿？"

"他竟然胆敢向我报告他最近一次行动的结果。"

"关于什么的行动？"

"关于您送给圣伯纳山口的神父的五万法郎的行动。"

"它们怎么了？"

"五万法郎吗？"

"是的。"

"它们已经在强盗们的手里了，强盗头子通知我说这批钱很快就将转到卡杜达尔的手里。"

"那么，罗朗被打死了吗？"

"没有。"

"什么，没有？"

"我的手下被打死了，圣莫里斯旅长被打死了；可是您的副官平安无事。"

"那么，他会上吊的，"波拿巴说。

"有什么用呢？绳子会断的；您知道他的运气。"

"也可以说是他的不幸，是的……这份报告在哪儿？"

"您想看这封信吗？"

"这封信，这份报告，总之，不管是什么吧，就是把您告诉我的消息告诉您的东西。"

警务部长从一个香喷喷的信封里拿出一小张折得式样很优美的纸递给第一执政。

"这是什么？"

"就是您要的东西。"

波拿巴念道： 致警务部长富歇公民，送交部长巴黎的官邸。

他展开信纸，信纸上是这样写的：

"部长公民，我有幸通知您，原来送给圣伯纳山口神父的五万法郎已经在一八〇〇年二月二十五日(旧历法)傍晚转到我们的手里了，在一星期以内，这笔钱将转到卡杜达尔公民手里。

这件事进行得相当顺利，除了您的手下和圣莫里斯旅长送掉了性命以外；至于罗朗·德·蒙特凡尔先生，我非常高兴地告诉您他没有遇到任何不愉快的事情。我永远忘不了是他把我带进卢森堡官的。

我所以写信给您，部长公民，是因为我估计罗朗·德·蒙特凡尔先生眼下一定正忙于追捕我们，他不会有时间写信给您的。

可是只要他一有空闲，我可以肯定您会收到他一份报告，在他那份报告里面将包括所有的我因为没有时间告诉您，或者不便于告诉您的详细情况。

作为我对您效劳的回报，部长公民，我请您也投桃报李：那就是立即告诉德·蒙特凡夫人，她儿子的生命安然无恙。

摩冈。

寄自从马孔到里昂大路上的白房子。

星期六晚上九点钟。"

"啊！真是的，"波拿巴说，"真是一个胆大包天的家伙！"

随后他叹了一口气，接着说：

“如果这些人做我手下的将官有多么好啊！”

“第一执政有什么指示？”警务部长问。

“没有：这件事跟罗朗的荣誉有关；既然他没有死，他会报复的。”

“那么，这件事第一执政不管了吗！”

“至少目前不管。”

随后，他回头对他的秘书。

“我们还有另外很多重要的事要做呢，”他说，“是吗，布里埃纳？”

布里埃纳点点头。

“第一执政希望什么时候再接见我？”部长问。

“今天晚上十点钟，请来这儿。我们一星期以后搬家。”

“搬到哪儿去？”

“搬到杜伊勒利宫去。”

富歇吃了一惊。

“这和您的意见不一样，我知道，”第一执政说，“不过我来替您做准备工作，您只要服从就是了。”

富歇行了个礼准备退出去了。

“还有！”波拿巴说。

富歇回过头来。

“别忘了通知德·蒙特凡尔夫人她的儿子安然无恙，摩冈公民为您效了劳；您总得为他干点儿什么吧。”

于是他回头不再理睬警务部长了，富歇咬着嘴唇退出去，咬得血也要流出来了。

LES
COMPAGNONS DE JÉHU

· 第四十四章 ·
乔迁

同一天，第一执政和布里埃纳待在一起，向他口授了以下的一份给执政卫队和全军的命令。

"华盛顿死了！这个伟人曾经和暴政作过斗争；他巩固了美洲的自由；他将给法国人民，以及两个世界所有的自由人士，特别是对待他和待美国士兵一样的在为自由和平等斗争的法国士兵来说，将留下一个永远是非常良好的回忆。因此，第一执政命令，在十天里面，共和国所有的国旗、军旗都要系上黑纱。"

不过第一执政要做的决不局限于这件事情。

在所有为了方便他从卢森堡宫搬到杜伊勒利宫的措施之中，有一项是举行一次他非常擅长的庆祝活动，这种庆祝活动非但可以娱人耳目，也可给人留下深刻影响；这次庆祝活动要在荣军院，也就是当时称作的玛尔斯神殿举行，要同时举行两件事：为华盛顿座像举行落成典礼；从拉纳①将军手里接过阿布基尔的旗帜。

这是波拿巴所熟悉的手段，两相对比给人强烈的影响。

就这样他从一个新世界中取得一个伟人，在旧世界中取得一个胜利，他用底比斯②和孟斐斯③的荣誉遮蔽了年轻的美洲。

在举行仪式的那天，六千名骑兵列队从卢森堡宫前往荣军院。

八点钟，波拿巴在执政宫的大院子里上了马，经杜尔农街向河堤走去，身边是一批最大年纪不到三十五岁的年轻将军组成的参谋部。

拉纳走在前面；在他后面是六十名举着六十面缴获来的旗帜的先头部队；后面是波拿巴，在离他身后两匹马身的地方，跟着他的参谋部人员。

陆军部长贝尔蒂埃在神殿的圆顶下等待着这一列人员；他靠着一座在休息的玛尔斯的塑像；所有的部长和国务秘书都围在他四周。在支着穹顶的立柱上已经挂起了德南④和丰特诺瓦⑤的旗帜，还有第一次意大利战役时的旗帜；两个曾经在萨克森元帅身边战斗过的百岁残废军人，一左一右站在贝尔蒂埃旁边，就像一些过去的望着世纪顶峰的女神柱像；最后，在右面，在一个底座上安放着要用阿布基尔的旗帜遮盖起来的华盛顿的座像。在面对华盛顿半身像的另一个底座上放着波拿巴的扶手椅。

---

① 拉纳（1769—1809）：法国将军，后升任元帅。
② 底比斯：古代中希腊的奴隶制城邦，曾与斯巴达、雅典争霸希腊十数年。
③ 孟斐斯：古代埃及城市，公元前二千年以后，其地位被底比斯所取代。
④ 德南：一七一二年，维拉尔在此击败欧根亲王，结束了西班牙的王位继承战争。
⑤ 丰特诺瓦：比利时市镇。一七四五年，萨克森元帅在此击败英国人和荷兰人。

沿着殿堂的两侧有一些楼厅，所有巴黎的上流社会的人士——至少是那些支持在这伟大的日子里所进行的庆祝活动的人——都来这儿就座。

　　在出现旗帜的时候，殿堂的拱顶下响起了军乐队的铜管乐器。

　　拉纳第一个走了进来，向两个两个走上台阶的先头部队做了个手势，他们便把旗帜的柄插在预先准备好的管子里面。

　　这时候，波拿巴在掌声中在他的扶手椅里就座。

　　拉纳向陆军部长走去，用他那在战场上惯于呼喊"前进！"的强有力的嗓门说道：

　　"部长公民，这些是在阿布基尔当着您的面被摧毁的奥斯曼军队的所有的旗帜。远征埃及的军队，穿过炎热的沙漠，战胜了饥寒，来到一个数量上占优势，打惯了胜仗的不可一世的敌人前面，这个敌人以为他们遇到的是一支经过层出不穷的战斗已经筋疲力尽，不堪一击的部队；这些敌人不知道法国士兵之所以伟大是因为他们非但能吃苦耐劳，还能战无不胜；这些敌人不知道越是遇到危险越是能激起他们的勇气。因此，您也知道，三千个法国人，冲向了一万八千名野蛮人，冲进了他们的阵地，打得他们一败涂地，把他们逼到大海边上；这些穆斯林在我们的刺刀下吓破了胆，不得不在刺刀和大海之间作出选择，竟然都跳进了地中海这个万丈深渊。

　　"在这个值得纪念的日子，被你们的勇气拯救了的埃及、法国和欧洲的命运得到了考验。

　　"同盟国，如果你们敢于侵犯法国的领土，那么阿布基尔的胜利给我们带来的将军向全国发出一声号召，同盟国，你们的胜利将比你们的失败对你们更加致命！哪一个法国人不想在第一执政的旗帜下再次取胜，或者在他的领导之下再作光荣的尝试？"

随后他面对残老军人，讲坛的后面的位置全是为他们保留的。

"还有你们，"他接着用更响亮的声音说，"你们，勇敢的老兵，有幸喋血沙场的光荣的牺牲者。这个人减轻你们的不幸，关心你们的荣誉，他把这些用你们的英勇换来的战利品放在你们中间，让你们保管，你们不会是最后一批听从他命令的人！啊，我知道，勇敢的老兵们，你们渴望把你们剩下的一半的生命献给你们的祖国和你们的自由！"

这位蒙特贝洛的英雄慷慨激昂的军事演说经常被鼓掌声打断；陆军部长有三次想回答他，三次他的话都被充满激情的喝彩声所打断。

终于大家静下来了，贝尔蒂埃这样说道：

"在塞纳河畔竖起在尼罗河畔缴获的战利品；挂在我们殿堂的拱顶上，放在从维也纳、彼得堡和伦敦缴获来的旗帜，以及在拜占庭①和开罗的清真寺里受过祝福的旗帜旁边，看到它们在这儿被一些同样的、屡建战功，久享盛名的年轻战士奉献给祖国，这是唯有共和主义的法国才有的。

"而且，这还只是这位英雄在他年轻力壮的时期所完成的一部分丰功伟绩，这位在欧洲赫赫有名的英雄以胜利者姿态出现在有四十个世纪光荣历史的金字塔前面，胜利地解放了艺术的故土，在学者和战士的簇拥下，给它带来了文明和智慧。

"士兵们，把这些在卡诺珀斯②的岩石上，由三千名法国人从一万

---

① 拜占庭：即今土耳其君士坦丁堡。
② 卡诺珀斯：下埃及城市，离地中海不远。

八千名勇猛强悍的战士手中夺取过来的象征伊斯兰教的土耳其帝国的新月形国徽放在这个战神的殿堂里吧。让它们作为这次远征的回忆保留下来吧，这次远征的目的和成就似乎可以赦免这次战争引起的罪恶；它们放在这儿不是为了证明名闻全球的法国士兵的勇敢，而是证明了他们坚忍不拔和忠贞不贰。看到这些旗帜，你们会感到身心愉快，得到安慰。你们这些英勇战士，你们的身体在战场上光荣受伤，成为残缺，你们虽然勇敢，却只能祈求未来，回忆过去。让这些挂在拱顶上的象征向法国人民的敌人表明征服他们的那些英雄的天才影响和价值，并且也向他们预示，如果他们对奉献给他们和平的声音充耳不闻，他们将经受所有战争的灾难。是的，如果他们要战争，我们就打，我们要大打一场！

"感到满意的祖国，以一种骄傲的感情注视着东方的军队。

"这支无往不胜的军队将高兴地获悉，这些和他们一起取得胜利的勇士们是他们的一部分；他们确信，第一执政关心着光荣的孩子；他们将会知道他们是共和国最最关切的对象；他们将会知道，我们已经在我们的殿堂里纪念过他们了，因此在必需的时候，我们要在欧洲战场上同样取得我们已经在非洲和亚洲的灼人的沙漠里看到展现过的赫赫战功。

"以他们的名义来吧，无畏的将军！来吧，以所有这些英雄——您也是他们其中之一——的名义，在这种拥抱之中接受全国感激的保证吧。

"可是，在重新拿起保卫我们独立的武器的时候——如果那些怒气冲冲，鼠目寸光的国王向全世界拒绝我们奉献给他们的和平的话——我的伙伴们，我们要扔一枝月桂在华盛顿——这个把美洲从我们和平的死敌的桎梏中解放出来的英雄——的遗体上面，他显赫的影子向我们指出他身后的光荣，这种光荣将永远伴随着对祖国解放者的怀念。"

波拿巴从他的坛上走下来，以法兰西的名义接受贝尔蒂埃的拥抱。

负责颂扬华盛顿的德·丰塔纳[1]先生讨好地等那从巨大的圆形讲坛上像瀑布般滑落下来的掌声全部消失，直到最后一下。

在这一个个英雄中间，德·丰塔纳先生是一个半政治半文学的奇才。

在雾月十八以后，他曾经和絮阿尔[2]和拉阿尔普[3]一起被放逐；可是他一直隐蔽在他朋友家里，只到傍晚才出门，他就是靠了这个办法没有离开巴黎。

一个不能预见的意外把他给暴露了。

一辆轻便马车的马儿受惊了，把他撞翻在竞技广场上，一个赶来救助他的警察认出了他。因此富歇不但知道他在巴黎，还知道他躲藏的地方，可是他装作一无所知。

雾月十八以后没有几天，政变后成为巴萨诺公爵的马雷[4]，以及一直是普通科学家的拉普拉斯[5]和后来发疯而死的勒尼奥·德·圣让当热利向第一执政谈起了德·丰塔纳先生还在巴黎。

"请把他带来见我，"第一执政简单地说道。

德·丰塔纳先生被引见给波拿巴。波拿巴知道他性格温和，善于讲颂扬的话，便选中他来颂扬华盛顿，也很可能是为了稍许赞美赞美他自己。

德·丰塔纳先生的讲话非常长，我们不可能照搬到这儿来；可是我

---

① 丰塔纳（1757—1821）：法国学者，夏多布里昂的朋友。
② 絮阿尔（1732—1817）：法国评论家和新闻记者。
③ 拉阿尔普（1739—1803）：法国评论家。
④ 马雷（1763—1839）：法国政治家，一八一一年做过外交部部长。
⑤ 拉普拉斯：见第 541 页注②。

们可以说，他讲的话完全符合波拿巴的期望。

傍晚，卢森堡宫举行了盛大的招待会。在举行仪式的时候，传说第一执政有可能住到杜伊勒利宫去。那些最大胆的和最好奇的人甚至还胆敢漏了几句给约瑟芬听；可是那个可怜的女人，玛丽-安托瓦内特坐在大车里上断头台的景象还历历在目，本能地对所有可能把她和王位联系起来的事情感到厌恶；因此她犹犹豫豫不敢回答，叫提问题的人去问她丈夫。

接着，又开始流传另外一个消息，足以和第一个消息匹敌。

缪拉①向卡罗利娜·波拿巴②小姐求婚。

可是，这次婚礼，即使不可避免的话，也不是那么一帆风顺的。

波拿巴和那位想得到做他妹夫的荣誉的人心存芥蒂我们应该说已经有一年时间了。

这种不睦的来由我们的读者也许会感到有点儿奇怪。

缪拉，军中的雄狮；缪拉，他的勇敢已经有口皆碑了；缪拉，人们会把他当作战神的模特儿提供给一位雕塑家；缪拉，一天他因为没有睡足，没有吃好，士气不高。

那件事发生在曼托瓦，城里的福尔瑟姆③在里沃利战役之后，不得不带了他二万八千人闭关自守；米奥利斯④将军手下只有四千人，负责包围城市。在一支奥地利军队突围的时候，带着五百人的缪拉，接到了

---

① 缪拉（1767—1815）：法国元帅，后任那不勒斯国王（1808—1815）。
② 卡罗利娜·波拿巴（1782—1839）：拿破仑的妹妹。一八〇〇年嫁与缪拉。
③ 福尔瑟姆（1724—1797）：奥地利将军，在芒多败于波拿巴。
④ 米奥利斯（1759—1828）：法国将军，曾任曼托瓦及罗马总督。

向三千名敌人冲锋的命令。

缪拉冲了，可是冲得有些有气无力。

波拿巴——缪拉是他的副官——大发雷霆，不愿意再见他了。

缪拉大为沮丧，尤其是从这个时候起，他就有了成为他将军的妹夫的愿望——如果不是希望的话：他爱上了卡罗利娜·波拿巴。

这个爱情是如何来的？

我们稍许讲几句。

也许那些单单看我们书中某一本的读者，会对我们有时候着重谈到某些仿佛有点儿超出本书范围的细节感到惊奇。

那是因为我们不是写的单独的一本书；可是，就像我们已经说过的那样，我们在填补，或者是尽力填补一个巨大的缺口。

对我们来说，我们的人物的登场决不限于出现在一本书之中。您看到在这本书中是副官的人物，在第二本书里是国王，在第三本书里被流放和枪决。

巴尔扎克写了一部人物众多的伟大而完美的著作，称作人间喜剧。

我们的著作是和他同时开始写的——不过我们并没有给它一个称呼——可以称作为法国的悲剧。

我们再回过来谈缪拉。

我们来谈谈，这次对他的命运有多么幸运的，或者有多么不幸的影响的爱情是怎么开始的。

缪拉在一七九六年的时候，被派到巴黎，负责把在代戈^①和蒙多

---

① 代戈：意大利沿博尔米达河一城镇，一七九六年波拿巴在此击败奥地利军队。

维①战役中法军缴获的旗帜交给督政府；在这次旅行中，他认识了波拿巴夫人和塔利安夫人②。

在波拿巴夫人处他又遇到了卡罗利娜·波拿巴。

我们说又遇到了，因为他这决不是第一次遇到这位将来要和他共戴拿不勒斯王冠的人：他在罗马她哥哥约瑟夫的家里已经遇到过她；在那儿，尽管有一个年轻英俊的罗马王子和他竞争，他还是受到了卡罗利娜的注意。

三个女人联合起来，从督政府那儿为缪拉弄来了旅长的将军军衔。

缪拉回到意大利军，越来越爱波拿巴小姐了，尽管他已经有了旅长的将军军衔，他还是提出申请要当总司令的副官，并得到了恩准。

不幸的是发生了这次曼托瓦的突围事件，在那以后他就失宠于波拿巴了。

这次失宠从各方面看都好像是两人真正不和了。

波拿巴对他担任副官时间的工作表示谢意，把他派到内依的师里去，后来又把他派到巴拉盖-迪利埃的师里去。

结果是，波拿巴在托伦蒂诺③条约以后回到巴黎时，缪拉没有随行。

这件事决非三位贵妇所能左右的。

三位美丽的女求情者开始进行活动，因为这次问题在于远征埃及，

---

① 蒙多维：意大利一城市。一七九六年四月二十一日，波拿巴在此征服皮埃蒙特人。
② 塔利安夫人（1773—1835）：国民议会会员塔利安的妻子。外号为热月圣母。
③ 托伦蒂诺：意大利城市。一七九七年，波拿巴和教皇在此签订有关阿维尼翁的条约。

她们从陆军部长那儿得到了批准，同意缪拉也参加这次远征。

他和波拿巴共乘一条船，也就是"东方号"，可是在整个航海途中，波拿巴没有对他说过一句话。

抵达亚力山大城以后，缪拉起先也未能改变他将军对他的冷淡态度，将军为了避开他，更可以说是为了给他出人头地的机会，让他和穆拉德贝伊①对阵。

在这次战役中，缪拉大显身手，英勇无敌，他把人们脑子里他过去一时软弱的回忆抹掉了；他在阿布基尔冲锋陷阵，势不可当，以至波拿巴没有勇气再对他耿耿于怀。

结果是，缪拉跟着波拿巴一起回到法国；缪拉全力支持了雾月十八，尤其雾月十九那天他更出了大力。于是缪拉又完全得宠了，他被任命为执政官近卫军司令就是证明。

他认为这是他吐露对波拿巴小姐爱情的大好时机，他这个爱情约瑟芬完全知情，而约瑟芬是很宠爱他的。

约瑟芬宠爱他有两个理由。

首先，她是一个十足的女人，也就是说她对任何女人的柔情都很敏感；若阿香②爱卡罗利娜，卡罗利娜爱缪拉，仅仅为了这个理由她就要保护这个爱情。

其次约瑟芬受到波拿巴兄弟们的憎恨；在约瑟夫和吕西安那儿她有一些顽强的敌人；她很高兴能交上缪拉和卡罗利娜两个忠实的朋友。

---

① 穆拉德贝伊（1750—1801）：埃及马穆鲁克骑兵司令。一七九八年在金字塔战役中被波拿巴征服。
② 若阿香：缪拉的名字。

因此她鼓励缪拉向波拿巴说明自己心里的想法。

在我们谈到的那个仪式的前三天，缪拉走进了波拿巴的书房，他犹豫了很多时间才支支吾吾地向第一执政提出了请求。

这两个年轻人之间的爱情对第一执政来说很可能根本已经不是什么新闻了。

第一执政神情严肃地听了他这个请求，只是回答说他要考虑考虑。

这件事的确是值得考虑一番的：波拿巴出身于贵族家庭，缪拉是一个客店老板的儿子。这次联姻，在这样一个时刻，具有极重大的意义。

第一执政能不顾他门第的高贵，和他本身已取得的高位，和一个平民通婚，这非但要有相当的共和思想，还要有相当的民主意识。

他没有考虑很久：他的直感和他的非常严密的逻辑思维告诉他这件事是有利可图的；当天他就同意了缪拉和卡罗利娜的婚事。

这次婚事和乔迁杜伊勒利宫两条新闻就同时向公众宣布了；而这两条新闻的意义是相反的，可是又是相辅相成的。

第一执政将住进从前国王的居处，也就是像当时人们所说的，睡在波旁家的床上；可是他却把他的妹妹嫁给了一个客店老板的儿子。

现在来看看，未来的那不勒斯王后给阿布基尔的英雄带来了什么嫁妆？

三万法郎银币，以及第一执政买不起而从他妻子那儿拿来的一串钻石项链。约瑟芬非常珍爱她这串钻石项链，不由得有点儿为难；可是这件事响亮地回答了那些说波拿巴在意大利发了财的人；也说明了约瑟芬是多么关心这对未婚夫妇的事情。她原来就想促成这次婚姻，她应该为这份嫁妆做出贡献。

这个妙计带来的结果是，在执政们离开卢森堡宫（共和八年雨月三十日），由变成了波拿巴的妹夫的客店老板的儿子护送着去政府的宫殿的那一天，那些看到行列经过的人脑子里想的只是观看和鼓掌。

的确，那些由波拿巴为首，队伍里有缪拉、莫罗、布律纳、拉纳、朱诺、迪罗克、奥热罗和马塞纳这样一些人的行列是值得观看和值得鼓掌的。

这一天在卡鲁塞尔广场①上举行一次盛大的阅兵；波拿巴夫人也要参加，她不是待在大钟楼的阳台上——大钟楼的阳台太豪华了——而是待在勒布朗的套房里，也就是在弗洛尔楼里。

波拿巴于一时正离开卢森堡宫，后面跟着三千人的精锐部队，其中包括由于三年以前波拿巴在意大利战役中遭到了危险而建立的出色的近卫团：在越过明乔河以后，他感到非常疲劳，在一个小堡里休息，还准备在里面洗个澡，突然有一支溃逃的奥地利部队，由于走错了方向，冲进了只有哨兵守卫的小堡；波拿巴只来得及穿上衬衣逃跑!

雨月三十日那天上午还发生了一件值得一书的尴尬事情。

将军们都骑着马，部长们有马车，可是别的官员还不认为这笔开销是合适的。

因此缺少马车。

于是租了一些马车作补充，马车的号码被用一些和车厢同样颜色的纸遮起来了。

_____

① 卡鲁塞尔广场：位于巴黎卢浮宫和杜伊勒利宫之间。

只有第一执政的车上套着六匹白马；可是因为三位执政坐在同一辆马车上，波拿巴和康巴塞雷斯坐在后面，勒布朗坐在前面，所以无论如何说，每个执政只分摊到两匹马。

而且，这六匹白马，是在坎波福尔米奥和约以后弗朗茨一世皇帝送给波拿巴总司令的，不也是战利品吗？

马车沿着蒂翁维尔街，伏尔泰河堤街，和皇家桥，越过了巴黎市区的一部分。

从卡鲁塞尔广场的栅栏门一直到杜伊勒利宫的大门，执政们的近卫队组成了人墙。

在经过栅栏门的时候，波拿巴抬头看了看门上的题词。

题词是这么写的：

一七九二年八月十日

王权在法国被取消，而且永远不会再恢复

一个难以觉察的微笑在第一执政的嘴角显现出来。

在杜伊勒利宫，波拿巴从马车上下来，跳到马鞍上检阅部队。

人们看到他坐到战马上，这时鼓掌声和欢呼声从四面八方传来。

检阅结束了，他来到大钟楼，缪拉在他右面，拉纳在他左面，在他后面是意大利军所有显赫的参谋人员。

这时候游行开始了。

在那儿，他看到了深深铭刻在士兵心中的那种情感。

看到第九十六、第三十、第三十三联队的旗帜在他面前经过，看到这些旗帜只剩下了一根根棍子和几条被子弹洞穿，被火药熏黑的破布，他除下帽子，弯了弯腰。

接着，游行结束了，他从坐骑上下来，勇敢地踩上了瓦洛瓦王朝和波旁王朝的楼梯。

傍晚，他又和布里埃纳单独相处。

"那么，将军，"布里埃纳问他，"您感到满意吗？"

"满意，"波拿巴含含糊糊地说，"一切都很顺利，是不是？"

"太好了！"

"我看见您在弗洛尔楼底层的窗子口，紧挨在波拿巴夫人旁边。"

"我也一样，我也看到您，将军；您在念卡鲁塞尔广场栅栏门上的题词。"

"是的，"波拿巴说，"一七九二年八月十日，王权在法国被取消，而且永远不会再恢复。"

"要不要把它铲掉，将军？"布里埃纳问。

"没有必要，"第一执政回答，"它会自己掉下来的。"

随后，他叹了一口气。

"您知道吗，布里埃纳，今天我缺少谁？"他问。

"不知道，将军。"

"罗朗……他究竟在干什么鬼名堂，也不给我们一点消息？"

罗朗在干什么，我们就要知道了。

LES
COMPAGNONS DE JÉHU

· 第四十五章 ·

跟踪者

读者还没有忘记第七轻骑兵旅护卫队找到的尚贝里的邮政快车是什么模样。

他们第一件急着要做的事是找出不让罗朗走出车子的障碍，他们找到了一把挂锁，他们把车门砸开了。

罗朗像一头老虎蹿出笼子似的冲出了马车。

我们也已经说过了，当时地上盖满了雪。

罗朗既是猎人又是士兵，他只有一个念头：那就是跟踪耶户一帮子的踪迹。

他看到他们消失在图瓦塞那个方向；可是他寻思他们不可能往那儿去，因为在那个小城和他们之间横着一条索恩河，只有贝尔维尔和马孔有桥可以过河。

他命令护卫队和押车在大路上等他；他一个人徒步随着摩冈和他一伙人留下的踪迹向前走去，甚至没有想到再往他的枪里装子弹。

他估计得不错： 在离大路四分之一法里的地方，逃亡者遇到了索恩河；他们在那儿停留了一会儿进行商议——这可以从马蹄践踏的印子看出——接着他们分成两队： 一队向上游马孔走去，另一队向下游贝尔维尔走去。

他们这样一分为二很明显是为了让追踪他们的人——如果他们被追踪的话——感到左右为难。

罗朗听到过他们的头头命令集合的叫声；"明天晚上，你们知道在什么地方。"

因此他相信，不管他跟着去索恩河上游的踪迹，还是跟着去索恩河下游的踪迹，如果雪融得不太快的话，他都会找到他们会面的地点，因为耶户一帮子——几个人一起走也好，个别行动也好——最后总要走到同一个目的地去的。

他仍旧随着原来的踪迹回来，命令押车穿上被假车夫丢弃在大路上的长统靴，骑上马，把邮车驾到下一驿站，也就是驾到贝尔维尔。骑兵中士和四个会写字的轻骑兵要陪同押车一起去，和他一起在调查报告上签字。

绝对不准提到他罗朗，也不准提到他的下落，不能提到任何会使拦路强盗们对他未来的计划引起警惕的事情。

其他的护卫队骑兵把旅长的尸体送回到马孔，他们也要写下一个和押车相应的调查报告，同样地对罗朗一字不提。

下了这几道命令以后，年轻人在所有的护卫队中挑了一匹他认为是最强壮的马，叫那个轻骑兵下马；随后他又在自己的枪里装了子弹，把枪放在下马的那个骑士的马鞍架的鞍袋里。

在这之后，他答应押车和士兵要尽快对耶户一帮子进行报复，要他们为他保守秘密，他骑上马，消失在他刚才已经去过的那个方向。

走到他刚才已经看到的两队人分手的地方，他一定要在两条踪迹中选定一条。

他选了往索恩河下游贝尔维尔去的那条路。他选中这个两三法里以外的地方有一些非常充足的理由。

首先，他离贝尔维尔要比离马孔近。

其次，他曾经在马孔待过二十四小时，因此在那儿很可能被人认出来，而在贝尔维尔他从来也没有逗留过，除了有时候偶然坐在驿车里经过那儿。

我们刚才所讲的事情一共经历了大概一个小时，因此在罗朗开始追赶逃亡者时，图瓦塞的大钟正敲晚上九点。

大路上的踪迹清清楚楚；雪地上留下五六匹马的蹄印；其中有一匹马走的是侧对步。

要去贝尔维尔要穿越一大块草地，罗朗越过了草地上两三条小溪。

离贝尔维尔还有一百来步路，他停止了：那些人在这儿又分成了两路。六个骑士中两个向右拐去，也就是离开了索恩河，另外四个向左继续走向贝尔维尔。

在走到贝尔维尔最前面几座房子的时候，他们又第三次分手了：三名骑士折向城里，只有一名曾继续顺着大路往前走去。

罗朗跟着那个继续往前走去的人，他深信会重新找到其余人的踪迹。

那个继续往前走的人停在一座漂亮的房子前面，这座房子是六十七号，前面是院子，后面是花园，他曾经拉过门铃，有人来替他开门。可以通过栅栏看到出来开门的人的脚印，然后，在这些脚印旁边有另外一些痕迹，那是马蹄印，是被牵往马棚的马留下的。

显而易见，有一个耶户的伙伴留在这儿了。

罗朗如果到市长那儿去，表明自己的身份，调动宪兵，那就可以立即把那个人抓住。

可是这并不是他的目的，他要抓的决不是一个孤立的人。他要把这群人一网打尽。

他默默地记住了六十七号这个门牌，继续走自己的路。

他穿过了整个城市，走出城市后又走了一百步路，没有发现任何踪迹。

他正要折回来的时候，突然想起了，这些踪迹如果要重新出现，那么只会出现在桥头上。

果然，他在桥头上认出了三匹马的踪迹，肯定就是他们，其中一匹马走的是侧对步。

罗朗顺着逃亡者所走的路飞奔向前。到了蒙索，又看到同样的防范措施：三名骑士绕过了村子；可是罗朗是一个跟踪能手，根本不管这一套；他还是继续走他的路，他在蒙索村的另一头又找到了逃亡者的踪迹。

在快到沙蒂永的时候，三个骑士中有一个离开了大路，向右面一个离沙蒂永－特雷武大路几步远的一个高地上的小古堡而去。

在这以后，其余几个骑士以为已经甩掉了可能想跟踪他们的人，放心地穿过了沙蒂永，走上了去讷维尔的大路。

罗朗看到逃亡者所去的方向心里很高兴；很清楚他们是去布尔；如果他们不去布尔，那么他们会走马尔略这条路的。

布尔是罗朗选来做他活动中心的司令部的；布尔是他的故乡，他留下了非常清晰的童年的回忆，他熟悉那儿的最小的灌木丛，最简陋的破房子，一直到郊区的最小的洞窟。

到了讷维尔，逃亡者又绕着村子走了。

罗朗对这个已经拆穿了的诡计并不担心；不过到了讷维尔的另一头，他只找到了一匹马的蹄印。

决不会搞错：就是那匹走侧对步的马。

罗朗可以肯定，如果他暂时离开这条踪迹，他还是能再找到它的，因此他顺着踪迹往回走。

那两个朋友是在沃纳大路分手的；一个走沃纳大路，另一个绕着村子走，就像我们说过的，走上了去布尔的大路。

要盯住的就是那个人；而且，他那匹马的步伐对跟踪者来说也比较容易辨认，因为这匹马的步伐和其他马不一样。

随后他走上了去布尔的路，从讷维尔到布尔之间，除了圣德尼外没有其他村子。

此外，最后一个逃亡者也不可能走得比布尔远。

罗朗感到越来越接近目的地，他也越来越兴奋了。果然，那个骑士的痕迹没有绕过布尔，而是勇敢地进入了城里。

在这儿，罗朗觉得骑士对走哪一条路有点儿迟疑不决，除非这种迟疑不决是一种消除他踪迹的诡计。

可是，在跟了这条痕迹弯来拐去十分钟以后，罗朗又有了把握；这不是诡计，这是犹豫。

有一个步行的人从一条横路上穿过来：那个骑士和步行者交谈了一会儿；随后骑士就让这个步行者作他的向导。从那个地方起，可以看到人的脚印和马的蹄痕并行前进。

人和马的痕迹进入了好姻缘客店。

罗朗回忆起在卡洛尼埃尔拦劫事件发生以后，那匹受伤的马就是被弄到这个客店里去的。

十之八九，客店老板和耶户一帮子有勾结。

此外，好姻缘客店的旅客也非常有可能要在这儿待到第二天傍晚。罗朗从他自身的疲劳感到那个人也该需要休息了。

罗朗为了不让他的马过度疲劳，又要认清地上的痕迹，他花了六个小时走了十二法里路。

圣母院破残的钟楼上敲了三下。

罗朗怎么办呢？在城里的客店里住下？不可能：他在布尔太有名了；而且，他的马背上披了一块轻骑兵用的羊皮鞍褥，也会引起人们的怀疑。

他成功的条件之一是不能有任何人知道他来到布尔。

他可以躲到黑色喷泉府去，从那儿静观动静；可是他能肯定仆人们守口如瓶吗？

米歇尔和雅克嘴很紧，罗朗对他们两人是放心的；阿梅莉也不会乱说：可是夏洛特，狱卒的女儿，她会不会多嘴呢？

时间是清晨三点钟，所有的人都睡着了；对这个年轻人来说，最稳当的办法莫过于和米歇尔联系一下。

米歇尔一定会想出办法把他藏起来的。

罗朗胯下的坐骑一定已经嗅出了客店的气味，只能对它抱歉了，他掉转马头向蓬丹大路驰去。

在经过布罗教堂前面的时候，他向宪兵兵营扫了一眼。那些宪兵和他们的队长肯定都睡得正香呢。

罗朗穿过跨越大路两旁的森林的侧翼，积雪减弱了他的马蹄声。

在他从森林另一端穿出时，他看到有两个人沿着深沟往前走，他们用一枝小树扛着一只缚住四足的倒挂着的狍子。

他仿佛很熟悉这两个人的动作。

他用马刺踢了踢胯下的坐骑，赶了上去。

这两个人的耳朵很机警；他们回过头来，看到一个似乎是冲着他们来的骑士，便把猎物往沟里一扔，越野而逃，想钻进赛荣森林里去。

“喂，米歇尔！”罗朗越来越相信他遇到的是他的园丁。

米歇尔顿时就站定了；另外一个人还在逃。

“喂，雅克！”罗朗叫道。

另外一个人也站住了。

如果他们已经被认出来了，逃也没有用；而且叫声里也不含敌意：声音甚至是友好的，没有威胁意味。

“嗨！”雅克说，“好像是罗朗先生。”

“原来是他，”米歇尔说。

于是这两个人不再向树林里逃，返身折回到大路。

罗朗并没有听到这两个偷猎者讲的话，不过他已经猜到了。

“喂！不错，就是我！”他叫道。

不多一会儿，米歇尔和雅克来到了他的身边。

父子间交替询问罗朗，应该说这些询问是有理由的。

罗朗穿着老百姓的衣服，在半夜三点钟，骑着一匹骑兵的马，走在布尔通向黑色喷泉府的大路上！

年轻的军官打断了他们的问题。

"别作声，你们这两个违禁偷猎的人！"他说，"把这头狍子放在我后面的马屁股上面，回家去；别让黑色喷泉府任何人知道我来了，即使我妹妹，也别让她知道。"

罗朗讲话时像军人一样果断，而众所周知，他一旦下了命令，是不允许别人回嘴的。

他们捡起狍子，放在罗朗身后的马屁股上；然后这两个汉子跑着快步跟着跑着慢步的马儿走去。

还剩下大概四分之一法里要走。

他们在十分钟里面把这段路走完了。

离府邸一百步远，罗朗停了下来。

两个人被当作侦察兵派去看看前面是不是有什么动静。

侦察结束以后，他们发出信号要罗朗过去。

罗朗来了，他下了马，看见他们两人住的小楼的门打开着，便进去了。

米歇尔把马牵进马厩里，把狍子送进厨房；因为米歇尔属于那种高级的偷猎者之列，他们纯粹是为了得到打猎的乐趣而打猎，而不是为了卖掉猎物赚钱。

既不用为马儿操心，也不必为狍子担忧；阿梅莉根本不管马厩里的事，也不注意别人给她吃些什么。

Les Compagnons De Jehu

这时候，雅克燃起了炉火。

米歇尔回来的时候带来了一块狍子腿肉和六只鸡蛋，准备做一盘炒鸡蛋。雅克在一个小房间里铺一张床。

罗朗暖和了一下，吃了夜餐，一句话也没有说。

这两个汉子惊奇地瞅着他，还带着点儿担心。

有关赛荣修道院的行动的消息已经传开去了，大家悄悄地在说，这次行动是罗朗领导的。

很清楚他这次回来也是为了进行同样活动的。

罗朗吃完夜餐以后便抬起头来呼唤米歇尔。

"啊，你在这儿？"罗朗说。

"我在等候先生的命令。"

"我下命令了，听好了！"

"我听着。"

"这有关我的生和死；甚至更重要，有关我的荣誉。"

"请讲，罗朗先生。"

罗朗掏出他的表。

"现在是五点钟。在好姻缘客店开门的时候，你要装作是顺路走过那儿，你去和那个开店门的人攀谈。"

"那很可能是皮埃尔。"

"是皮埃尔也好，是另外什么人也好，你向他打听一下昨天晚上骑一匹走侧对步的马住进他们客店的旅客是什么人；你知道吗，什么叫侧对步？"

"当然知道！就是像熊一样走路的一匹马，同侧两腿同时举步。"

"好极了……你同样也会打听到，这个旅客准备今天上午就动身呢，还是好像白天还要留在客店里，是吗？"

"我一定能打听到。"

"好，你把这一切打听到以后，就回来告诉我；可是决不能对任何人说我在这儿。如果有人问起我，就说昨天曾经收到过我一封信；说我在巴黎，在第一执政身边。"

"就这么办。"

米歇尔走了。罗朗躺下去睡着了，让雅克守着这座小楼。

罗朗醒来时，米歇尔已经回来了。

他已经知道了他主人要他去打听的所有事情。

昨天晚上来的骑士要到傍晚再动身，在当时规定必须要登记的旅客登记簿上写着：

> "星期六，雨月三十日，晚上十点钟：瓦朗索尔公民从里昂来，到日内瓦去。"

不在场证明就这样安排好了，既然旅客登记簿证明瓦朗索尔公民晚上十点钟进店投宿，那么他就不可能在八点半在白房子拦劫邮车，并在十点钟进入好姻缘客店。

可是最引起罗朗注意的，那就是他跟踪了半夜的、他刚才发现了此人的藏身之处和姓名的不是别人，就是被他在决斗中杀死在沃克吕兹喷水池旁的阿尔弗雷德·德·巴尔若尔斯的证人；这个证人很可能就是在赛荣修道院扮演鬼魂角色的人。

那么说来，耶户一帮子不是普通的强盗；恰恰相反，他们就像传说中所说的那样，是一些出身高贵的世家子弟。在布列塔尼的贵族在西部地区为保皇事业冒生命危险的时候，他们拼着上断头台，把他们在法国另一头进行的冒险勾当中得来的钱财转交给那些战士。

·第四十六章·

灵 感

　　我们已经看到，在前一天晚上的追踪中，罗朗本来可以派人抓住一两个他所追踪的人。

　　德·瓦朗索尔先生很可能会和罗朗一样，也就是说，在劳累了一夜之后要休息一个白天；罗朗也可以对他同样处理。

　　要做到这一点，他只要写几句话给宪兵队长，或者那位和他一起搜查赛荣修道院的龙骑兵旅长；这件事和他们的荣誉有关，他们可以把睡在床上的德·瓦朗索尔先生包围起来，枪响两下——也就是死伤两个人——事情就解决了，德·瓦朗索尔先生就被抓住了。

　　可是，德·瓦朗索尔先生一被抓住，他们这一伙人的其他成员就会警觉，他们只要越过国境线就可以溜之大吉。

　　所以还是罗朗原来的想法好，也就是等待时机，跟踪几个不同的踪迹，这些踪迹最后一定会通向同一个目的；冒着打一场硬仗的危险，向整个耶户连队撒下天罗地网。

因此，决不要打草惊蛇先抓德·瓦朗索尔，要继续跟着他到所谓的日内瓦去旅行，他这次旅行很像是转移别人视线的借口。

罗朗不管怎样乔装改扮总有可能被认出来的，因此这一次讲好他留在小楼里，这天晚上由米歇尔和雅克去把猎物引开。

十之八九，德·瓦朗索尔先生要到夜幕降临后才会动身。

罗朗打听了一下在他母亲离开后他妹妹的生活过得怎么样。

自从他母亲离开以后，阿梅莉一次也没有离开过黑色喷泉府。

她的起居习惯和从前一样，过去她还要和蒙特凡尔夫人一起出去买买东西，现在根本不去了。

她每天早晨七八点钟起身，画画图，弹弹琴，一直到吃午饭；午饭以后她看看书，做点儿绒绣活儿，或者在夕阳西下的时候和夏洛特一直散步到河边。有时候她叫米歇尔解下一条小船，自己裹在厚厚的皮毛大衣里，顺着雷苏兹河划向上游的蒙塔尼亚，或者下游的圣茹斯特，随后再回家，对任何人都不说话；随后吃晚饭，晚饭以后，她就和夏洛特一起上楼到自己的房间里去，以后就不再露面了。

因此一到六点半，米歇尔和雅克就可以离开府邸，不会再有任何人关心他们干些什么了。

六点钟，米歇尔和雅克穿上他们的粗布上衣，带上他们的小猎袋、长枪，动身了。

他们已经接到了指示：

跟踪那匹走侧对步的马，看看那匹马把它的骑士送往哪里，或者跟踪到线索消失为止。

米歇尔要去埋伏在好姻缘客店对面的农庄里；雅克要去候在布尔城

外一个鹅掌地带——圣阿穆尔，圣克洛德和楠蒂阿三条大路的交叉地带。

楠蒂阿大路也就是去日内瓦的大路。

很明显，除非是由原路折回——这是不太可能的——德·瓦朗索尔先生将走的总是这三条路中的一条。

父亲走这一边，儿子走另一边。

米歇尔走蓬丹大路，经过布罗教堂向城里走去。

雅克穿雷苏兹河，沿着这条小河的右岸，走出城郊一百来步路，来到城外三条大路交叉的三角地带。

就在儿子进入他岗位的同时，父亲也应该抵达他的位置。

也是在这个时候，也就是傍晚七点钟，黑色喷泉府惯常的孤独和沉寂被打破了，一辆邮车停在栅栏门前，有一个穿号衣的用人来拉门铃的铁链子。

开门原来是米歇尔的职责，可是米歇尔在什么地方您已经知道了。

阿梅莉和夏洛特很可能本来打算指望米歇尔去开门，因为门铃响了三次，还是没有人去开门。

最后，使女出现在楼梯上面。她胆怯地呼唤米歇尔。

可是米歇尔没有回答。

后来，因为还有栅栏门的保护，夏洛特大着胆子走了过来。

尽管天色昏暗，她还是认出了这个用人。

"啊，是您，詹姆士先生？"她叫道，心里比较放心了。

詹姆士是约翰爵士的心腹用人。

"啊，是啊！"用人说，"是我，夏洛特小姐，也可以说是爵爷来了。"

这时候车门打开了，可以听到约翰爵士在说话：

"夏洛特小姐，您告诉您的女主人，说我从巴黎来，我来告诉她一下：我不是今天要见她，而是请求她明天能接见我，如果她愿意给我这个恩惠的话；请问问她我什么时候来见她比较方便。"

夏洛特小姐对爵爷非常尊敬，因此她赶忙去完成这个托付给她的任务。

五分钟以后，她来通知爵爷说，他将于次日中午到一点之间被接见。

罗朗知道爵爷来干什么；在他的脑子里，这件婚事已经定了，约翰爵士是他的妹夫。

他考虑了一下是不是让约翰爵士知道他在这儿，是不是让他一起来实现自己的计划。可是他寻思塔兰爵士决不是一个肯置身事外让他一个人去单干的人。他要向耶户一帮子进行报复，不管怎么样，他也会要和罗朗一起参加这次行动的；而不管怎么样，这次行动是很危险的，也许他会遇到不幸。

罗朗的运气——罗朗已经体验过这种运气了——决不会扩展到他的朋友身上。约翰爵士受了重伤，好不容易活了过来；骑兵旅长被击毙了。

因此他没有告诉约翰爵士他在这儿，听任他走了。

至于夏洛特，她对米歇尔没有来开门毫不感到奇怪；因为米歇尔不在是常事，不论是使女还是她的女主人都不把他不在家这件事放在心上。

此外，罗朗对她们这种漠不关心有他自己的解释：阿梅莉面对精神上的痛苦是很软弱的——罗朗不知道这种痛苦的缘由，认为这是由于他妹妹性格上的变化，是由于有点儿神经质——可是如果遇到真正的危险，阿梅莉却非常坚强。

这两个年轻姑娘孤零零地住在一座四周无人的府邸里面，两个守卫晚上又经常出去偷猎，这肯定使人感到有点儿担心。

至于我们，我们已经知道，阿梅莉宁愿他们远离府邸，也不愿意他们留在家里；他们不在，摩冈就可以自由进出，这就是阿梅莉的愿望。

傍晚过去了，夜深了，罗朗没有得到任何消息。

他想睡，可是睡不熟；他老是听见开门的声音。

等到门真正大开的时候，曙光已经透进了护窗板。

是米歇尔和雅克回来了。

经过是这样的。

两人都进入了自己的岗位：米歇尔来到客店门口，雅克来到鹅掌地带。

米歇尔在离客店二十步远的地方找到了皮埃尔；没有讲了几句话，他就深信德·瓦朗索尔先生一直没有离开过客店；那位先生说过，因为还要赶长路，他要让他的马好好休息休息，他要到夜里再上路。

那位旅客说是要到日内瓦去，皮埃尔对此深信不疑。

米歇尔邀请皮埃尔去喝一杯葡萄酒；如果他今晚错过了潜伏打猎，还有明天早上一次呢。

皮埃尔接受了。这时候，米歇尔确信他已经打听到真实情况了；皮埃尔是马厩小厮，在他职务范围以内的事，他没有一件没有自己的看法。

这个看法，一个在客店里当差的小厮答应向他提供；作为奖励，他从米歇尔那儿拿到了三小罐火药，当作烟火玩。

一直到午夜，那个旅客还没有走；他们已经喝完了四瓶葡萄酒，不过米歇尔喝得很有节制：在这四瓶酒里面，他想方设法倒了三瓶在皮埃尔的杯子里，皮埃尔当然一滴也没有剩下。

这时候，皮埃尔回客店去探听消息；可是米歇尔怎么办呢？小酒店打烊了，米歇尔要等早上那次潜伏打猎还有四个小时。

皮埃尔建议米歇尔去睡在马厩里的稻草铺上；那儿很暖和，可以睡得很舒服。

米歇尔接受了。

这两个朋友手挽着手从客店大门进去；皮埃尔跌跌撞撞，米歇尔装得跌跌撞撞。

清晨三点钟，客店里的伙计来叫皮埃尔。

那位旅客要动身了。

米歇尔借口说潜伏打猎的时间到了，他也起身了。

他的梳洗工作很简单：只是拍了拍他的粗布衣服、他的小猎袋和他的头发，把干草抖落下来。

接着，他就向他的朋友皮埃尔告别，去埋伏在路角上。

一刻钟以后，门开了，一个骑士从客店里出来：这个骑士的马走的是侧对步。

他就是德·瓦朗索尔先生。

他踏上了通向去日内瓦大路的街道。

米歇尔吹着一支打猎的小调大大方方地跟在他后面。

可是米歇尔不能奔跑，不然别人就会注意他；由于有这个困难，他一会儿就瞧不见德·瓦朗索尔先生了。

还有雅克呢，他应该在鹅掌地带等着这位青年。

可是雅克已经在这零下五六度的冬天的寒夜里，在鹅掌地带等了六个多小时了！

雅克有没有勇气坚持在雪地里站六个小时，用脚底敲击着大路旁的树木取暖？

米歇尔抄近路穿过大街小巷，不过尽管他跑得多么快，总快不过骑士和马。

他赶到了鹅掌地带。大路上杳无一人。

前一天是星期日，大路上的积雪已经被一整天的来往行人践踏得乱糟糟的，马蹄印陷在路上的烂泥之中，无从辨认。

因此米歇尔也不管什么马蹄印了，这是徒劳无益的，这是浪费时间。

他急于要知道的是雅克进行了些什么活动。

他那偷猎者的眼睛很快就找到了他要找的东西。

雅克曾经在一棵大树下面站立过；站立了多少时间？这很难说，不管怎么说，站了相当长时间，后来感到冷了：积雪被他笨重的打猎用的靴子踩实了。

他曾经想用来回踱步的方法取暖。

可是突然，他一定想起了在路那边有一个用土垒成的小茅屋，养路工人把那儿当作一个避雨的场所。

他跨下土沟，穿过大路；在路边两侧又找到了他的脚印，到了大路

Les Compagnons De Jehu

中间脚印又找不到了。

这些脚印形成了一条笔直向那个小茅屋去的斜线。

很清楚，雅克是在那个小茅屋里过的夜。

现在要知道的是，他是什么时候从小茅屋里出来的？他是为什么出来的？

他是什么时候出来的？这是很难估计的；至于他是为什么出来的，即使一个最愚蠢的饲养员也能回答得出来。

他出来是为了跟踪德·瓦朗索尔先生。

那个和走进茅屋相同的脚印，在走出茅屋后向赛泽利阿那个方向走去。

那就是说，那个骑士走的果真是去日内瓦的大路：雅克的脚印很清楚地说明了这一点。

脚印有点儿拉长，好像这个人在奔跑，他跳出土沟后是沿着田野和可以挡住那位旅客的视线的一行大树跑的。

到了一家不太正派的客店——这种客店的大门上边写着这样一些话：这儿给喝给吃，供步行者或骑马者住宿——的面前，脚印消失了。

很明显，那个旅客到这家客店里休息去了，因为在离客店二十步的地方，雅克也在一棵大树后面止步了。

不过，一会儿以后，也许是在骑士和马匹刚进去门一关上以后，雅克便离开他藏身在后面的大树，越过了大路。这一次他似乎有点儿犹豫，步子很小，他不是向大门，而是向窗子走去。

米歇尔紧跟着他儿子的脚印向窗口走去；窗子没有关紧，如果里面有灯，那就可以看清楚里面的东西；可是这时候窗里面黑乎乎的，因此什么也看不见。

雅克肯定是为了看里面的东西才走到窗子那儿去的；窗子里面一定是曾经点过灯的，雅克一定是看到过什么东西的。

他离开窗子以后又上哪儿去了呢?

他曾经沿着这座房子的墙脚绕了一圈；这很容易看出来：积雪没有别人踩过。

至于他绕着房子转的目的，也是不难猜到的。雅克是个有头脑的孩子，他一定想到了，这个据他自己说要到日内瓦去的骑士，决不会在早晨三点钟动身，到一个离城只有四分之一法里这样一个客店里来投宿的。

他大概会从哪一扇后门溜出去。

因此雅克就绕着墙走，想在房子的另一端重新找到马蹄印，或者至少是骑士的脚印吧。

果然，有一扇小小的后门，朝着从科特莱向赛泽利阿伸展的树林，可以看到脚印从这扇门里出去，一直伸向树林的边缘。

从这些脚印看，这个人穿着漂亮的靴子，骑士的靴子。

他的马刺在雪地里留下了痕迹。

雅克看来毫不犹豫，他是跟着脚印走的。

在细巧的靴子印子旁边是雅克笨重的皮靴印子，在小巧的城里人的脚印旁边是农民的粗大的脚印。

时间是清晨五点钟，天快亮了；米歇尔决定不再向前走了。

只要雅克跟上了踪迹，年轻的偷猎者和年老的能耐不相上下。米歇尔在平原上兜了一个大圈子，就好像他是从赛泽利阿回来的一样，他决定走进客店去等待雅克。

雅克会猜到他父亲一定会跟踪他，他会在这座孤零零的房子里歇脚的。

米歇尔敲了敲护窗板，叫人替他开门；他认识老板——老板经常看到他在晚间活动——向他要了一瓶葡萄酒，抱怨没有打到猎物；在喝酒时，他要求同意他在这儿等待他的儿子，他儿子埋伏在另一边，也许他儿子会比他走运一些。

不用说他的要求是容易得到满足的。

米歇尔小心地把护窗板打开，看着大路。

过了一会儿，有人敲窗户。

来人是雅克。

他父亲叫他。

雅克和他父亲一样倒霉：他什么也没有打到。

雅克冻僵了。

往壁炉里扔了一抱柴，又拿来一只酒杯。

雅克暖过来了，又喝了点儿酒。

随后，他们应该趁天亮的时候赶回黑色喷泉府去，好不让别人发现两个偷猎者不在家里，米歇尔付了酒钱和柴火钱，两个人就走了。

在老板面前他们两人谁也没有提他们心里想的事情；决不能让人怀疑他们不是在搜索猎物，而是在搜索别的东西。

可是一走到门外，米歇尔马上就靠近了他的儿子。

这时候，雅克告诉父亲说，他跟着足迹走进村子已经走了很多路了，可是在走到一个交叉路口时，他突然看到一个拿着一支枪的人出现在他面前，这个人问他这个时候来到树林里干什么。

雅克回答说，他在寻找一个适宜于潜伏打猎的地方。

"那么，再走远一些，"那个人回答说，"因为您也看到了，这个地方已经有人了。"

雅克承认他的要求是合理的，便走出了一百步远。

可是，就在他斜着往左走，想回到他刚才离开的围猎区去时，另外一个像刚才一样的带枪的人同样出人意料地出现在他面前，向他提出了同一个问题。

雅克也没有别的话可以回答，只能照旧说：

"我在找一个适宜于潜伏打猎的地方。"

这个人指指树林外面，用一种几乎带有威胁性的语气对他说：

"如果我可以向您提一个建议的话，我的年轻人，那就是往那儿去；我相信那儿要比这儿好。"

雅克听从了他的意见，或者至少是装作听从了他的意见；因为他到了那个地方以后，他就沿着土沟悄悄地溜走了。他深信至少在这个时候不可能再继续追踪德·瓦朗索尔先生的踪迹了，便走了开去，穿过田野，走上大路，回到了小酒店里来，他希望能在小酒店里和他的父亲会合，果然他在那儿找到了他。

他们两个回到黑色喷泉府，大家已经知道，就在曙光刚刚透进护窗板的时候。

我们刚才讲到的一切都被讲给罗朗听了，还有很多很多我们已经删掉的细节；其结果只是使年轻的军官深信，在雅克走过去时突然站起来的那两个带枪的人，尽管很像是偷猎者，其实不是别人，就是耶户一帮子里面的人。

可是他们的窝在哪儿呢？那边既没有被废弃的修道院，也没有废墟。

突然，罗朗敲了敲自己的脑袋。

"啊，我真是个大笨蛋！"他说，"我怎么没有想到那个地方呢？"

他嘴上浮现出一个胜利的微笑，对那两个因为没有带给他确切的消息而感到非常失望的人说：

"朋友们，"他说，"我想知道的我全知道了。你们躺下好好地睡吧；是啊，你们是该好好地睡一觉了！"

同时罗朗以身作则，就像一个刚刚解决了某个虽然绞尽脑汁却一筹莫展的重大问题的人那样睡着了。

他想到了耶户一帮子已经放弃了赛荣修道院，住进了赛泽利阿的山洞里；同时他也记起了在这个山洞和布罗教堂之间还有一条地道可通。

· 第四十七章 ·
一次侦察

　　同一天，约翰爵士按照前一天给他的允诺，在中午十二点到一点之间来见蒙特凡尔小姐。

　　一切都像摩冈希望的那样发生了。约翰爵士作为一个家庭的朋友被接待；塔兰爵士作为一个受到尊敬的求婚者被接见。

　　阿梅莉没有违逆她哥哥和她母亲的愿望，也没有违背第一执政的意志，她只是说她健康不佳；也就是说要求推迟时间。塔兰爵士鞠了个躬表示同意：他原来希望得到的他已经得到了，他被认可了。

　　不过，他懂得他在布尔待得太久也许是不合适的，因为阿梅莉没有和她的母亲和哥哥在一起——同样是以身体不好为借口。

　　因此，他对阿梅莉说，他明天再来拜访她一次，并将于明晚动身离开布尔。

　　为了再看到阿梅莉，他要等到她去巴黎，或者等到德·蒙特凡尔夫人回布尔。第二种情况是非常可能的，因为阿梅莉说她需要春天和故乡的空气来帮助她恢复健康。

亏了约翰爵士殷勤体贴，阿梅莉和摩冈的愿望得以实现，两个情人得到了时间和清静。

米歇尔从夏洛特那儿打听到这些细节，罗朗从米歇尔那儿获悉了这些情况。

罗朗决定在一切都未开始以前让约翰爵士动身。

可是这决不妨碍他解除最后一个疑团。

夜幕降临了，他穿上一套猎人的服装，在这套服装外面套上了米歇尔的粗布上衣，在他挂了猎刀的腰带上插了两支手枪，冒着险在大路上从黑色喷泉府向布尔走去。

走到宪兵营房他站定了，要求见宪兵队长。

队长在他的房间里；罗朗上楼，露出了自己的真面目；然后，因为这时候还只有傍晚八点钟，他可能被某个经过的人认出来，他熄掉了灯。

这两个人就待在黑暗之中。

队长已经知道了三天以前发生在里昂大路上的事情，他深信罗朗没有被打死，他正在等着他来。

他感到非常奇怪的是，罗朗只向他要求一样东西，也可以说是两样东西：布罗教堂的钥匙和一把钳子。

队长把他要求的两样东西给了他，并说要陪他一起去侦查；可是罗朗拒绝了。很明显，在白房子那次行动中，他被人出卖了；他不想再冒第二次失败的危险。

因此他叮嘱队长不要告诉任何人他来了，并等他回来，即使迟回来一两个小时也要等他。

队长保证做到。

罗朗右手拿着钥匙，左手拿着钳子，悄悄地走到教堂的侧门那儿，他打开门，进去后又关上了，来到堆得高高的干草垛前面。

他侧耳静听：无人的教堂里寂然无声。

他回忆青年时代的情景，向前走去，把钥匙放在口袋里，爬上干草堆，这个干草堆有十五尺高，上面形成一个平台。随后，像从一个斜坡走下城堡的围墙一样，他从一个斜坡上滑落到用墓板铺成的地面上。

讲经坛是空着的，一边有祭廊挡着，左右两边是围墙。

祭廊的门开着；因此罗朗毫无困难地走进了讲经坛。

他走到了美男子菲利浦的坟墓的前面。

在这位君主的头部，有一块方形的大石板：就是从这儿走到下面的地下墓室去的。

罗朗知道有这条通道；因为他走近大石板以后，便跪了下去，用手去摸索石板的接缝。

他摸到了，又站起来，把钳子伸进隙缝，把石板掀起。

他用一只手扶住头上的石板，一面走下地下墓室。

然后他让石板慢慢地落下。

真好像这位夜晚的来访者正在自愿地离开活人的世界，走进死人的世界。

那些在亮光中和在黑暗中，在地上或者在地下观察的人一定会感到奇怪的是，这个为了找到活人而绕着死人走的人，尽管周围一片漆黑，寂静无声，自己又孤身一人，可是在接触到冰凉的大理石墓碑时竟然没有打哆嗦。

他在一座座坟墓中摸索，一直到他摸到了那扇朝向地道的铁栅栏。

他检查了一下锁；仅仅锁舌钩着。

他把他的钳子的一端伸进锁舌和锁横头之间，轻轻一推。

栅栏门打开了。

他把门带上，可是没有关上，为了可以再从原路回来；他把钳子插在门角落里。

随后，他竖着耳朵，凝神屏息；由于他一心想听到什么，需要呼吸，什么也看不见，他各种感官都处在高度兴奋的状态；他一手拿着装好子弹的手枪，另一只手扶着墙壁，慢慢地向前走着。

他就这样向前走了一刻钟。

几滴冰冷的水滴渗过地道的拱顶，落在他的手上和肩上，告诉他正在雷苏兹河下面经过。

在走了近一刻钟以后，他来到了从地道通向采石场的门口，他伫立了一会儿；他的呼吸似乎更舒适了些；此外，他仿佛听到了远处的声音，看到支撑着拱顶的石柱上面有磷火的闪光。

如果只看到这个倾听者灰暗的身影，别人可能以为他是在犹豫；如果能看见他的神色，别人也许会懂得他是感到有了希望。

他继续往前走，向他以为看到有亮光的地方，向他以为听到有声音的地方走去。

他越往前走，他听到的声音越清楚，他看到的光似乎也越强烈。

很明显采石场有人居住，谁呢？他还一无所知，可是他马上就要知道了。

他离我们第一次进入赛泽利阿山洞时提到过的那个花岗岩交叉路口只有十步远。他身子贴在墙上，悄悄地往前移动，就好像是一块在黑暗中的活动的浮雕。

最后，他的头越过一个角落，他的眼光落到了可以称之为耶户一帮子营地的地方。

有十二个到十五个人在吃夜餐。

罗朗突然有一个强烈的愿望：那就是冲到这些人中间去，孤军作战，一直战斗到死。

不过他克制住了这种疯狂的念头，像刚刚伸进头去一样慢慢地竖起头来，眼睛里闪闪有光，心中充满喜悦，他又从原路折回，没有人听到他的声音，他没有受到怀疑。

这样，一切都清楚了：放弃赛荣修道院，德·瓦朗索尔先生的消失，安排在赛泽利阿山洞口附近的假偷猎者。

这一次，他终于可以报仇了，可以狠狠地，血淋淋地报仇了。

所以说血淋淋地，因为就像他怀疑他们特别关照他一样，他也要命令特别关照他们；所不同的是，他们让他活，而他却要他们死。

在回来的路上走了将近一半的地方，他似乎听到他后面有声音；他回过头去，仿佛看到了火光。

他加快步子；只要一跨出门口，他就不会迷路了。那儿不再是一个千弯百拐的采石场，那是一个上有拱顶的、狭窄的、坚硬的、通向一个坟墓的栅栏的通道。

十分钟以后，他又从河底下经过；又经过一二分钟，他伸出的手触到了铁栅栏。

他拿起留在那儿的钳子，走进地下墓室，把他身后的栅栏轻轻拉上，不发出一点响声。他依靠坟墓引路，又来到楼梯那儿，用脑袋顶开石板，又来到活人的土地上。

比较来说，地面上要亮一些。

他走出讲经坛，又推上祭廊的门，让它仍保持原来的样子，爬上斜坡，穿过平台，又从另一边下来。

他还保留着钥匙；他打开门，走到了外面。

宪兵队长在等他，他们两人商议了一会儿，随后两人一起出去了。

他们两人为了不被人看见，从巡查道走回布尔，通过菜市场的大门，革命大街，自由大街，以及已改名为西莫诺大街的西班牙大街。随后罗朗躲进了铁笔街一个角落里等待着。

宪兵队长一个人继续往前走去。

他来到七年以前已改名为兵营街的于尔絮尔街，龙骑兵队长就住在那条街上；宪兵队长走进他房间时他刚才上床；宪兵队长轻轻对他讲了几句，龙骑兵队长立即穿好衣服走出门来。

龙骑兵队长和宪兵队长刚出现在广场上，墙角落里闪出一条影子，向他们靠了过来。

这条影子就是罗朗。

这三个人又商议了十分钟，罗朗下命令，另外两人听着，并表示赞同。

随后他们又分手了。

龙骑兵队长回到自己家里；罗朗和宪兵队长从星星街、雅各宾梯道、新布尔街回到巡查道，随后斜穿到蓬丹大路上。

罗朗陪送宪兵队长到兵营以后，自己继续往前走去。

二十分钟以后，为了不惊醒阿梅莉，他没有拉铁栅栏上的铃，只是敲了敲米歇尔住的小楼的护窗板；米歇尔打开护窗板，罗朗怀着他在遇到，或者甚至在梦想到什么危险时所特有的激情，一跃便跳了进去。

他即使拉铃也决不会惊醒阿梅莉的，因为阿梅莉根本没有睡。

夏洛特也没有睡，她刚从城里回来，借口说是去看望她的父亲，可是实际上是去送一封信给摩冈。她找到了摩冈，并把回信带给了她的女主人。

阿梅莉在念回信，回信是这样写的：

"我亲爱的！

是的，你那儿一切顺利，因为你是天使；可是我怕我这儿要糟，因为我是魔鬼。

我一定要看到你，把你紧紧地抱在我的胸口；我不知道我有什么预感，我忧心忡忡，痛苦万分。

明天派夏洛特去证实一下约翰爵士是不是真的已经动身了；如果您能肯定他已经走了，就发出原来那个信号。

你一点儿也别怕，别对我谈起雪，也别对我说有人会看到我的脚印。

这一次不是我上你那儿去，而是你到我这儿来；你懂得我的意思吗？你可以在花园里散步，没有人会跟踪你的脚印。

你披上你最暖和的斗篷，最厚的皮袄；随后，我们将在系泊在柳树下的小船里一起度过一个小时，我们交换我们扮演的角色。平时,是我告诉你我的顾虑,是你告诉我你的希望;明天,我亲爱的阿梅莉,将是你告诉我你的顾虑,我告诉你我的希望。

不过,信号一发出,你就下来,我在蒙塔尼亚村等你,从蒙塔尼亚村到雷苏兹河,对爱你的我来说,只有五分钟路程。

再见了,我可怜的阿梅莉! 如果你没有遇到过我,你真是太幸福了。

命运使我来到你的路上,我真怕我已经使你成为一个牺牲品了。

您的夏尔。

明天见,是不是? 除非有非人力能克服的障碍。"

·第四十八章·
摩冈的预感成为现实

没有比暴风雨以前的时刻更安宁、更清静的了。

那是二月份一个美丽的日子，天朗气清，尽管气候寒冷，大地像披着一块裹尸布一样雪白一片，可是阳光明媚，向人们预示着春天即将来临。

中午时分，约翰爵士来向阿梅莉告别。约翰爵士已经得到了，或者以为已经得到了阿梅莉的诺言；他有了这个诺言也就够了。他原来是非常焦急的；可是阿梅莉接受了他的追求，虽说把他们结合的时间推向了不着边际的未来，还是完全满足了他所有的愿望。

剩下来的事情他可以依赖第一执政的愿望和罗朗的友谊。

他既然不能留在这里向阿梅莉求爱，就回巴黎去向德·蒙特凡尔夫人献殷勤。

在约翰爵士走出黑色喷泉府一刻钟以后，夏洛特也踏上了去布尔的大路。

四点钟左右，夏洛特回来告诉阿梅莉，她亲眼看着约翰爵士在法兰西大客店门口登上了马车，向去往马孔的那条大路驰去。

因此，阿梅莉在他这一方面可以完全放心了。她舒了一口气。

阿梅莉虽然自己心里七上八下，却想使摩冈安心。自从夏洛特向她泄漏了罗朗在布尔以后，她就像摩冈一样预感到了可怕的结局。她知道发生在赛荣修道院里的事件的所有细节；她看到了发生在她哥哥和她情人之间这场殊死搏斗。对她哥哥的安全她是放心的，因为有耶户一帮子首领对他手下的命令；可是她为她情人的生命提心吊胆。

此外，她还知道了尚贝里邮车被劫，马孔骑兵旅长被打死；她还知道了她哥哥平安无事，可是他失踪了。

她没有收到过他任何信件。

他这样像石沉大海一样杳无音讯，对她这个熟悉罗朗性格的人来说，这比一场公开的宣战还要险恶。

至于摩冈，自从上次我们已经谈到过的那一次见面以后，她后来就没有见过他；在上次会面时，她曾经向他保证，万一他被判死刑，她一定要把武器送到他手里，不管他在什么地方。

因此这次摩冈要求的会见，阿梅莉像提出要求的人同样焦急地等待着。

在她相信米歇尔和他的儿子已经上床以后，马上在四扇窗里点起了作为向摩冈发信号的蜡烛。

随后，就像她情人叮嘱过她的那样，她围上了一块她哥哥从金字塔战役的战场上带回来的一条开司米大围巾，这是罗朗亲自从一个被他打死的贝伊①的头上解下来的。她又在开司米围巾上披了一件皮斗篷，把夏洛特留下，并告诉她如果遇到一些也许会发生、可是最好别发生的事情她应该怎么办，随后她打开花园门向河边走去。

在白天，她已经去过雷苏兹河二三次，在那儿留下了错综的脚印，那么晚上的脚印别人也就认不出来了。

因此她即使不是非常镇静地、至少也是非常大胆地走下了雷苏兹河边的坡地；来到河边以后，她就东张西望地寻找停泊在柳树下的小船。

有一个人在那儿等她，那是摩冈。

他轻轻地划了两桨，来到了一个便于下船的地方；阿梅莉扑过去，他把她抱在怀里。

年轻姑娘第一眼看见的是闪耀在她情人脸上的喜悦的神色。

"啊！"她高声说道，"你有什么高兴的事情要告诉我。"

"为什么这样说，亲爱的？"摩冈问，他脸上带着他最温柔的笑容。

"啊，我亲爱的夏尔，在你脸上，除了因为看到我而显示的喜悦以外，还有些其他什么东西。"

"你说得对，"摩冈说，一面把小船的铁链子系在一棵柳树身上，让船桨拍打着小船旁侧的河水。

随后，他把阿梅莉抱在怀里。

"你说得对，我的阿梅莉，"他对她说，"我的预感错了。喔！我们是多么软弱和盲目啊，就在我们的幸福伸手可及的时候，我们却感到失

① 贝伊：奥斯曼帝国高级官员的尊称。

望和怀疑！"

"喔！讲吧，讲吧！"阿梅莉说，"究竟发生什么事了？"

"我亲爱的阿梅莉，你还记得，在上次我们见面我向你谈到一起私奔，并怕你感到厌恶时你回答我的话吗？"

"啊，是啊，我记起来了：夏尔，我那时回答你说，我是属于你的，我还说，如果我感到厌恶，我会克服的。"

"而我，我回答你说我因为受到誓言的约束，不能不告而别；我还说就像他们和我联系在一起一样，我也和他们联系在一起；说有一个我们要重新扶起他来的人，我们对他绝对服从，这个人是我们未来的法国国王路易十八。"

"是的，你对我讲过这些话。"

"那么，我们已经被免除了要服从他的誓言，阿梅莉，不仅被路易十八国王免除了，而且被我们的乔治·卡杜达尔将军免除了。"

"啊，我的朋友，那么你就要变成一个普通人，一个不同一般的普通人了！"

"我将变成一个普通的流亡者，阿梅莉！对我们来说，不可能得到像旺代或者布列塔尼那样的赦免。"

"为什么呢？"

"我们不是士兵，我们，我亲爱的乖乖；我们甚至还算不上是叛乱分子，我们是耶户一帮子。"

阿梅莉叹了一口气。

"我们是强盗，土匪，拦劫邮车的剪径之徒，"摩冈加重语气地说。

"别说了！"阿梅莉用手按住了她情人的嘴，"别说了！我们别谈这个了；告诉我你们的国王怎么免除了你们的诺言，你们的将军怎么给了你们自由。"

"第一执政想见见卡杜达尔。首先他派了你哥哥去和他谈，卡杜达尔拒绝和解；可是像我们一样，卡杜达尔接到了路易十八要停止敌对行动的命令。在接到这个命令的同时，第一执政又派来一个信使；这个信使，对旺代将军来说是一张安全通行证，一张邀请去巴黎的请柬。总之，是两强之间的条约。卡杜达尔接受了，现在大概正在去巴黎的大路上。因此，眼下即使不能算和平，至少也是在休战。"

"喔！多么快乐啊，我的夏尔！"

"别太高兴了，我亲爱的。"

"为什么呢？"

"就因为这个停止敌对行动的命令已经到了，你知道是什么原因吗？"

"不知道。"

"是这样的，富歇先生是一个老谋深算的人；他懂得，既然他赢不了我们，就一定要损坏我们的名誉。他组织了一些假的耶户连队，让他们在曼恩和安茹一带活动，那些人不仅仅抢政府的钱，还搜所有旅客的腰包。他们深夜闯进民间府邸和农庄，把那儿的主人的脚放在烧红的炭火上烤，严刑拷打他们，要他们说出他们藏钱的地方；而这些人，这些坏蛋，这些强盗，这些烧人脚跟的土匪，使用我们同样的名字，被认为是以和我们同样的原则在斗争；因此富歇先生的警务部不但剥夺了我们的法律权利，而且还败坏了我们的名誉。"

"喔！"

"这些就是我在第二次向你提出和我一起逃跑以前要向你说的话。在法国人的眼里，在外国人的眼里，在我们冒着杀头危险为之服务的君王的眼里，我们将来，也许现在已经，都是一些活该上断头台的亡命之徒。"

"是啊……可是，对我来说，我亲爱的夏尔，你是忠实的、有信仰的人，所有的人都放下武器，你却还坚持战斗；对我来说，你是忠心耿耿的圣埃尔米纳男爵；对我来说，如果你喜欢我这样说的话，你是高贵的，勇敢的，不可战胜的摩冈。"

"啊！这就是我想知道的一切，我亲爱的！那么，你会毫不犹豫地，尽管有人想在我们脸上抹黑，损害我们的名誉，你会毫不犹豫地——我不是说你会委身于我，你已经是我的人了——做我的妻子吗？"

"你在讲些什么啊？我一分钟也不会犹豫，一秒钟也不会犹豫，我会从心底里感到快乐，这是我一生的幸福！你的妻子！在天主面前我就是你的妻子。在天主允许我成为你公开的妻子的一天将是我最最心满意足的时候。"

摩冈跪倒地上。

"那么，"他说，"在你的脚下，阿梅莉，我双手合十，用我心中最恳切的声音来对你说：'阿梅莉，你愿意逃走吗？阿梅莉，你愿意离开法国吗？阿梅莉，你愿意做我的妻子吗？'"

阿梅莉突然站直身子，双手捂着额头，就像血一下子涌进了她的脑子，脑袋瓜要裂开来了一样。

摩冈抓住她两只手，不安地瞧着她。

"你犹豫了吗？"他问她说，声音低沉、颤抖，几乎听不出来。

"不，喔，不！一秒钟也不犹豫，"阿梅莉坚定地说，"我是你的，过去和现在都一样，不论何时何地我全都是你的。只不过因为这件事来得太突然，我没有思想准备。"

"好好想想，阿梅莉；我要你做的事情，是抛弃祖国，背离家庭，也就是要放弃你所有热爱的和你认为是神圣的东西。跟我走以后，你就要离开你在那儿出生的府邸，就要离开抚养你长大的母亲和喜爱你的哥哥；而你的哥哥，一旦知道了你是一个强盗的妻子，肯定会蔑视你，也许还会恨你。"

摩冈在这样讲的时候，焦虑地注意着阿梅莉的脸色。

这张脸上慢慢地又呈现出一个温柔的微笑，像从天而降似的俯向一直跪在她面前的年轻人。

"唉，夏尔！"年轻姑娘轻轻地说，声音轻柔，就像在她脚下流过的清澈明净的河水的潺潺声，"直接来自天主的爱情的力量一定是非常强大的！因为尽管你刚才对我讲了那么许多可怕的话，我还是无所畏惧，毫不犹豫，几乎没有什么懊悔地对你说：'夏尔，我来了；夏尔，我是你的；夏尔，我们什么时候动身？'"

"阿梅莉，我们的命运毫无讨价还价的余地；如果我们要走，如果你跟我走，那就立即动身；明天，我们一定要走出国境线。"

"我们用什么办法逃走呢？"

"我在蒙塔尼亚村有两匹已经备好鞍子的马，一匹是你的，阿梅莉，一匹是我的：我有二十万法郎，可以在伦敦或者维也纳提款。你喜欢到哪儿去我们就到哪儿去。"

"夏尔，你去哪儿我就去哪儿；到哪个国家，哪个城市，对我有什么关系呢！"

"那么，走吧！"

"给我五分钟，夏尔，太多吗？"

"你去哪儿？"

"我要去向很多东西告别，我要把你写给我的那些宝贵的信带走，我要带走我初领圣体时的象牙念珠，我有一些珍贵的、虔诚的、神圣的纪念品，一些童年时代的纪念品；到了那边以后，这些将是我母亲，我家庭和祖国留给我的全部东西；我去把这些东西拿来，我就回来。"

"阿梅莉！"

"什么？"

"我真不想离开你；在我们会面的时候，我仿佛一离开你就会永远失去你一样；阿梅莉，我跟你一起去好不好？"

"哦！来吧，现在如果有人看到你的足迹还有什么关系呢！明天一早我们就远走高飞了；来吧！"

年轻人跳出小船，把手伸给阿梅莉，随后他用胳膊搂着她，两个人一起向府邸走去。

走到台阶前面，夏尔站定了。

"去吧，"他对阿梅莉说，"对纪念物的信仰是很纯洁的；尽管我能理解，我也许会妨碍你，我在这儿等你，我在这儿保护你；我只要一伸手就可以得到你，因此我可以肯定你不会从我这儿逃走的。去吧，我的阿梅莉，可是快些回来。"

阿梅莉向年轻人伸出嘴唇作为回答；随后她急匆匆登上楼梯，回进她的房间，拿起一只有铁箍的雕花的橡木小箱子；这只小箱子里放着她的宝藏，夏尔写给她的信从第一封到最近的一封都在里面；从壁炉的镜子上取下了挂在上面的纯净洁白的象牙念珠，把一只她父亲给她的表挂在腰带上；随后她又走进她母亲的房间，在她床前弯下身子去吻德·蒙特凡尔夫人睡过的枕头；然后跪在守在床脚边的耶稣像前面，开始做一个进行圣事的动作，不过因为想到了宗教信仰问题而没有敢再继续做下去。这时她突然感觉到夏尔在叫她。

　　她侧耳细听，又一次听到了有人在叫她的名字，声音里有一种她难以理解的痛苦音调。

　　她哆嗦了一下，站起身子，快步向楼下走去。

　　夏尔还是在他原来的位置上；可是他的身子往前倾着，耳朵支棱着，似乎在惶惶不安地倾听着远处的声音。

　　"什么事？"阿梅莉抓住年轻人的手问。

　　"听！听！"年轻人说。

　　阿梅莉也倾听起来。

　　远处仿佛有连续不断的劈里啪啦的火枪声。

　　声音是从赛泽利阿那个方向传来的。

　　"唉！"摩冈高声说道，"一直到最后一刻我都在怀疑我是不是会有这样的好运气，我这种想法是对的！我的朋友们遭到袭击了！阿梅莉，永别了，永别了！"

　　"什么！永别了？"阿梅莉叫道，她脸色发白，"你要离开我了？"

　　枪声越来越清晰了。

"你没有听到吗？他们打起来了，而我却不在那儿和他们一起作战！"

阿梅莉的父亲和哥哥都是军人，她一切都明白了，不再坚持了。

"去吧，"她说，两条胳膊垂落了下去，"你说得对，我们完了。"

年轻人怒吼一声，再一次搂住阿梅莉，紧紧地抱在怀里，就像要把她闷死一样；接着他从台阶上跳下去，冲向枪声传来的地方，快得就像一匹被猎人追赶的惊鹿。

"我来了，朋友们！"他叫道，"我来了！"

他顿时就像一个影子一样消失在花园里的大树后面。

阿梅莉跪倒在地，双手向他伸着，可是她没有力气呼唤他；或者是，即使她呼唤他，声音也太小了，因此摩冈没有答应她，也没有用放慢奔跑的速度来回答她。

·第四十九章·
罗朗的报复

发生了什么事情是可以想象得到的。

罗朗和宪兵队长以及龙骑兵上校没有浪费时间。

后面这两位也没有忘记那笔账。

罗朗把那条从布罗教堂通向赛泽利阿山洞的地道告诉了宪兵队长。

晚上九点钟，队长要率领他手下的十八个人走进教堂，走下萨瓦公爵的墓室，用他们的刺刀封住采石场和地道之间的进出口。

罗朗带二十名龙骑兵包围树林，逐渐缩小新月形包围圈进行攻击，最后让这个新月形的两端抵达赛泽利阿山洞。

九点钟，他这一边的行动应该和宪兵队长协同一起开始。

从阿梅莉和摩冈的谈话里可以想象得到这个时候耶户一帮子的心情如何。

从米托和布列塔尼来到的消息使大家都放下心来；每个人都感到获

得了自由，因为他们知道他们进行的是一场没有希望的战争，因此他们对获得自由非常高兴。

全体人员都在赛泽利阿山洞里聚会，几乎像是一次节日；半夜里，大家分手告别，每个人根据他们可能得到的通过国境线的有利条件，走上离开法国的道路。

大家看到在这最后的时刻他们的首领在干什么。

其他人没有这种心灵上的联系，都聚集在灯火辉煌的十字路口吃一餐告别宴会：一走出法国，旺代和布列塔尼被平定，孔代军被摧毁；他们将处于哪一块异国他乡的土地上？只有天主知道！

突然，一声枪响一直传到他们的耳边，所有人都像遭到电击一样站了起来。

又传来第二下枪响。

接着，从采石场的深处，传来一句叫喊声，声音颤悠，像一只报丧的鸟在扇动翅膀。

"拿起武器！……"

耶户一帮子过惯了惊涛骇浪的强盗生活，片刻的休息从来也不等于是平安无事。

匕首，手枪，马枪都放在伸手可及的地方。

一听到这个十之八九是哨兵发出的叫声，所有的人都扑向了自己的武器，随后伸长着脖子，胸脯起伏，侧耳静听。

他们在一片寂静之中听到有一阵脚步声奔过来，在这个漆黑一片的山洞里，这个人奔跑的速度已经快得不能再快了。

接着，有一个人出现在火把和蜡烛的光照之下。

"拿起武器!"他又叫了一遍,"我们遭到攻击了!"

刚才听到的两下枪声就是这个哨兵的双响猎枪打的。他现在跑来了,手中的枪还在冒烟。

"摩冈在哪儿?"大家都在问。

"他不在,"蒙巴尔回答说,"因此,听我的指挥!把所有的火把蜡烛都灭了,向教堂撤退;现在反抗是没有用的,流血也是白流的。"

所有的人立即都服从了,说明大家都了解自己处境的危险。

随后大家都在黑暗中挤在一起。

蒙巴尔对迂回曲折的地道和摩冈同样熟悉,他负责带路,领着他的伙伴往采石场深处走去。

突然,他仿佛听到在离他五十步的前面有一个低沉的声音在发布命令,接着又听到一些枪在上子弹的喀嗒喀嗒的声音。

他伸出两条胳膊拦住大家,一面低声说:"停止!"

就在同时,他们听到了清晰的命令声"放!"

命令刚下,地道里响起了一片可怕的枪声。

十支马枪同时开了火。

蒙巴尔和他的伙伴在枪火的微光中认出了是宪兵的服装。

"放!"蒙巴尔也叫道。

随着这个命令响起七八下枪声。

阴暗的拱顶下又亮了一下。

耶户的伙伴之中有两个躺倒在地,一个当场击毙,一个受了重伤。

"退路被切断了,"蒙巴尔说,"向后转,我的朋友们,我们还有一个机会,往树林里跑。"

他的伙伴们马上就服从了，行动一致，就像军事操练一样。

蒙巴尔带着他们往原路折回。

这时候，宪兵们又第二次开火了。

没有人回击，那些射过第一枪的人又上好了子弹；那些没有射第一枪的人准备着进行即将在洞口发生的那场真正的战斗。

唯有一二下呻吟声说明了宪兵的回击决不是毫无成效的，五分钟以后，蒙巴尔站定了。他们几乎又回到了交叉路口上的高地上。

"长枪和手枪都上好子弹了吗？"他问。

"全上好了！"有十几人回答说。

"如果我们之中谁落在当局手里，你们记住了要这样回答：我们是德·戴索内先生的部下；我们来为保皇事业征募新兵；如果他们向我们谈到拦劫邮车和公共马车的事，我们就说不知道有这回事。"

"知道了。"

"不管是哪种情况，结果都是死，我们很清楚；可是这是士兵的死，而不是强盗的死，我们将被枪决，而不是上断头台。"

"而枪决，"一个带着嘲笑的声音说，"我们知道是怎么一回事，枪决万岁！"

"前进，我的朋友们！"蒙巴尔说，"我们要无愧于一死，也就是要他们付出最高昂的代价。"

"前进！"伙伴们说。

于是这一小群人在黑暗中尽量快地往前走去，蒙巴尔始终走在大家前面。

在他们往前走时，蒙巴尔嗅到一股越来越浓重的烟味，他感到有些担心。

同时在洞壁上，在柱角，闪耀出一些亮光，说明在洞口发生了一些不同寻常的事。

"我相信这些坏蛋在用烟熏我们，"蒙巴尔说。

"我怕是这么回事，"阿德莱回答说。

"他们认为是对付狐狸呢。"

"哼！"同一个声音回答说，"他们看到我们的爪子就会知道我们是狮子，不是狐狸。"

烟越来越浓了，光也越来越亮了。

他们来到最后一个转角上。

一堆干柴在采石场入口处五十步以内的地方燃烧着，不是为了用烟熏，而是为了照明。

在这堆熊熊大火的照耀下，可以看到洞口寒光闪闪的龙骑兵的武器。

在他们十步远前面，一个挂着一支马枪的军官在等待着，他不但暴露在所有枪口的前两，而且像在向他们有意挑衅。

这个人是罗朗。

他是很容易认出来的；他早已把他的帽子扔得远远的，光着头，他脸上反射出忽明忽暗的火光。

这个很可能使他送命的情况却救了他。

蒙巴尔认出了他，向后退了一步。

"罗朗·德·蒙特凡尔！"他说，"你们要记住摩冈的命令。"

"知道了，"全体耶户的伙伴声音低沉地回答说。

"而现在，"蒙巴尔说，"我们一起死吧，杀啊！"

说完他就第一个冲到火光照射的范围之中，用他的双响长枪向龙骑兵们放了一枪，龙骑兵的枪也全响了。

当时发生的情况难以描述：山洞里硝烟弥漫，每声枪响都伴随着一条闪电般的火光。两队人混在一起进行了肉搏，使用了手枪和匕首。听到这儿在作战的声音，宪兵们赶来了；可是他们不能开枪：朋友和敌人混在一起了。

只不过是在这场魔鬼的斗争之中又多了几个魔鬼。只见在这烟雾腾腾、火光熊熊的环境中，一些在战斗的混杂的人群跌下去，又站起来，又慢慢地倒下去。可以听到愤怒的咆哮声和垂死的呻吟声——这是人类最后的叹息。

幸存的人在找一个新的对手，又开始新的战斗。

这场互相残杀前后经历了一刻钟，也许有二十分钟。

二十分钟以后，在赛泽利阿山洞里留下了二十二具尸体。

龙骑兵和宪兵占了十三具，有九具是耶户的伙伴。

有五名耶户的伙伴活了下来；他们浑身是伤，势单力薄，被生擒活捉了。

有二十五名宪兵和龙骑兵包围着他们。

宪兵队长的左胳膊被打断，龙骑兵上校的大腿被子弹打穿。

唯有罗朗，虽然浑身是血，可是全是别人的血，他连皮也没有蹭破一块。

有两个俘虏伤势严重，没法叫他们自己行走，一定得用担架来抬他们。

有人点起了预先准备好的火把，随后向城里走去。

就在走上大路穿过树林的时候，他们听到有一匹马急驰而来。

这匹马很快就跑近了。

"你们继续往前走，"罗朗说，"我留在后面看看是怎么回事。"

我们已经讲过了，那是一个全速奔来的骑士。

"谁？"罗朗看到那个骑士来到离他只有二十步的时候喊道。

一面他准备好他的马枪。

"再给您一个俘虏，德·蒙特凡尔先生，"骑士回答道，"我没有能参加战斗，我至少可以出现在断头台上。我的朋友们在哪里？"

"在那儿，先生，"罗朗回答说，他不是从他的脸上认出，而是从他的声音上听出了这个年轻人是谁，这个声音他已经听到第三次了。

他用手指了指那群走在从赛泽利阿到布尔去的大路上的人。

"我高兴地看到您没有遇到任何意外，德·蒙特凡尔先生，"年轻人彬彬有礼地说，"我向您保证，我真是太高兴了。"

说完，他用马刺踢了踢胯下的坐骑，轻跃几下向那些龙骑兵和宪兵赶去。

"很抱歉，先生们，"他跳下马来说，"不过我要求在我三个朋友之中得到一个位置；德·热雅子爵，德·瓦朗索尔伯爵和里比埃侯爵。"

三个俘虏发出一声赞叹，向他们的朋友伸出手去。

两个受伤的人从担架上欠起身子，喃喃说道：

"好样的，圣埃尔米纳……好样的！"

"愿天主饶恕我！"罗朗叫道，"我相信，事情美好的一面始终是留给这些强盗的！"

·第五十章·

卡杜达尔在杜伊勒利宫

在发生我们刚才所讲的这件事的那一天——或者更可以说是那一个夜晚——以后的第三天，有两个人肩并肩地在杜伊勒利宫里朝着花园的那个大厅里踱步。

他们在激烈地争论；双方的讲话都伴随着迅速而急剧的手势。

这两个人是第一执政波拿巴和乔治·卡杜达尔。

乔治·卡杜达尔考虑到长期抵抗也许会给布列塔尼带来深重的灾难，刚不久前和布律纳签订了和约。

就是在他签下了这次和约以后，他解除了耶户一帮子的誓言。

不幸的是，就像我们已经看到的那样，他给他们的那个自由晚到了二十四个小时。

在和布律纳谈判的时候，乔治·卡杜达尔除了想获得立即去英国的自由以外，没有提出任何个人要求。

可是布律纳一再坚持，旺代的首领终于同意和第一执政会晤一次。

因此他来到了巴黎。

就在他抵达巴黎的当天上午，他来到了杜伊勒利宫，通报了自己的姓名，并受到了接见。

那是在罗朗不在巴黎的时候代替他副官职务的拉普领他进去的。

这位副官在退出第一执政书房的时候，让两扇门都敞开着；这样从布里埃纳的办公室里就可以看到里面发生的事情。如果需要，他可以去助第一执政一臂之力。

可是波拿巴知道了拉普的意图，把门关上了。

随后他立即向卡杜达尔走去。

"啊，是您，您终于来了！"他对卡杜达尔说，"我非常高兴能看到您。您的一位敌人，我的副官罗朗·德·蒙特凡尔，对我说过您很多好话。"

"这我一点都不感到惊奇，"卡杜达尔回答说，"我和德·蒙特凡尔先生相处时间不长，可是我相信他具有非凡的骑士精神。"

"是的，这使您受到了感动，"第一执政回答说。

随后，他那像隼鹰般的眼睛盯住了那位保皇军的首领。

"请听着，乔治，"他接着说，"为了要完成我在进行的事业，我需要一些强有力的人。您愿不愿意归顺我？我曾经要给您上校的军衔；您的才能不止于此：我给您将军的头衔，师长的职务。"

"我衷心地感谢您，第一执政公民，"乔治回答说，"可是如果我接受了，连您也会瞧不起我的。"

"为什么？"波拿巴急速地说。

"因为我曾经向波旁家族宣过誓，不管怎样，我要对它尽忠到底。"

"那么，"第一执政回答说，"就没有办法让您和我联合吗？"

"将军，"保皇军军官回答说，"能不能允许我向您重复别人对我说过的话？"

"为什么不可以呢？"

"因为这些话触及了政治的奥秘。"

"好啊，一些蠢话，"第一执政带着不安的微笑说。

卡杜达尔站住了，紧紧地盯着他的对话者说：

"有人说，您和西德尼·史密斯①海军上将在亚历山大有过一项协议；这项协议的主要内容是让您自由返回法国，条件是——您已经接受了这个条件——协助我们过去的国王恢复王位。"

波拿巴哄然大笑。

"你们这些老百姓真奇怪，"他说，"你们对你们那些过去的国王怎么这样有感情！就算我恢复了这个王位——我向您声明，我根本没有这种想法——对您这个为恢复这个王位而洒过鲜血的人又有什么好处呢？甚至连您已经弄到手的军衔也得不到认可，上校！在保皇军的军队里，您哪儿看到过有一个不是贵族出身的上校？您有没有听说过在那些人身边，有一个人是靠自己的才能出人头地的？至于在我身旁，乔治，您可以得到一切，因为我越是升得高，我周围的人也跟着一起升高。至于要我扮演蒙克的角色，休想！蒙克生活的那个世纪的那种偏见已经被我们在一七八九年的斗争中消除了，可是在他那个时候还非常盛行；蒙

---

① 西德尼·史密斯 (1764—1840)：英国海军上将。

克也许想自己做国王，可是他做不了，最多做个独裁者！要做到这一点必须成为克伦威尔①。理查德②没有能坚持下去，的确，他是个真正的伟人的儿子，也就是说是个蠢货。假使我曾想过要做国王，任何事情也阻挡不了我；如果我以后想做国王，也没有任何事情能阻挡我。嗯，您有什么好回答的，请回答！"

"您说，第一执政公民，一八〇〇年的法国和一六六〇年的英国，情况完全不一样；可是我看不出有任何不同。查理一世在一六四九年被斩首，路易十六在一七九三年上断头台。在英国，从父亲的死到儿子复位，中间隔了十一年；在法国，路易十六死去至今已经七年了……也许您要对我说英国革命是一次宗教革命，而法国革命是一次政治革命；那么，我要回答说，写一个宪章和弃绝一个宗教同样容易。"

波拿巴笑了。

"不，"他接着说，"我不对您讲这些。我只是简单地对您说：查理一世被处决的时候克伦威尔五十岁；路易十六死的时候我二十四岁。克伦威尔死于一六五八年，也就是在五十九岁死的，执政十年时间；他有时间着手进行很多事情，可是完成得很少；而且，他，他所进行的是一次全面的改革；在政治上是以共和政府代替君主立宪政府。那么，让我活到克伦威尔的年纪吧，五十九岁，这个要求不高吧。我还有二十年可以活，正好是克伦威尔的两倍；而且，请注意这一点，我什么也不改变，我只是接着干；我什么也不推翻，我只是建立。请设想一下，如果

---

① 克伦威尔（1599—1658）：十七世纪英国资产阶级革命中，资产阶级－新贵族集团的代表人物。一六四九年下令处死英国国王查理一世，宣布成立共和国。
② 理查德：克伦威尔的儿子。

恺撒在三十岁的时候，已经不再是罗马的第一个浪荡子，而是罗马的第一公民；请设想一下，如果他胜利地完成了高卢战役、埃及战役和西班牙战役，请设想一下他是三十岁而不是五十岁，您以为他就不会既是恺撒，又是奥古斯特吗？①"

"是有可能的，如果他后来没有遇到布鲁图，卡西乌斯和卡斯卡的话②。"

"那么，"波拿巴忧郁地说，"我的敌人指望的是一次谋杀事件！这样的话，对他们来说事情就容易了，而且可以从您开始，因为您就是我的敌人；如果您有布鲁图那样的信念，那么眼下有谁阻止您像他谋杀恺撒一样谋杀我呢？我只有一个人和您在一起；门都关着，在他们来得及扑到您身上以前您就可以向我下手。"

卡杜达尔后退了一步。

"不，"他说，"我们决不依靠谋杀，我相信我们两人如果不到万不得已是决不会下决心做谋杀者的，可是还有战争中出现的机会呢。只要有一次挫折您就会威信扫地；一次失败就会把敌人引进法国的腹地：从普罗旺斯的边境，人们就可以看到奥地利军营的灯火；一颗炮弹也许会削去您的脑袋，就像贝里克公爵③元帅一样；那么到那时候法国将变成什么样子呢？您没有孩子，而您的兄弟们……"

"哦！从这个观点来看，您讲得有理；可是，如果您不相信天意的

---

① 恺撒是古罗马统帅，奥古斯特是古罗马皇帝。

② 布鲁图，卡西乌斯和卡斯卡都是刺杀恺撒的主谋者。

③ 贝里克公爵（1670—1734）：英国国王詹姆斯二世的私生子。一七〇六年成为法国元帅。在菲利普斯堡围城战中战死。

话，我是相信的；我认为天意并非偶然；我认为天意同意于一七六九年八月十五日——路易十五颁布了把科西嘉并入法国的法令整整一年以后——在阿雅克肖生下一个要发动葡月十三和雾月十八事件的孩子，天意对这个孩子寄予很大的希望，有它伟大的计划。这个孩子，就是我；如果我有一个任务，我就无所畏惧：我的任务是我的护盾；如果我没有任务，如果我搞错了；如果我活不了为了完成我的事业所必需的二十五年到三十年时间，就像恺撒一样被匕首刺死，或者像贝里克公爵一样被炮弹打死，那也是天意使然，那就由它来供应适合于法兰西的东西……我们刚才谈到了恺撒，在罗马为独裁者服丧送葬，烧毁谋杀犯的房子的时候；在永恒的城市注视着世界各地，看看从哪儿会出现一个结束他们内战的天才的时候；在它看到酗酒的安东尼①和自私的雷必达②而浑身哆嗦的时候，它根本就想不到阿波罗尼亚③的学生，恺撒的侄子，年轻的屋大维；谁会想到这个浑身还沾着他老祖宗的白面粉的韦莱特里④银行家的儿子？谁能猜到他会瘸着腿，眨巴着眼睛来检阅恺撒的旧部队？即使有深知卓见的西塞罗也没有猜到，他说：Ornandum et tollendum⑤，也就是说，这个孩子玩弄了元老院所有的白胡子老头，它统治的时间几乎和路易十四一样长！乔治，乔治，别跟使我降生的天意作对，因为天意会把您毁灭。"

---

① 安东尼（前82—前30）：古罗马统帅，恺撒的部将。公元前四三年，与屋大维、雷必达结成后三头政治，共同打败刺杀恺撒的元老派贵族。
② 雷必达（？—约前13）：古罗马统帅，恺撒的部将，后三头政治之一。
③ 阿波罗尼亚：古伊利里亚城市，希腊－罗马时代文化中心。
④ 韦莱特里：意大利城市。
⑤ 拉丁文：装饰和取缔。

Les Compagnons De Jehu

"如果因为我走我父兄的道路，信奉他们的宗教而被毁灭，"卡杜达尔弯弯腰回答说，"我希望天主能原谅我的错误，这是一个虔诚的基督徒和一个孝顺儿子的错误。"

波拿巴把手放在年轻的保皇首领的肩膀上。

"好吧，"他对卡杜达尔说，"可是，至少，请您保持中立；听任事情自己发展，看着王座摇晃，看着王冠坠落；一般来说，是看戏的人付钱的：而我，为了要您做个旁观者，由我来付您钱。"

"那么，您付我多少钱呢，第一执政公民？"卡杜达尔笑着回答。

"十万法郎一年，先生，"波拿巴回答说。

"如果您给一个普通的叛乱分子的领袖十万法郎一年，"卡杜达尔说，"那么您给那位他为之作战的君王多少钱呢？"

"一文不给，先生；我付给您的，是奖励您的勇敢，而不是为了奖励您的行动原则；我向您证明，对我这个干事业的人来说，人的事业决定人的存在。接受吧，乔治，我请求您。"

"如果我拒绝呢？"

"那您就错了。"

"我是不是可以在我认为合适的时候随意告辞？"

波拿巴走到门口，把门打开。

"值班副官！"他叫道。

他原来以为出现的是拉普。

他看到进来的是罗朗。

"啊，"他说，"是你？"

随后，他回头对卡杜达尔说：

"上校，我不需要把我的副官罗朗·德·蒙特凡尔介绍给您了，因为他是您一位老相识。——罗朗，你对上校说，他在巴黎就像你在他的米济亚克营地一样自由；如果他希望有一张去世界上任何国家的护照，富歇已经得到命令会给他的。"

"我只要您一句话就够了，第一执政公民，"卡杜达尔回答说，"今天晚上我动身。"

"能不能请问您上哪儿去？"

"去伦敦，将军。"

"太好了。"

"为什么这样说？"

"因为，在那儿，您将见到那些您为他们作战的人。"

"还有呢？"

"当您看到他们以后……"

"怎么样？"

"您就可以把他们和您反对的人作比较了……不过，一出法国，上校……"

波拿巴不说下去了。

"我听着，"卡杜达尔说。

"嗯，如果您以后要回来请预先通知我；要不，如果您被当作敌人对待请别感到奇怪。"

"这对我是一个荣誉，将军，您这样对待我，就是向我证明，我是一个使人感到害怕的人。"

说完后乔治向第一执政行了个礼便退出去了。

"哦，将军，"罗朗在卡杜达尔出去，门关上以后问道，"这就是我对您讲起过的那个人吗？"

"是的，"波拿巴回答，他一边在沉思，"不过，他的想法不对头；他所夸大的原则来自高贵的感情，这种感情使他在他们这伙人中间产生了强烈的影响。"

接着他又低声说：

"不过总应该把这件事结束掉！"他接着说。

随后他对罗朗说：

"你呢？"他问。

"我，"罗朗回答说，"我的事情已经结束了。"

"噢、噢！那么耶户一帮子……？"

"已经不再存在了，将军；他们四分之三已经被歼灭，其余的已经被抓住了。"

"而你还是毫发未伤？"

"请别对我讲这件事情了，将军；我开始相信——我完全没有料到——我跟魔鬼订有签约。"

当天晚上，卡杜达尔就像他对第一执政讲过的那样动身到英国去了。

一得到布列塔尼的首领幸运地来到伦敦的消息，路易十八写了一封信给他：

"我万分高兴地获悉，将军，您终于逃脱了暴君的手掌，他对您太不了解，甚至向您提出了为他效劳的建议；我对迫使您和他谈判的不幸的形势感到痛苦;可是我从来也未曾有过丝毫担心:我忠诚的布列塔尼人的心,尤其是您的心,我了解得清清楚楚。今天,您自由了,您在我兄弟身旁。我所有的希望都复苏了:我用不到对一个像您这样的法国人讲更多的话了。

路易"

在这封信里还附有一份将军的委任状和一条一级圣路易勋章的缓带。

·第五十一章·
后备军

第一执政的愿望得到了满足：耶户一帮子被消灭，旺代被平定。

在向英国求和的时候，他就在想着一场战争；他完全懂得，他是从战争中诞生的，只有进行战争他才能变得伟大起来；他仿佛猜到了，有一天，有一位诗人会把他称作战争的巨人。

可是这次战争，他怎么发动呢?

共和八年宪法中有一条条款，不准第一执政个人指挥军队，不准他离开法国。

在宪法里总会有个别条款是荒谬的；那些只有一条荒谬的条款的宪法真是太好了!

第一执政想出了一个办法。

他在第戎建立了一个兵营。驻在那个兵营里的军队可以用后备军的名义。

这支军队的核心尽量用从旺代和布列塔尼抽调来的士兵组成，近三万人，招募了二万名新兵。贝尔蒂埃将军被任命为这支军队的总司令。

有一天波拿巴在卢森堡宫的书房里曾经向罗朗谈起过的那个计划仍旧原封不动地留在他的脑子里。

他准备只打一仗便重新征服意大利；这一仗应该是一次大捷。

为了奖励莫罗雾月十八的合作，已经给了他所希望得到的军权：他现在是莱茵河军总司令，有八万人听他的指挥。

奥热罗指挥着高卢-荷兰军，统率着二万五千人。

最后还有，马塞纳正指挥着退到热那亚的意大利军，顽强地抵抗着对这个国家首都的围攻，这个首都在陆地方面受到奥地利将军奥特的包围，在海上被基斯海军上将封死。

当这些行动在意大利进行时，莫罗在莱茵河发动了攻势，并在施托卡赫和梅斯希基打败了敌人。对后备军来说，取得一次胜利，就是它进入阵地的信号；取得两次胜利就会使人对它参战的必要性不存在任何疑问。

唯一的问题是，怎么让这支军队进入意大利呢？

波拿巴第一个念头是顺瓦莱而上，出辛普朗山口，拐过皮埃蒙特，进入米兰，可是这条路线太长，而且过于暴露。

波拿巴放弃了这个主意：他想出了突然袭击奥地利人的计划：在别人猜出他也许要越过阿尔卑斯山前，他已经率领他所有的部队进入了皮埃蒙特平原。

他决定从圣伯纳山口穿过去。

就是在这个时候他给那个山顶上修道院里的主持神父们送去了后来

被耶户一帮子劫去的五万法郎。

后来又送去了另外五万法郎，这一次幸而送到了。

靠了这五万法郎，修士们可以大量供应五万人在这儿逗留一天所必需的清凉饮料。

结果是，到四月底，整个炮兵部队都集中到了洛桑，维勒讷沃夫，马尔蒂尼和圣皮埃尔。

炮兵司令马尔蒙将军被派往前面监督运送火炮。

在这样的山路上运送炮火几乎是难以想象的，可是必须运过去。

没有前例可循；汉尼拔和他的大象，他的努米底亚人和高卢人，查理大帝和他的法兰克人都没有遇到过如此重大的困难。

在一七九六年第一次意大利战役时，他们没有越过阿尔卑斯山，他们是绕过去的，他们走科尔尼什大路从尼斯直下凯拉斯科。

这一次，他们进行的确实是一次规模空前巨大的行动。

他们首先要搞清楚山上究竟有没有设防；即使没有奥地利人，这座大山本身也已经是一个难以战胜的敌人了！

拉纳像一个迷路的孩子一样带了整整一个师被派了去，他不带炮兵，也不带辎重，穿过了圣伯纳山口，取下了沙蒂永。

奥地利人在皮埃蒙特除了一些寄存的马匹和几个观察哨所以外什么也没有留下；因此他们只要克服大自然的障碍就可以了。他们开始了行动。

起先他们扎了一些雪橇来运送大炮，可是不管道路是多么窄，对他们来说总显得太宽，难以驾驭装载着大炮的雪橇。

必须另想办法。

他们把松树的树干挖空，把大炮的炮身卡在里面；在前面一端绑了一根供拖拉用的缆绳，在后端安了一个操纵杆。

二十名投弹兵拖拉缆绳，另外二十名除了自己的行李外还替拖大炮的士兵携带行李。每一个小队有一个炮手指挥，大家都得听他的，在必需的时候他还有生杀之权。

在这样的时刻，大炮要比人的血肉珍贵得多。

出发之前，给每一个人分发了一双新鞋子和二十块大饼。

大家穿上了鞋子，把大饼挂在脖子上。

第一执政站在山脚下，向每一个小队发出开始出发的信号。

只有曾经以普通旅行者——徒步或者骑骡子——身份走过这些路，看到过这些悬崖峭壁的人才能想象出这次旅程是怎么一回事：爬不完的陡峭的山坡，走不尽的崎岖的小道，锐利的石子首先割破了皮鞋，随后划破了脚上的皮肉。

人们不时地停下来喘一口气，随后又毫无怨言地重新踏上征途。

部队来到了冰线以上，在进入冰线以前，他们又领到了新皮鞋；早上穿的鞋子已经破烂不堪了。大家又吃了一块大饼，就着水壶喝一口烧酒，接着又重新上路。

大家都不知道要爬到什么地方为止；有些人在问，照这样爬要爬几天；还有些人在问爬到月亮上是不是可以休息一会儿。

最后他们爬到了被皑皑白雪遮盖着的峰顶。

这儿的运输工作方便了些；松树干在雪地里滑行，前进的速度快了一些。

指挥每一个运炮小队的炮兵的权力视情况而定。

尚贝尔拉克将军在这儿经过；他认为他们走得不够快，想叫他们加快步子，他走到炮兵小队长的前面，用命令式的语气吩咐他们加快步伐。

炮兵小队长回答说："这儿不是您指挥的地方，这儿是我指挥；是我，这门炮是我负责的，是我运输的；您请走您的路吧！"

将军向这个炮兵走上前去，仿佛要抓他的领子。

炮兵向后退了一步说道：

"将军，别碰我，否则我就用这根撬棒把您打死，把您摔到山下去。"

将军走开了。

历尽难以描述的千辛万苦以后，他们来到了上面筑有修道院的那座山的山坡下面。

在那儿，他们找到了拉纳那个师经过的足迹：由于坡度很大，前面的士兵已经挖了一个个巨大的梯级。

大家攀登了上去。

圣伯纳修道院的修士们等候在坡顶的平台上。他们把每一个运炮小队带进了修道院的接待室里面。长长的走廊里放着好些桌子，桌子上放着面包，格吕耶尔①干酪和葡萄酒。

士兵们在离开修道院时都和教士们握手致谢，还和他们的狗亲热了一番。

在开始下山时，下山仿佛要比上山容易；因此军官们宣称可以由他

_____

① 格吕耶尔：瑞士地名，以所产干酪闻名于世。

们来拖拉火炮。可是这一次是沉重的火炮拖着运炮人走，有几门火炮下山的速度快得有些过分了。

拉纳将军和他那个师一直走在头里。他首先下了山，有一部分部队还留在山谷里；他进入了奥斯塔，接到了向皮埃蒙特平原的门户伊夫雷亚挺进的命令。

可是在那里，他们遇到了一个谁也没有预见到的障碍：巴尔德要塞。

巴尔德村离奥斯塔八法里；沿着向伊夫雷亚的大路走去，村子后面的一座小山几乎把山谷全都封闭了；在这座小山和右面的大山之间流经一条名叫多拉巴尔泰的小河。

两座山的间隔全被这条小河或者是这条急流填满了。

左面一座大山的情况几乎完全一样，只不过间隔中不是河流，而是大路。

巴尔德要塞就建筑在这一边；他建筑在小山顶上，一直延伸到半山腰。

对这个肯定无法克服的障碍，怎么会事先没有一个人想到过呢?

无法从谷地下面用火炮去袭击它，也不可能攀上它顶端的巉岩。

找来找去，终于找到了一条平整过的小路，步兵和骑兵都可以通过，可是火炮和辎重车却上不去，即使像在经过圣伯纳山口那样把炮拆卸开也上不去。

波拿巴命令用两门炮对准大路，向着要塞开火；可是他们很快就发现这两门炮的炮火打不到要塞；相反，要塞里发出的一颗炮弹摧毁了这两门炮中的一门。

第一执政下令用云梯进攻；在村子里组成了几个纵队，配上了云梯，从几个方面跑步前进。要取得成功，不但要行动迅速，而且要保持肃静：这是一次突然袭击。指挥一支纵队的笛福尔上校却没有这样做，他发动了一次冲锋，自己勇敢地冲在前面。

纵队被打退了，指挥官被一枪打穿了身子。

于是，挑选优秀射击手，发给他们粮食和子弹；他们在岩石间爬行，爬到了一个可以俯瞰要塞的平台上。

从这个平面上还可以看到另外一个较低的平台，可是从那上面，也可以俯视要塞。他们好不容易把两门炮搬上了那个平台，并开始炮击。

一边是两门炮，另一边是射击手，敌人开始担忧了。

这时候，马尔蒙将军向第一执政提出了一个计划，这个计划大胆得出乎敌人的意料。

其实这个计划也非常简单，就是在半夜里把火炮从紧靠要塞的大路上运过去。

他们在大路上洒满了从附近村子里所能找到的所有的兽粪和草料，然后又用草绳把大车的铁链和所有会发出响声的部分包扎起来。

最后他们又把拉火炮和弹药车的马匹卸了下来，每一门炮或弹药车由五十个人同时拖拉。

这样做有两个非常明显的好处。首先：马匹可能嘶叫，而人为了自身的安全，肯定会尽量保持肃静；其次，如果有一匹马被打死了，这个车队就得停下，而要是一个人被打死了，因为人并不是被系在车子上的，只要把他推在一边，另外上去一个人代替他就行了；这样，车子可以照常前进。

每一辆炮车分配一正一副两名军官，并且答应每运过一辆炮车可以拿到六百法郎的赏赐。

提出这一计划的马尔蒙将军亲自指挥第一辆炮车。

运气很好，正好下过一场暴风雨，使那天晚上黑得伸手不见五指。

前面六辆火炮和六辆弹药车都通过了，要塞里一枪未放。

这些人又蹑手蹑脚地从原路走回来了；可是这一次敌人听到了些声音。他们想搞清楚是什么声音，扔了几颗手榴弹。

幸好这些手榴弹掉在大路的另一边。

这些人已经走过去了，为什么还要走回来呢？

他们是回来拿他们的武器和行李的。本来是用不到冒这个危险的，只要把武器和行李放在弹药车上带过去就行了，可是谁能考虑得面面俱到呢，他们不是把巴尔德要塞也忘记了吗？

一旦证实火炮可以这样通过以后，其余的火炮也照此办理；不过敌人已经觉察，危险增加了。要塞变成了一座火山，它吐出了大量的烟雾和火焰，可是因为敌人所处的位置，他们只能垂直射击，所以声势虽然很大，造成的伤亡却比较小。

每一个车队要损失五六个人，也就是五十个人中的十分之一；可是火炮通过了，战争的命运就在于此！

后来人们才发现小圣伯纳山口是可以通行的，用不到拆卸一个零件，整个炮队都可以通过。

当然，如果那样的话，困难将大大减少，可是这次行动也将大大逊色。

最后，他们来到了美丽的皮埃蒙特平原之上。

在提契诺河河边，他们遇到了一支有一万二千名士兵的部队，他们是属于莫罗指挥的莱茵河军的，莫罗在取得了两次胜利以后，有能力抽出这一部分军队支援意大利军。第一执政通过了圣哥达山口，得到了这一万二千名士兵的增援，轻而易举地进入了米兰。

顺便说一下，根据共和国八年宪法，第一执政无权指挥军队，也不能离开法国，那么波拿巴是怎么排除这些障碍的呢？

是这么回事。

在他要离开巴黎的前夕，也就是五月五日——或者根据当时的历法是花月①十五日——他把另外两位执政以及各部部长都召到杜伊勒利宫，随后他对吕西安说：

"准备明天向各省省长发一个通报。"

接着他又对富歇说：

"您把这个通报发给各家报纸，让它们发表。这份通报上说我到第戎去检阅后备部队去了；另外您可以模模糊糊地补充一句，说我也许要到日内瓦去；无论如何，您要让人注意到，我离开巴黎不会超过半个月。如果发生什么不寻常的事件，我将火速赶回。我把法兰西的最高利益托付给你们各位了；我希望在维也纳和伦敦将很快有人谈起我。"

五月六日，他动身了。

从那天起，他的意图是明确的，就是到皮埃蒙特平原去打一场恶战：由于他认为胜利在握，因此他很可能会用西庇阿的话来答复那些谴责他违反宪法的人："我在这样的日子，在这样的时刻打败了迦太基

---

① 花月：法兰西共和历的第八月，相当于公历四月二十或二十一日至五月十九或二十日。

人；让我们登上卡皮托利山感谢诸神吧！"

总司令五月六日离开巴黎，五月二十六日，他和他的军队在都灵和卡萨尔之间扎营。那天下了一整天雨，傍晚时分，风雨渐停，阴暗的天空转眼间变成了美丽的碧蓝色——这在意大利是常有的事——繁星点点，闪烁空间。

第一执政向罗朗做了个手势，要他跟着自己走；他们走出了希瓦莎小城，沿河向前走去。走出最后几座房子一百步以外，有一棵被暴风雨刮倒的大树可以用作散步者的凳子。波拿巴坐了下去，并示意罗朗坐在他旁边。

总司令肯定有什么机密话要对他的副官说。

两个人起先都没有讲话。

波拿巴首先打破了沉默，他对罗朗说：

"罗朗，你还记得我们一起在卢森堡宫的一次谈话吗？"

"将军，"罗朗笑着说，"我们在卢森堡宫谈过很多次话；其中有一次您告诉我说，我们春天要到意大利来，要在托雷第加罗福罗或者圣朱利亚打败梅拉斯将军，这句话还算数吗？"

"当然算数；可是我现在要讲的不是这次谈话。"

"您是不是愿意提醒我一下，将军？"

"有关婚姻的问题。"

"噢，是的，我妹妹的婚事。这件事眼下大概已经结束了，将军。"

"不是你妹妹的婚事，罗朗，是你的婚事。"

"喔，嗯！"罗朗带着苦笑说，"我还以为我们之间这个问题已经结束了，将军。"

说完他动了一下想站起身来。

波拿巴挽住他的胳膊。

"在我向你谈这件事的时候，罗朗，"波拿巴接着说，他神情严肃，说明他希望罗朗要好好听他的话，"你知道我要把谁嫁给你？"

"不知道，将军。"

"那么我告诉你，我是想把我的妹妹卡罗利娜嫁给你。"

"您的妹妹？"

"是的，你感到奇怪吗？"

"我从来也没有想到您会给我这么大的荣誉。"

"你真没有良心，罗朗，要不你说的就不是心里话；你知道我是多么喜欢你。"

"喔，我的将军！"罗朗叫道。

一面他抓起第一执政的两只手，以非常感激的心情紧握着。

"所以我本来是想要你做我的妹夫的。"

"您的妹妹和缪拉相爱，将军，"罗朗说，"所以您的计划还是没有实现的好。而且，"他以一种深沉的声音接着说，"我想我已经对您讲过了，将军，我永远也不结婚。"

波拿巴微微一笑说：

"为什么你不干脆对我说你要做苦行僧呢？"

"是啊，将军，请您重建修道院，剥夺我被人打死的机会——谢天谢地，这种机会我们是不少的——我希望如此，而且您很可能早已猜到了我准备如何结束我自己的方法。"

"你是不是有什么隐痛？是不是有女人对你不忠？"

"啊，"罗朗说，"您以为我在恋爱！在您的脑子里，我就是这一点不太能使您感到满意。"

"你就对你的地位抱怨吧，而我还想把我的妹妹嫁给你呢。"

"是的，可是很不幸，这件事已经不可能了！您三个妹妹都已经结婚了，将军；小妹妹嫁给了勒克莱尔克^①将军，二妹妹嫁给了巴希奥奇^②亲王，大妹妹嫁给了缪拉^③。"

"所以，"波拿巴笑着说，"你现在很放心，很高兴；你以为可以摆脱和我联姻了。"

"喔，将军！……"罗朗说。

"你好像野心不大吧？"

"将军，让我为了您已经给我的恩惠而爱您，而不要为了您想给我的恩惠而爱您。"

"如果我怀着自私的目的希望你和我紧紧地团结在一起，不但是友情的联系，而且是亲属关系；如果我对你说：'在我将来的计划之中，我对我的兄弟们并不抱多大希望，而我对你却始终充满着信心。'你怎么回答我呢？"

"在忠诚方面，您说得也许有理。"

"在任何方面都一样！你要我把勒克莱尔克派什么用场？他是个庸才；巴希奥奇呢，他不是法国人？缪拉呢，有狮子般的勇气，可是头脑

---

① 勒克莱尔克（1772—1802）：法国将军。波拿巴的妹妹波利娜的第一个丈夫。
② 巴希奥奇（1772—1841）：科西嘉人，与波拿巴的妹妹埃利兹结婚。后来被封为亲王。
③ 此处作者把波拿巴三个妹妹的年龄搞错了。实际是大妹埃利兹（1777—1820），二妹波利娜（1780—1825），三妹卡罗利娜（1782—1839）。

　　　　　　Les Compagnons De Jehu

糊涂？有一天我还总得把他们封为亲王，因为他们是我的妹夫，到那时候，我把你怎么办呢？"

"您封我为法国元帅。"

"以后呢？"

"什么以后？我觉得这已经相当不差的了。"

"那么你将排在第十二位，而不能和我成为一个整体。"

"请就让我做您一个普通朋友吧；让我永远对您讲真话，那么我向您保证，您就是对我另眼相看了。"

"也许你觉得这样就够了，罗朗；可是我却还大大不够呢，"波拿巴坚持说。

看到罗朗不作回答，他便接着说：

"的确，我已经没有妹妹了；可是我总想给你一些比做我兄弟更好的东西。"

罗朗还是没有吭声。

"在这个世界上，罗朗，有一个可爱的孩子，我就像爱我女儿那么爱她，她刚满十七岁；你二十七岁，你现在是旅长级将军，在这次战役结束之前，你将成为师长级将军。那么，等这次战役结束，我们回到巴黎，你就要……"

"将军，"罗朗打断他的话说，"您看，我相信，布里埃纳来找您了。"

果然，第一执政的秘书已经来到了两个谈话者的前面。

"是你，布里埃纳？"波拿巴问，他稍许有点儿不耐烦。

"是的，将军……有一个从法国来的信使。"

"噢！"

"送来一封波拿巴夫人的信。"

"好！"第一执政急速地站起来说，"给我！"

说完，他把对方手里的信猛地抽了过来。

"那么我呢，"罗朗问布里埃纳，"没有给我的信吗？"

"没有。"

"这可有点儿奇怪！"年轻人若有所思地说。

这时月亮已经升起来了，在这美丽的意大利的月亮的光照下，波拿巴可以看得清信上的字。

在看前面两页的时候，他的脸色非常安详；波拿巴非常爱他的妻子：后来发表的奥当丝①王后的信件证明了这种爱情，罗朗从将军的脸色上捉摸着他的思想感情。

在看到信的末尾时，他的脸色阴沉了下去，他的眉头皱了起来，还悄悄地瞥了罗朗一眼。

"啊！"年轻人说，"这封信里好像谈到了我。"

波拿巴没有回答，继续看信。

信看完了，他把信折了起来，放在他上衣旁边的口袋里；随后，他回过头来对布里埃纳说：

"好吧，我们这就回去；我也许要派走一个信使。您回去等我，替我削好几支羽笔。"

布里埃纳敬过了礼，顺着去基瓦索的大路走回去。

---

① 奥当丝（1783—1837）：约瑟芬和前夫所生的女儿，后嫁给荷兰国王路易·波拿巴，是拿破仑三世的母亲。她写过一些《回忆录》。

这时波拿巴向罗朗走去，把手放在他的肩膀上说：

"遇到婚姻问题，我总是不走运，不能如愿以偿。"

"您这是什么意思？"罗朗问。

"你妹妹的婚事吹了。"

"她不同意吗？"

"不，不是她。"

"什么！不是她？难道是塔兰爵士不同意吗？"

"是的。"

"他向我，向我的母亲，向您，向我妹妹都提出了要求，现在他又反悔了？"

"喂，你先别发火，想想看，这里面有什么奥妙。"

"我看不出有什么奥妙，我认为这是侮辱。"

"啊，你这个人啊！所以你母亲和你妹妹都不愿意写信给你；可是约瑟芬认为这件事很严重，应该让你知道。她把这个消息告诉了我，要我把这件事转告你，如果我认为合适的话。你看，我毫不犹豫地告诉了你。"

"我衷心地感谢您，将军……那么塔兰爵士有没有说他不同意的理由？"

"有一个不成为理由的理由。"

"什么理由？"

"这不会是真正的原因。"

"为什么？"

"只要见到过他这个人，和他谈过五分钟话，就可以看出这不是他真正的原因。"

"那么，将军，他究竟是为了什么才出尔反尔的？"

"他说你妹妹穷，不像他原先想象的那么富有。"

罗朗哄然发出一阵神经质的大笑，说明他内心激动到了极点。

"嘻！"罗朗说，"这个问题我一开始就对他说过了。"

"什么问题？"

"我早就对他说过我妹妹不名一文。我们这些共和国将军们的孩子，我们哪会有什么财富？"

"他是怎么回答的？"

"他说他很有钱，足够两个人花的。"

"你看，这不会是他反悔的真正理由。"

"那么您一定会同意，您的一位副官，由于妹妹受了侮辱，不能忍气吞声，要去把这件事搞搞清楚。"

"遇到这样的事，我亲爱的罗朗，要由自认为受到侮辱的本人来决定。"

"将军，您认为什么时候我们将开始进行决定性的行动？"

波拿巴计算了一下，说道：

"两三个星期以后吧。"

"将军，我向您请半个月假。"

"有一个条件。"

"什么条件？"

"你回去时先去一下布尔，问问你妹妹，弄弄清楚，究竟是谁不同意这件婚事。"

"我就是这么想的。"

"那么，别再耽误时间了。"

"您看，我马上就走。"年轻人说，他已经走了几步准备回基瓦索去。

"等一会儿：你能把我的信件带回巴黎去吗？"

"我懂了：您刚才对布里埃纳谈到的信使就是我。"

"一点不错。"

"那么，走吧。"

"再等一等。你抓住的那些年轻人……"

"耶户一帮子吗？"

"是的……嗯，这些人似乎都是贵族出身；说他们是罪犯，还不如说他们是狂热分子。好像你母亲上了什么司法部门的当，在他们的案子里作了证，结果定了他们的罪。"

"这有可能。我母亲，您也知道，曾经被他们拦劫过，还看见过他们的头头的面孔。"

"那么，现在你母亲通过约瑟芬向我提出请求，要我赦免那些可怜的疯子——你母亲就是这么称呼他们的。他们已经向最高法院上诉。你要在上诉驳回以前赶到那儿，如果你看合适的话，你就替我对司法部部长说，这件事暂缓处理。等你回来以后，我们再一起来看看还有什么办法可想。"

"谢谢，将军。您没有别的事对我说吗？"

"没有了，除了要你考虑考虑我们刚才的谈话。"

"关于什么？"

"关于婚姻问题。"

LES COMPAGNONS DE JÉHU

·第五十二章·
判决

　　"好吧，我就像刚才您自己讲的一样回答您：这件事等我回来以后再谈，如果我回来的话。"

　　"喔，天啊！"波拿巴说，"你会像打死其他人一样打死他的，这一点我很放心；不过，我坦白告诉你，如果你杀死了他，我是非常遗憾的。"

　　"如果您这么遗憾，将军，那么要我代替他被杀死也是很容易的。"

　　"别干这种蠢事，笨蛋！"第一执政生气地说，"如果你死了，我将感到更加遗憾。"

　　"说真的，我的将军，"罗朗说，一面发出他神经质的怪笑，"您是我所知道的最最难以满足的人。"

　　说完，罗朗又走上了去基瓦索的大路，这一次将军没有再叫住他。

　　半个小时以后，罗朗已经坐在一辆邮车里向伊夫雷亚方向疾驰而

774　　　　　　　*Les Compagnons De Jéhu*

去；邮车要一直驰到奥斯塔，到奥斯塔以后，他要换骑一头骡子，穿过圣伯纳山口，下山到马尔蒂尼，然后经日内瓦到布尔，再从布尔到巴黎。

趁罗朗赶路的时候，我们来看看发生在法国的事情，把刚才波拿巴和他的副官交谈中我们的读者不太明白的几点讲讲清楚。

罗朗在赛泽利阿山洞里抓到的那些罪犯在布尔监狱里只待了一夜，随即被递解到贝藏松监狱，他们要在贝藏松的军事法庭受审。

大家还记得这些囚犯中有两名受伤严重，不得不用担架抬回来的人：其中一个当晚就死了，另外一个在抵达贝藏松三天以后也咽了气。

因此囚犯只剩下了四名：摩冈，他是自动投降的，他一点也没有受伤；还有蒙巴尔，阿德莱和达萨斯，他们在战斗中受了轻重程度不同的伤，但都不是致命伤。

这四个名字都是化名，大家可以回想起，他们的真名是圣埃尔米纳男爵，热雅伯爵，瓦朗索尔子爵和里比埃侯爵。

就在贝藏松军事法庭对这四名囚犯进行预审的时候，上级下令取消了由军事法庭审理在大路上拦劫公共马车案件的法令。

囚犯将被移交给民事法庭。

对这些犯人来说，这里面的区别是很大的，这种区别和刑罚本身无关，而在于执行刑罚的方式。

如果由军事法庭判刑，他们将被枪决；如果被民事法庭判刑，他们将上断头台。

枪决无损于荣誉；上断头台却要名誉扫地。

他们的案子将由布尔的一个陪审团审理。

三月底，四名被告被从贝藏松监狱递解到布尔监狱，并开始了预审。

可是这四名被告采取了一个使预审法官非常尴尬的办法。

他们宣称自己是圣埃尔米纳男爵，热雅伯爵，瓦朗索尔子爵和里比埃侯爵；可是他们说他们和拦劫邮车的自称为摩冈，蒙巴尔，阿德莱和达萨斯的四个人没有任何关系。

他们承认自己是某个武装集团的成员，可是这个集团是属于德·戴索内先生领导的，是布列塔尼部队派驻在南方和东部进行活动的一个支队；至于布列塔尼部队——它刚才签订了和平条约——是专门在西部进行活动的。

他们正在等待卡杜达尔归顺的消息，消息一到，他们也将放下武器；就在他们遭到攻击并被捕的时候，他们首领的命令大概也来了。

很难提出相反的证据；抢劫驿车的人始终是戴着面具的，除了蒙特凡尔夫人和约翰爵士，谁也没有看见过这些冒险家中的任何一个人的脸。

大家还记得过去发生的两件事：约翰爵士在赛荣修道院那天晚上被他们这些人审讯，判决，执行；蒙特凡尔夫人，在邮车被拦劫，昏厥醒来时，由于一个不由自主的动作，她曾经碰落过摩冈的面具。

他们两人都被预审法官传来和四名被告进行对质；可是约翰爵士和蒙特凡尔夫人都说和这些人素昧平生。

为什么他们不肯讲真话呢?

对蒙特凡尔夫人来说，这是可以理解的：她见到过的那个人曾经保护过她的儿子爱德华，还曾救护过她本人，因此她对他怀有双重的感激心情。

对约翰爵士来说，他这种不肯作证的原因就比较难以解释了；因为在这四名囚犯之中，他至少认出有两个是属于当时杀害他的那些人之中的。

他们也认出了他，所以一看到约翰爵士出场他们不由得都打了一个寒噤，不过他们并不因此而避开他的目光，还是坚决地盯着他看。可是出乎他们的意料，约翰爵士尽管法官一再追问，却始终坚持回答说：

"我没有认识这几位先生的荣幸。"

至于阿梅莉——我们还没有谈到过她——她的痛苦是难以用笔墨来形容的；自从摩冈被捕的那个夜晚以来就变得半死不活的阿梅莉，她脸色苍白，焦躁不安地等待着她母亲和塔兰爵士从预审法官那儿回来。

塔兰爵士首先回到家里；蒙特凡尔夫人稍许落后了几步，在吩咐米歇尔一些事情。

一见到约翰爵士进来，阿梅莉便向他奔去，一面叫道：

"怎么样？"

约翰爵士看看周围，在拿准蒙特凡尔夫人既看不到他，也听不到他讲话后说：

"您母亲和我都没有认出什么人。"

"啊！您是多么高贵！您是多么仁慈！您心眼有多么好！爵爷！"年轻姑娘想去吻约翰爵士的手。

可是约翰爵士把手缩了回去。

"我只是做了我答应过您的事情，"他说，"别说了，您母亲来了。"

阿梅莉向后退了一步。

"这么说，妈妈，"她对蒙特凡尔夫人说，"您没有做什么不利于这些可怜的人的事情吧？"

"我怎么能，"蒙特凡尔夫人回答说，"把一个曾经救助过我，而且非但没有加害爱德华，还抱吻过他的人送上断头台呢？"

"那么，妈妈，"阿梅莉抖抖索索地问，"您认出他了吗？"

"当然认出了，"蒙特凡尔夫人回答，"那是一个黑眉毛黑眼睛的金发青年，他自称是夏尔·德·圣埃尔米纳。"

阿梅莉几乎要叫出声来；接着她又克制着自己的感情说：

"那么，您和爵爷的事情已经结束了，他们不会再传唤你们了吧？"

"大概不会了。"蒙特凡尔夫人回答说。

"无论如何，"约翰爵士回答说，"我相信蒙特凡尔夫人，就像我的确不认识他们任何人一样，也将坚持她的说法。"

"哦，那当然啰！"蒙特凡尔夫人说，"这个不幸的青年不能因我而死，天主也不能同意我这样做：要不，我永远也不会原谅我自己。他和他的伙伴被罗朗抓住，这已经有些过分了。"

阿梅莉叹了一口气，不过她的脸色比刚才平静一些了。

她向约翰爵士投去了感激的一眼，便上楼回到她的房间去，夏洛特在那儿等她。

夏洛特已经不再是阿梅莉的侍女，她们两个几乎已成为朋友了。

自从那些囚犯被解到布尔监狱以来，夏洛特每天都要到她父亲那儿待上一个小时。

在这一个小时里面，他们谈的始终是关于那些囚犯的情况；因为那位正直的狱卒是个保皇派，他对那几个年轻人是非常同情的。

夏洛特对任何细枝末节都要打听一番，随后她就把那四个被告的每天的情况去告诉阿梅莉。

就是在这个时候，蒙特凡尔夫人和约翰爵士回到了黑色喷泉府。

在离开巴黎以前，第一执政曾经托付罗朗和约瑟芬告诉蒙特凡尔夫人，他希望阿梅莉的婚事在他离开巴黎期间尽快举行。

约翰爵士和蒙特凡尔夫人动身去黑色喷泉府了，在动身之前，约翰爵士声称这次结合是他平生最最强烈的愿望，只要阿梅莉一同意结婚，他马上就将变成世界上最幸福的人。

就在约翰爵士和蒙特凡尔夫人被传唤到庭进行对质的当天早晨，事情已经进行到了这个地步：蒙特凡尔夫人同意约翰爵士和她女儿单独晤谈一次。

这次晤谈进行了一个多小时，约翰爵士刚离开阿梅莉就和蒙特凡尔夫人登车去法院作证。

我们已经看到这次作证对被告大大有利；我们也已经看到，在约翰爵士回来的时候，阿梅莉是怎样接待他的。

当晚，蒙特凡尔夫人也和她女儿谈了一次。

蒙特凡尔夫人一再坚持要求她女儿马上成婚，阿梅莉只是回答说，由于她身体欠佳，她希望延迟婚期，不过她说关于这件事已经得到了塔兰爵士的谅解。

翌日，蒙特凡尔夫人一定得离开布尔回巴黎去，因为波拿巴夫人离不开她，她不能长期在布尔逗留。

早上动身的时候，蒙特凡尔夫人又几次提出要阿梅莉陪她一起去巴黎，可是阿梅莉还是以她的健康不佳为理由，不愿意和蒙特凡尔夫人同行。这时候，一年中最美丽、最生气勃勃的四月和五月即将来到，她要求这两个月要在乡下度过，说这将对她的健康大有好处。

蒙特凡尔夫人很难拒绝她女儿的要求，尤其是这件事有关阿梅莉的健康。

所以她又同意了这个病人又一次的延期要求。

蒙特凡尔夫人是和塔兰爵士一起来布尔的，因此回巴黎时，她也和他同乘一辆马车。蒙特凡尔夫人感到非常奇怪的是，在整整两天的旅途中，约翰爵士对他和阿梅莉的婚事只字未提。

波拿巴夫人看到她朋友回来，马上就向她提出了她一直在关心的问题：

"那么，我们什么时候把阿梅莉嫁给约翰爵士啊？您知道这件婚事是第一执政的一个愿望。"

对这个问题，蒙特凡尔夫人是这样回答的：

"这件事完全取决于塔兰爵士。"

这个回答使波拿巴夫人思索良久。为什么塔兰爵士起先是那么迫不及待，现在又变得那么阴阳怪气。

这样一件怪事只能让时间来解释了。

随着时光的流逝，那几个囚犯正在进行预审。

法庭要这四名囚犯和所有在陈述笔录——我们已经在警务部长的手里看到过的——上签过名的旅客进行对质；可是所有旅客看见过的劫

车者都是戴着面具的，因此没有一个旅客可能认出他们。

而且，旅客们还证明了，没有任何属于他们个人的东西——不论是金钱还是首饰——被抢走过。

让·比科证明了他有二百路易被误抢了，后来又还给了他。

预审进行了两个月，还是不能证明任何一个被告的身份，他们唯一的罪行就是他们自己的口供，也就是说他们是布列塔尼和旺代的叛乱分子，他们只是参加了德·戴索内先生指挥下的、在汝拉山地区活动的武装集团的一个支队。

法官们尽量拖延公开庭审的时间，总是希望有什么不利于被告的证据出现；他们的希望落空了。

事实上，除了国库，没有任何人受过这四个年轻人的害，而国库的不幸和任何人无关。

公并庭审不能再拖延了。

另一方面，被告也已经充分利用了时间。

大家已经看到，靠了巧妙的调换通行证的办法，摩冈以里比埃的名义旅行，里比埃以圣埃尔米纳的名义旅行，其他人也是如此；结果是客店老板的证词乱成一团，他们的登记簿册更使人莫名其妙。

旅客们在登记簿上写下的到达时间，有的写早了一个小时，有的晚写了一个小时，替他们提供了确凿无疑的不在场证明。

法官们却非常自信，可是这种自信在证据面前是软弱无力的。

其次，另一方面，不得不承认，公众普遍同情被告。

公开庭审开始了。

布尔监狱和法庭有内部走廊相通，人们可以把囚犯直接从监狱带到法庭上来。

尽管法庭大厅非常大，在开庭那天还是挤得水泄不通；布尔全城的居民都拥在法庭门口，有些人是从马孔，隆－勒索涅，贝藏松和楠蒂阿赶来的，因为拦劫公共马车的事件早已闹得满城风雨，耶户一帮子的所作所为已经妇孺皆知，无人不晓了。

四个被告进来时迎来的是一片窃窃私语，这里面没有什么厌恶的意思，好奇和同情几乎各占一半。

应该说，是他们的良好风度引起了这两种感情。他们非常英俊，穿着入时，坦然而自信，对旁听者面露笑容，对法官虽然有时带有嘲讽的意味，但很有礼貌，他们本身的外貌是他们最好的自卫手段。

四个人中间年纪最大的几乎还不满三十岁。

首先讯问了他们的姓名，年龄和籍贯。他们依次回答：

"夏尔·德·圣埃尔米纳，安德尔－卢瓦尔省图尔人，二十四岁；

"路易－安德烈·德·热雅，安省巴热勒沙泰勒人，二十九岁；

"拉乌尔－弗雷代里克－奥古斯特·德·瓦朗索尔，罗讷省圣科隆布人，二十七岁；

"皮埃尔－埃克托尔·德·里比埃，沃克吕兹省博莱纳人，二十六岁。"

接着又讯问了他们的身份。四个人都说他们是贵族子弟，是保皇分子。

这四个漂亮的年轻人是在为避免上断头台而斗争，可是要把他们枪毙却并不在乎。他们并不怕死，还说他们无愧于一死，但他们要像士兵一样死，他们是一群令人赞美的、勇敢而宽厚的青年。

可是法官们懂得，如果仅仅以武装叛乱的罪名向他们起诉，那么现在旺代已经归顺，布列塔尼已经平定，他们会被宣判无罪的。

而这样的结果肯定不合警务大臣的心意；即使由军事法庭判处他们死刑也不会使他满意，富歇一定要以强盗罪名处决他们，要他们遗臭万年。

公开庭审进行了三天，法官们一无所获。夏洛特可以从监狱的走廊第一个走进法庭，每天都去出席庭审，每天傍晚都给阿梅莉带回一线希望。

第四天，阿梅莉忍不住了，她已经叫人做了一套和夏洛特完全一样的衣服，只是她帽子上的黑色滚边比一般的更长更厚一些。

她戴上了面纱，不让别人看到她的脸。

夏洛特把阿梅莉介绍给她父亲，说是她一个小姐妹，因为好奇，也想来听听公开庭审；好心的科尔特瓦没有认出这是蒙特凡尔小姐。为了让她们可以看清楚几个被告的容貌，他把她们俩安置在被告们必定要经过的、也就是从法庭门房的房间通向法庭大厅的那条走廊里。

从法庭门房通向用来堆柴的柴房之间那段走廊非常狭窄，因此押送囚犯的四名宪兵在经过这里的时候只能两个在前，两个在后，中间夹着犯人，一个一个地跟着走。

夏洛特和阿梅莉就待在柴房门口的凹凹里。

阿梅莉一听到开门声，便浑身无力，不得不靠在夏洛特的肩膀上；好像她脚下的土地和背后的墙壁都消失了。

她听到了脚步声和宪兵们军刀的叮当声；终于通道门打开了。

一个宪兵过去了。

第二个宪兵也过去了。

接着第一个是圣埃尔米纳，就好像他还是做头头的摩冈一样。

在他经过的时候，阿梅莉轻声唤道：

"夏尔！"

囚犯听出了是他心上人的声音，轻轻地叫了一声，他觉得有一张纸轻轻地塞到了他的手里。

他握了握这只他心爱的人的手，轻轻地叫了一声阿梅莉，走过去了。

接着其他犯人也走过去了，他们什么也没有注意，或者是装作没有看到这两个年轻姑娘。

至于那四名宪兵，他们什么也没有看到，什么也没有听到。

走到光线充足的地方，摩冈打开了那张纸条。

纸上只写了这几句话：

> "放心吧，我的夏尔，不管是死是活，我永远是你忠实的阿梅莉。我把一切都告诉塔兰爵士了；他是世界上最宽厚的人：他答应我取消婚事，并由他负毁约的责任。我爱你！"

摩冈吻了吻那张纸条，并把它放在胸口；接着他向走廊里瞥了一眼；那两个年轻的布雷斯妇女靠门站着。

阿梅莉不顾一切地想再看他一眼。

的确，只要不出现新的不利于被告的证据，大家都希望这是最后一次庭审。由于没有证据，被告不可能被判有罪。

本省以及里昂和贝藏松的最有名的律师都被请来为被告们辩护。

他们每个人都已经发过言，逐条驳倒了起诉状；就像在一场中世纪的比武中，一个机灵强壮的冠军把他对手的盔甲一块一块地击落一样。

尽管执达吏和首席法官一再警告和训斥，辩护词中最精彩的部分经常被表示赞许的喧闹声所打断。

阿梅莉合着双手，衷心感谢显而易见在袒护被告的天主；压在她破碎的心扉上的沉重的负担消失了；她的呼吸比较轻松自如了，她眼里噙着感激的泪水，望着悬挂在首席法官上方的基督像。

庭审即将结束。

突然走进一个执达吏，走到首席法官身旁，在他耳边讲了几句话。

"先生们，"首席法官说，"暂时休庭，把被告带下去！"

法庭大厅里产生了一阵轻轻的不安的骚动。

又有什么事呢？会不会发生意外？

每一个人都焦急地和自己的邻座面面相觑。阿梅莉心里有一个预感，她的心抽紧了；她把手捂在胸口，仿佛觉得有一根冰冷的铁条戳进了她的骨髓。

宪兵们站了起来，被告们跟在他们后面，走回他们的牢房。

他们一个接着一个地在阿梅莉面前经过。

两个年轻人的手又触摸到了，阿梅莉的手冷得像个死人。

"不管发生什么事，我都感谢你。"夏尔在经过的时候说。

阿梅莉想回答什么，可是话都堵在嗓子眼里说不出来。

这时候，首席法官已经离开了自己的座位，走到了隔壁的候见室里。

候见室里有一个蒙着面纱的女人，她刚才在法庭门口下车，就有专人把她带了进来，不让她和任何人说话。

"夫人，"首席法官对她说，"我非常抱歉，擅自使用了我的权力，用这种稍许有点儿粗暴的方式，把您从巴黎请到这儿来；可是这有关一个人的生命，因此其他方面只能不考虑了。"

"您用不到向我道歉，先生，"蒙面纱的女人回答说，"我知道法庭有哪些特权，我来听候命令。"

"夫人，"首席法官接着说，"在上次和被告对质的时候，您不愿意指认那位曾经救助过您的人，我们对您这种高尚的感情表示赞赏；那时候，被告们不承认他们是拦劫公共马车的人；后来，他们全都招供了。不过，我们想知道是哪一个曾经好心地救助过您的，以便让我们向第一执政要求对他的赦免。"

"什么！"蒙面纱的女人大声说，"他们招供了？"

"是的，夫人，可是他们始终不肯说出是他们之中哪一个人救助了您。他们一定是惧怕如果他们交待了，就和您的证词产生了矛盾，他们不愿意用这个代价来换得他们之中一个人的宽恕。"

"那么您要我做什么呢，先生？"

"要您救那个曾经救过您的人。"

"啊，那真是求之不得，"这个女人站起来说，"我要怎么做呢？"

"回答我向您提的问题。"

"我一定回答，先生。"

"请在这儿稍等一会儿，马上您就会被带到法庭上去。"

首席法官回进了法庭。

候见室每扇门前都派有一名宪兵，以防有人和蒙面纱的女人接触。

首席法官回到了他的座位上。

"先生们，"他说，"继续开庭！"

法庭里响起了一片嘈杂声，执达吏们高叫大家肃静。

人们又静了下来。

"带证人！"首席法官说。

一个执达吏打开候见室的门；蒙面纱的女人被带了进来。

所有人的眼睛都向她望去。

这个蒙面纱的女人是什么人？她来干什么？为什么传她来？

阿梅莉的眼睛第一个盯住了她。

"啊，我的天主！"她喃喃地说，"我希望是我看错了。"

"夫人，"首席法官说，"被告们就要被带进来了；请向法庭指出，在日内瓦公共马车被拦劫的时候，是哪一个对您作了无微不至的关怀。"

大厅里所有的人都打了一个寒噤：大家都懂得了，这是一个针对被告的阴险的骗局。

有好多人快要叫出来了："不能讲！"突然，执达吏在首席法官的授意下，声音威严地叫道：

"肃静！"

阿梅莉突然浑身冰冷，额头上渗出一阵冷汗，她再也站不住了，一下子跪倒在地上。

"带被告上庭，"首席法官的目光就像执达吏的声音一样使大家噤若寒蝉，"而您，夫人，请过来，把面纱揭开。"

蒙面纱的女人听从了这两个吩咐。

"我的母亲!"阿梅莉叫了起来,可是她的声音轻得只有她旁边的人才能听见。

"蒙特凡尔夫人!"大厅里的人窃窃私语。

这时候,门口出现了第一个宪兵,接着是第二个,后面是被告;不过次序改变了,摩冈排在第三位;摩冈前面是蒙巴尔和阿德莱,后面是达萨斯,这样他可以比较方便地握阿梅莉的手。

蒙巴尔首先进来。

蒙特凡尔夫人摇摇头。

接着进来的是阿德莱。

蒙特凡尔夫人做了同样的否定的表示。

这时候,摩冈在阿梅莉前面经过。

"啊,我们完了!"阿梅莉说。

摩冈吃惊地瞧瞧她;一只痉挛的手抓住了他的手。

他进来了。

"就是这位先生,"蒙特凡尔夫人看到摩冈,也就是夏尔·德·圣埃尔米纳男爵时说;由于蒙特凡尔夫人证明了他的身份,这两个人实际上是一个人。

整个大厅发出一声悲鸣。

蒙巴尔哄然大笑。

"啊,好啊,"他说,"我亲爱的朋友,这下子您知道了吧,讨好晕过去的女人会给您带来什么好处。"

接着,他又回头对蒙特凡尔夫人说:

"夫人，您刚才这句话割下了四个人的脑袋。"

这时候大厅里像死一般寂静，在寂静中可以听到一声轻轻的呻吟。

"执达吏，"首席法官说，"您没有通知过大家吗，不准有任何赞成或者反对的表示？"

执达吏询问是谁刚才发出了声音，违反了法庭的规定。

原来是一个穿布雷斯服装的妇女，已经抬到监牢的门房里去了。

在这以后，四名被告甚至不想再为自己辩护了；就像当时摩冈主动来追随他们一样，这次是他们来追随摩冈。

这四颗脑袋，要么一起保住，要么一起掉下。

当天傍晚十点钟，陪审团宣布被告有罪，法庭判处他们死刑。

三天以后，在律师们的要求之下，被告们向最高法院提出上诉。

可是他们唯一的希望是求得赦免。

·第五十三章·
阿梅莉信守诺言

布尔城陪审团作出的裁决不但在法庭里,而且在全城产生了巨大的影响。

这四个被告相互之间有着骑士式的手足之情,又都是那么风度翩翩,对自己的信仰坚定不移,因此即使他们的敌人也非常欣赏他们那种赤胆忠心,这种忠诚把一些出身高贵的名门子弟变成了拦路强盗。

蒙特凡尔夫人对她自己参与了这场诉讼,以及在这场以死亡为结局的悲剧中所起的不符合她自己心愿的作用懊悔莫及,她看到唯有一个办法才能弥补她所造成的损害,那就是立即赶往巴黎,匍匐到第一执政的脚下,请他赦免这四个已被定罪的囚犯。

她甚至没有抽出时间回黑色喷泉府去抱吻阿梅莉;她知道波拿巴五月初就要离开巴黎,而眼下已经是五月六日了。

在蒙特凡尔夫人离开巴黎的时候,波拿巴要动身的一切准备工作已经完成。

她写了几句话给她女儿，告诉她是怎样受了命中注定的愚弄；一心想救他们四个人中的一个，却反而使这四名被告全都被判了死刑。

其次，由于她违背了她对阿梅莉许下的，尤其是她对自己许下的诺言，她觉得难以见人，因此她派人到驿站去换了几匹已经休息过的马，重新又登上马车，立即回巴黎去了。

她于五月八日早上回到了巴黎。

波拿巴已于六日傍晚离开巴黎。

在动身之前，第一执政说他只是到第戎去，也许会上日内瓦，不过无论如何，他离开巴黎的时间不会超过三个星期。

而罪犯们的上诉，即使被驳回，至少也得五六个星期。

那么说，希望还是有的。

可是当后来知道，到第戎去检阅只不过是个借口，到日内瓦的旅行是无稽之谈，第一执政根本没有去瑞士，而是到意大利去了，拯救罪犯的希望便成为泡影了。

可是，这件事蒙特凡尔夫人不愿意对她儿子说，因为她知道罗朗在塔兰爵士被谋害时所立下的誓言，以及他在抓获耶户一帮子时所起的作用。因此，我们已经讲过了，蒙特凡尔夫人便去向约瑟芬求告，约瑟芬答应写信给波拿巴。

约瑟芬当晚就履行了自己的诺言。

这场诉讼引起了巨大的轰动；这些被告非同一般，司法部门加快了步伐，在首次判决以后第三十五天，上诉便被驳回了。

驳回的公文立即送往布尔，并附有在公文送达二十四小时以后处决罪犯的命令。

可是不管司法部门办事有多么迅速，首先得到通知的却并非布尔的司法当局。

囚犯们在监狱的内院散步，一块石头从墙外扔了进来，落在囚犯们的脚下。

石子上系着一封信。

即使在监狱里，摩冈也是他伙伴们的首脑，他拾起石子，把信打开，看了一遍。

随后，他回头对他的伙伴们说：

"先生们，就像我们预料的一样，我们的上诉被驳回了，仪式很可能在明天举行。"

瓦朗索尔和里比埃正在把一些值六利弗尔的埃居和一些路易当作小石子玩，他们走过来想听听有什么消息。

听完摩冈讲的话，他们又继续玩他们的，根本就没有把这件事放在心上。

热雅刚才在看《新爱洛伊斯》①，听完后又接着看书，一面说：

"我怕是来不及看完让－雅克·卢梭先生的这本名作啦，不过，我以名誉担保，我也不觉得遗憾：这是我一生中所看过的最虚假、最乏味的一本书。"

圣埃尔米纳摸了摸自己的额头，轻声说：

"可怜的阿梅莉！"

这时他发现夏洛特正站在狱卒房间里朝着监狱院子的窗口，他便走

---

① 《新爱洛伊斯》：法国作家卢梭的名作。

过去对她说：

"去对阿梅莉说，今天晚上她该实现她向我许下的诺言了。"

狱卒的女儿关上窗子，拥抱过她的父亲，并对他说，当天晚上她很可能还会来看他。

随后她踏上了去黑色喷泉府的大路，这条路她两个月来每天都要打个来回：中午时分到监狱去，傍晚前后回府邸去。

每天傍晚回去的时候，她都看到阿梅莉在同一个位置上，也就是坐在她幸福的日子里等待她亲爱的夏尔进来的那扇打开的窗子前面。

阿梅莉自从陪审团作出判决那天晕过去以后，她就没有流过一滴眼泪，我们几乎还可以说，她没有讲过一句话。

她不像是一尊变成女人的古代大理石雕像，倒像是在慢慢石化的一具血肉之躯。

她仿佛一天比一天苍白，一天比一天失去了活力。

夏洛特惊奇地瞧着她：芸芸众生对情绪激动的表现、也就是大哭大叫非常熟悉，但他们对无言的痛苦却根本无法理解。

对他们来说，默默无言就是无动于衷。

因此，每当夏洛特完成任务回来把情况告诉阿梅莉时，她对阿梅莉的镇静感到奇怪。

她没有看到沉浸在阴暗的暮色中的阿梅莉的脸色从苍白变成了青灰；她根本感觉不到阿梅莉内心的剧烈悲痛，就像有一把铁钳在撕裂她的心肺；她也不懂得，在阿梅莉向门口走去时，为什么她的动作比平时更加呆板僵硬。

她准备跟着她走出去。

可是，在走到门口时，阿梅莉拦住她说：

"你在这儿等我！"

夏洛特服从了。

阿梅莉把身后的门关上，上楼走进了罗朗的房间。

罗朗的房间是一个真正的军人和猎人的房间，房间里最主要的装饰品是陈列各种武器的盾形板和罗列各种战利品的武器架。

房间里有各种各样武器，有本国制造的，也有外国产品；从凡尔赛的天蓝色枪管的手枪到开罗的银柄手铳，从加泰罗尼亚的弯刀到土耳其的匕首；真是品种繁多，应有尽有。

她从武器架上取下四把刃口锋利的匕首；又从盾形板上拿下八把形式不同的手枪。

她在一个袋子里拿了些子弹，又在一个牛角里倒了些火药。

随后她走下楼去找夏洛特。

十分钟以后，她的使女已经帮她穿好了她那套布雷斯平民妇女的服装。

于是她们等待夜晚的到来；六月份的夜晚来得是很迟的。

阿梅莉一直站着，一动不动，一声不吭，她靠在已经熄火的壁炉上，从开着的窗口眺望着慢慢地隐没在夜幕中的赛泽利阿村。

后来，除了这儿那儿闪烁着的一些灯光以外什么也看不见了，这时阿梅莉说：

"走吧，是时候了。"

两个年轻姑娘走出了门；米歇尔根本没有注意阿梅莉，他把阿梅莉当作是夏洛特的一个女友，她刚才来看夏洛特，现在夏洛特送她出去。

两个姑娘在布罗教堂前面经过时，钟敲十点钟。

十点一刻左右，夏洛特来到监狱门口敲门。

开门的是科尔特瓦老爹。

我们已经谈到过这位正直的狱卒的政治观点。

科尔特瓦老爹是保皇派。

科尔特瓦老爹对四名罪犯是深表同情的；他像大家一样，希望蒙特凡尔夫人——大家知道她悲痛欲绝——能从第一执政那儿得到对这几名罪犯的赦免。因此他总是在他力所能及而又不违反他的职责范围之内，尽量照顾这几个罪犯，不让他们在监禁中受无谓的痛苦。

当然，另一方面，尽管他怀有这种同情心，他还是拒绝了有人向他提出的，给他六万法郎金币——这笔钱的真正价值比今天高三倍——救出这四名罪犯的建议。

不过我们也已经看到了，由于他女儿的缘故，他还是很信任地同意化装成布雷斯妇女的阿梅莉进入法庭观看了审判情况。

大家也还记得，在阿梅莉和蒙特凡尔夫人被监禁期间，这位正直的人是多么关心和照顾她们。

这一次的情况依然如此，因为他还不知道上诉已经驳回，所以他很容易地就被说动了。

夏洛特对他说阿梅莉小姐当晚要到巴黎去催问关于赦免罪犯的事情，在动身之前，她来向圣埃尔米纳男爵告别，并要向他了解一些情况，以便行事。

从监狱里出来到大街上，中间要经过五道门：院子里有一支卫队，院内外各有一名哨兵；科尔特瓦老爹根本不担心囚犯越狱。

因此他同意阿梅莉去见摩冈。

请大家原谅我们有时候称摩冈，有时候称夏尔，有时候又称圣埃尔米纳男爵；我们的读者完全清楚，这三种称呼，实际上指的是一个人。

科尔特瓦老爹拿起一盏灯，领着阿梅莉向前走去。

阿梅莉就好像在从监狱里面出来后就要登上邮车动身似的，手里提着一只旅行袋。

夏洛特跟在她女主人身后。

"您是认识这个牢房的，蒙特凡尔小姐；就是当年囚禁您和令堂大人的那间牢房。夏尔·德·圣埃尔米纳男爵，那些不幸的年轻人的首领，要求我照顾他，让他关在一号笼子里——您知道也就是一号牢房，我们习惯上是这么叫的。我想我不应该拒绝给他这个安慰，因为我知道这个可怜的孩子爱您。喔！别担心，阿梅莉小姐：这个秘密我永远也不会讲出去。后来，他又向我提了些问题，问我哪张床是您母亲睡过的，哪张床是您睡过的；我全都告诉了他。于是，他又提出，他希望他的床铺要放在您过去那张床的地方；这很容易，不但在同一个地方，还是同一张床。因此，从这个年轻人走进您这间牢房以来，他几乎一直就睡在那张床上，没有起身过。"

阿梅莉叹了一口气，声音就像呻吟一样；她感到她的眼皮要湿了，她已经有很久没有这种感觉了。

那么说他还爱着她，就像她一直爱着他一样；而这个证据是从一张不相干的人的嘴里说出来的。

在生离死别的时刻，这种信念是她在她痛苦的首饰盒里所能找到的一颗最美的钻石。

在科尔特瓦老爹面前关着的门一扇接一扇地打开了。

来到最后一扇门的前面，阿梅莉用手按住了科尔特瓦老头的肩膀。

她好像听到有歌声传来。她仔细地听了听：有人在吟诗。

不过不是摩冈的声音；这个声音她过去没有听到过。

声音凄切，像是一曲哀歌；又很庄严，像是一首圣诗。

这个人在吟诵：

      我向天主敞开我纯洁的心扉，

      他看到了我后悔的眼泪；

      天主治愈了我内心的创伤,他要我坚定不移,

      不幸的人都是他的孩子,他决不会抛弃。

      我的敌人怒火中烧,他嘿嘿地笑着说：

    “让他去死,他的荣耀也将跟着他化为泡影。”

      可是我平静的心中,响起了天主慈父般的声音：

    “他们的仇恨是你的支持,你应该处变不惊。

    “对你最亲密的朋友,他们大发脾气,

      你到处受骗,因为你诚实可欺；

      你没有喂饱的人对你心怀不满,充满恶意,

      把你的形象出卖,糟蹋得面目全非。

    “可是天主听到了你的呻吟,

深沉的痛悔使你重又和他亲近；

天主终于宽恕了人类这种软弱的本性：

意志薄弱，只因为遭到了不幸。

"为你不可玷污的未来，

我要人们对你同情，对你公正对待；

而他们这些人，将使尽诡计，横加非难，

一心想损害你的荣誉，使它失去光彩。"

请接受我的祝福，我的天主：

您是多么仁慈，又把清白和高傲还给了我；

为了让我的尸骨得到安宁和保护，

您还将守卫停放我灵柩的场所。

我是生命的宴席上一个客人，但很不走运，

刚来不久，又要归去，真是来去匆匆；

我要死了，正在慢慢走向坟墓，

没有人会来为我表示悲痛。

敬礼，青翠欲滴的草原，还有您，我热爱的田野，

还有您，树林里的尽情欢乐；

天空，人间的楼阁，大自然中令人赞美的原野，

敬礼，最后一次敬礼，再见！

啊！但愿那些听不见我最后告别的友好，

能长久地看到您神圣的花容月貌；

愿他们在白天去世，死后有人哀悼，

愿他们在临终时有一位朋友在身旁祈祷！

声音没有了，肯定是这首诗已经念完了。

阿梅莉刚才不愿意打断囚犯们的最后的思绪，她也听出了那是吉尔贝尔①在他死去的前夕在一个救济所的病床上写的一首美丽的颂歌；这时她做了个手势，让狱卒开门。

科尔特瓦老爹虽说是个狱卒，却仿佛怀有和年轻姑娘相同的感情，他尽量轻轻地转动插进锁孔的钥匙：门打开了。

阿梅莉向整个牢房和被关在里面的人扫了一眼。

瓦朗索尔靠墙站着，手里还拿着他刚才念的，也就是阿梅莉听到的那首诗的诗集；热雅坐在桌子旁边，手支着头；里比埃坐在同一张桌子前面；在他旁边，牢房深处，圣埃尔米纳双眼紧闭躺在床上，就像睡熟了一样。

看到年轻姑娘进来，他们认出是阿梅莉，热雅和里比埃站了起来。

摩冈没有动弹；他什么也没有听到。

阿梅莉径直向他走去；由于死亡将近，她对她情人的感情变得神圣起来了。她不顾有他三个朋友在场，走到摩冈床边，把她的嘴唇贴在摩冈的嘴上，喃喃地说：

---

① 吉尔贝尔（1750—1780）：法国哀歌诗人。因坠马受伤不治而死。以上诗篇是他濒死时所作。

"醒醒，我的夏尔；你的阿梅莉来实现她向你许下的诺言了。"

摩冈欢呼一声，把姑娘抱在怀里。

"科尔特瓦先生，"蒙巴尔说，"您心眼很好；让这两个可怜的年轻人单独在一起吧；他们在这个世界上剩下的时间不多了，我们待在这儿打扰他们也许是亵渎神明的。"

科尔特瓦一声不响地打开了旁边一个牢房。瓦朗索尔，热雅和里比埃走了进去，科尔特瓦在他们身后关上了门。

随后，科尔特瓦向夏洛特做了个手势要她跟着他走，接着他也走了出去。

牢房里只剩下了一对情人。

有些场面是不必去描写的，有些话是用不到重复的；天主在他永恒的宝座上听着他们，只有他才能说出其中的哀乐。

一个小时以后，这两个年轻人又听到了钥匙在锁孔中的转动声。他们很悲伤，但是很平静；由于他们深信他们的离别不会延续得很久，所以才显得这么安详。

那位正直的狱卒的神态似乎比刚才来的时候更加忧郁，更加不安。摩冈和阿梅莉带着笑意对他表示感谢。

他走到关着那三名囚犯的牢房门口，打开了牢门，一面咕噜着说：

"是啊，今天晚上他们一起过的时间太少了，因为这是他们最后一个晚上。"

瓦朗索尔，热雅和里比埃回到了原来的牢房。

阿梅莉的左手搂着摩冈，右手向他们三人伸去。

三个人一个接着一个吻了吻她那只冷冰冰，湿漉漉的手；接着摩冈把阿梅莉领到了门口。

"再见！"摩冈说。

"回头见！"阿梅莉说。

这次墓中的约会由一个长吻作为结束，随后他们叹息一声便分开了。这声叹息悲痛莫名，就仿佛他们两人的心刚才同时都碎裂了。

阿梅莉走出来后门又关上了，门闩和钥匙声又响了起来。

"怎么样？"瓦朗索尔，热雅和里比埃异口同声地问道。

"看这儿！"摩冈回答说，一面把阿梅莉带来的旅行袋里的东西一下子倒在桌子上。

三个年轻人看到这些闪闪发光的手枪和刃口锋利的匕首时，不由得都欢呼了一声。

这些是他们除自由之外最最渴望的东西；感到他们可以主宰自己的、严格地说也是别人的生命，这是一种最后的、辛酸的快乐。

这个时候，狱卒已经把阿梅莉带到了临街的门口。

走到那儿时，科尔特瓦老爹犹豫片刻；最后，他终于抓住了阿梅莉的胳膊说：

"蒙特凡尔小姐，请原谅我给您带来了多么大的痛苦，可是，您去巴黎也没有用了……"

"因为上诉已经驳回，明天就要处决了，是不是？"阿梅莉回答说。

狱卒吃惊得向后退了一步。

"我已经知道了，我的朋友。"阿梅莉接着说。

随后，阿梅莉回头对她的使女说：

"带我到最近一座教堂里去，夏洛特，等明天所有的事全都结束以后，你再到那儿带我回去。"

最近的教堂离得不远：那是圣克莱尔教堂。

大约在三个月以前，根据第一执政的命令，圣克莱尔教堂恢复了圣事活动。这时候已经快到半夜时分，教堂已经关闭了；可是夏洛特知道管理圣器室的教士的住处，她便到他家里去叫他。

阿梅莉站着，靠在墙上等待着，她就像装饰教堂门面的石像一样木然不动。

半个小时以后，圣器室管理人来了。

在这半个小时里面，阿梅莉看到有一样非常凄凉的东西在她面前经过。

那是三个穿黑衣服的人，他们驾着一辆大车，在朦胧的月色之下，大车似乎是漆成红色的。

这辆大车上载着一些丑陋笨重的东西：巨大的木板，漆成同一颜色的形状奇突的梯子。大车向蒙特凡尔堡，也就是处决犯人的广场方向驶去。

阿梅莉猜到了这是什么东西；她双膝落地，叫了一声。

听到这声叫唤，穿黑衣服的人回过头来；他们还以为是门廊上一座雕像离开了柱座，跪落到地上来了。

穿黑衣服中一个似乎是为首的人向阿梅莉走上几步。

"请别过来，先生！"阿梅莉叫道，"请别过来！"

那个人顺从地走了回去，继续走他的路。

大车在监狱街拐角上消失了；可是车轮的滚动声久久地在石板路地面上响着，敲击着阿梅莉的肺腑。

圣器管理人和夏洛特走来时，看到阿梅莉跪在地上。

圣器管理人不太愿意在这样的时间打开教堂的门；可是一块金币和蒙特凡尔小姐的名字消除了他的顾虑。

第二枚金币使他决定点亮了一座小祭台里的灯。

这儿就是阿梅莉在孩童时初领圣体的地方。

小祭台里的灯点亮以后，阿梅莉便跪在祭台前面，请他们两人回去，让她一个人待在里面。

清晨三点钟光景，阿梅莉看到祭坛上面窗上的彩绘玻璃亮了起来。这扇窗子碰巧是开向东方的，第一道晨曦就像天使的使者一样径直来到了年轻姑娘面前。

慢慢地，城市苏醒了：阿梅莉感觉到城里似乎比往常热闹一些。不久，有一队骑兵经过，马蹄声震得教堂的拱顶嗡嗡作响；这一队人是往监狱那个方向去的。

九点钟不到，年轻姑娘听到一片巨大的嘈杂声，她似乎觉得所有的人都向一个地方涌过去了。

她想集中思想祈祷，不去听外面这些各种各样的声音，这些声音在用一种陌生的语言在向她的心灵讲话，可是她焦躁不安的心情却在悄悄地告诉她，她懂得这种语言的每一个字。

果不其然，监狱里发生了一件可怕的事情，值得大家奔过去看个究竟。

早上九点钟左右，科尔特瓦老爹走进了那四个罪犯的牢房，通知他们上诉已经驳回，同时还告诉他们要准备受刑；可是他发现他们身上挂满了武器。

狱卒毫无防备，被突然抓住，拖到了牢房里面，牢房门又被反锁上了。他甚至没有想反抗，这件事来得太突然了，年轻人从他手里夺去了钥匙圈，把狱卒关在他们的牢房里，而他们自己来到了隔壁那个牢房，也就是昨天晚上瓦朗索尔、热雅和里比埃在等待摩冈和阿梅莉会晤结束时待过的那个牢房。

他们用钥匙圈上另一个钥匙打开了这个牢房的另一扇通向监狱内院的一扇门。

监狱的内院有三扇笨重厚实的大门，这三扇关闭着的大门全都通向一条过道，过道又通向法庭的门房间。

从法院的门房间再走下十五个台阶就是法庭的院子，那是一个四面围着铁栅栏的大院子。

一般来说，这个铁栅栏要到晚上才关闭。

如果碰巧那天栅栏门没有关上，那么他们就可能从那个出口逃出去。

摩冈找到了监狱内院门上的钥匙，开了门，和他的伙伴们一起从内院奔向法院门房，冲到了朝向法庭大院的台阶上面。

四个年轻人从台阶的平台上往下一看，他们的希望全都落空了。

法庭大院的栅栏门紧闭着，八十名宪兵和龙骑兵排列在栅栏门外面。

一看到这四名罪犯不带任何镣铐地从门房间里蹿到了台阶上，外面的人们便大喊起来，那是一种可怕的惊叫声。

的确，他们看上去是非常吓人的。

为了行动方便，也许同样是为了避免穿了白色的衬衣更容易看到流血，他们全都赤裸着上身。

他们的腰里全都围着一块用大手巾绕成的腰带，里面插满了武器。

一望而知，他们是他们生命的主人，可是他们并未获得自由。

在一片喧嚣声和军刀出鞘的铿锵声中，他们商量了一会儿。

随后，蒙巴尔和他的同伴们握了握手，离开了他们，走下十五个台阶，来到栅栏门前面。

走到离栅栏门口几步远的地方，他回头最后看了看他的伙伴们，并微微一笑，姿势优美地向逐渐安静下来的人群行了个礼，随后向栅栏门外的士兵们说道：

"好极了，宪兵先生们！好极了，龙骑兵先生们！"

接着，他把他手里的一把枪的枪管塞进了自己的嘴里，一扣扳机，打得脑浆四溅。

紧接着枪声的是一些混杂的、几乎是疯狂的叫声，可是叫声马上又停止了。

瓦朗索尔也走下了台阶，他手里拿着一把普通的、刀锋锐利、刀身笔直的匕首。

他的两把仿佛不准备使用的手枪还是插在腰带里。

他向一个用三根柱子支起来的一个小棚棚走去，站定在其中一根柱子前面，他把匕首柄顶在柱子上，匕首尖对着自己的心脏，两条胳膊抱住柱子，向他的朋友们最后点了点头，双手一用力，匕首的刀身全都插进了他的胸脯。

他还坚持着站了一会儿，可是他的脸顿时成了死灰色，随后他的胳膊松开了，跌倒在柱脚下，死了。

这一次人群没有出声。

他们汗毛直竖，全吓愣了。

接着是里比埃，他手里握着他的两把手枪。

他一直走到栅栏门前面，走到那儿以后，他把手枪指向栅栏门外的宪兵。

他没有扣动扳机，可是宪兵们开枪了。

响起了三四下枪声，里比埃中了两颗子弹，倒下去了。

看到这三次接连的惨剧以后，人们的心中产生了各种不同的感情，这许多感情马上被一种赞叹的感情代替了。

他们懂得了这些年轻人并不怕死，可是他们一定要以他们愿意的方式去死，尤其是要像古罗马的角斗士一样英勇地死去。

因此在摩冈一个人微笑着走下台阶，并做了个手势表示他要讲话的当口，大家都没有吱声。

再说，这些渴望看到流血的人们还缺少些什么呢？他们看到的已经超过了原来答应给他们看的。

原来答应给公众看四个人受死刑，可是受死刑的方式是一致的，全是斩首。而现在给他们看的是四种不同方式的、富有诗意的、出乎意料的死，因此他们在看到摩冈向前走来时，自然就没有人吭声了。

摩冈手里既没有拿手枪，也没有拿匕首；匕首和手枪全插在腰带里。

他在瓦朗索尔的尸体旁边走过，来到热雅和里比埃尸体的中间。

"先生们，"他说，"我们来商量一下。"

人群中寂静无声，就好像所有在场人的呼吸暂时停止了。

"你们已经看到了一个人打碎了脑袋（他指指热雅）；另外一个刺

穿了胸膛（他指指瓦朗索尔）；还有第三个被枪毙了（他指指里比埃）；你们也许想看到第四个被斩首，这我能理解。"

所有的人身上都起了一阵鸡皮疙瘩。

"好吧，"摩冈接着说，"能满足你们的要求，我还真是求之不得呢，我准备让你们干，不过我希望让我自己走到断头台上去，谁也不准碰我；谁要是走近我，我就打碎谁的脑袋，除了这位先生，"摩冈指指刽子手接着说，"这件事由我们两人一起解决，要解决的仅仅是方法问题。"

这个要求，对公众来说，肯定并不过分，因为到处都有人在叫：

"同意！同意！同意！"

宪兵队长看出最简便的办法还是按照摩冈的想法办。

"您是不是能答应，"他说，"如果我们不绑住您的手脚，您决不逃走？"

"我以名誉担保！"摩冈接着说。

"那么，"宪兵队长说，"您走开一些，让我们把您伙伴们的尸体抬走。"

"这样做很对，"摩冈说。

接着，他走出十步，靠在墙上。

三个穿黑衣服的人走进院子，一个接着一个地抬走了三具尸体。

里比埃还没有完全咽气；他又睁开眼睛好像是在寻找摩冈。

"我在这儿，"摩冈说，"你放心吧，亲爱的朋友，我会来的。"

里比埃默默地又闭上了眼睛。

三具尸体搬走以后，宪兵队长问摩冈说："先生，您准备好了吗？"

"准备好了，先生，"摩冈彬彬有礼地鞠了一躬回答说。

"那么，来吧。"

"我来了，"摩冈说。

接着他便走到了宪兵队和龙骑兵支队的中间。

"您想登上大车还是自己走去，先生？"宪兵队长问。

"走着去，走着去，先生：我一定要大家知道，我让人斩首是我一时心血来潮；但是我并不害怕。"

这个阴森可怖的行列穿过了利斯广场，沿着蒙巴松客店花园的围墙向前走去。

载着三具尸体的大车走在前面，随后是龙骑兵，接着是摩冈，在他前后都有十步距离的空间，再后面是宪兵，队长走在他们前面。

走到围墙尽头，行列向左拐去。

突然，在花园和市场之间的一个缺口中，摩冈看到了断头台，它的两根拔地而起的红色的柱子就像两条血淋淋的胳膊。

"呸！"他说，"我从来没有看见过断头台，想不到它有那么难看。"

接着，他也不做任何解释，就从腰带里拔出一把匕首，猛地插进了自己的胸膛，只剩下刀把子露在外面。

宪兵队长看见这个出乎预料的动作便策马向摩冈奔了过去，摩冈还是站着，大家感到很奇怪，摩冈自己也很惊奇。

摩冈马上从腰间抽出他两把手枪，扳起了扳机。

"不要过来！"他说，"我们讲好了谁也不准碰我；要么我一个人死，要么我们两个一起死；您看着办吧。"

队长勒住他的马往后退了一步。

"我们走吧，"摩冈说。

果然，他又往前面走了。

走到断头台脚下，摩冈把胸口的匕首从伤口里拔出来，又一次戳进了他的胸口，戳得像第一次一样深。

他发出了一下狂怒的吼声，而不像是痛苦的叫喊。

"是啊，"他说，"我的命真硬，好像是死不了的。"

这时，刽子手的助手们想搀他登上扶梯，刽子手正在扶梯上等着他。

"哦！"他说，"再说一次，别碰我！"

他步履坚定地爬上了六个梯级。

到了上面的平台上，他又从伤口里拔出匕首，又刺了第三下。

这时候他嘴里发出了一声吓人的响亮的大笑，把匕首从他第三个伤口里拔出来，扔在刽子手的脚下；第三个伤口和前两个伤口一样，对他似乎不起作用。

"说真的！"他说，"我受够了；你来吧，尽快结束了吧。"

一分钟以后，这个坚强不屈的年轻人的脑袋落到了断头台上，由于在他身上显示的一种强盛的生命力的现象，他的头颅跳了一下，滚出了断头机。

如果您像我一样亲自到布尔去一次，有人会告诉您，这颗脑袋在跳起来的时候，嘴里还在呼唤着阿梅莉的名字。

在处决了活人以后又把三具尸体的脑袋割了下来，因此那些来看热闹的人，在我们刚才讲的那个事件里，非但没有少看什么，相反却看到了他们想看的加倍的东西。

· 第五十四章 ·

忏悔

在我们上面看到的事件发生以后第三天，傍晚七点钟光景，一辆套着两匹吐着白沫的驿马的马车风尘仆仆地来到了黑色喷泉府栅栏门的前面。

这位似乎是匆匆赶来的旅客感到非常惊奇，栅栏门敞开着，院子里挤满了一些穷人，台阶上跪满了男男女女。

由于惊奇，他的视觉变得更加敏锐，慢慢地他的听觉也恢复了，他仿佛听到了铃铛的声响。

他急忙打开车门，跳下马车，快步穿过院子，登上台阶，这时他又看到了通向二楼的楼梯上也站满了人。

他像登上台阶一样又登上了楼梯，他听到从阿梅莉的房间里传出来有喃喃的祈祷声。

他向阿梅莉的房间走去，房门开着。

蒙特凡尔夫人和小爱德华跪在阿梅莉的床头，稍许后面一些是夏洛特、米歇尔和他的儿子。

圣克莱尔的本堂神父正在主持阿梅莉的临终圣事；这个阴森森的场面正在几支蜡烛光下进行。

大家认出刚才从停在栅栏门外的马车上下来的旅客就是罗朗；他们向两边闪开让他过去。他除下帽子，走进房间，跪在他母亲身旁。

气息奄奄的阿梅莉仰面躺着，双手合十，脑袋搁在垫高了的枕头上，两眼直勾勾地望着天花板，好像在沉思冥想；她仿佛根本没有发现罗朗已经回家。

就好似她的身子还在这个世界上，可是灵魂已经出了窍，在天地之间飘忽。

蒙特凡尔夫人的手在摸索罗朗的手；这位可怜的母亲在抓到罗朗的手以后，便呜咽着把脑袋搁在她儿子的肩膀上。

就像罗朗的出现没有引起阿梅莉的注意一样，母亲的哭泣声阿梅莉肯定也没有听见；因为年轻姑娘始终木然不动。不过，在替她进行临终圣事的时候，在教士安慰她，答应她将得到永福的时候，她那像大理石般的嘴唇似乎动了起来，她喃喃地说了一句："但愿如此。"

声音很轻，但很清晰。

这时，铃铛又响了起来；手中持铃的侍童首先走出了房间，随后是两个擎着大蜡烛的和一个托着十字架的神职人员，最后是带来天主的教士。

所有的外人都跟在教士的行列后面出去了；只剩下了亲属和家里的人。

刚才还挤满了人，声音嘈杂的屋子也静了下来，几乎显得有些空荡荡了。

濒死的阿梅莉没有动弹，她的嘴唇又合上了，双手依然合着十字，眼睛仍旧望着天花板。

过了几分钟，罗朗附到蒙特凡尔夫人的耳边，轻声对她说：

"来，妈妈，我有话对您说。"

蒙特凡尔夫人站起身来；她把小爱德华往他姐姐的床边推了推；孩子踮起足尖，吻了吻阿梅莉的额头。

接着，蒙特凡尔夫人走了过去，她哽咽着俯下身去，也在她额头上吻了一下。

罗朗也向前走去，他的心已经碎了，可是没有流泪；他倒是真想把郁积在他心头的眼泪流出来。

和他的弟弟和母亲一样，他也吻了吻阿梅莉。对这个吻，阿梅莉似乎对前两个吻同样无动于衷。

爱德华走在前面，蒙特凡尔夫人和罗朗跟在后面，一起向房门口走去。

就在要跨出门口的时候，三个人全打了个寒噤站住了。

他们刚才听到了有人在喊罗朗的名字，声音很清楚。

罗朗回过头去。

阿梅莉又一次叫了一声她哥哥的名字。

"你叫我吗，阿梅莉？"罗朗问。

"是的，"奄奄一息的阿梅莉回答说。

"叫我一个人，还是也叫妈妈？"

"叫你一个人。"

她的声调很平板，可是很清晰，但有些使人心寒的东西；就好像是从另一个世界上传过来的回声。

"您走吧,妈妈,"罗朗说,"您看到了,阿梅莉想和我单独谈谈。"

"啊,我的天主!"蒙特凡尔夫人轻轻地说,"会不会还有最后一线希望!"

虽然这句话的声音非常轻,阿梅莉还是听见了。

"不,妈妈,"她说,"天主同意我再见一见我的哥哥;可是,今天晚上我还是要到天国里去的。"

蒙特凡尔夫人深深地叹了一口气说:

"罗朗!罗朗!她不是好像已经在天国里了吗?"

罗朗做了个手势让他单独留下;蒙特凡尔夫人带着小爱德华走了。

罗朗回进房间,关上房门,激动万分地回到阿梅莉的床头。

阿梅莉整个身子已经进入了一种叫作尸僵的状态,仅有的一息游气勉强才能从玻璃上反映出来;只有她睁得大大的眼睛还闪闪有光,直勾勾地望前看着,就好比在这个行将夭折的躯体中仅有的生命力全都集中在那儿了。

罗朗曾经听说过人们把这种现象叫做神志恍惚,其实在医学上这叫作蜡屈症。

他懂得阿梅莉正处在先期死亡之中。

"我来了,妹妹,"他说,"你叫我干什么?"

"我知道你就要来了,"年轻姑娘回答说,不过她身子始终没有动,"我在等你回来。"

"你怎么知道我要回来了?"罗朗问。

"我看到你在回来。"

罗朗不禁哆嗦了一下。

"那么,"他问,"你知不知道我回来干什么?"

"知道;因此我在心里向天主祈祷,请他允许我起来,让我写信。"

"这是什么时候的事情?"

"昨天晚上。"

"信呢?"

"在我枕头下面,你拿去念吧。"

罗朗犹豫了一下;他的妹妹会不会是在说胡话?

"可怜的阿梅莉!"罗朗低声说。

"别责怪我,"年轻的姑娘说,"我要和他一起去了。"

"谁?"罗朗问。

"我爱的人,也是你杀死的人。"

罗朗叫了起来: 这肯定是说胡话;他妹妹想说的是谁啊?

"阿梅莉,"他说,"我是来问你一些事的。"

"关于塔兰爵士,我知道,"年轻姑娘回答说。

"你已经知道了! 这怎么可能呢?"

"我看见你来,我也知道你为什么来,我不是已经对你说过了吗?"

"那么,回答我。"

"别让我离开天主,也别让我离开他,罗朗;我给你写信了,看我的信。"

罗朗伸手到枕头下面,可是心里深信他的妹妹在说胡话。

他的手果然摸到一张纸，不禁大吃一惊，他把纸抽了出来。

那是一封信；信封上写了这几个字：

"给罗朗，他明天抵达。"

他凑近灯光，为了看得更清楚些。

信上写的日期是头天晚上十一点。

罗朗看信：

"我的哥哥，我们两人都有一件可怕的事情要对方原谅……"

罗朗看看他的妹妹，她始终纹丝不动。

他接着念：

"我爱夏尔·德·圣埃尔米纳；岂止是爱他，他已经是我的情夫
了……"

"喔！"年轻人在牙缝里咕噜着，"他得死！"

"他已经死了，"阿梅莉说。

罗朗惊奇地叫了起来。

刚才他讲的话轻得连自己也听不见，可是阿梅莉却回答了他。

他又开始看信。

"罗朗·德·蒙特凡尔的妹妹和耶户一帮子的首领没有任何结亲的可能;这就是我郁积心头,难以吐露的可怕的秘密。

只有一个人应该知道这件事,他也已经知道了;这个人就是约翰·塔兰爵士。

愿上帝降福给这个高贵的人,他答应我取消一次不可能缔结的婚姻,他信守了他的诺言。

您一定不能伤害约翰·塔兰爵士,啊,罗朗! 他是我在悲痛欲绝的日子中唯一的朋友,唯一的一个和我共同落泪的人。

我爱夏尔·德·圣埃尔米纳,我是夏尔的情妇。这件可怕的事情,是我要求你原谅的。

可是另一方面,他的死又是你造成的;这件可怕的事情,是你需要我原谅的。

现在,你快来吧,啊,罗朗,因为我只能等你来了才能死。

死,就是再见到他;死,就是和他重逢,而且永远也不再离开他;我能死真是太幸福了!"

信里的话讲得清清楚楚,一点儿没有说呓语的痕迹。

罗朗把信看了两遍,他有一会儿木然不动,一声不吭,心乱如麻,思绪万千;可是,他的怜悯心终于压倒了他的满腔怒火。

他走近阿梅莉,向她伸出手去,温柔地对她说:

"我的妹妹,我原谅你。"

垂死的人的身子微微颤动了一下。

"现在,"她说,"叫母亲来,我应该死在她的怀里。"

罗朗走到门口去呼唤蒙特凡尔夫人。

蒙特凡尔夫人的房门开着；看得出她正在等着，她急忙跑来了。

"又有什么事？"她马上就问。

"没有什么，"罗朗回答说，"只是阿梅莉想死在您的怀里。"

蒙特凡尔夫人进来了，她跪倒在她女儿的床前。

这时，仿佛有一条看不见的胳膊解开了把阿梅莉缚在她临终的床上的绳索，她慢慢地抬起身子，举起原来搁在她自己胸口的双手，一只手伸进了她母亲的手里。

"我的母亲，"她说，"您给了我生命，您又夺去了它；这是您作为母亲所能对我做的最好的事情，因为您的女儿在这个世界上已经不可能再有幸福了。"

这时候，罗朗已经跪在她床的另一边，她便和对她母亲一样，把另一只手伸进了罗朗的手里，说：

"我们两人已经相互原谅了，哥哥。"

"是的，可怜的阿梅莉，"罗朗回答说，"我希望这是我们的真心话。"

"我只有最后一件事要托付给你。"

"什么事？"

"别忘了塔兰爵士是我最好的朋友。"

"放心吧，"罗朗说，"塔兰爵士的生命对我来说是神圣的。"

阿梅莉舒了一口气。

随后，她又用一种越来越轻的声音接着说：

"永别了，罗朗！永别了，我的母亲！你们替我吻吻爱德华吧！"

接着，她又从心底里发出一声不像是悲伤倒像是带有欢乐的呼喊：

"我来了，夏尔；我来了，夏尔！"

说完她又倒在床上，在她倒下去的时候，她的双手又搁回在她的胸口上。

罗朗和蒙特凡尔夫人站了起来，从两边向她俯下身去。

她又恢复了她原先的姿态；只是她的眼皮合上了，从她胸膛里呼出的最后一丝气息消失了。

痛苦的折磨结束了。

阿梅莉死了。

LES
COMPAGNONS DE JÉHU

·第五十五章·
不受伤害的人

阿梅莉死于星期一，也就是一八〇〇年六月三日午夜前后。

星期四晚上，也就是六月五日，巴黎大剧院热闹非凡，那儿正在上演《奥西昂，或吟游诗人》[1]；那天是第二场演出。

大家知道，第一执政对马克费尔森[2]收集的诗歌非常欣赏，国家音乐院为了讨好，同样也是为了文学上的选择，安排了这场歌剧，这场歌剧尽管加紧排练，可是到上演的时候，波拿巴已经离开巴黎到后备军驻地去近一个月了。

在左面的包厢里，人们注意到有一个音乐爱好者全神贯注地在观剧。在第一幕幕间休息的时候，突然有一个女领票员悄悄地走进两排椅子之间，到他身旁轻声问他：

"对不起，先生，您是不是塔兰爵士？"

"是的，"音乐爱好者回答说。

"那么，爵爷，有一个年轻人说有一件非常重要的事要和您谈，他请您劳驾到走廊里去找他。"

"噢！噢！"约翰说，"是个军官吗？"

"他穿的是老百姓衣服，爵爷；可是，他的样子的确很像是个军人。"

"好！"约翰爵士说，"我知道是怎么回事了。"

他站起身来，跟在女领票员身后走了出来。

在走廊入口处，他看到罗朗在等他。

塔兰爵士看到他并不感到奇怪；只不过，对方严峻的脸色使他第一个友情冲动压了下去，否则他真会扑到要求会见他的那个人的脖子上去。

"我来了，先生。"约翰爵士说。

罗朗弯了弯腰。

"我从您住的客店里来，爵爷，"罗朗说，"最近以来，您好像很注意，总是把您去的地方告诉客店的门房，好让来找您的人知道到哪儿去找您。"

"是的，先生。"

"您这样做很好，尤其对像我这样匆匆忙忙从远处赶来、时间又非常宝贵的人。"

"那么，"约翰爵士问，"您是特地为了看我才离开部队到巴黎来的吗？"

---

① 奥西昂：苏格兰传说中的诗人。
② 马克费尔森（1736—1796）：苏格兰作家。其最著名的作品为《奥西昂诗集》，据他说是从盖耳语译出的。

"仅仅是为了得到这个荣幸，爵爷；我希望您能猜到我如此匆忙的原因，不必要我再多作解释了。"

"先生，"约翰爵士说，"从现在起，我听候阁下的吩咐。"

"明天我有两个朋友要到您那儿去，请问您几点钟比较方便，爵爷？"

"从早上七点到半夜都可以：除非您希望这件事马上进行。"

"不，爵爷；我刚到这儿，要找两个朋友，给他们说明情况，还得花时间。那么，明天上午九点到十二点之间，十之八九不会打扰您吧；不过，如果我们要通过他们解决的这个问题可以在当天解决，我是非常感谢您的。"

"我相信这是可能的，先生；既然这是您的愿望，那么我决不会拖延时间。"

"我想知道的我全知道了，爵爷；我不再打扰您了。"

说完后，罗朗行了个礼。

约翰爵士还了个礼；年轻人走出剧场，约翰爵士回到包厢里重新坐下。

他们双方讲话的声音非常克制，脸色也十分镇定，因此即使离他们最近的人也不会怀疑刚才两个彬彬有礼地告别的人曾经发生过什么争执。

这一天是陆军部长接见来客的日子；罗朗回到他的客店，把刚才结束的旅行在他身上留下的痕迹全部扫除一清；在十点差几分的时候，他还来得及到卡尔诺①公民府上求见。

---

① 卡尔诺（1753—1823）：法国政治家及数学家，曾任陆军部长。

他这次来有两个目的：首先是他要代第一执政向陆军部长作一个口头传达；其次是他希望在陆军部长的客厅里找到两个他需要的证人，帮助他解决和约翰爵士的争端。

罗朗完全如愿以偿；陆军部长从他那儿知道了穿越圣伯纳山口的详情细节以及军队的情况；在部长的客厅里他找到了他来找的两个朋友。

没有几句话就把情况向他们讲清楚了；再说，军人们对这类个人私事都是比较好商量的。

罗朗说这是一件严重的侮辱事件，可是这件事需要保密，即使对他们这两位要参加他最后一搏的人也是如此。他宣称自己是受侮辱的一方，因此他要求由他来选择武器和决定决斗的方式，他还要得到所有受侮辱一方的应有的权利。

两个年轻人的任务是要在第二天早晨九点钟到黎塞留街米拉波客店去，和塔兰爵士的证人一起作出安排；随后他们再去同一条街上的巴黎客店会见罗朗。

罗朗十一点钟回到住所，写了近一小时的信，之后便躺在床上睡着了。

第二天早上九点半，他两个朋友来到了他的客店。

他们刚才从约翰爵士那儿回来。

约翰爵士承认罗朗应该得到他所有的权利，并告诉证人说他对决斗的条件毫不计较；既然罗朗自称是受侮辱的一方，那么就应该由他提条件。

两位证人还提请他注意，他们原来以为是和他的两位朋友，而不是和他本人谈这件事；塔兰爵士回答说，他在巴黎没有任何熟悉的朋友，可以把这样一件个人私事托付给他们。因此他希望到了决斗现场以后，罗朗的两个朋友之中有一个可以站在他一边，帮他的忙。总之，在任何方面，他们都觉得塔兰爵士是一个无可挑剔的上等人。

罗朗说他对手提出的关于需要他一个证人的要求不但是公正的，而且是合情合理的，他同意两个年轻人中的一位站到约翰爵士一边，为他的利益服务。

剩下的，在罗朗一方面还要做的是，由他来规定决斗的条件。

用手枪决斗。

手枪装好子弹，两个对手相距五步。由证人拍手，拍到第三下，他们两人就开火。

大家都可看到，这是一种殊死的决斗，在这种决斗中，谁如果不开枪，那就是肯定有意饶了对方的性命。

因此两个年轻人发表了很多意见；可是罗朗一定要这样干，他声称他所受到的侮辱相当严重，因此只能用这个办法来解决，除此之外，别无他法。

他的态度这样坚决，两个年轻人也只能让步了。

罗朗的两个朋友之中要替约翰爵士做证人的那一位提出了很多保留意见，他声明他决不能为约翰爵士作出保证；除非得到他的全权委托，他决不同意他们进行这样一场残杀。

"您别激动，亲爱的朋友，"罗朗对他说，"我对约翰爵士很熟悉，我相信他比您要好商量多了。"

两个年轻人走了，他们又到约翰爵士那儿去了。

他们看到他正在用英国式的早餐，也就是一块牛排，还有土豆和茶。

约翰爵士一看到他们便站了起来，请他们和他共享早餐；由于他们两人拒绝，他也不再坚持了。

罗朗的两个朋友告诉塔兰爵士说，他可以得到他们之中的一个为他效劳。

随后，那位代表罗朗利益的证人提出了决斗的条件。

对罗朗的每一个要求，约翰爵士都点点头表示同意，他只是回答说：

"很好。"

负责关心约翰爵士利益的年轻人想对这种决斗方式表示异议，这种决斗方式，除非出现根本不可能出现的意外，一定会使决斗者双方两败俱伤，同归于尽；可是塔兰爵士却要求他别再坚持他的意见了。

"德·蒙特凡尔先生是个很高尚的人，我一点儿也不想违背他的想法，他的安排都是好的。"

剩下要决定的是决斗的时间问题。

这一点和其他方面一样，塔兰爵士完全听从罗朗的安排。

两个证人向约翰爵士告辞，第二次会见后，他们对他比第一次会见时更满意了。

罗朗在等他们；他们把刚才的会见情况全都告诉了他。

"我还要对你们说些什么呢？"罗朗说。

他们要罗朗决定决斗的时间和地点：罗朗决定当晚七点钟在米埃

特树林里的林荫小径上进行。这个时间小树林里差不多已经没有人了，光线也还充足——大家还记得当时是六月份——两个对手可以用任何武器进行决斗。

手枪的问题还没有谈起过：两个年轻人向罗朗提出可以到一个军火商那儿去借。

"不必了，"罗朗说，"塔兰爵士有一对很好的手枪，我已经使用过了；如果他不反对用那两把枪进行决斗，我宁愿用那两把。"

准备替约翰爵士做证人的那个年轻人又去找他的委托人，向他提出最后三个问题，也就是问他决斗的时间和地点对他是否合适，他是不是愿意用他的手枪进行决斗。

塔兰爵士的回答是：和他的证人对了对表，并把他的手枪盒子交给了证人。

"要不要我来陪您和您一起去决斗地点，爵爷？"年轻人问道。

约翰爵士忧郁地笑笑说：

"不必了，您是德·蒙特凡尔先生的朋友，对您来说，陪他一起走要比陪我一起走更愉快一些。我骑马去，带着我的仆人。您可以在约定的地点找到我。"

年轻军官把这个回答又带还给罗朗。

"您看我说得可对？"罗朗说。

这时候正是中午十二点钟：还有七个小时；罗朗请他两位朋友自便，让他们去玩他们的，或者去办他们的事情。

他们要在整六点半带三匹马和两个仆人来到罗朗住的客店门口。

为了避免受到干扰，决斗的一切准备工作都要做得像是要去散步一样，这一点是很重要的。

钟敲六点半的时候，客店小厮通知罗朗说，门口有人等他。

那是两个证人和两个仆人，其中一个仆人手里牵了一匹马。

罗朗向两位军官做了一个亲热的表示后便跳上了马背。

随后，他们顺着林荫大道向路易十五广场和香榭丽舍大街走去。

一路上，曾经在罗朗和德·巴尔若尔斯先生决斗时使约翰爵士迷惑不解的奇怪现象又出现了。

罗朗的高兴劲儿，如果不是显得那么真诚，别人简直以为他是在故作姿态。

那两个年轻人也是以勇敢著称的，看到他这样无忧无虑真是莫名其妙。如果是一次普通的决斗他们也许还可以理解，因为一个善于控制自己的感情和枪法高明的人可以把希望寄托在自己的天赋上；可是在他们去进行的这一场决斗中，善于控制自己的感情和枪法高明都是无济于事的，是决计救不了他们性命的；即使不死，也得受致命的重伤。

而且，罗朗还策马飞驰，就像一个急于要抵达目的地的人；因此，在规定时间五分钟以前，他们就来到了米埃特树林的林荫小径的一端。

有一个男子在这条小路上散步。

罗朗认出是约翰爵士。

两个年轻人不约而同地观察了一下罗朗见到他对手时的神色。

出乎他们意料的是，罗朗脸上显露出来的只是一种几乎可以说是相当和蔼的亲切情绪。

马儿又跑了几步，这场即将开演的戏的四位主角来到了一起，并相互致敬。

约翰爵士泰然自若，可是看上去似乎怏怏不乐。

显而易见他对这次决斗感到非常痛苦，其程度就像罗朗感到的愉快一样。

他们下马落地；其中一个证人从一个仆人手中接过手枪盒子，并吩咐他们两人继续沿着林荫大道走去，就好像是在替他们的主人遛马一样；等到听见枪声再回过来。约翰爵士带来的仆人也得到了同样的指示，和他们一起走开了。

决斗双方和两个证人走进树林，走进了最最繁密的矮树林之中。

而且，就像罗朗预见的那样，树林中空寂无人；已经是用晚餐的时候了，到树林里来散步的人都回去了。

他们找到了仿佛是专门为了他们来这儿的目的而设下的一块林中空地。

证人们瞧瞧罗朗和约翰爵士。

他们两人点了点头表示可以开始了。

"没有什么改变吗？"其中一个证人问塔兰爵士。

"请问问德·蒙特凡尔先生，"塔兰爵士说，"我是完全按照他的吩咐才到这儿来的。"

"没有改变，"罗朗说。

证人从盒子里取出手枪，开始装子弹。

约翰爵士待在一边，用他的马鞭抽打着长得很高的野草。

罗朗瞧着他，似乎犹豫了一会儿；接着，他下了决心，向约翰爵士走去。后者抬起头，带着一种明显的有所希望的情绪等待着。

"爵爷，"罗朗对他说，"我可以在某些方面对您有所抱怨，可是我相信您始终是一个说话算数的人。"

"您说得对，先生，"约翰爵士回答说。

"如果您死在我后面，您在阿维尼翁对我许下的诺言是不是能在这儿兑现？"

"我不可能死在您后面，先生，"塔兰爵士回答说，"可是只要我还剩下最后一口气，我完全可以听从您的安排。"

"这就是关于如何处置我的遗体的问题。"

"和在阿维尼翁时的安排完全一样吗？"

"完全一样，爵爷。"

"好吧……您可以完全放心。"

罗朗向约翰爵士行了个礼，随后回头走到他两个朋友身边。

其中一个证人问他："如果发生不幸，您有什么特别的事情要我们做的吗？"

"只有一件。"

"请说。"

"不管塔兰爵士如何处置我的遗体和后事，你们决不要反对。还有，我左手握着一张给他的纸条，如果我来不及讲话就被打死，你们就扳开我的手把这张纸条交给他。"

"没有别的事了吗？"

"没有了。"

"手枪里子弹已经装好了。"

"那么，请告诉塔兰爵士。"

一位证人向约翰爵士走去。

另一位证人测量五步距离。

罗朗看到这个距离比他原先想象的要远些。

"对不起，"他说，"我原来说的是三步。"

"五步，"测量距离的证人说。

"不是的，亲爱的朋友，您搞错了。"

他回头看看约翰爵士和他的证人，以目光询问他们。

"三步也很好。"约翰爵士躬身回答说。

既然决斗双方意见一致，那也没有什么可说的了。

证人把五步改成三步。

随后，证人把两把军刀放在地上作为距离标志。

约翰爵士和罗朗从各自站立的地点走过来，一直走到他们的靴尖碰到军刀的刀刃。

这时候，证人把装好子弹的手枪交给他们每人一把。

他们相互行了个礼，表示他们已经准备完毕。

证人走开了；他们要拍三下手。

拍第一下手时，决斗双方扣起扳机；拍第二下时，他们相互瞄准，拍第三下时，他们开火。

在寂静的树林里响起了三下间隔相等的掌声；这时候仿佛风也停下来了，树叶也没有了声响。

两个对手都很镇静；可是两个证人的脸上却显得非常紧张。

响起第三下掌声时，两把枪同时发出巨响，就好像只开了一枪一样。

可是，使证人们感到奇怪的是，两个决斗对手一个也没有倒下。

在扣动扳机的时候，罗朗把枪口转向了地下。

塔兰爵士把他的枪口往上一抬，削去了罗朗身后比他的脑袋闻三尺的一根树枝。

这两个决斗者都感到茫然不解：他们放过了自己的对手怎么自己还活在世上？

罗朗首先开口说话。

"爵爷！"他大声说，"我妹妹对我说得很有道理，您是世界上最宽宏大量的人。"

说完，他把枪往远处一扔，向约翰爵士伸开了他的双臂。

约翰爵士扑进了他的怀里。

"啊，我懂了，"他说，"这一次还像上次一样，您是自己想死；幸好天主不让我做您的刽子手！"

两个证人走过来了。

"怎么一回事？"他们问。

"没有什么事，"罗朗说，"我决定要死，不过我想至少要死在一个在这个世界上我最喜爱的人手里；可是很不幸，你们也看到了，他宁愿自己死，也不愿意打死我，算了，"罗朗接着用一种阴沉的语气说，"我很清楚，这件事情只能留给奥地利人去干了。"

说完，他又一次投入了塔兰爵士的怀抱；接着他又紧握着他两个朋友的手说：

"请原谅我，先生们；可是第一执政将在意大利发起一次重大战役，我要去参加，我不能再耽搁了。"

于是，他就让约翰爵士去向两位军官做解释，如果他们认为可以向他提一些问题的话。

罗朗又回到林荫大道上，跳上他的坐骑，向巴黎飞驰而去。

在他头脑里始终徘徊着厌世的念头；我们已经讲过了他把他最后的希望放在什么地方。

· 第五十六章 ·

结局

这时候，法军继续挺进；六月二日，他们进入了米兰。

他们很少遇到抵抗：米兰要塞早已被围。被派到普莱桑斯的缪拉轻而易举地就把它攻下了。最后，拉纳在蒙特贝洛打败了奥特将军。

这样一来，他们就神不知鬼不觉地来到了奥军的后方。

六月八日晚上，来了一个缪拉的信使，我们已经讲过了，缪拉这时已经占领了普莱桑斯；缪拉截住了梅拉斯将军的一份公函，他把这份公函送来给第一执政。

这份公函里说热那亚已经投降：马塞纳在吃完了他的马，狗，猫和老鼠以后，不得不放下了武器。

此外，梅拉斯对后备军的说法嗤之以鼻；他把波拿巴出现在意大利当作神话讲；他从可靠方面获知，第一执政始终没有离开巴黎。

这些消息一定要火速告诉波拿巴，热那亚投降使他们处于不利的境地。

因此，布里埃纳在清晨三时叫醒了将军，把公函翻译给他听。

波拿巴开口第一句话是：

"布里埃纳，您不是不懂得德文吗？"

可是布里埃纳接着又一次逐字逐句开始翻译。

念了两遍以后，将军起身了，他把所有的人都叫醒了，下达了一些命令，随后又躺下重新睡觉。

当天他离开米兰，把他的司令部设在斯特拉代拉，在那儿一直待到六月十二日；六月十三日他又启程，向斯克里维亚河进发，穿过蒙特贝洛，他在那儿看到了还带有血腥气的战场，和拉纳的胜利留下的满目疮痍。到处都可看到死亡的痕迹；教堂里尸体累累，伤员遍地。

"真见鬼！"第一执政对蒙特贝洛的英雄说，"这儿好像真热！"

"将军，热得我这个师里的人骨头格格作响，就像雹子打在玻璃窗上一样。"

六月十一日，波拿巴将军还在斯特拉代拉的时候，德塞赶来见他。

由于阿里什已经投降，他的任务已经完成；五月六日，也就是波拿巴从巴黎动身的那天，他来到了土伦。

第一执政在圣伯纳山口山脚下收到了德塞的一封信，来信问他，他应该到巴黎去呢还是来追随波拿巴的军队。

"嗯，什么，去巴黎？"第一执政当时回答说，"写信告诉他，叫他到意大利我们的司令部来，不管我们在哪儿！"

布里埃纳写了复信；于是，就像我们刚才已经讲的，他于六月十一日抵达斯特拉代拉。

第一执政接见他时心中怀着双重的喜悦：首先，他又看到了一个没有野心的人，一个聪明机智的军官，一个忠心耿耿的朋友；其次，德塞来得正是时候，布代师长刚才阵亡，他可以来代他指挥。

由于加尔达纳将军一个错误的报告，第一执政原来以为敌人不愿作战，正在向热那亚撤去；他便派德塞和他那个师到去诺维的大路上切断敌人的退路。

十三日和十四日两天晚上平静无事，在这前一天曾经有过一次非同寻常的暴风雨，尽管如此，他们还是进行了一场战斗，把奥地利人打败了。因此这时候就好比上天和人类都感到了疲倦，全都要休息了。

波拿巴心里很踏实，博尔米达河上只有一座桥，而且有人向他保证，这座桥已经被切断了。

在博尔米达河方向尽可能远的地方派了一些前哨部队，有一些四人一组的小部队为他们侦察探路。

其实敌人整个晚上都在渡河。

清晨两点，有两个四人小组遭到了突然袭击；七个人被杀死了；第八个逃了回来，一面叫着通知前哨："拿起武器！"

马上派了一个信使来报告第一执政，他正睡在托雷第加罗福罗。

在等待即将下达的命令的时候，全线响起了紧急集合的鼓声。

一定要有过亲身体会的人才能想象出在半夜三点钟击鼓召唤士兵所产生的效果。

即使最勇敢的人也会毛骨悚然。

士兵们是和衣而卧的；他们一跃而起，奔向枪架，扑向他们的武器。

广漠的马伦哥平原上的战线形成了；鼓声像一根长长的火药线那样

沿伸开去，在半明不暗的夜色之中，可以看到前哨部队在狂奔飞跑。

晨曦初露时，我们的部队占有了以下的阵地：

加尔达纳的师和尚贝尔拉克的师在最前线，他们驻扎在佩特拉－博纳的小高地上，也就是马伦哥到托尔托纳的拐角上，博尔米达河在这条大路下面穿过注向塔纳罗河。

拉纳将军的部队紧扎在圣朱利亚诺村前面，也就是第一执政在三个月以前在地图上指给罗朗看，告诉他这是决定下一次战役命运的地方。

执政们的近卫队驻在拉纳将军后面五百托瓦兹①的地方。

左翼由凯勒曼将军指挥的骑兵旅和几支轻骑兵小分队组成；他们驻在加尔达纳师和尚贝尔拉克师的接合地带。

第二支由尚波将军指挥的骑兵旅组成了右翼，他们的位置在第二道防线的拉纳将军的骑兵中间。

最后，还有根据里沃将军的命令，由缪拉派出的第十二和第二十一两个轻骑兵团，占了中央阵地右端的萨洛的出口处。

所有这些部队一共有二万五六千人，另外还有已派遣出去的，由德塞指挥的大概有一万人左右的莫尼埃和布代的两个师，他们是到去热那亚的大路上切断敌人退路的。

可是敌人非但没有退却，反而进攻了。

六月十三日，奥地利军队总司令梅拉斯将军把哈迪克将军、凯姆将军和奥特将军的军队集中到一起，渡过了塔纳罗河，来到亚历山大里亚前面扎营，他一共有三万六千步兵，七千骑兵和一支为数众多，装备齐

---

① 托瓦兹：法国旧长度单位，约合 1.949 米。

全，保养良好的炮兵。

清晨四点钟，右翼开始了枪战，维克托将军给每个部队划分了战斗区域。

五点钟，波拿巴被隆隆的炮声震醒。

在他匆匆忙忙穿衣服的时候，维克托将军的一名副官赶来告诉他说，敌人已经越过了博尔米达河，整个前线都已经接上了火。

第一执政叫人把他的马牵来，他跳上马背，往发生战斗的地方飞驰而去。

在一个小山冈的顶上，他看到了两军的阵势。

敌人组成了三个纵队；左路一支包括全部骑兵和轻步兵，他们从萨洛大路向卡斯特尔－切利奥洛挺进；同时，中路和右路两支纵队，他们相互协同，溯博尔米达河而上，正在向托尔托纳大路挺进；这两路纵队包括哈迪克将军，凯姆将军和奥莱利将军的步兵和听从奥特将军指挥的精锐的后备队。

这两路纵队刚一越过博尔米达河，便遇上了加尔达纳将军布设在我们前面已经讲过的农场和佩特拉－博纳山谷里的部队；就是他们先头部队的炮声把波拿巴引到战场上来的。

他来的时候，正是加尔达纳的师被这阵炮火打垮被迫后撤，维克托将军把尚贝尔拉克的师开上去增援的时候。

得到了这个支援，加尔达纳将军的部队才能有秩序地后撤到马伦哥村。

形势相当严重：总司令所有的计划全都落空了，他非但没有能根据他的习惯，用他巧妙地聚集起来的部队进行攻击，却在他能够集中他的部队之前受到了敌人的攻击。

奥地利军队利用了在他们面前开阔的地面，不再以纵队前进，把队形展开，和加尔达纳将军以及尚贝尔拉克的防线平行；唯一不同的是，他们的兵力要多一倍。

敌人第一梯队的士兵由哈迪克将军指挥；第二梯队由梅拉斯将军指挥；第三梯队由奥特将军指挥。

在博尔米达河前面不远，有一条由深沟形成的叫作丰塔诺纳的小溪；这条小溪呈新月形，环绕着马伦哥村，并保护着它。

维克托将军已经看到了这条天然防线可以提供的好处，便利用它把加尔达纳和尚贝尔拉克两个师集结了起来。

波拿巴同意了维克托的处置，下命令要他死守马伦哥：他需要时间来重新考虑一下在博尔米达河、丰塔诺纳河和马伦哥之间这一大块方形阵地的形势。

首先要采取的措施是要把德塞的部队召回来，我们已经讲过，德塞的部队已被派去切断敌人往热那亚的退路。

波拿巴派出了二三名副官，命令他们要快速飞奔，一直追到德塞的部队才能停止。

随后他就等着，他懂得现在除了尽可能有秩序地后撤外别无他法；他一直要等到能集中足够的、不但能使他停止后退、甚至还能使他前进的兵力。

可是，这种等待是可怕的。

过了一会儿，战斗又在全线重新开始。奥地利部队来到丰塔诺纳河河边，法军守在河的另一边；大家隔河枪战，在手枪射程距离内相互射击。

在密集的炮火的掩护下，数量上占优势的敌人唯有展开队形才能向我们冲来。

加尔达纳师的里沃将军看到敌人将采取这个行动。

他走出马伦哥村，把一个营部署在旷野上，命令他们即使死了也不准后退一步。随后，当敌人的炮兵把这个营当作目标的时候，他把他的骑兵组成了纵队，绕过那个营，向三千个冲过来的奥地利士兵扑去，把他们打得抱头鼠窜。尽管他中了一颗流弹受了伤，还是逼着敌人退到他们的阵线后面重新整队。

随后，他又率领着他的骑兵，回到了那个寸步不让的营的右边。

可是，就在这个当口，从早晨起一直在和敌人作战的加尔达纳师被逼回了马伦哥，奥地利军队的第一线士兵紧跟在他们后面，很快就把尚贝尔拉克师逼到村子后面去了。

这时候，一个总司令的副官传来命令要这两个师会合在一起，不惜任何代价重新拿下马伦哥。

维克托将军把他们重新组织，带着他们冲进了奥地利人来不及筑起街垒的街道，又拿下了村子，接着又丢失，接着又拿下；最后，由于人数处于劣势，又丢失了。

已经是上午十一点钟了，这个时候，波拿巴的副官们应该已经赶上了德塞，他肯定向炮声赶来了。

与此同时，拉纳的两个师赶来增援正在作战的师：这支增援部队协助加尔达纳和尚贝尔拉克重新组成了和敌人平行的防线；敌人正同时从马伦哥正面和它的左右涌出来。

奥地利人要向我们冲过来了。

拉纳把维克托的两个师集合起来作为他的中心，把他两个比较起来还不太劳累的师展开，和奥地利军的两翼对攻。这两支部队，一支由于刚开始取得的胜利而兴奋激昂，另一支因刚经过休息而精力有所恢复，相互发动猛攻。刚才被部队的两个行动暂时打断了的战斗又在全线恢复了。

经过了一个小时面对面的白刃战以后，凯姆将军的部队退却了；尚波将军率领的第一和第八两个龙骑兵团向他冲去，加速了他的溃败。华特兰将军带着他的第六轻步兵团，第二十二和第四十两个纵队追赶他们，把他们逼到了那条小溪后面一千托瓦兹的地方。可是他刚才这个行动使他脱离了主力部队；中间两个师将要由于右翼的胜利而受到伤害，尚波将军和华特兰将军不得不返回去占领他们空出来的阵地。

这时候，凯勒曼在左翼采取了和华特兰以及尚波在右翼采取的同样的行动。两次骑兵冲锋把敌人冲开了；可是他们在第一线敌人后面又看到了第二线的敌人，他们不敢再冲了，因为对方人数众多；刚刚获得的胜利转眼间又失掉了。

时间已到中午。

长达一法里的，火蛇般蜿蜒曲折的法军阵线中间被撕开了。中间的队伍不顾两翼，往后撤去；两翼的部队不得不也跟着一起撤。左边的凯勒曼和右边的华特兰都下令自己的部下往后撤。

部队排成方队，在八十门大炮——紧接在后面的是奥地利军队的刺刀——的火力下后撤；队伍里的人明显地减少了，只见伤员被他们的弟兄们抬进了战地救护所，他们中的大部分都不再回来了。

有一个后撤的师穿过一块麦地，麦子已经成熟，一颗炮弹飞来，哄然巨响后，干燥的麦秆燃烧起来，二三千人陷身在大火之中，子弹盒着火了，子弹到处乱飞，队伍全乱了。

于是，波拿巴把近卫队派了出去；他们跑步前进，投入战斗，阻止了敌人的前进。另一方面，精锐的投弹兵飞奔而来，把奥地利的骑兵打得落花流水。

这时候，逃过了大火的那个师又集结拢来，领到了新的子弹，重新排成了行列。

可是这个行动的唯一的结果只是没有让后撤变成溃败。

下午两点钟了。

波拿巴坐在去亚历山大里亚的大路边的土堆上看着撤退；他只有一个人；胳膊上挽着他的马缰绳，用他的马鞭子把地上的小石子抽打得飞了起来。炮弹把他周围的土地打得坑坑洼洼。

他仿佛对这场巨大的悲剧无动于衷，可是让这场悲剧赶快了结的愿望却始终萦回在他的脑际。

他从来没有赌过这么大的输赢：六年的胜利搏一顶法兰西的王冠。

突然，他仿佛从沉思中猛醒了过来；在震耳欲聋的枪炮声中，他似乎听到有一匹奔马声。他抬起头来观看，果然，从诺维那个方向有一个骑着一匹口吐白沫的马的骑士正在全速奔驰而来。

在骑士离他只剩下五十步远时，波拿巴叫道：

"罗朗！"

罗朗一边驶来，一边叫道：

"德塞！德塞！德塞！"

波拿巴张开胳膊；罗朗从马上跃下，扑过去搂住了第一执政的脖子。

波拿巴看见罗朗到达，心中有双重喜悦：首先他感到高兴的是，他又见到了一个对他忠心耿耿、至死不渝的人；其次他感到高兴的是，他听到了罗朗带来的消息。

"那么，德塞呢？……"第一执政问道。

"德塞离这儿还有一法里路；您的一位副官遇到他正在向炮声赶回来。"

"那么，"波拿巴说，"他也许还能及时到达。"

"什么，及时？"

"看！"

罗朗向战场上看了一眼，便知道了形势。

就在波拿巴的眼睛离开战场的几分钟时间以内，战场上的形势更加恶化了。

准备向卡斯特尔－切利奥洛进攻，但尚未动手的奥军第一纵队，正在向我们的右翼冲锋。

如果被他们冲进了阵地，那就不是撤退而是溃败了。

德塞也许赶不上了。

"带上我最后两团投弹兵，"波拿巴说，"去和近卫军会合，和他们一起到最右端去……你懂了吗？排成方阵，罗朗！要像花岗岩堡垒一样顶住那个纵队。"

一分钟也不能耽误了；罗朗跳上马背，率领着两团精锐部队，和近卫队会合以后，向右端冲去。

冲到离埃尔斯尼茨将军五十步的地方，罗朗叫道：

"排成方阵！第一执政在看着我们！"

方阵排好了；每个士兵都像在地上生了根一样屹立不动。

埃尔斯尼茨将军没有继续前进去援助梅拉斯将军和凯姆将军；他也没有小看出现在一支胜利的部队前面的不足为惧的九百个人；他向他们杀了过去。

这是一个错误：这个错误拯救了法军。

这九百个人的确是波拿巴所希望的那样的一座花岗岩堡垒；炮火，枪弹，枪刺，对他们毫无作用。

它寸步不让，岿然不动。

波拿巴赞赏地望着它，突然，在他回头往诺维方向望去的当口，他看到了德塞的先头部队的枪刺的闪光。

由于他站在这块平地的最高点，他看到了敌人看不到的东西。

在他身后有一群供他差遣的军官，他向他们做了个手势。

军官后面还有两三个手里牵着马匹的仆人。

军官和仆人都走了过来。

波拿巴向一名军官指指远处在阳光下闪烁的密密麻麻的枪刺。

"快骑马向那儿奔去，"他说，"要他们赶快；还有德塞，告诉他说，我在这儿，我在等他。"

这个军官跳上马背，飞驰而去。

波拿巴又举眼向战场望去。

撤退还在继续，可是埃尔斯尼茨将军和他的纵队被罗朗和他九百名手下顶住了。

花岗岩堡垒变成了一座火山；它从四面喷出火焰。

这时，波拿巴又对另外三名军官说：

"你们一个到中间，两个到侧翼；去到处通知大家说，后备部队来了，要大家开始反攻。"

三个军官像从同一把弓上发出的三支箭一样飞了出去，离开他们的出发点越来越远，离他们各自的目的地越来越近。

波拿巴看着他们远去以后，回过头来，看到五十步外有一个穿着将军制服的骑士正在向他奔来。

那是德塞。

德塞在他离开埃及国土而和他分手的那天早晨曾经笑着说：

"欧洲的炮弹已经不认识我了，我会倒霉的。"

对两个朋友来说，握一下手他们的心灵就得到了交流。

随后，波拿巴伸长胳膊往战场上指了指。

只要看一下就抵得上世界上所有的语言。

从早晨五点钟开始，近两万人在两法里方圆的范围内开始了战斗，现在还剩下九千名步兵，一千匹马和十门还可以使用的大炮。四分之一的士兵失去了战斗力；另外四分之一在运送第一执政下令不准抛弃的伤员。除了罗朗和他九百名部下，全线都在后撤。

在博尔米达河到他们撤退到的地方之间的大片空地上，到处都是人和马的尸体，拆开的大炮和破裂的弹药车。

这儿那儿，处处都可以看到火焰和烟柱；那是在焚烧的麦地。

德塞一下子就把所有这些细节全都看在眼里了。

"您看这场战役的结果如何？"波拿巴问。

"我以为，"德塞说，"这场战役是输了；可是，因为现在还只是下午三点，我们还有时间可以再打赢一场。"

"不过，"一个另外的声音说，"您一定得有大炮。"

这是炮兵司令马尔蒙的声音。

"您说得对，马尔蒙；可是您到哪儿去搞大炮来呢？"

"我还能从战场上弄来五门完好的大炮，另外还有五门留在斯克里维亚的大炮刚刚运到。"

"我带来八门，"德塞说。

"一共十八门，"马尔蒙接着说，"我已经足够了。"

一名副官去通知德塞的炮兵尽快到来。

后备兵越来越近了，还有八分之一法里的路程。

而且，当时的地形似乎是预先选好了的；大路左边有一道很高的树篱，这道树篱和一条道路垂直，前面有一个斜坡挡着。

他们让来到的步兵从这儿通过；只让骑兵躲藏在这个宽大的屏障后面。

这时候，马尔蒙已经把他的十八门大炮集中起来，在右翼的正面设下了炮位。

突然，大炮轰鸣起来，向奥地利人泻下了密集的炮弹。

敌人的队伍停顿了一下。

波拿巴利用了这个时机巡视了法军的全线。

"弟兄们，"他大声说，"我们后退得已经够了；你们要记住，倒在战场上是我的习惯！"

就在这时候，就像回答马尔蒙的炮击一样，左翼响起了齐射声，向奥地利军队的侧翼发动了进攻。

那是德塞和他那个师以迅雷不及掩耳之势向敌人的阵营猛扑了过去。

全军都懂得那是后备军投入了战斗，一定要竭尽全力支援它。

左右两侧都响彻了"冲啊！"的呼声。

所有部队都擂起了发动冲锋的战鼓。

奥地利军队没有看到刚才抵达的增援部队，以为这一天他们已经赢定了，肩上扛着枪就像在散步一样；他们觉得在我们的队伍里发生了点什么不同寻常的事情；他们想抓住他们感到快从他们手里滑走的胜利。

法军全线进入反攻，到处都是惊心动魄的冲锋的脚步声，胜利的《马赛曲》响了起来。马尔蒙的大炮喷射着火焰；凯勒曼率领他的重骑兵猛冲，穿过了敌人两道防线。

德塞跳过沟壕，越过障碍，来到一块小高地上，在他回头看他的师有没有跟上他时，突然中弹倒毙在地上。可是他的阵亡非但没有影响他部下的勇气，反而激励了他们，使他们的士气格外高昂。他们端着枪刺向扎克将军的纵队冲去。

这时候，已经突破了敌人两条防线的凯勒曼看到德塞那个师和一大群密集而静止的敌人交上了手；他就从侧面冲上去，钻进一个缺口，把它撕裂，拉开。不到一刻钟，组成这群人的五千个奥地利投弹兵被打得四散逃窜，被全部歼灭了，他们像一阵烟雾似的消失了；扎克将军和他的参谋部成员都成了俘虏；其他什么也没有了。

这时候，敌人也想把他强大的骑兵投入战斗，可是密集的火枪子弹，毁灭性的齐射和可怕的枪刺把他们一下子就挡住了。

缪拉用两门小炮和一门榴弹炮轰击他们的侧翼，造成了他们很大的伤亡。

他停了一会儿，为了解救罗朗和他九百个人；他有一颗炮弹落在奥地利军队的队伍中爆炸开来，打开了一个烈火焰焰的缺口：罗朗向缺口里冲进去，他一手拿着手枪，另一只手握着军刀，所有的近卫军全跟随在他后面，他们像一个劈开橡树树干的锲子一样撕裂了奥地利军队的队伍。罗朗一直冲到四周围了很多敌人的一辆残破的弹药车前面，他把拿着手枪的手伸进了弹药车，开了一枪。

一声震天价的巨响，一座火山张开了嘴，吞下了它四周的一切。

埃尔斯尼茨将军全军溃退。

兵败如山倒，奥地利的将军们想制止后退，但毫无作用，法国军队在半个小时以内越过了它一步一步地保卫了八个小时的平原。

敌人一直败退到马伦哥才收住脚步，他们想在被遗忘在卡斯特尔－切利奥洛，而在这一天快结束的时候又出现了的卡拉－圣西尔的炮兵的火力下重整队形；可是德塞、加尔达纳和尚贝尔拉克的三个师跑步赶到了，他们一条街一条街地追击奥地利人。

马伦哥被攻下来了；敌人退缩到佩特拉－博纳，佩特拉－博纳也像马伦哥一样被打下来了。

奥地利人往博尔米达河的桥上逃窜，可是卡拉－圣西尔比他们抢先赶到；这时候，大批逃兵寻找可以涉水而过的地方，他们在我们全线火力的逼迫下往博尔米达河里跳去，我军的枪炮声直到晚上十点钟才告停息……

奥地利军队的残余部队回到了他们亚历山大里亚的营地；法军在桥头宿营。

这一天奥地利军队死了四千五百人，受伤六千人，五千人被俘，损失了十二面旗帜和三十门大炮。

从来也没有见过战场上的命运像这样的变幻莫测。

下午两点，波拿巴败局已定；到了五点钟，意大利却又一下子被重新征服了，法兰西的王权前景无比光辉。

当天晚上，第一执政写了下面这封信给蒙特凡尔夫人。

"夫人：

今天我取得了我有生以来最辉煌的一次胜利；可是这次胜利也使我付出了极为高昂的代价，它割去了我两块心头之肉：德塞和罗朗。

请别过分伤心，夫人：令郎早有厌世之念，捐躯疆场是他最好的归宿。

波拿巴"

人们到处寻找年轻副官的尸体，但始终没有找到：他像罗慕路斯[①]一样，消失在一次暴风雨中了。屡次逢凶化吉的罗朗为什么如此急于离开人世，从此成了后世的不解之谜。

---

① 罗慕路斯：罗马神话中玛尔斯和雷娅·西尔维亚所生的儿子。罗马的创建者和第一个国王。据说他在一次阅兵时，消失在突然而来的暴风雨中。

Alexandre Dumas

LES COMPAGNONS DE JEHU

Simplified Chinese edition copyright：
2023 SHANGHAI TRANSLATION PUBLISHING HOUSE (STPH)

图书在版编目(CIP)数据

双雄记 / (法) 大仲马著；王振孙译. —上海：
上海译文出版社，2023.5
　ISBN 978 - 7 - 5327 - 8609 - 1

　Ⅰ.①双… 　Ⅱ.①大… ②王… 　Ⅲ.①长篇小说—法
国—近代 　Ⅳ.①I565.44

　中国国家版本馆 CIP 数据核字(2023)第 036537 号

双雄记

[法] 大仲马　著　　王振孙　译
责任编辑/黄雅琴　装帧设计/千巨万工作室

上海译文出版社有限公司出版、发行
网址：www.yiwen.com.cn
201101　上海市闵行区号景路 159 弄 B 座
苏州市越洋印刷有限公司印刷

开本 890×1240　1/32　印张 28.5　插页 6　字数 394,000
2023 年 6 月第 1 版　2023 年 6 月第 1 次印刷
印数：0,001—6,000 册

ISBN 978 - 7 - 5327 - 8609 - 1/I·5309
定价：138.00 元